W0311969

Wladimir Makanin
Benzinkönig

Wladimir Makanin

BENZINKÖNIG

Roman

Aus dem Russischen
von Annelore Nitschke

Luchterhand

Die Originalausgabe erschien 2008
unter dem Titel »Assan« bei Eksmo, Moskau.

MIX
Papier aus verantwortungsvollen Quellen
FSC® C014496

Verlagsgruppe Random House FSC-DEU-0100
Das für dieses Buch verwendete FSC®-zertifizierte Papier *EOS Naturweiß*
liefert Salzer Papier, St. Pölten, Austria.

Copyright © 2008 Wladimir Makanin
Copyright © der Originalausgabe 2008 Eksmo Verlag, Moskau
Copyright © der deutschsprachigen Ausgabe 2011
Luchterhand Literaturverlag, München,
in der Verlagsgruppe Random House GmbH
Satz: Greiner & Reichel, Köln
Druck und Bindung: GGP Media GmbH, Pößneck
Alle Rechte vorbehalten. Printed in Germany
ISBN 978-3-630-87318-3

Besuchen Sie unseren Literatur-Blog www.transatlantik.de
www.luchterhand-literaturverlag.de

ERSTES KAPITEL

Auf den geräumten Gleisen. Im nun wieder offenen Gelände drängen nur sie sich, die frisch gebackenen Soldaten. Niemand sonst. Sie sehen sich plötzlich selbst. Ha, das sind wir! Wir sind viele! Der Zug (bescheiden, ganze zwei Waggons), mit dem sie eingetroffen sind, ist sofort wieder davongerattert und verschwunden ... Krieg!

Den Zug haben sie satt, diese ewige Fahrerei. Heiße, versiffte Waggons, wie ein endloser schlechter Traum. Dafür berauscht jetzt die Luft, diese Luft hier! Und nun verbrüdern sie sich unter dem kaukasischen Himmel. Hurra! Hurra! Fallen sich in die Arme. Der erste Zug und der zweite ... Hauptsache, die Waffen sind noch da. (Trotz des Besäufnisses. Oder dank seiner!) Schau forscher, Soldat! Die Visagen glühen rot. An den Backen, ha-ha, könnte man sich die Zigarette anzünden.

Warum zwei Züge, noch dazu unvollständig? Und warum bei so vielen Soldaten nur ein Offizier? Aber auch der ist außer Gefecht gesetzt – er wurde auf einem Bahnhof vor Rostow herausgeholt, mit heftigen Schmerzen wegen eines eingeklemmten Bruchs. Wie? Was? Gibt es in Russland keine Offiziere mehr ohne Bruch? Wo sind sie, die Bruch- und Blinddarmlosen?

Auch zum Empfang ist kein Offizier auf dem staubigen Bahnsteig erschienen. Aber wenn man es recht bedenkt, würde er uns doch nur stören! Egal. Ist eben keiner da.Dafür ist so ein Scheißordner mit entzündeten Augen da. Und mit einer roten Armbinde. Der treibt den angekommenen Soldatenhaufen wie üblich an – dalli, dalli! Jagt sie vom Bahnsteig. Er möchte die besoffenen

Jungs mit den Kalaschnikows möglichst schnell loswerden. Diese grölende, gefechtsunerfahrene Horde. Und den Krieg überhaupt, verdammte Scheiße!

Nur darum geht es der Roten Armbinde. Schneller, verdammt noch mal! Runter von den Gleisen! Aha! So! Durch den zerbombten Bahnhof auf den Platz, ebenfalls leicht zerbombt. Da sind schon die Schützenpanzer gekommen – für euch, Jungs! Für euch! Vorwärts!

»Wo sind die Schützenpanzer?«

»Da drüben ... Alle rüber – alle in die Kolonne!«

Ein hünenhafter Soldat – einer wie der wird nicht blau – brüllt:

»In welche Kolonne denn? He, du-u! Wo siehst du eine Kolonne?«

»Ihr müsst eben eine Kolonne bilden. Alle zusammen ... Ihr seid die Kolonne«, erklärt die Rote Armbinde. »Da drüben sind eure Schützenpanzer. Da sind auch zwei leere Lastwagen von Major Schilin. Und drei Laster mit Benzinfässern ... Das Benzin ist auch von Major Schilin.«

Der neue Name stachelt die Soldaten sofort auf. Rekruten bei der Ankunft stachelt jeder Name auf, der respektvoll ausgesprochen wird ... Und sie brüllen:

»Wow! ... Jungs! Boah ... Wir werden auch noch jemanden begleiten.«

»Ihr werdet niemanden begleiten, sondern einfach alle zusammen in einer Kolonne fahren. Zusammen marschieren ... fahren ... marschier-fahren ...« Die Rote Armbinde verspricht sich bei dem Verb, dem wichtigsten Verb des Krieges.

Die Soldaten verlassen im bunten Haufen die Gleise. Endlich ... Der Platz ist voller Trichter. Im Eifer des Suffs klettern die Soldaten auf die Schützenpanzer, und diese, vier Panzerfahrzeuge, rollen langsam, Seite an Seite, auf die Straße hinaus ... Zu den Lastwagen.

Es geht Richtung Bamut. Zum Truppenteil Nummer xy. Los-

los! Die Kolonne formiert sich irgendwie … Los-los! Da sind die Laster mit dem Benzin! Keine Angst! Wir werden nicht verbrennen!

Ein stiller alter Tschetschene taucht auf. Mit einer Gepäckträgerplakette auf der Brust. Graukopf. Im Gesicht einen nervösen Dauertick.

Er versucht die Rote Armbinde am Ärmel zu packen. Damit der sich zu ihm umdreht:

»Saschik wird ungehalten sein.«

»Was geht's dich an?«

»Warum hängst du die Soldaten an seine Kolonne an? Saschik wird böse sein.«

»Ist mir doch egal … Siehst du noch gut, Alter? Siehst du diese Horde?!«

Sie sehen beide … Kaum auf die Schützenpanzer geklettert, hüpfen die Soldaten darauf herum. Suchen einen besseren Platz – bald hier, bald dort. Umarmen sich schnatternd und lachend. Trotz der unvorstellbaren Trunkenheit strahlen viele Gesichter. Diese klaren, diese lebenslustigen jungen Augen!

Der Roten Armbinde fehlt es an Entschlusskraft. Der Soldat da, der ist ja völlig übergeschnappt! Höchste Zeit, dem Blödmann eins auf die Rübe zu geben! … Der ist zu den vorbeigehenden Bahnarbeitern gestürzt, Tschetschenen und Russen … ölverschmiert … unausgeschlafen … Der Soldat rennt hin und her. Schreit lauthals, ruft: »Pa-paa! Pa-paa!« Fragt die Arbeiter nach seinem Vater aus. Der Soldat glaubt, er sei immer noch an der Wolga. Der Dummkopf hat sich nicht mehr verabschieden können! Er glaubt, sein Zuhause sei hier irgendwo. Kapiert nicht, dass er in Tschetschenien ist. »Wo ist mein Vater?! … Pa-paa!«

Der Roten Armbinde springt der trinkfeste hünenhafte Soldat bei. Mit Namen Schora, ein vor Gesundheit nur so strotzender Kerl. Schora schnappt sich den Soldaten, staucht ihn und redet freundlich auf ihn ein. Dabei stößt und schubst er ihn mit seiner Riesenfaust zum Schützenpanzer:

»Wir finden deinen Vater schon. Später finden wir ihn ... Keine Bange, Soldat!«

Die Rote Armbinde weiß Bescheid und beeilt sich. Wie sollte er nicht wissen, dass sich der im Soldatengedärm abgebremste Rausch gerade erst anschickt, richtig über sie hereinzubrechen ... ein kapitaler Rausch. Über ihre jungen Gehirne. Ach, zum Teufel. Ach, der Rausch, aushebeln wird er die Jungs! Bis zur Bewusstlosigkeit ... Ach, diese Schweine.

Dafür Schora ... Schora ist immer im richtigen Augenblick zur Stelle! Der Hüne.

Dazu noch der Sergeant, der ihm zu Hilfe geeilt ist. Der Sergeant mit dem Doppelnamen Borsoi-Babkin hat gerade seinen Rausch ausgeschlafen. Er erinnert sich an nichts. Wer ist er? ... In welchem Zug?

»Jungs!«, brüllt der Sergeant.

Trotzdem, zwei Köpfe sind besser. Sergeant Borsoi-Babkin und Schora sind zur Besinnung gekommen. Unter den sich gegenseitig aufstachelnden Trunkenbolden haben beide schon geschnallt, dass die Lage brenzlig ist! Und dass die sich verbrüdernden Soldaten in dieser Form ihre Bestimmungseinheit Nummer xy nie erreichen werden.

Die Rote Armbinde wiegelt höhnisch ab: »Sie werden schon ankommen. Aber nicht alle. Hier kommen nie alle an.«

»Wieso nicht?«

»So eben. Das ist hier normal. Wir sind hier in Tschetschenien ... Schon mal davon gehört?«

Die Rote Armbinde kennt ihre Aufgabe und treibt an. Runter vom Platz! ... Alle aufsitzen ... Alle auf den Marsch! ... Er darf niemanden am Bahnhof zurücklassen. Selbst die Stockbesoffenen lässt er nicht zurück. Diese Horde? ... Die Soldaten ausschlafen lassen? ... Wo? ... Wie?

Die Rote Armbinde greift nach der Pistole. Seid ihr verrückt geworden! Die Soldaten ausschlafen lassen? Sonst noch was! Wozu sind sie denn hergekommen, etwa um zu schlafen? Und was für schöne Schützenpanzer für sie da sind! Lasst sie aufsitzen! Lasst die Rekruten aufsitzen. Man kann sagen, was man will, der Platz des Soldaten ist auf dem Schützenpanzer. Ha, schön sind die! Sehen prächtig aus mit ihrer Panzerung! Wunderbar! Nur die Blaskapelle fehlt noch.

Schora und der Sergeant halten die Rote Armbinde fest. Rechts und links. Du bist der Ordner – du hast die Strecke abzusichern!

»Ich bin nur im Bahnhof Ordner.«

»Absichern!«

Die Rote Armbinde denkt kurz nach und findet eine Art Kompromiss. Die drei Lastwagen mit Benzin dürfen nicht belangt werden. Das Benzin wird auf Befehl von Major Schilin abtransportiert! Das ist ein ganz großer Mann ... Keinerlei Aufschub! ... Aber dafür passiert das Benzin unterwegs genau eure Einheit ...

»Und?«

»Es gibt noch zwei leere Lastwagen ...«

»Und?«

»Ihr werdet in einer Kolonne fahren. Kapiert?«

Die Rote Armbinde hat ihnen diese Idee geschickt gesteckt bezüglich der beiden leeren Lastwagen. Wenn es die Jungs völlig umhauen würde. Die Lastwagen fahren praktisch leer. Na ja, auf dem Boden liegen Sägespäne ... Zum Schutz künftiger Frachtgüter.

Schora und der Sergeant tauschen Blicke. Die nebenbei geäußerte Idee ist in ihre Köpfe eingedrungen. *Nicht zum Schutz von Frachtgütern, sondern zum Schutz der Jungs ...*

Die Rote Armbinde treibt zur Eile an, scheucht schon die Allerletzten auf die Schützenpanzer:

»Es geht nicht! Ihr könnt nicht hierbleiben! Macht euch vom Acker. Die Tschetschenen in Grosny mögen es nicht, wenn sich hier Soldaten drängeln! Ihr hättet schon in der Nacht ankommen sollen! In der Dunkelheit! Damit ihr nicht gesehen werdet!«

Aus Grosny fuhr man irgendwie langsam als Kolonne heraus, doch dann ging es nicht recht weiter. Den Jungs in den Schützenpanzern wurde schlecht, sie mussten sich übergeben. Sie kletterten auf die Panzerung, an die Luft, fielen jedoch alsbald von den Panzerfahrzeugen. Fielen wie die Säcke, sobald auf der Landstraße das Tempo beschleunigt wurde. Wie reife Pflaumen. Die Soldaten purzelten von den Schützenpanzern einfach auf die Straße.

Dahinter fuhren die Lastwagen. Pass doch auf, verdammt noch mal! Ein Soldat brach sich den Arm. Ein anderer wurde beinahe vom Triebwerk erwürgt. Und diejenigen, die in den Schützenpanzern waren, kotzten in ihrem Suff und japsten … Kriegsruhm wird nicht auf Anhieb zuteil.

Die Kolonne bremste, und der Soldatenhaufen begab sich instinktiv, ohne Befehl, aus den Panzerfahrzeugen in die beiden leeren Lastwagen. Krabbelte hinüber. Dem einen und anderen musste geholfen werden. Die völlig Zugedröhnten warfen Schora und Sergeant Borsoi mit Schwung – eins, zwei! – über Bord hinein. Alle rüber. Namen wurden keine gerufen!

Dort, in den Lastwagen, war es sicherer. Auf den weichen Sägespänen! Von überall her wehte die süße Vorgebirgsluft! Das war reiner Sauerstoff! Das war der Kaukasus! Der Kaukasus tat sich auf und hüllte das Gehirn ein. Hüllte auch zärtlich die junge Seele ein. Der Kaukasus rief. Die Rekruten waren glücklich! Ab und zu standen sie in voller Größe auf – im hüpfenden Kasten des fahrenden Lastwagens! Schüttelten die Kalaschnikows. (Wenn ihnen Schora oder der Sergeant die Waffe nicht hatten abnehmen können.) Sie fielen um und standen wieder auf.

Und da schossen sie auch schon, schossen! Wo sind diese verdammten Tschetschenen? Wo ist der Krieg? Kommandeure, halloo! Manche brannten darauf, hier und jetzt zu kämpfen. Wie lange sollte man zögern! Man musste sich in ein Gefecht einlassen, bevor man vor Hitze k. o. war.

Auf in den Kampf! Und zwar schnell. Diese verdammten Laster mit den Benzinfässern bremsen uns nur. Sie fahren der Kolonne voraus. Lahme Kisten, verdammt noch mal! Dreckschleudern! Lasst uns durch! Wir würden schon kämpfen, was das Zeug hält. Wenn diese Laster nicht wären.

Den Sturzbetrunkenen nahmen Schora und Sergeant Borsoi weiterhin die Waffen weg, die Kalaschnikows unter die Persenning! Schora und der Sergeant hatten sich notgedrungen getrennt – im Kasten des ersten leeren Lastwagens wachte Schora – dort mussten die Allerbesoffensten und außer Rand und Band Geratenen auf die Sägespäne gesetzt (besser noch gelegt) werden. Die hatten immer zu wenig Wodka! Die wollten nicht schlafen. Sollten sie jetzt auf den Sägespänen übereinander herkriechen.

Für den zweiten Lastwagen hatte Sergeant Borsoi-Babkin die Ruhigeren und Schläfrigen aussortiert. Alle hinlegen! Auf Sägespänen schlafen, was gibt es Schöneres! Kaum hatte Sergeant Borsoi ausgeraucht, schlief er selbst ein.

Aber nicht lange. Die Schläfer rumorten. Einer hob den Kopf. Einer rief gedämpft seinen Kumpel: »Mu-uchin … Blö-ödmann!«

Aber Sergeant Borsoi, der obenauf lag, auf zwei bis drei Soldaten zugleich, schlief wachsam. Er war auf der Hut. Wenn sich jemand rührte, kroch der Sergeant, ohne aufzuwachen, sofort auf ihn drauf. Legte sich auf ihn. Unter dem Gewicht und der Macht des Sergeanten wurde der gleich still. Schlief ein. Und mit ihm zusammen schlief auch der Sergeant ein. Obwohl wiederum nicht für lange.

Dafür hielt sich Schora im ersten Lastwagen durchaus auf den Beinen. Im Unterschied zum Sergeanten kroch er nicht über seine Schützlinge. Er stieg über sie drüber. Und stieß danach den nächsten Aufmüpfigen einfach um, der sich unpassend aufgerichtet hatte. Hopp! Schon wälzte der sich auf dem Kastenboden. Auf den Sägespänen. Schrie: »Wie kommst du dazu, du Hund! Wie kommst du dazu, mich umzuhauen! Den Soldaten Koptew! Das wirst du mir büßen!«

Doch Schora würdigte ihn keines Blickes. Er allein stand jetzt in voller Größe im Kasten des Lastwagens. Hielt sich leicht am Fahrerhaus fest. Er allein schaute auf die Straße. Er war einfach allein. Es gefiel ihm, wie der kaukasische Staub aufstob. Wie stark er umherwirbelte!

Der zwanzigjährige Schora fand es schön, zu stehen. Im Kasten des dahinbrausenden Lastwagens. Er glaubte jetzt in seiner fernen sonnigen Kindheit zu sein. In seiner frühesten Kindheit! Ich bin fünf, dachte er. Nein, sieben.

Auf dem leeren Bahnsteig war die Rote Armbinde erstarrt. Er befand sich in einem gewissen Stupor. Rundum verlassene Gleise, verlassene Bahnsteige, der menschenleere Bahnhof. Stille.

Der alte Tschetschene trat aufs Neue von hinten an die Rote Armbinde heran. Er hatte keine Karre, aber die Gepäckträgerplakette, die hier niemanden interessierte, prangte wieder auf seiner Brust.

Beide schwiegen.

»Saschik wird ungehalten sein«, sagte der Alte wieder.

»Scheiß doch auf ihn, auf Saschik.«

»Sprich nicht so!«

Die Rote Armbinde spuckte zur Seite aus. Gott sei Dank, den Soldatenhaufen war er los. War das die Möglichkeit! Aus Chankala war kein Schwein gekommen, um die Soldaten in Empfang zu nehmen!

Die armen Soldaten hatte man aus einem Zug in den anderen gehetzt. Sie hatten nicht geschlafen. Nicht gegessen. Die Glückspilze, wenigstens an Wodka hatten sie sich satt gefressen. Zuerst war es vor Rostow hin und zurück gegangen. Man hatte vergessen, ihnen einen Offizier mitzugeben, anstelle des Erkrankten. Und warum nur ein Offizier? Und in Mosdok sogar dreimal! – Dreimal hatte man sie umsteigen lassen!

»Solche Soldaten hatten wir lange nicht«, seufzte der alte Tschetschene.

»Ja.«

»So besoffen waren sie noch nie. Kann mich nicht erinnern.«

»Vor einem Jahr schon.«

»Ä-äh! Vor einem ganzen Jahr.«

Die Rote Armbinde und der Alte, beide dachten sie dasselbe – wozu schickt man solche her? Wer hat sie gesammelt? Woher kommen sie? Anscheinend aus der Vergangenheit.

»Saschik wird ungehalten sein«, wiederholte der Alte seufzend. »Warum wildfremde Soldaten in seine Lastwagen?«

Die Rote Armbinde spuckte noch einmal aus und fragte:

»Hast du ihn etwa hier gesehen?«

»Vor zwei Tagen.«

»Und wie sah er aus?«

Der Alte sagte kummervoll:

»Saschik hat überhaupt nicht gelächelt.«

ZWEITES KAPITEL

»Auf in den Krieg!«, brüllt ein Soldat. Voller Sägespäne. Er hat sich im rüttelnden Kasten des Lastwagens aufgerichtet.

Er hätte auch Frieden mit den Tschetschenen geschlossen. Einen langen, langen Frieden. Die Tschetschenen sind auch Menschen. Und die Soldaten könnten hier angeln. In den Bergflüsschen soll es vorzügliche Fische geben, wenn auch kleine.

Die allgemeine und einträchtige Soldatenmeinung ist jedoch – in den Krieg! Verdammt noch mal! Warum fahren wir so langsam?! Scheiß drauf! Bahn frei! Das Benzin? Treibstoff für Major Schilin. Wer ist denn dieser blöde Schilin? Was für ein Geschiss um den gemacht wird! Hol ihn der Geier!

Drei Lastwagen mit Fässern? Sollen sie doch die Tschetschenen abfackeln! Scheiß drauf! U-uh! Das gäbe eine Stichflamme! Sie sind rund hundert Kilometer gefahren. Es ist ihnen schnuppe.

Dafür sind Major Schilin die Lastwagen mit dem Treibstoff nicht schnuppe. Major Schilin – das bin ich.

Bauleiter Ruslan ist kaltblütig. Ruslan ruft an, ganz ruhig. Er hat sich gerade eben der Kolonne angeschlossen, um die Benzinlastwagen zu begleiten. Ja, ja, wir haben ein Problem! Die Kolonne ist angehalten worden. Die Berge sind noch nicht zu sehen, und schon haben wir ein Problem!

Seinen Worten nach wird es zu einem großen Lösegeld kommen oder zu großem Blutvergießen. Die Kolonne hat auf halber Strecke angehalten. Die Tschetschenen, die den Weg versperren, fordern Geld.

»Besoffenes Soldatenvolk, Alexander Sergejitsch. In den Lastern ... sternhagelvoll ... alle sind fertig. Man hat sie aus irgendeinem Grund unserer Kolonne angehängt.«

»Viele Tschitschen?«

»Genug.«

»Haben die Schützenpanzer geschossen?«

»Nein, Gott sei Dank.«

Nach dem Gespräch mit Major Schilin hat Ruslan sein Handy natürlich sofort verschwinden lassen. Auf der Stelle! Ein Handy ist hier, auf der Strecke, oft Anlass und Gegenstand des ersten Streits. Der erste Funke.

Doch seine Stimme hat nicht gezittert. Das ist gut.

»Ich komme«, sagte der Major.

Die Situation entspannen! Möglichst rasch! Ruslan wird bis zuletzt aushalten.

Allgemein gesagt, ist Ruslan Tschetschene und hasst die Föderalen. Aber konkret gesprochen, ist Ruslan Tschetschene, und erledigt seinen Auftrag ehrlich. Diesen Gefühlscocktail gibt's hier oft, in Tschetschenien. Major Schilin kennt seine Leute. (Ich kenne sie. Ich sehe Ruslan vor mir, das dreifarbige russische Fähnchen in der Hand. Ruslan steht da, zuckt nicht zusammen. Neben unserem vordersten Laster, der randvoll ist mit Superbenzin. Das ist wie Flüssigsprengstoff.)

Die tschetschenischen Kämpfer, die die Kolonne überfallen haben, machen sich wahrscheinlich über Ruslan lustig. Was tut ein Bauleiter auf der Landstraße? Sie sticheln auf ihn ein. Im Unterschied zu ihnen hat er weder eine Kalaschnikow noch eine Pistole ... Nur das Fähnchen.

Deshalb gibt Major Schilin, sobald er auf die direkte Straße hinausgeschossen ist, in seinem klapprigen Jeep Vollgas. (Ich fahre bereits. Beeile mich.)

Aber Major Schilin hat sich etwas zu sehr beeilt. Nicht den richtigen Soldaten ausgewählt. Der Major hat ihn mitgenommen, damit er notfalls fährt. Oder damit der Soldat seine Kalaschnikow aus dem Fenster hält, wenn der Major selbst am Lenkrad sitzt. Vom Aussehen her ist ein Soldat wie der andere. Schwer, den Richtigen zu treffen. Wenn man jemanden als Beistand mitnimmt.

Es ist ja nicht so weit, sie werden es schaffen ...

Schon von ferne sind die Tschetschenen zu sehen. Winzige Figürchen neben der Kolonne, sie schütteln die Kalaschnikows. Der Soldat hat einen Mordsbammel. Seine Augen sind kreisrund! Obwohl er seine Kalaschnikow aus dem Fenster hält.

Das Handy klingelt, Ruslan kann noch mal telefonieren – die Tschitschen sind stinkwütend, Major! Sie kommen geradewegs aus dem Wald. Sind bombardiert worden. Hungern. Machen Sie sich auf alles gefasst.

Ja, ja, der Feldkommandeur hat zugestimmt, dass Major Schilin die Sache mit der überfallenen Kolonne entspannt. Frieden macht. Der Kommandeur hat zugestimmt, als er hörte, dass Major Schilin gerade in der Nähe ist. Und natürlich das Geld. So hat es der Feldkommandeur auch gesagt: »Dem Major vertraue ich. Aber er soll schnell kommen. Und zwar mit Geld.«

»Was sind das denn für Soldaten, Alexander Sergejitsch!«, sagt Ruslan hastig. »Alles Frischlinge.«

»Ist ein Offizier dabei?«

»Nein.«

Der Major fragt zurück, treiben die Tschitschen den Preis in die Höhe, Ruslan? Muss man sich denn so beeilen?

»Doch, doch, Alexander Sergejitsch. Das gibt ein großes Blutbad!«

»Ist eben Krieg, Ruslan.«

Einem Tschetschenen sollte man das Wichtige lieber gleich und direkt sagen. Laut verklickern. Einen Tschetschenen darf man nicht beruhigen. Dann fährt er voll drauf ab, auf den Hauptinstinkt. Das Problem ist, dass Major Schilin just in diesen Tagen kein Geld hat. (Ich habe zwar Geld, aber wenig.)

»Alexander Ser…«

Das Gespräch mit Ruslan bricht ab. Störungen. Die Nähe zur Kolonne verschlechtert die Verbindung. Jede Kolonne ist ein Metallberg.

Die Störungen sind jedoch nicht nur im Äther entstanden. Direkt auf der Straße, vor dem Wagen, steht plötzlich ein Tschitsche mit Kalaschnikow. Ist aus dem Gebüsch herausgesprungen.

»Teufel!«

Wenn man sich zu einer blockierten Kolonne durchschlägt, kommt man an den Tschitschen natürlich nicht vorbei. Ihr Späher ist hier auf der Straße durchaus auf seinem Posten. Er muss es sogar sein! Aber er hätte nicht so plötzlich aus dem Gebüsch herausspringen dürfen.

Sie sind doch gewarnt, dass ein »Unterhändler« kommt! Dass man sich friedlich einigen und möglicherweise nicht wenig Geld abdrücken würde. Und überhaupt, was ist das für ein Späher, was ist das für ein Posten, wenn er plötzlich ohne Ankündigung auf die Straße springt und dir auf die Stirn zielt.

Der Soldat schießt als Erster. Hat im Fahren die Tür geöffnet und die Kalaschnikow hinausgehalten. Major Schilin kann nur fluchen. (Ich fluche … wir haben ihn getötet … die Sache kompliziert.)

Jetzt ist alles unsicher. Wie dumm! Und wie immer im Augenblick der Gefahr sehe (und fühle) ich mich nicht mehr als Major Schilin – »ich« fahre einfach. Nach Nerv. Nach Instinkt. Ich und mein untauglicher Soldat.

Mein Herz vibriert. Was jetzt! Das Herz meines Soldaten vibriert noch vernehmlicher. Aha! Da ist ja der normale tschetschenische Posten. Der Tschitsche steht auf der Straße. Schreit uns an. Hebt die Hand.

Und winkt uns sogleich durch – fahr zu!

Von mir, Major Schilin, weiß er schon alles. Dass ich komme, um Frieden zu stiften, dass ich nah bin. Dass ich mit einem klapprigen Jeep komme. Aber er weiß nicht, dass fünfzig Meter von ihm entfernt ein toter Tschetschene liegt. Er wird es erfahren! So was erfährt man schnell. Wir haben den Toten nicht einmal ins Gebüsch gezerrt. Er liegt neben der Straße, die Arme ausgebreitet. Aber einen Getöteten verstecken – das macht die Sache fast immer nur noch schlimmer. Im Endeffekt. Das bringt die Tschitschen plötzlich und unvorhergesehen in Rage.

Man spürt schon die Sicherungslinie. Mein Soldat ist ganz weiß im Gesicht. Er hat den Tschetschenen getötet. Während ich am Steuer saß.

Die Kolonne ist in Sicht. Meine Lastwagen. Stehen aufgereiht da. Hinter den Lastern die Schützenpanzer, leer, wie ich schon weiß, ohne Soldaten. Die Panzerfahrzeuge sind leicht am Ende der Kolonne zu erraten, krümmen ihre Linie.

Den Feldkommandeur der Tschetschenen habe ich schon *irgendwo irgendwie irgendwann* gesehen. Aber es will mir einfach nicht einfallen. Schade! Er ist umringt von einer kleinen drängelnden Schar. Seine Leute reden durcheinander … Ich fahre sie beinahe an. Mit Absicht. Die beiden, die mir im Weg stehen, stoße ich sogar leicht mit der Stoßstange an – sie springen zur Seite. Ich hupe sie an. Bahn frei, ihr Adler!

Sie treten auseinander. Sonst könnte ich den Kommandeur nicht erraten. Erst mal sind sie alle gleich. Gruselig. In schmutzigen Kampfanzügen, gerade erst aus dem Gebirge heruntergekommen. Doch als ich aus dem Jeep springe und auf den Kommandeur zugehe, schließen sie den Kreis wieder. Ich bin drin. Was für Gesichter! Unansehnlich verstaubt und verdreckt! Hungrig!

Sie sind gerade aus dem Busch gekrochen. Und stinken schrecklich nach Moder. Wie sie so im Kreis stehen.

»Sa-aschik.« Der Feldkommandeur begrüßt mich mit Handschlag. »Hier sind wir also.«

»Seh ich, seh ich.«

»Für den Anfang ist alles gut. Keiner schießt, was?«

Ich lächle freundlich: »Für den Anfang solltest du sie ins Schwitzbad führen.«

Der Kommandeur gibt keine Antwort. Lacht, verhalten. Und scheucht seine Adler mit einer Handbewegung weiter weg. Wie Fliegen. Er scheint auch Angst zu haben, an ihrem Gestank zu ersticken.

»Verhandlungen! Verhandlungen!«, schreit er seinen Mannen zu und scheucht sie noch ein oder zwei Schritte weiter weg.

Heimelige Enge, aber doch störend.

Seite an Seite machten der Kommandeur und ich ein paar Schritte auf die steckengebliebene Kolonne zu. Da waren sie, die Laster mit meinen Fässern. Wir gingen weiter – dorthin, wo gegrölt und gebrüllt wurde. Und da standen auch die beiden anderen Lastwagen (ebenfalls meine), vollgestopft mit den lärmenden Soldaten.

Ruslan hielt sich nicht beim »Benzin« auf, sondern bei den Lastern mit den betrunkenen Soldaten. Klar. Er schwenkte allerdings nicht das dreifarbige russische Fähnchen. Nicht die richtige Gelegenheit. Recht so. Ich winkte ihm zu. Alles in Ordnung. Wir werden, verdammt noch mal, ein Geschäft machen!

Ein nicht ganz einfaches Geschäft allerdings. Ja, ich stand neben dem Feldkommandeur. Ja, der Feldkommandeur sprach respektvoll mit mir. Aber zwei junge Tschetschenen blieben mir hart auf den Fersen, klebten an meinem ungeschützten Rücken. Mit brennenden Augen. Sie standen da und langten immer mal wieder nach dem Messer am Gürtel. Malerisch! (Gut, dass mein Soldat im Jeep geblieben war. Ihm hätte das nicht geschmeckt.)

Die beiden gaben sich blutrünstig. Sie bedrängten mich absichtlich von hinten, blockierten mich. Hitzköpfe … junge!

»Was ist da los?«, fragte ich, auf die Lastwagen deutend.

Besonders auf den nächststehenden. Die Soldaten kugelten dort gleichsam auf dem Kastenboden herum. Halb gekrümmt. Besoffen. Nur einer stand auf den Beinen. Ein Kraftprotz. Sobald sich einer aus dem sich wälzenden Haufen erhob, schlug ihn der Kraftprotz mit der Faust wieder nieder, auf den Kastenboden hinunter. Wo sie alle waren. Sie krochen umher und schnatterten, stießen besoffene Schreie aus, schienen in den Sägespänen herumzuwühlen, etwas zu suchen. Sie krochen umher und suchten die letzte verlorene Kopeke. Jeder seine eigene.

Diese Kopeke war jetzt ihr Leben.

»Da drin ist die Ware, Saschik«, sagte der Feldkommandeur, aber schon ohne Lächeln.

Seine Augen hatten sich verengt. Der Handel begann. Und der Feldkommandeur nannte sogleich, auf Anhieb, den Preis für diese Soldatenleben-Kopeken – fünf Stück. Oho! Drei Nullen. Der Feldkommandeur schrieb die drei Nullen nach der Fünf mit der Hand in die Luft, zeichnete sie. 5000. Greenbacks. Ich lächelte nur – nein, mein Lieber, ich streite nicht. Aber ich möchte gern genauer rechnen. Wo eine reale Ware ist, ist auch ein realer Preis.

Ich rief, winkte – vom Lastwagen mit den Soldaten löste sich Ruslan und kam schnurstracks her. Zu mir. Als würde mir Ruslan immer beim Rechnen helfen.

Während er ging, stand einer der Soldaten im Kasten des ersten Lastwagens auf, stierte trübe ... Nein. Er schaute nicht, er beugte sich einfach über die Seitenwand und kotzte gewaltig. Schon eilte der Kraftprotz mit der Faust zu ihm, arbeitete sich durch den Haufen. Doch der Soldat fiel flugs um, nachdem er sich erleichtert hatte, legte sich von alleine hin, auf den Kastenboden. Und sogar aus der Entfernung hörte man, wie er in den Sägespänen gackerte: hä-hä-hä, den starken Schora hab ich schön reingelegt!

Die Tschetschenen – beide jung – griffen wieder nach dem Messer. Und schrien dem herankommenden Ruslan etwas Beleidigendes auf Tschetschenisch zu. Der wurde etwas blass, schwieg jedoch. Kaltblütig.

Ruslan erzählte mir (gleichsam die Ware anpreisend), dass die Soldaten gerade erst aus dem Zug ausgestiegen seien, junges Gemüse! Irgendwelche Schwachköpfe hätten sie aus Russland hierhergeschickt! Die Soldaten hätten wahrscheinlich schon im Zug gesoffen. Dazu Hühnchen von daheim gegessen. Und an den

Haltepunkten gekaufte Kartoffeln. Hätten ihren Spaß gehabt. Gelacht. Und gleich nach der Ankunft noch irgendeinen Fusel draufgesetzt. Vielleicht selbstgebrannten Wodka. Wohl kaum mit Absicht. Wohl kaum von jemandem untergejubelt. Einfach Chaos! Kein einziger Offizier hätte sie begleitet …

»Warte, Ruslan … Einen Augenblick!«

Ohne mir alles angehört zu haben, griff ich nach dem Handy und rief bei dem Blockposten an, den ich kannte. Den an der Ausfahrt aus Grosny. Ich telefonierte, und die jungen Tschetschenen rückten mir auf den Leib, bereit, mir bei jedem falschen Wort das Telefon aus der Hand zu schlagen, und das Hirn aus dem Kopf.

Vom Blockposten bekam ich die Antwort – ja, sie seien durchgefahren. Unsere Soldaten. Ja, stark bedröhnt. In den leeren Lastwagen drin. Die sind im Dauersuff.

»Welche Art von Suff?«

»Wissen wir nicht, Genosse Major. Die haben irgendwelchen Fusel gesoffen.«

»Ende«, sagte ich.

Ruslan erzählte. Schneidige Soldatchen, die haben im Bahnhof probiert, Gras zu rauchen. Alles auf einmal … Haben viel von Gras gehört. Na, klar, sicher! Ist doch geil!

Der Feldkommandeur hörte interessiert zu. Jedes Wort stärkte seine Position im Handel. Na, da waren sie reingetappt! Frisch einberufen! Geradewegs aus Russland. Das war eine Beute …

Die beiden jungen feurigen Tschetschenen rückten mir wieder ganz dicht auf den Rücken. Und vergewisserten einander, wie gefährlich sie seien. Ab und zu umklammerten sie die Messergriffe. Echte Dolche. Quetschten den Griff wie eine kräftige Kameradenhand.

Und tuschelten miteinander, auf Tschetschenisch.

Der Feldkommandeur nickte ihnen zu und lächelte – ja, Glück gehabt. Ja, ja, seine Adler waren eben erst als ganzer Trupp aus dem Busch ausgerückt … und gleich so eine Beute! Fünftausend. Ohne seine Freude zu zügeln, gab der Kommandeur einem der beiden Jungen mit den feurigen Augen einen Klaps auf die Schulter.

»Schwein gehabt, was?«

Selbst diesem jungen Spund war alles klar – her mit den Dollars, Major, sonst murxen wir deine Soldaten in den Lastwagen ab. Bis zum letzten Mann. Auf der Stelle. Hier auf der Straße.

»Kämpfer werden keine Schlafenden töten«, bemerkte Ruslan kalt.

Doch die Einflüsterung, die ein andermal, zu Beginn des Krieges, noch gewirkt hätte, hatte sich abgenutzt. Kinogeschwätz verfing nicht mehr. Der Feldkommandeur grinste mir zu und winkte ab: »Vergiss es! Krieg – das war einmal ... Wir, Saschik, kennen diese alten Worte nicht mehr! Wir haben sie total vergessen!« Der Feldkommandeur sprach kehlig schreiend, in hohem Tonfall. Die Dollars brannten ihm schon in den Eingeweiden. Das stärkste Sodbrennen unserer Tage.

»Fünf Lappen, das ist gutes Geld«, sagte ich sachlich. »Aber man muss ehrlich rechnen, Kommandeur.«

»Wie das?«

»Die Soldaten zählen. Überschlagen, wer besoffen ist und wer nicht. Insgesamt dreißig Mann. Und wenn man die Nüchternen abzieht, die für sich selbst einstehen können ... Richtig?«

Ich band ihm irgendeine Logik auf:

»Wir kaufen nur die Betrunkenen frei. Richtig? Die Fahrer in den Schützenpanzern sind alle nüchtern. Die Fahrer in den Lastwagen auch. Das MG ist ebenfalls nüchtern. Richtig? Wir zählen, wie viele betrunken sind, dann zählen wir, wie viele nüchtern sind ...«

Die Jungen stampften schon vor Ungeduld auf. Der Feldkommandeur sagte:

»Willst du noch lange zählen, Saschik?«

Er verstand natürlich. Ich, der Unterhändler, wollte Zeit schinden. Bluffen. Um vielleicht einen Trumpf auszuspielen.

»Drängt uns denn die Zeit, Kommandeur?«

»Du hast selbst gesagt, sie müssen ins Bad.«

Der Feldkommandeur lachte. Hatte mir schlagfertig geantwortet. Dann zeigte er auf die beiden hinter meinem Rücken. Die bereit waren, mich abzustechen.

»Sie haben es sehr eilig.«

Ich warf nicht einmal einen Blick über die Schulter. Heiße Jungchen. Das war schon klar. Am liebsten würden sie auf der Stelle die Messer ziehen, und die Russen abstechen ... Diese Schufte ... Über vierzig Schweinsnasen von diesem Soldatenpack waren ihnen einfach so auf der Straße in die Fänge geraten! Zwei unvollständige Züge! Das war doch was! Darauf konnte man später das ganze Leben lang stolz sein. Sich brüsten. Und wenn man alt wäre, den Kindern davon erzählen. Es waren fünfundvierzig! Sie würden sie wie die Hammel abschlachten. Und jemand würde schmeichlerisch korrigieren – nein, mehr als fünfundvierzig. Es sind mehr, wenn es zwei Züge sind!

Ehrlich gesagt, ich nahm den Gestank dieser jungen Kämpfer nicht mehr wahr. Ich stank selbst nach Schweiß, in den ich gebadet war. Ich drehte mich trotzdem um und klopfte einem von ihnen auf die Schulter. (Er wich sogar zurück. Zitternd vor Nervosität.)

»Gute Jungs hast du, Kommandeur! Richtig gute!«

Ich stieß einen Seufzer der Begeisterung aus. Verfolgte jedoch (als Unterhändler) meine Linie weiter:

»Aber, Kommandeur, deine Jungs haben es nicht alle so eilig«, ich machte eine Kopfbewegung in Richtung eines Kämpfergrüppchens weiter weg.

Man musste den Tschetschenen Gerechtigkeit widerfahren lassen. Wie lang sie auch im Gebirge gehockt hatten, wie sehr sie auch an ihren kümmerlichen, (vor den Hubschraubern) verborgenen Lagerfeuern gefroren hatten, so zogen sie jetzt doch nicht sofort das Messer. Beeilten sich nicht, sich auszuzeichnen, indem sie die tobenden Besoffenen im ersten Lastwagen töteten und die Schlaftrunkenen im zweiten abschlachteten. Im Kampf, aus dem

Hinterhalt – das wäre besser! Das wär's! Von den Suffköpfen sollte man lieber Geld nehmen, nicht besoffenes Blut.

»Wenn es ein richtiger Hinterhalt wäre, dann müsste man natürlich viel bezahlen. Wenn's ein Angriff wäre. Ein Kampf, das wäre euch Tschetschenen doch würdig«, schmeichelte ich wie Ruslan.

Ich fuhr mit einem verächtlichen Schnauben fort:

»Aber was ist da drin, in den Lastwagen? Womit willst du dich brüsten, Kommandeur? Das ist doch Ramsch. Geschenkt!«

Ich, Ekel, versuchte ihren Erfolg zu schmälern. Verärgert unterbrach mich der Kommandeur kurz: »Atschch!«

Kurz und klar. *Geld!* Ein Kommandeur war kein Fleischer! Hatte er etwa nicht hier lange auf Major Schilin gewartet? Weil er auch auf Saschik gewartet hatte. Wir hängen hier so lange auf der Straße rum und halten die Kolonne an, weil wir nicht au f Blut warten, wir warten auf Geld. »*Atschch*!«

Das sei sein letztes Wort. Der Unterhändler, Major Schilin, solle es jetzt auf der Stelle, jetzt gleich!, telefonisch seiner Führung melden. Die Führung werde das Geld zahlen. Sofort. Natürlich sofort. Im Lauf von ein, zwei Stunden. Der Kommandeur begreife natürlich, dass Saschik nicht so viel in der Tasche habe. Oder habe er doch so viel? Na, na! Die Tschetschenen wissen, dass Saschik Geld dabei hat. Und wenn er's nicht bar dabei hat, dann sollen eben die Stabsoffiziere tiefer in ihre Taschen greifen! Ruf an, Major! Was habt ihr denn da für einen Krieg! Es muss doch einer von euren Stabsleuten für diese Saufsause geradestehen! (Niemand wird geradestehen, wenn ich anrufe. Die Stabsoffiziere werden Major Schilin zum Teufel schicken.)

»Aber du hast doch die Schützenpanzer auf der Straße gestoppt und hältst sie fest. Und mein Benzin, so viele Fässer. Eine ganze Kolonne«, versetzte ich hastig.

»Nei-in, Saschik. Keine Finten. Die Schützenpanzer werden wir durchlassen. Die Kolonne auch. Und dein Benzin werden wir auch durchlassen.«

Er lächelte sanft: »Die Menschen sind die Ware.«

Sein Lächeln erboste mich, aber noch wütender war ich auf mich selbst. Auf Major Schilin, der sich (wie sich plötzlich herausstellte) zu sehr versteift hatte ... sich beim Handeln zu sehr hatte hinreißen lassen ... und nicht nachgab. (Unterdessen hatten wir einen Toten auf dem Buckel. Der an der Einfahrt lag!) Ein unvorsichtiges Wort, und sie würden mich abmurksen. Auf der Stelle. Neben der Niemandsstraße, hier begrub man die Toten nicht einmal. Aas! Ab ins Gebüsch. Hier geschah alles unvermittelt! Ich schielte schaudernd zum Gebüsch hin. Dornensträucher! Und regloses, hohes Gras.

Außerdem würden die Tschetschenen das Benzin an Major Schilin abgeben. Würden die Lastwagen abgeben. Die Straße freigeben. Bloß die Soldaten wären raus.

Aber was bedeuten diese Soldaten Major Schilin? Schade um die Jungs, natürlich! Abgestochen würden sie im Gebüsch herumliegen! Ohne nüchtern geworden zu sein, ohne ausgeschlafen zu haben! Aber täte sich Major Schilin nicht auch selbst leid?

Indes, ich bin kein Kämpfer. Einmal, in Jachlaja-Mocha, als ich beinahe lebendig verbrannt wäre (von meinem eigenen Benzin übergossen), sagte ich mir: Stopp, stopp! Das ist kein Krieg, Major, für den man das Leben hinwirft. Über diesem friedlichen hohen Gras flattern die Vögel.

Dieses hohe Gras hatte mich kalt erwischt! Ich fragte mich selbst: Warum bist du so ein Heißsporn, kleiner Major? Bist du so stark? Ich fragte mich: Auf was lässt du dich da ein, du Scheißhaufen in Kampfkluft, wenn du daheim Frau und Tochter hast? Jeden Tag warten sie. Der Krieg ist eine Sache für sich – du bist für dich. Denk dran: Du dienst einfach nur. Du dienst einfach nur im Kaukasus.

Ich spürte, wie mir ein Schweißtropfen den Rücken hinunterrollte. Kroch. Das hohe Gras! Die Jungs tun dir leid. Ach, ach! Sie werden im Gras und im Gebüsch herumliegen! Ach, diese jungen Kerle! Aber sieh genau hin. Sie sind gekommen, um zu töten. Zu töten und getötet zu werden. Krieg!

Mich selbst verwünschend (und das bekannte Nervenreißen im Magen spürend), feilschte ich weiter. Major Schilin setzte den Handel mit dem Feldkommandeur fort.

Der Feldkommandeur zwang mir – Wort für Wort – seine Fünftausend auf, war schon dabei, sie »durchzudrücken«. (Aber auch ich schickte mich an, meinen Trumpf in dem Straßenstreit auszuspielen.)

Das Lösegeld für einen Soldaten, der noch nicht in der Grube saß, war in jenen Tagen nicht hoch – einhundertfünfzig bis zweihundert Dollar. Für manche mehr, für manche weniger. Ich hatte die Überschlagsrechnung des Kommandeurs durchaus erfasst. Einhundertfünfzig Greenbacks mal dreißig oder vierzig (Besoffene und Verschlafene) sind etwa diese Summe …

Einen halben Schritt vom Blutbad entfernt, dachten wir beide ans Geld. So ist das Leben auf den Straßen. Ich dachte an den Gegenwert für mein Benzin (und zugleich für die Menschen). Und der Feldkommandeur, auf den Geschmack gekommen, an seinen Traum von den Fünftausend Cash.

Die Kämpfer hockten auf der Straße. Der Trupp entspannte. Sie rauchten. Die Kalaschnikows auf den Rücken geworfen. Manche direkt vor den Rädern der (meiner!) Lastwagen. Die Augen halb geschlossen, schlaff. Einer saß da, ein Rad umfangen, dem würde keiner entwischen!

Doch wenn es kein Geld gäbe, würden die schlaffen Kerle aufwachen. Und wie! Sie würden beim Anblick des Blutes geschüttelt! Sie würden die Soldaten abstechen und noch dazu das Benzin einkassieren …

Na, vielleicht würden sie mir die Hälfte des Benzins bezahlen. Später. Um mich nicht wütend zu machen.

Gleich würde ich meinen Trumpf ausspielen … Jetzt?

Weiß der Teufel! Ich dachte an mein Benzin. Die ganze Zeit

nur an mein Benzin. Ausschließlich an das Benzin. Ans Benzin und an die Lastwagen … und half unterdessen diesen besoffenen, grünschnäbeligen Einfaltspinseln aus der Klemme. Diesem bedröhnten Soldatenhaufen! Fährst drauf ab, Major Schilin. Stehst gern an der Kante, was?

Gleich würde ich meinen Stich machen.

»Trotzdem, Kommandeur, ist es mir wichtig …«, fügte ich laut hinzu. »Hörst du! Man muss pro Kopf rechnen. Und dann addieren … Ich muss es wissen. Wie hoch unterm Strich ein ausgelöster Soldat kommt.«

»Willst du einen Taschenrechner?« Der Feldkommandeur lachte.

»Ich will einen Tausch.«

»Wie?« Der Feldkommandeur fuhr auf.

Was für einen Tausch?! Sonst noch was?! Das Gespräch durfte sich seiner Meinung nach nicht mehr von der genannten Zahl entfernen. Keinen Schritt. Keine Kopeke. Die Fünf mit den drei Nullen erschien dem Kommandeur schon wie etwas Belebtes. Wie etwas Lebendiges. Sagen wir mal, wie ein Lamm. Es tollt zwischen den Beinen herum. Lockig! Durchs Gras, durchs Gras!

»Ich bin dir entgegengefahren«, begann ich scheinbar gleichmütig und lässig, »und habe eine Kolonne von euren Leuten stehen sehen. Etwa fünfzehn Fahrzeuge, habe sie nicht gezählt. Nach Atschchoi-Martan, vielleicht auch weiter nach Grosny. Ein paar Frauen mit Gemüse. Ein paar Jungs mit Kalaschnikows. Aber in der Hauptsache alte Männer. Ein Graukopf hier, ein Graukopf da. Die Kolonne kommt aus Bamut, glaube ich …«

»Warum steht sie?«

»Kein Benzin. Irgendwer hat ihnen wohl versprochen … Einer von euren Bergbewohnern. Von euren Schacherern. Der Schuft hat ihnen versprochen, dass er ihnen unterwegs hilft, ihnen Sprit besorgt.«

Der Feldkommandeur warf mir einen Blick zu, grinste – er dachte wohl, ich wollte eine Bezahlung der betrunkenen Soldaten mit Benzin andeuten. Gegen meine Benzinfässer in der Kolonne. Die Fässer, die Ruslan begleitete. Die sich die Tschitschen notfalls selbst nehmen könnten. Ohne Tausch ... Meinetwegen jetzt gleich.

»Gegen Benzin tausche ich sie nicht«, zischte der Feldkommandeur spöttisch zwischen den Zähnen hindurch.

»Ich schlage auch gar nicht vor, sie gegen Benzin zu tauschen, Kommandeur. Spinnst du! Ich war auf dem Weg zu dir, da rief mich plötzlich Oberstleutnant Wassiljok an.« (Hier flunkerte ich leicht, denn ich hatte unterwegs die Hubschrauberpiloten angerufen. Ich selbst. Dringend ... Als ich diese unbewegliche tschetschenische Kolonne gesehen hatte.)

»Wieso rief er an?«

»Er rief eben plötzlich an.«

Der Feldkommandeur mahlte mit dem Kiefer, als er den verhassten Namen hörte. Wassiljok hatte sie heute in aller Frühe bombardiert. Und nicht nur heute.

»Und Wassiljok hat mir fest zugesagt: Wenn die Tschitschen diese Auffüllsoldaten abschlachten, dann werden die Hubschrauber drei Minuten später (nicht zehn, sondern drei – gib das so weiter!) in der Luft hängen. Und die Kolonne zu Staub machen.«

»Ha! Dann sind wir längst wieder im Busch.«

»Ihr schon. Aber die, die unterwegs stecken geblieben sind? Die ohne Benzin?«

Und ich wiederholte. Präzisierte, wie man bei einem ehrlichen Handel präzisiert: »Ich schlage dir nicht vor, Kommandeur, die Kolonne gegen Benzin zu tauschen. So ein Quatsch fällt mir gar nicht ein. Ich schlage vor, die eine Kolonne gegen die andere zu tauschen.«

Das hieß: Rühre unsre nicht an, dann rühren wir eure auch nicht an. Die Kolonne mit den alten Tschetschenen bleibt unversehrt, wenn die Kolonne mit den betrunkenen Soldaten unversehrt bleibt.

Das hieß, die Tschitschen würden sowohl die betrunkenen

Jungs durchlassen und sogar mein Benzin – einfach so – ohne Geld. Genau!

Der Feldkommandeur drehte verblüfft den Kopf. Blickte sich um: »Scheiße«, sagte er auf urrussisch.

So geht es bei einem Handel, wenn sich einer verzockt hat. Von jetzt auf gleich! Der so gut gespielt hat! Und jetzt plötzlich keinen einzigen starken Zug mehr sieht ...

Verwirrung wird unter winzigen Bewegungen versteckt. Der Feldkommandeur drehte den Kopf. Blickte ein-, zweimal in die Runde. Auf die Lastwagen mit den föderalen Soldaten. Auf seine Ware! Auf seinen trefflichen Fang heute!

Und da war was los! Aus dem dumpf lärmenden Lastwagenkasten wurde gerade ein Soldatenhintern rausgestreckt. Nackt. Naturbelassen. Dieser Blödmann! Der Soldat stand halb gekrümmt – den Hintern zu uns rausgestreckt – und schüttelte sich vor Lachen. Er fand das gut. Er fand das wahnsinnig komisch!

Der starke Schora, der im Kasten Ordnung gemacht hatte, begriff nicht gleich. Die offene Seite des Bildes war uns zugekehrt, nicht ihm. Doch Schora arbeitete sich schon vor. Über die liegenden und krabbelnden Soldaten hinweg. Arbeitete sich vor, um dem Nacktarsch eins überzuziehen. Und zwar richtig. Gleich bekäme der was ab! Gleich würde der bis zur Rückwand purzeln! Der Hintern leuchtete unterdessen.

Die Tschetschenen könnten aus grimmiger Ungeduld auf die weißen Hinterbacken feuern. Ruslan sprach hastig auf sie ein. Wiegelte ab. Der Augenblick war schlecht. Wenn auch amüsant.

Der Feldkommandeur verhielt sich zum Glück richtig – er tat so, als ob ihm die beschissenen Dummheiten nichts ausmachten.

»Was weiter?«

Ich hob in betont kummervoller Ratlosigkeit die Hände und erklärte:

»Du weißt ja, Kommandeur ... Ich habe ein Business. Ich kann gegen gutes Geld hochwertiges Benzin hergeben. Meinetwegen einen Tankwagen. Kann dir eine kleinere Atombombe geben (obwohl du nicht das Geld dafür hast, Kommandeur, war nur Spaß). Alles kann ich geben. Aber die betrunkenen Jungs lasse ich nicht abschlachten.

Das Wort »Business« verachten die Tschetschenen (und Bergbewohner allgemein) und achten es zugleich. Sie spucken aus und schnalzen respektvoll mit der Zunge. Der Feldkommandeur nickte verstehend:

»Business, natürlich ... Aber meine Leute sind böse. Sie werden sie abstechen. Wirst selbst sehen. Werden auch dich, Saschik, abstechen.«

»Aus euren Greisen werden die Hubschrauber Qualm machen. Viel Qualm.«

Ich wiederholte sanft, sogar bekümmert – erkläre es ihnen, Kommandeur. Erkläre es deinen Leuten. Wenn ich jetzt NICHT telefoniere, werden die Hubschrauber mit Sicherheit sofort herkommen. Erzähl ihnen von den Raketen. Die Zielgenauigkeit auf der Straße ist hundertprozentig. Fünf Minuten und die Greise sind im Paradies. Vielleicht beneidest du ja die Alten? Erkläre deinen Leuten, im Kampf russische Schützenpanzer heldenhaft zu beschießen, in Brand zu stecken und anzugreifen, ist eine Sache, aber betrunkene Jungs abzuschlachten, ist etwas ganz anderes. Ich zeigte zum Kasten des Lastwagens hinüber (dort wurden gerade wieder zwei Hintern rausgestreckt).

»Wozu sind sie denn hier?«

»Man hat sie hergeschickt.«

Drohend heiser stieß er aus:

»Und wozu sind sie hergekommen?«

»Das wissen sie nicht. Ich, Kommandeur, weiß es auch nicht. Und du weißt es auch nicht.«

Die Unbestimmtheit dieses gespannten Augenblicks nutzend (die Unbestimmtheit unseres gesamten Kriegs auf den Straßen), rief ich Wassiljok an. Mit einem Druck auf die eingerichtete Taste. Ich war auf der Hut (man könnte mir das Handy aus der Hand schlagen) und reichte es deshalb, sobald ich die Stimme vernahm, eilfertig dem Feldkommandeur:

Wassiljok begann mit einer Frage. Alles richtig. Alles, wie bei den Bergbewohnern üblich.

»Wie heißt du?« Die tiefe Oberstleutnantstimme, Wassiljoks Bass, hatte die gewünschte Initialwirkung.

Der Feldkommandeur antwortete: »Maurbek.«

Wassiljok dröhnte: »Hab Mitleid mit den Alten, Maurbek.«

Er legte auf.

Pause …

Ich wartete ab und fragte dann den Feldkommandeur:

»Hast du gesagt, du heißt Maurbek? Bist kein Tschetschene?«

»Nein.«

Ein winziges Faktum, doch in unserem gar nicht winzigen Handel besagte es viel.

Das war wichtig. Ihr Kommandeur war kein Tschetschene. Ich hatte ins Schwarze getroffen … Aha! Wenn es zu einer heftigen Auseinandersetzung käme, würden alle diese ausgehungerten und verbitterten Tschetschenen sicher denken, ihr Feldkommandeur Maurbek habe kein Mitleid mit den tschetschenischen Greisen gehabt. Beim Handel mit Major Schilin. Mit seinen eigenen Greisen hätte er schon welches gehabt.

Einvernehmliches Schweigen. Ich sagte nichts – und Maurbek auch nicht. (Ich verstand ihn … und er verstand mich.)

Auf dem Lastwagen war unterdessen der Teufel los. Vier … fünf … sieben nackte Ärsche über der Seitenwand! Schauten zu uns herüber. Damit musste Schluss sein! Die ganze Seitenwand des Lastwagens! Sie gackerten. Und nun auch noch die Trompetenstöße aus den Tiefen ihres Gedärms. Einer brüllte betrunken kommandierend: »Feuer auf die Tschitschen!« Sie waren eine Haaresbreite vom Tod entfernt. Diese Idioten! Der kaltblütige Ruslan redete wieder und wieder auf die beiden jungen Kämpfer ein, die ihre Hand am Messer hatten.

Ich hatte ihnen jedoch Gerechtigkeit widerfahren lassen: Beide Tschetschenen wandten sich ab. Beide bemühten sich, die beleidigend nackten Hintern nicht zu sehen. Ich wandte mich ebenfalls ab. Ein Hintern war voller Furunkel. Das war zu viel.

Aber im Grunde war die Sache gelaufen. Der Handel war von ganz allein null und nichtig geworden. (Und das Stechen in meinem Magen vergangen. Hatte sich verzogen. Und Major Schilin schien sich kein Lob verdient zu haben.)

Der Feldkommandeur trat beiseite, um mit seinen Leuten zu reden.

Er beeilte sich. Ab und zu hob er den Kopf und blickte nach Chankala hinüber, ob nicht die unheilvollen Hubschrauber im Anflug seien. Die beiden jungen Kerle gingen ebenfalls fluchend und ausspuckend weg. Immer noch böse. Langten im Gehen nach den Messern. Ich dachte an die schweißnassen Griffe.

»Stopp, Jungs … wartet«, rief ich.

»Hä?«

»Wir haben noch nicht Frieden geschlossen.«

Ich drückte erst dem einen die Hand. Dann dem zweiten … Hitzköpfe! Blutjung … einer bildhübsch. Wahrscheinlich ein Geliebter. Ich bemerkte, wie ihn der Feldkommandeur schräg anblickte. Wahrscheinlich vögelte ihn der Feldkommandeur, der sich in den Bergen ohne Frauen langweilte. Zärtlich. Und sehr selten.

Aber vielleicht war er auch einfach nur ein naher Verwandter. Was spinnt man nicht alles zusammen!

Ich selbst begab mich zum Lastwagen … zu den herausgestreckten Ärschen. Du lieber Himmel. Was waren das für Milchbubis! Krieger!

Ich schrie dem Kraftprotz Schora etwas über die Seitenwand zu – erfuhr, welche Einheit … die Nummer … wo … und wie … Und rief sofort dort an, damit man uns einen kleinen Begleitschutz entgegenschickte. Damit sich die Geiselnahme nicht wiederholte. Die Tschetschenen sind viele und alle unterschiedlich.

Ein Abkommen mit den einen bedeutet wenig für die anderen. Und natürlich wies ich Schora per Befehl an, dass meine beiden leeren Lastwagen zurückgefahren würden. Sobald die Jungs aus den Sägespänen ausgeladen worden wären. Sobald man sie auf die Beine gestellt … und abgeschüttelt hätte.

Die Kolonne durfte passieren. Die Tschitschen, denen die Spucke aus dem Mund troff, blickten den verschwindenden Lastwagen und Schützenpanzern nach. Sie konnten die entgangene Beute nicht einmal mehr richtig bedauern. Und die tschetschenischen Straßenposten rissen buchstäblich die Münder auf. Erstarrten. Hatten solche Feinde nicht zu sehen erwartet. Zwei, drei Hintern im Kasten, die aufreizend vorübergezogen waren, tauchten noch weiterhin ab und zu auf. Die Ärsche waren noch lange zu sehen. In der Ferne.

Nur der Tankwagen und die Laster mit den Fässern blieben zurück. Unser Gut, aus dem Lager! Ruslan würde sie weiter begleiten.

Der Feldkommandeur, der nichts vergessen hatte, befahl seinen ungewaschenen Kämpfern, sich im Busch zu verstecken. Für alle Fälle. Vertrauen ist gut, Kontrolle ist besser … Die von Wassiljok befehligten Hubschrauberphantome hingen immer noch in der Luft. Sie waren nicht da und waren doch da. Die geflügelten Geister. Über der noch nicht bombardierten Straße.

Und in seinen Ohren dröhnte, das Dröhnen der Mi-28 vorwegnehmend, Wassiljoks unvergesslicher Bass.

Sein tiefer Bass, ich weiß es von mir selbst, klingt einem noch lange in den Ohren nach. Wassiljok sprach am Telefon besonders tief. Das machte Eindruck. Gesehen hatten ihn die Tschetschenen noch nie, aber seine Stimme kannten sie. Und auch die meisten von uns, die Kolonnen führten und vom Himmel herab abgesichert wurden, kannten nur seinen Bass. Wassiljok spielte mit seiner Stimme. Die Natur hatte es gut mit ihm gemeint. Er war groß (für einen Hubschrauberpiloten). Fröhlich. Wagemutig. Ein echter Spieler!

Sein ganzer Sommer war ein einziger Spielsucht-Trip. Man erzählte sich, dass sich Wassiljok im Urlaub, in irgendeinem lausigen Sanatorium, mit der erstbesten Frau zusammentat und sie für diesen einen Monat zu seiner Frau machte, die Tag und Nacht alles daran setzte, ihm zu Gefallen zu sein. Er selbst spielte. Rücksichtslos. Tag und Nacht …

Er gewann nur wenig. Jubelte aber! Ein Ass, ein klasse Angriffsflieger, Oberstleutnant mit knapp dreißig Jahren und mit gutem Sold – Wassiljok war überglücklich, wenn er beim Kartenspiel ein paar Hunderter gewonnen hatte! Zurück aus dem Kartengefecht, brüstete er sich mit den abgegriffenen Rubelscheinen. War mächtig stolz! Hielt sie seiner Frau mitten in der Nacht unter die Nase! Schau, wie der Sieg riecht! Die Arme nickte nur verschlafen: Ja, ja, das riecht … ja, ja, nach Sieg!

Die Frau begriff nicht, wie ihr geschah und was aus ihrem Urlaub wurde. Sie war zur Erholung in den Süden gefahren, hatte sich mit ihren neuen Sommerfähnchen aufbrezeln wollen, und war wieder nur Ehefrau. Sie war gekommen, um Spaß zu haben, und stand wieder nur am Herd. Und nicht einmal am Herd, sondern an der elektrischen Kochplatte! Sie werkelte unermüdlich, wusste sich vor Unruhe nicht zu helfen und sprang auch noch wie angestochen aus dem Bett, um dem um drei Uhr nachts zurückkehrenden Wassiljok Fleischplinsen aufzuwärmen.

Die Tschitschen zerstreuten sich im Busch. Doch zuvor schleppten sie noch den Getöteten herbei. Den mein Soldat auf der Herfahrt erschossen hatte. Einen Leichnam kann man nicht verbergen. Gut, dass wir ihn nicht verscharrt hatten! Kalt und matt von dem schweren Handel, ging ich gemächlich zum Jeep zurück.

Mein wackerer Soldat saß dort immer noch am Steuer. Beim Näherkommen sah ich schon auf zehn Schritte, wie rot sein Hals angelaufen war. (Man trug den Getöteten … geradewegs zum Jeep. Geradewegs zu ihm, so schien es.) Es war ein Leichtes, sich vorzustellen, wie die wütenden Tschitschen den Wagen stürmten: »Aussteigen, du Schuft! Dich kriegen wir!« Sie stoßen die Kalaschnikowläufe auf die Frontscheibe, genau in die Augen, aufmachen ... aussteigen ... wir schießen durch die Scheibe, wenn du nicht rauskommst!

Aber man machte keine Umstände wegen des Toten. Es stellte sich heraus, dass die Kämpfer den Getöteten als unzurechnungsfähigen Mann gekannt hatten. Als krank im Kopf. Die Tschitschen hatten ihn überhaupt nicht in den Trupp aufnehmen wollen. Er störte nur. Erst gestern hätten sie ihn beinahe selbst erschossen, als er, im Gebüsch sitzend, ohne Zuruf plötzlich seine Waffe klicken ließ. Vor einem Monat hatten sie ihn im Heimatdorf zurückgelassen. Hatten ihn sogar eingesperrt.

Doch der Arme hatte sich schrecklich aufgeregt, wieso denn! Das halbe Dorf zog in den Kampf! Russen töten! Wieso er nicht?! Man sperrte ihn ein, aber er krabbelte doch hinaus. Durch ein Loch neben dem Schornstein. Und folgte, immer Abstand haltend, heimlich seinen Dörflern auf dem Pfad – auf dem Kriegspfad. Erst gestern war er hier aufgetaucht: Wie wenig er gekämpft hatte!

Während sie den Toten zum Jeep trugen, verschwanden die Tschitschen aufs Neue. Versteckten sich im Busch. Jetzt wurde mein Soldat wieder lebendig. Die Angst hatte ihn geknebelt und im Auto festgehalten. Erst jetzt stieg er aus dem Jeep aus. Pinkelte eine halbe Stunde. Während der endlos langen Zeit des Feilschens und Handelns hatte er gewartet ... gewartet.

Ich wollte, dass sich der Soldat entspannte. Alles war vorbei. Alles war gelaufen! Laut genug, damit der Soldat es hören konnte, sagte ich zu Maurbek:

»Euren Mann habe *ich* erschossen«, ich breitete die Arme mit verständlichem Bedauern aus. »Dieser Halbverrückte ist mir mit der Kalaschnikow vors Auto gesprungen ... Hat mir genau auf die Birne gezielt.«

Der Feldkommandeur nickte – das hätten sie sich schon gedacht. Sie würden mich auch nicht verurteilen. Der arme Kerl war verdammt. Vom allerersten Tag an ... Sobald er aus dem Dorf weggelaufen war ... Sobald er durch den Schornstein hinausgeklettert war.

Der Tote war jedoch nicht zufällig zu meinem Jeep getragen und neben der Straße abgelegt worden, nicht einfach so: Der Feldkommandeur Maurbek wollte mir damit sagen, dass ich trotzdem für den unsinnigen Tod zahlen sollte. Dass ich zur Bezahlung den Greisen mit Benzin helfen sollte. Der stecken gebliebenen Kolonne. Für jeden Motor einen halben Tank voll, zum Beispiel ...

»Das muss sein, für den Getöteten, Saschik. Was soll ich meinen Leuten sagen?!«

Er wusste genau, was er seinen Leuten sagen sollte. Aber auch ich spürte, dass er recht hatte. Ich stimmte sofort zu. Je zwanzig Liter, selbst wenn zehn Wagen dort stünden ... macht zweihundert. Zweihundert Liter, genau ein Fass. Was für ein Verlust!

Ich schrie Ruslan zu, er solle den auf der Straße liegen gebliebenen Tschetschenen ein Fass geben. Als Geschenk. Er begriff sofort. Er salutierte. Der Tankwagen und unsere Laster mit den Fässern setzten sich in Bewegung und fuhren zum Truppenteil Nummer ... ganz schön weit! Wenn sie die stecken gebliebene tschetschenische Kolonne passierten, würden sie, ohne anzuhalten, den Greisen dieses Fass als Bezahlung für diesen Tod abwerfen. Kaum das Tempo drosselnd ... würden es im Fahren abwerfen. Ins hohe Gras.

Mein klappriger Jeep stand einsam auf der leeren Straße. Keine Menschenseele. Wenn man nicht bemerkte, dass dieser Tote hier lag. (Wir wollten ihn den Tschetschenen im nächsten Dorf übergeben, sie würden ihn begraben. Wie es bei ihnen der Brauch ist noch am selben Tag. Heute.)

Mein angstgeplagter Soldat lenkte den Jeep. Feldkommandeur

Maurbek hatte sich neben ihn gesetzt – nach vorne. Demonstrativ. Damit die Tschetschenen in der Kolonne sein Kommandeursgesicht sogleich erblickten. Sie könnten uns ja sonst unter Beschuss nehmen. Wenn wir uns näherten. Ohne Federlesen! Es waren zwar lauter alte Männer, aber bei einem fände sich immer eine Kalaschnikow.

Doch zuvor zogen wir hier den Schlussstrich. Auf der Straße. Die Auseinandersetzung hatten wir hinter uns. Auf der nunmehr verlassenen Straße drückte ich Maurbek die Hand – Finish.

Er stieß trotzdem einen leisen Verwunderungslaut aus. Ironisch. War trotzdem unzufrieden. (Ohne Geld.)

»Also, Saschik. Das nächste Mal nimmst du einen Taschenrechner mit. Du hast ja nicht alles ausgerechnet. Was kostet nun dein russländischer Soldat?«

»Und was kostet dein tschetschenischer Greis?«

Er besann sich: »Du hast recht, hast ja recht, Saschik. Weißt du, was ich denke? Dieser Krieg ist eine scheußliche Sache.«

Er wollte gerne, dass ich antwortete – ja, Maurbek, was für eine scheußliche Sache.

Er seufzte auch noch.

Er wollte gerne, dass jetzt, am Ende der Auseinandersetzung, alles wie in einem Kinoschinken über den Krieg aussähe. Dass wir beide starke Kämpfer wären. Starke, ehrliche Kämpfer, die eben Feinde waren. Die, ob sie wollten oder nicht, hier und heute dieses verfluchte Leben lebten.

Ich dachte indes, hätte Maurbek von mir Geld bekommen, dann würde er unser Leben nicht so bekümmert bedauern.

»Eine scheußliche Sache ist dieser Krieg, Saschik.«

Aber ich grinste nur:

»Wirklich?«

Wir näherten uns der erstarrten (und im offenen Gelände sehnsüchtig ausharrenden) tschetschenischen Kolonne. Außer den Greisen gab es da natürlich auch Frauen mit Bündeln. Einen

Haufen Kinder. Warum wurden sie überallhin mitgeschleppt? Und ein Wagen war natürlich mit MPi-Schützen vollbesetzt. Begleitschutz.

Maurbek saß vorne, neben meinem Soldaten am Steuer. Ich hinten – mit dem Toten. Der Tote war bereits steif. Ließ sich nicht krümmen. Er lag diagonal auf dem Rücksitz, die starren Beine hingen halb herab. Sein Kopf ruhte auf einem Stück Zelttuch. Und dieses Stück Zelttuch lag auf meinen Knien. Anders hätten wir beide nicht Platz gehabt.

Anders wäre es nicht gegangen. Und so kam es, dass ich für ihn wie eine Mutter war und er zu guter Letzt mit seinem Kopf auf meinen Knien lag. Aber es war gut, dass mich der »Sohn« nicht besudelte. Und überhaupt ... er war sauber im Tod. Zwei Kugeln genau unters Herz, wenig Blut.

Ungefähr vierzig. Er war tot, aber seine Gesichtszüge hatten sich nicht geglättet. Schnurrbart, düsteres Aussehen. Seine Mutter hatte diesen Griesgram einst laufen gelehrt, ihm beigebracht, den Löffel zu halten. Zu lächeln ... Hatte den Kleinen warm angezogen, damit er sich nicht erkältete. Im Alter von dreizehn, vierzehn Jahren merkte man natürlich, dass er nicht normal war. Ach, ach! Man bemitleidete die Mutter. Ach, die Arme! Man bedauerte sie, machte sich vielleicht auch über ihn lustig. Vielleicht vertrieb man auch die Spötter von ihm. Wunderte sich aber nicht mehr über seine Verschrobenheiten. Und hatte sich auch heute nicht darüber gewundert.

Sie hatten sich kein bisschen gewundert, als ihn eine russische Kugel getroffen hatte. Solange ein Bekloppter lebt, stellen sich viele diese schwermütigen Fragen. Warum lebt er überhaupt? Wozu hat ihn seine Mutter laufen gelehrt? Warum hat sie ihn warm angezogen, wenn es kalt war? Auch lesen hat man den Deppen gelehrt, wozu?

Dafür versetzt der Tod des Bekloppten niemanden in Erstaunen. Sein Ende finden alle gesetzmäßig. Für den da ist es ganz normal. Man fragt nicht, wie alt er ist. Sein Tod erscheint allen als schweigend akzeptierte Wahrheit. Wiederherstellung der Gerechtigkeit in der Natur. Man seufzt nicht einmal. Ist halt so gekommen. Ein Bergrutsch oder eine russische Kugel ... oder der Depp ist einfach überfahren worden. Niemand fragt jetzt noch – wozu?

Truppenteil Nr. 135 620. Der Sprit kam trotzdem durch ... $ 2000 ... Benzin ist das Blut des Krieges ... Im Lager verteile ich das Benzin nach Bestellung der Truppenteile. Und darüber hinaus stelle ich die Lieferung sicher. Das ist meine Privatinitiative ... Der Krieg findet nur noch im Gebirge statt (es gibt keine Schlachten mehr), deshalb ist die Lieferung im heutigen Krieg alles. Und deshalb ist jedes zehnte Fass mein Gewinn.

Diesmal betrug mein Anteil (in Geldwert) gut zweitausend Dollar. So würde ich es in mein Notizbuch eintragen. Morgen ... wenn wir abgerechnet hätten.

Ruslan bekäme seinen Anteil. Seinen Anteil bekäme auch Stabsmajor Gussarzew. Wir sind zu dritt. Wie Kolja Gussarzew zu sagen pflegt: Unser Trio ist gut aufeinander eingespielt. ... Ihr Geld würde ich natürlich nicht aufschreiben, nicht erwähnen. Ich spüre fremdem Geld nicht nach. Das Trio ist eingespielt.

Soldat Sergutschow, Grubengefangener ... $ 1000 ... ich half, ihn aus dem »Sindan« freizukaufen. Das Geld kam nicht gleich. Ich half nur indirekt. Ich telefonierte nur.

Meine Anrufe (aufklärende oder zielbegleitende) verliefen über meine Benzinwege und -verbindungen. Oder über meine Benzinschuldner. (Das sind immer zuverlässige Leute!)

Es machte nur wenig Mühe. Aber die interessierten Personen fanden, dass meine Telefonkontakte vorzüglich funktionierten. Und schätzten sie. Das Geld wurde vom Kamaer Komitee der Soldatenmütter geschickt. Ausgerechnet vom Kamaer!

Die Kama ist ein großer und nicht oft genannter russischer Fluss.

Auf dem Rückweg, schon nahe bei Chankala, stießen wir auf einen *Versprengten*. Er streckte seinen Kopf aus dem Gebüsch und signalisierte winkend, dass er etwas von uns wollte. Die Spitzen der Sträucher schwankten. Mein Soldat am Steuer bremste.

Doch der Versprengte versteckte sich sofort wieder. Schisser! Wahrscheinlich hatte er an meinem Gesicht, an meiner erwachsenen Erscheinung erkannt, dass ein Offizier im Wagen saß. Es war noch nicht sehr spät am Abend. Noch nicht dunkel.

»He!«, rief ich nicht drohend.

Ich hatte gerade über die Versprengten nachgedacht. Ich hatte schon zwei von ihnen zu mir ins Lager geholt. Vielleicht noch einen?

»He!« Wir standen mit laufendem Motor. Bereit, zu starten und wegzufahren. Bei der Anfahrt auf Chankala stehen zu bleiben, ist manchmal gefährlich.

Der versprengte Soldat kam bis zum Gürtel zum Vorschein. Das wiederholte »He!« erschreckte ihn jedoch wieder.

Er versteckte sich.

Aber jetzt konnte man hören, wie er sich bewegte. Irgendwo wieder zwischen den Büschen ... für das Auge nicht erkennbar. Doch er arbeitete sich in unsere Richtung vor. Zu uns hin. Schon tauchte er auf. Schon näher. Schon größer.

Er hustete. War nun schon so weit näher gekommen, dass man auf ihn hätte schießen können. Wenn man gewollt hätte.

Mein Soldat pfiff und schrie:

»Ganz schön feig! Raus mit dir!«

Der versprengte Soldat trat aus dem Gebüsch. In voller Größe.

Gleich käme er her ...

Aus den Schluchten, wo die tschetschenischen Kämpfer ihre Kolonnen niedergebrannt haben, schlagen sich die Soldaten, die sich nach einem vernichtenden Kampf verirrt haben, zuallererst hierher durch ... in die Nähe von Chankala. Der Gebirgskrieg hat keine Frontlinie, so dass ein Versprengter durch ganz Tschetschenien wandert. Allein ... manchmal zu zweit, zu dritt.

Wankend vor Hunger. Schreckhaft vor Angst. Tagsüber schlafen sie in kleinen Waldstücken, auf schattigen Randstreifen, nachts aber schleichen sie voran – gehen.

Zu den Tschetschenen in die Grube geraten will keiner. Als Sklave bei einem Bergbauern zu ackern, ist für niemanden eine Alternative. Es gibt nichts Schlimmeres als die Grube. Aber von unserer Patrouille aufgegriffen und der Kommandantur zur Untersuchung vorgeführt zu werden, und zunächst ins Militärgefängnis gesteckt zu werden, ist für den Soldaten auch kein Zuckerschlecken.

Der Versprengte kam zu unserem Wagen, er verrenkte seinen Körper seltsam und durchbohrte mich mit ängstlichem Blick. Zitterte am ganzen Leib. Ein ganz grüner Junge … hatte keine Kalaschnikow …

»Wo ist die Waffe?«

Er murmelte etwas von einem Erdrutsch mitten im Kampf. Der Soldat wurde verschüttet. Nach der dritten neben ihm explodierten Mine. Und seine Stiefel waren auf einmal voll Wasser. Er kroch und kroch. Dann erst merkte er, dass seine Waffe weg war.

Der Soldat von heute, der nach einem Kampf in einer Schlucht als Einziger unversehrt geblieben ist, fühlt sich von vornherein schuldig.

Er war schon an den Blockposten befragt worden, aber nicht ernsthaft, nur zum Zeitvertreib. Am zweiten Blockposten eine geschlagene Stunde. Der Offizier hatte ihm befohlen, stramm zu stehen. Lass die Schulter nicht hängen. Die rechte Schulter, verdammt noch mal! Wieso lässt du sie schon wieder hängen?! Bist du etwa schief? Dann saß der Soldat das ganze Verhör über stumpfsinnig da. Einfach im Gras … Der Offizier stand über ihm und brüllte. Lange … Dann verlor er plötzlich das Interesse an ihm und fuhr davon … Zum Abschied schlug ihm der Offizier aufs Ohr … *Für die Stumpfheit,* sagte er.

In die angestammte Einheit zu den eigenen Jungs und zum eigenen Offizier zurückzukehren, ist für die Versprengten die einzig denkbare Rettung. Dort würde man sie zwar bestrafen, dort würde man ihnen aber auch verzeihen ... Die Heimateinheit ist ihr Traum. Aber wo ist ihre Einheit jetzt? Wohin wurde sie nach jener Schlacht in der Schlucht verlegt?

Allmählich erfahren die Versprengten voneinander, wie ihre Rettung und Rückkehr konkret in der Praxis vor sich geht. Wie sie sich mit der Zeit eingespielt hat. Erstens, man muss sich still nach Chankala durchschlagen. Zweitens, in Chankala muss man noch stiller bei irgendeinem kriegserfahrenen Dienstgrad arbeiten. In irgendeinem ihm unterstellten Wirtschaftsblock. Dann wird einem der Dienstgrad (wenn man gut gearbeitet hat ... man muss ackern!) sagen, mit welcher Kolonne man mitfahren soll, die von Schützenpanzern begleitet wird. Oder mit welcher Schützenabteilung. So oder anders schlägt man sich wieder zu den eigenen Jungs durch.

Wir trafen eine Abmachung. Ich sagte zu ihm:

»Du arbeitest einen Monat bei mir, dann bring ich dich zu deinen Leuten zurück.«

Er schaute mir mit kindlichem Argwohn in die Augen, witterte Betrug.

Ich hatte gerade an die Versprengten gedacht, könnte noch ein paar Soldaten brauchen ... auch nur einen ... Der, wenn auch nur vorübergehend, meinen Soldaten helfen könnte, die Treibstofffässer zu rollen. Von der täglichen Überanstrengung (manchmal auch der nächtlichen) bekamen die Ladesoldaten schon nach drei Monaten ein dunkelrotes Gesicht. Zu viel Blut ... Mein Kramarenko nennt sie auch so – Rotgesichter. Liebevoll, aber mitleidslos. Kramarenko spöttelt, wie man Glückspilze bespöttelt. Hier, in den Lagerhäusern, werden sie nicht zum Angriff alarmiert. Auf sie wird immerhin nicht geschossen.

Wir fuhren an meinem Außenlager vorbei, das im Bau war. Der versprengte Soldat würde zunächst hier übernachten. Damit er sich mitten in der Nacht keinen besonderen Platz suchen müsste.

Ich stieg aus und führte ihn.

»Hier lang ... Jetzt hier lang.«

Das Außenlager wird einfach nicht fertig. Hat noch nicht einmal eine Umzäunung. Nachts ist es still, tagsüber arbeiten hier zwei, drei Tschetschenen.

Hier gibt es einen Aufenthaltsraum ... eine abgetrennte Kammer, um zu schlafen. Der Soldat, jetzt sah man es, war schief. Hatte irgendetwas an der Hüfte,besonders schief hielt er sich auf den Stufen. Ich zeigte ihm sein Nachtlager. Ein Feldbett.

»Morgen bringe ich dich richtig unter«, sagte ich.

Er wartete auf irgendetwas.

»Und morgen reden wir über alles.«

Der Versprengte nickte. Doch seine Augen waren schreckerfüllt. Ich sagte dem tschetschenischen Wächter, dass er ihm Fladenbrot und Käse geben solle. Im Nu hatte der Wächter etwas Essbares gefunden und reichte es dem Soldaten. Was für eine Reaktion! Die Tschetschenen sind ein flinkes Volk.

Ich wollte ihm nicht nachstehen und überließ dem Soldaten ebenfalls zwei von meinen heute nicht verzehrten belegten Broten. (Der Tag war so, dass man keine Lust auf Essen hatte. Ich hätte heute lieber ordentlich getrunken. Aber nicht einmal für ein Besäufnis hatte ich mehr Kraft.)

Ich ging schlafen ... Gute Nacht, Soldat.

Doch, dem Folgenden nach zu schließen, schlief der Soldat nicht ein. Nicht jeder hat eine gute Nacht! Ich weiß nicht, ob er sich überhaupt schlafen legte. Der Versprengte war zu verängstigt. Man hatte ihm zu lange seine Schuld eingeredet. Der Offizier hatte ihn zu hart verhört. An dem Blockposten. War übereifrig gewesen! Ist doch schön, wenn man ein bisschen brüllen kann. Wenn man fordern, Angst einjagen und dem schiefen Soldaten, der irgendwo seine Waffe verloren hat, den Kopf waschen kann. Er ist rundweg schuldig. Und jetzt sitzt er noch im Gras und begreift überhaupt nichts. Dumpfbacke!

Im Aufenthaltsraum, wo ich den Soldaten hatte übernachten

lassen, war die Tür nicht richtig eingestellt und klemmte. Sie war auch schief. Der Soldat zog offenbar ein paar Mal an ihr und befand, dass man ihn eingesperrt hätte.

Und nicht, dass er stärker an der Tür ziehen müsste. Stattdessen ängstigte sich der Soldat noch mehr. Er wollte keine Verhöre mehr. Er fand, ich hätte ihn in die Falle gelockt, um ihn der Kommandantur auszuliefern. Dafür hätte ich ihn in meinen Jeep einsteigen lassen. Dafür hätte ich ihm Essen gegeben. Mitten in der Nacht baute der Soldat, zu Tode verängstigt, den Fensterrahmen aus und flüchtete. Er traute niemandem mehr.

DRITTES KAPITEL

»Ich bin's.«

»Ja. Ja. Hab verstanden. Alles in Ordnung bei dir?«

»In bester Ordnung.«

Meine Frau holte tief Luft.

»Gott sei Dank.«

Sie wusste schon … hatte sich gemerkt … hatte gelernt …, dass ich manchmal einfach so anrief. Die Ehefrau kann man auch nachts einfach so anrufen.

Ich schwieg eine Weile. Es ergab sich so. Ich zog mein Schweigen wohl zu lange hinaus. Dann verabschiedete ich mich mit einem Schlag. Verabschiedete mich für alle Fälle im Voraus, auf Vorrat. Das Gespräch könnte plötzlich unterbrochen werden. An diesen bangen vorzeitigen Abschied hatte sie sich auch schon gewöhnt.

»Alles in Ordnung, Sascha. Schlaf gut!«

Bei ihnen dort, bei meiner Frau und meiner Tochter – geographisch fern von mir – war an einem großen (aber ungenannten) russischen Fluss ein Grundstück mittlerer Erschwinglichkeit eingezäunt. Nicht groß und nicht klein. Ein Grundstück mit einem im Bau befindlichen Haus drauf. Nicht besser und nicht schlechter als die Nachbarhäuser.

Jetzt war dort Nacht, wie hier auch. Aber vielleicht schien bei ihnen der Mond. Jedes Mal, wenn ich anrufe, versuche ich in Gedanken jenes ferne Stückchen Land zu sehen, zu erkennen.

»Ich schaue in den Mond …«

»Und?«

»Er ist rund!«

»Bei uns steht er hoch. Die Hausecke stört. Dafür haben wir eine Mondbahn vom Fluss rauf.«

»Dann schau jetzt diese Bahn an. Bis zu ihrem Ende ... Ganz am Ende ist der Fokus.«

»Sascha! So sag doch etwas Ernsthaftes. Der erste Stock ist gestern fertig geworden. Die Mauern sind hochgezogen.«

Ich schluckte den Kloß hinunter. Meine Seele war in Aufruhr. Und mein Herz klopfte. (Der Baumeister in mir war noch nicht tot.) Die Lagermentalität hatte noch nicht alles in mir abgetötet.

»Baust du mit Volldampf?«

»Mhm.«

Das sagte sie so lässig. Wie beiläufig ... Lappalien ... Um nicht über Geld zu reden. Sie vertraute dem Telefon nicht allzu sehr.

»Und hast du was zum Bauen?« Ich lachte.

»Ja.«

Sie hatte also das Geld, das ich geschickt hatte, erhalten.

Ich brummte zufrieden.

Auf meine (telefonische) Anregung hin war es meiner Frau gelungen, auf der linken Seite des Grundstücks einen kleinen Abhang zum Fluss hinunter dazuzukaufen. Äußerlich nicht gerade toll. Aber aus Ingenieursicht sinnvoll. Mit Perspektive ... Ein Haus mit Nebengebäude. Und auf der rechten Seite des Grundstücks wird der Wirtschaftsblock entstehen. Weil dort die Ausfahrt ist. Die Ausfahrt deshalb, weil dort die Hauptstraße dieses an den Fluss geschmiegten Dorfes vorbeiführen wird. Ein Glückstreffer! Als meine Frau und ich den Plan besprochen hatten, wussten wir noch nichts von der Straße.

Zur Erklärung – die Anlieferung von Baumaterial wird damit einfacher für uns sein. Gleich von der Straße weg! Im Wirtschaftsblock könnte man in der Zukunft (Geld und Zeit!) einen Generator unterbringen. Für die autonome Strom- und Wärmeversorgung. Tüchtig und pfiffig ist sie. Ihr einziger Fehler – für den Wirtschaftsblock hat sie billigere Ziegel gekauft. Aber das Gegenteil wäre richtig gewesen: Für den Wirtschaftsblock braucht man die solidesten Ziegel.

Als ich die Einzelheiten des Baus durchging, kam mir plötzlich ein Gedanke – ein merkwürdiger Gedankenblitz –, unser künftiges Haus noch über den ersten Stock hinauszubauen, wenn auch nur ein bisschen.

»Es müsste noch höher werden«, sagte ich. »Noch eine Idee höher.«

»Aber, Sascha«, sie wunderte sich natürlich. »Sascha ... wir haben doch einen Bauplan, zwei Stockwerke, du hast ihn selbst abgesegnet.«

»Hallo ... Hallo ...« Die Stimme war weg. »Ich höre dich nicht.« Eine Minute lang hörte ich nichts. Nicht einmal Geräusche.

Dafür schoss mir ein Bild wie ein weißer Funke ins aufgeregte Bewusstsein – ich sah unseren Tisch ... unseren runden Spiegel ... und ihr Gesicht.

»Wie soll ich's dir sagen ... Ich hätte es gerne noch etwas höher. Noch ein wenig mehr Höhe.«

Die Verbindung war wiederhergestellt.

»Sascha. Aber es gibt doch schon den Plan. Das weißt du doch!«

»Man müsste den Plan etwas überarbeiten.«

»Aber das bedeutet ein drittes Stockwerk.«

»Nein, kein drittes. Es müsste einfach etwas ganz Dünnes, nicht sehr Voluminöses über den ersten Stock hinausragen – mehr nicht.«

»Wie denn das?«

»Na ja, so was wie ein Schwanz.«

»Sascha!«

»Verzeih, verzeih, meine Liebe ... Das ist mir hier eben so zur Gewohnheit geworden. Mit den Soldaten.«

Sie sagte trocken:

»Aber jetzt redest du nicht mit deinen Soldaten.«

»Verzeih.«

Der gefangene Sergeant Ryschow. Kam uns teuer zu stehen ... Ruslans Leute, die seine Spur aufgenommen hatten, lauerten dem Gefangenen auf drei Straßen gleichzeitig auf. Auf Kampfhandlungen ließen sie sich nicht ein, gaben nur zu verstehen, dass sie Wind vom Sergeanten bekommen hatten – irgendwie hatten sie den Gefangenen ausgekundschaftet. Hielten ihn sanft unter Beobachtung. Zurückhaltend. Und nun begannen diejenigen, die den Sergeanten im Sindan gefangen hielten, nervös zu werden. Sie überstellten den Gefangenen von einem Dorf ins andere, aus einer Grube in die andere. Und schließlich verkauften sie ihn an unseren Mann. Ohne zu feilschen.

Als sie zurückkehrten, erschossen sie leider einen von Ruslans Männern bei einem blödsinnigen nächtlichen Zusammenstoß. Am eigenen Lagerfeuer! Beim Essen!

Ich schlug vor, alles erhaltene Geld Ruslan zu geben. Es war sein Verlust Am Sergeanten hatten wir einen guten Schnitt gemacht. Gussarzew stimmte zu. Doch Ruslan stimmte nicht zu. Er schien Angst zu haben, mehr zu nehmen. Er hob nicht einmal die Augen. Wie immer kam sein festes, kaltes Nein. Alle zu gleichen Teilen.

Wir saßen damals alle drei im Jeep. Kolja Gussarzew rauchte. Paffte den Rauch ein-, zwei-, dreimal zum Fenster hinaus und fragte, ob der Getötete Ruslan sehr nahe gestanden habe.

Ruslan wollte auch jetzt keinen Druck auf uns machen – auf die Aufteilung und unser Geld. Er antwortete nur: »Ja.«

Truppenteil Nr. ... Diesel ... *Diese Einheit war noch vor dem Gebirge stationiert. Deshalb wurde das Dieselöl von Gussarzew begleitet.*

Wenn kein Stabsoffizier dabei ist, der die Strecke kontrolliert und neben der Kolonne Staub schluckt, gelangt der Treibstoff nicht zum Bestimmungsort. Er wird abgelenkt. An einer Straßenbiegung. Unsre eigenen Leute sind in dieser Beziehung genauso gefährlich wie die Tschetschenen. Jeder Oberstleutnant schnappt sich deinen Tankwagen und die Fässer – und ab zu seiner Truppe. Und dann zwingt er deine Fahrer auch noch zum Ausladen. Das kennen wir!

Truppenteil Nr. ... Benzin ... *Die haben sich weiter weg eingegraben. Nicht leicht, hinzukommen. Bis zum Gebirge begleitet Gussarzew das für sie bestimmte Benzin, im Gebirge drin übernimmt Ruslan den Begleitschutz. Und in was für zerbeulten Fässern, dreieckigen! Im Krieg geht alles.*

Truppenteil Nr. ... Dieselheizöl ... Heizöl ... *Hurra. Hurra. Oberst A-nin hat es kapiert. Und so schnell! Dabei befehligt er seine Truppe erst seit drei Monaten.*

Vor drei Monaten erst hatte sich dieser A-nin fürchterlich empört, als er hörte, dass er mir für die Lieferung und *überhaupt* jedes zehnte Fass abgeben müsse. Er begriff nicht, wer ich bin. Er brüllte herum! Wie was! Wer ist dieser Major Schilin! Diesen Mistkerl werde ich an den Pranger stellen. Ich werde mich an den Stab wenden! An die Generäle! Aber jetzt hatte sich der Genosse Oberst beruhigt und war still geworden. Hatte kapiert.

Man hatte ihn aufgeklärt. Es war wohl Kolja Gussarzew gewesen. Klartext. Ganz direkt. Die Armee ist derzeit nur halb zu führen. Nimmt einfach keine Form an. Es gibt keine Disziplin. Und wenn es keine Disziplin gibt, dann soll wenigstens der Markt die Versorgung mit Treibstoff lenken. Sonst herrscht Chaos. Man erklärte Oberst A-nin die Wahrheit dieses Krieges, trichterte sie ihm ein, wieder und wieder wendete er ein – wie kann das sein! Wie kann das mit dem Benzin sein, wie mit dem Diesel! Wie soll ich unter diesen Bedingungen kämpfen! Hol doch alle der Henker! Diese Halunken!

Unterwegs wurde ihm alles weggeschnappt, was er bestellt hatte. Entweder von den Unsrigen oder von den Tschitschen. Kein Unterschied. Drei Monate! Und nun schickte mir der arme Kerl ein Briefchen: »Lieber Alexander Sergejitsch!« Und so weiter. Sehr netter Text. Der Mann ist mir sympathisch geworden. Bekommt sein Dieselöl. Die Tschetschenen reden mich noch rührender an: »Sa-aschik« … klingt nicht schlecht. Hat etwas Herzliches.

Wir sitzen zu dritt in Gussarzews Wagen, und wenn alles Geschäftliche erledigt ist, steigt Ruslan aus und setzt sich in seinen Schiguli. Nach außen hin sind wir alle drei einfach Freunde.

Kolja und ich schauen zu, wie Ruslan mit dem leichten, beschwingten Schritt des jungen Kaukasiers zu seinem Auto geht. Wir streiten uns nie wegen der Aufteilung des Geldes. Ich zahle großzügig. Manchmal einfach zu gleichen Teilen. Manchmal je nach Einsatz – unter Berücksichtigung des persönlichen Beitrags. Unser Trio ist gut eingespielt. So hat es Gussarzew gesagt. Trio, das ist seine Wortfindung. Benzin … Dieselöl … Nichts Besonderes. Mein Business ist bescheiden.

Chankala ist ein berühmter Vorort von Grosny, hier wird uns tatsächlich immer wärmer. Vielleicht von der Menge der Motoren. Hier befindet sich die Hauptgruppe der föderalen Truppen. Und auch die Lager sind hier, die Lager … Also, das warme, wohnliche Chankala für einen ganzen Tag zu verlassen und zu den Stabsleuten zu fahren, ist nicht immer eine Freude. Aber notwendig.

»Nehmen wir meinen Wagen. Wieso willst du jetzt gleich zurück? Es ist doch so bequemer für dich!«, schlägt Kolja vor.

Wir fahren.

Die Straße nach Grosny ist mir bis ins Kleinste vertraut, ich könnte meinen Jeep mit verbundenen Augen lenken. Aber Kolja lenkt noch leichter – spielerisch!

Während er steuert, ruft Kolja General Basanow an, seinen direkten Vorgesetzten.

»Bin unterwegs, Genosse General … ja, ja, hab schon Sehnsucht … möchte Sie sehr gern hören.«

Bei diesen freundschaftlich schmeichlerischen Worten erklingt am anderen Ende der Telefonverbindung ein freudiges Altmännergegacker, Begeisterung. Sogar ich kann hören, wie glucksend, wie lebhaft die Stimme des *Generals Nix* in den Hörer quäkt. So viel Heiterkeit ... wie ein Kind!

Der Tag ist noch nicht aufgeheizt. Viele Autos sind auf der Straße.

Kolja Gussarzew führt ein nebensächliches, unbestimmtes Gespräch – ich habe gar nicht bemerkt, wie ich unter die Hypnose der wohlvertrauten Straße geraten bin – über den Verkauf von Waffen. Plaudert!

»Sascha ... jemand verkauft den Tschetschenen gerade sehr geschickt AKs. Es handelt sich um unsre föderalen Tschetschenen, sie sind zu faul, um drauf zu warten, dass die Kalaschnikows nach Verteilung geliefert werden. Und bereit zu kaufen, wenn es außerhalb der Reihe geht. Aus einer Hand in die andere. Wär doch ein Business ...«

»Aber die verkaufen sie doch sofort an die Rebellen weiter.«

»Sascha! Was geht uns das an!«

Ich dachte immer noch, er schwätze einfach so daher. Konnte meine Augen immer noch nicht von der Straße lösen.

Kolja Gussarzew hatte sich indes hoch emporgeschwungen. Ja, ja, unser Business sei unser Treibstoff Benzin-Öl-Diesel-Flugkerosin. Aber jedes Business wolle erweitert werden. Oder etwa nicht, Sascha? Das ist wie im Kampf, Sascha. Wie ein Flankenangriff. Eine Flanke ist immer lebendig, in jeder Hinsicht. Die Flanke spornt dich selbst an. Die Flanke will es selbst probieren. Die Flanke riskiert ...

Kolja war vollkommen aufgedreht. Das geschieht schon mal unterwegs. Man gerät unversehens in Begeisterung. Der Anlass spielt keine Rolle. Der junge Stabsoffizier behämmerte mich mit Worten. Flanke ... Flanke ... Flanke ...

»Die Gefahr fürchten wir beide nicht, Sascha. Du und ich, jeder möchte mal an der Kante stehen. Oder etwa nicht, Sascha? An der äußersten Kante ... das ist so im Krieg, oder?«

Ich weiß noch, ich lachte nur. Dieses Ungestüm! Aus irgendeinem Grund erschien mir Kolja Gussarzew komisch ... jung und grün! Es ist die Schwachstelle aller Männer, an der Kante stehen zu wollen.

Kolja verstummte. Vielleicht ein wenig gekränkt.

Ich betrachtete nur die Wolken, den Wald. Diese Stelle war besonders. Diese Biegung der wohlvertrauten Straße betrachtete ich jedes Mal mit einem unerklärlichen Glücksgefühl.

Das Flüsschen!

An der Brücke mussten wir ein paar Nachzügler der Chankala-Kolonne passieren lassen. Das Ende. Zwei Schützenpanzer und dazwischen ein großer LKW, die zurückgefallen waren.

Die Sunscha ist ein kleines Flüsschen. Ein typisch kaukasisches Flüsschen. Hat nichts Ergreifendes … Die Brücke war wieder frei, und jenseits der Brücke lag schon Grosny. Gebüsch, niedriges Gebüsch. Hier ist die Straße eine Weile uneindeutig. Aber alles ist offen und überschaubar.

»Zieh die Rübe ein«, sagte Gussarzew grinsend.

Ich zog den Kopf ein. Rebellen gibt es in Grosny genug. Aber morgens ruhen sie sich aus. Ihre Zeit sind Abend und Nacht. Am Stadtrand können sie einen jedoch unter Beschuss nehmen. Sogar ein Scharfschütze könnte hier aus Langeweile ein wenig arbeiten.

Und alles (alle diese Gedanken) nur, weil die Landschaft hier so bedrückend ist. Die seitlich abgebröckelten Häuser deprimieren. Alles unbewohnt. Ein ganzes Häuserviertel mit toten Fensterhöhlen. Die Leere der Fenster spürt man schon aus der Entfernung. Aber lieber Leere als das Aufblinken eines fremden Visiers.

Der Stab hatte aus Prestigegründen versucht, sich nicht in Chankala, sondern in Grosny festzusetzen. Wenn auch nur vorübergehend. Um den nahen Sieg zu spüren. Und dann nach Lage der Dinge wieder eine Spur zurück – zurück! Eins vor und wieder zurück ins sichere Chankala. Alle kannten dieses leidige Hin und Her. Manche Stabsoffiziere hatten sogar Geschmack an den Reisen gefunden. Hinrasen und wieder zurückrasen. (Die Nachrichtenleute, die regten sich darüber auf, aber auf die gab man ja sowieso nichts.)

Wir waren nun in Grosny! Und da war auch schon das vertraute Fahrzeuggetümmel.

Der Nichtkämpfer Basanow, der große schwammige General, der auf den Stabskorridoren *General Nix* genannt wurde, hatte ein schönes Büro. Nach der Besprechung schauten wir bei ihm vorbei – Gussarzew mit seinem Wochenbericht, und ich quasi mit Kolja zusammen. Sich einen Chef wie Basanow zugelegt zu haben, war zweifellos Glück, im Frieden wie im Krieg, und Kolja Gussarzew hatte dieses Glück. Als echter Glückspilz brachte Kolja auch mich sporadisch zu Basanow. Damit der sich mich einprägte ... könnte nützlich sein!

Im Stab war Basanow zuständig für den Kontakt mit der örtlichen Bevölkerung. Für die Verbindungen. Für die Stärkung der Freundschaft unter den zahlreichen Kaukasusvölkern. Ein Amt, das niemand verstand. Über ihn und sein Amt witzelten die durch die Gänge flitzenden Offiziere. Warum? ... Weil ... Man hielt den General für *ungeschickt*. Er hatte ungeschickt geheiratet. Und die ungeschickte Idee gehabt, eine Datscha bei Rostow zu bauen, wohin er bislang noch keine Soldaten zur Arbeit hatte schicken können (und nie welche ohne einen Skandal würde schicken können).

Niemand war ihm untergeordnet. Außer, natürlich, der flotte Gussarzew, der sich ebenfalls über seinen Chef lustig machte. Es gab allerdings noch den Fähnrich Gescha, der dem General Tee brachte.

Dafür machte dem General niemals jemand seine Aufwartung. In seinem Stabsbüro herrschte die Freiheit. Wir nahmen sofort bequem Platz. Was für Sessel! Ein Wunder! Wenn man gerne lümmelte, konnte man sich bis zum Anschlag zurücklehnen und die Beine endlos ausstrecken, bis in die Ewigkeit. Meine

Augen blieben an der Wand hängen, da waren vier Bücherborde. Vier!

Der General war merklich aufgelebt. Es kratzte ihn im Hals. Kche-kche … kche-kche … »Sascha« … Der General verneigte sich mit einer leichten Altmännerverbeugung vor mir. Wusste jedoch nicht, was er sagen sollte.

Nachdem er sich geräuspert hatte, bat er mich mit vollem Bass um Arbeiter für den Bau seiner Datscha. Und als ich sagte, ich hätte keine freien Arbeiter, war er recht betrübt.

»Aber ich muss sie doch irgendwann einmal fertig bauen … was ist denn ein General ohne Datscha!«

Das sagte er wiederum nicht zu Gussarzew, sondern zu mir. Seltsam, er wurde nie aufsässig.

»Aber du hast doch auch eine Baustelle, Major. Du bist ja, wie ich gehört habe, auch Baumeister.«

Ich erklärte ihm, dass das Außenlager im Bau sei. Vor den Toren der Hauptlager. Unbewacht.

»Aber da arbeitet doch jemand.«

»Tschetschenen. Wollen Sie die?«

»Nein, natürlich nicht.«

Gussarzew kam mir schließlich zu Hilfe:

»Tschetschenische Arbeiter, Genosse General, werden nicht in Rostow ankommen. Die Krasnodarer werden sie auf halbem Weg festnehmen. Und festhalten. Bis zur Klarstellung.«

»Stimmt es, dass du zwei Bauleiter auf der Baustelle hast – auch Tschetschenen?« Basanow hob nach dieser Frage wichtig den Kopf. Generäle haben das so an sich: jedem vagen Satz Bedeutung zu verleihen.

»Es stimmt.«

»Und beide heißen Ruslan?«

»Ja.«

Gussarzew half nach:

»Und die neuen, Sascha … diese beiden?«

»Sind traumatisiert.«

Der General schlug sogleich besorgt mit den Flügeln:

»Nein, nein. Traumatisierte Männer brauche ich nicht … die sind der Sache nicht gewachsen. Werden türmen. Und unterwegs noch jemanden vergewaltigen.«

Wir entspannten uns. Gussarzew schlug sogar die Beine übereinander. Er war hier heimisch. Ich war es nicht ganz, doch dafür erinnerte ich mich an den Tee und Fähnrich Gescha. War bereit zu warten. In Stabsbüros möchte man immer Tee trinken.

Der General jammerte:

»Jungs … nur eine Bitte. Ich bitte euch … ich brauche Arbeiter. Ganz dringend … meine Frau! Meine Frau! Ihr wisst ja gar nicht, was eine Ehefrau ist!«

»Er da ist verheiratet. Er weiß es«, sagte Kolja und lachte zu mir herüber.

»Sa-ascha«, meinte der General gedehnt. »Die Frau sucht man sich nicht aus.«

Das war es also. Der General hatte Überraschungsbesuch von seiner jungen Frau bekommen. Sie sollte schön sein. Und die lag ihm wahrscheinlich in den Ohren.

»Ja, ja. Sie ist zu Besuch gekommen«, sagte der General irgendwie seltsam in einem unbeabsichtigten Doppeltonfall.

Freudig-kummervoll.

Da klinkte sich Kolja Gussarzew mit einer gewissen Wichtigkeit ein. In die Pause. Unter dem Deckmantel eines »Routinekontakts zur örtlichen Bevölkerung« schilderte Kolja den kleinen Zwischenfall gestern bei Wedeno. Kolja hatte schnell geschaltet! Dieser Zwischenfall war nicht der Rede wert: Die Soldaten, die die Straße nach Wedeno bewachten, hatten den örtlichen Tschetschenen einen Brottransport weggeschnappt. Alles genommen … und aufgegessen. Die Kompanie hatte sich fünfzig frische Brotlaibe gegriffen – und Brotfladen noch dazu! Hatte alles aufgefressen!

Die Soldaten waren so hungrig, dass sie für Brot wohl auch geschossen hätten. Und das Schlimme daran: Die Tschetschenen dieses Dorfes waren unkriegerisch. Und unkriegerisch, wie sie waren, schrieben sie sofort. Eine Beschwerde, schnurstracks nach Grosny – dort habe man die Beschwerde angenommen! Man habe das Brot bezahlen müssen! Und bezahlt! Das ist ein gutes Zeichen, Genosse General. Stellen Sie sich vor: Die Kompanie bezahlt den Tschetschenen das Brot!

Aus einer Alltagslappalie hatte Gussarzew vor unseren Augen den Beginn einer neuen Beziehung und folglich den Beginn einer neuen Kriegsphase geschmiedet: *Tausch!* Dieser Tausch von Brot gegen Geld bedeutete die Entstehung der Marktwirtschaft und direkter Kontakte zur örtlichen Bevölkerung! Tausch statt Beschuss aus dem Gebüsch. Tausch anstelle von Halsabschneiden. Natürlich nicht alles auf einmal. Aber der erste Schritt war getan! Der Anfang war gemacht!

»Kolja, du bist Spitze!« Der General war mit seinem Helfer zufrieden. Ach, und wie!

Und im Kontrast dazu mit mir unzufrieden:

»Major! Sogar die Tschetschenen suchen schon den Kontakt. Und du?« Er kanzelte mich ab, hatte meine Weigerung nicht vergessen.

Und drohte mir auch noch mit seinem dicken Finger. Runzelte die Brauen. Was hatte er heute bloß?

Der wackere Fähnrich Gescha brachte endlich auf einem Tablett das rotweiße Kännchen mit dem Teesud und Tassen.

»Erst mal trinken wir Tee. Teee!«, kündigte uns der General mit schallendem Bariton an.

Und er betonte das »erst mal« so bedeutungsvoll, so stark. Als sei der Tee nur zum Anlauf gedacht und gleich werde etwas Hochprozentiges serviert. Auf eben diesem Tablett von eben diesem Fähnrich.

Ich betrachtete die Bücherregale. Die Bücher, ihre Rücken. Mit den klein geprägten Namen der Verfasser. Ich wusste vom Hobby des Generals. Hatte aus mehreren Quellen davon gehört. Selbst wenn es sich nur um Dekoration handelt. Selbst wenn

Menschen Bücher nur in der Farbe der gekauften Regalbretter sammeln, achtet man sie unwillkürlich. Lass sie doch. Sollen sie ruhig weitersammeln.

Das (in Büchern aufbereitete) Leben der Bergvölker im Kaukasus war für unseren Krieg auch eine Art Dekoration. Für General Basanow war dieses in den Büchern beschriebene Leben jedoch zur echten Leidenschaft geworden. Kolja erzählte, diese Leidenschaft sei geweckt worden von einem Befehl der Führung, ein bestimmtes beliebtes Buch über den Kaukasus zu lesen, das man ihm geschickt hatte – immerhin war Basanow berufen worden, die Kontakte zur örtlichen Bevölkerung zu kuratieren. Er hatte offenbar seit Langem gar nichts mehr gelesen. Der General war von dem Buch wahrhaft erschüttert worden und verlangte nach mehr. So hatte es begonnen! Er hatte ja auch ein mächtiges Diensttelefon. Kostenlos zur Verfügung. Und der General telefonierte ... telefonierte ... telefonierte! Schickt mir dies. Sucht und schickt mir jenes ... Wenn es ein seltenes Buch ist, kopiert es. Das ist wichtig für uns! Das ist eine riesige, unbekannte Welt. Alles, was mit der Geschichte Tschetscheniens verbunden ist. Und auch der anderen benachbarten Bergvölker. General Basanow (so redete man) hätte schon nicht mehr gestört, auch an die Welt im Jenseits zu denken. Er war im passenden Alter.

Die jungen Offiziere und Stabsangestellten, die er in Rostow oder gar in Moskau anrief, hätten denken können, der General brauche die Bücher und Broschüren, um unseren Soldaten den Umgang mit den Bergbewohnern beizubringen ... damit diese rauen Burschen ihnen wenigstens nicht sofort die Rübe absägten! Damit sie Kontakt aufnähmen! Zur Charaktermilderung des Krieges sozusagen. Und unversehens hätte man so die volle Befriedung. Man suchte und trieb sogar seltene Texte für ihn auf. Na, klar, selbstverständlich! Der General hat's befohlen! Befehl ist Befehl. Und man schickte sie! Mit der Stabspost. Kein einziges Büchlein ging verloren! Keine einzige Kopie war unleserlich oder schlecht zu lesen! Alles in bester Ordnung!

Der betagte Kämpe hatte sich vollkommen in die Geschichte des Gebirges und der Bergbewohner vertieft – war in sie eingetaucht und kam nicht mehr heraus! Natürlich schickte man ihm allerhand Unsinn. Um den Auftrag loszuwerden. Na, einfach so. Man munkelte schon von dem verrückten General. Aber der Krieg hörte nicht auf. Und man schickte ihm wieder und wieder etwas. Auch manches Ernsthafte schickte man ihm. Und kaum hatte der General die Verpackung aufgerissen, schloss er sich in seinem Büro ein und gab sich dem Leserausch hin.

Kolja Gussarzew schilderte nun trefflich diesen Vorfall mit den bezahlten fünfzig tschetschenischen Brotlaiben.

Diese harmlosen Geschichten, vielmehr die Schnurren über Kontakte zur örtlichen Bevölkerung gefallen den hohen Dienstgraden sehr. Sie machen sich allein den versüßten Gedanken zu eigen. Altgediente Offiziere vom Typ Basanow brauchen überhaupt nur noch ganz wenig – wenn ihnen nur die Ohren vollgesäuselt werden. Er hörte zu und schmolz dahin. Wenn es einen Handel gibt, dann bedeutet das Friedensschluss ... der Friede steht vor der Tür! Hurra! Der General scheint nur noch einen Schritt vom Frieden entfernt zu sein. Na, vielleicht zwei Schritte. Die sein altes und zweifellos gutmütiges Herz eilends machen würde, selbst unter Umgehung der Realien.

Der Brotdiebstahl der Soldaten erschien ihm wie eine unerhörte Begebenheit. Mitten auf der Straße ... auf die Schnelle! Diebstahl aus dem Kasten des Wagens ... bei Regen!

Das war ja Brot gegen Geld, gegen Geld! Der General würde unbedingt der Stabsspitze davon Meldung machen.

Man könnte doch glauben, die Tschetschenen hätten von sich aus den Soldaten etwas zu essen gegeben! Gussarzew faselte dem Alten das Blaue vom Himmel herunter. Er vergaloppierte sich kaum dabei. Und was das gelieferte Essen anging, so kam er zu einem hinreißenden Schluss! Die Bergbewohner und Bergbewohnerinnen ersehnten sich ein gutes Wort von uns! Und nur ein bisschen Geld. Und schon würden die Tschetschenen von sich aus Fladenbrot und Schafskäse bringen. Besonders die alten tschetschenischen Mütterchen mit ihren heißen Brotfladen! Langt zu, ihr jungen Soldaten!

Er erzählte wie von einem Wunder. Ich mischte mich nicht ein. Und versuchte natürlich auch nicht, Kolja zu korrigieren. Der Mann hatte sein Vergnügen. Zweifellos. Sei's drum! »Gurows Bataillon … Hast du gesehen, wie viel Proviant die Tschetschenen denen hingetragen haben? Hast du's gesehen?«, bedrängte mich Kolja, als seine Schnurren völlig unglaubhaft wurden. Ich blieb ruhig. Ja, ich war bereit, es zu bestätigen. Natürlich log er, aber es bereitete ihm solche Wonne.

»Übrigens. Man könnte den Tschetschenen für Proviant Diesel zuwerfen.« Der General nickte mir aufmunternd zu. (Soll ich es ihnen etwa zuwerfen?)

»Na klar!«, schraubte sich Gussarzews Stimme in die Höhe. »Unbedingt! Für Diesel werden sie mit Brot und mit Geld zahlen. Das ist in den Bergen Ehrensache! Sie werden zahlen, allerdings am Kassenapparat vorbei.« Kolja Gussarzew gab mit seiner Stimme zu verstehen, dass der Scherz witzig und zeitgemäß war.

»An den Steuern vorbei! Ha-ha-ha!«, lachte der General.

Basanow war sehr zufrieden. Das war sie – die Wahrheit des echten Krieges. In den Hauptstädten rechnen sie und stellen idiotische Budgets auf, legen fest, wer wie viel zu kriegen hat. Der Krieg aber ist eine interne Angelegenheit! Eine innere!

Laut Gussarzew war es unseren Soldaten besonders gut gelungen, mit den einfachen Tschetschenen Freundschaft zu schließen und eine Absprache wegen des Proviants zu treffen. Mit den Bergbewohnern aus den entlegensten Aulen. Ich hörte ungerührt zu. Knabberte nur an meinem Schnurrbart. Kolja war in Fahrt. Ohne Zweck und Ziel. In den wilden Aulen dort lebten phänomenal gute Menschen! Können weder lesen noch schreiben … Aber ein großes Herz haben sie! Und wie interessiert sie an unbekannten Waffen sind! Sie sind ganz verrückt danach!

Lass uns mal anfassen! Und wie finden sie im Dunkeln ihre Knarre? Tastend. Und wie gedehnt sie das Wort »Pa-anzerfaust« aussprechen. Die reinste Musik! Gussarzew war nicht mehr zu bremsen. Er erzählte, wie sich die gesprochene Sprache in den verschiedenen Dörfern unterscheide. Er ahmte bald den einen, bald den anderen »Aulenakzent« nach.

»In diesen Bergen, wo wir heute kämpfen, hat der Islam einst das Christentum besiegt. Ja, ja, die Tschetschenen, wie übrigens auch die Inguschen, waren früher Christen.Nicht lange. Aber sie waren es! Es gibt Ruinen von orthodoxen Kirchen. Und was für welche! Aus dem fünfzehnten Jahrhundert.«

General Basanow hatte sie gesehen, persönlich besichtigt. Ruinen, natürlich nur ... Mauerreste.

»Mit diesen Händen habe ich sie berührt.«

Er ließ uns nicht einfach so gehen. Mit diesen Händen (dicke große Generalshände) stellte er uns Kognak hin, damit wir uns nicht beeilten. Damit wir jetzt ihm zuhörten.

Leider war der Zweig des Christentums, der über den Kamm des Kaukasus herüber zu den Tschetschenen gekommen war, nicht ganz ausgereift. Das hiesige Christentum war schön, festlich und eher dekorativ als tief. Schönheit und Ausschmückung des Gotteshauses. Schönheit der Riten ... Der Gesang ... Der Islam aber kam schon mit seinem starken, strengen Vollblutzweig hierher. Mit ausgesprochen geistlicher Tiefe. Gewappnet mit allen moralischen Gesetzen. Übrigens mit dem Verbot der Blutrache ... Ja, ja, mit dem Verbot ... Und der persönlichen Verantwortung für die Sünden. Mit der Schönheit des Seins.

»Das Treffen oder, besser gesagt, der Kampf der beiden Glaubensbekenntnisse erfolgte hier nicht unter Gleichen, daher verdrängte der Islam das Christentum.«

Das Treffen, oder besser gesagt, der Kampf der beiden Glauben begann irgendwann vor drei... vierhundert Jahren, einer kleinen Zeitspanne für die Geschichte. Kurz! Eine Sekunde!

All das hatte Kolja Gussarzew natürlich schon mehrmals von General Basanow gehört (mit Einzelheiten und ohne). Doch ich erfuhr zum ersten Mal davon. Es war interessant. Ich geriet sogar in Erregung. Fühlte mich wie in einem tiefen, abgrundtiefen Brunnenschacht. Unter der mächtigen Schicht von Jahrhunderten.

Da vernahm ich auch zum ersten Mal dieses Wort:

»Assan.«

Vor dem Islam und vor dem Christentum hatte es bei den Bergbewohnern wie bei den meisten Völkern mit Idolen angefangen. Mit furchterregenden Götzenbildern. Assan war nicht einfach nur ein Idol, sondern das Hauptidol. Wie Perun bei den Slawen. General Basanow wusste sogar, wie das Idol aussah. Assan hatte die Gestalt eines großen riesigen Vogels mit zwei Klauen. Eine Gottheit! Und wie sehr er den Menschen Angst gemacht hat! Heute ist dieser Gott vergessen, aber es ist anzunehmen, dass sein Name in der unergründlichen Tiefe des Bergbewohnerbewusstseins immer noch flackert:

»Assan … Assan … Assan …«

Der schreckliche vergessene Name sendet der Seele des Bergbewohners immer noch seine dumpfen, leisen, undeutlichen Signale. Der Islam zum Beispiel verbietet die Blutrache. Aber Assan, der Frühere, der tiefer Verwurzelte, erlaubt sie, gestattet sie.

Der General geriet beim Erzählen in Fahrt. Sogar die Biesen an seiner Generalshose zuckten und ruckten. Der General sprach ja nicht von Dingen in alter Zeit und fern von uns – er sprach über Tschetschenien! Schließlich leben wir hier. Kämpfen wir hier. Doch vielleicht beging der General, der unseren Mut gegen das furchterregende Idol stärken wollte, einen Fehler – er schenkte Kolja und mir noch mehr Kognak ein! In weichen Sesseln! Ein ungeheurer Fehler! Ich erblickte fast im selben Augenblick den ganzen Gebirgsrücken des Kaukasus mit den mit Unterbrechungen aufgereihten weißen Gipfeln … die Gebirgspässe … sogar dräuende Lawinen.

Noch etwas Kognak, und auf der Linie der Berge erkannte ich die stolzen kleinen Völkerschaften. Es waren viele ... Volk saß da neben Volk, Schulter an Schulter. Auf den Pässen ein wenig gehäuft ... Die Völker saßen auf dem Kamm des Kaukasus wie auf einer Stange und ließen die Beine baumeln. Unterhielten sich und schnalzten mit der Zunge.

Ich weiß nicht, wie es Kolja Gussarzew erging, aber mir setzte die Sache zu. Ich vernahm schon leise Trommeln ... Griechische Schlachtreihen ... Griechen, das war aus irgendeinem Grund wichtig. Sie marschierten in geschlossenen Reihen. Doch der Schlaf war noch stärker als die Griechen. Ich strengte mich mit aller Kraft an! Hing mit dem Blick am Mund des Generals. Dort sprangen Wörter heraus ... Wörter ... und dann sprangen Dreiecke heraus.

Ich erblickte riesige Pyramiden ... und daneben bewegten sich schon irgendwelche ganz frühen Menschen ... halb nackt ... Es waren viele, viele! Eine ganze Horde ... mit Lanzen! Zerlumpt. Allesamt barfuß! Da erschien nun die Vogelgottheit. Der Vogel beruhigte mich. Er versicherte mir mit seinem seltsamen Raubvogelschrei, dass man diese Penner mit den Lanzen nicht zu fürchten brauche ... *Scheiß drauf,* sagte der Vogel. Zu Anfang sang er etwas Schalkhaftes. Und zwinkerte mir sogar zu. Dann ließ er süßeste Trauer auf mich niedergehen ... Schlaf ein, tapferer Krieger ... Schlaf ein, Major Schilin, schlaf ein ... Es ging immer um mich ... Er sang mir ins Ohr, lange, süß!

Kaum steige ich in Grosny aus dem Wagen, steht schon ein alter Tschetschene in der Nähe und erhascht meinen Blick. Die Alten kommen heran. Mitten auf der Straße. Bitten um Treibstoff – Saschik, *ein kleines bisschen Diesel.* Sie haben zum Beispiel die Aussaat vor sich! Sie erbitten den Sprit stets auf Pump. Leihweise, obwohl sie nichts haben, was sie zurückerstatten könnten. Manchmal helfe ich. Gebe ihnen einen Lastwagen für einen halben Tag. Gebe in Maßen. Um mir keine Belastung aufzuhalsen. Gönne ihnen etwas Dieselheizöl. Was wäre das für ein Business ohne kleine Verbindlichkeiten. Ohne herzliche Bitten. Sie schwören, dass sie es mir *irgendwann irgendwie* bezahlen werden.

»Sa-aschik«, sagen sie, »wenn du was brauchst, dann pfeif einfach!«

Aber das ist natürlich alles nur Gerede. Ich kann lange pfeifen. Die Bauern sind ihrem Wesen nach vergesslich. Wie alle redlichen Menschen. Ein Paradox, aber Tatsache! Wozu sollte sich ein Redlicher erinnern? Nur ein Lügner und Schwätzer muss sich an seine Schulden nachhaltig erinnern.

Aus Neugier fragte ich die Alten ein paar Mal nach Assan aus. Sie kannten ihn nicht. Wer soll das sein? Aber vielleicht wollten sie sich mir auch nur nicht mitteilen. Ihre Gesichter wurden ausdruckslos. Sie verstummten. Fürchteten sie, das Dunkel aufzurühren? Den Namen ohne Grund zu erwähnen? Oder fanden sie es einfach ungehörig, dass ein Russe ihre graue Vergangenheit kannte, die sie selbst vergessen hatten?

Ruslan sagte einmal, dass hoch oben im Gebirge, auf selten und schwer passierbaren Pässen, noch hundertjährige tschetschenische Greise leben. Solange sie leben, haben sie keine Erinnerung. Doch manchmal erwähnt ein sterbender Greis plötzlich Assan. Aus heiterem Himmel. Wenn er nur noch einen halben Tag zu leben hat.

Ich beeilte mich schon, um früher nach Chankala zurückzukehren. Mein Zuhause sind meine Lager. Und gegen Abend wollte ich gerne *daheim* sein. Doch kaum hatte ich Gussarzews Jeep auf dem bewachten Parkplatz erspäht und war weitergegangen, an der ganzen Autoreihe entlang, da stürzte eine Frau auf mich zu, die mich offensichtlich erwartet hatte. So etwas kommt vor. Sie stand im Schatten eines unansehnlichen fünfstöckigen Hauses.

»Alexander Sergejitsch! Alexander Sergejitsch!« Die Frau, die herbeigerannt war (sie war gerannt), flehte mich an, bei ihr hereinzuschauen.

Es sei ganz in der Nähe! In diesem Haus! Sie schaute mir ins Gesicht. Packte mich am Ärmel. Ihr graues schäbiges Kleid blähte der Wind. Wir gingen hinein, schoben uns in den Hausgang voller schwerer Wohnungsgerüche. In ein kleines Zimmer. Das Zimmerchen hatte die Frau vorübergehend gemietet.

Ich hatte es doch eilig. (Stehkneipe in Grosny, wo ich nur eine trockene Pastete gegessen hatte. Ich war noch hungrig.) Deshalb fragte ich schon auf der Schwelle. Also, meine Liebe, mach bitte schnell – was ist los, wo ist dein Sohn?

Sie kramte in ihren Papieren. Irgendwelche Vornamen. Eine von Hand gezeichnete Karte. Mit eingespeicheltem Tintenstift. Sie drückte sie mir in die Hand. Und wollte einfach nicht verstummen. Irgendwelche Klagen. Der reine Unsinn. Aber ich hatte so etwas schon oft gehört und gesehen. »Ruhig«, sagte ich zu ihr, »ruhig …« Sie hatte eine alte Schultasche voller Papiere. Ich schaute mir jetzt selbst das eine, andere, dritte an. Schließlich regneten die Briefe ihres Sohnes auf den Tisch herab. Bitten um Geld. Dann seine Zettel. Schon hoffnungslos. Aus der Grube … Hilfeschreie!

Ich sah die Papiere und Zettel durch, und sie erzählte hastig, Wangen und Lippen von hastigen Tränen benetzt. Wie sie und noch eine andere Soldatenmutter, Galina mit Namen, auf den Straßen gewandert seien und sich hierher durchgeschlagen hätten. Zwei Frauen. Sie hätten bei Hirten gegessen. Auf freiem Feld übernachtet …

Das Gesicht war von Tränen überströmt, doch ihre Stimme klang fest. Straße um Straße. Vergebens hätten sie die Berge durchstreift und abgesucht. Einmal hätten sie gleich fünf Tschitschen auf einmal …

»Ver… ver… gewal…«

Eine einfache Bäuerin aus Woronesch, sie brachte das Wort kaum heraus.

»Ver... ver... gewal-tigt ...«

Beide Frauen. Sie hätten sie nebeneinander ins Gras gelegt. Ja, ja, sie hätten beide gewusst, worauf sie sich einließen. Dumme Gänse ... »Aber vor allem – es war alles umsonst ... Aber einmal gleich fünf ... fünf«, sie verschluckte sich an den Worten. »Sogar ...«

Ich betrachtete die von ihrer Hand geschriebenen Namen der Feldkommandeure. Man hatte sie von einem Feldkommandeur zum anderen geschickt. Von einem Truppenteil in den anderen. Nicht alle hätten sie vergewaltigt. Die meisten Kommandeure, das müsse sie zugeben, hätten die Mütter gutmütig, ja sogar feinfühlig behandelt. Hätten sie bedauert. Bewirtet. Und daran gedacht, dass durch die Mütter doch ein bescheidenes Geldbächlein in ihre Richtung rieselt.

Ich betrachtete die Namen. Nein ... Kenne ich nicht ... Nicht einmal gehört ... Nein ... Auch von diesem nichts gehört. Es waren offenbar Kämpfer hoch oben in den Bergen ... Nein ... Nein ...

Plötzlich erblickte ich einen bekannten, wenn auch durch die Schreibweise entstellten Namen.

»Stopp, stopp, meine Liebe.«

»Wirst du mir helfen können? Oh Gott.«

Ich schrieb seinen Namen in mein Notizbuch. Und die Straße, wo er *arbeitete*. Und einen Vermerk über die Mutter. Um nichts zu verwechseln.

»Wir probieren es, Mutter. Ohne Garantie.«

»Oh Gott ... Major! Was denn für eine Garantie? Natürlich! Natürlich!«

Sie wurde geradezu geschüttelt.

»Für tausend? Für tausend?«

Ich erklärte ihr, wie sich die Sache verhielt: Ich nehme von den Müttern kein Geld. Tausend Dollar sei die Taxe des Fonds. Das sei mein Honorar. Doch das sei ein Tropfen auf den heißen Stein. Das käme als Allerletztes dran. Sollten jetzt meine Arme und meine Möglichkeiten bis zu dem Feldkommandeur in den Bergen reichen, dann müsse sie fleißig Geld sammeln. Sie werde acht bis zehn brauchen ... vielleicht auch mehr als tausend. Dieses Geld würden sie fordern, es einem geradewegs aus der Hand reißen. Über eine Kette von Mittelsmännern. Und für diese Mittelsmänner, diese unvorhersehbaren Zwischengauner, gebe der Fonds kein Geld. Das musst du selbst aufbringen, Mutter. Wo? In Russland natürlich. Nicht hier.

Woronescher Bäuerin. Melkerin auf einer Farm. Ein mütterlicher Schrei entrang sich ihr. Eine einfache Frau, die gewohnt war, stramm an den Zitzen der Kuh zu ziehen und alles mit klaren Worten zu benennen.

Und ich sagte *Mutter* zu ihr, obwohl sie knapp über vierzig war, so alt wie ich. Sie schmeichelte mir mit aller Kraft. Mimte sogar Begeisterung. Schilin! Major Schilin! Die Hoffnung stirbt zuletzt. Beim Fonds hätte man ihr gesagt, wenn eine Soldatenmutter nirgendwo sonst Glück hätte, dann müsse sie zu Major Schilin.

Ihre Worte prasselten wie ein Schwall auf mich nieder.

»Und wie finden Sie dieses Zimmer? Gefällt es Ihnen nicht? Ist es so schlecht? Arm, das schon ... dafür sauber. Wir haben es ganz sauber.« Sie ereiferte sich immer mehr.

Wir, das hieß sie und jene Galina, auch eine Mutter. Sie mieteten zu zweit das kleine Zimmer.

»Und nur ein Bett?«

»Wir schlafen beide drin ... dafür ist das Bett sauber.«

Kaum hatte die arme Frau begriffen, dass ich tatsächlich versuchen würde, etwas für ihren Sohn zu tun, da wollte sie mir gefallen. Mit aller Macht. Mit allen, allen weiblichen Reizen. Ihr Gesicht hatte sich aufgehellt. Blieb jedoch das Gesicht einer Soldatenmutter, die viel Kummer geschluckt hatte. Sie seufzte. Wollte! Wollte mich mit aller Kraft umschmeicheln und wusste nicht, wie ... Ob ich sie noch so wolle? Nach den Tschitschen? Es hieß, im Krieg würde man sich nicht mal vor einer Ziege grausen ... »Oh Gott. Hilf den Unsrigen siegen ... Siegen ... Siegen ...« Sie murmelte die Worte. Sie sprudelten unaufhaltsam und völlig ungezügelt aus ihr heraus!

Aufgrund des Krieges saß ihr Sohn jetzt (wenn er noch lebte) rettungslos tief unten in einer feuchten, vier Meter tiefen Grube und hustete. Mit gebrochenem Nasenbein. Saß Seite an Seite mit seinem stinkenden Eimer. Und sie (es war zum Verrücktwerden) wollte diesen Krieg, immer wieder.

Ein Zipfel der Bettdecke war umgeschlagen, vielleicht damit ich das Weiß des frischen Lakens sähe.

»Nein, nein, meine Liebe«, beruhigte ich sie so freundlich, wie ich konnte. »Ich bin nur geschäftlich hier. Nur geschäftlich. Schreib mir seinen Namen auf ... und wie er zu finden ist ... und wie ich es dich wissen lassen kann. Wenn die Sache schiefgeht.«

Sie hieß Anjuta.

Das erste Mal hatte ich sie im Vorzimmer eines Obersten gesehen, wo Anjuta zum Chef vorgelassen werden wollte, schrie, forderte, schimpfte ... zehn Minuten später konnte man ihr Geheul hören. Ich habe viele von ihnen erlebt. Genug. Von diesen unglücklichen Frauen. Soldatenmutter!

Ein anderes Mal sah ich sie auf der Straße. Sie und eine andere Mutter, vielleicht ihre Unglücksgefährtin Galina, gingen zu irgendeiner Dienststelle. Die Frauen redeten und fielen sich gegenseitig ins Wort, stritten – und reichten sich irgendeinen abgegriffenen Staatswisch hin und her.

Ein drittes Mal sah ich Anjuta in einem halb zerstörten Laden, wo sie Brot aß. Eine halbe Stange. Sie biss einfach davon ab, riss es mit den Zähnen herunter. Kaute abstoßend, würgend. Und trank Milch aus einer aufgerissenen Tüte dazu. Es tropfte und rann aus der Tüte, und die Frau konnte kaum den weißen süßen Strahl mit dem Mund auffangen.

VIERTES KAPITEL

Chwor ist verwundet. Gussarzew und ich waren auf der Fahrt nach Grosny, als Ruslan anrief und diese erschreckende Nachricht mitteilte – Chwor lag im Lazarett. Ruslan wollte das Gespräch beenden, er hatte es sichtlich eilig.

»Ich rufe gleich Major Gussarzew an.«

»Er ist hier. Sitzt neben mir.«

»Ah!«

Ich sagte: »Komm zu uns ... Wir haben gerade die Sunscha passiert.«

»Gut.«

Nach fünf Minuten war Ruslans Schiguli schon zu sehen. Er stand wartend am Straßenrand.

Ruslan kannte die Einzelheiten des gestrigen Gefechts nur in groben Zügen. Chworostinin hatte die Kolonne geführt. Wie immer! Aber irgendeine zufällige Kugel ... vielleicht ein Scharfschütze ... Chwor war nicht im Panzer, sondern im Jeep gefahren. Wäre er doch in seinem Luftlande-Schützenpanzer gewesen, in seinem Panzerchen! Trotzdem hatte er nicht nur die Kolonne durchgebracht, sondern auch noch den Hinterhalt zerschlagen. Er soll die ganze linke Seite der Schlucht zersiebt haben. Wie gelingt ihm das nur immer! Und nicht etwa im Jeep! Chwor erwischte die Kugel gerade, als er aus dem Panzer in den Jeep umstieg. Als er aus dem Panzer heraussprang ...

Wohl kaum eine leichte Verwundung. Wenn die Kugel gezielt war.

Die Nachricht betäubte uns. Sie kam zu überraschend! Wir

verstummten, alle drei. Schwiegen lange. Rauchten einfach. Das verstummte Trio, wie Kolja Gussarzew sagt. Jeder kann verwundet werden. Krieg! Aber Chwors Verwundungen waren immer alle leicht gewesen – er war doch wie durch einen Zauber gefeit! War der wichtigste Kolonnenbegleiter Richtung Schali-Wedeno. War unser Nothelfer und Glückskind. Zugleich Liebling der Krankenschwestern, Held und ein kleiner Aufschneider!

Wie sollte es weitergehen? Wir alle drei dachten, ob dies wohl ein Zeichen für künftige Verluste sei. Kleiner … großer Verluste. Mach jetzt das Tor auf! Meine Frau hatte gerade angerufen und gesagt, sie sei gestern in die Kirche gegangen und habe gebetet. In dem Städtchen (an dem großen Fluss) befand sich eine kleine Kirche. Aber kalt … meine Frau hatte dort lange auf einem Stuhl gesessen, war ganz ausgefroren.

»Na, was denn, Männer!«, schreie ich sie, mich selbst und unsere fortdauernde Stille an. »Na, nun mal los!«

Sie schweigen.

»Es gibt auch noch andere gute Begleiter. Das Leben geht weiter«, wiederhole ich härter, sachlich.

Ich wollte mich in ihrem Beisein nicht im Lazarett nach Chwor erkundigen. Doppelte Vorsicht. Wer weiß, was dort los war! Ich wollte keine zusätzliche schlechte Information. Außerdem zitterten meine Hände. Ich steckte sie sogar in die Taschen. Die Freundschaft mit Chwor war für mich ein Geschenk des Himmels. Umsonst und unentgeltlich. Für nichts und wieder nichts. Echte Freundschaft! Obwohl wir nur beiläufig miteinander redeten. Fünf, sechs Worte.

Einmal hatte ich Hauptmann Chworostinin mit einer Kleinigkeit geholfen, wohl mit Diesel. Eine Lappalie. Aber das hatte genügt. Echte Freundschaft ist immer umsonst. Seither hatte ich meinen Sprit hunderte Male seinen bunten Kolonnen mitgegeben. Ich sah Chwor gewöhnlich auf der Straße … hauptsächlich auf der Straße … in diesen staubigen, schmutzigen, gellenden Minuten. Wenn mein Tankwagen in seine Kolonne eingegliedert wurde. Meine Lastwagen. Sah ihn von ferne. Im Jeep. Oder er stand auf der Straße, brüllte die Schützenpanzer an. Kein Mensch hört etwas. Motorengedröhn. Ein sagenhafter Dialog! Wir winken nur einander zu – das ist die ganze Freundschaft. Von ferne …

Schmächtig! Feinknochig! Der kleine Hauptmann! Ach nein, er ist ja schon Major. Aber wie lange man ihn hingehalten hat. Man war eifersüchtig. Ein kühner und berühmter Held wird von den Oberen nicht geliebt. Logik des Krieges. Na, er war ja ein Tschapajew oder Tschkalow, aber wozu brauchte Tschapajew oder Tschkalow noch ein Sternchen, wenn er schon zu Ruhm gelangt war! Immer im Kampfanzug. Sein Stimmchen hätte natürlich tiefer sein können. Für die meisten blieb er Hauptmann Chworostinin. Die Tschetschenen nannten ihn einfach Chwor.

Gezielte Kugeln treffen ihn nicht, und Granatsplitter schwirren an ihm vorbei! Intuitiver Kolonnenbegleiter! Stalker! Genialer Herr der tschetschenischen Gebirgsschluchten! Heroismusbündel! Was schrieb man nicht alles in den Armeeblättchen über ihn. Aber mich ließ das alles kalt. War einfach nur lautes Geschwätz. Übrigens, ein schöner Beigeschmack unserer Freundschaft. Ich aß ja gleichsam diese Fernfreundschaft. Aß sie mit dem großen Löffel, wie man so sagt.

Chwor half mir, ohne von *jedem zehnten Fass* zu wissen (zumindest tat er so, als wüsste er nichts davon), bei meinem Business. Er begleitete einfach die nächste Kolonne und mit ihr meine Lastwagen. Er versorgte die Armee mit Treibstoff. Das war alles. Warum sollte ein genialer Mensch Einzelheiten wissen? Eben. Warum sollte ein Adler aus der Höhe fremde Käckchen (und auch eigene) auf den Zweigen der Bäume sehen? Ein Adler sieht nur auf seiner Höhe. Ein Adler sieht die Berge. Die fernen Gipfel im Nordkaukasus sind schön. Sehr! Der Anblick verschlägt einem den Atem. Selbstverständlich wäre jeder gern ein Adler in diesem Leben. Ich auch. Aber zuerst werde ich wohl mein Leben als Major Schilin zu Ende leben müssen.

»Ruf an, Alexander Sergejitsch ... Ruf an«, sagt Ruslan gedämpft.

Und Gussarzew seufzt:

»Ruf an, Sascha.«

Doch mich bremst immer noch etwas. Ein Paradox: Es ist mir angenehm, dass es mir weh tut. Chworostinin ist verwundet worden, und es tut mir richtig weh. Weil ich so fühle, dass im Lazarett ein Freund liegt. Der Schmerz bannt mich. Der Schmerz ist scharf und süß.

Aha! Auch Ruslan bangt um den verwundeten Chwor. Und nicht nur, weil uns nun offensichtlich unser Geld durch die Lappen gehen wird. Um den Feind bangt er, so sieht es aus! Um den erfolgreichen Feind und Kämpfer ... um den Föderalen!

Und als ich das Handy heraushole, und Kolja erstaunt schreit: »Sa-scha! ... Deine Hände zittern ja«, braust Ruslan vor Edelmut auf und bekennt:

»Mir würden sie auch zittern, Kolja.«

Nach einigem Zögern, bei wem ich mit der bitteren Erkundigung beginnen sollte – bei den Stabsleuten oder den Ärzten –, rufe ich plötzlich Chworostinin selbst an und – oh, Wunder – höre seine Stimme. Eine Stimme ohne Röcheln ... Schon leichter!

Ich frage ihn:

»Bist du etwa verwundet?«

»Sascha! Ich wundere mich selbst.«

»Du quicklebendiger Mensch! Dich trifft doch keine Kugel.«

Genau!

Vielleicht ein Splitter?

Ja-a! Irgendein Fehler in der Natur.

Wir lachen beide. Wir sind zudem Namensvettern. Ihm steht der Name Alexander besonders gut!

»Wie geht's dir, Sascha? Was macht dein Lager, was machen deine kostbaren Fässer?«

Ich kann mich immer noch nicht durchringen, ihn zu fragen,

was für eine Verwundung er hat und wie es mit ihm weitergehen würde.

Und Chwor fragt nach den Fässern …

»Ach, die Fässer!«, sage ich verärgert. »Aber die Menschen! Sieh zu, dass du wieder gesund wirst. Die Menschen sind keinen Pfifferling wert!«

Und ich erzähle ihm kurz von den betrunkenen Rekruten, die von den Tschitschen auf der Straße angehalten worden waren. Von den nackten Soldatenhintern … rausgestreckt aus dem Lastwagen! Eine Komödie. Und davon, dass in dieser billigen Komödie um Haaresbreite geschossen worden wäre. Auf mich … und auf Ruslan.

»Nanuu!« Chwor lacht schallend. »Um Haaresbreite – das zählt nicht, Sascha!«

Er kann lachen! Vielleicht ist es doch nicht so schlimm. Aber gerade jetzt, als ich ihn ernsthaft fragen will, wird Chwors Stimme leiser. Schwächer. Es liegt vielleicht am Telefon, denke ich. Hubschrauber im akustischen Feld. Oder eine andere technische Störung.

Aus der Leere meldet sich eine unbekannte Stimme.

»Major Schilin? Ein Kranker kann nicht lange sprechen. Ein Verwundeter erst recht nicht. Ich bin der Arzt. Ich rufe Sie zurück.«

Unsere Freundschaft war bekannt. Sogar bei den Ärzten. Ich mit meinem besonderen Lagerruhm und Chwor mit seinem großen, schallenden, lauten Ruhm! So kann man befreundet sein auf gleicher Höhe. Er hat mir ein ums andere Mal aus der Klemme geholfen, und ich? Ich habe nichts getan. Ich bin für ihn eine Null. Echte Freundschaft!

Der Arzt rief mich nach zwei Minuten zurück und war äußerst knapp – noch heute werde festgelegt, wann der verwundete Hauptmann Chworostinin operiert werde. Um welche Operation geht es? Das werden wir sehen … vielleicht sind mehrere Operationen nötig.

Das war das ganze Gespräch.

Der Arzt macht sich wichtig. Wir müssen ihn doch verstehen. Er ist eingespannt. Er ist es leid, sich zu widersetzen, er ist von den massenhaften Fragern zermürbt!

Gussarzew stößt Ruslan an, und Ruslan mich – die Verwundung? Die Kugel?

»Eine schwere Verwundung?«, kann ich ihn noch fragen.

»Eine schlimme«, antwortet der Arzt sehr, sehr leise.

Er ist mit dem Handy offenbar beiseitegegangen. Vielleicht ans Fenster. Weg von dem forschen Helden. Der morgen oder übermorgen auf dem Operationstisch unter dem Skalpell alle seine Heldentaten vergessen wird. Hauptsache überleben!

Ich hörte schon aus der Ferne, wie die Fässer aneinanderknallten. Was für scheußliche Gefängnisgeräusche! Zweites Lagerhaus. War der Gabelstapler kaputt?

»Kaputt. Bis zum Mittag haben wir ihn repariert«, sagt Kramarenko wie gewohnt.

Er schlägt sogleich vor:

»Genosse Major. Sollten wir nicht wenigstens Pak zum Verladen einsetzen?«

Der Koreaner Pak ist unser Schreiber.

»Pak ist ein Küken.«

»Dann soll er wenigstens mit dem Stift beim Verladen dabeisitzen.«

Aber ich stimme nicht zu. Soll er ruhig auf seinem Platz über seinen Papieren sitzen. Kontrollen sind angesagt. Und der stille Pak stellt sämtliche Kontrolleure, die überraschend bei uns aufkreuzen, hoch zufrieden! Die Papiere und Zettel haben eine besondere Schönheit. Die Kontrolleure geraten sogar in Erregung. Sie würden Pak am liebsten auffressen! Ich sah es ihren Augen an. Die saubere, sichere Schrift des Koreaners, nichts durchgestrichen. Ziffer an Ziffer, Schönschrift.

Als Pak Kramarenko und mir zum ersten Mal die Inventarliste der Lagerhäuser ... Lieferscheine ... Einnahmen und Ausgaben ... und so weiter ... vorlegte, stand Kramarenko da und schaute sie mit offenem Mund an. Vielleicht tat ich es auch. Meine Güte! Wie ideal war unsere Welt bei diesem Koreaner eingerichtet. Das Abbild unserer Welt. Ein Imperium der Ordnung. Ein Wunder! Die Inventarliste erinnerte mich an alte Spitzen, die ich einmal auf einem Markt gesehen hatte. Durch Zufall zum Verkauf getragen, schon vergilbt, hatten sie den Blick angezogen. Ajourarbeit. Sie waren nicht aus unserer Zeit. Sie wurden auch nicht gekauft.

Nein, nein, er soll ruhig arbeiten. Und keinen Schritt vor die Tür machen. In seinem achten Lagerhaus. Wie immer allein, nur ein Glas Soldatenkompott vor sich. Pak nimmt sich sein Kompott vom Mittagessen mit. Und trinkt es sparsam aus, lange. In seltenen Schlucken. Löst sich dann nur einen Augenblick von seinen Papieren. Nicht umsonst haben wir ihn aus den Lastwagen herausgeholt und zu sauberer Arbeit eingesetzt. Schreib, Koreaner!

Ich ging hinter das zweite Lager.

Dort war das Poltern der Fässer nicht mehr zu hören. Dort befand sich meine »Mondlichtung«. Ein einsames Plätzchen. Der Tisch war an einer freien Stelle inmitten des Buschwerks eingegraben. Eine Bank für den Hintern und die müden Beine. Die kleine Lichtung war fast kreisförmig von stacheligem Weißdorn eingefasst. Weißdorn ist an sich auch eine Art Ajourarbeit. Ajourarbeit der Natur. Auch sehr alt und praktisch unverkäuflich (undurchdringlich).

Keine Störungen. Keine Menschen. Auch ein Stückchen Land. Von hier aus rief ich spät am Abend (manchmal auch nachts) meine Frau an. Hier war es schön. Unsere liebevollen, vertrauten Gespräche. Manchmal lang.

Aber es war Tag.

Ich rief an und sagte nur kurz, sie solle einstweilen noch kein Baumaterial für den Wirtschaftsblock kaufen. Sie müsse noch abwarten. Weil (ich gab es ihr zu verstehen) es beim Geld wahrscheinlich eine Verzögerung geben werde.

»Sascha ... Wird es lang dauern?«

»Eine Weile.«

Meine Frau fragte, warum, und ich antwortete wie immer in einem überraschenden oder schwer vorhersagbaren Fall mit einem einzigen Wort: Business!

Aufzählung der Verluste seit dem Samstagsangriff der Tschitschen.

Auf dem Weg zum Truppenteil Nr. ... Voll befüllte Tankwagen. Plus mein nagelneuer Lastwagen mit Dieselfässern. Chwor wurde von Hauptmann Sybin ersetzt. Kein schlechter Kämpe. Führte die Kolonne richtig. Fuhr richtig in die Schlucht hinein. Machte alles richtig. Kam nur mit knapper Not davon.

Die Tankwagen – beide – sind verbrannt. Der Diesel wurde zur Hälfte aus dem Lastwagen geraubt. Ohne die geringste Verlegenheit. Sie warfen die Fässer einfach die Schlucht hinunter. Sollten sie rollen. Unter dem Strich $ 1500.

Statt der sicheren neun-, zehntausend bekamen wir gar nichts.

Raub auf dem Weg zum Truppenteil Nr. ... Ein Pick-up, »Ural«, mit Heizölfässern. Überfall. Ruslan begleitete unsere Fässer. Was die Rettung vor dem völligen Ruin war. Jeder von uns scharrte statt viertausend gerade mal die Hälfte zusammen. *$ 2000*

Die linke Hosentasche meines Kampfanzugs hat sich über die lange Zeit stark ausgebeult. Jetzt ist sie leer, nicht das geringste Gewicht drin. So guckte meine Tasche wie ein aufgesperrter Rachen, hungrig und durstig. Ruslan warf ein Bündel Geldscheine in den Rachen. Mit leichter Handbewegung. Machte kein Geheimnis draus. Es war einfach mein Anteil. Unser Zuverdienst für das gelieferte Heizöl. Immerhin hatten wir eine gewisse Menge an den Truppenteil Nr. ... geliefert. Allerdings hätte in meine Tasche ein großes Bündel hineingepasst. Ein ziemlich großes.

Die Tasche hätte es verschlungen, ohne sich daran zu verschlucken.

Leider nicht in diesen Tagen.

Die Tschitschen wussten natürlich über Chwor und die Fehlschläge Bescheid und griffen jetzt praktisch in jeder Schlucht an. Sah man auf der Straße fünf Büsche vor sich, dann waren darunter fünf Tschetschenen.

Auf dem Weg zum Truppenteil Nr. ... Am Tag! Bei hellem Sonnenschein! Im »KamAS« befand sich neben dem bestellten föderalen Benzin ein Teil unserer Fässer über die Zuteilung hinaus. Alles verbrannt. Vollständig. Zum Glück schwirrten Hubschrauber »auf Anforderung« herbei und retteten die Soldaten. Von oben hatte man ausgezeichnete Sicht. Die Sonne half mit. Sie schien sehr grell an diesem Tag. *$ o.*

Auf dem Weg zum Truppenteil Nr. ... klassischer Überfall, wie schon bei den alten Atagern. Sobald die Kolonne in die Schlucht eingefahren war, explodierte eine Landmine. Das vorderste Fahrzeug wurde gesprengt. An der engsten Stelle. Man konnte es nicht mehr umfahren, kam nicht weiter. Aber auch nicht zurück. Der Panzer am Schluss der Kolonne war getroffen worden. Die kurze Kolonne war sofort gelähmt. Jetzt vernichteten die Tschitschen die Panzerfahrzeuge, eins nach dem anderen. Vom rechten Hang aus. Und vom linken. *$ o.*

Aus den Panzern sprangen die betäubten Soldaten heraus. Geradewegs unter die Kugeln. Flohen taumelnd. Hielten sich die Ohren zu. Dünne Blutrinnsale aus den Ohren... Als Erste sprangen die Wagemutigen von den Schützenpanzern runter. Die schossen wenigstens noch irgendwie zurück. Und kamen um. Alles brannte. In diesem schrecklichen Feuer kam jedoch der Tankwagen mit Dieselheizöl nicht zu Schaden, und auch nicht der Lastwagen mit den Dieselfässern. Sie wurden von keiner einzigen Kugel getroffen, nicht einmal gestreift.

Weil der Feldkommandeur, der raffgierige Abusalim Agdajew, der den Hinterhalt organisiert hatte, aufmerksam das Gefecht verfolgte. Sehr aufmerksam.

Ruslan (er begleitete die planmäßige Kolonne) erfuhr erst gegen Abend von dem Debakel. Er fand heraus, wenn auch nicht sofort, dass der Tankwagen und der gekaperte Sprit weggeschafft worden waren – zu Abusalim. Ruslan stieg sofort in seinen Schiguli und fuhr zu ihm, um zu verhandeln, jedoch ohne Erfolg. Abusalim Agdajew lachte. Bot nur Groschen an.

Da sagte ihm Ruslan im Klartext: Ein Teil des Heizöls und die Hälfte des Diesels sind von Major Schilin für die Tschetschenen bestimmt, für Feldkommandeur Gakajew Senior. Gegen Geld. Gakajew hält die Summe schon bereit.

Abusalim lachte.

Dieser Abusalim war seinerzeit gefangen genommen worden. Aber dass der Hubschrauber mit den Gefangenen überlastet war, merkten die Föderalen erst in der Luft. Abusalim wurde auf einen Hügel abgeworfen. Dieser Hügel war von oben ausgezeichnet zu sehen. Man warf ihn einfach hinaus. Es war zu eng im Hubschrauber.

Abusalim fiel runter und brach sich die Knochen. Er kroch. Er litt unter furchtbaren Schmerzen. Und kroch doch an sein Ziel. Und kam wieder auf die Beine. Obwohl er hinkte ... Doch der Hauptsieg und der Hauptgewinn für Abusalim war damals der Glaube – er glaubte wieder an Allah. Wie viele, die plötzlich gerettet worden waren. Ein ganzes Jahr setzte Abusalim seine Verwandtschaft durch die glühende Leidenschaft seiner Gebete in Erstaunen! Er war zum Licht zurückgekehrt. Manchmal erzählte er seinen Angehörigen, dass er sich auf das Paradies vorbereite.

Mit dem Wunsch, ins Paradies zu den echten Kriegern und den vollbusigen Huris zu gelangen, konkurrierte nur der Wunsch, dass ihm ein Gefangener gebracht würde. Ein russischer Gefangener, der verwundet wäre und sich vor Hunger kaum auf den Beinen halten könnte. Man brachte ihm einen. Aber das währte nicht lang. Nachdem Abusalim seinen Spaß gehabt hatte, wusste er nicht, wie er jetzt ohne irdisches Ziel leben sollte. Auf das Paradies musste er noch warten … Der tote Russe war wie ein Sieb. Durch ihn hindurch sah man die Erde. Die Grasbüschel. Und wie weiter?

Abusalim begann sich zu langweilen. Er langweilte sich, bis ihn plötzlich das Geld belebte, das Geldmachen, konkret der Weiterverkauf von Benzin. Er wurde nicht gierig, doch das Geld beruhigte. Er stellte sich einen kleinen Trupp zusammen und kaperte Treibstoff, wo er nur konnte. So sagte er es auch Ruslan, der zu Verhandlungen gekommen war. Er, Abusalim, kämpfe nicht gegen die Russen. Mit den Russen sei er quitt. Abusalim war es jetzt egal, wer und was, wo und gegen wen. Er kämpfe um Benzin. Und er gäbe kein halbes Fass zurück.

Und wenn Ruslan ein Konkurrent sei, dann um so schlimmer für Ruslan.

Feldkommandeur Gakajew Senior wartete auf seinen Anteil Sprit. Wartete umsonst. Ruslan informierte ihn über Abusalim. Aus Hochachtung rief er nicht nur an, sondern fuhr zu ihm hin. Alles ehrenhaft! Sie tranken Tee … und Ruslan sagte, er sei bereit, bei der Abrechnung mit Abusalim zu helfen.

Doch der Feldkommandeur sagte, das mache er selbst. Er wolle es selbst erledigen. Er wisse selbst, wie man sich verhalten müsse, wenn ein Räuber einem in die Quere käme. Er werde mit Abusalim abrechnen. Zufällig kenne er das Heimatdorf des hinkenden Abusalim Agdajew. Und wisse, dass Abusalim reich sei. Und ein tolles Steinhaus habe. In der Dorfmitte. Mit einer grünen Fahne auf dem Dach.

Nach dem Morgengebet, ein vom Beten angenehm ermüdetes Gefühl in den Knien, steuerte Abusalim den Wagen aus seinem tollen Haus. Das Tor öffnete sich leichtgängig. In der Bewegung des Tores spürte man Würde. Abusalim hatte sich noch nicht vollständig aus dem Gebet gelöst. Mit derselben Würde glitt Abusalims BMW ins Zentrum seines Heimatdorfes.

Abusalims BMW bot mit seinen kugelsicheren Scheiben und Rückstrahlern an den Ecken einen wahrlich prachtvollen Anblick, an den Flanken hatte er statt Glas eine hochwertige, im Werk angebrachte Panzerung. Aber kaum hatte der Wagen das Dorf verlassen, traf ihn aus dem nächsten Busch linker Hand ein Blitz. Vielleicht eine Raketengranate »Mucha« (Fliege. Aber wohl eher eine Panzerfaust. Traf die Frontscheibe sehr gezielt. Ein Panzerabwehrblitz. Der Feuerball drang ins Innere des Wagens und verbrannte im Nu Abusalim, seinen Leibwächter und seinen Sohn – einen kleinen Jungen, den Abusalim zur Anmeldung in die Schule fahren wollte (übrigens in die russische Schule in Grosny).

Die rauchenden Trümmer des Autos flogen auf die Böschung. Der Qualm stieg hoch auf. Weiter nichts. Jetzt brannte schon die Leere. Und nur die herausgeflogene Heckscheibe des BMW lag auf der Straße und markierte deutlich den Tatort.

Dringend benötigtes Benzin per Lasthubschrauber! In den Ohren ein Höllenkrach. Zwei Kampfjets MI-8 deckten uns. Wir hatten es eilig.

Und als wir niedrig über ein tschetschenisches Dorf flogen, zeigte mir der Leutnant durchs Fenster die Straße unter uns. Dort erkannte ich ein Dutzend minderjährige Krüppel ... Kinder ... sie krochen auf der Straße entlang. Direkt unter uns. Manche ohne Arme, manche ohne Beine. Den schrecklichen Krabbelzug der Krüppel kommentierte der Leutnant von sich aus. Ich hatte ihn nicht darum gebeten. Ich empfand Übelkeit, konnte meinen Blick aber nicht losreißen.

Die Kinder, die bei kürzlichen Bombardierungen verkrüppelt worden waren, hatten einen eigenen Reflex entwickelt. Wenn die gesunden Kinder den Lärm der Hubschrauber hörten, rannten sie unter Krach und Getöse aus der Luft weg und versteckten sich eilends im nächstgelegenen Wäldchen, was aber machten die Krüppel? Die Krüppel raus aus den Häusern und auf die Straße! Etwas Besseres gab es für sie nicht. Die Krüppel waren schon gewitzt. Weil sie im freien Gelände sicherer waren. Das Haus rettete nicht, es konnte von einer Bombe in Brand gesteckt werden. Das Waldstück konnte auch in Flammen aufgehen. Und wie gut die Wäldchen brannten! Die Straße aber blieb heil. Die Straße brannte nicht.

Ich konnte meinen Blick nicht von einem beinlosen Knirps lösen. Er hatte es mit knapper Not von der Vortreppe auf die Straße geschafft ... kroch, die leere Hose hinter sich herschleifend. Direkt unter mir.

»Und?«, fragte ich. »Wird das Dorf nicht bombardiert?«

Der Leutnant antwortete kurz:

»Man hat Mitleid.«

Jeder weiß, dass Mitleid ein verletzliches Gefühl ist. Eine kleine Gefühlsregung. Doch ab und zu meldet es sich. Mal hier, mal dort. Sei's drum! Meiner Meinung nach, kommentierte der Leutnant, ist dieses kleine Mitleid das einzig Große, was hier, in diesem Krieg, geblieben ist.

Nachdem Ruslan und ich die betrunken am Bahnhof eingetroffenen Soldaten mit knapper Not gerettet hatten (zugleich mit unserem Benzin), bedankte ich mich bei Ruslan. Der Dank platzte aus mir heraus. Als wir schon im Lager waren. Als wir schon Tee tranken.

In diesem üblen Geplänkel war er, ein Tschetschene, immerhin Tschetschenen gegenübergestanden ... hätte eine Kugel abkriegen können. Ein kitzliger, scheußlicher Augenblick. Er stand da und hörte sich die Vorwürfe seiner Glaubensbrüder an.

»Das war Stress... Danke.« Ich sagte es ihm einfach so, fast automatisch.

»Dein ›Danke‹ brauche ich nicht. Bei diesen ›Dankes‹ könnte ich kotzen«, antwortete Ruslan.

Bei *diesen* hieß *bei euren russischen Dankes*. So war Ruslan. Äußerlich verschlossen. Er war eben einer von denen, die gezwungen waren, über ein schmerzliches Thema zu schweigen. Auf das *russische* Thema konnte man ihn nicht herauslocken, wenn Fremde zugegen waren. Weder durch eine Beleidigung noch durch eine Provokation. Ein Schweiger ... Doch dafür machte er Vertrauten gegenüber kein Hehl aus seiner antirussischen Einstellung. Sollten ihm diese Vertrauten zuhören. Und es wissen. Und Major Schilin war eben ein vertrauter Mensch, sollte auch er es hören und wissen.

Ich sagte:

»Schon gut! Wir kommen auch ohne aus.«

Wenn er schon kein ›Danke‹ wollte.

Wollte er die Niederlage der Föderalen? Na, klar! Zweifellos. Aber obwohl Ruslan die Russen nicht mochte, bemühte er sich, ihre Achtung für sich zu gewinnen. Er war ehrlich – er war anständig. Und er wollte, dass die Russen ihn achteten. Ein echter Tschetschene.

Und wie wäre die Schießerei dort verlaufen, wo die betrunkene Kolonne gestoppt worden war?! Die ersten Kugeln hätten Ruslan und mir gegolten. Diese Stresssituationen auf tschetschenischen Straßen sind die gefährlichsten und unvorhersehbarsten. Stresssituationen sind wie aufgeschwollene Geschwüre. Und mit Feldkommandeur Maurbek war es kein Zuckerschlecken! Wir waren an der äußersten Kante gestanden. Es war ein wunderschöner Sonnentag ... Und ich pfiff leise. Ich erinnere mich immer noch an die Melodie. Der Himmel war für Ruslan und mich in jenen Sekunden nebenan. Gleich nebenan.

Ich stellte mir unsere Seelen vor, wie sie zum Himmel aufflogen. Verschiedengläubige! Kriegerische Seelen! Aber im Grunde Kinderluftballons in verschiedenen Farben. Meine ... Ruslans Seele ... und noch zwei oder drei Seelen unserer Fahrer ... vier, sagen wir mal. Und mit uns die bunten Seelen der Tschetschenen, die nicht minder einträchtig zum Himmel aufflogen, aufstrebten … Nach der flüchtigen Schießerei. Bleibt beisammen, Jungs. Bleibt beisammen!

Alle von der staubigen Dorfstraße geradewegs in den Himmel. Doch auch im Flug, schon aufsteigend und das Blau einatmend, schrien unsere Seelen zänkisch aufeinander ein. Kreischten. Es ging ums Dieselöl. Um die Benzinfässer. Darum, wer als Erster geschossen hatte. Es war schon eine himmlische, aber immer noch irdische Auseinandersetzung.

ANRUF BEI MEINER FRAU … Wecken möchte man niemanden, aber bei uns hat es sich so eingespielt, dass ich sie wecke – meine Anrufe bei Nacht sind zärtlicher. Mein Frauchen hat sich daran gewöhnt. Eine Frau gewöhnt sich an nächtliche Zärtlichkeit. (An die Notwendigkeit nächtlicher Zärtlichkeit.) Sie versichert mir, dass sie, von meiner Stimme geweckt, danach süßer und länger schlafe. Meinetwegen!

Um mich herum die mondbeschienene Lichtung … Nacht … Ich bin allein. Sitze an dem in die Erde gegrabenen Tisch. Nur der Weißdorn bewacht mich. Na, und der Mond.

»Sascha?«

»Ja.«

Ich fühle, dass sie lächelt. Ihre verschlafenen Lippen … in ihrem Lächeln.

»Ist wieder Mond?«

»Ja.«

Ich sage ihr ein paar Belanglosigkeiten, meine Augen starren in die Nacht. Und auf die Ajourwand des Weißdorns. Trotzdem sehe ich mein Land. Wie könnte ich es nicht sehen! Dort, in weiter Ferne, am Ufer eben jenes großen (aber ungenannten) Flusses, lag das Fleckchen. Das Stückchen Land. Und das Haus …

Ich hatte meiner Frau im Grunde schon am Tag zu verstehen gegeben, dass sie den Bau leicht (nur leicht, nicht abrupt) im Tempo drosseln solle, da wir (sie) jetzt weniger Geld hätten. Das ist kein Unglück. Am Fluss bauen jetzt viele so (so verzögert). Das von uns gewählte Städtchen ist an sich schon still. So dass es sogar ohne Schutzgelderpressung (ohne Banditen) geht. Ein guter Ort.

Mond ... Meine Frau ist verstummt. Meine Frau lauscht. Sie möchte noch länger lauschen.

Gleichsam parallel zu meinem fernen Haus hat man mir hier eine Dauerbaustelle angehängt, das Außenlager. Armselig und dürftig, in Chankala, aber etwas weiter weg, außerhalb meiner Lager. Und es wird kaum bewacht. Ist wirklich ein Außenlager. Nur Tschetschenen arbeiten dort. Mal drei. Mal nur zwei. Um die vierzig, aber schon wie uralte Männer, kriechen die Arbeiter gleichsam auf der zeitlich eingefrorenen Baustelle herum. Bewegen sich ganz langsam zwischen den noch niedrigen Mauern. Und schlafen ganz still (ebenfalls hier).

Es ist nicht weit dorthin. Ich brauche nur aus meinem Lagerkomplex hinauszugehen. Vor das Tor ... und dann etwa hundert Meter. Fertig sind nur Fundament und Bodenabdeckung, und an manchen Stellen sind die Mauern einen oder anderthalb Meter hochgezogen. Über den Mauerstummeln spannt sich der blaue Himmel. Dafür lässt es sich innerhalb dieser Mauerrudimente gut sprechen. Sie schützen vor Lärm und, zum Beispiel, vor Lauschangriffen. Manchmal schützen sie auch vor dem Wind. Aber nicht vor dem Regen.

Nur die Bauleiter werden bezahlt – Ruslan und Ruslan-Roslik. Warum und für welche Kröten die zwei oder drei verstaubten, von der Sonne verbrannten Arbeiter hier auftauchen, weiß ich nicht. Auch beide Ruslans wissen es nicht. Obwohl es unsere Baustelle ist.

Ruslan-Roslik und ich treffen an diesem Tag gleichzeitig auf der Baustelle ein.

»Tag.«

»Tag.«

Wir steigen die provisorische Treppe ohne Geländer auf den unfertigen Bau hinauf.

»He, ihr da … vorsichtiger!«

Roslik schreit die Arbeiter laut an. Er schreit jedes Mal laut. Warnt, dass wir kommen.

»Das sind Dörfler. Die schmeißen einem einen Ziegelstein auf den Kopf«, sagt er besorgt.

Und während wir hinaufstampfen, erklärt er nicht ohne Verachtung: »Dörfler! Alles Dörfler! Haben sich gerade mal zwei Schritte weit von ihren Schafsböcken entfernt. Null Ahnung. Wenn er Lust hat, nimmt er einen Ziegel. Hat er keine, wirft er den Ziegel runter. Und wenn unten jemandes Kopf ist, schert ihn das nicht!«

Bei unserem Anblick legten diese Dörfler doch einen Zahn vor. Diese Leute erkennt man sofort. Ihre Hände sind nicht an Ziegel gewöhnt. Knotig. Richtige Bauernhände. *Mähen–Graben.* Ihr ewiges Gejammer, dass sie kein Geld haben … man braucht doch Geld! … Für die Töchter! … Die Töchter müssen doch heiraten! … Durch Not von ihrem Dorf getrennt, betrachten sie die Baustelle mit trüben Augen. Und betrachten die Städter. Ohne zwischen eigenen und fremden zu unterscheiden. Die beiden Ruslans sind ihnen fremd, der eine wie der andere, ich bin ihnen fremd. Wir sind für sie irgendwelche satten Außerirdischen.

Doch Hass ist nicht in ihnen, kein Gramm. Echte Tschetschenen. Das sind sie. Schmutzige Arbeitstiere, mit knotigen Händen, mit arthritischen Fingern von der Arbeit in der Kälte … im Schnee. Sie haben Angst vor mir, vor Roslik. Und selten nur leuchtet in ihren Augen plötzlich ein Lächeln auf. Im Vorbeigehen klopfe ich dem, der mir am nächsten steht, auf die Schulter: »Wie geht's, mein Lieber?« Dann lächelt er. Doch selbst lächelnd schaut er an mir vorbei, an Roslik vorbei … schaut irgendwohin in die Ferne … irgendwohin, wo seine unverheirateten Töchter sind … die ungefütterten blökenden Hammel.

Nachdem wir auf der Baustelle umhergestapft sind (um ihre

lahme Arbeit anzuheizen), gehen Roslik und ich beiseite, um außer Hörweite der Arbeiter zu *reden*. Der unfertige Bau gleicht einem Labyrinth. Ringsum Mauern in halber Höhe. Über dem Kopf Himmel. Eigentlich gibt es mit Ruslan-Roslik nichts zu reden. Deshalb reden wir über den Krieg. Das ist hier immer so. Worüber denn sonst?

Im Unterschied zum verschwiegenen Ruslan macht der Bauleiter Ruslan-Roslik für alle hör- und sichtbar, besonders sichtbar, keinen Hehl aus seiner russenfeindlichen Einstellung. Er trumpft endlos mit seiner Abneigung gegen die Russen auf. So ist er! Aber ich glaube ihm nicht. Seine Antipathie sind einfach nur Worte, leeres Gerede. Lockeres Geschwätz, das ihn selbst erfreut! Den Spitznamen Roslik haben ihm übrigens die Russen verpasst. Liebevoll.

Keiner in seiner Familie ist getötet worden. Keiner seiner Verwandten ist von Bomben getroffen worden oder beim Durchkämmen der Dörfer umgekommen. Ein seltener Fall. Ein Glückspilz! Und obwohl er ein kleiner Vulkan ist, randvoll mit Hass und Verbitterung, erschien der junge Ruslan-Roslik auf der schleppend fortschreitenden Baustelle, und zwar so: In den ersten Tagen trug er das Messer für alle sichtbar. Man wusste nicht, ob er sich auf einen stürzen oder einen anlächeln wollte. Ich wurde nicht auf Anhieb aus ihm schlau. War auch eine Dummheit! Zwei Wochen, nicht weniger, tat ich es ihm gleich – trug die Pistole im offenen Halfter.

Doch allmählich schliffen wir uns aufeinander ein. Ja, Roslik begann mich sogar zu achten. Er ahmte mich nach, geriet unter meinen Einfluss. So etwas liegt nicht auf der Straße herum. Für die Zukunft konnte man beruhigt sein. Er grinste wie ich. Frotzelte wie ich. Rauchte wie ich. Wiederholte meine Sprüche. Und vor allem (nichts zählt hier mehr) wollte Roslik mein Freund sein.

Diese Freundschaft (die sein oder nicht sein konnte) war sein ewiges Thema. Vom Krieg mal abgesehen. Natürlich war Roslik über meine Geschäfte mit Ruslan und Gussarzew im Bilde. Roslik weiß über unser Trio Bescheid. Weiß alles.

Kraft seines Wissens sagt er geradeheraus:

»Wenn Ruslan fällt … irgendwann … dann werde ich an seiner Stelle für dich da sein.«

Das heißt, er wird Ruslan in meinem Diesel-Benzin-Business ersetzen. Wieso sollte Roslik eigentlich schlechter als Ruslan sein? Und er werde ihn nicht nur ersetzen. Er werde mir nützlicher als Ruslan sein. Nicht einfach nur ein Partner. Er werde mein *Freund* sein. Bei den Bergbewohnern sagt man das nicht einfach so!

»Du brauchst einen aus den Bergen als Freund, Alexander Sergejitsch.«

Unser Gespräch ist abstrakt, der Freund aus den Bergen ist auch abstrakt, so dass ich überhaupt nicht reagiere. Vielleicht sollte ich.

»Major Gussarzew kann auch getötet werden. Ich ersetze den, der als Erster getötet wird …«

Das sagt er schon im Scherz. Aber nur zur Hälfte. Ohne Verlegenheit.

Wir über den Krieg.

»Hast du schon gehört?« Roslik macht ein ernstes Gesicht. »Sie haben eine Kolonne bei Urus-Martan zerschlagen.«

Obwohl er jung ist, duzt mich Roslik, nennt mich jedoch gelegentlich beim Vor- und Vatersnamen.

»Sie haben sie noch nicht zerschlagen. Sondern nur blockiert.«

»Und wo will sie jetzt hin?«

Ich zucke die Achseln.

»Irgendwohin.«

»Etwa in den Himmel, was?« Der übliche dreiste Witz.

Natürlich, Roslik hält zu seinen Leuten, und ich halte zu meinen. Aber wir haben keinen Streit. Wir sind Anhänger, aber keine glühenden Fanatiker. Wir unterhalten uns wie kundige Fußballfreunde. Wie jahrelange Club-Fans. Deren Herzen (so hat es sich im Leben eben gefügt!) für verschiedene und – leider – rivalisierende Mannschaften schlagen.

Tschetschenische Nachrichten, das ist so, als würde man von der Kehrseite auf die Dinge blicken. Roslik kann seine Freude nicht verbergen, wenn das Gerücht durchsickert, die Tschitschen hätten eine Kolonne zerschlagen. Verluste in den Schluchten. Höchster Gipfel unserer Leidenschaften! Dafür jubele ich (während seine Laune sich verfinstert), wenn die Kolonne doch durchgebrochen ist.

Ich schaue kein Fernsehen, obwohl es im Lager eine »Glotze« (seltene Gelegenheit) gibt. Ich mag kein schlaues Geschwätz. Mag keine schwarz verkohlten russischen Panzer. Mag auch das obligatorische Fernsehbild nicht, wenn wieder einmal ein erschossener Hadschi Murat zerfetzt auf der Erde liegt … zusammengekrümmt … zwanzig Kugeln im Leib. Doch das Gesicht wird ganz bestimmt gezeigt. Ich mag das nicht und schaue mir das nicht an. Vor allem, weil ich viele Feldkommandeure lebendig gesehen habe. Sie sind meine Feinde, ich weiß. Aber ihre Leichen interessieren mich nicht.

Ruslan ist an der ewigen Baustelle angekommen und steigt die wackelige, sich durchbiegende Leiter zu Roslik und mir hoch. Entschuldigt sich, dass er sich verspätet hat. Er weiß ja, dass ich bald zu meinen Lagern fahre. (Ruslan käme natürlich gern zu mir ins Lager, in mein Wohnbüro. Um über Diesel und die Gebirgsstraßen zu sprechen. Bei einer Tasse Tee. Doch das darf weder er, noch Roslik. Auf keinen Fall. Wo Hunderte von Fässern mit föderalem Benzin lagern, sind sie fehl am Platz. Sie sind Tschetschenen.)

Ruslan beginnt langsam und deutlich, als diktiere er einen Text:

»Alexander Sergejitsch … ich möchte Ihnen etwas sagen … um es nicht zu vergessen … Sie fahren ja gleich weg, und es könnte … es ist aber wichtig … also, ich denke …«

Er dehnt die Worte, damit Ruslan-Roslik merkt, dass er bei diesem Gespräch überflüssig ist. (Roslik braucht nicht unbedingt alles im Detail zu wissen, was wir machen. Das muss er verstehen! Er ist mit uns befreundet, aber er ist nicht im Business drin.) Und Roslik versteht taktvoll. Obwohl nicht ohne Eifersucht, natürlich.

Roslik nickt:

»Na, ich geh dann mal ... Schau nach, wie sie ... Schrei diese Esel an!«

Er geht die Arbeiter anschreien ... Roslik mag das.

Wir sind unter vier Augen.

»Wie geht's?« Ruslan lächelt.

Das kann er, lächeln. Er ist ein klarer, verständiger Typ, schaut freundlich. Ein echter Bergbewohner, der weiß, dass er es ist. Und weiß, dass er in diesem Augenblick gesehen wird.

Ich erkundige mich nach seiner Frau. Er erkundigt sich nach meiner. Ich habe eine Frau, eine Tochter und ein Haus im Bau. Er hat auch eine Frau, zwei Kinder und ein Haus im Bau. Das ist wie ein Ritual. Das ist der Osten. Worte über das Wichtigste zu wechseln.

Der Krieg befindet sich in diesen Minuten für Ruslan und mich irgendwo am Straßenrand, im Abseits. Der Krieg betrifft uns zwar, aber wenig. Besonders teuer ist uns unser beider Partnerschaft. Ruslan ist ein guter Familienvater. Tut alles für die Familie, die ganze Arbeit. (Wie ich auch.) Wir lächeln, scherzen. Es ist uns ein wenig peinlich, dass wir so klar, so verständlich unser Leben lieben. (Und das Leben uns liebt.) Zuweilen ist unser Business gefährlich, Krieg! Aber wir spüren beide sehr wohl, wo die rote Linie verläuft. Mit Ruslan (hier liegt der Unterschied zu Roslik) spreche ich nicht über Freundschaft.

Wir schauen durch das leere Fenster des unfertigen Baus.

Ich mache mich über unsere schmutzige Baustelle lustig, über Ruslans und mein Büro unter freiem Himmel.

»Einen besseren Ort findet man nicht«, lächelt er.

Und breitet die Arme aus:

»Ich habe Kolja ein paar Mal angerufen – er antwortet nicht.«

Kolja Gussarzew hat auch mit mir schon den zweiten Tag keine Verbindung. Aber das kommt vor – wenn man bei ihm im Stab ein Informationsleck befürchtet. Wenn den Offizieren verboten wird, überhaupt zu telefonieren. Bis zu einer bestimmten Uhrzeit des nächsten Tages.

Gussarzew hatte eine Partie Kalaschnikows verkauft. Kolja, mehr vom Spieleifer ergriffen als vom Wunsch, Geld zu verdienen. Er blieb eiskalt! Im Stab hatte man über hundert Kalaschnikows bereitgestellt, die Kolja in eines der Dörfer bringen sollte. Um sie den Bergbauern zu geben, die mit Bassajew tödlich zerstritten waren. Um die Knarren einfach zu verteilen. Und dann schnell wieder zurückzufahren. Das war ebenfalls eine Art Kontakt zur Bevölkerung.

Aber warum verteilen, wenn man sie verkaufen konnte? Wenn man schnelles Geld machen konnte! Wenn sich ausgerechnet ihm, Kolja Gussarzew, ein Käufer angeboten hatte. Freilich ein finsterer Käufer. Ein gefährlicher. Aber wenn alles sauber abgewickelt wurde ... wenn man auf der Hut war ... Koljas Nasenflügel hatten sich wahrscheinlich schon in der ersten Minute raublüstern gebläht. Er liebt die Gefahr.

Er musste jedoch noch einen Wagen finden, der sich für seinen Plan eignete.

Um sich den zufälligen Gewinn nur ja nicht entgehen zu lassen, kam Kolja zu mir ins Lager gebrettert. Hier sagen alle »in die Lager«. Auf meinem Territorium befinden sich in der Tat zwei Lager, und an der Tür eines jeden hängen die Regeln und Paragraphen. Aber was bedeuten Regeln und Paragraphen, wenn ich nicht da bin. (Ich war in Grosny.) Und da wir Freunde sind, spazierte Gussarzew ganz freundschaftlich mit meinem Kramarenko ... an den Lagerhäusern entlang. Er zielte mit dem Auge ... und fand ihn! Bedauernd, dass ich nicht da sei, borgte er sich vom nichtsahnenden Kramarenko meinen »Uasik« aus, meinen Geländewagen. Und erbat sich noch für ein, zwei Stunden einen Soldaten, der diesen »Uasik« fahren sollte. Er nahm den Begriffsstutzigsten, einen begeisterten Nasenbohrer, dann sprang er wieder in seinen flotten Jeep.

Und ab die Post. Zuerst ratterte der »Uasik« leer hinter dem Jeep her. Dann wurde er mit den für Gussarzew bereitgestellten Kalaschnikows vollgestopft. Sie passierten die Kommandantur, dann den Blockposten. Mit diesem Stabsoffizier wollen sich alle gut stellen. Mit dem lustigen und charmanten! Der mit jedem zu lachen versteht. Und die Papiere waren völlig in Ordnung. Und kaum jemand kannte Major Gussarzew nicht von Angesicht.

Koljas Jeep und der »Uasik«, beide Autos fuhren hintereinander her. Gelangten auf die Niemandsstraße. Und dort konnte man losbrettern. Zu den Tschetschenen ... mit denen sich Kolja abgesprochen hatte. Ob er zu loyalen Tschetschenen fuhr oder nicht, das wusste er nicht.

Mir hatte er kein Wort über den Verkauf gesagt.

So war ich zwei Tage später natürlich verärgert. Aber vorerst nur wegen meines »Uasik«. Jedes Lagerauto ist für mich wie mein eigenes. Man gewöhnt sich daran! Gussarzew hatte mir leicht schuldbewusst am Telefon erklärt, wie sehr er sich beeile. Und wie er den Tschetschenen (die mit Bassajew verfeindet waren) die Waffen mitsamt dem »Uasik« überlassen habe. Und dass diese geschworen hätten, den Wagen zurückzubringen.

»Mach das nie wieder«, rügte ich ihn streng.

»Klar!«

»Ich will jetzt nicht brüllen, Kolja, und dich nicht beschimpfen.«

»Verstanden, Sascha ...«

Ich will und mag meine Leute nicht fertig machen. Erst recht nicht am Telefon. Deshalb senke ich nur die Stimme. Bis zum wütenden Flüstern.

Den Wagen würden die Tschetschenen nicht zurückbringen,

so viel stand fest. Den eigenmächtigen Kolja rechtfertigte nur teilweise, dass er tatsächlich nicht gewusst hatte, dass ich nicht im Lager war. Er hatte mich ja angerufen. Und gewartet. Und sich dann erst entschlossen und den »Uasik« einfach genommen. Das sei eben sein Charakter. Sein Draufgängertum. Er habe eben keine Geduld … entschuldige.

»Ich will, dass du das ohne Streit kapierst, Kolja. Ein für alle Mal.«

Er sah es ein. Natürlich, Sascha … Selbstverständlich, Sascha …

Das ist mir einer, was?! Nachdem er den Tschtitschen einen Wagen voll Waffen verkauft und gutes Geld bekommen hatte, markierte er den Unwissenden. Und das Geld war ja noch ein Pappenstiel! Würde der Verkauf herauskommen, schnappten sich die Leute vom FS nicht nur ihn, sondern auch mich und Ruslan. Verantwortung ist eine gemeine und klebrige Sache! Wenn du in die Grube steigst, zieh andere nicht nach … Durch das Benzin miteinander verstrickt, wären wir zweifellos auch durch den Waffenverkauf miteinander verstrickt gewesen. Und da wird ganz anders drüber geredet und mit einem anderen Paragraphen geahndet!

Unterdessen saß Kolja Gussarzew jetzt gerade im Stabskorridor, irgendwo in einer gemütlichen Ecke, und machte mir blauen Dunst vor – gestand am Handy nur den Verlust des »Uasik« – eine Lappalie!

Der Unwissende war ich.

»Pass auf, Kolja! Das nächste Mal lässt man dich überhaupt nicht mehr in mein Lager rein.«

Ich kanzelte ihn nicht aufgrund meines Ranges ab – wir sind beide Major –, sondern aufgrund meines Alters. Aufgrund meiner Erfahrung. Ich rückte ihm sozusagen taktvoll den Kopf zurecht. Als Älterer in unserem Benzin-Business dem Jüngeren. Wollte ihn natürlich nicht kränken. Ich dachte, ich würde ihm eine Lektion erteilen.

Er meckerte freundschaftlich. Pflichtete mir bei. Wahrscheinlich war er jetzt gerade überzeugt, was für ein schneidiger Kerl er war. Und wie glatt alles gegangen war. Und wie er die ganze Welt überholt hatte! Und wem imponieren denn nicht die Kühnheit und Verwegenheit des Stabsoffiziers, der ohne Deckung über die tschetschenischen Straßen heizt und selbst am Steuer sitzt! Wir kennen ja auch andere Stabsoffiziere.

Außerdem war Kolja Gussarzew nicht geldgierig. Er hatte sich eine Beschäftigung gesucht, weil seine Energie überbordete! Hatte sie sich offenkundig bei seinem lesenden General gemopst! Jung wie er war! Möglicherweise mopste er sie sich auch bei mir. Keine Ahnung. Woher soll ich das wissen!

Natürlich, Chwors Verwundung. Es setzte ihm zu, dass sowohl Chwor als auch Kostomarow außer Gefecht gesetzt waren. Dass die Kolonnen unzuverlässig durchkamen. Und dass unser Diesel-Benzin-Business derzeit keinen Gewinn abwarf. Knarren sind doch viel besser!

Junger Feuereifer war es, der ihn mit diesen Kalaschnikows zum Date getrieben hatte. Der Schneid! Er wollte es ausprobieren.

Als Gussarzew den Treffpunkt erreicht hatte, ließ er den von mir gekaperten Soldaten in seinen Jeep umsteigen – er befahl ihm, mitsamt dem Jeep auf der Straße zu warten. Nichts zu tun. Zu sitzen … Bleib sitzen und bohr in der Nase.

Er selbst bog im »Uasik« voller Waffen in das moorige Waldstück ein. Fuhr noch einen halben Kilometer weiter – geradewegs zum Sumpf. Ganz allein. Mutig. Auf den Knien die Kalaschnikow. Von der anderen, der tschetschenischen Seite trafen zwei Fahrzeuge ein.

Auch ein Jeep und ein Kleinlaster mit geschlossenem Aufsatz. Und sofort sprangen aus beiden Wagen hurtig Tschetschenen heraus.

Major Gussarzew zuckte nicht zusammen. Diese flinken Tschitschen sollten ja entladen. Kein Ort für den Krieg. Ein Ort für den Frieden. Ein wunderbares Wäldchen! Und wie sich die Straße hinunterwand! Vom Sumpf her stank es nur ganz leicht. Smaragdgrüne Entengrütze. Dort erstickten Kleinfische, die es bei der Hitze nicht ins Flüsschen geschafft hatten.

Der föderale »Uasik« mit den Maschinenpistolen AK-74 und der Kleinlaster der Tschetschenen, der als Ballastgewicht mit Eisengeflechten und Schienenstücken beladen war, fuhren näher aufeinander zu. Beschnupperten einander mit den Kühlern.

Sie standen im flachen Wasser. Major Gussarzew und der Feldkommandeur rauchten Seite an Seite. Niemand war nervös. Die Tschetschenen nahmen Kolja immer wieder ins Visier. Alles redlich. Dann begann die rasche Umladung. Wir euch – ihr uns.

Die Kalaschnikows aus dem »Uasik« wurden in Windeseile in den tschetschenischen Kleinlaster verfrachtet, und die Schienenstücke und Eisengeflechte aus dem tschetschenischen Wagen in diesen opferbereiten föderalen »Uasik«.

Hier Metall zu verfrachten, war unbequem, die Füße rutschten aus. Dafür hinterließ man keine Spuren. Ohne jemanden zu streifen oder zu stoßen stiefelten sie schmatzend durch das Sumpfgras, durchs Wasser. Die Tschetschenen ächzten vernehmlich, besonders wenn sie die Schienen trugen, und gaben Posaunenlaute von sich. Sie trugen schwer! Major Gussarzew missfielen die Laute. Er schoss immer wieder einen spöttischen, scharfen Blick ab – was war denn los mit ihnen? Was waren das für Kämpfer! Sie furzten … noch dazu bei jedem zweiten Schritt. Das war so nicht abgemacht.

Der Feldkommandeur sagte verschämt:

»Schwer.«

Major Gussarzew nickte, blieb jedoch streng. Natürlich ist es schwer! Versteh schon! Aber das nächste Mal nimm andere zum Date mit.

Als der Tausch abgeschlossen war, wurde der föderale »Uasik« (meiner aus dem Lager!), der jetzt mit Schienen und Eisengeflecht beladen war, weiter in den Sumpf hineingejagt. Opferung. Schon nach einer Minute war er bis über die Achse eingesunken. Rasch versank er in der schwarzgrünen Jauche. Dem Tschetschenen am Steuer schrien sie rechtzeitig zu, er konnte noch herausspringen.

Die Dachplane des föderalen »Uasiks« war, Luftblasen nach oben sendend, bald vollständig im dunklen Wasser untergegangen. Auf Grund gesackt. Das Auto war einmal – und nun nicht mehr. Die letzte Luftblase war wie ein geräuschvoller Atemzug zum Abschied.

Die Tschitschen wendeten, zufrieden, und wie! Ihr Kleinlaster war bis zum Stehkragen voll mit Kalaschnikows! Waffen sind wie Alkohol. Jede Menschenmasse gerät durch Waffen in Erregung und bricht in dumpfes Stimmengewirr aus.

Major Gussarzew verließ ganz allein und in aller Stille den Treff. Hinter sich, im Rücken, die Tschetschenen. Er ging mit einem Packen Geld davon. Allein. Adrenalin pur!

Etwa einen halben Kilometer ging Kolja zu seinem Jeep. Kehrte zurück ... dorthin, wo Wald war. Wo ringsum Stille herrschte. Wo im Jeep, auf dem Vordersitz, der Soldat saß und unermüdlich mit dem Finger im Nasenloch grub.

Den untergegangenen »Uasik« meldete Gussarzew selbstverständlich sofort dem Stab. Die Maschinenpistolen lägen zu tief. Das Fahrzeug sei vom Sumpf eingesaugt worden, man könne es nicht mehr heben. Ein Kran komme dort nicht hin. Würde selbst versinken.

Sie fuhren hin, um die Sache zu überprüfen: derselbe Gussarzew (vom Stab) und der schlaue Ermittler Lukowkin (von der Untersuchungsabteilung). Lukowkin heftete sich unterwegs an die Vorbeifahrenden. Hielt sie an. Befragte sie. Löcherte jeden einzeln. Aber hier fuhr selten jemand vorbei. Niemand hatte etwas gesehen, keiner wusste etwas.

Im Übrigen zeigten die Spuren im Gras selbst den Ort an, wo das Fahrzeug mit der schweren Last untergegangen war. Und Major Gussarzew half der Ermittlung gern – warf Steine in das grüne Sumpfwasser … hier! … und jetzt hier! … Immer genauer zeigte er, wo der »Uasik« versunken war. Es gelang, Bretter am Rand des Sumpfes auszulegen. Um wenigstens ein bisschen näher an das versunkene Fahrzeug heranzukommen. Um tief unten im Moorwasser so viel wie möglich zu erspähen.

Na, und jetzt noch etwas! Der schlaue Ermittler Lukowkin rannte zu seinem Auto und holte eine besondere ausziehbare Hakenstange. Das Teil soll von Lukowkin patentiert worden sein und einen Namen haben. In der schlichten Soldatensprache heißt es jedoch »Clintons Schwanz«. Humor! (Den haben sich natürlich die Nachrichtenleute ausgedacht. Allesbelauscher sind eben allwissend.) Und so tasteten sie sich, Schritt für Halbschritt, im Sumpf stochernd, ans Ziel. Entdeckten das Fahrzeug unter Wasser.

Beide Soldaten Lukowkins waren stark und kräftig, Sibirjaken. Der lange, starke Metallhaken (mit Griffen zum Ziehen und Hantieren) war ihnen angemessen. Wenn der eine Soldat den schlammigen Grund mit dem Haken peinigte, schrie der andere aufgeregt: »Weiter! Weiter!« Die Soldaten fanden es schön, im Weichen herumzutasten. Und so wurde ein Fahrzeug gefunden … aber welches? … Mit einer kräftigen Plane gedeckt … Man sollte wenigstens eine Knarre herausziehen … aber wie? Ins Innere des versunkenen Wagens kam man leider nicht hinein! Die Soldaten suchten inzwischen mit dem Haken einfach im Kreis herum. Für den Fall … im leeren Wasser.

»Kann ich irgendwie helfen?«, erkundigte sich Major Gussarzew lächelnd bei Lukowkin.

»Nein.«

Lukowkin legte eine Zigarettenpause ein. Ein, zwei Minuten streichelte er liebevoll seinen »Clinton«, dann machte er sich erneut ans Werk. Pfeifend stocherte er selbst mit dem Haken im moorigen Schlick. Da war doch was. Dann befahl er beiden Soldaten, das freie Ende der Hakenstange zu packen und mit einem Ruck daran zu ziehen.

Das war nicht so einfach. Die zwei starken Sibirjaken rissen wieder und wieder daran! Bei ihrer Anstrengung gaben sie, genau wie die Tschetschenen, wohl sogar noch besser aufeinander abgestimmt, Posaunenlaute von sich. Krieg!

Wieder und wieder! Da kam der »Schwanz« in seiner ganzen Länge allmählich aus dem Wasser. Und plötzlich immer schneller ... mit der Beute ... Mit einem Ruck angelten die Sibirjaken das Nummernschild des Wagens aus dem Wasser. Was der Schlaukopf Lukowkin im Grunde gewollt hatte. Aber die Nummer stimmte überein. Es blieben keine Zweifel. Auf dem Grund lag der »Uasik« aus meinem Lager.

FÜNFTES KAPITEL

MEIN VATER ... Als ich aus Gudermes nach Chankala zurückkam, erwartete mich eine Überraschung. Er war doch gekommen. Hereingeschneit! Mein Vater war plötzlich hier, in Chankala, aufgetaucht, völlig unpassend. Und natürlich ungebeten. Er habe angeblich ein Telegramm aufgegeben. Angeblich. Ohne die Adresse zu wissen. Nach seiner Ankunft habe er mich unter meinem Namen ausfindig machen wollen. »Du hast doch denselben Nachnamen wie ich«, sagte er später.

In Chankala angekommen, hatte er sich seit dem Morgen auf den Straßen herumgetrieben. Vom Zug weg geradewegs ins spannende Leben. Anstatt seinen Sohn wiederzusehen. Wozu war er denn überhaupt hergekommen? Oh ja! Um mit den Soldaten zu quatschen. Gewaltiger Interessenkreis! Mit einem Kontraktnik Dubow. Er wollte etwas über den Krieg erfahren, sich erkundigen. Immerhin war er doch der Vater von Major Schilin! »Weißt du, wie viele es von diesen Majoren hier gibt, Opa!«, fragte ihn ein gewisser Kontraktnik Dubow. Doch mein Vater verstand es, mit zwei Sätzen einen Streit anzuzetteln. Mitten auf der Straße. Höflich. Und doch irgendwie unverfroren. Dabei kniff er listig die Augen zusammen. Und spuckte verächtlich durch das schlecht sitzende Gebiss aus.

Wie geht der Krieg voran? Wie kämpfen wir? Im Großen und Ganzen? Ihn interessiere die hohe (Ironie) Kampfmoral unserer Truppe. Unserem Land seien die Rentner natürlich egal. Es habe die Alten vergessen! Aber wir, die Alten, haben unser Land nicht vergessen. Wir sind auf unserem Posten, schwadronierte er geschraubt. Der Sohn? Was ist mit dem? Ja, er sei der Vater von Major Schilin, und er mache aus seiner Ankunft in Tschetschenien auch kein großes Geheimnis. Aber Major Schilin sei, wie man ihm gesagt habe, noch beschäftigt. Major Schilin habe immer zu tun, immer zu tun! Warten wir eben.

Major Schilin saß unterdessen schon zwei geschlagene Stunden an seinen Telefonen (Handy und daneben Bürotelefon) und mahlte mit dem Unterkiefer. Ich war nervös. Und hatte überhaupt keine Lust, in Chankala herumzurennen. Und allen und jedem meine Schwachstelle zu zeigen.

»Dein Vater. Hast du ihn schon gesehen?« Ich wurde ununterbrochen angerufen. »Er ist ganz schön zugedröhnt. Sieht schon von Weitem ziemlich besoffen aus, was? Entschuldige. Ja, ja. Sympathischer alter Mann. Wenn er nicht trinken würde …

Man rief mich offenbar mit großem Vergnügen an:

»Wenn er nicht trinken würde. Aber ein helles Gesicht. So ein Schlohkopf. So ein schmächtiges Männchen. Er fällt schon auf. Und redet! Redet wie ein Buch!«

Die Wohlmeinenden fügten hinzu:

»Er treibt sich rum, wird schon kommen. Keine Sorge, Alexander Sergejitsch. Die Patrouille hat ihn nicht aufgegriffen.«

Aber der vorsichtige Kramarenko war schon nervös.

»Die Zielscheibe ist angekommen«, drückte er sich knapp aus.

Aus dem fernen dreckigen Kowylsk im Ural. Das ist so ein Städtchen. Klarer Fall, da hatten sich irgendwelche wohlwollenden Ratgeber gefunden. Besuch doch mal deinen Sohn. Na, was bist du denn für ein Vater! Dort ist ja nicht irgendwas los, dort ist Krieg. Dein Sohn wird sich freuen! Viele Väter besuchen ihre Söhne in Tschetschenien. Diesen ganzen Blödsinn hat irgendwer Ihrem Vater in Ihrem Kowylsk eingetrichtert. Und Ihr Papa freut sich – macht sich auf die Reise! Und nicht mit leeren Taschen! Euer ganzes bescheuertes Kaff hat wohl gesammelt und ihm das Geld gepumpt.

»Na, hör mal. Das geht zu weit. Meine Heimatstadt«, wies ich Kramarenko zurecht.

Kramarenko konnte nicht glauben, dass es meinen Vater aus freien Stücken nach Tschetschenien getrieben hatte, aus dem schlichten Verlangen, frischen Wind in sein fades Leben zu bringen und mit neuen Leuten zu trinken. Er kannte meinen Alten nicht! Ein Bauingenieur, plötzlich in Rente versetzt. Unbefriedigt, unverstanden. Mit dem Bedürfnis, Dampf abzulassen. Mit lockerer Zunge (sobald er etwas getrunken hat). Mit Liebe zu Achmatowa. Ein echter trinkender Sowjetmensch. Jetzt steht er an einer Bierbude in Chankala. Ist glücklich. Ein feierlicher Augenblick! Er steht gegen die Wand gestemmt, gelehnt, und schwallt irgendeinem Kontraktnik die Ohren voll von kleinen Kriegen und vom entehrten Russland.

In meiner staatseigenen winzigen Wohnung (sie war ja auch mein Büro) durfte Besuch nur bis sieben Uhr abends bleiben. So lautete die Regel. Das waren die Lagervorschriften. Nicht einmal der Vater durfte bleiben. Niemand. Doch um so besser! Kramarenko löste das Problem des väterlichen Nachtlagers operativ. Der Alte musste einen Geschmack vom Krieg bekommen – er werde meinen rauchenden und trinkenden Papa im Lagerhaus 8 unterbringen (das früher mit Granaten vollgestapelt ... richtig! ... und heute mit Soldatenuniformen vollgestopft war). Heute türmten sich dort Berge von Feldblusen und Schuhwerk. Und ein echter Bürotisch für die Registratur, an dem der Koreaner Pak saß, auf den Kalkulator starrte und schrieb ... schrieb ... Er füllte Lieferscheine aus. Hier befand sich auch die harte Bettstatt des Koreaners. (Pak schlief nicht in der Kaserne.) Aber links gab es noch eine zweite Liege! Ein Reservebett. Es war still. Bescheiden. Muffelte leicht nach gelagerten Schuhen. Sei's drum!

Dort sollte mein Vater wohnen (und schlafen). Wir würden uns unterhalten. Das Lagerhaus 8 war von den übrigen abgegrenzt. Major Schilin würde in seiner Freizeit hierherkommen.

Ich werde in diesem Lagerhausschlupfwinkel zu ihm kommen. Dem Ruf des Blutes folgen.

Ich stellte mich sogar darauf ein, dass ich den ersten Abend mit meinem Vater unter vier Augen verbringen würde. Schickte also Pak beizeiten zu Kramarenko. Spanne ihn für irgendwas ein. Der Koreaner könnte dabei übrigens auch aus dem abgeschriebenen Lagerbestand einen (unauffälligen) Kampfanzug und Schuhe für meinen Vater heraussuchen ... gute Unterwäsche ... Und halte ihn überhaupt auf. Für eine Weile.

»Ach, Alexander Sergejitsch ...« Als ob Kramarenko nichts fände, womit er einen Soldaten beschäftigen könnte. Hätte Pak einen Soldatennacken, dann würde er ihm schon etwas Schweres aufhalsen.

Ich bereitete meinem Vater (mit Kramarenkos Händen) ein warmes Plätzchen, ich bereitete mich (mit der Seele) selbst vor, aber mein Vater war nicht da – mein Vater streunte durch Chankala. Wir warteten auf den Anruf. Auf Chankalas Straßen wachen Patrouillen, man kann sich öffentlich nicht allzu stark betrinken. Allerdings war mein Vater im Trinken sehr erfahren. Und ließ sich nicht schnappen. Ein Schluck im Gehen. Fast im Laufen. Er pichelte genial, anders kann man es nicht sagen. Man bekam ihn nicht zu fassen! Im Notfall bestand der alte Zausel auf seinem Recht zu trinken. Mit Bravour! Mit Zitaten!

Endlich kam der Anruf. Major Schilin? Ich bitte um Verzeihung ... Ich bin Unterleutnant Sujew ... Ich muss Ihnen sagen ...«

Ich wusste, was er mir sagen musste. Und ging sofort, eilte zum Militär-Bau. Man hatte, während man auf mich wartete, den Vater aus der Arrestzelle entlassen. Er war schon draußen und saß auf einem Bänkchen. Neben ihm saß Unterleutnant Sujew. Der mich schon von Weitem anlächelte. Man händigte mir meinen Vater ohne Formalitäten aus. Wir umarmten uns hastig. Mein Vater hatte merklich einen sitzen. Er riss leicht die Augen auf.

Man übergab ihn mir ohne ein Wort des Vorwurfs. Und überhaupt herrschte Stille. Oben brummte nur ein Hubschrauber.

Unterwegs rechtfertigte sich mein Vater dafür, dass er sich allzu sehr in Rage geredet hatte, als er mit dem Kontraktnik Dubow gequatscht habe. Und dann noch der Fähnrich Gorjatschi … Unterentwickelte, rückständige Menschen! Nichts über unser Land. Keine einzige neue Idee. Immer nur Weiber. Und Gemoser, immer nur Gemoser …

»Schließlich bin ich doch zu dir gekommen, Sohn. Obwohl du es nicht wolltest! Ja, ja, du wolltest es nicht! Ich mach dir ja keine Vorwürfe. Ich bin wegen ein paar Ideen hergekommen, die mir auf den Nägeln brennen und meinen grauen Kopf platzen lassen.«

Er schäumte geradezu über. Seine Worte ließen mich kalt, ich hörte sie kaum, verstand sie nicht. Der Klang seiner Stimme bewegte mich. Mein Vater hatte sich wenig verändert. Nicht erkalteter alter Vulkan.

Zu den Lagern war es nicht weit. Aber auch auf diesem kurzen Weg blieb er plötzlich stehen. Er fragte ganz direkt:

»War Lenin der Messias?«

Ich war einen Augenblick verdutzt. Und zuckte nur die Achseln.

»Antworte …«

Ich gab keine Antwort, umarmte ihn nur leicht. Umarmte ihn nur. Vertraute Wärme meines Vaters. Vertrauter Körper. Mein Herz begann zu tanzen. Danach konnte man lange schweigen. Man brauchte sich mit der Antwort nicht zu beeilen.

Wir waren schnell da.

Im Lagerhaus 8 saßen wir am Schreibtisch des Koreaners. Was für eine Stille! Die Zeit war stehen geblieben. Das war mein Vater.

Meine Gedanken waren irgendwohin abgedriftet. Ich kam zu mir, als ich plötzlich begriff, dass mich mein Vater wieder etwas fragte. Sachlich. Er zupfte mich schon am Ärmel:

»Sohn. Unser erstes richtiges Gespräch, nicht wahr? Endlich. Du wirst doch deinem Vater ein Fläschchen hinstellen. Ich komme schließlich gerade aus dem Zug.«

Ich lachte auf. War wieder hellwach. Er war ja schon den ganzen Tag aus dem Zug ausgestiegen. Aber das war eben mein Vater.

»Ich habe uns was mitgebracht …« Er zog irgendein Kioskgesöff aus der Jackentasche.

»Ach nein!«

Ich rief Kramarenko an, und der schickte einen Soldaten. Der Soldat kam gelaufen! Alles stand schon bereit – alles wartete schon auf uns. Speis und Trank. Auf einem großen Tablett.

Um uns herum Lagerregale. Eines über dem anderen. Voll bepackt mit Uniformen. Das Lagerhaus 8 ist ein besonderes. Hier befindet sich das stille Reich des Schreibers Pak, den Kramarenko mitsamt seiner Schönschrift für den ganzen Abend woandershin verfrachtet hatte.

Die Papiere des reinlichen Koreaners schoben wir weit zur Seite. Weg mit den Papieren! Mein Vater setzte sich mir gegenüber. Um mir näher zu sein. Um Augenkontakt mit mir zu haben. So einander gegenübersitzend, trinkt und isst es sich freier.

Und Stille. Wie ein Vorspiel.

Und eine trübe Glühbirne.

Und mir gegenüber mein Vater … das Tablett … die Schnapsgläser … der Imbiss … die reflektierende Flasche. Schönheit der Begegnung unter Blutsverwandten. Es kommt ja vor, dass man erst in irgendeinem verborgenen Winkel frei zu atmen beginnt.

Schon bei den Telefongesprächen (von Zeit zu Zeit rief ich meinen Vater im heimatlichen dreckigen Kowylsk im Ural an) war klar geworden, wie energisch sich mein Vater der Politik zugewandt hatte. Aber die Tendenz haben ja viele Rentner. Sei's drum, sei's drum! Was geht es mich an! Soll der Vater reden. Soll er reden, was er will. Und wie er will. Ich hindere ihn nicht dran.

Schon beim zweiten Gläschen ging es wohl mit ihm durch. Er fing an!

Es war ein absurder, aber gescheiter und inspirierter Lauf in die Zukunft. Höherer Rentnerschwachsinn über die triumphale Rückkehr der großen Idee des Sozialismus. Darüber, wie (eben wie) die beinahe gestorbene und herrliche sozialistische Idee zu den Menschen zurückkommen werde. In Russland hat der Sozialismus nicht Fuß gefasst. Das ist Tatsache. Das ist die Wahrheit. Das ist die bittere Wahrheit, mein Sohn!

Russland, mein Sohn, ist im Sinne der Idee gar nichts mehr. Im Sinne des Sozialismus. Es hat sich überanstrengt. Es hat sich übernommen.

Er breitete die Arme weit aus:

»Aber es gibt ja auch andere Völker! Sie empfinden durchaus die bei uns gescheiterte historische Mission. Willst du, mein Sohn, jetzt die ganze Wahrheit hören?«

Ehrlich gesagt, ich wollte es nicht. Weder über Russland. Noch über andere Völker. Ich wusste hier genug davon. Doch dafür hätte ich sehr gerne etwas über mein stilles Kowylsk im Ural gehört. Wie es meinem alten Vater dort so geht. Ob er sich mit der Trinkerei nicht übernommen hat. Wie sehen unsere Gassen aus? Die alten Ahornbäume. Ist meine Schule Nr. 9 verfallen?

»Welche Gassen! Welche Schule! Woran denkst du bloß, Sohn!«

Wieder und wieder ritt er auf seinem Thema herum. Normal! Ich wies mich zum wiederholten Mal zurecht. Das ist ganz normal. Unser trinkender alter Herr mit seinen Ideen. Ein saufender Rentner von heute. Es geht gar nicht anders, er muss diese Ideen haben. Sonst wäre er keiner von uns.

Er war wirklich nicht zu stoppen:

»Denk an das Christentum, Sohn. Zum Vergleich, verstehst du? Das Christentum hat doch in Israel nicht überlebt? Antworte!«

»Richtig.«

»Es ist dort entstanden. Hat sich dort gebildet. Aber – nicht überlebt. Und jetzt erinnere dich, wie und wann sich diese Niederlage ausgewirkt hat. Welchen Widerhall es später in Europa gefunden hat. Wie man sich darauf besann! Weißt du es wieder? Ganz Europa sorgte sich um das Heilige Grab. Die Ritter aus ganz Europa strömten dorthin! Um ihm beizustehen! Um es zu befreien! Die Kreuzzüge … Jerusalem wurde zum Traum!«

Die Phantasie meines Vaters war wie immer nicht ohne Logik. Ich trank schweigend. Sollte er sich ruhig aussprechen. Wie es also in Israel seinerzeit kein Christentum mehr gegeben habe, so gebe es in Russland heutzutage keinen Sozialismus mehr. Sowohl die Israeliten wie die Russen seien Geburtshelfer gewesen. Sie investierten Blut und Leidenschaft in die Geburt. Doch … doch leider zogen sie das Kind nicht groß.

Und China. Was sei damit?

Da entschied ich, mich verhört zu haben.

Aber nein! China also … China! Das sei das Volk, das sich auf das Verlorene besinnen werde, auf den Sozialismus, den wir verloren haben. Hast du mal darüber nachgedacht, Sohn?

Ohne meine Antwort abzuwarten, entwickelte er seinen Gedanken weiter. Stürmisch, zielstrebig! Über die Chinesen, die schon bald hierher, zu uns, drängen würden. Als neue Kreuzfahrer. Als Ritter. Durch Sibirien zu unseren Fünfstöckern. Nein, nein, nicht um zu plündern! Nicht um sie zu beziehen! Sie werden mit der Idee kommen! Mit unserer zurückgekehrten Idee, Sohn! Sie werden zu Millionen kommen. Aber hab keine Angst vor ihnen! Keine Angst!

Die Details dieser nahen (wie er glaubte) Zukunft regten ihn auf, wühlten ihn auf. Die konkreten Einzelheiten der Ankunft der Chinesen. Die Christen haben doch versucht, das Heilige Grab zu befreien, nicht wahr? Sie marschierten ja kriegerisch in Palästina ein … in Jerusalem … um der Idee willen. Warum sollten die Chinesen nicht versuchen, Lenins Grab zu befreien, verstehst du?!

Das hatte ich, wie sehr ich auch auf jede historische Auflösung gefasst war, nicht erwartet. Ganz und gar nicht. Für einen Augenblick wurde mir kalt. Na, so etwas! Die Chinesen vor dem Mausoleum. Augenblick der Wahrheit. Seine Einbildungskraft malte ohne Anstrengung die humanen Roten Garden, die Welle auf Welle nach Moskau eilten.

»Papa. Stopp. Du bist ja verrückt geworden«, sagte ich verärgert.

Er schaute mich verwundert an:

»Das sind doch einfach Ideen. Hehre Ideen, mein Sohn. Wir unterhalten uns. Oder etwa nicht?«

Er lachte, aber schon etwas verwirrt.

»Ich habe sogar ein Gedicht darüber verfasst. Na ja, kein Gedicht, nur zwei Zeilen. Über das Thema …«

Er kippte sich ein randvolles Schnapsglas in den Mund. Ohne einen Tropfen zu verschütten. Mit ruhiger Hand, ohne zu zittern. Mit großartiger Geste!

»Aber tadle einen alten Mann nicht, Sohn. Ich bin ja kein Dichter. Das Gedicht soll diesen brennenden Gedanken nur unterstützen.«

Er liebte das alte Wort *tadeln*. Er war bereits hoch erregt.

Ich nickte – nur zu, Vater. Ich werde dich nicht tadeln. Trag vor.

»Aber zuerst noch ein Gläschen, was? Sohn?«

Ich nickte wieder und ergriff mein vernachlässigtes Schnapsglas. Er schenkte sich ein frisches ein. Randvoll. Kramarenko hatte uns vorzüglichen Wodka organisiert.

Mein Vater räusperte sich und trug leise (überraschend leise) seine beiden Zeilen vor:

»Ja, noch liegt vor uns
die Befreiung
von Lenins Grab.«

Während er auf der Wurst herumkaute, erklärte mein Vater, dass man die zweite wichtigste Zeile des Gedichts wie bei Majakowski deklamieren müsse. Du weißt, mein Sohn, Achmatowa ist meine Lieblingsdichterin. Aber hier ... hier bedarf es hochtönender Feierlichkeit. Lieber Majakowski ... mit seinen Treppchen ... mit seinen Stufen ...

Wir schwiegen eine Weile.

Mein Vater fügte achselzuckend hinzu:

»Das wäre eigentlich alles. Schade, dass es sich nicht reimt. Der Reim ist mir nicht geglückt.«

Mir fiel (beim nächsten Glas) der Keller in unserem alten Haus ein. In Kowylsk. Ein tiefer Erdkeller, dort roch es stark nach in Salz eingelegten Wassermelonen, mit Dill, mit Süßholzwurzel, mit etlichen Äpfeln. Wegen dieser Äpfel war ich damals hinuntergeklettert. Wollte gerade die Hand ins Fass eintauchen. Schritte ... Mein Vater ... Ich versteckte mich hinter dem zweiten, dem letzten Fass. Und erstarrte.

Vater, das weiß ich noch, holte aus dem ersten eine kleinere Wassermelone. Brach sie knackend auseinander. Ich sah die hohle Seite der Melone. Vater war betrunken und hatte Lust auf etwas Herzhaftes. Eingelegte Wassermelone ist eine große Delikatesse für Trinker. Ob er mehrmals abbeißen konnte oder nicht, sah ich nicht. Dafür hörte ich damals und höre es heute noch, wie mein Vater aufstöhnte, so köstlich schmeckte es ihm. Er verstand sich aufs Trinken, starkes Mannsbild!

Ja, und jetzt war er zwar ein wenig dürr, aber immer noch ein kräftiger alter Mann. Nachdem er seinen prophetischen Zweizeiler vorgetragen hatte, war mein Vater gespannt verstummt. Pause. Er erwartete für sein Gedicht Größeres als Lob. Irgendetwas Größeres. Er wusste nicht genau, was, aber er wusste, dass dieses Größere existierte.

Mir war es, zugegebenermaßen, kalt den Rücken heruntergelaufen. Sogar durch den Wodka hindurch. Beim Gedanken an die Millionen Chinesen, die ins Land stürmten ... schon ins Land gestürmt waren ... auf den unwegsamen sibirischen Straßen marschierten. Ich hatte das Gedicht mit der Haut bewertet. Hatte einmal gehört, dass man bei echter Poesie einen Schauder verspürt. Etwas Ähnliches empfand ich jetzt. Ein merkliches Frösteln. Das Rückgrat hinunter. So dachte ich an jenen fröstelnden Augenblick – gar nicht an das Gedicht. Ich dachte an meinen Vater.

»Und was wollen die Duma-Leute? Werden unsere Leute Lenin wirklich aus dem Mausoleum rauswerfen?«

Er befürchtete offenbar, dass den Chinesen nichts mehr übrig bleiben würde. Im Grunde sind sie doch auch Menschen. Sind so lange marschiert! Haben sich beeilt. Auf diesen Straßen und durch diese morastigen Stellen! Und nun ist das Grabhäuschen leer!

Die heimelige Stille in der Provinz hatte meinen Vater fünfzehn bis zwanzig Jahre zurückgeworfen. Und konserviert. Ein Moskauer oder Petersburger seiner Generation hätte mir jetzt von Demokratie gesungen. Hätte sich an der Staatsmacht gestoßen. Irgendetwas Interessantes! Er wäre aus dem Zug ausgestiegen und hätte sofort über Menschenrechte schwadroniert, über die Wahlen, und was machte mein Alter! Zum Verrücktwerden!

Mein Alter faselte unentwegt Unsinn. Auf dem Roten Platz ... Hastiger Betrieb vor dem Mausoleum ... Befreiung des Grabes. Ablösung unserer Wache von der chinesischen ... Chinesische Gardisten gehen mit aufgepflanzten Bajonetten im Stechschritt ... Immer näher. Gänsehaut, wenn mein Vater begeistert wieder vom Grab ... Und die Chinesen rundherum ... Chinesen ... Chinesen ... der ganze Platz voll ... Sie werden doch zu Millionen kommen!

Er hätte sowieso keine Widerrede geduldet – wozu streiten, mein Sohn?! Wir beide sind einfach Menschen und gegen die Geschichte ein Nichts! Sie werden kommen, sie werden bald kommen.

Nach einem saftigen Schnalzer sagte mein Vater:

»Millionen.«

Plötzlich fiel er in einen Stupor. Mit offenem Mund. Mein Alter erhob sich sogar leicht vom Stuhl. Erstarrte. Man konnte ihn verstehen.

Auf der Schwelle ... in der Tür ... stand Pak.

Nach fünf oder sechs vollgewichtigen (randvollen) Schnapsgläsern mochte mein Vater denken, dass die Stunde »X« geschlagen hätte und der erste Chinese schon hier wäre. Mein Vater riss die Augen auf. Man weiß ja, wie sehr sich die Propheten wundern, wenn ihre eigene Vorhersage eintrifft.

Es vergingen jedoch ein oder zwei Minuten, und mein Vater bezwang sich wieder – überwand den kurzen, aber wahrhaft kosmischen Albtraum. Der alte Bauingenieur richtete sich auf. Erhob sich vom Stuhl. Ganz tapferer Uralrusse. Er schob den Unterkiefer vor:

»Wer hat dich gerufen?«, fragte er drohend.

Der leise kleine Koreaner trat auf der Stelle. Miaute etwas ... stammelte ... es sei jetzt Zeit für ihn, zu schlafen.

Ich mischte mich ein – das ist jetzt dein Nachbar, mein Vater. Das ist unser Schreiber Pak. Unser Soldat.

»Ah! Dann sei gegrüßt!«

Und mein Vater – er versteht eben zu trinken – machte, ohne zu schwanken und zu zittern, zwei kräftige Schritte auf ihn zu. Säumte nicht. Und streckte dem Schreiber mit breitem Provinzlächeln die Hand hin.

Schon am folgenden Morgen wurde ich nach Gudermes gerufen, um dem verschwundenen Benzintransport nachzugehen. Dazu zwei Tage auf dem Auslaufgleis des Güterbahnhofs, um zu klären, wo wessen Heizöl ist. Keinerlei Korruption. Einfach nur Chaos! Schlamperei! Kein Diebstahl, sondern Raub. (Korruption bedeutet bereits ein gewisses Niveau. Ist schon eine gewisse Kultur – wie einer der Stabsgeneräle einmal vor aller Ohren sagte.)

Die Kesselwagen wurden kurz vor der Einfahrt nach Grosny abgefangen. Buchstäblich einen Kilometer vorher. Sie wurden abgeleitet. Sie wurden sogar neu gestrichen. Man musste jedes Gleis überprüfen. Ich rotierte, aber trotzdem gab es Verluste!

Was sollte nun mein Vater ohne mich im Lager tun? Ganz allein? Kein Wunder, dass es ihn auf die Straßen von Chankala trieb. Leider. Die Patrouillen hatten das strenge Kommando erhalten, den alten Mann, Major Schilins Vater, nicht anzurühren, sollte er trinken. Seine Sache. Aber die Schnorrersoldaten mussten unbedingt von dem Alten ferngehalten werden – mit einer Tracht Prügel. Damit er nicht mit einem Hergelaufenen trank. Und damit es keine Diskussionen gäbe, sollte er allein herumstreunen. Sollte er sich müde laufen.

Ich kann nur ahnen, wie die Idee von der Rückkehr des Sozialismus seine einsame Seele aufwühlte. Aus seinem Inneren hervorbrach. Seine Seele bersten ließ. Und was für eine böse Qual das war – ein Streit ohne Gesprächspartner! Die Idee erstickte sich selbst. Die Idee saß neben dem alten Zausel auf einer schäbigen Bank und litt, wenn sie sich an ihre vergangene Größe erinnerte. Die Menschen aber, selbst die schnorrenden Soldaten, gingen einfach vorbei.

Mein Vater kam spätabends ins Lagerhaus 8 zurück, ohne sich ausgesprochen zu haben, ohne seinen Rededurst gestillt zu haben. Er holte die kaum angebrochene Flasche heraus. Die im Grunde nicht benötigt worden war! Der Vater schleuderte die schweren Schuhe von sich. Und nun endlich ging mitten in der Nacht ein ganzer Redevulkanausbruch auf den stillen höflichen Koreaner nieder.

Pak bekam große Schlafprobleme. Mein Vater redete lange. Bestand auf einem vollwertigen Gespräch. Was, schlafen?! Warum antwortest du nicht?! Wenn mein Vater plötzlich über irgendetwas nachdachte, versuchte der Koreaner sofort einzuschlummern. Wenigstens ein bisschen. Besonders, wenn mein Vater in berauschter Versonnenheit vom Stuhl rutschte. Und schweigend auf dem Boden saß. Aber die Stilleintervalle waren zu kurz.

Kaum war Pak eingeschlafen, wachte mein Vater auf. Immer wieder erzählte er vom Aufmarsch der Millionen auf dem Roten Platz, den chinesischen Volkstänzen auf dem Wassili-Abhang. Pak beklagte sich täglich bei Kramarenko über seine Unausgeschlafenheit, machte jedoch in seinen untadelig ausgefüllten Papieren keine Fehler. Nur seine Augen waren vernebelt.

Erst in der vierten (oder fünften) Nacht, gerade, als ich wieder zurück war, unterbrachen beide Teilnehmer die fortdauernde Diskussion und schliefen. Besonders süß schlief Pak. Diese unschuldigen Wohlgerüche des abstinenten Schreibers! Dafür hing rechts der schwere Geruch nach kräftiger Zecherei in der Luft. Dort stand neben einem Haufen Soldatenhemden Vaters schlichte Bettstatt. Ich setzte mich auf die Kante.

Leise rollte die leere Flasche auf dem Boden herum. Vater war doch vom Wodka auf ein billiges Gesöff umgestiegen. Ich konnte mich nicht entschließen, ihn zu wecken. Ich war müde. Ich saß einfach eine Weile bei ihm ... Vater ... Sein Schnauzbart ... Sein starker Atem im Schlaf.

Ich erinnerte mich an Vergessenes. Er lehrte mich als Kind, die Stiefel anzuziehen. Morgens, wenn ich in die Schule musste. Viele haben einen hohen Fußspann. Schon als Kind. Das ganze damalige Schuhwerk – Stiefel, Filzstiefel –, alles war mühsam anzuziehen. Mein Vater lehrte mich zu warten. Den Augenblick des Widerstandes zu empfinden. Und erst dann den Stiefelschaft immer weiter mit Kraft hochzuziehen. Seine Schule.

Sollte er schlafen. Ich streckte die Hand aus. Ich wollte ihn berühren. Seine hohe faltige Stirn streicheln. Doch er schrie auf, und ich prallte zurück. Mit ausgestreckter Hand.

Die Schreie waren überraschend:

»Mascha! Mascha!«

Ich saß da, die Hand weggezogen, wie nach oben geworfen. Im betrunkenen, süßen Schlaf schrie er nicht den Namen meiner Mutter, sondern den seiner ersten Frau.

Mama war die bessere, treuere Ehefrau gewesen. Soviel ich wusste.

Ich ging zu mir. Ich musste etwas schlafen.

Die Nacht wurde jedoch schwer. Kaum hatte ich mich hingelegt, weckte mich Kramarenko. Einer der Ladesoldaten hatte sich den Arm gebrochen. Ich zog mich rasch wieder an und ging noch rascher zur Verladerampe. Sie befindet sich am zweiten Lagerhaus. Ich war besorgt – dachte plötzlich, flüchtig, einer meiner traumatisierten Spinner könnte sich etwas gebrochen haben. Einer der beiden versprengten Soldaten. Sie mussten zusammen in ihre Heimateinheit geschickt werden, unbedingt zusammen. Sie waren ein Paar. Alik und Oleg.

Die schwere Nacht war von der ersten Minute an schwer. Der Soldat saß abseits der Verladerampe – schon aus dem gewohnten Gleis geworfen. Er saß auf der Erde, erwartete sein Schicksal. »Der Feldscher kommt! Ist schon unterwegs!«, sagte Kramarenko immer wieder zu ihm.

An der Silhouette des Soldaten erkannte ich, dass meine Spinner heil waren. Ein Dritter war zu Schaden gekommen. Ich trat zu ihm. Wanja Kljujew. Unermüdlich bei der Arbeit. Warum brechen sich immer die Unauffälligsten etwas? Leichte Frage und leichte Antwort. Ich hockte mich neben ihn. Gleich bringen wir dich weg, Wanja. Keine Bange. In der Sanitätsabteilung ist es besser als hier. Und erst die Schwestern dort!

Ich fühlte mich wie eine Maschine, die junge Soldaten zerbricht. Ein Lager im Krieg ist so eine Maschine. »Das ist gut, Wanja. Glaub's mir. Du wirst dort ein bisschen Fett ansetzen. Deinen Spaß haben!« Ich war die Brech- und Trostmaschine. Zur Ermunterung erzählte ich ihm Schwesternwitze, mit langem Bart.

Am arbeitsintensivsten Platz, vor der offenen Heckwand des Lastwagens, sah ich meine beiden Traumatisierten. Sie schufteten! Natürlich dort, sie waren unermüdlich. Wie denn auch anders? Dafür lahmten die erfahrenen Ladesoldaten. Wie könnte man weniger arbeiten? Wie könnte man noch einmal zum Pinkeln wegrennen. Alle waren so. Außer diesen beiden. Und noch Wanja, der sich schon den Arm gebrochen hatte. Knapp unterhalb des Ellbogens. Wanja hielt den Arm mit der anderen Hand. Die Speiche. Das würde einen Monat dauern!

Einer der beiden Lastwagen wurde träge beladen. Ich herrschte die Soldaten an. Ich sehe doch alles. Aber bald würden sie sich doch wieder drücken. Sie waren müde. Diese Woche waren sie im Dauereinsatz gewesen, Beladen-Entladen. Und nur Dieselfässer! Die auf den schrägen Brettern hüpften und sprangen! Nachts ist das schwer. *Robben* – so nennen die Ladesoldaten die Dieselfässer. Ihre Feldhemden waren nass. Ihre Visagen rot.

Ich saß bei Wanja, stand aber wieder auf. Aha! Ich spähte genauer hin. Ja, da gab's wirklich Zoff. He-da!

»Schestakow! Her zu mir!«, schrie ich und zog einen der Ladesoldaten zu mir her.

Der Soldat trat keuchend heran. Der simulierte nicht. Um so schlimmer für ihn.

»Warum schwitzt du nicht?«, fragte ich. »Dreh dich um. Dreh dich um! Versteck deinen Rücken nicht!«

Ich berührte seinen trockenen Rücken, klopfte ihn ab.

»Ich hab nicht getrunken. Ich schwör's. Ehrenwort. Ich hab nicht getrunken, Major.«

»Hauch mich an!«

Der Alkohol entzieht dem Organismus Wasser. Doch zuerst bindet er es in uns. Der Soldat hatte einen schlimmen Atem, ich winkte Kramarenko zu mir her.

»Sofort, Major, sofort!« Kramarenko überwachte das Beladen eines entfernt stehenden Autos. Dort wurden die Fässer stockend mit dem Gabelstapler bewegt. Dem Klang nach zu schließen.

Kramarenko trat zu Schestakow und witterte, ohne zu fragen. Schnupperte ebenfalls. Der Soldat hatte jedoch wirklich nichts getrunken. Wir hatten diese Erfahrung leider schon gemacht. Die Nieren. Oder das Herz. Was den Soldaten bei der nächtlichen Überanstrengung nicht schwitzen ließ, konnte nur der Arzt riechen, bestimmen. Sollte ihn ein Arzt untersuchen. Der Soldat drückte sich vielleicht deshalb vor der Arbeit, weil es ihm die Nieren sagten. Die Nieren flüsterten ihm beide ein: »Keine Hast, kleiner Soldat. Du bist keiner von den Langlebigen …«

Ich schickte ihn in die Kaserne. Damit er am Morgen zum Arzt ginge.

Was half es! Wir hatten zu wenig Hände. Zu wenig starke Schultern, Trizepse, kräftige Pranken. Zu wenig stählerne Wirbelsäulen. Und vieles andere mehr.

Kramarenko dachte dasselbe. Schlug vor – vielleicht sollte man noch einen versprengten … verirrten, abgehängten Soldaten in Obhut nehmen, noch ein Pärchen.

»Spinnst du«, fauchte ich. »Ich weiß schon nicht, was ich mit diesen beiden machen soll. Bedaure, dass ich sie genommen habe.«

Wir gingen, um einen Blick auf sie zu werfen. Die Traumatisierten schufteten. Alle fünf Lastwagen. Schneller! Schneller! Ein guter, gleichmäßiger Rhythmus. Sie drehten und rollten die Fässer aus der Lagertür zur heruntergeklappten Heckwand des Wagens, dort wurde die schwere *Robbe* von zwei Paar Händen in Empfang genommen und senkrecht aufgestellt.

Als hätte er gespürt, dass man sich an sie erinnert hatte, unterbrach Alik das Rollen des Fasses und schritt auf uns zu. Außer Atem.

»Genosse Major! Wann …«, er holte tief Luft. »Wann … schicken Sie uns zu unseren …«

Da war auch schon Oleg. Er kam mit dem Fass. Rollte es an uns vorbei. Als er sah, dass wir uns unterhielten, hielt er abrupt inne. Hielt das Fass auf der abschüssigen Fläche fest. Bereit, es weiterzurollen. Wenn ich oder Kramarenko ihn anschreien würden.

Auch er ließ sich bittend vernehmen:

»Wir hoffen.«

Da fiel es mir wieder ein. Ich hatte die Tage nicht gezählt, aber sie hatten sie natürlich gezählt. War wirklich schon ein Monat verflogen? Das ist nicht nett, Major!

»Kramarenko«, meine Stimme war fest, ich war der Herr. »Haben sie ihren Monat abgearbeitet?«

»Abgeackert, Genosse Major.«

»Sicher?«

»Schon zwei Tage drüber. Wenn man zählt.«

Kramarenko krümmte die Finger und zählte die Tage. Beide Soldaten warteten. Aufgeregt.

Ich sagte: »Schon gut, schon gut! Alles klar. Sobald eine Kolonne in Richtung eurer Einheit abgeht, schicke ich euch mit.«

»Wir haben uns bemüht … wir haben gearbeitet … w-w-wir haben geackert, Genosse Major.«

Da schrie ich sie an:

»Ich habe doch gesagt, ist mir alles klar!«

Alik stürzte in die Dunkelheit des Lagers, um das überfällige Fass zu packen. Oleg rollte eifrig sein Fass weiter, das auf der Rampe erstarrt war. Kaum hatten die beiden Traumatisierten wieder Hand angelegt, geriet der Fässerzustrom in gleichmäßigen Rhythmus. Die Fässer kamen sanft, eins nach dem anderen. Schwammen. Flossen. Ein richtiger Bach! Hüpften nur leicht.

Wir konnten unseren Blick nicht von den Traumis lösen. Wie redlich Hirnkranke arbeiten. Wie gleichmäßig! Sollte man nicht noch ein Paar nehmen? Einen ganzen Zug von traumatisierten Soldaten zusammenstellen. Mancher fände das komisch.

Kramarenko lief wieder zu dem stockend arbeitenden Gabelstapler. Beim dritten Lagerhaus. Höchste Zeit, einen neuen zu kaufen!

Alik und Oleg, beide waren *Versprengte* – sie hatten aus einer von Tschetschenen zu drei Viertel vernichteten Kolonne überlebt. Mit einem Dachschaden nach einer nahen Explosion. Hatten sich in eine Grube verkrochen. Waren davongerobbt. In undurchdringliches Gestrüpp. Als das Gefecht (kein Gefecht, sondern eine Metzelei) schon vorbei war. Ihre Kompanie war mit großen Verlusten abgezogen. Und sie, von der nahen Explosion traumatisiert, hielten sich eng aneinander und krochen. Oleg stöhnte vor unerträglichen Kopfschmerzen. Sie krochen immer weiter weg, als sie hörten, wie die Tschitschen in der Schlucht unsere Verwundeten niedermachten.

Tags schliefen sie in kleinen Waldstücken und sogar am Straßenrand, nachts gingen sie los.

Nach einem Gefecht von ihren Kameraden abgehängte, verwilderte Soldaten sind eine bekannte Eigentümlichkeit dieses Krieges, in dem es keine Frontlinie gibt. Taumelnd vor Hunger. Stinkend wie ein Bock.

Sie haben die Nummer ihres Truppenteils vergessen. Vergessen, wie ihr Kompanieführer heißt. Alles ist weg. Und behüte Gott sie davor, ihre Waffe verloren zu haben.

Die Kommandantur ist das Erste, was auf sie wartet und sie rüffelt. Wo war das Gefecht? Wo wurde die Kolonne zerschlagen? Ach, er weiß es nicht. WEISS-ES-NICHT. Wieso weißt du es nicht, na, raus damit, keine Lügen! Das Verhör ist immer streng – wann war das Gefecht? An welchem Datum? Wie, du weißt das Datum nicht. Detonation einer Granate? Was für einer Granate, wenn sie keine Geschütze haben? Hatten die Tschitschen in dem Gefecht etwa Panzerfäuste?

Auf dem Weg nach Grosny schleppen sie sich über die nächtliche Straße – von Berg zu Berg. Beim geringsten Anlass ab ins Gebüsch. In der nächtlichen Dunkelheit geben sie einander aus dem Gebüsch ein Erkennungsgeräusch wie Grillenzirpen: »Tri-ri-ri-i ... Tri-ri-ri-i.« Im Unterschied zu den Tschitschen, die ihren Leuten einen leisen, hohen Pfiff senden.

Mein wackerer Sergeant Snegir hatte Alik und Oleg aufgelesen, kurz vor Grosny. Sie kauerten in einem Wäldchen. Klassische Situation! Der scharfsichtige Snegir erblickte sie aus dem Schützenpanzer. Ließ den Fahrer anhalten. Stopp! Und pfiff den im Gebüsch versteckten Traumatisierten auf zwei Fingern zu. Unseren groben Pfiff. He, ihr!

Die Traumatisierten krabbelten aus dem Gestrüpp. Und im Galopp rüber zu den Ruinen. Beide mit Kalaschnikows! Nicht irgendwie! Snegir unterhielt sich rasch mit ihnen. Obwohl einer stotterte. Und beide auf die Panzerung. Weiter ging's!

Sie hatten nur die eine Sorge, ob sie dieser Major Schilin in ihre Heimateinheit werde schicken können, nachdem sie ihre Zeit im Lager redlich abgearbeitet hätten.

»Der Chef kann alles«, sagte Snegir. »Unser Chef sticht alle anderen Chefs aus.«

Damit meinte er mich.

Er brachte sie mit. Der Erste von beiden, Oleg, stand stramm und salutierte. Und brüllte: »Treu der Fahne!« Der Zweite stotterte fürchterlich und war nah am Wasser gebaut. Mit einem Auge. Tränendes linkes Auge. Und linksseitig ein leichter Tick im Gesicht. Sie stanken beide. Aber jetzt konnte man sie wenigstens wieder ansehen. Sie hatten sich gewaschen, satt gegessen.

Als Sergeant Snegirjow die beiden aus dem Wäldchen zu Kramarenko, und Kramarenko sie zu mir gebracht hatte, fragte ich:

»Wovor habt ihr Angst? Was macht ihr für verängstigte Gesichter?«

Dann antwortete mir Alik, stark hustend und stotternd – e-es w-werde ein V-verhör g-geben ... Gefängnis ... der FSB werde sie befragen. Ich lachte: »Der FSB wird nichts anderes zu tun haben, als traumatisierte Soldaten zu befragen.« – »Und wie sie uns befragen werden. Auf der Kommandantur glaubt man uns kein Wort. Wie kommt's, dass ihr überlebt habt, wenn die Kolonne zerschlagen wurde? Wieso seid ihr allein übrig geblieben? Die

Truppe ist in die eine Richtung abgezogen, und ihr in die andere. W-w-warum?«

»Schon gut, schon gut! Aber ihr habt ja eure Waffen. Man wird schon nicht sagen, dass ihr sie im Gefecht weggeworfen habt.«

Er ließ den Kopf hängen. Und vergoss weiterhin eine Träne. Aus dem linken Auge. Ein richtiges Bächlein.

»Es war f-furchtbar ... plötzlich schweres Artilleriefeuer ... wir schlugen uns in die Büsche.«

Verängstigt. Soldaten haben viele Schreckgespenster. Als sie sich hierher durchgearbeitet hätten, neben der Straße, seien sie auf andere verängstigte Soldaten gestoßen, und die hätten ihnen von ihren Ängsten erzählt. Es gab genug, was man sich mitzuteilen hatte.

Sie alle, die versprengt waren, wussten sich nur eine Rettung und einen Ausweg – zurück in ihren Truppenteil!

»Ihr werdet bei mir einen Monat im Lager arbeiten. Genau einen Monat. Dann schicke ich euch zu eurer Truppe«, versprach ich damals.

Beide nickten. Einverstanden! Sie bewegten ihren Schädel – ja ... ja! Und Oleg salutierte für alle Fälle noch einmal. Treu der Fahne!

Durch Kolja Gussarzew erfuhr ich, dass ihr Truppenteil nach der Auffüllung in die Gegend von Wedeno verlegt worden war. Ein heißes Fleckchen!

»Vielleicht einer aus der Wache?«, schlägt Kramarenko vor.

»Was?«

»Sollten wir einen aus der Wache zum Verladen abstellen?«

Diesen schlichten Gedanken halten Kramarenko und ich einstweilen fest. Wir haben genug von unseren Traumatisierten. Versuchen wir's mal! Morgen wird er mir die Namensliste der Soldaten bringen, die die Lagerhäuser bewachen. Und selbst neben mir stehen. Kramarenko kennt jeden. Er wird den Finger über die Liste führen und mir einsagen, ob der ein Kraftmensch sei, ob der als *Rotgesicht* tauge.

Zwischendurch beschwerte er sich bei mir über meinen Vater.

»Alexander Sergejitsch, nimm's nicht als Vorwurf ... dein Vater trinkt hier viel.«

»Er trinkt überall viel.«

»Gib ihm kein Geld.«

Am nächsten Tag griff die Patrouille doch meinen Vater auf. Endlich hatte man sich dazu durchgerungen. Man nahm ihm seinen Pass ab. Es begann mit Geschrei auf der Straße. Mein Vater drückte den nächsten Kontraktnik gegen eine Mauer und verdrehte ihm die Knöpfe. Hatte einen Streit über den Krieg angezettelt. Über den Anfang und die Ursachen. Wie verläuft der Krieg? Die Überfälle der Tschetschenen auf den Straßen aus dem Hinterhalt, war das die Agonie des Krieges? Oder eine neue Windung der Gewaltspirale?

»Ihren Papa hat jemand auf dem Kieker«, sagt mir der tschetschenische Arbeiter auf der Baustelle des Lagers und bewegt dabei kaum die Lippen.

Ganz, ganz leise.

Ein Stich fährt mir ins Herz. Wer hat ihn auf dem Kieker? Einer von uns oder die Tschitschen? Seinem Flüstern nach zu schließen, die Tschetschenen. Er wispert. Damit es nicht einmal diese unfertigen Mauern hören können. Und diese unter den Füßen polternden Bretter.

Natürlich, vorläufig nur ein Gerücht. Entfernt und vage. Jedoch völlig ausreichend, dass ich mir in die Hose mache.

Entführungen von Verwandten hat es schon mehrfach gegeben. (Von der Bierbude weg geradewegs in die Berge.) Grosny hatte sich soeben mit frisch rasierten Tschetschenen gefüllt. Mit weißen, nicht von der Sonne gebräunten Wangen anstelle des gestrigen Bartes. Man hatte ihnen ihre Papiere neu ausgefertigt. Sie arbeiteten jetzt mit den Föderalen zusammen. Seit gestern.

Vorzügliche Papiere! Doch den Geruch der Berge verbirgt man nicht. Selbst frisch rasiert stanken sie noch leicht. Wenn so einer seinen Ausweis reichte, hielt sich die Patrouille wie auf Kommando die Nase zu und trat einen Schritt zurück. In diesen Tagen gab es nämlich in Grosny kein Wasser. Wir wuschen uns nicht. So kam alles zusammen. Wir rochen, ehrlich gesagt, alle nach Käse.

Natürlich wurde Jagd auf *mich* gemacht. Der betrunkene, geschwätzige Alte war eine leichte Beute! Aber *ich* wäre es, der den Tschitschen am Haken hinge. Ich und meine Lagerhäuser. Ich und meine Benzinfässer. Mein Diesel. Meine (gerade erst ins Lager gebrachten Panzerfäuste ... fünf Stück) AGS-17. Wenn sie meinen Vater schnappen. Und mich zu melken beginnen. Diese Idioten könnten denken, dass ich Geld bei mir hätte. Das macht es noch gefährlicher!

Mein Vater erschien erst gegen Abend. Laut und angeheitert, belagerte er die Wachsoldaten am Großen Tor. Ich hörte, wie sich der Wachposten beherrschte. »Schon gut, schon gut. Geh durch!« Mit dem größten Vergnügen hätte er den »Majorsvater« nicht ins Lager gelassen, hätte ihn zum Tor hinausgeschubst. Und ihm noch einen Fußtritt verpasst.

Ich eilte ihm entgegen, mein Vater war in ausgezeichneter Gesprächsverfassung. Seine Augen glänzten, schweiften umher. Scharf blickend im Abendlicht. Er hatte im Café ... im Café? ... ein hochinteressantes Gespräch mit einem gewissen Kontraktnik Sapassezki geführt.

»Über den Anfang dieses Krieges. Duda wollte in die Sowjetunion, stimmt's? Duda hätte um keinen Preis gegen uns zu kämpfen begonnen, wenn er wieder in die UdSSR hätte zurück können.«

Ich lächelte verhalten.

»Er wollte vielerlei.«

Ich wusste über die Cafés in Chankala Bescheid. Angeheiterte Kontraktniks steckten ihre Nasen nicht in diese beiden Caféchen. Aus Furcht vor Patrouillen. Ja, gab mein Vater zu. Ja, wir saßen nicht im Café. Wir saßen auf einem Erdwall. Dann saßen wir einfach im Gras. Aber was ändert das im Grunde? Das Gespräch war hochinteressant. Der Kontraktnik Sapassezki erwies sich als klug und kenntnisreich. Auf dem Höhepunkt der Diskussion wurde er geschnappt. Von einer Patrouille! Blitzartig! Sie hätten nichts tun können! Die sind hier ganz gewieft. In zwei Sekunden! So einen Philosophen in die Arrestzelle einzumauern!

Wir kamen zum Lagerhaus 8.

»Du wurdest nicht geschnappt«, ich lächelte. »Weil du Major Schilin erwähnt hast, oder?«

Er entrüstete sich:

»Ich habe niemanden erwähnt! Die kennen mich auch so!«

Die heilige Wahrheit! Nach einer Woche seines Aufenthalts kannten ihn alle Patrouillen. Zeit, ihn nach Russland zu schicken. Und zwar schnell, Major Schilin. Auf die weite Reise. Rein in den Waggon, auf die solide untere Bank, belegte Brote, ein Fläschchen – und ab zu seinen Freunden, zu den Saufköpfen im fernen Städtchen Kowylsk. Sein Besuch dauert schon zu lang!

Mein Vater legte sich schlafen. Pak schlief schon auf seinem Feldbett. Es gibt ja sündlose Menschen. Der zermürbte Schreiber, müde, an die Heerscharen vor dem Mausoleum zu denken, hatte sich mit dem Kopf in die Decke eingewickelt. Klein. War wie ein Kokon.

Kaum hatte ich meinen Vater zu Bett gebracht, rief Roslik an: Mein Vater müsse abreisen. Man beobachtete meinen Vater. Er wurde schon verfolgt, Ort und Umstände wurden stärker unter Kontrolle gehalten. Es war eine richtige Jagd! Roslik schrie aufgeregt in den Hörer. Deinen Papa kannst du nicht im Lager einsperren, Alexander Sergejitsch! Und den Alten auf der Straße abzufüllen, ist ein Klacks. Ein Glas zu viel! Bei einem guten Gespräch! Die werden ihm nicht mal den Schnaps zahlen. So schnell werden die ihn wegschleppen. Und Schluss.

Roslik war zufrieden. Er war Ruslan mit der Information zuvorgekommen. In seinem Bestreben, mein Freund und Kamerad zu werden, hatte er mich als Erster vor der ernsthaften Gefahr gewarnt. Er! Er hatte mir geholfen!

Und überhaupt galt nun das allgemeine Verbot – vom Stab erlassen: Kein Verwandtenbesuch in Tschetschenien.

Mein Vater fand für seine baldige Abreise dennoch einen positiven Dreh. Es war keine Flucht, sondern ein Manöver!

Es schmeichelte ihm sogar, dass man ihn für die Entführung ausgespäht hatte und nicht irgendwen sonst. Um den Sohn bis aufs Blut zu quälen. Die Tschitschen stehlen ja nicht einfach so. Folglich ist der Sohn ein wichtiger Mann. Folglich wird der Sohn geschätzt. Scheiße würden sie nicht stehlen.

»Diese Schweine!«, empörte er sich affektiert.

Und wie geschmeichelt er sich erst fühlte, weil sein Sohn früher einmal Dudajew persönlich gekannt hatte! Selbst die aktuelle Notwendigkeit, sich umgehend aus dem Staub zu machen, brachte mein Vater schlau mit jener alten Bekanntschaft zusammen. Und wollte über den rasenden Dschochar reden. Na, Sohn! Nun erzähl mal! Gib ein bisschen an!

»Papa! Wir haben keine Minute mehr.«

»Aber Duda hat doch gesagt, nach Russland wollen wir nicht, aber in die UdSSR schon. Oder etwa nicht, Sohn?«

Ich rief unterdessen Gussarzew an – wie steht's? Was ist mit den Fahrkarten? Schneller, schneller, Kolja!

»Sohn, nun gib schon an. Duda wollte doch in die Sowjetunion. Duda wollte sich nicht abspalten. Er liebte die UdSSR, nicht wahr?«

»Papa. Jetzt pack deinen Rucksack.«

Ich hatte ja im Grunde nichts, womit ich hätte angeben können – ich verkehrte mit Dudajew, als dieser noch ganz am Anfang stand. Als er die Macht im tschetschenischen Sowjet zu erlangen suchte. Als er es selbst nur zum hohen Beamten bringen wollte. Damals hatte er gerade erst begonnen, seine Bataillone zusammenzuwürfeln und zu bewaffnen.

Den Rucksack ... Reiseproviant ... Schneller! ... Ich steckte meinem Vater Geld in eine geheime Hosentasche. Stopfte eine Flasche in den hastig verstauten Rucksackinhalt. Mein Vater aber wollte nicht verstummen. Der Alte war ein unverbesserlicher Internationalist. Ein Relikt! Selbst in seiner Generation schon eine Seltenheit. (Man hatte sich schon in die neue Lage gefunden ...) Er bekam plötzlich einen Anfall von redseliger Verrücktheit. Zum Abschied! Der Alte bedauerte lautstark, dass er abreisen müsse.

Er habe eben hier, in Tschetschenien, den Tag abwarten wollen, da Duda die Tschetschenen wie ein Hirte seine Herde in die Sowjetunion führen würde.

Während ich seinen Rucksack stauchte und schüttelte, erinnerte ich ihn immerzu daran, dass es schon seit geraumer Zeit weder Duda noch die Sowjetunion gäbe ... sie sind nicht mehr da ... existieren nicht mehr ...

Mein Vater besann sich:

»Ach, ja, richtig«, beeilte er sich. »Er wurde ja getötet. Wie ich in Erinnerung habe ... aber weißt du, Sohn ... bist du sicher? In der Sendung ›Die Zeit‹ hieß es mal, man habe sein Grab gefunden. Dann wieder nicht. Mal ist er begraben. Mal wieder nicht. Wie ist er denn nun umgekommen?«

»Sein bester Freund hat ihn verraten.«

Mein Vater schrie regelrecht auf:

»Ist das die Möglichkeit!«

Einen Augenblick schwieg er bekümmert und sagte dann:

»Das war ein schlechter Kerl, sein Freund.«

»Sein bester.«

»Was?! Sein bester Freund?«

»So hat er es mir gesagt.«

»Er hätte sich einen mit Verstand zum Freund nehmen sollen. Aber du wirst mir das erzählen. Du wirst es mir unbedingt noch erzählen, Sohn. Nicht wahr? Vor der Abreise. Das ist wichtig. Ich werde lange darüber nachdenken … im Zug … ich habe eine lange Reise vor mir, Sohn!«

Wenn noch ein Augenblick Zeit wäre, würde ich es ihm erzählen. Warum nicht? Das würde ihm die Reise versüßen. Und damit das Leben. Ich liebte meinen Vater. Meinen alten Schluckspecht.

Ein Anruf von Gussarzew.

»Der Zug fährt in drei Stunden ab. Die Fahrkarten habe ich schon in der Hand.«

Ich seufzte erleichtert auf. Natürlich hatte das General Basanow bewirkt. Sein Anruf. Auf dem Güterbahnhof ist mein Einfluss fast unbegrenzt. Aber auf dem Passagierbahnhof kamen wir ohne den General nicht aus.

»Danke, Kolja.«

»Ich komme mit den Fahrkarten. Mache einen Abstecher ins Lager, ja?«

Ruslan rief an.

Ruslan hatte einen Verwandten, der arbeitete als Leibwächter, ein echter Profi. Er sei ein bisschen weiter weg, aber in einer Stunde wäre er hier. Wenn gepfiffen werde, würde er zum Zug rennen. Und meinen Vater mindestens bis Mosdok begleiten.

»Danke, Ruslan. Aber das ist nicht nötig. Hauptsache, jetzt geht alles schnell.«

Mein Vater machte sich auf einmal mit den Klamotten zu schaffen. Was denn noch für Reisevorbereitungen?! Ein Kampfanzug. Ein zweiter. Er nahm die Sachen aus dem Regal, betrachtete sie und warf sie beiseite. Dorthin, wo der verstummte, entnervte Pak saß.

»Papa! Was machst du da?«

»Ich such mir was aus.«

Mein Vater war nicht abgeneigt, mit dem Kampfanzug Eindruck in unserem kleinen, aber von sich eingenommenen Heimatstädtchen zu schinden. Damit der Krieg in Kowylsk im Ural seinen gefleckten Atem ausstieß. Damit jeder den Ankömmling aus Tschetschenien aus dem Fenster sehen könnte. Der Alte würde mit geschwellter Brust zwischen den Fünfstöckern hindurchgehen.

Na, und vielleicht auch mit einem der Ortsbewohner ein bisschen stehen bleiben. Und ihm etwas erzählen. Über den Krieg. Über den Sohn.

In aller Ruhe zog er sich den Kampfanzug an, der ihm auf den ersten Blick gefallen hatte. Strich die Seiten glatt.

»Also dann. Du wirst mir doch erzählen, wer Dudajew verraten hat?«

»Ganz bestimmt. Schnell, beeil dich, Vater.«

Man hörte, wie draußen mein Jeep aufröhrte. Kramarenko überprüfte den Motor, das Benzin.

Der unausgeschlafene, traurige Pak saß uns gegenüber. Auf seinem Feldbett. In Erwartung erstarrt. Mir schien, als hielte Pak den Atem an. Er fürchtete wohl, die Abreise könnte sich verzögern. Seine Gedanken waren in irgendwelche Höhen gerichtet, wie ein Gebet. Möge doch der Sozialismus zurückkommen, verdammt noch mal. Mögen die Chinesen kommen. Mögen die Heerscharen der Inder … der Außerirdischen. Möge kommen, wer will. Aber möge dieser nachts nie verstummende, verrückte alte Knacker gehen, abreisen, vermodern.

Mit meinem Vater gemütlich in einem Restaurant sitzen! Dort bei einem Gläschen einen guten, unbedingt notwendigen, verwandtschaftlichen Schlussstrich unter seinen unnötigen, nicht unbedingt notwendigen Besuch ziehen. Mein zweiter Gedanke: ihn beim Wodka zu bremsen. Weil schon der charakteristische Glanz in seinen Augen aufgetaucht war. Der Glanz hatte es sich dort bequem gemacht. Und leicht erweiterte Pupillen. Er hatte also irgendwo einen Viertelliter bei sich. Aus dem er sich heimlich nachschenken würde.

Das verstand er meisterhaft: mit einem zusammen zu trinken und heimlich nur sich selbst nachzuschenken. Aus der Jackentasche heraus. Oder der schäbigen Aktentasche. Die Vorausschau des Alters gab es ihm ein. Und zugleich die geizige Armut. Er fürchtete, dass die Lebensfreude plötzlich abreißen könnte. Der Alte war sich der Menschen nicht mehr sicher. Nicht einmal seines eigenen Sohnes. Er war nicht sicher, ob man ihm in einem schönen Augenblick seines Altmännerlebens gut und reichlich einschenken würde.

»Wir werden reden. Wir werden diskutieren, Sohn. Es wird unser großes Gespräch sein.«

Ich nickte nur. Wir betraten das kleine Bahnhofsrestaurant, und ich dachte – gib ihm zu trinken. Aber in Maßen. Der liebe, liebe Alte. Mein Vater!

Doch schon in der Tür des Restaurants, in dieser Sekunde! – wir waren noch nicht einmal eingetreten – wurde laut und deutlich das Einsteigen angekündigt. Die Lokomotive tutete erschreckend nah. Wir machten auf der Stelle kehrt.

Und rannten fast zum Zug.

Vater stand auf dem Trittbrett, und ich auf der Erde ihm gegenüber. Wir waren verwirrt. Wir hatten nichts geschafft. Ich hatte ihm nichts vom Bau des Hauses am Fluss erzählen können – dort, wo sich meine Frau und meine Tochter befanden. Hatte ihm nichts davon gesagt, dass wir ihn zu uns holen wollten. Sobald wir mit dem Haus fertig wären. Kowylsk im Ural reichte ihm jetzt.

Ich hatte ihm nicht einmal, wie versprochen, erzählen können, wie ich mich hier plötzlich und wohl sogar unfreiwillig in einen Menschen verwandelt hatte, der Geld zu machen verstand. (Was angestammte Baumeister – mein Vater wie auch ich – nie gekonnt hatten.)

Mein Vater, der auf dem Trittbrett stand, blickte mich ebenfalls verwirrt an. Er hatte auch vieles nicht geschafft. Wir wussten nicht, wo die Zeit geblieben war. Was hatten wir eigentlich in diesen acht, neun Tagen gemacht? Wo waren sie, unsere Tage und Nächte? Diebstahl. Man hatte uns beklaut.

Die Lokomotive pfiff noch einmal. Unser Verwandtschaftsgefühl rebellierte stumm. Wir schauten einander an. Ich musste ihm etwas sehr Wichtiges sagen. Ich spannte mich an. Gleich würde ich es sagen. Ich leckte mir über die Lippen. Hatte meinen Vater nicht mehr küssen können. Und sagte nur:

»Trink nicht zu viel!«

Er gab auch etwas Hehres und dem Augenblick Angemessenes von sich:

»Wovon redest du!«

Der Zug fuhr ab.

Ich kehrte mechanisch zum Restaurant zurück. Trat ein. Setzte mich an einen Tisch und kippte mechanisch hundert Gramm Wodka hinunter. Dann noch einmal hundert.

Aber essen konnte ich nichts.

Es waren wenig Leute da. Ein Oberst mit einem billigen Flittchen. Und am Fenster ein Soldat mit Verband um den Kopf. In der Ecke Frauen aus den Bergen in dunklen Kleidern, Bündel neben den Füßen. Ohne Geld. Tschetscheninnen oder Inguschetinnen. War nicht auszumachen. Die Frauen bestellten nichts zu essen, um Geld zu sparen, und tranken schweigend Tee.

Mein Vater war schon weit weg. Die Räder ratterten nicht mehr – das Herz klopfte nicht mehr. Aber die Minute des Abschieds, in der wir beide in eine Starre verfallen waren, stand immer noch im Raum.

Ich zahlte und ging.

»Ist es der Mief?«, fragte der Kellner. Er glaubte, mir sei von den Gerüchen übel geworden, und ich hätte deshalb nichts zum Wodka gegessen.

Aus der angelehnten Küchentür strömten tatsächlich schwere Essens- und Küchengerüche zu uns in den Gastraum. Bohnensuppe ... Fleisch ... ein Dunst von Nahrungsgerüchen. Das Essen in den Kesseln, offenbar von gestern, dampfte still vor sich hin. Die Gerüche zersetzten sich, während sie vorsichtig aufstiegen, höher und höher. Sie wollten auch hinauf ... weg nach oben!

Dort oben ballten sich die Gerüche und wurden noch schwerer. Aber die Decke ließ sie nicht hinaus. Gestattete diesem Duftgebräu nicht, ins Weite zu entkommen, ins Blau des Himmels aufzusteigen.

Natürlich, die Infrastruktur und die Erfordernisse des im Bau befindlichen Hauses, vom Keller angefangen, leitete ich (am Telefon). Die Anschlüsse. Strom. Gas. Aber das Erdgeschoß wie auch den ersten Stock baute meine Frau selbstständig. Jetzt wohnen sie und meine Tochter schon in dem fertigen Teil und lassen langsam das Dach über sich entstehen. Das Einzige, was ich ihnen noch am Telefon beibringe, ist, wie sie Arbeiter anheuern und mit ihnen verhandeln müssen. Ladearbeiter ... Maurer ... Tischler ... besonders der Elektriker – für eine moderne Heizungsanlage. Und ein modernes Leitungsnetz unter Putz.

Sommer. Frau und Tochter schlafen im Nebenhaus. Dort ist die Luft frischer. Auf dieser Seite grenzt die Steppe an.

Mit der Zeit werde ich meinem Alten erklären, dass ich, dass Major Schilin, der in Tschetschenien arbeitet (und kämpft!), das Geld keineswegs leicht erworben hat. Nicht im Casino und nicht in Discos. Ich werde ihm klarmachen, bei welchem Roulette ich all das gewonnen habe. Welches Roulette wir hier jeden Tag spielen.

Als ich ihn anrief, lachte mein Vater nur. Er lehnte es kategorisch ab, zu meiner Frau und Tochter zu ziehen – er wollte nicht ans Ufer des großen Flusses, an dem das Haus gebaut wurde. Er habe sein Leben lang bescheiden gewohnt und wolle im Alter keine Luxusgemächer. Dem alten Rentner sagten die »Paläste« nicht zu. Er wollte nicht auf blitzblanke Fußböden treten. Irgendetwas schmutzig machen. Dafür wollte er ohne Rücksicht auf andere geräuschvoll seine Suppe schlürfen.

»Was für Gemächer denn!« Ich hob sogar die Stimme. »Es wird ein gewöhnliches, normales, gutes Haus.«

»Wie viel Stockwerke?«

»Zwei.«

Er gab einen Missfallenslaut von sich, als hätte er mich bei einer Schandtat ertappt.

»Na, das ist mal was!«

Er lachte wieder boshaft auf.

»Und wie viel Land, mein Sohn?«

»Land haben wir. Einen Zwickel Birkenwald. Grenzt direkt an uns an.«

»A-ah! Und einen Zwickel Wald noch dazu!«

Er knallte den Telefonhörer auf. Er hatte wohl den dringenden Wunsch, mich zu entkulakisieren und nach Sibirien umzusiedeln.

Als ich meiner Frau von dieser Unterhaltung berichtete, schimpfte sie mich aus – ich sei nicht feinfühlig. Ein Anruf aus dem Kaukasus sei immer ziemlich grob. Mit alten Männern sollte man sanfter sein. Ihnen gut zureden. Liebevoll und nett.

Sie werde den Alten selbst anrufen.

Ich legte den Hörer fast ebenso schroff auf wie mein Vater.

Mit meiner Frau redete der Vater tatsächlich anders – wärmer und milder. Sogar ein wenig hochtrabend. Er philosophierte. Doch im Kern änderte sich seine Antwort nicht. Er werde nicht kommen. Die heranwachsende Enkelin anschauen? Ja, um die Enkelin anzuschauen, wird er irgendwann einmal kommen. Wann? Das hängt von der Gesundheit ab.

»Meine Liebe. Danke«, antwortete ihr mein Vater auf die Hauptfrage. »Aber versteh du mich auch. Ich will hierbleiben. Ich will bei diesen dreckigen Fünfstöckern bleiben. Mein Leben ist hier, versteh das, meine Liebe.«

Zum Abschluss erkundigte er sich noch, ob meine Frau manchmal Anna Andrejewna Achmatowa lese, die – wie schwer ihr Leben auch war – es abgelehnt hatte, zu emigrieren. Und stolz schrieb: Ich war bei meinem Volk. So ist das, meine Liebe.

Die »Liebe« legte bekümmert auf.

Mein Vater stürzte wahrscheinlich auf die Straße, stolz auf seine Antwort und jubelnd. Froh! In den frischen Wind. In solchen Augenblicken des Verzichts braucht die Seele Weite.

Meine Frau sagte, seine Stimme habe hell geklungen. Ja, natürlich! Und ich sagte, ich hätte keinen Zweifel, dass sich der Alte in diesem Augenblick ins »Volk« gestürzt hätte. Jetzt würde er sicher an der Reihe abgewohnter Fünfstöcker vorübergehen zum sattsam bekannten Lebensmittelladen und sich ein Gesöff kaufen. Und dort würden ihn auch seine blauwangigen Freunde lautstark begrüßen. Im schäbigen Ecklädchen mit der abgelaufenen Ware! Dort tröpfelte das Wasser nur leicht durch die Decke. Na, es tropfte auf die Rübe. Tropfte noch einmal. Dort würde der Seele des Alten warm werden. Schon an der Theke konnte er mit diesem-jenem-dritten quatschen, konnte wieder in den Wind hinausgehen, aus der Flasche trinken und sich eine Ohrfeige fangen.

Mein Vater hatte saftig die Stille gekaut – und meiner Frau leise zum Abschied gesagt:

»Meine Liebe. Ich bleibe bei meinem Volk. Richte es Sascha aus.«

SECHSTES KAPITEL

Zu General Basanow fuhren wir gemächlich, ich lenkte den Wagen. Kolja Gussarzew saß mit seinem Handy neben mir. Wir waren beide zum Abendessen eingeladen. Der General hatte persönlich angerufen. Er bitte um Verzeihung, dass er uns nicht schon im vorigen Gespräch eingeladen habe. Nicht sofort zu sich gebeten habe. Seine junge Frau sei ja gerade bei ihm zu Besuch. Er habe gezögert. Ehrlich gesagt, habe er gezögert.

»Aber sie hat zugestimmt. Sie hat sofort zugestimmt und lädt euch ein! Schaut euch meine Frau an. Ach, was ich für ein Frauchen habe! Soll sie ruhig mit Glanzaugen einen raschen Blick auf die jungen Offiziere werfen. Lust am Leben empfinden. Sich ein bisschen freuen. Warum soll sie immer nur so eine Ruine betrachten wie mich!« Im Hörer war das schallende Gelächter des Generals zu hören.

Es klang bis zu mir – dieses großherzige Männerlachen. Satt. Schon an seiner jungen Frau gesättigt. Eine Nacht – oder zwei.

»Sobald ihr am Minutkaplatz vorbei seid … gleich zum Blockposten.«

»Wir sind schon vorbei.«

»Dann seid ihr gleich da. Fragt dort.«

Für Vaters Bahnfahrkarte. Schon richtig. Und für seine Anteilnahme. Ich musste ja dem General dafür danken, dass mein Vater – Gott sei Dank – in Kowylsk war und nicht in einem tschetschenischen Loch. Mein Vater hatte sich gut erholt, sich auf etwa zehn Jahre im Voraus unterhalten und war heil und unversehrt heimgefahren. Hatte seinen Strauß gepflückt.

Kolja strahlte – du siehst ja, wie nützlich es ist, mit einem Stabsgeneral zu verkehren, selbst mit General Nix.

»Das muss sein, Sascha! Er wird uns schon nicht mit seinen tschetschenischen Schnurren erwürgen! Und auch seine junge Frau werden wir anschauen. Was? Ich habe schon lange keine jungen Moskauerinnen mehr gesehen, Sascha. Seit dem letzten Sommer nicht mehr!«

Ich lenkte, und Kolja überlegte laut. Das Auto fuhr wie geschmiert. Wir waren schon fast angekommen.

Auch Kolja Gussarzew war noch nicht hier gewesen. Wir fuhren und mussten ständig fragen. Das Häuschen, das dem General unlängst angewiesen worden war, stand ganz am Ende hinter den Kasernen.

Der Posten. Ein komischer Kerl! Er zeigte uns gehemmt die eine wie die andere Richtung. Bis er begriffen hatte, dass es sich um General Basanow handelte.

»A-ah … Der.«

Der Posten sagte, wir sollten immerzu geradeaus fahren. Und einen grünen Zaun suchen. Genaueres wusste er nicht.

General Basanow bekam keinen Besuch, weil man seine Gespräche fürchtete. Aber was sollte der General machen, wenn er doch bis zum Kragen mit dem Leben der Bergvölker angefüllt war – *Tschetschenen … Tschetschenien! Ich will dir vom früheren Tschetschenien erzählen! Geh nicht weg! Etwas ganz Neues! Bleib doch!* Er wusste zu viel, um es schweigend in sich herumzutragen. Im Stab ging man ihm aus dem Weg. Man glaubte, der General werde sein Opfer *niederreden.* Viele wussten es, aber nicht alle – und wenn ein Neuling, ein Oberstleutnant, zufällig allein ins Büro des Generals geraten war, verließ er es erst wieder eine bis anderthalb Stunden später, wie benebelt. Er wankte beim Hinausgehen. Und wedelte mit der Hand nicht existenten Rauch von sich weg.

Basanow galt aber als recht guter Kämpfer, als er Kriegsoberst in Afghanistan war. Er griff zweimal Mahmud Schah Abbas an, den »Wüstenlöwen«. Es gibt ein überzeugendes Foto, auf dem sich Oberst Alexander Basanow über eine Karte beugt.

Nach seinen Worten sei er dort, in Afghanistan, innerlich zerbrochen. Plötzlich kam die Nachricht, dass seine Frau gestorben war. Oberst Basanow setzte alle Hebel in Bewegung, um sich zu ihrem Begräbnis loszueisen, *für zwei Tage*. Um am frischen Grab zu stehen. Abschied zu nehmen. Man ließ ihn nicht weg. Und eine Woche später begann der Abzug unserer Truppen.

Irgendetwas war damals mit Oberst Basanow geschehen. Der alte Kriegsknochen war zerbrochen. Als er nach Afghanistan im Gebiet Kaluga diente, war er schon völlig ergraut und aufgedunsen. Er wurde verschlossen. Schweigsam. Irgendwie hatte er noch nicht alles gesagt. Er fand keine Freunde.

Er bekam trotzdem den »General«, aber nur, damit er ins wild gewordene Tschetschenien abzog und dort im Stab irgendeinen Allerweltsposten einnahm. Kämpfen konnte er nicht mehr. Doch einen Posten konnte er beziehen. Seine Aufgabe, sein Krieg, war es, »die fernen Truppenteile zu betreuen und die Kontakte dieser Truppenteile zur örtlichen Bevölkerung zu pflegen«. Er bekam jedoch keinerlei »Kontakte« zu pflegen. Es gab keine. Seine Funktion wurde immer undurchsichtiger. Und die systematischen Raubüberfälle im Umkreis der Truppenteile auf den Gebirgsstraßen machten den Dienst von General Basanow vollends sinnlos.

Aber für die Frauen blieb er der General. Dazu kam sein anziehender, kräftiger kahler Schädel. Er war eine leichte Beute. Im zweiten Kriegsjahr wählte sich eine forsche junge Frau den General (guckte sich ihn irgendwo in seinem kurzen Urlaub aus) und verheiratete sich mit ihm. Eine hübsche Moskauerin. Lena. Sie hatte nichts dagegen, dass er in Tschetschenien weiterkämpfte. Aber er sollte unterdessen eine Datscha bei Rostow bauen, in der sie leben wollte, wenn in Moskau Kälte herrschte. Sie wäre dort näher an der Sonne. Und am General.

Rostow ist eine südliche Stadt, nach russischen Maßstäben nicht weit vom Kaukasus entfernt. Es kam zwar selten vor, aber dem General gelang es, Baumaterialien zu kaufen und mit dem Wagen dorthin zu schicken. Doch es gelang ihm einfach nicht, ein paar träge Soldaten dorthin zu schicken, damit sie mit Schaufel und Brecheisen arbeiteten. Der Bau kam kaum voran. So saß die junge Frau dem General im Genick. Mit Anrufen. Mit Überraschungsbesuchen. Mit Geldforderungen. Mit Drohungen, im Sommer allein ans Meer zu fahren. General Basanow sorgte sich natürlich wegen seiner aktiven jungen Frau, aber seit einer Weile nicht mehr gar so sehr. War irgendwie träge geworden. Und wenn er ein wenig, ein klein wenig, für den Bau der Datscha getan hatte, entspannte er sich sofort. Der Grund war, dass sich der gealterte Kämpe bereits in die Geschichte der Bergvölker vertieft hatte. Es war seine Droge.

Aber dafür gab ihm das Hobby ein Gesicht, General Basanow kannten jetzt alle. Wie sich herausstellte, war der alte Kriegsknochen auf besondere Weise gebrochen. Entstanden war der *lesende General*. Es war etwas entstanden. Und warum hätte der karrierescheue General nicht Bücher lesen sollen? Nach dem Kaffee. Oder sogar vor dem Kaffee. Fähnrich Gescha, der dem General beigegeben war, reichte ihm denn auch des Morgens in eingeführter Reihenfolge:

Bücher, die schon am gestrigen Abend zum Lesen vorgemerkt worden waren,

Kaffee,

einen Brief vom Eheweibchen Lena.

Die geschichtserforschende (wie er sich selbst ausdrückte) Lektüre hatte den Charakter des alten Kämpen wie im Feuer umgeschmolzen, und zwar zum Besten. Sie war mehr als ein Hobby. Der General war vollkommen glücklich. Er war unglaublich redselig. Er war nett und gutmütig. Und man konnte kaum glauben, dass dieser freundliche Mann einst den »Wüstenlöwen« angegriffen hatte.

Alle Berichte an den Stab verfertigte der flinke Kolja Gussarzew für Basanow.

Gussarzew (und manchmal auch ich) nutzten seinen Rang aus, seine laute Stimme. Es war nicht die schlechteste Protektion! Dank seiner Befehlsgewalt über Kolja half der General ab und zu auch mir aus der Klemme. Sagte irgendwo irgendetwas. Rief jemanden dienstlich an. Er würde einen verteidigen, dumm, aber laut. Ausrichten konnte er wenig, aber schreien, das konnte er. Er schüttelte dann seine Generalsepauletten und lief im Gesicht rot an. Und wie er schreien konnte! Was soll das?! Wie ist das möglich?! Ich lasse meinen Offizier nicht hängen! Das ist mein Offizier, meiner!

Basanow rüffelte den Fähnrich, der uns nicht gesagt hatte, wo sich das Generalshäuschen befand:

»Was erlaubst du dir! Woran hast du gedacht. Warst wohl ganz versonnen, was? Du hättest dich sputen sollen! Und zur Kreuzung laufen! Und den Majoren zeigen, wo ich wohne!«

Er rüffelte ihn, brüllte mit so ungespielter Wut, als wäre er auf einen unerhörten Ungehorsam gestoßen. Er brüllte und warf dabei hin und wieder einen scharfen Blick auf das Fleisch, das auf dem Feuer briet. Doch so brüllen eben nur gutmütige Menschen. Und der Fähnrich wusste das genau. Er brüllte aus Gesundheitsgründen. Um seine Kehle zu reinigen. Sollte er nach Herzenslust brüllen! Der Fähnrich Gescha zwinkerte uns sogar zu.

Während der General mit einem Stück Pappe den grauen Rauch vom Mangalgrill wegwedelte, rief er mit seinem sonoren Bass seiner Frau Lena zu, die weggelaufen war, um sich umzuziehen – das Fleisch ist fertig, meine Liebe. Vielleicht war das ein Zeichen. Das Fleisch ist fertig! Damit seine Frau in ganzer Pracht aufträte. Damit er uns endlich seine Frau Lena zeigen könnte.

Wir hatten sofort ein gutes Gefühl. Sie war wirklich jung und hübsch. Und so ein sauberes, komfortables Häuschen. Wohin waren wir geraten! Kleines Grundstück, aber perfekt gepflegt. Und etwa zehn Schritte von der Veranda entfernt, unter einem ausladenden Walnussbaum, briet General Basanow eigenhändig Schaschlikspieße. Der General hörte sich meinen Dank für die Fahrkarte und seine Hilfe an und erkundigte sich dann:

»Ich werde auch gebeten, Sascha. Von den motorisierten Schützen. Sie wollen Nachtsichtgeräte. Wie sieht's damit bei Ihnen aus?«

»Es sind keine Nachtsichtgeräte da«, antwortete ich.

»Und für die Hubschrauber? Flugbenzin?«

»Es gibt kein Kerosin.«

Ich antwortete automatisch. Nein, nein und noch mal nein. (Übertriebene Bereitwilligkeit kann man mir nicht vorwerfen.) Der General hatte in Nachschubangelegenheiten nichts zu sagen. Er war ein Nichts und Niemand. Es war einfach ein Wortgeplänkel unter Offizieren. Freundschaftlich. Nicht mehr. Wem ich überschüssiges Kerosin abgebe, bestimme ich selbst.

»Was? Gibt es nicht?«, fragte er mit Nachdruck.

»Nein.«

Der General machte große Augen. Blies die Backen auf. Wollte sich vor seiner Frau aufplustern. Ich blickte Gussarzew schräg an – Kolja ergötzte sich an meinem ruhigen Nein.

Da er nicht weiterwusste, meinte General Basanow mit gespielter Drohung zu seiner Frau:

»Denk mal an! Empöre dich wenigstens, Lenka! Was erlauben sich die Nachschubmäuse heute! Lenka? Hörst du?!«

Die junge Frau hörte und drohte mir mit dem Finger. Lächelnd natürlich.

»Diese Lageristen, Lenka, sind ganz schön frech geworden. Bei Weitem nicht jeder Offizier hat ein Handy. Nicht einmal jeder Stabsoffizier hat eins! Und er hat gleich zwei. Richtig geraten, Sascha?«

Er hatte richtig geraten. (Aber er wusste noch nichts von den anderen Handys. Sonst hätte ihn der Schlag getroffen. Ich hatte sie an tschetschenische Bauern verteilt. Die an für mich interessanten Straßenkreuzungen wohnten.)

»Zwei Handys! Eins für Dienstgespräche, das andere für mein Frauchen, um mit ihr zu säuseln! Ist das schlecht?«

Die junge Frau drohte mir weiter lächelnd mit dem Finger. Ihre Gedanken liefen übrigens schon voraus:

»Gehen wir auf die Veranda. Was sollen wir hier den Rauch einatmen!«

Sogleich fiel General Basanow ein und forderte uns augenblicklich auf (mit Nachdruck in der Stimme): »Ja, ja, Freunde, der Schaschlik ist fertig!«

Der alte Schwadroneur fügte jedoch, an seine Frau Lena gewandt, hinzu:

»Wir atmen Kriegsrauch ein, meine Liebe. Hier ist jeder Rauch, den wir erzeugen, Kriegsrauch.«

Generalsscherze!

Man sollte trinken und vom General keine Notiz nehmen. Mir war ja sonnenklar, dass Basanow nichts brauchte. Weder die motorisierten Schützen, noch die Nachtsichtgeräte, noch Kerosin. Ja, nicht einmal die Schaschlikspieße! Nichts, er wollte sich nur ein wenig vor seiner jungen Frau spreizen. Was war daran anstößig? Sie würde morgen abreisen. War selten hier. Es war einfach Generalsgeschwafel vor seinem netten jungen Frauchen! Ich hätte mit ihm wenigstens über Flugbenzin plaudern können. So rechnete er. Preis: zwei Kopeken.

Zudem freute sich der alte General aufrichtig über den Gast, freute sich und war sehr aufmerksam. Er bemerkte, dass chronischer Schlafmangel meine Wangenknochen verzog.

»Du musst mal richtig ausschlafen, Sascha. Frischer aussehen. Frischer leben.«

»Gelingt Ihnen das?«, fragte ich.

»Na, klar!« Er lachte laut auf, wieherte schallend. Sein Leben war ja wirklich geglückt und aufgefrischt. Der Alte wollte nicht nach oben, hatte keine Karriere gemacht. Er lauerte auf keinen Posten. Klaute nicht. Spielte das eine Rolle? Er lebte einfach sein Leben. Las Bücher über die Bergbewohner. Erzählte gerne.

Auch beim Schaschlik, als wir alle beisammensaßen, stellte er den Redeschwall nicht ab und verbreitete sich laut über die Farbe von gut gebratenem Fleisch. Offenbar wegen seines Weibchens. Ganz frisches Rindfleisch, meine Herren Offiziere. Hammelfleisch. Geht auch als Rippchen!

Aber was interessierten Kolja und mich die Farbe seiner Schaschlikspieße und seiner rot glühenden Kohlen?! Die von einer dünnen Ascheschicht überzogen waren! Uns lockte die Farbe des Jäckchens der jungen Generalin, die mit allen Freuden des Lebens zu ihm gekommen war. Ja, ja, und mit koketter Unzufriedenheit über dieses Leben. Wegen der bewussten Datscha bei Rostow! Schlimm, schlimm! Noch nicht mal fertig, ging sie schon kaputt. Ein scheußlicher Zaun. Mannshohe Brennnesseln. Können Sie sich das vorstellen? Alles verwildert. Sogar die Automatik des Einfahrttors. Das Tor öffnet sich irgendwie noch auf Knopfdruck, aber schon ohne Musik! Es war das Einzige, was ihr Freude gemacht hatte. Beim Öffnen war eine Melodie aus dem »Paten« erklungen.

Überhaupt lebte seine Frau Lena ihr eigenes Leben, etwas langweilig, wie sich herausstellte. Keine geistreichen Menschen. Aber die Kleine ist doch hübsch! Gussarzew zwinkerte mir zu.

Ja, hübsch! Ein Sonnenstrahl! Perlendes junges Lachen und leise, aber sehr genau auf uns gezielte Koketterie – auf die Offiziere im vollen Saft. Während sich ihr sympathischer alter Sack über das gebratene Fleisch hermachte. Er nagte den Schaschlik ab, indem er den Spieß mit den Zähnen abstreifte. Knirschte. Seufzte! Was für ein Fleisch! Sie kokettierte besonders mit Gussarzew. Der General knabberte den Spieß ab, sah jedoch alles. Er verstand sich auf Frauen. Wusste Bescheid und lächelte. (Der General erregte sie durch uns. Nicht übel ausgedacht. Morgen musste sie abreisen. Aber heute Nacht würde sie dem General unsere gierigen Armeeblicke abgelten.)

Sie war wohl dreißig, vielleicht auch fünfunddreißig. Das hing davon ab, wie man sie betrachtete! Man konnte sie betrachten, bevor man etwas getrunken hatte, und nachdem man etwas getrunken hatte. Zwischen den Brüsten ein Anhänger. Aus Silber. Mit einiger Anstrengung konnte der Anhänger als Halbmond durchgehen. Schutzamulett. Könnte in Gefangenschaft bei den Bergbewohnern helfen. Ich dachte ... mir kam kurz der Gedanke, dass die Generalsfrau Lena und die mehrfach vergewaltigte Soldatenmutter Anjuta gleichaltrig waren. Fast! Anjuta war etwa fünf Jahre älter als Lena – erschien aber ganze fünfundzwanzig Jahre älter.

Häuslicher Sonnenstrahl! Eheweibchen!

Sie stand vom Tisch auf, um Servietten zu holen. Und um ihren Arsch zu zeigen. Stramm unter eng anliegendem Stoff. Ach, dieser Hintern. Ich hätte ihn statt des Schaschliks essen können. Aber ich bin ja ein beherrschter Mann, sehr beherrscht, stürze mich nicht auf sie. Ich würde ihn zuerst kneten, zärtlich kneten. Und dann essen. Ich spürte, dass der Wodka wirkte. Edelwodka. Ich würde ihren Hintern aufessen und ihre Datscha mit dem unmusikalischen Tor. Ich tat so, als würde ich die Servietten betrachten (auch in der Farbe ihres Jäckchens) – und ich betrachtete die Servietten! –, aber in der gleichen Richtung befanden sich ihre Schenkel. Die Schenkel näherten sich. Weich. Und weich muskulös. Ich war wie verzaubert. Ihre Moskauer Schenkel und ihre Datscha am Don bei Rostow waren plötzlich wie eins, und dieses Eine konnte ich mit einem Happen aufessen. Ja-a ... Ich hatte schon kräftig getankt.

Ich sagte mir – mein Hintern ist daheim. Kein schlechterer. Dort, in Russland, an unserem großen Fluss. Meine Frau. Mein Eheweibchen. Und auch ein Haus, eine Datscha, im Bau. Das war es, was mich insgeheim erregte: *jener* Hintern und *jene* Datscha. Was mich normalerweise und auf Distanz erregte. Aber mein eigenes *Jenes* war zu weit weg. Und das fremde *Jene* gleich neben mir. Ich brauchte nur die Hand auszustrecken. Was gab es da auszuklügeln! Diese Gier brennt nicht durch. Weder im Dienst. Noch im Lazarett. Noch, glaube ich, in einem stinkenden Sindan.

Der Fähnrich Gescha brachte den Tee. Kam sehr gelegen. Der General hatte noch nicht von Tschetschenien und den Bergbewohnern begonnen, aber wir wussten schon, dass der Wasserfall im nächsten Augenblick über uns hereinbrechen würde. Mit Sicherheit. Preis für das Abendessen. Für den Besuch. Für unsere Blicke auf den strammen Hintern. Eine ernst gemeinte Rechnung.

Gleich würde seine Erzählung wie eine Mine explodieren. Mit unendlichen Splittern – historische Auskünfte ... Zitate ... Zahlen ... Fakten ... Legenden, hol sie der Teufel!

Doch noch war Schaschlik da – die saftige Präambel des Festmahls. (Erfahrener Vielredner, er wollte nicht sofort den Schnee im Gebirge lostreten. Hielt die Lawine zurück.) Der General ließ Kolja und mich ein wenig herumtollen. Ließ uns vom Hintern träumen. Die Riesenschlange. Wir würden uns ja doch alles anhören müssen. Er wusste, dass ich, der kleine Major Schilin, ihm nicht auskäme. Mich nicht verstecken könnte. In kein Loch der Welt. Offensichtlich spielte er zuerst mit seinem Opfer.

Gleichsam zum Frühstück begann General Basanow mit etwas weit Hergeholtem. Einfach so ... ganz allgemein. Er habe selbst gerade erst erfahren – gelesen –, wie die Bergbewohner aus der Hand läsen. Oho! Das sei eine eigenständige Technik. Das sind keine Zigeuner! Die Bergbewohner haben einen besonderen Scharfsinn. Und diese phantastische Kunst des Aus-der-Hand-Lesens. Bedenken Sie, jeder Bergbewohner ist von so vielen Gefahren bedroht, einschließlich der Blutrache! Und immer der Dolch, immer die Kugel. Immer hinter einer Ecke hervor. Vielmehr hinter einem Berg hervor!

»Um so verblüffender ist es, dass die Bergbewohner die Länge eines fremden Lebens genau vorhersagen können. Besser gesagt, seine Kürze. Glauben Sie mir?«

Wir glaubten ihm.

»Zugleich berücksichtigt der Bergbewohner die Tierkreiszeichen! Das haben sie, glaube ich, von den alten Griechen gelernt. Die Griechen wanderten in einer Riesenwelle am Kaukasus vorbei. Wie ein Tsunami. Die Griechen eroberten hier alles, bis hin zu den Persern. Die Perser dann zu guter Letzt.«

Der General griff sofort zum lebendigen Beispiel. Er konnte es nicht erwarten. Er begann mit dem Fähnrich Gescha. Er hatte Gescha offenbar schon oft aus der Hand gelesen. Den Fähnrich ließ seine Lebensspanne (die nicht gering war) schon völlig gleichgültig.

Der General fasste nun unsere Hände. Zögerte. Wählte Gussarzew. Drehte die Handfläche nach oben. Betastete die Linien.

»So ... und so«, überlegte er in Gedanken. »Aha! Da haben wir's!«

Auch Major Gussarzew war eine großzügige Lebensspanne bemessen. Er könne leben! Die Bergbewohner irrten sich um kein halbes Jahr!

Der General nahm meine Hand. Blickte flüchtig darauf. Ließ sie jäh los. Möglicherweise war er die Handleserei schon leid. Pfeif auf die Zukunft. Lieber zurück ... zurück! General Basanow lockte der gähnende Abgrund der Vergangenheit – er wollte in Jahrhunderten denken. Wollte tief in vergangene Zeiten eintauchen.

Er langte nach dem Wein, nahm die Flasche und öffnete sie für uns. Und stellte sie sofort weg. Nahm eine andere. Die war besser! Und erinnerte sich doch, dass er mir nicht aus der Hand gelesen hatte. Er nahm meine Hand mit Verspätung und neuerlichem Zögern. Das war deutlich zu bemerken. Und plötzlich las er traditionell daraus. Wassermänner, Fische ... Krebse, verdammt noch mal! Alexander Sergejitsch ... Sascha, dir werde ich nicht aus der Hand lesen. Warum nicht? Ich bin zu besorgt. Du wirst mir nie mehr einen Tropfen Sprit geben, ha-ha-ha! Und nie auch nur zwei Soldaten, die in Rostow arbeiten könnten ...«

Er knetete meine Hand, las aber nicht daraus. Möglicherweise dauerte das Leben von Major Schilin nicht lange, und der General war einfach zu feige, die Spanne zu nennen. Wollte mir den Abend nicht verderben. Das Leben kann ja hier, in Tschetschenien, ganz kurz sein. Krieg!

Der General schwieg und schweifte rasch vom Thema ab, um Wein in die Trinkschalen einzuschenken.

Endlich war es so weit! General Basanow brachte das Gespräch direkt auf Tschetschenien, auf die Bergbewohner.

Anfangs ging es wohl um die alten Bräuche. Opferrituale ... Kriege ... Helden. Aber so richtig und leidenschaftlich (und ohne den geringsten Anlauf) platzte der General erst mit seinem Wissen über die Idole heraus, die das Leben jedes Bergbewohners vor dem Monotheismus bestimmt hätten.

Es gab mehrere Götter. *Djala (bei den Tschetschenen und Inguschen) ... Gal-Erda ... Sieli.* Einst waren sie die bekanntesten und heute sind sie die vergessensten. So vergeht der Ruhm. Es gibt sie nicht mehr. Nicht einmal in den Felsannalen. Leider! Niemand erinnert sich mehr an sie. Sie sind tot, sie sind, blubb-blubb-blubb, erstickt ... in der Zeit ertrunken ... haben den Strudel des Mittelalters nicht durchschifft. Nur das Idol Assan kennt man noch vom Hörensagen. Es existiert noch in unseren Tagen. Wenn auch nur in einem einzigen Satz. In einer Redensart!

Dabei ist Assan älter, Assan war zeitlich eher da als *Djala ... Gal-Erda ... Sieli*. Assan war vorher da.

Natürlich gibt es Assan in unserer Zeit auch nicht mehr. Wenn man ernsthaft und akademisch an die Frage herangeht, was ist von ihm geblieben? Geblieben ist der Vorname Anu, der (vermutlich) in die Namen der Menschen eingegangen ist. In die Götternamen *Ass* (bei den Lakzen), *Asuzwa* (bei den Abasinen), *Answa* (bei den Abchasen). Es gibt noch die Assinower Schlucht in Tschetschenien, rau und hart, mit grob behauenen vogelähnlichen Steinen. Aber was von dem Idol vor allem und offenkundig geblieben ist, das ist die schreckliche Redensart: *Assan will Blut ...*

Nur als Sprichwort (*Spruchweisheit*) hat sich das Idol Assan an die Zeit geklammert. Man sagt, die Greise in den Bergen sprechen diese drei Worte manchmal beim Sterben aus. Ein Verpuffen des Unterbewusstseins. Im Grunde eine Sterbehalluzination. Rest einer von der Zeit ausgelöschten Beschwörungsformel. Eines Gebets? Oder einfach nur Gemurmel? Aber das ist es, was Sprache bedeutet! Dieser Satz ist durch Jahrtausende hindurchgegangen, gekrochen, hat sich durch Jahrtausende gezwängt. Er hat seinen konkreten Sinn, seine Bedeutung verloren, lebt aber trotzdem. Und ganz selbstständig. Ohne Krücken ist er in unsere Zeit gehumpelt.

Heute greifen schon die tschetschenischen Kämpfer bei Gelegenheit diese drei starken, wenn auch nicht sehr verständlichen Wörter – *Assan will Blut* – auf, als Aufruf, zugleich die heimatlichen Berge, das Haus und die Kinder zu schützen. Mit diesem schönen Satz kann man alles Mögliche benennen. Wörter sind unschuldig. Zudem ist das Idol Assan vergessen. Es gibt ihn nicht mehr. Niemand weiß, wer Assan ist ... weder wie er war und geherrscht hat ... noch wie er entstanden ist. Aber General Basanow hat nicht umsonst in alten und neuen Büchern gegründelt. General Basanow hat das nicht einfach so gemacht. General Basanow ist fündig geworden. Er weiß es.

Eine Stunde. Zwei. Vielleicht drei. Der General konnte nicht aufhören. Der Strom seiner begeisterten Reden verbreitete einen Hauch wahrer Ewigkeit. Ich hatte aufgehört zu kauen. Jedes Mal erscheinen mir nun Berggipfel. Wenn ich ihm zuhöre. Sogar Pyramiden. Und am Firmament Adler. Ich war damit nicht allein. Wir saßen alle wie verzaubert da. Ich blickte kein einziges Mal auf die Uhr.

Seine Frau Lena war es, die als Erste zu sich kam – sie klimperte erschrocken mit den Lidern. Die Angst der Frau, dass sie sich niemals mehr aus der Hypnose der Berge befreien könnte. Sie schüttelte das hübsche Köpfchen, während sie sich aus dieser trunken machenden Unendlichkeit herausarbeitete. Aus diesen

Trugbildern wie aus einem Sumpf. Wörter sind unschuldig. Lena dämmerte, dass ihr General, ihr gastfreundlicher Gemahl, selbst Opfer des Wortstroms geworden war.

Kolja und ich waren paralysiert. Aber sie nicht. Ich erinnere mich noch gut an das ernüchternde Finale. Das junge Eheweibchen war es, das den Punkt zu setzen verstand. Und zugleich noch einmal seine appetitlichen Formen zeigte. Sie plumpste dem General auf die Knie. (Damit erschien sie für uns auf der Anhöhe, auf dem Hügel, auf dem lang erwarteten Podium – schaut her! Nun! Meine Herren Majore! Nun! So schaut doch zu guter Letzt!) Während sie das schnurrende Generalsmaul mit der Hand zuhielt, sagte sie liebevoll zu ihm:

»Es ist Zeit, mein Lieber ... Zeit! Du findest das ja schön – du kannst nachts nicht schlafen.«

Sie lächelte:

»Aber wie finden wir das? Es ist schon spät.«

Und zum Abschluss:

»Die Herren Majore müssen schlafen. Schlafen. Schla-a-afen.« Sie gähnte wohlig, verzog breit ihren aufreizenden Mund.

»Sascha«, hatte mich der General irgendwo in der Mitte seiner begeisterten Erzählung plötzlich gefragt. »Werden Sie von den alten Tschetschenen manchmal Assan genannt? Na, *Assan Sergejitsch* anstelle von *Alexander Sergejitsch*? Natürlich werden Sie das. Mich nennen sie nämlich auch so. Und fragen mich so. Rufen mich an.Assan Pawlowitsch, sollten wir die Schule vorübergehend schließen? Solange so häufig bombardiert wird?«

Er ahmte den Tonfall eines tschetschenischen Sippenältesten perfekt nach.

»Dann sage ich zu ihnen. Natürlich, schließt sie. Wozu zum Teufel braucht ihr die Schule!«

Der General hätte es doch gerne gehabt, wenn wir regen Anteil am Gespräch genommen hätten. Er stellte Zwischenfragen. Bremste nicht ohne Grund seinen Monolog ab.

»Also Sascha? Nennt man Sie Assan?«

Ich sagte, ich wisse es nicht. Sei nicht sicher. Vielleicht ja, vielleicht nein.

»Aha!« General Basanow lebte sofort auf.

Die Fältchen, die roten Äderchen im Gesicht – alles kam in Bewegung.

»Das ist ein sehr … sehr bezeichnender Zungenbrecher der Bergbewohner, Sascha … Zuerst sagen sie, auf jeder Silbe knirschend, Ale-xy-xa-n-dr. Dann *Axandr Sergejitsch*. Nicht wahr! Und dann einfach *Axan Sergejitsch …*«

Er breitete die Arme aus:

»Aber am Schluss heißt es immer Assan. *Assan* – das bleibt. Obwohl die Tschetschenen gut russisch sprechen. Aber das schnelle Sprechen und ihr Temperament treiben sie dazu, die Silben zu verschlucken. *Assan*? Nein? Haben Sie es noch nicht bemerkt?«

»Ich! Ich habe es bemerkt!«, schrie Gussarzew auf. »So haben die Alten Sascha auf den Straßen angeredet – ich hab's gehört! Jawohl!«

»Und Sie selbst, Sascha?«, fragte mich Basanow noch einmal.

Ich schüttelte den Kopf. Ich hatte es nicht bemerkt. Nicht bemerkt, aber auch nicht aufgepasst. Jetzt, da man mich auf die richtige Spur stieß, konnte ich – etwas widerstrebend – zustimmen. So etwas komme in den Reden der Bergbewohner schon vor. Wahrscheinlich. Je öfter ein alter Tschetschene mit mir spricht, desto geschwinder redet er mich mit Vor- und Vatersnamen an, umso schneller legt er den Weg von Alexander zu Assan zurück. Seltsam!

General Basanow klatschte in die Hände, glücklich, dass seine Beobachtungsgabe anerkannt wurde.

»Aufmerksamkeit. Aufmerksamkeit, meine Herren Offiziere. Und jetzt die Hauptsache. Das Allerwichtigste! Ich habe plötzlich erraten, wie und wann ihr Idol Assan entstanden ist, woher die Tschetschenen es haben.«

Er wollte eine nachhaltige Pause machen, hielt sie jedoch nicht durch:

»Ich … ich bin fündig geworden. Das steht nicht in Büchern und nicht in den Handschriften. Darauf bin ich selbst gekommen, ich selbst!«

Sein Eigenlob war sogar sympathisch. Der alternde General gab an wie ein Schuljunge. Fröhlich! Er spielte ja nicht den Gelehrten. Er teilte seinen zufälligen Erfolg. Teilte ihn mit uns! So einfach! Und großzügig! Er beeilte sich sogar, ihn zu teilen. Wann hätte er noch einmal so eine günstige Gelegenheit. Eine Tischrunde. Wein. Sein Weibchen neben ihm. Und zwei bereits benebelte Zuhörer – ganze zwei Majore! Sie würden jetzt nicht mehr weglaufen. Er brauchte seine Perlen nicht mehr einsam und allein dem Fähnrich Gescha hinzuwerfen.

»Nun? Jetzt die Frage. Der Name des Idols stammt aus grauer Vorzeit. Nun, wer von Ihnen errät es? Woher *Assan* kommt und warum?«

Von »Erraten« konnte keine Rede sein. In zwei, vielleicht auch drei Stunden waren die Majore wie betäubt.

»Nun?«, fragte er.

Und noch einmal:

»Nun?«

Und überzeugt, dass es jetzt im Umkreis von hundert Kilometern um Grosny niemanden gab, der scharfsichtiger als General Basanow war, sagte er:

»Das war *er* natürlich. Vor zweitausend Jahren. Er war es, der ins Bewusstsein der alten Völkerschaften eingedrungen ist, als unbesiegbare Gottheit. Gottkrieger. Na? Aber es liegt doch klar auf der Hand, meine Freunde, es war Alexander der Große! Aus Mazedonien!«

Wir billigten die Entdeckung, aber wohl etwas matt. Stimmten zu, aber ohne große Begeisterung. Na ja, vielleicht war er es. Der Held. Der junge König. Eroberer des Weltalls. Im Rausch ist es jedoch schwierig, durch Jahrtausende hindurch der Menschheit so tief in den Rücken zu fliegen (sogar in Gedanken). Hätte *sie*, seine junge Frau Lena, von den alten Griechen zu reden begonnen. Und sich dabei leicht erhoben. Wir wären aufgelebt. Nicht nur zu den Griechen, in Gedanken hätten wir uns sogar zu den Mammuts zurückbegeben. Die Stimme einer Frau kratzt am Herzen. Ihre betörenden Formen. Wenn sie sich erhebt.

»Es gibt die wohlbekannte, durchaus wissenschaftliche Meinung«, fuhr der Forscher-General fort, »dass ein Teil der heutigen Vornamen im Kaukasus eine Spur seines Namens ist. Eine Spur der Geschichte, die sich ins Bewusstsein der Bergbewohner eingeschnitten hat.«

Energisch zählte er auf:

»Aslan bei den Tschetschenen ... Sandro bei den Abchasen ... einfach Alexander bei den Georgiern ... Iskander ... Skanderbeg ... das alles ist *Alexander*! Das alles sind Echos auf vergangene Schlachten der Bergbewohner gegen die alten Griechen (vergangene Niederlagen, wohlgemerkt!). Vor zweitausend Jahren! Die Spur, der Fußabdruck des Mazedoniers in den Namen!«

Für einen Augenblick wäre ich beinahe aufgewacht. Interessant! Bergbewohner wird man also nicht aus Liebe zur Höhe.

Die Bergbewohner. Im Grunde hatte sie der Mazedonier erst dazu gemacht. Er hatte sie ins Gebirge getrieben. Diejenigen, die überlebt hatten. Die Übrigen hatte er erschlagen.

Der General berührte liebevoll das Bücherregal:

»Damit habe ich die Entstehungszeit Assans herausgefunden. Die Zeit, als das Idol geboren wurde, ist die Zeit Alexanders. Aufgepasst!«

Und mit Nachdruck fuhr er fort:

»Assan entstand als Gegengewicht zu Alexander dem Großen. Assan entstand aus seinem Namen ... ja, mehr noch ... als Gegengewicht zu seinem Namen. Deshalb will Assan Blut. Das ist meine Hypothese. Assan entstand als Notwendigkeit. Als Kult.

Als Selbstschutz. Eben als Schutz vor dem kriegerischen Genie der Griechen. *Als Schutz* inthronisierten die Bergbewohner ihr eigenes Idol.«

»Ein Amateur, natürlich«, flüsterte mir Kolja ins Ohr. »Aber wie viele Entdeckungen sind von solchen Eierköpfen gemacht worden!«

»Vorläufig eine Hypothese! Keine Superentdeckung! Ich, meine lieben Herren Majore, habe gelesen und gelesen. Ein Zufallsfund.«

Selbst ich, der wenig über dieses Zeitalter wusste, sah, wie geradlinig der General mitunter seine logischen Knoten knüpfte. Der Geschichtsgräber war es leider gewohnt, sein Gebäude selbst fertig zu bauen. Die Zeit zu begradigen. Die Tatsachen zu verbiegen. Aber mit welcher Begeisterung! Er war Autodidakt, aber er machte ja kein Hehl daraus.

»Wenn ich von Jugend auf studiert hätte! Ach, schade um die Zeit. Ich habe diese Schulterklappen getragen. Wozu? Das Leben, Kolja, ist an mir vorbeigegangen!«

»Sie haben gekämpft«, schmeichelte Kolja Gussarzew sehr geschickt und unaufdringlich seinem Chef.

»Gekämpft habe ich. Und wie ich gekämpft habe! Aber was hat mir das gebracht, Kolja? Ich bin nur schneller gealtert! Ach, wie viel hätte ich in dieser schnell verrauschten Zeit lesen und denken können!«

Da hast du dein Ach!

Kolja Gussarzews Gesicht hatte jedoch bereits einen zu weggetretenen und verschlafenen Ausdruck angenommen. Ich merkte auf. Er saß zurückgelehnt auf dem Stuhl. Die Augen halb geschlossen. Die äußerliche Ruhe lullte ein. Und verbarg zugleich eine gewisse Dynamik. Gussarzew füßelte unter dem Tisch mit der jungen Frau. Berührte die Frau seines Chefs. Ihren Fuß. Kolja hing leicht schief. Seine linke Schulter war etwas höher als die rechte. Er reckte sich und schien sein Ziel erreicht zu haben. Rieb Knöchel an Knöchel. Sanft. Ganz leicht. Dann glichen sich seine

Schultern wieder aus. Ich stupste ihn an. Keine gute Idee. Lausbüberei! Die den Dummkopf teuer zu stehen kommen könnte.

Ich war sicher, dass sie ihm nicht besonders gefiel. Es war einfach so, ein Spiel! Aus zu reichlichem Genuss des leichten Weins. Aus Jux und Tollerei. Aus Überdruss an den Geschichten seines Chefs. Und am Krieg. In solchen Fällen wundere ich mich nicht lange über die Natur der Menschen. Kolja war einfach dumm! Er tat so, als sei ihm alles egal. Der kluge, blitzgescheite Offizier. Interessant und humorvoll – und plötzlich so dumm!

Ich stupste ihn noch einmal an.

Es war Koljas Schwachstelle. Die vielen eigen ist. Aufgrund ihrer Jugend. Er dachte, er sei unternehmungslustig, dabei war er lediglich hitzig. Ein hinlänglich bekannter Irrtum.

Der General verstummte nicht. Er war begeistert! Hin und wieder flocht er tschetschenische oder dagestanische Wörter ein. *Nochtschi! Atschch!* Er genoss es.

Ein paar vogelähnliche Steine hatte der Forscher-General kühn zu einer Gestalt vereint. Aber die Steine existierten ja wirklich. In der Assenower Schlucht. Lücken und Leerstellen zwischen den Fakten füllte der General mit seinen eigenen Bildern. Wie es so oft bei begeisterten Menschen der Fall ist. Ohne zu zögern! Assan, der alte heidnische Gott, war in der Vorstellung der Bergbewohner ein Vogel. Ein riesiger Vogel mit krummem Schnabel. Ein Vogel, der Menschenblut will. Und reichlich bekommt, wenn Krieg ist.

Der verdammte Mazedonier hatte ganze Völker ins Gebirge vertrieben. Dieser Grieche hatte alle verängstigt. Hatte sie so eingeschüchtert, dass Kinder bei der Nennung seines Namens ins Bett pinkelten. Die Enkel und Urenkel pinkelten aus Angst in die Hose. Sogar in der fünften Generation. Und um diese Lehre, diesen genetischen Schrecken, umzudrehen – eben darum erfanden die Bergvölker Assan. Das Idol! Sie dachten sich eine nicht minder grausame Gottheit aus als den Mazedonier. Stellten jenem Alexander ihren Alexander gegenüber. Die Bergbewohner verzerrten den Namen ihres Idols nur ein wenig durch ihre einfachere Aussprache. *Assan.*

Kolja Gussarzew erzählte, wie er einmal frühmorgens gekommen sei, als General Basanow gerade aufgestanden war und sich die Zähne putzte. Und aus der Küche ein Duft! Umwerfend köstlich! Der lächelnde Fähnrich Gescha kochte dem General Kaffee. Er sagte, er werde auch für Major Gussarzew welchen kochen. Guten Menschen koche er guten Kaffee.

In einem passenden Augenblick setzte der Fähnrich jedoch das Lächeln ab und klagte dem Offizier, dass er keine Kraft mehr habe, General Basanow zuzuhören, wenn der über die Tschetschenen ... über ihre alten Bräuche. Nach den Worten des Fähnrichs höre er spätabends schon selbst diese Stimmen. Und ab und zu habe er Erscheinungen. Was die nächtlichen Albträume und Schrecken betreffe, so könne er, der Fähnrich, allein alle Schwertraumatisierten im Mosdoker Militärkrankenhaus ersetzen.

So sei sein Leben. Der Fähnrich würde gerne Bericht erstatten, habe aber Angst. Bericht über seine Versetzung. Wohin auch immer. Von ihm aus sogar nach Wedeno. Ins Gefecht. Unter tschetschenische Kugeln. Der General habe ihn mit seinen Reden fertig gemacht. Hin und wieder schüttele der Fähnrich den Kopf. Vor allem aber schreie der Fähnrich nachts und strample auf seiner Decke herum. Er werfe sich aus dem Bett. Auf den Fußboden! Nein, nein, er sei stets bereit, dem General zu dienen, hin- und herzurennen, ihm die Haare zu schneiden, ihm in die Stiefel zu helfen, Kaffee zu kochen. Wenn er ihm nur nicht zuhören müsste!

General Basanow, der seinen Fähnrich müde redete, erinnerte mich lebhaft an meinen Vater, der den Koreaner Pak mit seinen verrückten Ideen gequält hatte. Natürlich hatte der General ein starkes Bild von Assan. So viele Bücher! Altertum! Und was für eins! Aber wenn es um das Mausoleum ging, dann stand mein Vater dem General an Einbildungskraft nicht nach und war nicht minder begeistert als dieser.

Und mit welcher Leidenschaft die beiden Alten in ihren grauen Köpfen den Funken anfachten. Ich erkannte plötzlich, wie verschieden sie waren – und wie ähnlich. Sie hatten etwas gefunden. Gesucht und gefunden. Nur um dem zu Ende gehenden Leben nicht ins Auge sehen zu müssen. Wie auch nicht über ihre ganze Generation nachdenken zu müssen, die sich nicht ausgesprochen ... nicht ausgeschrien hatte. Es waren keine alten Männer – es waren Dichter!

Möglicherweise entsteht im Kopf von alten Männern (ich habe es mehrmals bemerkt) bei der Berührung mit dem Krieg, mit dem Thema des Krieges, eine kolossale Selbsttäuschung – sie würden niemals sterben. Sie seien unsterblich. Sie würden hundert Jahre leben. (Als Gegengewicht zu einem in den Gebirgsschluchten gefallenen jungen Mann.) Der Glaube an hundert Jahre, die sie noch vor sich haben, setzt in den Alten eine gewaltige Energie frei. Das ist leicht zu bemerken! Aber durch diesen Glauben verlängert sich ihr Leben tatsächlich fast bis hundert. Bis sechsundneunzig oder achtundneunzig! Es sind die alten Männer, die ein unerträgliches Geschrei um den Krieg machen. Bis zum siegreichen Ende. Und wenn Verstand und Takt ausreichen, dann schreien die Alten nichts vom Krieg, sondern finden ein brennendes Ersatzinteresse ... finden Assan ... irgendein Mausoleumsspiel mit dem Tod. Und eine Menge, die bereit ist, zu zerstören – das muss sein. Sie lassen sich doch alle in die Weite des großen Blutbads hinaustragen.

»In manchen Feldtrupps der Tschetschenen ist das Wort *Assan* bekannt. *Assan* ist angesagt. Der Name ist wieder da. Nicht als Idol. Nicht als Gott. Sondern als Zeichen. Als Parole.. Ein Kämpfer übermittelt es dem anderen. Sobald ein Problem auftaucht.«

»Ein Kriegsproblem?«

»Na, ja. Eine Kolonne von uns fährt zum Beispiel in eine Schlucht. Oder ein Hubschrauber von uns musste notlanden, ist abgeschmiert. Wenn eiligst Gewalt angewendet werden muss, was wird dann gefunkt, wissen Sie es? Aha! Es wird sehr kurz immer wieder auf Russisch gefunkt: *Assan will Blut … Assan will Blut.*«

»Auf Russisch?«

»Die Kämpfer in den Trupps sind zum großen Teil keine Tschetschenen. Es gibt Tscherkessen. Und Abchasen. Ein berühmtes abchasisches Bataillon. Und die Dagestaner sind alle mehrsprachig. Deshalb auf Russisch. Das verstehen alle.«

Die Tischrunde lauschte.

»Ich glaube, für die Alten in den Bergen sind wir *Assane*«, sagte der General lächelnd. »Wir führen unsere Namen ja auch auf denselben Alexander zurück. Major Schilin ist Assan. Ich bin schon alt, aber Assan. Übrigens, auch Ihr hochgelobter, ruhmreicher Hauptmann Chwor heißt Sascha. Also auch Assan.«

»Er ist endlich Major geworden.«

»Ah! Gratulieren Sie ihm.«

Ich hätte die spannende *Assanologie* wahrscheinlich vergessen, wenn die inspirierte Geschichte des Generals nicht ein besonderes Ende, eine lustige Wendung genommen hätte.

Unser Gastgeber schaute plötzlich auf die Uhr. Nein, nein, er deute damit nicht an, dass die Gäste gehen sollten. Ganz und gar nicht, meine Herren Majore!

Er wollte nur die Uhrzeit wissen. Weil Punkt neun null null. Alles militärisch! Punkt neun null null am Abend sendet eine entlegene Truppe tschetschenischer Kämpfer, die sich im Hinterhalt langweilt – ein kleiner Trupp! Wahrscheinlich ganz winzig! – Sie senden allabendlich ein Signal, ein Erkennungszeichen. Oder einen Ruf? Woher soll man das wissen!

»Den zweiten Abend höre ich sie. Ich habe sofort die Welle bestimmt. Elf und fünf.«

General Basanow entschuldigte sich und stand auf. Er ging drei oder vier Schritte. Trug seinen großen Körper an uns vorbei. Ich bemerkte seine sicheren Hände, als er das Funkgerät aus einer Wandnische holte. Solche Geräte werden in der Grundausbildung verwendet. Ein normales altes Armeegerät.

»Ich verwahre es eigens bei mir. Habe es einem Bataillonskommandeur abgeluchst. Ja, ja, ein modernisiertes, verstärktes Empfangsgerät«, erklärte der General in offensichtlicher Vorfreude.

Rasch fand er die bestimmte Welle.

»Und nun hören Sie ...«

Doch zunächst nur kreischende Laute. Er drehte die Lautstärke auf. Stellte sie ganz laut. Durch das heisere Gehuste des Äthers erklang eine Stimme. Wir warteten. Dann hörten wir plötzlich die Stimme vollkommen sachlich sagen:

»Assan will Geld ... Assan will Geld ... Assan will Geld ...«

Mit kaum wahrnehmbarem Akzent.

Wir prusteten los. Es kam zu überraschend. Von wegen Idol! Von wegen Gottheit! Wir waren mit einem Mal hellwach. Was war das für ein Traum! Und was für ein modernes Idol!

Die Tischrunde erzitterte. Ich, bis obenhin abgefüllt, schlug mir auf die Knie – na, gibt's denn so was! Kolja Gussarzew bog sich vor Lachen. Wir alle frohlockten aus unerklärlichem Grund. In uns war etwas geplatzt – in uns war etwas Krasseres als der Krieg zum Vorschein gekommen. Und keine Idole, keine Blutsauger, weder getötete noch traumatisierte Soldaten konnten unseren plötzlichen und grundlosen Jubel unterdrücken – dieses unversehens und unerklärlich entdeckte Leben der Lebendigen! Scheiß auf die Idole! Scheiß auf diesen Gestank von Jahrtausenden. Und noch mehr auf das Geld! Scheiß drauf! Mag morgen kommen was will!

Kaum hatten wir ausgelacht, kaum war das Lachen verklungen, da meinte das Eheweibchen Lena ironisch zum General:

»Mein Lieber. Ich werde das auch machen. Ich will auch Geld

haben. Jeden Abend werde ich es dir sagen. Punkt neun null null. Einverstanden?«

Doch unseren Geschichtsgräber hatte das Gelächter beleidigt. Er schrie sofort:

»Ich hab's euch doch gesagt! Da gibt es nichts zu lachen! Ich habe doch gesagt, dass der Vogel zwei Klauen hat.«

Ja, Assan hat ein Doppelgesicht. Und wenn gehandelt wird, wenn man mit den Föderalen einen Deal machen kann, dann will Assan Geld.

Doch wenn man angreift, wenn man eine Kolonne im Kampf nehmen will, dann will Assan Blut ...

Der General erklärte. Der General versicherte! Bestand darauf! Wir dagegen machten uns lustig. Armer Assan! Sitzt irgendwo ohne eine Kopeke in den Bergen! Der Unglückliche. Wäscht sich nicht. Raucht Kippen. Wie ein Kämpfer im Winterquartier. Kann nicht von den Bergen runtersteigen und sich wenigstens ein Päckchen schlechter Zigaretten kaufen.

»Aber ich habe doch gesagt, dass Assan ein Vogel mit zwei Klauen ist ...«

Der General beeilte sich zu erklären: Diese Signale der Tschitschen hätten einen doppelten Sinn. Ein zweifaches Ziel. Es seien Signale im ganzen Gebirgsvorland Tschetscheniens.

Wir hörten zu und staunten aufs Neue – aus Respekt für unseren Gastgeber: ein eindrucksvoller Vogel!

Als nunmehr aufbruchbereite Gäste tranken wir den Wein aus ... dachten an morgen ... an die Dinge, die zu erledigen waren. Und die Stimme wiederholte über Funk leise und ohne Nachdruck immer wieder:

»Assan will Geld ... Assan will Geld ... Assan will Geld ...«

Der General führte uns in die Nacht hinaus. Er wollte mit seiner jungen Frau schlafen. Wir mussten zurück. Er wollte ins Bett. Wir mussten uns auf den Weg machen.

Während uns General Basanow zum Auto begleitete, wurde er wieder fröhlich. Er hatte sich endlich von der Verwirrung erholt. War stolz auf den mit uns verbrachten Abend! Er war ein guter Gastgeber gewesen. Hatte uns großzügig mit Wein bewirtet! Und dieses köstliche Fleisch! In der linken Hand trug der gute Mann immer noch das leise murmelnde Funkgerät.

Aus irgendeinem Grund hielt er mich heute für den Hauptspötter. Und wollte ein paar Punkte wettmachen. Im General erwachte für ein paar Augenblicke wieder der alte Afghanistankrieger. Er jagte mir, Major Schilin, einen nächtlichen Schrecken ein. Aus Spaß. Ritt eine komische rhetorische Gegenattacke.

Immer noch zum selben Thema.

»Ja, Ja! Alexander! Ja, ja, Sascha. Passen Sie gut auf. Haben Sie sich die Welle gemerkt? Elf und fünf. Und wenn Sie plötzlich hören, dass Assan es sich anders überlegt hat …«

Das Funkgerät piepste weiter. Pfeifen der Stille.

»Aha! Aha! Sie hören es, Alexander! Hören es schon! Horchen Sie mal, wie alarmiert diese Pfiffe sind. Wie nervös diese kreischenden Störungen sind! Das ist doch kein Zufall, oder? Vielleicht knattern sie uns jetzt zu, dass Assan es sich anders überlegt hat und kein Geld will, sondern Blut? Mit einem Mal will er Blut? Soll ich Ihnen für den Rückweg Patronen geben? Und eine zusätzliche Pistole?«

Der General lächelte. Der General spielte den Hanswurst.

Es hatte am Tisch noch einen Augenblick gegeben, als Basanows Frau Lena ganz einfach den Kontakt zu ihrem redseligen Mann kappte. Sich schon der nahen Nacht überließ. Sie schaute auch Kolja Gussarzew nicht an. Neckte ihn nicht. Sie saß neben mir.

Ihr Blick ruhte auf ihrer schönen jungen Hand. Auf dem Kelch – auf dem nicht ausgetrunkenen Wein. Sie wusste nicht, was sie mit dem Wein machen sollte. Es war ein saurer Tropfen! Brrr. Was man daran nur fand! Sie zog halbtrockenen vor. Sie trank den Wein aus dem schönen Kelch, der nach oben breiter wurde. Schüttelte leise den Wein. Das Glas färbte sich bis zum Rand rot. Gott sei Dank redeten sie nicht mehr über den Blutsauger.

Aber nein, ihr redseliger Mann begann immer wieder von dem verdammten Mazedonier. Der General hatte sich leicht erhoben, um ein Buch zu holen, wie zur Verstärkung. Um daraus zu zitieren. In den Büchern steckten Lesezeichen, sie halfen ihm dabei. Seine Hand zog ein Buch heraus, aber wohl nicht das richtige. Plötzlich kippte das ganze Bücherbord, die Bücher fielen herunter, purzelten herab. Und er wusste immer noch nicht, welches er brauchte. Er fing sie auf. Mit beiden Händen. Die dicken Generalshände zitterten. Er griff ins Leere. Vom Wein erschlafft, reagierten wir nicht sofort.

Der General beugte sich hinunter. Fiel auf die Knie. Ruderte mit den Händen auf dem Boden herum, versuchte, ein Buch zu fassen. Es war nicht zu begreifen, was er suchte. Er grub nicht mehr in der Geschichte der Bergbewohner, nicht mehr in ihrer Vergangenheit. Etwas Unsichtbares und Unfassbares. Er suchte und versuchte die Vergangenheit selbst zu fassen.

Kolja stürzte ihm zu Hilfe. Wollte die Bücher aufheben. Aber ich erinnere mich an die allererste Sekunde. Der General hielt verwirrt die Hände auf. Wie im Regen. Die Bücher flogen herunter. Die Bücher regneten herab, fielen auf den Boden. Und er konnte kein einziges auffangen …

Etwas schläfrig vom Alkohol, stand ich aus irgendeinem Grund auf. Und Lena saß auf dem Stuhl neben mir.

Sie betrachtete nicht den alten Mann mit den ausgebreiteten Armen. Sie schaute nicht auf die herabfallenden Bücher. Sie schaute immerzu ihren Kelch an. Betrachtete den sacht schwankenden Rotwein. Mit einer leichten Handbewegung schwenkte sie den Wein in dem weißwandigen Kelch. Sie ließ ihn sacht rotieren. Ich erinnere mich noch gut an ihr sanftes Lächeln. Und wie der Wein ein wenig schwankte.

SIEBTES KAPITEL

Ich rüffelte Kolja Gussarzew nicht gerade zornig, aber durchaus ernsthaft. Er, der Stabsoffizier, hätte mich rechtzeitig über die kleine Kolonne informieren müssen, die nach Gudermes gefahren war. Ich hatte in Gudermes (und auf dem Weg dorthin) Abnehmer, denen ich Treibstoff zukommen ließ. Und was hieß »eine kleine Kolonne«! Nach Chwors Verwundung waren wir froh über jede. Ich hätte mich über einen Floh gefreut, der gelernt hätte, über die tschetschenischen Straßen zu hüpfen. Wenn ich ihm in seinem Galopp noch ein halbes Dutzend Dieselfässer hätte aufladen können. Wenigstens bis nach Gudermes!

Kolja schwieg. Beste Art der Verteidigung. Da er keinen hohen Rang hatte, bekam Kolja natürlich nicht alles mit, was im Stab los war. Und warum eigentlich solle er auf den Korridoren im Stabsquartier herumschnüffeln und lauschen! Die Ohren spitzen? Für die paar miesen Tausender!?

Darauf platzte mir die Antwort heraus: Und Chwor? Warum hat Chwor mir immer geholfen und zudem ohne alle Tausender, hm?

Gussarzew zuckte zusammen. Die Erwähnung Chworostinins gab vielen Offizieren einen Stich. Kolja schrie auf:

»Was willst du denn! Er hat doch seinen Ruhm. Er frisst Ruhm ohne Rast und Ruhe!«

Und Kolja wiederholte. Fauchte. Das liege doch auf der Hand.

»Er hat seinen Ruhm. Wozu braucht er Geld, Sascha?«

Ich verstummte. Verschluckte mich mitten im Wort. Ich selbst hätte vielleicht nicht so zielgenau zu Ende denken können. Kolja hatte Chworostinin mit seinem unwillkürlichen Aufschrei plötzlich wie mit einer aufschießenden Flamme beleuchtet. Chwor konsumierte seinen eigenen Ruhm, das war interessant! Kolja hatte gleichsam ein Streichholz angerissen. Für einen Augenblick.

In manchen Klöstern, habe ich gelesen, gab es berühmte Einsiedler und Faster, die sich nur von Pilzen ernährten. (Durchaus eiweißhaltige Nahrung.) Im Herbst von gebratenen, in der übrigen Zeit von getrockneten. Und sie waren weder hungrig noch halb hungrig, weil ihre Berühmtheit sie miternährte. Ihr weit verbreiteter Name. Das war nichts Außergewöhnliches. Es war ein normales Leben parallel zu den anderen. Nach dem Fasten aßen die Mönche, die ganze Bruderschaft, Fleisch und … edelsten Fisch. Die Einsiedler standen nicht zurück. Sie aßen Milchpilze und … Ruhm.

Das leuchtet mir besser ein. Major Schilin ist ein Mann aus den Lagerhäusern. Und ich glaube immer weniger zum Beispiel einem aufgeblasenen Oberst S., einem Helden, der mit seinen Orden klimpert und sich in jedem Gespräch als die reine Unschuld hinstellt. Und Chwor glaube ich immer mehr (mag er auch ein wenig aufschneiderisch sein).

Jedes Mal, wenn ich im Lazarett anrufe, klopft mir das Herz. Oder schickt sich an, zu klopfen. Chwors Leiden schmerzt mich.

Verwundung durch eine Kugel. Eine Niere gestreift. Und plötzlich Komplikationen? Ein halbes Jahr Reparatur?

»Wie geht es ihm?«

»Vorläufig gar nicht.« Der Arzt ist verärgert. »Was wollen Sie? Postoperationsperiode.«

»Wird er noch einmal operiert?«

»Vielleicht.«

Plötzlich spürte ich stechend heiß und beschämt, dass es mir um mein Business, das ohne Chwor abflaute, eine Idee mehr leid tat als um Chwor selbst. Es stimmt. Ein Business ist wie ein Kind. Es jammert und weint. Beklagt sich. Obwohl ich aus Kummer um Chwor hätte schreien können. Er war ein richtiger Mann, was immer man sagen wollte – über die Gebirgsschluchten, die Krankenschwestern – sollte er so viel Ruhm fressen wie er konnte. Er war ein echter Haudegen. Und ein echter Freund. Solche Menschen gibt es.

»Kann ich ihm kurz etwas sagen?«

»Morgen. Nach der Morgenvisite. Aber zuerst unter meiner Nummer. Sein Telefon haben wir ihm weggenommen.«

»Ich weiß. Ich habe versucht, ihn anzurufen.«

Nach Chwors Berechnung hätte er noch etwa zehn Tage im Krankenhaus liegen müssen. Sagen wir, zwei Wochen. Obwohl sich sein behandelnder Arzt empörte. Energisch die Hände zusammenschlug.

»Zwei Wochen?! Er macht Witze.«

Nachdem er den Hörer übernommen hatte, war der Arzt auf den Gang hinausgegangen, um den geschwätzigen Patienten zurechtzuweisen. Und zugleich mir lang und breit alles zu erklären. Ja, ja, Hauptmann Chworostinin gehöre zu den Menschen, die den Gang der Ereignisse gern beschleunigen würden. Er sei ein bemerkenswerter Offizier. Das wüssten alle. Ein Held. Aber wie fast alle diese Menschen habe er kein Zeitgefühl. Was hilft's! Er glaubt, die Zeit sei er selbst. Die Zeit ist dort, wo Hauptmann Chworostinin ist.

Für die Leute war Chwor immer noch Hauptmann.

Chwor führte die Kolonnen praktisch ohne Verluste. Und spottete auch noch. Und spuckte angeberisch aus. Als Gestalt weckte er in meinem Gedächtnis halb von der Zeit ausgelöschte Piratenfilme. Altes Zeug, das hundertmal in leeren Freizeitheimen abgespult worden war. Auf der Leinwand war nur das Wichtigste gut zu sehen – das Meer. Ein wahnsinnig gewordenes Meer! Es wogte und warf ein vage erkennbares Segelboot hin und her ... Gauner ... Ganoven ... Piraten ... das Klingeln von Gold. Und da war auch der tolle englische Kapitän, ein Trunkenbold. Wie Chwor, nur sehr viel dicker. Und auch angeberisch. Das musste sein!

Sobald Chworostinin in die Truppe zurückkehrte, würde er sofort wieder eingespannt werden. Die Blödmänner! Sie würden ihm keine Woche Erholung geben. Ein Held lehnt doch nicht ab. Ein Held will doch nicht in den verdienten Urlaub gehen! (Aber ich darf ja Chwors Vorgesetzte nicht tadeln. Ich würde ihn ja genauso einspannen. Sobald er in seinen Jeep hineinspränge.) Ich war es ja gewesen, der ihn angeschoben und darauf bestanden hatte, dass er den Kampfanzug trug, als er zum Major ernannt worden war. Dass er die Scharfschützen nicht mehr reizte. (Vielleicht behielt er deshalb für die meisten den Hauptmannsrang.)

Ich spannte Chwor (und mit ihm mein Benzin) an den gebirgigsten und heißesten Punkten ein. Für das Durchkommen, für die Schwierigkeit wurde ich bezahlt. Und Chwor nicht. Er aß ja schließlich seinen Ruhm. War einfach Hauptmann Chworostinin. Ich dagegen war einfach ein Geschäftsmann. Einfach Major Schilin. (Lagerverwalter. Sympathischer Kerl.) Doch wir kamen vorzüglich miteinander aus, und jeder wusste, dass uns eine echte Männerfreundschaft verband. Namensvettern. Sascha und Sascha! Braucht es denn viel, um sich im Krieg anzufreunden? Ein Zufall genügt. Der Krieg ist eine gefühlige Sache.

Wenn ein Vogel auffliegen will, muss er die Luft mit den Flügeln schlagen. Und den Staub aufwirbeln. Ohne das geht es nicht. Für dieses Flügelschlagen (beim Aufflug seines Namens) halten viele Offiziere Chwors Zwistigkeiten mit seinem farbenprächtigen Kommandeur. Mit seinem unmittelbaren Vorgesetzten, Oberst Sablin. So kam das alles. Wir Offiziere können das leichter sehen. Chwor wurde vor unseren Augen zur Legende. Aus dem Nichts heraus. Aus dem aufgewirbelten Staub heraus.

Den kleinen Hauptmann Chworostinin schickte Oberst Sablin los, um Kolonnen auf besonderen Routen zu begleiten, von denen man nicht zurückkam. Doch der Hauptmann kam zurück.

Oberst Sablin wusste alles über Kolonnen und Gebirgsstraßen, deshalb ging es ihm nun ums Prinzip. (Doch der Hauptmann kam trotzdem zurück.) Der Hauptmann, den sich niemand wegen seines zu langen Nachnamens einprägen konnte. Der ging hin und zurück, durch die tödlichen, von links und rechts beschossenen Schluchten, durch die es kein Durchkommen gab, aber er kam durch, und vor allem – er führte mindestens drei Viertel einer Kolonne heil hindurch. Mit eingesammelten Verwundeten. Und natürlich mit sich selbst. Und mit dickem Straßenstaub auf den Panzerfahrzeugen, wie er sich in den vom Krieg ausgeweiteten Schluchten ansammelt, in denen aus dem Hinterhalt angegriffen wird. Staub eben. Nach dem aufgewirbelten Staub konnte man nur ausspucken. Mit den Zähnen knirschen, während man ihn aus dem Verzeichnis der Prämienempfänger ausstrich. Alle wurden zur Belohnung vorgeschlagen. Außer ihm. Außer diesem erfolgreichen, hochmütigen und angeberischen Hauptmann.

»Ich mag seine Fresse nicht«, erklärte Oberst Sablin seine Antipathie.

Er fand Chworostinins strenges und zugleich lächelndes, hageres Gesicht abstoßend. Das zum Teil sogar rassig war. (Die Rasse wurde natürlich nicht auf Anhieb wahrgenommen. Erst als der hochmütige Hauptmann zu Ruhm gelangt war.) Na ja, ja doch, wieder hat er eine Kolonne durchgeführt. Der lächelnde Glückspilz. Aber ich mag seine Fresse nicht!

Oberst Sablin selbst hatte einen herrlichen Quadratschädel auf dem Hals. Eine monumentale Brust. Viel Platz. Ein echter Ordensträger. Und übrigens auch ein echter Haudegen. Er begab sich gerne höchstpersönlich unter die Kugeln. Und duldete keine Jungen neben sich. Und natürlich reizte es ihn unglaublich, dass sich die Tschitschen die Kolonnen, die ihnen regelmäßig durch die Lappen gingen, gemerkt hatten. Und laut den Namen sagten – *Chwor.* Ohne den Sinn des russischen Wortes zu erfassen, das Krankheit bedeutet. Es war einfach kürzer. Chwor! Glitschig wie ein Aal.

Doch Oberst Sablin, so berichtet die Legende, hatte seine historische Rolle bereits gespielt, mit seinem Quadratschatten hätte er im Weiteren nur gestört. (Wo war er jetzt? Und wen von den Jungen schikanierte er dort eifersüchtig?!) Oberst Sablin war irgendwohin versetzt, befördert worden.

Und erst jetzt nahm die hohe Chefetage im Stab von dem brillanten Begleiter ihrer sperrigen Kolonnen Notiz und begann seinen Wert zu schätzen. Man bemerkte den kleinen Hauptmann. Selbstverständlich! Chworostinin-Chwor! Man schonte ihn sogar teilweise. Aber natürlich nicht wovor, sondern wofür. Für schwierige Routen.

Doch erstaunlicherweise mochten die hohen Offiziere auch jetzt irgendetwas an Chworostinin nicht, ob es nun seine Fresse war oder nicht. Irgendetwas missfiel ihnen an ihm. (Ein begabter, vom Glück begünstigter Mensch darf nicht aufsteigen. Das ist normal!) Ja, ja, er ist erfolgreich. Ja, ja, der Hauptmann ist eine Legende, aber unsere Legende soll ruhig in unserem kleinen Kreis bleiben (in unserem Militärbezirk). Und sich nicht nach oben hervortun. Ein Talent, aber nur in seinem Treppenhaus. So ist es besser.

Meinem Freund, dem bei Ordensverleihungen übergangenen Hauptmann Chwor, fehlte eben doch etwas Wesentliches. Das dachte sogar ich. Wenn ich ehrlich bin.

Es fehlte ihm eine gewisse solide Schwere. Irgend so etwas. (Seiner Brust? Seinen Schultern? Ich weiß es nicht.) Natürlich, in seinem Alter wollte man sich jeden möglichen Rausch verschaffen. Aber er war zu leicht! Schaum. Und seine anspruchslose, dümmliche Possenreißerei. Wenn er im Stab hereinschaute und vergnügt die Blicke der Tippsen einfing. Immer zu einer kleinen Angeberei aufgelegt. Und seine verdächtig leichten Verwundungen. (Blutung! Niere gestreift! Ein anderer wäre für ein halbes Jahr draußen!) Und die Krankenschwestern! Und dieses ewige Lächeln. Dümmlich und oberflächlich! So redete man über Chworostinin. Er verstand es eben nur, eine Kolonne aus dem Hinterhalt zu führen, aus den hoffnungslosen Fallen in den feuchten tschetschenischen Gebirgsschluchten.

Ich, ein Lagermann, Benzin- und Dieselmensch, glaube mit großer Inbrunst an Helden. Ein Held ist meiner Ansicht nach ein Produkt von Gesprächen. Ein Held ist ein Lager, das vollgestopft ist mit Anekdoten, Gerüchten und Schnurren über seine Heldentaten. Aber ich schätze meinen Chworostinin auf einen höheren Preis. Ich schätze ihn als Freund. Und will ihn nicht als Anekdotenhalde sehen. Einfach Chwor. Einfach ein Offizier. Einfach ein Profi.

Ich war in seinen Kolonnen dabei, die in einen Hinterhalt geraten waren. Insgesamt in zwei Kolonnen. Beide Male begleitete ich mein Benzin. Chwor und ich waren noch nicht befreundet, und meine Augen waren damals ganz unvoreingenommen. Nun, ja. Es klappte. Wir kamen durch.

Indessen gelten diese beiden Fälle (diese beiden durchgeführten Kolonnen) bei den Soldaten bis heute als beispielhaft. Gleich und gleich hatte sich getroffen! Das betrachte ich als Kriterium. Sowohl die Tschetschenen hatten damals ihre volle Stärke, wie auch Chwor zu Beginn seines Höhenflugs. *Intuitives Durchbrechen des Hinterhalts! Glänzender Durchzug durch die Schlucht! Glänzende Besetzung der rechten Hangseite. Glänzendes noch Etwas.* Selbstverständlich! *Klassische (klassisch gewordene) Verschiebung der Menschen auf die rechte Hangseite der Schlucht!* Was in den Armeezeitungen und Heeresberichten nicht alles geschrieben wurde! Als lebendiger Augenzeuge erinnere ich mich an keinen Glanz, habe keinen gesehen. Es gab keinen Glanz. Es gab ein Durcheinander. Einen verworrenen, aufgeregten Kampf. Krieg.

Das erste Gefecht, das in der Schlucht hinter Serschen Jurt stattfand, ist mir vor allem deshalb in Erinnerung geblieben, weil ich vergessen hatte, den Kampfanzug anzuziehen. Wir waren kaum losgefahren, da wurde ich schon nervös. Ein Major in seiner ganzen Pracht mitten in der Kolonne. Im klapprigen Jeep. Offen. Dazu noch Sonne! Sie blitzte nur so im Stern auf meiner linken Schulter, provozierte die Scharfschützen. Erstes Gebüsch (ein Hinterhalt?). Zweites Gebüsch (ein Hinterhalt?). Ich hielt mich eng an meine Lastautos mit den Fässern und fürchtete mich vor den üppigen Büschen, die entlang der Straße wuchsen.

Ein Soldat saß mit mir im Jeep. Ich hätte ihm natürlich, ohne ihn einem Risiko auszusetzen, den Kampfanzug ausziehen können. Aber mir fehlte der Mut. Ich war nervös. Nach der Vorschrift hätte ich den Kampfanzug tragen sollen. Um meinen Rang zu verbergen. Ich hätte den Soldaten wenigstens ans Lenkrad lassen können. Und mich selbst in die Ecke des Rücksitzes drücken sollen.

Aber die Kolonne fuhr schon in den Schatten ein. Die Schlucht!

Nachdem sie den Panzer an der Spitze getroffen hatten, brachten die Tschitschen uns zum Stehen. Die Schlucht lag unter heftigem Beschuss. Sowohl vom rechten wie vom linken Hang aus. Und hinter uns wurde gebremst. Angehalten. Kein Hinterhalt, sondern eine klassische Situation. Wie aus dem Lehrbuch. Chworostinin saß irgendwo in seinem Jeep. Die Kolonne stand, dem sicheren Untergang nahe.

Unsere Panzer und zwei Schützenpanzer, die beschossen wurden, waren jedoch von ihrer Panzerung geschützt. Mein Jeep dagegen war völlig ungeschützt. Ich war so konfus, dass ich wie gelähmt drinsaß, die Hände am Lenkrad. Und nur die Schultern zuckten, das weiß ich noch. Ich zuckte mit meinen Sternen auf den Schulterklappen. Teufelskerl! Du bist mir ein Teufelskerl, Schilin. Stirbst bei der Parade. Ich spürte sogar eine gewisse Feierlichkeit! Endlich klickte etwas, und ich sprang hinaus. Rollte mich auch ins Gras. Wie alle unsere Soldaten. Aber was nun weiter? Methodischer Beschuss, von zwei Seiten und – wie man vom Regen sagen kann – anhaltend. Was sollte ich im Gras tun? Mit meinem Pistölchen!

Unsere von den Schützenpanzern gerollten Soldaten lagen

schon im Gras. Schossen. Aber eingekesselt, wie sie waren, würden sie alle abgeknallt werden, keiner käme davon, wenn nur Zeit genug wäre. Aus dem Führungspanzer fielen zwei brennende Soldaten heraus. Ein dritter von uns, im Kampfanzug, rannte ihnen zu Hilfe. Er warf die Kalaschnikow weg und schlug das Feuer von ihnen ab. Mit den bloßen Händen. Er schlug und schlug! Dabei schrie er wie wahnsinnig: »A-aaah! ... A-aah! ...«, als stünde er in den Flammen, die von ihm abgeschlagen wurden.

Ich lag im Gras, in einer flachen Kuhle. Und aus irgendeinem Grund brachten mich die Schulterklappen immer noch in Wut. Jetzt würde mich und meine tollen Schulterklappen niemand mehr erwarten. Weder meine Frau noch meine Tochter. Noch Kramarenko. Noch die Lagerhäuser. Noch der FSB-Mann. (Ich war am nächsten Tag zum FSB vorgeladen. Der FSB-Mann würde toben. Bis er von der vernichteten Kolonne erfahren hätte.) Ich war ja er. In meiner Kuhle. Drehte und wand mich. Hielt das Pistölchen hoch. Zielte auch noch. Auf den Hang der Schlucht, wo die Tschitschen im Gebüsch lagen. Ich sah dort ihre verdammten, hin und her geschwenkten Knarren, die unaufhörlich Feuer spien. Eine dieser Kugeln galt mir. War meine.

Wann erblickte ich Chworostinin? Nein, nein, zuerst sah ich den Soldaten mit der AGS-17 (Schwere Maschinenpanzerfaust). Der Soldat (wahrscheinlich noch kampfunerfahren) hatte vom Feuer und den nahen Explosionen den Verstand verloren. Weithin sichtbar sprang er im Kugelregen aus dem Gras hoch und kletterte den Abhang der Schlucht hinauf, um sich zu verstecken (zwischen den Tschitschen?). Den rechten Hang. Zu den Büschen. Er kam kaum vorwärts. Doch die Panzerfaust wegzuwerfen, wagte er nicht. Die AGS-17 ist sehr schwer; in aufgeklapptem Zustand wird sie von zwei Soldaten bedient. Wie sollte sie einer allein den Berg hinaufwuchten?

Bis zum Buschwerk hinauf, um sich zu verstecken, würde er es wohl kaum schaffen. Seine Stiefel taugten nicht fürs Gebirge. Das beschichtete Material rutschte auf Gras. Der Soldat fiel hin und arbeitete sich erneut mit rutschenden Füßen vorwärts. Zielscheibe. Schießen, ich wollte nicht. Scharren auf der Erde. Bald mit dem Lauf. Bald mit den gespreizten Pfoten der Panzerfaust. Dieser Dummkopf. Schleppte auch noch die Tasche mit dem Munitionsgurt. Sie würden ihn aus den Büschen heraus aus nächster Nähe töten. Wenn dort Tschitschen wären. Ich beobachtete ihn ununterbrochen, weil er auch mir eine Chance gab. Weil Büsche Büsche waren! Vielleicht war dahinter gar niemand? Da rannte in großen Sprüngen ein Offizier zu dem Soldaten. Zehn bis fünfzehn Schritte von mir entfernt. Neben mir!

Die auf der engen Straße gefällte Kiefer verhinderte, dass unser Panzer wenden konnte. Er drehte sich. Der Panzer stieß den Baum nur an. Ich erkannte Chworostinin. Er war es, der aus dem Panzer gesprungen war (aber er fuhr doch im Jeep!). Rundum Dauerfeuer. Chwor aber stürzte zu dem Soldaten, der mit der Panzerfaust im Lehm ausrutschte. Das war nicht zu verstehen. Der Kolonnenführer kletterte den Hang hoch. Man hätte ihn aus jedem Busch heraus umlegen können. In diesem Augenblick hundertprozentig. Nein. Er wurde nicht umgelegt.

Als Chwor den Soldaten eingeholt hatte, kam er ihm zu Hilfe und packte den Lauf der Panzerfaust. Er legte seinen Gürtel darum, um sie zu tragen, nicht zu schleifen: »Los, Soldat! Mach zu!«, schrie Chwor ihn an. Ich erinnere mich gut an diese Worte. Sie fraßen sich mir ins Gehirn. Chwor verließ die Kolonne und half dem Soldaten. Zu zweit bezwangen sie den steilen Hang. Erreichten die Büsche. Ich weiß nicht, was ich dachte. Aber ich verließ meine idiotische Kuhle und rannte ihnen nach. Die Kugeln pfiffen ganz nah an mir vorbei, im Laufen kam mir flüchtig der kindliche Gedanke, irgendwo in eine Baumhöhle zu kriechen. Und dort zu leben. Im Baum. Mochten die Jahrhunderte vorübergehen.

Warum rannte ich Chwor nach? Ich weiß es nicht. Es geschah außerhalb meines Bewusstseins. Höher und höher hinauf. Sie kletterten beide vor mir, und ich hörte immerzu diesen Befehl, der sich in mein Hirn rammte: »Los, Soldat, mach zu!« Auf unserem Aufstieg war die Buschzone plötzlich zu Ende. Der Hang war dort nicht mehr so steil. Und sofort stießen wir auf ein Maschinengewehrnest. Ein Tschitsche war dort. Ganz nah. Fünf Schritte von uns entfernt.

Der bärtige Tschitsche erblickte sie. Diese beiden, die an ihm vorbeiliefen, die aufgespreizte Panzerfaust in den Armen. Der Bärtige drehte gemächlich sein Maschinengewehr. Um ihnen, wenn sie vorbeigelaufen wären, gezielt hinterherzuschießen. Da hörte ich plötzlich einen Kommandoschrei. Chworostinin hatte sich umgewandt und schrie mir etwas zu. Als wolle er seine Zeit nicht für den Tschitschen verlieren. (Wie hatte er mich, der ich hinter ihm rannte, nur bemerkt!):

»Erschieß ihn, Major!«

Der Tschitsche erblickte mich erst jetzt und drehte wieder das Maschinengewehr. Hatte den Lauf schon auf mich gerichtet. Begriff jedoch, dass er es nicht mehr schaffen würde. Ein selten langsamer Tschitsche. Er griff nach der Kalaschnikow. Aber ich war schneller. Ich riskierte es sogar, näher zu ihm hinzulaufen. Schoß nicht sofort. Um mit der Pistole (ich hatte nur eine Pistole) sicher zu treffen. Ich traf. Zweimal.

Doch Chworostinin und dem Soldaten weiter hinterherlaufen konnte ich nicht. Gleich darauf sprangen drei andere Tschitschen hervor. Ich konnte gerade noch in einen Busch eintauchen. Sie liefen zu dem Getöteten. Sie glaubten natürlich, dass er von der Hand Chworostinins und des Soldaten mit der Panzerfaust gefallen war. Zwei stürmten ihnen nach – den Berg hinauf – und einer blieb heulend bei dem Toten. Es war ein dünnes, winselndes Heulen. Totenklage auf Tschetschenisch, aber ich unterstehe mich zu sagen, dass sie mir unverständlich gewesen wäre. Sie war nur zu verständlich. Wahrscheinlich war es der Bruder. Wahrscheinlich der Sohn.

Ich schoss nicht auf ihn. Ich tötete ihn nicht, obwohl ich mich ihm von hinten hätte nähern können. Diese wenigen Schritte wären nicht zu hören gewesen. Ich konnte nicht einmal denken, dass ich soeben einen Menschen getötet hatte. Wie weinte, heulte diese fremde Stimme! Dieses heulende Weinen traf mich. Aber es lag nicht am Weinen. Ich war völlig erschöpft. Ausgepumpt. Plötzlich ohne Kraft. Und hatte Durst, Durst. Wollte trinken. Trinken.

Ich setzte mich auf die Erde und blieb sitzen. Ich wollte Wasser. Sonst nichts. Ich wollte sitzen und abwarten, bis das Gemetzel zu Ende wäre.

Ich bin überzeugt, dass sich Chwor noch nichts überlegt hatte, als er den auf den Berg kletternden Soldaten erblickte. Er konnte nicht vorhersehen, wie es weitergehen würde. Niemand konnte es vorhersehen. Dieser Soldat drängte immer weiter hinauf, rutschte im Schlamm und Lehm aus. Kletterte ins rettende Gebüsch, nur rauf, rauf! Nichts wie sich verstecken! Der Soldat verschwendete keinen Gedanken darauf, warum er ausgerechnet den rechten Hang mit der Panzerfaust erklomm. Er hatte einfach den Verstand verloren, und nur deshalb schleifte er seine AGS-17 hinauf, ohne zu wissen wohin und wozu.

Aber jetzt waren sie zu zweit. Als Chwor ihm half, ihn unterstützte, kletterten beide wie aus Trägheit weiter den Berg hinauf. Krachend durch die Büsche hindurch! Sie klommen immer höher hinauf! Manchmal auf allen Vieren. Der tapfere kleine Soldat dachte wahrscheinlich, dass sie immer noch vor den Tschitschen flüchteten.

Weiter weiß ich nichts mehr. Woher waren plötzlich außer Chwor und dem Soldaten noch andere von uns auf der Anhöhe? Zwei ziemlich Angeheiterte. Plus zwei AGS-17. Hatten diese Zwei eine Panzerfaust mitgeschleift? Wohl kaum. Oder eine tschetschenische an sich genommen? Ich weiß es nicht. Ich sah nur, wie eine Panzerfaust auftauchte. Und unter welchen Qualen. Die nämlich, die Chwor und der Soldat getragen hatten.

Ist das kein Glück? Bei all seiner Intuition hatte Chwor nicht wissen können, dass sich oben, auf einem kleinen Fleck, ein Reservenest der Tschitschen finden würde, mit tief ins Tal zielenden Panzerfäusten. Und erst recht hatte er nicht wissen können, dass an den Panzerfäusten Männer stehen würden, die gestern noch Bauern gewesen waren und sofort das Weite suchten, als sie die Soldaten sahen. Wenn dort aber erfahrene Kämpfer gewesen wären, was dann?

Und wie waren diese beiden anderen Soldaten von uns den Berg hinaufgekommen? Wer hatte sie geschickt? Zwei merklich Angeheiterte. Möglicherweise waren sie an mir vorbeigegangen. Als ich immer noch völlig erschöpft dasaß. Und nichts sah, nichts wahrnahm. Nachdem ich zum ersten Mal einen Menschen getötet hatte. Und brennenden Durst hatte, trinken wollte, trinken! Kein Tropfen Wasser in der Nähe. Nur wenige Bäume. Nur blaue Himmelsfetzen dazwischen.

Und währenddessen schrie Chwor oben bereits fröhlich: »Los, Soldat! Mach zu!« Der vom raschen Aufstieg völlig benebelte Soldat begriff endlich, dass er Glück gehabt hatte. Dass er lebte, entkommen war … oho, da waren ja noch zwei, woher kamen die denn? Und der Hauptmann war an seiner Seite.

Der Soldat fasste sofort Mut, half Chwor, die Panzerfaust aufzustellen. Dazu installierten die beiden anderen, die angeheitert hochgeklettert waren, in Windeseile die Panzerfäuste und richteten ihre Läufe auf den Hang unter sich aus, aber nicht in die Tiefe der Schlucht, sondern auf die nahen, die allernächsten Büsche, wo die Tschitschen wie Ameisen wimmelten. Den einen Lauf etwas nach rechts, den anderen etwas nach links. Und noch eine Knarre. Und Munition, Gurt an Gurt. Die AGS-17 hat eine vortreffliche Gurtzuführung.

Die Panzerfäuste begannen zu arbeiten, nahmen die ganze rechte Seite, den ganzen Hang unter Beschuss. Mehr war nicht nötig. Die Schwere Maschinenpanzerfaust (mit einer Reichweite von 1700 Metern) warf die Munition sehr dicht aus. Im Schachbrettmuster. Und jede Granate mähte bei ihrer Explosion im Umkreis von zehn Metern alles ab. Busch um Busch. Jeden Grashalm. Das Feuer fegte alles weg, verkrüppelte alles. Das Einzige, was das Feuer übrig ließ und verstärkte, waren die Schreie der Verwundeten. Wilde Schreie. Flehende. Das Feuer hatte jäh eingesetzt, dicht – und von hinten! Es war, als feuerte einer der eigenen Leute auf die Tschitschen. Eine ununterbrochene Vernichtung durch mehrere Panzerfäuste im Rücken. In den letzten drei Minuten vernichteten Chwor, der zu frischem Mut erwachte Soldat und die beiden anderen, die sich ihnen angeschlossen hatten, nur noch Bäume.

Die Kolonne brach durch. Als die vom Erfolg erregten Offiziere wie üblich das noch brandheiße Gefecht rekapitulierten … nebeneinander stehend und einander ins Wort fallend … Chwor unter ihnen: »Hauptsache, einer wirft als Erster den Rasenmäher an«, hörte ich sein Lachen, glücklich und wie immer eine Spur zu leicht, zu angeberisch. Seine Worte legten die Offiziere sofort aus: Wichtig sei es, den richtigen Zeitpunkt und den richtigen Ort zu finden, von dem aus das vernichtende Feuer über den gesamten Gefechtsraum streiche. Und immerzu wiederholten sie – rechter Hang, rechte Anhöhe!

Ich sah selbst, wie die Tschitschen abzogen. Vorwärts über den Hügel. Zurück über den Hügel. Egal, nur weg von hier. Aber, ohne die Waffen wegzuwerfen. Der ganze rechte Hang war verkohlt. Hier und dort brannte noch das Gras. Die Büsche ragten wie Spieße in die Luft. Und die Spieße rauchten.

Und dorthin, in den von den Panzerfäusten bereinigten Raum am rechten Hang, begann sich die ganze kämpfende Einheit unserer scheinbar halb toten Kolonne zu bewegen, zu verschieben. Sie tat es sehr rasch, geradezu wendig. Wie? Auf welches Kommando? Auf gar keins. Man redete von einem Plan und sogar vom Abschuss einer Leuchtkugel, Chwor habe ein Zeichen gegeben, aber es war keine abgeschossen worden! Es *war nicht so.* Ich war damals schon wieder ganz bei mir, um es zu sehen. Ich war mit meinem Pistölchen auch dabei. Kämpfte auch. Legte den Patronengurt ein. Ich hätte das Signal bemerken müssen. *Es gab keins.* Einer der Offiziere vermutete, es handele sich um ein geheimnisvolles Gesetz des Kampfes. Die kämpfende Einheit bewege sich von allein, verschiebe sich, verlagere sich, wenn sie gewittert habe, wo sich rettende Leere aufgetan hätte. Mit der Witterung von wilden Tieren. Von Tieren? Aber wofür sollte man dann Chwor loben?!

Eben noch unten in der Schlucht eingekesselt, kletterten unsere Soldaten jetzt auf den rechten abgebrannten Hang. Und feuerten, was das Zeug hielt. Es gab kein Gemetzel mehr, keinen Hinterhalt. Einfach nur ein Gefecht. Unser rechter Hang kämpfte gegen den tschetschenischen linken. Dazu unsere Panzer. Sie hatten sich natürlich nicht wegbewegt, waren auf der Talsohle geblieben. Aber jetzt drehten auch die Panzer, die gefahrlos an den rechten Hang gerückt waren, ihre Kanonenläufe und schossen auf den linken. Mähten dort Busch um Busch nieder. Rasenmäher!

Er hatte der Kolonne aus der Klemme geholfen, keine Frage. Aber es hatte doch alles wie am Schnürchen geklappt – es war irgendwie alles ganz einfach gegangen, sogar primitiv. Der reine Zufall! Weder ein vorbereitetes Manöver. Noch eine Leuchtkugel, an die man sich erinnerte. Noch überhaupt ein Führungsgedanke.

Los, Soldat, mach zu. War das alles? Weiter nichts? Die Kolonne blieb tatsächlich fast unbeschädigt. Gegen Abend, nachdem die Tschitschen verjagt, die Straße wieder frei gemacht und die Verwundeten eingesammelt worden waren, setzte sie sich in Bewegung und fuhr davon. Wirbelte den Staub auf glatter Straße auf.

Aber Bravour fehlte diesem Gefecht ganz gewiss. Dabei gehöre ich nicht zu denen, die Genialität erwarten. Ich brauche keinen Glanz. Ja, ja, Chwor hatte verdammt Schwein. Im Gespann mit diesem Soldaten. Keine Frage. Aber warum kletterte er selbst hinauf? Hätte er das nicht vorhersehen und beizeiten zwei, drei, vier Elitesoldaten für diese Sache einsetzen können? Gut, es war zwar keine Eliteeinheit da, aber zwei, drei erfahrene Soldaten gab es doch. Hätte er doch diese Kriegsprofis mit Panzerfäusten auf die Anhöhe hinaufgeschickt. Und zwar beizeiten und nicht erst, als auf die Kolonne schon gefeuert wurde.

Ich krittele nicht herum. Ich spreche ja über meinen Freund! Natürlich, ich schätzte ihn, und verglich ihn, freundschaftlich schmeichelnd, sogar mit Suworow. Der war genauso ein Feinknochiger, Kleinwüchsiger. Auch immer lächelnd und auch nicht ohne Angeberei. Aber eben Suworow! Große Vergangenheit! Geschichte! Sogar sein Briefwechsel mit Katharina ist noch erhalten.

Wenn Chwor getötet wird, wird nichts von ihm bleiben. Eine Zeitlang wird man ihn bedauern. Besonders die Krankenschwestern. Er hatte einen ausgezeichneten Riecher für Gefahren! War Soldat bis ins Mark! Selbstloser Mensch. Was noch? Zitierte er vor den Offizieren Shakespeare?! Zwei Sätze, nicht mehr. (Aber wir kannten auch die nicht.) Dann werden kleine Blätter draufrieseln. Wie Regen. Er wird zu Erde werden. Alles wird vergehen. Alles wird vergessen. Es wird keinen Chworostinin mehr gegeben haben. Den kleinen Major. Bleiben wird die dumme Wendung »den Rasenmäher anwerfen«. Wird als solche bleiben. Von wem sie stammt, weiß niemand mehr. Was noch? Wofür sollte man sich eigentlich begeistern? Er hatte nur die Kolonne in der Schlucht zu retten vermocht. Das war alles.

Ich kehrte damals beschwingt in meine Lager zurück. Doch kaum hatte sich das Tor geöffnet, da bekam ich am Einlassposten einen Anruf.

»Major! Hier spricht Chworostinin. Wir sollten uns kennenlernen.«

»Versuchen wir es«, lachte ich.

Ich lachte erleichtert. Wie nach einem schlimmen Traum,

wenn ich daran dachte, wie ich den ganzen Kampf hindurch den Tschitschen etwas mit meinen Sternen auf den Schulterklappen vorgefunkelt hatte.

Wann wurde das Gefecht zum Gefecht. Als es verständlich, sogar symmetrisch geworden war, als der rechte und der linke Abhang (unserer und nicht unserer) schon maximal aufeinander einschossen. Alles schoss. Selbst ich, der Lageroffizier, war zu unserem Halbsieg herbeigeeilt und feuerte mit meinem Pistölchen auf das Gebüsch gegenüber. Hitzig! Im wonnigen Gefühl des nicht verlorenen (zumindest nicht verlorenen) Gefechts! Einen neuen Patronenrahmen in der Hand, lud ich nach und blickte dabei plötzlich auf die Talsohle der Schlucht hinunter. Sie war nicht tief und voller Qualm. Die Panzerfahrzeuge feuerten wütend auf die Tschitschen. Oder qualmten selbst, schon getroffen. Ich schoss wieder. Die Patronen gingen mir aus. Ich weiß noch, ich schaute noch einmal hinunter, in die Schlucht. Und was sah ich!

Trotz des starken Feuers von beiden Seiten hatte kein einziger Splitter einen Kratzer gemacht, keine einzige Kugel richtig getroffen – weder den Tankwagen, noch die Lastwagen mit den Fässern. Die übrigens für alle sichtbar waren. Benzin auf dem Grund der krachenden Schlucht. Im Höllenfeuer blühten still die Blumen. Weil der linke Abhang das Benzin als sein Eigentum betrachtete, und der rechte als seines. Indessen war das Benzin, solange es noch nicht geliefert war, *meins*.

Wozu sind die Kolonnen eigentlich unterwegs. Um den notwendigen Nachschub zu den Standorten und Dauerquartieren der Truppeneinheiten zu bringen (Proviant, manchmal Wasser) und das Allernotwendigste (Treibstoff und Munition).

Das zweite Gefecht, an dem ich teilnahm, ist mir durch die Schlucht in Erinnerung. Tief und ekelhaft feucht. Kurz vor Wedeno. Aber vor allem sind mir natürlich die wunderlichen Sprünge Chwors in Erinnerung. Seine Zickzacksprünge im Rennen.

Aus dem hohen Gras. Unter den Kugeln. Als er sich mit sechs oder sieben Flohhüpfern in den BMD rettete und dem dort wartenden Fahrer zuschrie – gib Gas! (Luftlande-Schützenpanzer. Die Soldaten nennen ihn Panzerchen. Er ist relativ leicht. Elegant! Man kann ihn am Fallschirm aus der Luft landen.) Doch auch der kleine BMD konnte nicht vorwärtskommen. Die Tschitschen hatten den Panzer an der Kolonnenspitze mit einer Mine gesprengt, er steckte wie ein Korken in der Schlucht fest. Kein Durchkommen. Wie ein Pfropfen, der qualmte.

Die Schlucht lag schon unter Beschuss. Chwor fuhr den BMD aus der Kolonne. Krabbelte den Steilhang der Schlucht hinauf. Mit unheimlicher Schlagseite.Gleich würde sich das Panzerchen überschlagen. Ich kenne das Innere des BMDs nicht. Weiß nicht, auf wessen Platz Chwor gesprungen war und sich dort sofort einfügte. (Die fünf Luftlandesoldaten hatten sich wahrscheinlich schon zuvor auf das Gras verstreut.) Wie beim vorigen Mal war die Kolonne dem Untergang geweiht. Und alle wussten es. Den BMD sahen alle. Chwor, der auf den Fahrer einschrie mit seinen Kommandos (und seinen Händen), lenkte das Panzerfahrzeug, wie es ein Betrunkener gelenkt hätte. Schaukelnd. Ruckend. Und rückwärts, rückwärts! Ein furchtbarer Anblick! Das Wunder begann mit einer Zirkusnummer.

Doch noch schrecklicher war es, zuzuschauen, wie anschließend ein schwerer Panzer, der sofort hinter dem BMD herrasselte, dieses Manöver bei fast 50 Grad Steigung wiederholte. Stückchen für Stückchen zurückweichend, fuhr Chwors Panzerchen rückwärts aus der Schlucht hinaus. Über die Zweige einer von den Tschitschen gefällten Eiche. Über ihren krachenden Wipfel. Wo der Eichenstamm nicht mehr so stark ist. Und hinter dem BMD, hinter Chwor, kroch der schwere Panzer her. Ein Einziger. Aber auch hier spielte das Glück mit! Und was für eins! Na, wäre der Panzer umgekippt … oder zum Stehen gekommen, einfach abgewürgt … im toten Winkel hängend! Was hätte der siegreiche

Chwor dann ganz allein in seinem absurden Panzerchen gemacht?!

Der Panzer kopierte das Manöver und fuhr dicht hinter dem BMD her. Der Fahrer glaubte zweifellos an Chwor. (Man vertraute ihm blind.) Der Panzer wiederholte jede kleinste Bewegung des BMD. Und kroch in genauer Nachahmung wie ein Krebs, im Krebsgang aus der Schlucht. Ohne sich in die Schießerei einzumischen. Die Tschitschen reagierten gar nicht mal sehr wütend auf diese Krebsgänger. Auf diese Zurückweichler. Sie würden schon abstürzen! Von allein umkippen!

Aber auch dann, als beide Panzerfahrzeuge, ohne umzukippen, aus der Schlucht hinausgekrochen waren, beachteten die Tschitschen sie nicht besonders. Sie führten das Gefecht. Die Hauptbeute war ja noch in der Schlucht. Na, sie hatten sich gerettet, zwei Einheiten hatten sich aus dem Staub gemacht. Waren weg. Sei's drum!

Doch kaum aus der Schlucht entkommen, dachten der BMD und der Panzer hinter ihm gar nicht daran, wegzufahren – sie wendeten und krochen in Windeseile den rechten Hang hinauf. Über kahle Stellen. Mit flacherer Neigung. (Wie bei einem Flussufer.) Die beiden Panzerfahrzeuge befanden sich nun über den Tschitschen. Waren höher als sie. Das Stufenrelief der Schlucht ließ es allerdings nicht zu, die Tschitschen richtig unter Beschuss zu nehmen. Oder näher an sie heranzukriechen.

Und wieder war es Glück, was man auch sagen mag – wieder war es ein Wunder! Wenn es um Wunder geht, ist Chwor zur Stelle.

Chwor hatte ja nichts von dem Getreidespeicher wissen können. Als er den Abhang hinaufkroch, sah er natürlich unten in der Schlucht seine eingekesselte Kolonne, die zum Untergang verdammt war. Aber er sah auch manches andere – er kam an einem Dorf heraus! Und zwischen seinem Panzerchen und dem Dorf – direkt vor seinen Augen – ragte der stolze Parallelotop eines Getreidespeichers auf. Mit einem flachen Holzdach. Was war denn das, wenn keine Eingebung?!

Nachdem sie die Rohre der Turmgeschütze von der Schlucht weg zum Getreidespeicher gedreht hatten, schossen der BMD und dann der Panzer (das Hauptkaliber) das Holzdach in Brand. Das brennende Dach stürzte zu Boden – und im Inneren fingen die Zwischenwände Feuer, das Korn. Das Feuer griff schnell um sich, die Flammen schlugen hoch! Alles loderte und toste. Die Anbauten neben dem Getreidespeicher brannten auch. Bruchbuden.

Das Dorf befand sich hinter dem Getreidespeicher, lag etwas weiter weg. Das Feuer war jedoch sehr stark. Und natürlich gab es Geschrei. Wehklagen! Die Frauen! Sie bekamen es beim Anblick des Feuers mit der Angst zu tun. Das Dorf brannte noch nicht. Aber die schreienden Frauen verliehen dem entfernt lodernden Feuer eine wahnwitzige Note. Es war ein ganz besonderes Jammergeschrei. Die eine trug Sachen hinaus, die andere goss vorbeugend Wasser über die Zäune. Aber in erster Linie rannten die Frauen mit den Kindern – klein, kleiner, am kleinsten – schreiend aus den Häusern.

Die meisten Tschitschen im Hinterhalt waren Bauern aus diesem Dorf. Sie kämpften genau auf dieser Seite der Schlucht (um nicht weit wegzugehen). Sie sahen, wie hinter der gelben Lohe des großen Feuers ihre Frauen und Mütter hin- und herrannten. Das schreckte sie mehr als der Tod. Und sie alle, die meisten – rannten, was sie konnten! Um ihre Häuser zu retten! Sie stürzten heim, ließen die Kalaschnikows und schweren Panzerfäuste einfach liegen.

Na, manche hatten ihre Maschinenpistolen doch noch bei sich. Kämpften aber nicht mehr. Sie rannten zu ihren Häusern, ohne sich zu schützen. Auf direktem Weg. Umrundeten nur knapp den Panzer und den BMD. Weder Chwor, noch der ihm (auf dem Fuß) gefolgte Panzerfahrer schossen auf die Männer. Sollten sie rennen. Sollte der Hinterhalt schwach werden und sich leeren. Sie wollten die Tschitschen keine Sekunde bremsen. Alle ab nach Hause! Sollten sie doch ihren Leuten dort helfen. Das Feuer war nicht weit weg! Das Feuer brüllte im Getreidespeicher wie in einem Riesenofen. Das prasselnde Knattern der Feuersäule.

Auf einem Hügel des rechten Hangs standen die beiden Panzerfahrzeuge, die ihre Aufgabe erledigt hatten. Der Panzer und der BMD. Sie schossen nicht mehr.

Und haargenau wie beim Umschwung in der Schlacht begriffen, spürten die in den Löchern und nächsten Büschen liegenden Orenburger (sie begleiteten die Kolonne), dass dies ein Manöver war. Dass der rechte Hang von Tschitschen geräumt war. Wie begriffen sie es? Ich weiß es nicht. Ich lag selbst in einem Graben. Diesmal trug ich den Kampfanzug. Und hatte außer der Pistole eine Kalaschnikow. Doch auch beim Umbruch dieses Gefechts sah ich keine Leuchtkugel. Hörte kein Kommando. Das ist Tatsache. So verschoben sich die Orenburger von sich aus, krochen und rannten auf den rechten Hang. Ein ganz normales Gefecht. Der rechte Hang kämpfte gegen den linken.

Nach einer halben Stunde waren die Hubschrauber da. Die zerstreuten tschetschenischen Kämpfer wurden von oben beschossen. Die Tschitschen hatten Pech. Der im vorigen Jahr niedergebrannte Wald war noch nicht wieder nachgewachsen. Die Bäume standen spärlich und schütter. Die Tschitschen rannten weithin sichtbar. Die Hubschrauberpiloten trafen sie leicht, wie im Schießstand. Sprangen die Figürchen in die Höhe. Sprangen hoch und fielen. Und noch einer fiel. Und noch einer. Und standen nicht mehr auf. Nur die zum Feuer gerannten Bauern blieben am Leben. Gott schützt die Einfältigen.

Aber wie unheilvoll war der Anfang des Gefechts gewesen! Der Führungspanzer brannte, verschloss, verstopfte die Straße. Zwei lahmgelegte Schützenpanzer mit Orenburgern auf der Panzerung. Feuer auf die Kolonne vom rechten wie vom linken

Abhang. Die Tschitschen schießen im Gefechtseifer besser als unsere Soldaten. Starkes Feuer! Und irgendwo in diesem langgezogenen hilflosen Kolonnen-Darm der kleine Jeep von Hauptmann Chworostinin, ein alter »GAS«. Aus diesem Jeep hatte sich Chwor mit seltsamen Sprüngen zu dem BMD durchgeschlagen. Vor meinen Augen. Ich denke, vor den Augen vieler Soldaten. (Es sah bizarr aus. Er hüpfte wie ein Floh, aber noch flinker! Hochschnellen – sich hinwerfen! Und in welchem Tempo. Er schnellte hoch – und warf sich wieder hin. Ein Held! Er hätte ein Dutzend Flöhe übertroffen. Bevor er in das Panzerchen sprang.)

Ich hatte in diesem Augenblick gedacht, meine letzte Stunde sei gekommen. Die Kolonne käme hier nicht mehr heraus. Ich leckte mir nur die trockenen Lippen. Ich hatte schon gelernt, mir die Lippen blitzschnell abzulecken. Und an meine letzte Stunde zu denken. Wir alle hatten es gelernt. Krieg.

Am nächsten ... nein, am übernächsten Tag nach dem Kampf wurde ich von Roslik auf die Baustelle gerufen; ich kam, aber er war nicht da. Gerade hatte ich mir eine Zigarette angezündet, da kamen mehrere alte Tschetschenen angelaufen. Ich hatte mich soeben auf einen verdächtig wackligen Hocker gesetzt. Die Alten tauchten urplötzlich auf. Als hätte man ihren ganzen Haufen hinter einer unfertigen Mauer hervorgeworfen.

Einer von ihnen in hoher Papacha, grau, das Gesicht voller scharfer Falten. Ich kannte ihn vom Sehen, er trat an mich heran und umarmte mich nach Art der Bergbewohner. Streifte meine Wange mit seiner ... rechts ... links. Zwei mir unbekannte alte Männer wollten es ihm gleichtun, aber ich gab mit den Augen zu verstehen, dass es genug der Umarmungen war. Will nicht. Das Alter ist hier eine Art Gefahrenzone – es droht ein Strauß von Krankheiten. Die Alten wichen sogleich taktvoll zurück. Nahmen ihre Fellmützen ab. Schweigend. Hielten sie in den Händen. Auch ein Zeichen des Respekts.

Kaum hatte ich jedoch den Blick zu ihnen (fragend) erhoben,

da jammerten die Alten wie auf einen Schlag los. Einer jaulte sogar auf. Es war ihre Art, eine Bitte vorzutragen.

»Sa-aschik. Sa-aschik. *Rück Chwor raus*!«

Ihr greisenhaftes Stimmengewirr war wie immer undeutlich. Unverständlich. Es klang wie im Krankenhaus, wenn man untersucht wird – *rück Blut raus.*

So war es im Grunde auch. Nicht mehr und nicht weniger, sie schlugen mir vor, ihnen Chworostinin auszuliefern. Sein Blut. Sein Leben. Aber höflich – es war immerhin der Besuch von Bittstellern. Für diese armseligen Greise war ich ein großer Mann. Ein sehr großer. Ich war der Herr über Benzin und Diesel. Ich vermochte alles.

Andererseits war es eine Komödie! Die Komödie bestand nicht nur darin, dass ich niemanden jemals ausgeliefert hätte, sondern auch darin, dass die von ihnen vorgeschlagene Idee, adressiert an einen föderalen Offizier, durchaus normal klang ... durchaus geschäftlich ... wie ein Handel ... wie auf dem Kleidermarkt.

»Sa-aschik. Rück Chwor raus.«

Diese Komödie sollte ich spielen. Mein Name verpflichtete, und ich war jetzt nicht ich, sondern Saschik. Und Saschik konnte sie nicht mit Fußtritten und Geschrei wegjagen. Saschik war ein würdiger Mann, und Saschik musste über das aberwitzige Geschäft wie über ein Geschäft reden. Sich unterhalten. Und vielleicht die Bedingungen erörtern. Sonst würden die Alten Saschik schon morgen nicht mehr achten.

Meinen Gedankengang mimisch ausdrückend, fragte ich:

»Chworostinin rausrücken? Zu welchem Fest denn? Und wer wird dann gegen euch kämpfen?«

Sie schluchzten beinahe auf:

»Rück ihn raus. Sa-aaschik. Er hat unser Korn verbrannt.«

»Und ihr habt seinen Soldaten im Panzer verbrannt. Im Führungspanzer. Schon vergessen?«

»Wir haben ihn nicht verbrannt. Wir sind friedliche Menschen. Sa-aaschik.«

Sie umringten mich wieder. Zwei auf Knien. Die Stinkendsten. Es ist nicht so einfach, wenn das Silber weißen Haares auf dich zurückt. Beide in uralten hundertjährigen Jacketts. (Viele Male von einer Greisenschulter übernommen. Der Alte starb, aber sein Jackett wurde weitergereicht. Trag's und erinnere dich.) Doch selbst kniefällig wollte ich sie nicht sehen und ihre Nähe spüren. Ich liebe die Distanz. Und sie kamen immer näher. Ich fürchtete, mir würde schwindlig werden.

»Stopp, stopp!«, schrie ich. »Reden wir über die Sache. Genug gekrochen.«

Ein anderes Bild bot der mir bekannte Greis. Ein echter Bergbewohner! Er benahm sich schlicht und edel. Stand da, den Kopf leicht gebeugt. Und schämte sich ein wenig für seine Leute. (Demütigte sie jedoch nicht durch eine Bemerkung.) Er stand da, die Hand aufs Herz gelegt.

Ihren Anführer hatte ich zwar nicht sofort erblickt, doch jetzt sah ich ihn. Ein finsterer Tschitsche, der sich jetzt bemühte, gütig und unauffällig zu wirken. Er war es, der mir die Alten zugetrieben hatte. Wie Schafe. Er versuchte mich zu kaufen. Warum auch nicht? Vielleicht klappte es ja! Frühes Grau auf den Wangen und im Bart, spielte er den alten Mann nicht schlecht. Er verbarg sich, versteckte sich in dem Greisenhäuflein. Er war nicht alt. Und verbarg seine mutigen Augen.

»Sa-aschik. Saschik.«

Dieser abgefeimte Typ hatte vor nichts Angst. Er war geschäftlich hier. Die Alten waren nichts, die Alten waren nur zum Schein gekommen, – mit Hilfe der Alten wollte er mich in Versuchung führen ... mich kaufen ... vielleicht, ja? Für einen Augenblick fühlte ich mich als Ausländer – ich war ich, aber in ihrer Jahrtausende alten Gebirgswirklichkeit. Auf einem fremden Markt. In einem fremden Land.

Indessen waren diese erbärmlichen, nach Schweiß stinkenden Arbeitergreise Rächer. Und hinter ihnen, hinter ihrem Geblöke stand Geld. (Mit Sicherheit. Ein gewichtiges Bündel. Osten!) So also sahen echte Rächer aus. Sie knieten. Und ich stand hoch aufgerichtet. Umso erstaunlicher war es, wie deutlich ich ihren Druck spürte. Ihre Einladung zum offenen Handel. Eine Einladung, die nur leicht unter ihrem Knien und Barmen getarnt war.

»Rück ihn raus!«

Saschik zu sein und zu bleiben, war nicht wegen der Spielregeln oder aus Eitelkeit wichtig. Sondern aus Notwendigkeit. Ich musste mit ihnen leben.

Und deshalb war ich geduldig:

»Ich kann nicht. Ich kann einfach nicht, meine verehrten Väter. Das würde das Gleichgewicht des Krieges zerstören. Unser träger, stiller Krieg könnte ein wahnsinniger Krieg werden. Wozu?«

Ich erklärte ihnen ruhig, ausführlich:

»Der Krieg, meine verehrten Väter, klammert sich an besondere Männer. An große Männer. Und Chwor, also Chworostinin, ist eben ein sehr großer Mann in diesem Krieg.«

»Er ist Hauptmann.«

»Das sieht nur so aus. Das ist wie eine Tarnung. Männer wie ihn haben wir sonst nicht. In der ganzen Armee nicht. Ihr wisst das selbst. Und euer Bassajew, was hat der für einen Rang? Na?«

Schweigen.

»Er ist dem Rang nach auch ein Niemand. Verstanden? Das wär's, meine verehrten Väter. Punkt.«

Die Alten schwiegen, mit der überraschenden Logik der Symmetrie konfrontiert. Wie immer im Osten. Jetzt dachten sie nach und bedauerten – hatten sie das Gespräch wirklich falsch begonnen? Nicht die richtige Karte ausgespielt?

Nun musste ich zornig werden. Auf ihr längeres Schweigen musste ich einfach böse reagieren. Der Osten ist eine heikle Sache. (Der Zorn des Starken ist seine Wahrheit.) Und zwar gerade in der Stille. Genau jetzt, da die Bittsteller aufstehen und gehen wollten.

»Chworostinin ausliefern?!«, brüllte ich plötzlich. »Seid ihr verrückt geworden, Väter. Einen Menschen muss man achten! Ihr seid doch weise. Und jetzt benehmt ihr euch wie Bergbanditen. Schlachtet doch euren Bassajew ab! Was?!«

Ich war zornig. (Arbeit ...)

»Chwor euch ausliefern! Im Krieg geht's eins zu eins«, brüllte ich. »Schlachtet doch Bassajew ab. Beim geselligen Beisammensein ...«

»Saschik«, jaulte einer der Greise von Neuem auf.

»Na, was soll ich euch beibringen. Schlachtet ihn ab. Aber nicht vertauschen! Damit das Fernsehen aus jeder Perspektive seinen Leichnam zeigt.«

Ich war sehr zornig:

»Damit Bassajew auf dem Bildschirm zu sehen ist und kein stinkender Tschitsche. Damit man sein Gesicht sieht. Das Gesicht darf nicht entstellt werden. Die Fresse muss erkennbar sein. Klar? Man kann den Kopf extra zeigen. Aber die Ohren darf man nicht abschneiden. Damit man ihn gleich erkennt.«

»Sa-a-aschik.«

»Schluss. Schluss. Aufgestanden. Aufbruch, meine verehrten Väter. Ab nach Hause!«

Sie gingen. Fast hüpfend kletterten die Alten die wacklige Leiter des Neubaus hinunter. Ohne Geländer. Bergbewohner!

Zum Auto, zum Schiguli, gingen sie dafür langsam. Niedergeschlagen? Beredeten sie die Schlappe? Einer der Alten trug eine Art Reithose. Steckte nicht ein Bündel Geldscheine in den Riesentaschen? Na und? So sind sie eben. Sie haben immer alles bei sich. Das ist so einfach, wie Wasser zu trinken. Der Alte ließ die Arme hängen, streckte sie am Körper entlang aus. Kontrollierte verstohlen das Geld. Im Gehen. Fast ohne die Hosentaschen zu berühren.

Da war ihr Schiguli. Noch dazu mit einem kleinen russischen Fähnchen auf der Kühlerhaube.

Die Orenburger haben in jener Schlucht keinen einzigen Mann verloren. Gut gemacht! Nur der Führungspanzer war hin, mitsamt der Besatzung. Im Stab wurde über die gerettete Kolonne mit Befriedigung gesprochen. Man nahm von ihr Notiz!

Im Stab besann man sich plötzlich darauf (bei einem Erfolg besinnt man sich gerne auf die eine oder andere Einzelheit), dass General Schkadow in einer Lagebesprechung geraten hatte, die kompakten Orenburger mit der Kolonne zu schicken, statt der im Kampf unkoordinierten Bullen. Die Burschen hatten nicht enttäuscht. Schkadow bestätigte bei der Diskussion bescheiden: ja ... ja ... seine Idee. Schkadow sprach drei Minuten. Und je bescheidener und kürzer er sprach, umso klarer war, dass er in diesen drei Minuten gleich einen Orden schnappen würde. Und er schnappte ihn!

General Schkadow wurmte es nur ein wenig, als er im Offizierscasino aus dem allgemeinen Palaver heraushörte, dass *Chwor die Kolonne wieder nicht hatte abfackeln lassen*. Am Nachbartisch. Ach, dieses Palaver! Haudegen mögen es nicht (und wer mag es eigentlich?), wenn ihm der Name eines anderen, sogar wenn er nur zufällig erwähnt wird, in der Herzgegend plötzlich einen Stich versetzt. Am Nachbartisch! Was war er schon! Der gerühmte kleine Hauptmann! Viele wollten nichts von ihm hören. Spuckten sogar aus. Der versteht doch nur, eine Kolonne durchzubringen.

Chwor, so klang es wohl im Offizierscasino. So wurde er jetzt genannt. Von den Tschetschenen wie von den Unsrigen.

Der Fassheber (hurra, Kramarenko!) funktionierte. Die Fässer flogen nur so auf das Niveau des Lagerhauses, vielleicht auch höher. Und auf der Schräge wartete ein Haufen gelber Sägespäne auf das leicht hüpfende leere Fass, stoppte sein Tempo. Eine Vorrichtung aus Brettern mit geringer Neigung. Das Fass wurde angeschoben und hüpfte. In die Arme der Sägespäne. Das leere Fass musste man jedoch noch ordentlich festhalten. Der traumatisierte Soldat Alik Jewski war damit angestrengt beschäftigt. Von oben wurde schon das zweite Fass losgeschickt. Ohne abzuwarten. Ohne den Spinner zu schonen.

»Soldat Jewski!«

Doch beide hörten nichts.

»Jewski«, schrie ich noch einmal. Heute trugen beide wenigstens Fäustlinge. Brachen sich nicht die Fingernägel ab.

Ich zog die Jungs nicht lange von der Arbeit ab, um sie nicht in Verlegenheit zu bringen. Soldaten kombinieren schnell – Lieblinge mögen sie nicht.

Ich rief sie kurz heraus, für drei Minuten – nur, um zu verschnaufen.

Fragte: »Na? Sind die Fässer nicht zu schwer zu rollen?«

»Überhaupt nicht, Genosse Major. W-wir ... Wir geben uns alle Mühe!«

Wie ein Fisch riss er den Mund auf. Lächeln. Und zugleich Luftholen.

Ich wusste noch nicht, womit ich diese Minuten füllen wollte. Ich begann sie demonstrativ (und für die Soldaten hörbar) wegen ihrer schmutzigen Feldblusen auszuschimpfen. Wegen des schlabbernden Gürtels. Was für Schlamper, verdammt noch mal!

Beide zogen sofort den Gürtel stramm. Doch nach dem Fässerrollen beruhigte sich der Soldatenatem nicht sofort.

»Ihr habt euren Monat abgearbeitet, Jungs. Aber vorläufig fährt keine Kolonne in eure Richtung. Major Chworostinin und Major Kostomarow sind beide im Lazarett. Wisst ihr das? Habt ihr davon gehört? Beide Begleiter sind draußen, wir werden auf sie warten.«

Ich fügte noch hinzu:

»Bis dahin werden wir euch eine leichtere Arbeit suchen. Wollt ihr in die Küche? Zur Wache – nein ... der Wache anvertrauen kann ich euch nicht. Dazu habe ich nicht das Recht. Aber in die Küche, das geht.«

Nein, sie wollten nicht in die Küche. Alik bekam sogar ganz fahle Augen. (Kampfsoldat. Fürchtete, aus der Übung zu kommen!)

Mit schwacher Stimme protestierte er:

»G-g-genosse Major ... Verzeihung ... w-wir sind Soldaten. Wir m-müssen zurück.«

Und dieser klobige Oleg-Oleschka nahm Haltung an und stand stramm. Gleich würde er melden, dass sie der Fahne treu seien.

Ich kam ihm zuvor und schrie:

»Ich weiß schon, weiß von eurer Treue.«

Wieder übernahm Alik die Initiative. Wie ein aufgezogenes Spielzeug.

»Schicken Sie uns heim. Zu unseren Leuten. G-genosse Major. Sie haben es versprochen.«

»Ich hab's versprochen, also werde ich euch heimschicken.«

Ach, wie er strahlte! Er leuchtete richtig auf. Die Lippen zitterten.

Er stürzte sofort zurück zu den Fässern. Glücklich! Bereit, zu arbeiten und zu arbeiten. Das fliegende, dröhnende Fass mit der Brust in Empfang zu nehmen. Ein echter Spinner! Und Oleg ihm nach. Die Posaune rief. Dabei konnten sich beide kaum auf den Beinen halten.

Ich ging.

Der Gefreite Snegirjow, kurz Snegir, hatte sie sozusagen in seine Obhut genommen. Er hatte sie gefunden, und er beschützte sie.

Snegir hatte (wie Kramarenko erzählte) dem Spott Einhalt geboten – einen idiotischen Scherz der gelangweilten Raucher unterbunden. Einen Supersoldatenscherz! In der Rauchpause, als meine Ladesoldaten um den Ascher herumsaßen und qualmten, begannen sie sich plötzlich zuzuzwinkern und Blicke zu wechseln. Sie schauten bald hierhin, bald in die Gegenrichtung. Und flüsterten einander zu: »Offizier ... Offizier!«, woraufhin Oleg, also Soldat Alabin, aufsprang, wie eine Feder in die Höhe schnellte. Das hieß bei ihnen: *den Spinner erschrecken*. Sie blieben seelenruhig sitzen. Rauchten. Und Soldat Alabin stand stramm und wartete, in welche Richtung er vor den Offiziersepauletten salutieren sollte.

Soldat Drosdow, den haben wir den tschetschenischen Kämpfern selten günstig abgekauft. Die Angehörigen ließen lange nicht von sich hören. Die Leute haben heute viel zu tun!

Ruslan und ich bekamen sofort je $ 1000, so stand es in meinem Notizbuch. Vom Komitee der Soldatenmütter. Gussarzew bekam seinen Anteil später (wir hatten die Mütter gebeten, die Teilnahme eines Stabsoffiziers zu verschweigen).

Vor Einbruch der Kälte befassten wir uns aktiv mit dem Austausch oder Freikauf unserer Gefangenen – die zum Teil keine Ohren mehr hatten oder vergewaltigt worden waren. Vom Soldaten Drosdow sah ich nur ein Foto, Lächeln bis zu den Ohren – ein Glückspilz, nicht verstümmelt, nicht geschändet. Das gibt es. Krieg.

Die Männer machten immer noch blau: Kostomarow mit Ruhr, Chwor am Tropf. Folglich war es mehr als ein Wagnis, etwas (oder jemanden) mit einer Kolonne nach Wedeno zu schicken. Ein Gerücht verbreitet sich schnell.

Beide Nachnamen sind zu lang. Mit klar unterteilten Silben – Chworostinin und Kostomarow. Manchmal stelle ich sie mir geschrieben vor. Die Namen der Kolonnenbegleiter winden, krümmen sich vor meinen Augen. Wie sich die Kolonnen auf der Straße winden und krümmen, die sie führen.

Schon die dritte Stunde wird nicht ent- und beladen. Meine Rotgesichter sind high! Sitzen im Schatten auf der Bank. Lachen. Neben dem Ascher. Um darin den Stummel auszudrücken. Ein Ort für entspannendes Soldatenpalaver über Mädels. Über erwachsene, erfahrene Frauen.

Ich gehe an den Lagerhäusern entlang. Habe es nicht eilig. Im Sonnenschein.

»He, ihr! Genug gelacht!«, herrscht der Gefreite Snegir plötzlich die Soldaten an.

Ich höre es, blicke mich aber natürlich nicht um. Sehe und höre nichts. Das ist ihre Sache. So ist die selbstgenügsame Soldatenmasse eingeregelt.

Aha! Snegir verteidigt wieder einmal einen der Traumatisierten.

»Oleschka!«, ruft Snegir drohend aus.

Sie sind verstummt.

»Oleschka! Geh doch mal ans Reck. Zeig diesen Fettärschen, was du drauf hast!«

Und der Soldat Alabin, auch Oleschka, geht zur Reckstange, die zwei Schritte vom Ascher entfernt ist. Und beginnt sich hochzuziehen. Demonstration nicht von Kraft, aber wenigstens von Geschicklichkeit! Die Ladesoldaten essen nämlich nach der nächtlichen Schwerstarbeit zu viel. Fressen! Der Arzt hat es mir erklärt. Wegen der nächtlichen Überanstrengung des Herzens. Ob er will oder nicht, der Köper eines Ladesoldaten legt Kraft und Masse auf Vorrat an. Deshalb hängt so ein Soldat wie ein schwerer Sack am Reck. Na, dreimal zieht er sich hoch. Viermal vielleicht.

»Neun ... zehn ... elf«, zählt Snegir laut.

Sogar so miniaturhaft ist Kommandieren eine Wonne. Und was für eine! Snegir ist sichtlich zufrieden mit der Lektion, die er den Soldaten so anschaulich erteilt. Die Kunst zu führen!

Nach dem vorbeigehenden Major Schilin blickt sich der Gefreite Snegir nicht einmal um. Obwohl er mich natürlich gesehen hat. Gescheit und taktvoll versteht Snegir alles.

»Vierzehn ... fünfzehn ...«

Aus dem Augenwinkel sehe ich, wie der dünne Soldatenkörper einen Klimmzug macht. Wie er sich biegt. Wie schwer dem Soldaten Alabin jeder weitere Klimmzug fällt. Ich gehe zur Seite. Doch im Anschluss an jede Zahl wiederhole ich im Stillen, fast unwillkürlich im Takt: »Los, Soldat. Mach zu!«

ACHTES KAPITEL

Die Wache rief mich heraus, an der Einfahrt sei der Teufel los. Ich fluchte, eilte jedoch zum Tor und hörte schon auf dem Weg dorthin die Signale der Schützenpanzer. Dieses näselnde be-be-be. Das behämmert einem das Hirn. Vor dem Tor zwei Panzerfahrzeuge mit Soldaten. Sie würden mein Benzin begleiten. Sie warteten. Deshalb brauchten sie auch nicht durchs Tor hineinzufahren. Mit dem Hupen machten sie sich einfach einen Spaß. Hatten einfach Langeweile! Der erste Schützenpanzer gab betont abgehackte be-be-bes von sich, der zweite antwortete lieber mit längeren Signalen. Sie verständigten sich mit Morsezeichen.

Die Soldaten saßen wartend herum, auf Steinen, im Gras, auf einem Balken. Aber wie sie dasaßen! Nicht einfach nur lässig, sondern abstoßend. Schamlos saßen sie da! Das ist das richtige Wort. Die Knie gespreizt. Als würden sie ihr Glied vorstrecken. Als Wölbung. So sitzen Soldaten, die gerade den Kugeln entronnen sind. Sie waren am Morgen, wie ich wusste, schon zweimal beschossen worden. Das erkennt man sofort an der schamlosen Sitzweise der Beschossenen. Kein Zweifel – sie, die heil überlebt hatten, mussten nun Kinder zeugen. Sie mussten schließlich ihre Überlebensfähigkeit weitergeben. Den nächsten Generationen. Glied voraus, ihr Unversehrten! Die ihr euch am Kampfadrenalin überfressen habt! Aber was für eine dichte, verdichtete schwermütige Sehnsucht in den Augen! Sie warteten auf eine Frau, ein Weib. Gebt uns ein Weib! Irgendeins. Und nicht diesen blöden Major Schilin, warum ist er überhaupt aus dem Tor herausgekommen!

Die Schützenpanzer hatten aufgehört, sich bescheuerte selbstgemachte Morsezeichen zuzuhupen. Nachdem sie mich gesehen hatten, hupten sie nicht mehr. Aber die Gesichter der Soldaten, ihre Visagen, hatten ihre Verachtung für mich und ihren zügellosen Ausdruck beibehalten. Für sie war ich ein Lagermensch. Die Soldaten sprangen weder vom Gras noch von den Steinen hoch. Standen nicht auf. Sie *sahen* mich nicht. Sie saßen da und spuckten schief zur Seite. So waren sie. Gerade aus dem Gefecht gekommen.

Wären die Soldaten durchs Tor auf mein Territorium gefahren, hätte ich sie im Nu gezügelt und gebändigt. Aber in dieser Situation zu schreien, wäre folgenschwer, ja, gefährlich. Es wäre explosiv. Und ehrlich gesagt, ich verstand sie auch. Sie und ihre schamlose Sehnsucht – die Wahrheit der Überlebenden.

Ich musterte nur flüchtig den Raum vor dem Tor. Ließ den Blick nur rasch über die breitbeinigen Soldaten gleiten. Ich suchte wohl den bekannten Jeep an der Einfahrt … hatte er mir nicht gerade zugehupt? Ich wartete tatsächlich auf Gussarzew. Natürlich, ich erkannte seinen Wagen schon beim Hören. Aber man konnte ihn auch mit dem Auge suchen.

Ich ging ins Lager zurück.

Eilladung. Die Fässer rollten auf zwei Lastwagen zugleich. Sie würden von diesen beiden Schützenpanzern begleitet werden. Die so be-be-beten. Und die diese malerischen breitbeinigen Soldaten mit ihren Kalaschnikows auf den Knien erneut unter Beschuss karren würden.

Aber nicht meine Ladesoldaten. Meine leisteten alle Schwerstarbeit! Im Gepolter der Fässer, im öligen schwarzen Staub (von den Lastwagenklappen) schufteten die Soldaten wie in der Hölle. So rote Gesichter hatte ich bei meinen Leuten schon lange nicht mehr gesehen. Sie fluchten nicht einmal. Sie atmeten mit offenem Mund. Mit solchem Tempo wurden beide Autos beladen. Rühr dich! Rühr dich!, trieb Kramarenko sie an, der den morgendlichen Befehl kannte.

Natürlich, meine beiden Spinner wurden auch hier schwer rangenommen! Alik und Oleg. Na, mit denen würde man nirgendwo Nachsicht üben. Dummköpfe voraus, das weiß man doch! Beide standen oben auf der Ladefläche – bugsierten eines dieser hüpfend und tanzend auf sie zugerollten Fässer neben das andere. Diese eisernen, tänzelnden Widerlinge! Tänze mit Diesel! Der Gefreite Snegir hielt zwar seine Hand über die Traumatisierten, aber nicht jetzt. Nicht zum Nachteil der tanzenden Fässer. Der Gefreite Snegirjow hatte die gesunde Meinung, dass ein Knall gut sei für den Fall. Schufte dort, wo du stehst!

Ich bedauerte, dass ich sie zur Arbeit eingesetzt hatte. Ein Fehler! Aber ich hatte auch eine Rechtfertigung – ich hatte ja vom Arzt gehört, dass körperliche Arbeit ein durch eine Quetschung erlittenes Trauma heile. Von einem klugen Arzt hatte ich das gehört. Physische Arbeit verändere nach und nach das Erscheinungsbild dieses Traumas. Das eine Leiden verschwinde, ein anderes komme zum Vorschein. Verschwinde das zweite, tauche ein drittes auf. Das sei der diffizile Weg der ärztlichen Behandlung. Sich austauschende Leiden. So wanderten geistige Traumata.

»Treu der Fahne! Haben die MPis bei uns!«, schrie Oleg manchmal auf, das hieß, sie hätten die Waffe nicht weggeworfen. Versteinertes Schuldgefühl. Er griff sich an die Schulter, klopfte sie ab. Suchte … suchte die Kalaschnikow über seiner Schulter. Die Waffen hatten wir ihnen natürlich sofort abgenommen und weggesperrt. Weit weg. Tief verborgen. Dort, wo die Kalaschnikows der Ladesoldaten ruhen.

Alik wies an äußeren Anzeichen außer dem Stottern nur krankhaften Tränenfluss auf. Aus dem linken Auge. Ohne Grund. Ein Rinnsal, aber praktisch ununterbrochen. Still und leise. Es floss und floss. Wenn es jedoch nur das gewesen wäre. In Alik nistete eine unklare Angst. Ein ganzer Strauß aus unbekannten Angstblumen hatte sich in ihm gebildet. Alik hatte sich einmal verplappert. Aus heiterem Himmel befalle ihn die Angst.

Eine dunkle Welle überschwemme plötzlich seinen Kopf. Und aus dieser Finsternis rieselten plötzlich gelbe Splitter heraus. Von der Sonne oder vom Mond. Wie Lichtreflexe, erzeugt von einem kleinen runden Spiegel. Die gelben Lichtfetzen explodierten direkt in seinen Augen. Direkt in den Pupillen.

Der Junge hatte einen leichten Dachschaden, das war klar.

Nicht im Beisein der Soldaten. Ich ließ die beiden zu mir kommen und schlug ihnen vor, sie sollten ihre Angehörigen anrufen. Ich war in Spendierlaune. Sie betraten mein Wohnbüro mit deutlicher Furcht, bemüht, mit den Soldatenstiefeln keine Schmutzspuren zu hinterlassen. Bei der Hitze ist das nicht schwer. Sie gingen fast auf Zehenspitzen.

Sie waren platt. Betrachteten das Handy wie ein Wunder. Hundert Jahre hatten sie mit niemandem mehr telefoniert.

Oleschka breitete plötzlich die Arme aus und sagte, er habe ja gar niemanden. Mutter und Vater seien schon tot. Ja, ja, so früh. Niemanden. Nur der Großvater sei noch da, aber Oleschka erinnere sich wohl kaum an seine Telefonnummer. Er drehte und wendete den Hörer in den Händen.

Dafür wiederholte Alik immer wieder ungeduldig und mit einem Mal äußerst angespannt: »Aber ich habe meine Mama … Mama … Mama …«

Doch Oleschka fiel die Nummer seines Großvaters ein. Er erreichte ihn in seinem Dorf bei Moskau. Wahnsinn! Er wusste nur nicht … was er sagen sollte. Er hatte einen leichten Druck im Kopf. Die Aufregung. Das Gespräch mit dem Großvater wollte einfach nicht in Gang kommen. »M-m-m«, stammelte Oleschka. »Großvater, ich bin's. Grüß dich … m-m-m…« Der Großvater hörte schlecht.

Der Großvater hatte sich als Erster gefasst und fragte schließlich:

»Na, schön. Was treibst du so?«

Ich stand neben Oleschka und konnte seinen fernen Großvater gut hören – seine friedliche, ruhige Stimme, ich würde sogar sagen, die satte, ruhige Stimme eines Datschenbewohners im Moskauer Umland.

»Ich kämpfe.«

»A-ah. Im Schützengraben, oder was?«

»Nein. Bin jetzt im Lager …«

Der Großvater überlegte kurz und sagte:

»Na, also ein Schlappschwanz.«

»Wieso?«

»Und? Hast du eine Frau? Ein Mädchen?«

Das Gespräch wurde offenbar zunehmend intim, ich ging ein paar Schritte beiseite.

Nach einer weiteren Minute bedeutungslosen Gestammels legte Oleschka jedoch schon auf. Der Großvater hatte ihn vor den Kopf gestoßen. Der alte Bock! Und nicht daran gedacht, dem Soldaten etwas Nettes zu sagen. Er hatte gesagt, so lange die Burschen in den Lagern kämpften, würden sie, die alten Böcke, die Mädels vögeln.

»Du hast ja einen Großvater!« Ich lachte.

Alik nahm das Handy, doch sein Gedächtnis ließ ihn im Stich. Er glaubte die Nummer zu wissen. Tippte mit dem Finger auf die Ziffern. Tippte, was er konnte. Ärgerte sich. Plötzlich zischte er eine fremde, zufällige Stimme an: »Halt doch die Klappe! Leg auf, du Idiot! Dich rufe ich doch gar nicht an!« Alik fuhr immer wieder mit dem Finger über die Ziffern. Suchte schon tastend die halb vergessene Nummer. »Mama?!«, fragte er. »Mama?!«

Plötzlich erstarrte er. Schaute das Handy an. Völlig niedergeschmettert. Er schien zu wissen, dass das Wunder nicht für ihn bestimmt war. Da, in seinen Händen, hielt er ein fremdes Wunder. Mich durchzuckte der Gedanke, er könnte mein Handy auf den Boden knallen. Seine Augen gefielen mir nicht. Sie wurden ganz fahl.

Ich streckte die Hand aus, aber er gab mir das Handy nicht.

»Soldat Jewski!«

Ich fuhr ihn drohend an. Trat näher und nahm ihm das Handy selbst aus der erstarrten Hand.

Ich bog gleich in den Lagerweg ein. Die Traumatisierten folgten mir.

»Überlegt euch das noch mal mit der Küche«, sagte ich zu den Jungs.

Ich beschleunigte meinen Schritt.

Am Tor erschien Kramarenko:

»Alexander Sergejitsch! Gleich wird Gussarzew hier sein! Er hat angerufen!«

»Ich komme, ich komme!«, schrie ich.

Ich schritt schnell aus, schritt immer schneller. Blickte mich jedoch um. Oh Gott! Das hätte ich besser nicht getan. Wie kläglich sie waren! Gebeugt, gekrümmt wie ein Wurm, Alik. Und Oleschka nicht besser – lang, doch mit hängenden Schultern, krummem Rücken.

Das Herz krampfte sich mir zusammen. Von nahem brachten sie mich manchmal auf. Durch ihre Unreinlichkeit zum Beispiel. Aber von Weitem ... Ich hätte mich nicht umblicken sollen. Hätte an etwas ganz Abseitiges, Fernes denken sollen. An den Himmel und die Milchstraße? Sobald ich sie aus der Ferne sah, packte mich das Mitleid. Als ob das Herz auf irgendein neues Medikament reagierte. Ich habe kein weiches Herz. Keineswegs! Auch wenn es angebracht wäre, krampft es sich nicht unbedingt zusammen.

Ich trat vor das Lagertor. Aha! Die Benzinlaster und die sie begleitenden Schützenpanzer waren abgefahren. Niemand mehr da.

Das Auge will Leere. (Wenn man lange durch die Lager schlendert, wird das Auge der Gegenstände überdrüssig.) Und wenn hier, vor dem Tor, keine Autos stehen, eröffnet sich unmittelbar die Weite. Der ungefüllte Raum. Das Auge will Unendlichkeit. Oder wenigstens leichten, halb durchsichtigen Staub. Hinter dem sich die Unendlichkeit vor einem verborgen hält, aber nicht ganz. Sie spielt Verstecken.

So ist das! Da kam auch Gussarzew angefahren. In seinem flinken Jeep. Ach, wie er daherfuhr! Wie alle Stabsoffiziere! Ein Pferd, kein Auto. Natürlich gibt es hier, in Tschetschenien, keine realen Jeeps. Es sind GAS-69, alte Armeekarren, davon gibt es im Krieg führenden Tschetschenien jede Menge … und die werden von allen stolz Jeep genannt.

Gussarzew bremste und schrie noch im Fahren gellend, die Kolonne werde heute nicht zusammengestellt. Weder heute, Sascha, noch morgen! Die Gründe wisse er nicht! Und telefonieren habe er nicht können. (Über so etwas wird nicht am Telefon gesprochen.)

Gussarzew stand jetzt, schrie mir jedoch weiter forsch und munter zu:

»Sascha, los, fahren wir! Im Stab wird die Disposition eine Stunde früher herausgegeben.«

»Ich hole mein Auto.«

»Wozu! Meins genügt doch! Ich werde auch zurückfahren.«

Kolja Gussarzew zog sein Taschentuch heraus und wischte sich den Schweiß vom Gesicht. Arbeitstier. Arbeitsschweiß. Abkühlen! Nur zu diesem Zweck stieg er aus. Um eine Weile im Wind zu stehen. Das Tuch in der Hand.

Nach wenigen Minuten waren wir schon unterwegs. (Ich war noch kurz im Lager gewesen, um irgendwelche Papiere zu holen. Und Kramarenko Anordnungen zu hinterlassen.)

Die Kolonne würde nicht fahren, das verdross mich. So weit waren wir also gekommen. Gab es denn überhaupt niemanden mehr, der die Karawanen führen konnte? Ein Fass Diesel, nicht einmal das konnte man mehr einem guten Mann zuschanzen! Sogar Lappalien bekümmerten mich, zum Beispiel, dass ich nicht vor dem Tor stehen und mich am Anblick der abfahrenden Kolonne weiden konnte. Nicht den Staub hinter den Autos sehen konnte. Und die über der Kolonne fliegenden Wildgänse.

Kolja bestätigte: Die Tschitschen seien in diesen Tagen außer Rand und Band. Sie seien überall. Sie seien sogar zu den Nachrichtenleuten eingedrungen, würden unseren Code knacken. Das Entschlüsseln aber sei der stille Wahnsinn! Bald wüssten die Tschitschen alles – wer was kriegen würde. Und auf welcher Straße es vom Lager aus transportiert würde.

Kolja plauderte, aber Kolja sagte mir immer noch nichts vom Verkauf der Kalaschnikows an die Tschetschenen. Von meinem versenkten Uasik, der mit Schienenstücken vollgestopft worden war. Sagte es nicht, wollte es aber sagen. Er bereitete mich offenbar vor. Möglicherweise ließen ihn die unter dem Siegel der Verschwiegenheit verkauften Kalaschnikows nicht ruhig schlafen.

»Im Alten Industriegebiet ist ein Lager ausgebrannt, Sascha. Hauptsächlich Waffen. Alles wird eilig rausgeschafft, los, fahren wir hin!«

»Und was dann?«

»Sollten wir uns nicht auch einen Teil nehmen?«

Ich reagierte überhaupt nicht. Es war ein Gespräch im Auto, zu zweit, völlig ausgeglichen.

Doch dann brachte Kolja die Sprache auf den Verkauf von Waffen an irgendwelche »stillen« Tschetschenen aus den Bergen. »Stille«, das sind quasi Niemandstschetschenen, also neutrale. Vielleicht sind sie sogar *für uns*. Und deshalb ist der Verkauf an sie nicht unbedingt kriminell.

»Aber wahrscheinlich sind sie die Kämpfer von morgen.«

»Was geht uns das an, Sascha!«

Er wollte wohl von mir wenigstens eine allgemeine, annähernde Zustimmung bekommen.

»Du hast selbst gesagt, Sascha – ein Business will sich ausweiten, wenn es ernsthaft betrieben wird. Folglich sollten wir es versuchen. Oder etwa nicht?«

Gussarzew machte schon leichten Druck, als er auf mich einredete. Aber ich kannte meinen Leisten. Wir haben ein Benzin-

Diesel-Business, kein schlechtes, ein solides Business, was wollten wir noch mehr!

»Das werden wir nicht mal versuchen.« Ich lachte aus unerfindlichem Grund.

Kolja, der seinen Verdruss nicht verbergen konnte, fuhr den Jeep schneller. Raste.

»Die Tschetschenen werden dich heute sowieso darum bitten. Du wirst es sehen. Hören. Heute noch.«

Gut möglich. Außer den laufenden Anweisungen stand uns im Stab eine kurze Besprechung mit der örtlichen Führung bevor, mit Tschetschenen, die auf unserer Seite kämpften. Darunter konnten auch »stille« sein. Sie würden mich bitten. Daran dachte wahrscheinlich auch Gussarzew. An die Kalaschnikows. Natürlich konnte man eine gewisse Menge AKs auch in unseren Lagern zusammenkratzen.

Ich weiß nicht, woran Kolja dachte, aber aus meinem Fahrtnirwana herausgerissen wurde ich gereizt. Ein Lagermensch muss sowohl geizig als auch vorsichtig sein. Sei auf der Hut, Lagerist. Weil die unsrigen Tschetschenen die Waffen schon morgen einfach den nicht unsrigen Landsleuten verkaufen könnten. Also sei noch mehr auf der Hut!

Uniformen gebe ich den Tschetschenen, Benzin in kleinen Mengen, aber Waffen – keine einzige Knarre. Ich habe auch kaum welche auf Lager. Sie selbst haben mehr! In jedem Bergdorf. Sie habenUnmengen. Sogar ein kleiner Tschetschenenjunge bekommt zum zehnten Geburtstag eine Kalaschnikow. Und bei Gelegenheit ballert der Kleine wahllos herum. Reagiert wie ein Jagdhund auf alles, was sich schnell bewegt. Wer auch immer losrennt, der Junge hält sofort drauf. Ob er schießt oder nicht, weiß man nicht, aber er wird bestimmt auf einen zielen. Wie auf eine aufgeflogene Ente. Instinkt.

Und damit keiner plötzlich eine Knarre auf deinen Rücken (oder deine Brust) richtet, darfst du selbst keine scharfen Bewegungen machen. Hier geht es nur so.

»Keine scharfen Bewegungen«, sagte ich plötzlich laut.

»Kapiert, kapiert«, knurrte Kolja Gussarzew mürrisch, der meine Äußerung auf sich bezogen hatte.

Ich lachte. Jeder über seins!

Wir ließen gerade eine entgegenkommende Kolonne an einer Engstelle durch. Sie schlichen aus Grosny zu uns nach Chankala. Ein Jeep mit Offizieren, Lastwagen, zwei Schützenpanzer, auf der Panzerung dicht gepackt OMON-Leute. Sie lachten. Der Krieg ist eine lustige Sache. Manchmal.

Gussarzew stimmte wieder sein Lied an. Während er die Schützenpanzer betrachtete, stimmte sich Kolja offenbar darauf ein, mich zu schütteln. Wie man einen Apfelbaum schüttelt. Damit wenigstens irgendetwas herunterfällt.

»Was, wenn du mit diesen Tschetschenen reden würdest, Sascha, am Stab vorbei?«

Das Auto fuhr glatt dahin. Passend zu seiner glatten Frage. Und ich dachte immer noch, er quatsche einfach.

»Es gibt nichts … es gibt nichts zu reden, Kolja.«

Ich bin an diese Fahrten nach Grosny gewöhnt und liebe sie. Besonders bei Sonnenschein. Besonders, wenn ich selbst am Steuer sitze. Gib Gas und spüre den berauschenden sommerlichen Gegenwind.

Diesen warmen, trunkenen, dich umwehenden und beleckenden Wind, macht der Himmel nur heute und nur für dich. (Als etwas Einmaliges im Hochsommer.) Und das Erste, was man denkt, ist: Es gibt keinen Krieg. Es gibt ihn nicht und basta. Ob geschossen wird oder nicht, spielt keine Rolle. Wir sind der Ansicht, dass es ihn nicht gibt.

Waldstücke. Kleine, aber tückische Orte. Die Straße nach Grosny ist hier am undurchschaubarsten. Man sieht alles in der Runde und sieht doch nichts. Links ist alles voller Ruinen. Die dem Auge jedoch nicht vertraut sind. Irgendwo hier, an der sich in den Hügeln versteckenden Straße, hatte mein wackerer Sergeant Snegir die beiden aufgelesen, Alik und Oleschka. In diesem Wäldchen. Beide hatten ihre Waffen. Aus der Ferne ganz normale Jungs.

Und auch aus der Nähe keine Krüppel. Abgesehen von den kranken Augen – tränend und leicht verrückt bei dem einen, angespannt ausdruckslos bei dem anderen.

Auf dem Rückweg heute wäre es gut, an diesen unvertrauten Ruinen bei Helligkeit vorbeizufahren. Kolja und ich wollten gern davon ausgehen, dass wir rasch zurückkehren könnten.

Vor dem Stab standen jede Menge Autos, aber es fand sich ein Parkplatz.

Truppenteil Nr. ... – Benzin, Diesel. *Aber sie sind bei Wedeno. Kein Hinkommen.*

Truppenteil Nr. ... – Dickflüssiges Feinmechanikeröl (MWP ... ein halbes Fass. Für Orientierungsvorrichtungen) *Leicht! Bei Gudermes. Schicken wir sofort. Wozu sparen! Das Öl kann dick werden, seine Qualität verlieren, und mit der Qualität seinen Sinn.*

Truppenteil Nr. ... – Infanterieflammenwerfer »Hummel«, 10 Stück. *Diese Jungs sind nicht weit weg. Mit der ersten Kolonne liefern. Irgendwo habe ich »Hummeln«. Kramarenko hat sie, fällt mir ein, für diesen Truppenteil bestellt.*

Truppenteil Nr. ... – Alte Bedarfsmeldung. Diesel. *Sie liegen hinter Schali, aber vor Wedeno. Hier hat Ruslan wohl Kontakt geknüpft. Die Tschetschenen scheinen einen durchzulassen. Nur muss man ihnen dafür etwas abwerfen. Oder Geld zahlen? Etwas mehr Diesel und wir brausen durch! Der Diesel muss für die einen wie für die anderen reichen.*

Truppenteil Nr. ... – Die Hubschrauberpiloten. Flugbenzin. *Wassiljok nicht vergessen. Er hat noch Kerosin. Aber soll er Reserve haben. Soll er mir etwas schulden.*

Wem, was und wie viel. Die Disposition per Liste. Ich war selten im Stab. (Mein Rang war nicht hoch genug.) Meine Lager waren vom alten Typ. Man konnte natürlich das eine und das andere suchen. Aber praktisch konnte ich nur Treibstoff liefern.

Als ich die Bestellungen (und Wünsche) in mein Notizbuch eingetragen hatte und im Grunde frei war, schlenderte ich durch die Stabskorridore. Das ist eine besondere Welt. Nicht meine. Ein wenig fremd für mich. Eine zu glänzende Welt, wenn man sie mit meinen stallartigen Lagerhäusern vergleicht. (Meine Welt stinkt.) Aber manchmal werde ich herbeordert. Und die Gelegenheit nutzend, bin ich, wie viele andere auch, nicht abgeneigt zu gaffen. Auf die Türen der Büros mit den Schildchen und auf die echten Kriegshelden. Deren Ruhm erschallt, deren Namen man vom Hören kennt. Krieg!

Während ich zum Schein hierhin und dorthin flanierte, steckte ich meine Nase natürlich in das größte Zimmer an der Stirnseite dieses Gebäudes. Schaute hinein. Dorthin, wo das Briefing stattfand. Ein kurzer Blick würde nicht gerügt werden. (Vielleicht suchte man ja dringend jemanden.) Dann ließ ich die Tür einen Fingerbreit offen. (Vielleicht erspähte man ja jemanden.)

Mamajew hielt einen Vortrag. Der Stabsgeneral. Es sollte angeblich keinen anderen Stabsoffizier mit dieser Redebegabung geben, mit diesem Talent, die Dinge zu erläutern. Aus jedem Vortrag machte Mamajew ein kleines Meisterwerk. Klangvolle Worte! Und diese Vergleiche! Und wie er Spannung erregend zögerte, und wie vornehm er bei einem wichtigen, einem geglückten Satz die Worte kaute. (Doch unter den echten Kriegshelden stand Mamajew natürlich nicht sehr hoch im Kurs. Jedem das Seine. Bei den Offizieren, die täglich Pulver rochen, hatte er den Spitznamen *Blablajew.*)

Die kampferprobten Offiziere. Sie hörten dem Stabsgeneral mit kaum verhohlener Langeweile zu. Saßen typisch da. Haargenau so, wie die beschossenen Soldaten heute früh vor meinem Tor gesessen hatten. (Die Soldaten aus den beiden hupenden – be-be-be – Schützenpanzern.) Was für ein Zusammentreffen! Es schien, als imitierten die hohen Offiziere diese Soldaten! Beine und Knie gespreizt. Sie saßen hingelümmelt da. Präsentierten demonstrativ die Wölbung des Gliedes unter der Hose. Kriegsoberste und Oberstleutnants. So saßen sie da. Glied voraus. Sie rochen wohl nach Blut und Sperma. Und verachteten alle, die anders rochen.

Der glänzende, kluge Mamajew redete immer noch. Er nahm schnell, sogar sehr schnell, einen Schluck aus dem Wasserglas … nur ein kurzer Augenblick, doch in diesem schnellen, schönen akademischen Schluck-Augenblick verdrückten sich gleich zwei auf einmal. Einer von ihnen war der berühmte »Schützengraben-General« Troschin. (Ich konnte gerade noch von der Tür zurückweichen.) Im Hinausgehen knallte Troschin sogar die Tür zu. Unwillkürlich. Aus Versehen. Aber laut. Er hätte sie mir gegen die Stirn geschlagen, wenn ich nicht rechtzeitig weggesprungen wäre.

Aber er suchte nicht allein das Weite. Ein Teil der Schwänzer verteilte sich im Erfrischungsraum. Auch ich ging dorthin. An diesem freien Ort saßen die Offiziere schon locker herum und sprachen dem Tee ordentlich zu. Auf der Theke standen belegte Brote. Ganz appetitliche! Ich erspähte an einem Ecktisch zwei Bekannte, keine ranghohen Offiziere. Ich setzte mich zu ihnen. Und zum Tee.

Auf der Straße lungerte in einiger Entfernung vom Stab ein Tschetschene von den »Unsrigen« herum. Er wartete auf mich. Er wusste schon von den Bestellungen. Die Tschetschenen haben ihre Informanten. Aber seine Bitte war bescheiden. Krümel vom Tisch. Wie immer Benzin und ein paar Patronen für die AK-74. Ich versprach sie, *wenn ich welche fände*.

Kaum war ich ein Stück weitergegangen, kaum hatte ich mein Handy eingeschaltet, kam ein Anruf. Der geflügelte Wassiljok bat um Sprit. Nicht für sich. Für einen Freund (noch aus Afghanistan). Der Freund war aus der Gegend von Piter zu uns verlegt worden. Ein Flieger-As. In der »Suschka«. Ein vorzüglicher

Kämpfer. Aber er sei neu, und niemand gebe ihm auch nur einen Tropfen.

»Wassiljok. Du erinnerst dich doch. Worten traue ich nicht. Ich muss den Mann persönlich kennen. Organisiere ein Treffen.«

»Geht das Treffen auch im Laufen?«

»Im Laufen. Oder im Fliegen. Aber ich muss ihn sehen und persönlich kennenlernen.«

»Er ist gerade in Grosny. Willst du, dass er zum Stab rüberfährt?«

»Ja.«

»Wird er dich finden?«

»Ich stehe an der Einfahrt.«

Es kam ein flüchtiges Kennenlernen zustande. Das Flieger-As benahm sich unsicher. Aber sein Gesicht gefiel mir.

Dann begab ich mich zu Gukajew und seinem Bruder. Das war im Industriegebiet. Loyale Tschetschenen. (Schmächtiger, schwächlicher Bergbewohnertyp. Sie werden beim Treibstoff immer übervorteilt.) Gespräch in der Wohnung. Diese Verabredungen in den halb zerstörten, durchlöcherten Fünfstöckern von Grosny stressen jeden! Dunkle Zimmer. Wackliger Hocker. Und sofort ein ungestümer Handel. Beim Schein von Taschenlampen.

Ja, gefährlich! Aber diese Gespräche müssen sein. Und ab und zu führe ich sie. Die Pistole am Gürtel.

»Dich sucht die Mutter von Wladimir.«

Als handelte es sich um eine Ikone, so klang das. So scherzte man hier liebevoll. Aber es ging natürlich um etwas Irdisches: um eine Soldatenmutter aus dem Gebiet Wladimir. Wir hatten ihren Sohn aus einer tschetschenischen Grube herausgeholt. Ruslan hatte den Gefangenen aufgestöbert, Kolja Gussarzew und ich halfen, ihn freizukaufen. Vielleicht brachte sie nun das Geld.

Die Tschetschenen gaben ihr den Sohn bei Gudermes zurück. Durch loyale Landsleute, das war das wichtige Detail. Die loyalen Tschetschenen hatten den Handel beschleunigt und im Voraus bezahlt, jetzt warteten sie selbst auf das Geld. Der freigekaufte Soldat existierte jedoch noch nicht in der Realität. Er war verschwunden. Ein Phantom. Mit dem ehemaligen Grubengefangenen befassten sich die Leute vom FSB. Solange er noch ganz frisch war, solange er durch Verhöre von allen Seiten noch nicht abgestumpft war, mussten ihn die FSBler *durchleuchten.*

Ihr Recht – ius primae noctis. Woran erinnert er sich? An einen Fluss? An Berge? Wen von den bekannten, zur Fahndung ausgeschriebenen Tschitschen hat er gesehen? Wen von unseren Gefangenen? Kein leichtes Verhör, denke ich. Der Grubensklave lispelte schrecklich. Nach der Grube, so erzählte mir Ruslan, hatte er keinen einzigen Zahn mehr. Und einen zugeschwollenen Hals. Aber die Mutter durfte schon zu ihm fahren. So sagte man ihr.

Warum mag man die Mutter nicht gleich zu ihrem Sohn lassen? Die Mutter schwächt den Jungen. Die Mutter schwächt ihn besonders. Und erdrückt sein Gedächtnis. Aber man konnte annehmen, dass die FSBler sämtliche Informationen schon aus ihm herausgequetscht hatten. Jetzt durfte der Soldat bereits an andere Dinge denken, durfte denken, was er wollte. An die Sterne am Nachthimmel.

Ich kehrte zum Stab zurück. Suchte. Ging den bewachten Parkplatz ab, aber Gussarzews Jeep war nicht zu sehen.

Kolja hatte also noch etwas anderes in Grosny zu besorgen. Ob er dort lange bliebe?

Nachdem ich alles erledigt hatte, konnte ich auch denken, woran ich wollte – an den Nachthimmel. Doch ich dachte schon an meine anheimelnd riechenden Lager. An mein Wohnbüro dort. An die mondbeschienene Lichtung. An den Anruf bei meiner Frau. Daran, wie still und einsam (und im Allgemeinen glücklich!) ich mir den Abend vertrieb – eng umschlungen mit meiner Erinnerung. Mit zwei, drei Tassen heißen Tees. Ein Schnäpschen wäre auch nicht schlecht.

»Da haben wir's!«, schimpfte ich doch. Kolja war eben Kolja.

Ich hätte natürlich mit meinem eigenen Wagen herfahren sollen.

Die Soldatenmutter (aus Wladimir) kam zu mir und bettelte sofort, ohne mich zu begrüßen, ich solle sie zu ihrem Sohn bringen. Er warte schon. Bei Gudermes. Sie habe gehört, eine große Kolonne fahre dorthin. In ein oder zwei Tagen, richtig? Mit jeder Kolonne. *Meinetwegen mit dem Fallschirm*, so sagte sie.

Sie strahlte. Wirklich wie eine Ikone.

Sie zog ein Bündel zwischen den Brüsten heraus. Geldscheine. Achttausend Dollar.

»Wie tragen Sie denn das Geld herum, Xenia! Sind Sie verrückt geworden! Xenia Petrowna!«

»Kein Problem, kein Problem.« Sie lächelte.

»Sie hätten das Geld Ihrem Komitee dalassen sollen! Ich hätte es später geholt.«

»Kein Problem. Mir helfen die Leute. Mir helfen alle.«

Sie strahlte so, war so glücklich über den gefundenen Sohn, dass sie mir noch einen Extratausender abzweigte. Das ist für Sie, Major Schilin, für Sie persönlich. Ich nahm ihn nicht. Ich hatte diese Summe schon vom Komitee für meine Bemühungen bekommen. Das ist die Taxe – ein Tausender.

»Acht sind nicht nötig. Sieben – das wissen Sie doch. Sieben ist genau das, was die Tschetschenen haben wollen.«

Sie drängte mir das Geld auf. Als Dank. Aber ich nahm nur die notwendigen Sieben. Von den Müttern nehme ich kein Geld. Sieben! Wie die Tschetschenen auf diese Zahl kommen! Für den Unterhändler. Den Mittelsmann. Den Feldkommandeur – diese Aufteilung unter den Bergbewohnern, unglaublich.

»Nehmen Sie ihn!« Auch diesmal gab ich ihr den Tausender entschieden zurück. »Sie werden das Geld selbst brauchen, Xenia Petrowna. Vielleicht müssen Sie Ihrem Sohn mit seinen Zähnen schon hier helfen?«

»Was ist mit den Zähnen?« Sie erschrak.

»Nichts. Das habe ich nur so gesagt. Man hat so was geredet.«

Sie beruhigte sich für einen Augenblick. Strahlte.

»Vielleicht dürfte ich eine rauchen. Ich habe noch nie geraucht!« Sie war unbeschreiblich aufgeregt.

In solchen Augenblicken möchte die Seele irgendeine Droge. Und wenn's nur eine ganz billige ist.

»Sie sollten es sich nicht angewöhnen.«

»Ich will eine rauchen …«

»Xenia Petrowna!«

Wir warteten über eine Stunde auf Gussarzew. Als Kolja erschien, rauchte sie wieder, hustete wieder.

Wir könnten zurückfahren. Kolja ließ mich hastig wissen, dass er nicht umsonst durch Grosny hin- und hergehetzt sei. Durch die halb zerstörten Fünfstöcker der Stadt. Einzelheiten später. (Nicht in Gegenwart der Mutter.)

Der Rückweg nach Chankala erwies sich als schwierig. Wir hatten uns zu sehr verspätet! Zum Glück bemerkte Kolja Gussarzew, der fuhr, rechtzeitig das Lichtsternchen neben der Straße. Schon auf halbem Weg nach Hause. Schon tief in der Nacht.

Die Zigarette zu erraten, war nicht schwer. Den Raucher erriet auch ich, sobald er uns im Gebüsch das Gesicht für eine Sekunde zugewandt hatte.

Gussarzew hielt scharf den Wagen an:

»He! Wer da?«

Aus der Dunkelheit eine Stimme. (Sie hätte auch keine Antwort geben können.)

»Wir müssen reden.«

Eine nächtliche, resolute tschetschenische Stimme. Ein Akzent, wie er nicht härter sein konnte.

»Willst du im Gebüsch hocken?«, schrie Kolja spöttisch, während er über das Lenkrad strich. »Komm auf die Straße raus. Wir wollen dich anschauen. Dann werden wir reden.«

»Komm du auch raus … fahr näher ran!«

»Einverstanden.«

Doch zunächst beugte ich mich weit zurück und tastete nach dem Hinterkopf der Soldatenmutter. Sie saß auf dem Rücksitz. Beugte gehorsam den Kopf hinunter. Einsichtig. Aber den Kopf nur zu beugen, war zu wenig. Ich drückte ihn stärker hinunter. Sie lag halb auf dem Sitz. »Ja … Ja … Ja …«, flüsterte sie immer wieder.

Jetzt öffneten wir die Autotüren beherzter, Gussarzew seine linke, ich meine rechte. (Die Kalaschnikows auf den Knien.)

Gussarzew wiederholte lauter, schrie ihnen zu:

»Einverstanden. Kommt raus!«

Und ließ den Wagen fünf, sechs Schritte weiterrollen, nicht mehr. Im Gebüsch Bewegung. Doch auf die Straße trat niemand heraus. Folglich würden sie gleich zu schießen beginnen.

Stopp, Stopp! Sofort feuerten Gussarzew und ich auf die Büsche. Halb ausgestiegen (einen Fuß auf der Erde), hielt jeder die Knarre zu seiner Tür hinaus, und Feuer … Feuer! Wir kamen ihnen zuvor. Zwei, drei Sekunden.

Kaum begannen sie zu schießen, stießen wir schon zurück … schnell-schnell! Fuhren im Rückwärtsgang davon.

Wir entkamen ihnen.

Es wurde einen Augenblick still. Dann im Gebüsch endlich ein Schrei. Es war ein echter Schmerzensschrei. Wir hatten bei der Schießerei jemanden mit der Kugel getroffen. Ach, wie er heulte! Man stopfte ihm offenbar den Mund. Doch er würgte den Knebel raus und schrie wieder.

Er wurde fortgetragen. Die Schreie entfernten sich. Selbst aus der Distanz konnten wir ihn gut hören.

War der ganze Hinterhalt schon vorbei? Oder erst ein Teil? Wir hatten noch eine Waffe auf dem Rücksitz. Ich nahm sie in die Hand. Doch Gussarzew sagte – warte.

Wir standen, erschrocken über die Stille und die abrupt beendete Schießerei. Der Motor brummte leise.

Die Soldatenmutter hob den Kopf. Ich gab ihrem Hals eine Erholungspause. Doch dann drückte ich ihren Kopf erneut auf den Sitz. Sie nieste verstohlen. Der Sitz war sehr staubig.

Nachdem wir ein, zwei Minuten gewartet hatten, rollten wir langsam vorwärts. Dorthin, zu jenen Büschen. Bereit für neue Spielarten – und den Rückwärtsgang einzulegen und wegzupreschen. Sie hatten uns natürlich belauert.

Sie mussten sowieso jemandem auflauern. Es waren wohl kaum Kämpfer. Banditen. Um Waffen abzugreifen. Um sich ein Auto zu schnappen. Um dich schließlich auszuziehen. Wenn man im Gebüsch sitzt, geht und fährt viel Interessantes an einem vorbei.

Aber sie hatten Pech. Nicht bei jedem Mal macht man Beute!

Wir brauchten nicht noch einmal zu schießen. Offenbar hatten wir auch einen zweiten mit unseren ersten Kugeln verwundet … ein junges Kerlchen. So kläglich war das Weinen. Zart. Nur Jugendliche weinen so. Ihr Weinen ist, wenn man genau hinhört, nicht nur an die eigenen Leute gerichtet. Sondern auch an neutrale Personen. Auch an die Feinde. Einfach ein Weinen im Gebüsch. In stockdunkler Nacht. Meine Seele fühlte mit ihm. Doch was hilft's, mein Lieber?! Krieg.

Im Gebüsch machte man sich wieder mit dem Weinenden zu schaffen. Bis zum Himmel erreichte er den ganzen Umkreis mit seinem dünnen Stimmchen. Wir aber nutzten das aus. Der Augenblick konnte nicht günstiger sein. Ich schubste Kolja an. Und unser Jeep preschte an dem Hinterhalt vorüber. Eng am Rand der Gegenfahrbahn. Sogar gefährlich über den Straßenrand hinaus. Wir kamen durch.

Wir fuhren, und statt des greinenden verwundeten Jungen jammerte nun die Soldatenmutter leise. »Sie können sich aufsetzen«, sagte ich zu ihr. Aber sie blieb, an den staubigen Sitz geschmiegt, liegen. Weinte. Wegen des Erlebten.

Tschetschenische Kämpfer hatten uns wohl kaum aufgelauert. Man wollte uns einfach überfallen und ausrauben. Hungernde. Aus der Vorstadt. Mit einem Haufen kleiner Kinder. Sie hatten keine Arbeit. Ruslan-Roslik nannte sie verächtlich Bauern.

Kaum hatte sich das Tor geöffnet, sagten sie es mir. Die Wache sagte es mir. Sie meldeten, dass meine traumatisierten, stillen kleinen Soldaten abgehauen seien. Sie seien getürmt. Heute. Zu später Stunde.

»Sch …!«, fluchte ich.

Dumm. Einfach dumm. Und so ärgerlich. Na, waren nicht beide Hosenscheißer?

»Es wird schon schief gehen, Genosse Major. Die Jungs waren schon oft im Gefecht«, tröstete mich Kramarenko.

»In welchem Gefecht zum Teufel, wenn sie keine Waffen haben! Was sind das für Idioten!«

»Einer hat eine Kalaschnikow …«

Ich hätte nicht einmal sagen können, ob das für unseren Fall besser war oder schlechter.

»Er hat sie irgendwie gestohlen, Genosse Major. Man müsste den Gefreiten Snegir befragen.«

»Dann befrag du ihn!«

Ich war müde. Wollte nur noch schlafen. Ich befahl Kramarenko noch – bring die Soldatenmutter für die Nacht unter! Richte ihr ein Bett. Damit sie ausschlafen kann! Sie will zu ihrem Sohn – auf die ruhige Seite, bis Gudermes. In etwa zwei Tagen wird eine Kolonne dorthin aufbrechen. Verstanden?

Ich ging spät in der Nacht zu mir. Legte mich schlafen. Doch der Schlaf kam nicht.

Wo sind die Jungs jetzt? Aus Chankala waren diese Hosenscheißer schon draußen, das war klar. Oder von einer Patrouille aufgegriffen worden und schmachteten jetzt irgendwo tief im Inneren der Kommandantur. Saßen ein. Nein, nein, sie hatten sich, erfahren, wie sie waren, über die Vorstädte von Grosny hinaus zur großen Straße durchgeschlagen. Und weiter? Niemandsland in der Mitte. Sie werden Autos anhalten. Die Kolonne, die gerade von Chankala nach Wedeno unterwegs ist, ist rein militärisch. Das ist sie nur, wenn es zu einem Einsatz geht. Wenn sie zu einem Einsatz unterwegs ist, wird sie die Kolonne wohl kaum mitnehmen. Sie werden mit Vollgas vorbeirauschen. Nicht einmal eine Schabe würden sie aufsitzen lassen. (Auf dem Rückweg wäre es etwas anderes.) Aber ohne Panzerung, ohne irgendeinen Schützenpanzer, werden es die Jungs nicht bis Wedeno schaffen. Dort gibt es kein Durchkommen. Dort sind die Tschitschen. Oder sie landen bei tschetschenischen Bauern in der Grube. Als Sklaven! Arbeit in der freien Natur! Immerhin braucht ihr keine Fässer mehr zu rollen.

Ich rief trotzdem die Kommandantur von Grosny an. Den Nachtdiensthabenden. Und bat ihn sogar, einen Offizier zu wecken. Flucht ist Flucht. Es konnte gut sein, dass die Jungs irgendwo einer Patrouille in die Fänge geraten waren. Es konnte sein, dass sie verhört und nach dem vollen Programm bearbeitet wurden.

»Zwei Soldaten«, wiederholte ich im Gespräch mit dem Offizier. »Sie haben bei mir gearbeitet. Jewski und Alabin. Soldaten. Nein, sie haben nichts begangen. Normale Soldaten. Aber ein bisschen verrückt.«

In der Kommandantur wusste man nichts von ihnen.

Ich rief noch den Kreuzungsposten auf der großen Straße an. Auch Fehlanzeige. Man kannte sie nirgends, hatte sie nirgendwo gesehen. Alles vergebens. Hatten sie es tatsächlich aus den Vorstädten von Grosny herausgeschafft und waren weit genug gekommen?

Ich fühlte mich scheußlich. Ich telefonierte auch am nächsten Morgen, aber alles vergeblich. Nichts.

Drei volle Tage waren sie weg.

Aber am vierten kamen sie zurück. Die Wache ließ sie ins Lager wie unsere eigenen Leute. Hungrig, zermürbt, vor allem aber über ihr Scheitern beschämt. Obwohl, was für ein Scheitern?! Je nachdem, wie man es betrachtete! Sie waren schließlich nicht aufgegriffen worden. Immerhin drei volle Tage lang. Wenn man die Lage in Grosny kannte, war das für die traumatisierten Soldaten keineswegs eine persönliche Niederlage im Spiel mit den aufmerksamen Patrouillen – vielleicht eher ein erschöpfendes langes Unentschieden. Ich hatte damals tatsächlich auch an ihre kurze (einen Monat oder so) Erfahrung in der Aufklärungskompanie gedacht. Irgendetwas Wertvolles (Unschätzbares) hätten sie dort in diesem einen Monat schon mitbekommen. Immerhin! Hätten etwas in die Nase bekommen. Etwas Übervorsichtiges, mit Wolfswitterung Verwandtes hätte sie geführt. Ihnen das Richtige eingegeben. Etwas hätte sich in ihren Nasennischen erhalten.

Etwas führte sie, obwohl es sie doch nicht hinausgeführt hatte.

Am ersten Tag wollte ich sie weder tadeln, noch ihnen Vorhaltungen machen. Noch darauf herumreiten, dass sie ohne mich nicht fortkönnten. Ich wollte mit ihnen nicht einmal über ihre Rückkehr sprechen. Ich befahl ihnen, erst am dritten Tag zu mir zu kommen. Wenn sie sich etwas ausgeruht hätten. Wenn sie mit den anderen zusammen wieder Fässer rollten.

Kramarenko brachte sie zu mir ins Büro. Er selbst ging hinaus und blieb lauschend vor der Tür stehen. Für alle Fälle. Er hatte ein Gespür dafür, wenn sich der Zorn in mir anstaute.

Zorn und Wut. Wie ich sie anbrüllte!

Ich fing mit Alik an, er war doch der Zurechnungsfähigere.

»Du, Mistkerl, du bist an der Kante gestanden. Himmeldonnerwetter! Ich spreche nicht mal von den Tschitschen. Ich spreche von den Unsern. Was? Hattet ihr Sehnsucht nach dem Verhör? Sehnsucht nach einer gut gelüfteten Zelle? Du bist doch ohne deine Knarre losgegangen. Blödmann! Hosenscheißer! Die hätten dich für einen Deserteur gehalten Du weißt doch, was es heißt, unter die Deserteure zu geraten?«

Ich weiß nicht mehr, was ich alles brüllte. Und nicht einmal Kramarenko, der vor der Tür stand, erinnert sich. Er sagte nur, dass ihm der Schweiß ausgebrochen sei. Er zog das Taschentuch heraus. Und legte es viele Male auf Stirn und Hals. Und ein- oder zweimal hätte es ihn bei meinem Geschrei gerissen. Kramarenko glaubte, ihm würde ein Nagel in den Kopf getrieben.

Wenn man jemanden anbrüllt, fasst man Zuneigung zu ihm. Schimpfen bringt einen jemandem näher, ich weiß nicht, warum. Mit jeder Drohung, mit jedem Himmeldonnerwetter, wurden sie mir ein kleines bisschen lieber. Es ergab sich so.

Ich jagte diese Traumatisierten fast mit Fußtritten hinaus, dann rief ich Kramarenko und holte den Wodka heraus. Um nicht allein zu trinken.

Der Verhörführer würde ihnen sofort das Messer an die Gurgel setzen: Wie wurden sie von ihrer Einheit getrennt? Flüchtige sind Flüchtige. Was war das für eine Geschossexplosion, wenn beide zugleich Quetschungen erlitten haben? Welches Kaliber? Haben die tschetschenischen Kämpfer überhaupt dieses Kaliber? Und wie kommt es, dass sie, traumatisiert, bei dieser Explosion einander nicht verloren haben … oder haben sie sich an den Händen gehalten … wie Kinder? Ihr erinnert euch nicht mehr? Wieso erinnert ihr euch nicht?

Der eine würde vom anderen getrennt. Um eine verborgene Schuld aufzuspüren. Eine verheimlichte Schuld. Und wo habt ihr euch so lang herumgetrieben? In welcher Schlucht haben die Tschitschen den Überfall gemacht? Die Schuld eines Soldaten herauszufinden ist fast ein Vergnügen. Ein Deserteur? Oder nur ein Feigling? Oder vielleicht einer, der die Offiziere als Schakale bezeichnet und ihnen bei Gelegenheit in den Rücken schießt?

Die Verhörführer sind alle so. Sie machen sich zuallererst einen Spaß.

Der Junge würde gestehen. Der Junge würde ihm zu Füßen kriechen. Ja, er sei schuldig. Er sei schuldig, dass er traumatisiert worden sei. Einverstanden! Einverstanden! Der Junge würde sich sogar sputen, etwas zu unterschreiben. Ich will ja gar nichts bestreiten. Sie sehen ja, wie einverstanden ich bin und offen Ihnen gegenüber!

Nur lassen Sie mich nicht zurück, lassen Sie mich nicht im Stich. *Keine Angst, kleiner Soldat, keine Angst! Das von dir unter-*

schriebene Papier wird dich nicht zurück- und nicht im Stich lassen.

Ich durfte nicht mehr an sie denken. Musste weggehen. Auf meine Lichtung im schläfrigen Mondschein. Den Weißdornstrauch mit der Hand berühren. Anrufen. Wie geht's euch dort, wie baut mein Frauchen?

»Was ist passiert, Sascha?«

Wie sehr man auch seine Gefühle verbirgt, in der Stimme klingt doch etwas durch.

»Nichts.«

»Erzähl …«

»Erzähl du. Wie geht's dem Töchterchen? Klappt es mit der neuen Schule?«

Nach dem Mittagessen brachten die Wachen den Soldaten zur Identifizierung, der am Rand von Chankala von einem tschetschenischen Scharfschützen angeschossen worden war. Mein Soldat. Aus meinen Lagern. Was hatte dem denn gefehlt? Er war satt und im Warmen. Was wollte der Flüchtige? Mit einem Fleck unter dem Herzen wurde er auf einer Plane hergetragen. Mir gezeigt. Und weitergetragen.

Der Kopf auf der Plane schuckelte heftig. Blondes, ganz junges Haar! Das passiert mit den Jungs, wenn sie sich selbst auf die Socken machen. Ich sage gar nicht, dass es sie auf halbem Weg erwischen wird. Schon auf dem ersten Kilometer im Niemandsland wird sie die Kugel erwischen! Und es wäre noch gut, wenn Oleschkas toter Kopf oder der von diesem Stotterer Alik so auf einer Plane ruckeln würde. Von irgendwelchen Händen getragen. Denn es geht ja auch einfacher: An Händen und Füßen schwingt man sie in den Graben. Im Gras wäre er nicht zu sehen. Dort würde er verwesen. Und niemand würde sich auch nur im Geringsten dafür interessieren, warum sie, diese beiden Bekloppten, im Lager gebuckelt hatten … warum sie gelebt hatten … warum sie so emsig Fässer gerollt hatten.

Ich stand früh auf, Kramarenko noch früher – er traf mich schon am Tor. Wir stießen fast zusammen.

»Sind die Fahrer nüchtern?«

»Jawohl, Genosse Major. Jeder hat gehaucht.«

Also Kramarenko ins Gesicht gehaucht, einen Kontrollatemzug in seine scharfe Nase getan.

Wir schickten vier Lastwagen mit Dieselfässern los. Sie sollten sich auf dem kleinen Platz vor dem letzten Bauwerk in die Kolonne einfädeln – an der Ortsausfahrt von Chankala. Guschtschin hatte es befohlen, er würde die Kolonne führen.

»Schick die Autos los.«

»Sie sind schon unterwegs, Genosse Major!«

In einiger Entfernung sah ich Alik und Oleschka. Wozu waren diese beiden aufgestanden?

»Hast du sie etwa geweckt?«, fragte ich.

»Aber nein, Genosse Major. Sie sind von sich aus aufgestanden. Haben in der Nacht erfahren, dass eine Kolonne fahren würde.«

»Die Kolonne fährt nach Gudermes! Hast du den Sammelbericht gehört?!«

Kramarenko blinzelte. Er hatte den Bericht gehört. Er wusste bestens Bescheid. Aber vielleicht gäbe es eine Änderung. Vielleicht käme ein Befehl, und die Kolonne würde nach dem verdammten Wedeno umgeleitet. Was spielte es für eine Rolle! Die Jungs müssen schleunigst weggeschickt werden. Die Sorge um die Traumatisierten hatte ihn, wie ich verstand, auch erfasst.

»Von sich aus, Genosse Major. Jemand hat sie geweckt!«

Sie traten von einem Fuß auf den anderen, diese Spinner, diese am frühen Morgen zum Tor herausgelaufenen Jungs. In dieser Herrgottsfrühe. Sie waren für alle Fälle aufgewacht!

Ich sagte Kramarenko, er solle die Jungs wegschicken. Lass sie noch pennen. Aber dafür such schnellstens die Mutter aus Wladimir. Also Xenia Petrowna. Sie übernachtet doch irgendwo, ich habe dir ja befohlen, sie unterzubringen. Wo? Frag die Wache! Und ein bisschen dalli!

Auf dem Trittbrett stehend, kommandierte ich den ersten Lastwagen. Dirigierte ihn zum Tor hinaus. Wies ihm seine Position zu, mit genügend Platz für die drei anderen. Es ist wichtig, wie der erste gelenkt wird. Das Weitere würden die Fahrer am Treffpunkt mit der Kolonne selbst ausmachen.

Und irgendwo hier im Getriebe, im Morgendämmerlicht, geschah etwas Komisches.

Ich kehrte auf das Lagergelände zurück, ging den Weg entlang, ich weiß nicht mehr, warum. Ich ging gemächlich, ohne mich zu beeilen. Hier war ich Herr. Und diesem meinem herrschaftlich langsamen Schritt passten sich auf einmal Oleg und Alik an. Meine beiden Traumatisierten. Wenn sie jetzt wenigstens schlafen gingen! Aber ich schalt sie nicht aus. Hatte nichts mit ihnen am Hut.

Alik war schon neben mir. Gleich würde er quengeln.

»G-g-genosse Major ...«, Alik flossen die Tränen.

Aber sie flossen ihm ja immer. Aus dem linken Auge. Da er dies wusste, konnte sich der traumatisierte Soldat eine Zeitlang von dem salzigen Rinnsal befreien. Hatte es gelernt. Alik blickte sich irgendwohin um und schüttelte plötzlich das Wasser mit einer leichten Kopfbewegung ab. Ganz schön findig.

Eine Träne verfolgte ich sogar mit den Augen. Sie flog wie eine Leuchtspur. Sichtbar. Über den schartigen Lagerasphalt. Die Träne landete mit saftigem Aufprall im Staub.

»Wir m-müssen endlich in unsere Einheit. Genosse Major ... D-die Zeit vergeht.«

Sein Freund, Soldat Alabin, blieb deutlich zurück. Oleschka blieb zurück und ging jetzt hinter uns. Taktgefühl?! (Und zugleich Rückendeckung? Deckung für mein Gespräch mit Alik.)

Plötzlich dämmerte es mir. Ich musste lachen. Gleich würden mir diese wunderlichen Burschen Geld anbieten.

Wenn eine Sache einfach nicht vorangehen will, kann man sie

dann nicht schmieren? Dieser geniale Einfall war meinen Jungs gekommen.

Während Alik auf mich einredete, dass sie unbedingt in ihre Heimateinheit müssten, blickte er sich ab und zu furchtsam um und blieb dann stehen. Ich auch – unwillkürlich. Wir standen einen Augenblick nebeneinander. Alik fuhr mit der Hand in sein Innentäschchen. Die Soldaten fertigen sich diese Täschchen selbst an. (Nach Anweisung von Zuhause. Schlaue Täschchen.) Und zog ein achtfach gefaltetes, knisterndes Scheinchen heraus.

Ich wusste nicht, ob ich lachen oder gerührt sein sollte. Ich wies ihn nicht zurecht. Ich verfolgte nur noch einmal eine wegfliegende Soldatenträne. Die diesmal schlecht wegflog. Die Träne landete platt auf seiner eigenen Stiefelspitze.

Er hatte es herausgeholt, herausgeangelt,das achtfach gefaltete grüne Scheinchen. »Schicken Sie uns in unsere Einheit. Beide. B-b-bitte ...« Er stotterte mit neuer Kraft.

Vor Aufregung. Und erklärte noch, seine Mutter habe es ihm geraten. Wenn es schwierig wird, hol ein Scheinchen raus. Menschen seien auch im Krieg Menschen. »Meine M-mutter ist komisch. Schullehrerin. In den untersten K-klassen. Zu jedem G-geldschein sagt sie Scheinchen ...« Noch eine Mutter, dachte ich.

Ich nahm den Schein, um die Jungs in ihrem Vertrauen nicht zu erschüttern. So war es sicherer. Sollten sie sich erst mal beruhigen. Ich spürte die unsichtbare Gegenwart von Aliks Mutter. Wie schlau, wie pfiffig seine Mama alles ausgedacht hatte! Das Innentäschchen und den Freikauf-Hunderter darin hatte wahrscheinlich sie ersonnen. Eine Petersburger Mama!

Ich nahm ihn – würde ihn zurückgeben. In meiner Tasche wäre er sicherer aufgehoben. Wieso unsere trinkfreudigen Ladesoldaten nichts davon gerochen hatten? *100 $!*

Sekundenschnell schoss mir das Bild unserer künftigen Kolonnenbegleiter durch den Kopf. Wenn Chwor nach Wedeno führen würde, oder Kostomarow (einer von diesen mit den langen

Nachnamen!).Wenn ich sie einer abfahrenden Kolonne mitgeben würde, wenn ich beide Jungs auf die Panzerung eines Schützenpanzers hochhieven würde, dann gäbe ich das *Scheinchen* zurück.

Plötzlich würde es mir einfallen, als hätte ich mich jäh daran erinnert. Ach, zum Teufel! Und ich würde einem von ihnen diesen Hunderter in die Hand stecken, schieben. Ihr werdet ihn noch brauchen können, Jungs. Verwirrt würden sie nicht einmal Anstalten machen, den Schein abzulehnen.

Dann würde ich ihnen noch hinterherschreien, dem fröhlich furzenden Schützenpanzer hinterher:

»Schöne Grüße an die Petersburger Mama!«

In meinem klapprigen Jeep fuhr ich langsam auf die Straße hinaus. Ich blickte mich um und beobachtete, wie meine vier Laster mit dem Treibstoff davonkrochen. Ich lauschte. Die Fässer waren befestigt, polterten nicht. Die Fahrer waren zuverlässig und nüchtern.

Aha! Da war auch die Mutter aus Wladimir. Sie rannte aus dem Tor und kam sofort zu mir. Im leichten Laufschritt.

Ich bremste, ließ sie neben mir einsteigen.

»Fast hätte ich verschlafen«, sie keuchte ein wenig.

Ich nickte.

Wir fuhren zu der Stelle, wo die Kolonne zusammengestellt wurde, an der Ortsausfahrt von Chankala. Es tagte. Die Soldatenmutter hatte sich für die Begegnung mit ihrem Sohn umgezogen. Ich hatte es bemerkt. Bescheidene Kleidung, gediegen. Und dennoch ein Hauch Festlichkeit!

Kaum hatte ich die Lastwagen durch Chankala zur Sammelstelle geführt, schien die schweigsame Mutter aufzuwachen. Kaum stand mein Jeep. Kullerten die Wörter wie Erbsen aus ihr heraus. Sie werde ihren Sohn sehen! Werde ihn sehen! Sehen! Sie verstummte einfach nicht wieder. Sie hatte schon alles über ihren Sohn herausgefunden – von Kramarenko etwa? Sie plapperte unentwegt, ohne auch nur einmal zu stocken. Sie wurde geschüttelt. Der zahnlose Sohn sei auch noch taub. Auf einem Ohr. Auf dem linken. Sie werde die ganze Zeit rechts sitzen müssen, wenn sie mit ihm rede. Ja, ja, das Geld wolle sie mir trotzdem geben. Später. Es sei so anständig von mir, dass ich ihr diesen Tausender zurückgegeben habe, wo sie das Geld (sie wisse es jetzt) so dringend brauche. Major Schilin hat so geholfen, so geholfen. Von sich aus. Sogar ohne Bitte. Sie werde es allen sagen. Es gebe nicht sehr viele gute Menschen. Aber es gebe sie. Es gibt sie!

Ich konnte nicht mehr zuhören und stieg aus dem Auto. Angeblich um zu rauchen. Aber sie blieb mir auf den Fersen. Sie wollte einfach nicht verstummen. Der Rauch mache ihr gar nichts aus. Major Schilin hätte auch im Auto rauchen können. Sie selbst versuche es auch manchmal. Ihr Sohn rauche auch. Wenn er es sich nicht abgewöhnt hätte in den vier Monaten, die er in der tschetschenischen Grube gesessen habe. Dort sei er wohl kaum verwöhnt worden. Durch ihren Wortschwall hindurch vernahm ich plötzlich das Zirpen der Zikaden.

Dieses herrliche Gezirpe, wie viel schöner ist es doch als kummervolle menschliche Rede! Ich schaute in die Ferne. Ich sah schon die Kolonne aus Grosny. Sie fuhr mit Standlicht.

»Steigen Sie ins Auto«, sagte ich.

Die Mutter bezog eilig ihren Platz. Xenia Petrowna rannte sogar. Und redete im Laufschritt weiter. Es gibt ja so unschuldige Mütter. Und man muss ihnen manchmal die Meinung sagen.

Die Schützenpanzer kamen zum Vorschein. Und die Lastwagen. (Munition und Brennstoff.) Schon sah man auch den Panzer, der die Kolonne abschloss.

Meine vier Lastwagen wurden mit den Schnauzen dorthin dirigiert, wo man ihnen in der Kolonne ihren Platz anwies. Xenia Petrowna durfte ich jedoch nicht in einem ihrer Fahrerhäuser unterbringen. Guschtschin war extrem eigen. Guschtschin würde es nicht dulden. Die Frau und der Treibstoff waren unvereinbar.

Die Schützenpanzer bewegten sich kaum vom Fleck. In der Pause vor dem Manöver brachte ich die Mutter unter. Wichtiger Augenblick! In den Jeeps, es waren drei, fand sich kein Platz für Xenia Petrowna. Die Gentlemen waren wohl noch nicht vollständig aufgewacht, hatten sich nicht mit einer »Gilette«-Klinge rasiert, kein Kölnisch Wasser aufgelegt und konnten deshalb am Morgen noch nicht an Frauen denken.

Mancher schaute auch noch schief. Verärgert! Für die meisten war sie meine Schickse. Der ich ein weiches Plätzchen suchte. Also entschuldige, Major. Also nur der Schützenpanzer.

»Jungs!«, schrie ich dem nächsten Schützenpanzer möglichst heiter zu. »Rückt zusammen. Das ist eine Mama. Die Mama muss beschützt werden.«

»Juhuu ... Juhuuu!«, johlten die Jungs auf der Panzerung. Sie lebten auf. Die Mama war vierzig, knapp darüber. Am Morgen, adrett angezogen, wirkte sie noch jünger.

Aber sie konnte ja nicht auf der Panzerung fahren. So herausgeputzt. Im Rock. Die Soldaten waren großzügiger, als diejenigen, die rechtzeitig in den Jeeps Platz genommen hatten. Sie holten sogleich einen Mann aus dem Schützenpanzer heraus. Einen, der sich dort aufgewärmt hatte. Und halfen der Mutter, in das dröhnende Panzerfahrzeug hineinzuklettern. Alles rasch. Alles geschickt. Der von seinem warmen Platz geholte Soldat stieg auf die Panzerung, setzte sich, die Kalaschnikow auf den Knien, und gähnte dort verzweifelt. Scheiße, dachte er. Im Fall des Falles käme er bei Beschuss unter die ersten Kugeln.

Guschtschin schaute fünf Sekunden aus seinem Jeep heraus. Das Megaphon in der Hand. Er kommandierte die Schützenpanzer. Erblickte mich – winkte. Schrie mir fröhlich etwas zu, aber nicht ins Megaphon (damit es nicht mit seinen heiseren Kommandos verwechselt würde).

Es war nun ganz hell geworden. Die Kolonne setzte sich in Bewegung, und ich sah, wie sich meine vier Lastwagen im Fahren einreihten, in den schneller werdenden Fluss der Panzerfahrzeuge. Ohne jemanden abzubremsen. Es ging alles glatt vonstatten. Sauber!

Immer weiter Fahrt aufnehmend, wurde die Kolonne ein lang gestrecktes Ganzes. Zog sich schön um die kleine Straßenkurve. Welch ein Anblick! Ich hörte, wie mein Herz klopfte. Schon hatte sie Tempo. Schon brauste sie. Manchmal ist der Krieg feierlich, sinnlich! In solch einem außerordentlichen Moment beeindruckt der Krieg. Er verspricht sogar etwas … außer dem Tod.

Gleich wäre die Sonne da.

Aha. Ein großer Vogelschwarm schnitt in der Höhe den Fahrzeugschwarm. Im spitzen Winkel. Die Kolonne und der Schwarm hatten fast den gleichen Weg. Und kaum wurden die Autos in der Ferne leiser, vernahm man die Vogelschreie.

Mein Jeep stand einsam und allein auf der Straße. Ich hielt das Fernglas in der Hand und beobachtete eine Weile die Vögel. Sie waren noch zu sehen. Gänse.

NEUNTES KAPITEL

Endlich öffnete er sich. Er könne nicht mehr schweigen, wolle nicht mehr schweigen und ... Und der liebenswürdige Kolja Gussarzew verblüffte mich mit dem Geständnis, dass er die Maschinenpistolen, mit denen er meinen Uasik vollgestopft habe, den Tschetschenen nicht überlassen, sondern verkauft habe. Er habe ein paar Waffen verkauft. Ja, ja. Und dann habe er noch einen getroffenen Panzer verkauft. Ja, ja, er hätte gern ein Business draus gemacht. Ja, mit mir zusammen. Parallel zu Benzin und Diesel. Er habe es verheimlicht und mir verschwiegen, weil er es zuerst selbst habe ausprobieren wollen. Er habe sich überzeugen wollen, dass er es könne. Habe den ersten Erfolg gewollt. Und es klappt doch! Es scheint doch zu klappen, oder etwa nicht?

»Na, du bist mir einer«, sagte ich beherrscht.

Er hatte mich ja mit seinem idiotischen Handel in Gefahr gebracht! Na, Genosse Stabsoffizier! Bei einem Misserfolg, bei einem Scheitern hätte ich nicht einmal gewusst, weswegen sie mich festgenommen hätten. Sowohl mich, als auch Ruslan. Wir hätten unseren Rang verloren. Ein feiner Partner, verdammt noch mal! Ich war böse. (Aber einen Streit wollte ich nicht haben. In keinem Fall!) Na, los, Einzelheiten. Lass hören, Kolja!

Eine Zeitlang saß ich da, ohne die Augen zu heben, um meine Wut nicht zu verraten. Ich musste ruhig bleiben. Er war kein Schuft. Und kein Gierschlund. Er war einfach Gussarzew. Er war einfach jung. Ein Dummkopf! Ich musste kalt mit ihm reden.

Mich ruhig und kalt mit ihm aussprechen. Lass hören, Kolja! Was ist los!

Mein Uasik, voll mit Kalaschnikows, sei sein ganzer Erfolg gewesen. Ja, ja, gegen gutes Geld. Ja, schnell. Er hätte jedoch verdammten Dusel gehabt. Ich erklärte ihm: Mit dem Uasik habe er sich wie durch ein Wunder nicht um seinen Kopf gebracht, als der Ermittlungsführer Lukowkin den Sumpf durchwühlt habe. Der »Clinton«, so heiße er doch, sei schließlich ein langer Spezialhaken für die Suche, nicht wahr? Ich las dem liebenswürdigen Kolja Gussarzew die Leviten, der mich betrogen und mich jetzt mit seinem miesen Erfolg so vor den Kopf gestoßen hatte.

Die Soldaten des Ermittlers, baumstarke Sibirjaken, hätten mit ihrem Haken die schweren Eisenteile einfach aufgabeln können. Statt der angeblich im Sumpf untergegangenen Kalaschnikows. Ein Schienenstück hätten sie nicht aufgabeln können, das stimme schon, aber ein Stück Armierung – leicht. Armierung, Kolja! Was dann! Sekunden haben entschieden. Stell dir den Aufschrei vor! Wenn aus dem versunkenen Uasik! An die Oberfläche des Sumpfes … statt heller Sumpfblasen. Ja, den Freudenschrei! Ein blödes rostiges Eisenstück aufgestiegen wäre. Ein rostig rabenschwarzes, der blanke, ins Auge springende Betrug.

Womit willst du noch angeben, Kolja?

Er hatte außerdem noch einen getroffenen Panzer verkauft. Aber das war auch kein Business. Den Panzer hatte Gussarzew an Georgier verkauft, hatte ihn nicht schlecht verhökert, was die Kohle angeht. Um ihn jedoch zu überführen, hatte Kolja Kontraktmänner angeheuert, tapfere, verwegene, aber unzuverlässige Burschen. Ohne jede Angst, ohne Nerven, tierisch mit Adrenalin vollgepumpt. Und was kam am Ende dabei raus? Die Georgier waren mit den Kontraktmännern unzufrieden. Und das mit Grund! Bis sie zur Pankisi-Schlucht gekommen waren, hatten sie den Panzer ausgeschlachtet. Die ganze Elektronik ausgebaut. Ein T-80! Gut, dass Gussarzew das Geld im voraus bezahlt worden war. Gut, dass die Georgier Luschen waren! Aber andere Georgier wären keine Luschen. Luschen sind sehr nachtragend, Kolja.

Ich erklärte ihm, dass seine Schachereien kein Business seien. Ich erklärte es ihm ruhig. Beherrscht. Dass das noch nicht einmal annähernd Business genannt werden könne.

Wir tranken Wodka bei mir, in meinem kleinen dienstlichen Wohnbüro, das direkt an das Lager Nummer 1 angeklebt war. Kolja Gussarzew hatte dieses Gespräch offenbar schon lange gewollt. Sollte er es haben. Sollte er alles haben. Es war ja schon gut, dass er damit angefangen hatte.

»Ein Teufelskerl ist eben ein Teufelskerl«, lobte ich ihn und hob das volle Glas.

Ein wenig übereilt, ein wenig nervös nahm auch er sein Glas vom Tisch – wir stießen an.

»Sascha, ich hab's halt einfach mal probiert! Es kommt ja einfach kein Geld rein.« Er macht es sich zu leicht.

»Lass das! Warum verzapfst du mir dann alles erst jetzt? Beim Wodka?«

»Ich will's doch mit dir zusammen machen.«

»Verstehe. Zusammen. Und jetzt willst du wegen dieses ›Zusammen‹ meine Meinung hören, richtig?! Du willst hören, was ich vom Verkauf von Waffen halte. Bitte schön!«

Die Wut steigt in mir auf. Aber kalte Wut:

»Also hör zu! Meine Meinung ist folgende …«

»Warte.«

»Nein. Warte du. Hör mir gut zu! Die Tschetschenen werden nicht bitten, zu verkaufen, sondern fordern, zu verkaufen. Hörst du den Unterschied? Schon vom zweiten Deal an. Vom zweiten, Kolja! Sobald du den ersten Verkauf aus den Lagern geregelt hast …«

Ich spreche gedämpft. Ich spreche leise:

»Mit Waffenhandel befassen sich andere Leute, die anders organisiert sind. Andere Mittel haben. Mit denen können wir es nicht aufnehmen. Sobald rauskommt, dass auf dem Waffenmarkt ein neuer Spieler … ein kleines Spielerchen! … mitmacht, werden sich die Tschitschen einschalten. Die Tschitschen werden nicht bitten. Sie werden von dir fordern, du Dummkopf. Du wirst dich ganz schnell vollpissen, Kolja. Entschuldige.«

Soll er's nur hören:

»Bei euch im Stab sagt man – *ich hab mir in die Hosen gemacht ... wir haben uns in die Hosen gemacht.* Hier gibt es keine Hosen, Kolja. Hier geht's grob zu. Du wirst dich vollpissen, Kolja ...«

Ich wiederhole absichtlich die derben Worte:

»Von der Gemeinheit dieser Sache will ich gar nicht reden. Kleine Leute können nicht mit Waffen handeln. Merk dir das. Der Waffenhandel ist dein Tod. Ein sehr baldiger Tod, Kolja.«

Ich fahre leise fort. Ich will ihm auch den Knackpunkt, die Hauptsache, ganz, ganz leise sagen – du, Kolja, bist ein kleiner Fisch. Wir beide sind kleine Fische.

Er ist blass geworden. Obwohl er gehörig Wodka getankt hat.

Nach einer langen, lastenden Pause (damit er es richtig begreift) werde ich milder. Ich biete ihm sozusagen schon einen Kompromiss an:

»Mach was, dem du gewachsen bist, Kolja. Wenn du schon ein anderes Business aufziehen möchtest. Dann eins auf deiner Höhe, wie es dir kleinem Fisch ansteht.

Statt Kalaschnikows und Panzerfäuste in den Lagern und in den frisch eingetroffenen Güterzügen zu suchen, statt mit Munition solltest du, mein lieber Kolja, besser mit Brettern und Nägeln handeln. Mit Dachasbestplatten und Ziegeln. Zementsäcken. Aus denselben in Grosny eingetroffenen Güterzügen. Und das ohne Eile, ohne Raffgier. Du solltest mit den Grosniern in Kontakt treten. Und nach und nach ein Baumaterial-Business aufziehen. Ein scheinbar mickriges, überhaupt nicht großartiges, aber immer zuverlässiges und immer gefragtes Business mit Baumaterial. Warum sollte das nicht gehen? Schließ Bekanntschaft mit den Güterzugleuten. Schau bei den Auslaufgleisen vorbei. In die Waggons rein!«

Gussarzew, blass bis unters Haar, hört mir schweigend zu. Und unterbricht mich plötzlich schroff:

»Schlag mir so was nie wieder vor!«

Hochmütig.

Ich zucke nur die Achseln – na schön. Leb, wie du willst. Ich schlage dir nichts mehr vor. Wenn du nicht willst, dann eben nicht.

Wir trinken schweigend.

Endlich, ich sehe es, fasst er sich ein Herz. Und sagt:

»Sascha. Ich halt's nicht aus. Null Kohle! Und ich fahre bald in Urlaub …«

Und weiter:

»Sascha. Überleg doch mal, was wir jetzt für eine Strähne haben! Chwor nach der Operation. Kostomarow hat wieder Durchfall gekriegt! Ein schöner Stalker! Stalker mit Durchfall, was? Wie soll ich leben? Ich bin völlig pleite. Und hab bald Urlaub. Wie soll ich leben?«

Er schmeichelt sich in mein Herz.

»Wir leben doch.«

»Du lebst, weil du Talent hast. Du wartest deine Zeit ab. Ach, und wie du *wartest*, Sascha! Wie schön du *wartest*!«

Der Psychotrick ist nett und mir natürlich bekannt. Wenn der Mensch sich in seiner Eigenliebe beim Wodka ganz klein macht. Und dich, der ihm gegenübersitzt und trinkt, entsprechend hoch hinaufhebt. Also. Also hat er noch nicht alles ausgepackt. Er will noch etwas sagen. Hat noch was im Sinn.

»Kolja! Red Klartext!«

Er lacht plötzlich:

»Ich rede ja Klartext. Klarer geht es nicht. Du bist mit Talent geboren, und ich nicht.«

Ich schnaube. Ich bin nicht mit Talent geboren. Mein jetziges Können (mit welchem Wort man es auch bezeichnen mag) hat sich von selbst eingestellt, und zwar hier. Im Krieg. Gott hat mit dem Finger geschnippt. Im damals eben erst begonnenen Krieg.

Gott schnippte in jenem Augenblick mit dem Finger, damit es das menschliche Ohr vernähme (und zufällig war mein Ohr näher dran als das von anderen). Ihm, dem Großzügigen, war eingefallen, diesem Major Schilin eine gewisse Fähigkeit zu schicken. Im Krieg muss man doch auch einem Dummkopf etwas schicken. Wenigstens manchmal. Wenigstens einmal.

Wir trinken. Koljas Schmeichelei dringt allmählich in mich ein. Näher und näher an mein vom Wodka erwärmtes Herz.

Doch um so aufmerksamer beobachte ich, worauf der liebe Kolja Gussarzew hinauswill.

Er will offenbar noch etwas sagen. Schweigt aber. Schweigt heute. Für heute reicht es sowieso schon.

Junger Kerl! Unter vier Augen mit mir hat er oft von fremden Erfolgen gesprochen. Über Schumanow. Über Chworostinin. Dabei zeichnet er, Major Gussarzew, sich doch auch (wenn man die Stabsoffiziere betrachtet) durch Tapferkeit und gute Manieren aus. Er könnte vielen gefallen, denke ich, wenn er es nicht so eilig hätte, sich sein Teil zu nehmen.

Der Mensch ist beeinflussbar.

Manchmal scheint es, als sporne ihn sein eigener, im Leben sehr zu ihm passender Familienname zu seinen Husarenstücken an.

Wir reden noch weiter. Kolja wieder mit Volldampf! Er begeistert sich für Kriko, dieser Kriko ist aber einfach nur ein primitiver Tausendsassa – ein Oberstleutnant, der wie besessen durch Tschetschenien brettert. Der sich zu schnell, zu betriebsam einen Namen macht. Tauscht einen gefangenen Araber gegen einen Kontraktmann aus. Die Leichen von drei tschetschenischen Kämpfern gegen einen von unseren Sklaven aus der Grube. Für einen Teil des Geldes (aus jedem Deal) löst er noch Soldatenplaketten aus, die Erkennungsmarken der Toten. Ganze Hände voll!

Wieder weise ich Kolja zurecht, dieser Kriko sei verrückt, viel zu geschäftig. Und wahrscheinlich nicht langlebig. Er sei einer von denen, die Staub fressen. Schwirre überall herum. So etwas dürfe man eigentlich nicht sagen, aber einer wie der werde bald getötet, wenn nicht heute, dann morgen.

Bevor Kolja Gussarzew geht, möchte er trinken und davor oft anstoßen. Das unterstreiche, dass wir uns nun, nach dem offenen Gespräch, noch näher gekommen seien. Ich bin einverstanden – trinke mit Behagen, Entspannen ist angesagt. Der Tag war auch wirklich schwer gewesen. Die Nacht bemächtigt sich meiner Glieder. Die Herrin Nacht! Kolja schlafen schicken. Und selbst auf die Mondlichtung. Und im Dunkeln die Nummer meiner Frau Ziffer für Ziffer wählen. Die Tochter schläft nachts, wird nicht abnehmen.Aber ich will ja jetzt auch nur die Stimme meiner Frau hören.

Kolja ist jedoch noch nicht weg.

»Du hast es mir erklärt. Hast es mir gut erklärt, Sascha.«

»Schon gut.«

»Wir sind doch Freunde?« Er schaut mir in die Augen.

Aber ich bin auf der Hut:

»Es geht um etwas, Kolja. Eine ernsthafte Sache.«

Er will wieder etwas sagen. Kann sich jedoch nicht dazu durchringen. Er hat noch etwas auf dem Herzen. Was? Er hat es ja nicht gesagt.

Nachdem er sich berappelt hat, möchte Kolja durch ein Hilfsangebot unser schroffes Gespräch glätten. Und schlägt vor:

»Hör zu, ich werde deine Traumatisierten wegbringen. Werde sie selbst wegbringen.«

Er kennt meine neue Sorge.

»Ich bring sie weg. Schaff beide in ihre Einheit. Basanow schickt mich nämlich Richtung Wedeno.«

Dort, bei Wedeno, werden unsere Truppen schlecht versorgt. Sogar mit Konserven, mit Fleischdosen, gibt es Probleme. General Basanow, für »Kontakte mit der örtlichen Bevölkerung« verantwortlich, schickt Gussarzew – er soll versuchen, den Einkauf zu regeln. Aber nicht bei den Tschetschenen, sondern zum Beispiel bei den Dagestanern, die in dieser Region Tschetscheniens leben.

Was sei dabei? Er, Gussarzew, werde die Jungs einfach wegbringen, da die Einheit auf seinem Weg liege. Er lacht. Für Stabsoffiziere sei alles einfach! (Ich selbst bin in diesem Sinn nicht mobil. An den Blockposten wird man das nicht verstehen. Ein Lagerchef aus Chankala fährt selbst nicht so weit.)

»Ich nehme sie mit. Ich werde im Jeep fahren. Allein. Ohne Begleitung.«

»Mutig!«, lobe ich.

Ich hole die Karte hervor und fahre mit dem Finger darüber, dann tippe ich auf die Stelle, wohin sie fahren müssen. Zu der Heimateinheit meiner Spinner.

»Sascha. Leg die Karte weg. Ich kenne diese Gegend.«

In jenen Tagen war es angesagt, ohne rasselnde schwere Begleitung auf den Straßen durch die Gegend zu brettern. Angesagt und zudem gerechtfertigt! Es gab sogar eine geheime Vorschrift – Offiziere hatten in Jeeps umzusteigen. Zu oft kam das schwere Gerät zu Schaden. Zu viele starben! Natürlich konnte auch ein Jeep unter Beschuss genommen werden. Doch ein Einzelfahrzeug wurde von Tschetschenen, die im Hinterhalt lagen, meistens durchgelassen. Ohne Schützenpanzer hatte ein Einzelner mehr Glück.

Kühn! Die Stabsoffiziere hatten es zuerst gecheckt und waren als Erste auf die Jeeps umgestiegen. Und fuhren ungestört herum. Mit hohem Tempo! Die Tschitschen haben auch jede Menge von diesen Jeeps (die sie seinerzeit der föderalen Miliz abgenommen haben). Und die gleichen Kampfanzüge tragen die Tschitschen auch! Ein auf der Straße daherrasender Jeep (in dem wer weiß wer sitzt) wirbelt Staub auf, ohne abzubremsen! Da erkenn mal die eigenen Leute!

Gussarzew drückt mir fest die Hand.

»Ich bringe sie weg, Sascha. Versprochen.«

Und fügt hinzu:

»Treib für die Jungs alte Kampfanzüge auf, Sascha, wie sie jetzt bei den Tschitschen in Gebrauch sind.«

»Mach ich.«

»Möglichst abgewetzte. Stinkende!«

Kostyjew – mit der Betonung auf »y«. Mit ihm zusammen (und mit ihm befreundet) habe ich die berühmten und jetzt vollständig zerstörten Häuser zwei Schritte weit vom Minutka-Platz gebaut. Wo der Prospekt in den Platz einmündet. Sie hießen *Kranichhäuser*. Ich weiß nicht, warum. Das Dach war wie ein leicht schief gestellter Vogelflügel. Vielleicht fanden die Menschen diese parallel angeordnete Dachschräge, vom Prospekt aus gesehen, interessant ... irgendwie besonders!

Doch wer braucht in dieser Zeit in Grosny Häuser! Kostyjew und ich bekamen den Befehl, Lager zu bauen. Zwei, drei Lager ... fünf. Eins am anderen.

Wir waren dick befreundet. Schilin und Kostyjew. Zwei Bauingenieure. Ich dachte damals ernsthaft und sehr konkret daran, nach Ableistung der Aufträge in Grosny aus meinem Kowylsk im Ural für immer in sein Piter (Petersburg) zu ziehen. Meine Frau und mein Kind zu seiner Frau und seinem Kind zu bringen. Bei der Wohnungssuche in Piter hatte Kostyjew seine Hilfe versprochen. Solche Freunde waren wir: Wir bauten Lager und schmiedeten Pläne. Abends hörte Kostyjew Musik. Eine Idylle.

Dann sollten Kostyjew und ich die von uns gebauten Lager verwalten – *leiten* nannte es sich. Wir willigten beide gerne ein. Die Lager sind ja doch ein Stückchen friedliche Welt. Kostyjew war als ziviler Ingenieur beim Militär angestellt. Ich diente in den Ingenieurtruppen. Ich wurde natürlich durch Befehl verpflichtet. Zwei Leiter, ein Russe und ein Tschetschene. Wie es sich gehörte.

Kostyjew war Tschetschene, aber von altem Petersburger Schlag. Seinen Nachnamen hatte wohl die Petersburger Aussprache abgeschliffen. Ursprünglich lautete er wohl Chassijew ... Gasijew ... ich weiß nicht. Dennoch war es Kostyjew, der schon von den ersten Tagen der Wirren an, hellhörig und aufmerksam wie alle Tschetschenen, Dschochar Dudajew beobachtete. Kaum hatte General Dudajew die nächsthöhere Stufe erklommen, in einen obskuren Sowjet und dann in eine Waffenkommission, sagte Kostyjew zu mir: »Sanja ... Duda bedeutet Krieg.« Er sprach leise und rieb die Fingerspitzen. Finger an Finger. Er hatte diese unauffällige Gewohnheit. Intelligente Tschetschenen nannten Dudajew schon ganz zu Anfang Duda, das klang seriös und bedeutungsvoll. Nicht Dudka, Pfeife, sondern DUDA. Trompete. Horn!

In unseren Lagern herrschte ein wahrer Stau. Sowohl die leeren Ecken wie auch die gähnend weiten Flächen in der Mitte, alles war jetzt mit Waffen vollgestopft. Auch Benzin und Diesel wurden hier gelagert. Man warf alles wie in einen Schuppen hinein. Wie Diebesgut! Und das Wachpersonal war spärlich. Kostyjew und ich schafften es nicht einmal, ein Viertel in die Inventarliste aufzunehmen. Es war ein ganzes Arsenal! Die Oberen (sowohl Moskauer wie auch Tschetschenen) wollten, dass wir beide diese Tausenden von Knarren verwalteten und für sie einstanden. Es schien absurd, aber es war nicht absurd. Kostyjew begriff verblüffend früh, als Erster, dass unsere Lager eine Provokation waren. Der Tschetschene! Er hatte eine äußerst feine Nase. Und bebend feinfühlige Fingerspitzen als zusätzliches Organ.

Am ersten Abend, als bekannt wurde, dass Dudajew im Sowjet majestätisch die höchste Stufe erklimmen wollte, am selben Abend noch ... »Weißt du, Sanja« – mein Freund Kostyjew rieb seine Fingerspitzen – »ich bin mir nicht mehr sicher. Ich bin nicht mehr sicher, Sanja, ob wir beide noch nach Piter umziehen können ...« An diesem selbigen Abend tranken wir beide ausgiebig. Und redeten ausgiebig. Spät in der Nacht trennten wir uns voller Zweifel. Ich hatte Argumente *dafür* und auch *dagegen*. Ich schlief die ganze Nacht nicht.

Ich überlegte auch während der Nacht – so … oder so. Ich hätte gerne (und drang sogar darauf) am nächsten Morgen noch einmal alles besprochen. Aber da hatte ich schon niemanden mehr. In aller Herrgottsfrühe war mein Freund in sein Piter abgehauen. Was tschetschenisches Ungestüm ist, spürte ich viel früher als unsere Generäle.

Ich blieb. Im Grunde hatte niemand mehr die Führung. Die Lager waren verlassen. Man belagerte mich mit irgendwelchen selbstverfassten Befehlen, mit gefälschten Papieren. Oder ganz ohne Papiere. Oder sogar mit echten Papieren und Stempeln. Es gab auch Papierchen mit der Unterschrift von General Dudajew. Was auch immer! Um das Lager lungerten fremde Leute herum. Kleine Banden. Sie wollten alle nur eins – Waffen.

Und wie sie brüllten!

Dudajew hatte ich schon früher kennengelernt, in einer Besprechung, wo er mir einen raschen, scharfen Blick zugeworfen hatte. Baumeister interessierten ihn. Ich weiß nicht, wieso. Vielleicht wusste er schon von den Lagern. Dass die Lager Waffen aufnehmen sollten. Und dass der Baumeister nichts mehr zu bauen hatte. Sie (die an der Spitze) spürten schon die *Unsinnigkeit, Mauern zu errichten,* wie sich Kostyjew ausdrückte.

In großer Runde log man einander jedoch seelenruhig etwas vor – und in den idiotischen Besprechungen kaute man immerzu auf demselben Blödsinn herum. Man muss dieses bauen. Nein, man muss jenes bauen. Ich, der ich ohne Kostyjew allein war, hielt den Mund. Ich weiß noch, ich bekam die spitze Bemerkung ab, warum er, der *Lagermann,* schweige. Was meinte er denn? Aber ich dachte nicht daran, ihnen nach dem Mund zu reden. Ich machte einfach nicht den Mund auf. Mich ekelte vor ihrer Falschheit.

In der Pause kam Dudajew zu mir. Und sagte, mir auf die Schulter klopfend – Gut gemacht, Major. *Gut geschwiegen, Major.* Und fügte lächelnd hinzu: »Schattenmann.«

Dudajew durchschaute die Menschen rasch und leicht. Er sprach sogar betont liebenswürdig mit mir. Dabei jedoch ohne Achtung. Ohne jede Achtung. Einstweilen.

Etwas fiel von oben für mich ab. Schnipp! Schnipp! Das geschieht, wenn sich Gott von seiner genialen Höhe aus zu dieser Scheiße, wie wir es sind, herablässt und plötzlich lautstark mit den Fingern schnippt.

Selbst im Alkoholdunst denke ich ziemlich nüchtern über mich nach. Wenn man Glück hat, findet das Talent (wie auch immer man mein besonderes Geschick nennen mag) einen Menschen auf seiner Augenhöhe. Unser kleines Talent wird uns in unserer eigenen Dosis zuteil. Der Mensch stolpert plötzlich über sein Talent wie über einen Stein. Und weiter – rette und bewahre es.

Wäre ich in jenen aufgeregten, durchgeknallten Tagen auf die Idee gekommen (auf die Idee! Gelegenheit gab es ja!), Waffen zu verkaufen, dann wäre ich längst nicht mehr unter den Lebenden. Benzin und Diesel sind meine Obergrenze.

Kolja Gussarzews Schmeichelei bezüglich meines Talents beim Wodka. Und meine Angst um Kolja. Wegen des blöden Uasik mit den Kalaschnikows.

Ich möchte noch weitertrinken. Aber so, dass die Höhe des Rauschs nicht für besoffenes Geschwafel vergeudet wird. Dass sich die Welle, zu der ich mit dem Wodka auflaufe, nicht bricht und verläuft. Kolja ist gegangen. Niemand da. Ich will die Welle in mir (und für mich) halten. Damit sie dort wogt. Aufsteigt und fällt. Die Welle. Wenn sie gegen den Stein schlägt und ihn ableckt.

Oder ist es schon Morgen? Auch die Vögel sind schon auf den morgendlichen Zweigen erwacht – Tschilp! Tschilp!

Und wenn Ruslan-Roslik frühmorgens das Gespräch über echte Bergfreundschaft wie eine Schallplatte anleiert, dann lache ich nur. Und erzähle von meinem Freund Kostyjew, der sich rechtzeitig nach Piter abgesetzt hat. So ein fixer Kerl! Abgereist, ohne bis zum Morgen zu warten. Und das war doch eine echte Freundschaft, Ruslan!

Roslik wird wütend:

»Wieviel Wasser ist seither geflossen, und du denkst immer noch dran! Das ist schlecht!«

Er gerät in Weißglut. Seine Augen brennen. Er schwingt die Arme:

»Kostyjew! Was ist denn dein Kostyjew! Der ist doch kein Tschetschene. Auch sein Name ist nicht tschetschenisch!«

Ein kampflustiger Nationalist ist in der Regel ein kleiner beschädigter Mann, manchmal hässlich und immer auf dem Sprung, zur Waffe zu greifen, weil man ihm auf andere Weise nicht gestattet, sich sein Teil vom Leben zu nehmen. Das ist so im Unterbewusstsein verankert. In jeder Nation. Ich hätte es vorhersehen können. Aber dass die Behinderten gleich mit der ersten Welle über mich hereinbrechen könnten, das schlägt doch!... das schlägt doch dem Fass den Boden aus!

Das war zu viel. Einäugige. Mit Hasenscharte. Oder kaum einen Meter hoch. Und jeder Zweite hatte einen nervösen Tick im Gesicht. Und besonders erschreckend ruckte der Hals. Solche Menschen hält man im Haus. Wozu hatte man sie rausgelassen? Selbst am ganzen Leib zitternd, wedelten sie auch noch mit zusammengeschusterten Papieren, in denen mir vorgeschrieben wurde, ihnen auf gesetzlicher Basis Waffen zu geben. Es gab sogar Bucklige darunter. Doch ich widersetzte mich. Gab ihnen keine. Da schoben mir diese Bastarde Russen unter. Mit schwülstig geschriebenen, aber ebenfalls getürkten Papieren. Die schickte ich hochkant zum Teufel.

Das plärrende, missgebildete Heer drang in die Lager ein, stürzte von einem Haus ins andere. Sie ballerten mit den Kalaschnikows allerdings noch in den Himmel. Aus Wut. Mein Sergeant brüllte: »Major! Genosse Major! Hierher!« Und ich rannte »hierher«, und dann »hierher«. Ich ging nicht, ich rannte. Griff auch nach meinem Halfter. Zog aber nicht die Pistole. (Die Drohung ist stärker als ihre Durchführung.) Die Tschitschen waren schon überall. Pro Lagerhaus vier, fünf Mann. Sie suchten leichte Beute. Wenn keine Waffen, dann her mit dem Benzin, sonst bringe ich dich um!

Alles rannte hin und her. Auch ich rannte hin und her. Mal hier, mal dort ein Schuss in den Himmel. Einfach so. Als musikalische Begleitung. Da erblickte ich inmitten dieser Musik und dieses bösen Strudels plötzlich einen langen Ledermantel. Zuerst einen ruhigen großen Ledermantel. Hubschauberpilot. Russe.

Seelenruhig kaute der Hubschrauberpilot irgendetwas. Wollte wohl seine Fahne verbergen. Das kennen wir! Korianderblättchen. (Nach dem Besäufnis von gestern?) Ich stürzte auf ihn zu: »Pardon, was wollen Sie hier?!«, fragte ich wütend. Der Zorn übermannte mich. Der Ledermantel hatte keine Sterne, keinen Rang. Er streckte die Hand aus. Sonst noch was! Ich drückte sie nicht. »Ich bräuchte Kerosin. Muss fliegen.« Er lächelte. Es war klar, dass er aus Chankala kam. Sie fühlten sich dort wesentlich sicherer als wir in Grosny.

So klar, so frisch lächelte er. Phantastisch ruhig inmitten dieser Meute mit nervösem Tick. Ein Mensch vom Himmel. Die Epauletten unter dem Mantel konnte ich natürlich nicht sehen. Doch der Gedanke an die Würde, an die himmlischen Epauletten, die jeder Mensch trägt, fuhr mir schon durch den Kopf. Und was sollte mir dieser Scheißsprit! Wozu saß ich drauf? Die Tschitschen würden im nächsten Augenblick eine gezielte Schießerei im Lager veranstalten. Benzinfässer! Ich würde mitsamt den Fässern verbrennen.

Und nun – rein aus Feuerschutzgründen für das Lager (ich wähnte mich schon im großen, bislang noch nicht existierenden Feuer!) – brüllte ich ihn an:

»Nimm's dir! Nimm dir alles! Nur schnell.«

Sie verluden sie. Ich hatte in jenem Lager etwa sechs oder sieben Fässer. Nein, acht. Das achte rollten sie ganz zerbeult heraus. Fast dreieckig. Es hüpfte. Sie warfen es leicht wie eine Feder in den Wagen. Keine Ladesoldaten, sondern Flieger! Sie waren mit ihm gekommen. War das die Möglichkeit! Ach, ach! Alle in Ledermänteln. Wassiljok, schrien sie ihm zu. Wassiljok! Wie sich herausstellte, war er schon damals Oberstleutnant! Junger Kerl! Bei ihnen, den Himmlischen, wachsen die Ränge schneller. Hosenscheißer, dachte ich. Hätte wenigstens Danke sagen können. Kaut Koriander! Den Mann reut jedes überflüssige Wort!

Dann, als er die weggeschafften Fässer sah, stürzte sich ein Tschitsche auf mich. Ihm auch. Ihm auch Benzin! Wie eine Frau schrie er mich an. Hat man erst mal eine rangelassen ... Dieser hatte weder einen Tick noch einen Buckel. Und stotterte auch nicht. Anscheinend keiner von den anderen. Plötzlich kam mir die Erleuchtung – *ein Schiefer*! Eine Schulter stand etwa zehn Zentimeter höher als die andere. Aufgrund der verbogenen Wirbelsäule. Ich merkte ihn mir! Der Tschitsche wollte sich unter dem linken Knie kratzen. So schien es. Die linke Hand streckte sich weit nach unten aus. Mit diesem Schiefen, erinnere ich mich, waren die Überfälle der ersten Welle zu Ende.

Ich sagte ihm – nimm. Ließ ihn selbst hinein. Damit der teure Gast die leeren Ecken besichtigen konnte. Dort, in den Ecken, stank es immer noch nach den Fässern. Aber es waren keine mehr da. Erbost riss der Tschitsche die Kalaschnikow hoch und begann in die Decke zu schießen. Einfach in die Decke. Er machte Löcher ins Dach. Aber auch die Löcher hatten einen Linksdrall. Nach Westen hin.

Dafür war die zweite Welle eindrucksvoll – hochgewachsene, breitschultrige Männer mit guten Gesichtern. Hatten sich flink die Bärte abrasiert. Sie wirkten wie Schauspieler, die man irgendwann irgendwo gesehen hatte. Ich betrachtete die Gesichter. Die Tschetschenen sind, allgemein gesprochen, ein schönes Volk.

Die schönen Männer hatten anscheinend in den Bergen gesessen und gewartet– dafür waren sie jetzt schnell hinuntergestiegen, buchstäblich von den Gebirgspässen herabgestürzt. Und wollten auf der Stelle Waffen. Auch die Maschinenpistole hielten sie schön in der Hand. Einer zielte mir sogleich auf die Stirn, ein anderer auf die Lenden. Diese zweigeteilte Anvisierung spannt Männer besonders an, die sich plötzlich einer Knarre gegenübersehen. Die beiden Zielenden aber lachten. Ach, Kostyjew, mein Freund! Zu schnell bist du verschwunden! Vor einer Knarre stehend (vor zwei Knarren), war Not an einem Tschetschenen, brauchte ich einen Tschetschenen. Die Tschetschenen mit ihrer Sprache ... mit ihren Gewohnheiten ... dafür hatte man uns ja auch beide im Lager zusammengebracht!

Er hätte mit ihnen palavert, und ich hätte geschmollt, schon gut, schon gut ... ich rufe an. Frage nach, was die Waffen und euch betrifft. Ach, Kostyjew! Ich verstand nicht einmal zwei Worte, als sich die Tschetschenen gegenseitig anbrüllten. Diese beiden mit den Kalaschnikows hatten keinen nervösen Tick in den Tränensäcken, dafür blinzelte ich jetzt wie wild. Ihre Spucke flog mir genau in die Augen. Die böse Spucke ihrer Schreie. Diese Schufte stritten sich, diskutierten, ob sie mich killen oder mir die Eier wegschießen sollten ... damit die Majorsstimme zarter klingt. Hi, Eunuch Schilin! Klingt doch gut, oder?

Doch auch diese beiden bremste ich aus. Einstweilen bremste ich noch. Manches schleppten sie fort. Na, Maschinenpistolen, aber noch, nur zu Dutzenden. Nicht zu Hunderten. Ich musste ihnen wenigstens irgendetwas hinwerfen. In jedem Lagerhaus hatte ich als Köder ein paar scheinbar vergessene Knarren liegen. Die scheinbar jemandem versprochen waren. Die Tschitschen schnappten sie sich gierig. Sie werden von Kalaschnikows besoffen.

Schreiende kleine Bandentrupps, mit einer undefinierbaren Sprache. Wie besessen stürmten sie das Lagerhaus! Brüllten. Verbreiteten Angst. Meine Wach- und Ladesoldaten wurden still und stiller. Gerüchte über abgeschnittene Ohren ... über in Gruben eingekerkerte Sklaven. Die Soldaten waren in Schweiß gebadet. Und ergriffen nach und nach die Flucht. Die Mannschaft schmolz mit jedem Morgen. Nach kurzer Zeit flüchtete mein Sergeant. Er verabschiedete sich nicht, weil er fürchtete, ich könnte ihn einsperren.

Doch bislang beschränkten sich die Banden auf ein Dutzend Kalaschnikows, ich kaufte mich frei. Kollaps. Nichts Verwunderliches! Das Lager glich dem Land, und das Land dem Lager. Meine Vorgesetzten, die Obersten Firsow und Fjodorow, versprachen nur, die Wache zu verstärken. Sogar ein paar Schützenpanzer zu schicken. Ich schrie, klagte, jammerte. Doch alles war nur leicht hingeredetes Obristengeschwätz. Blauer Dunst am Telefon.

Die Führung hat bekanntlich einen besseren Durchblick. Die Tschetschenen würden nicht zulassen, die Waffen nach Russland auszuführen, das war klar. Und die Knarren den Tschetschenen zu überlassen, würde bedeuten, später für das Blutvergießen einstehen zu müssen. Deshalb setzten sich die Vorgesetzten einfach ab und überließen die Angelegenheit und Verantwortung uns, den Rangniedrigeren. Sie türmten, und ich? Ja, was denn ich? Ich wurde natürlich zurückgelassen. Per Befehl. Jeden späten Abend vertiefte ich mich statt in den Schlaf in den verdammten Schreibkram. Schrieb Beschwerdebriefe! Einen dümmer als den anderen! Und telefonierte, telefonierte. Worüber sich meine Vorgesetzten, meine beiden Obersten Firsow und Fjodorow, nur ärgerten:

»Was willst du denn eigentlich, Major?! Ist eben Krieg!«

Sie packten ihre Koffer.

Unsere Leute waren im Grunde schon weg. Alle Baustellen lagen still, und alle Lager zitterten angespannt in Erwartung von Raubüberfällen. Mir wurde unterdessen befohlen, auf meinem Posten zu bleiben und mannhaft zu sein. Wie eine Mauer zu stehen.

Ganz allein wie eine Mauer, wie soll ich das verstehen? So eben! Man ließ mich als Lagerverwalter zurück, um mich später vor Gericht zu stellen – zu verurteilen und in den Knast zu sperren. Wenn das Lager endgültig ausgeraubt wäre. Sie beschlossen mein Schicksal. Ganz leicht. Sie, diese beiden Obersten, Firsow und Fjodorow, meine Vorgesetzten. Ich belauschte sie zufällig. In ihrer Ausdrucksweise erlegten sie sich keine Scham auf. »Wenn die föderalen Truppen nach Grosny zurückkommen, stellen wir ihn wegen des gestohlenen Gutes vor Gericht.« Es gab noch eine Alternative: »Wenn die Föderalen nicht zurückkommen, lassen wir ihn hier. *Vergessen ihn*. Überlassen ihn den Tschetschenen. Sollen die ihn erledigen.«

Sie ließen es mich förmlich wissen. Schon im Aufbruch begriffen, riefen sie mich doch zu ihrem Zweierbesäufnis. (Beorderten mich zu sich.) Angeblich, um mir das Majorssternchen anzuheften – einen neuen Rang. Die Beförderung zum Major war schon viel früher vorgeschlagen worden, als Kostyjew noch nicht abgehauen war. Und jetzt sollte sie angeblich begossen werden. In Wirklichkeit aber mussten sie eine Tatsache schaffen – mich offiziell zurücklassen. Es war gleichsam eine Amtsübergabe. Und in Zukunft würde natürlich der eine Oberst gegen mich als Zeuge aussagen und den anderen schützen – und umgekehrt. Wenn plötzlich etwas sein sollte. Wenn gefragt würde.

Im Grunde ein einfacher Plan. Zu dritt haben wir damals alles besprochen und endgültig beschlossen. Wie es sich gehört. Wir haben zusammengesessen. Und getrunken.

Als ich damals mit ihnen zusammensaß, habe ich alles genau begriffen, blieb aber doch ein ausgemachter Dummkopf. Das kommt vor. Sie schenkten die Gläser immer wieder voll. Und ich dachte stumpfsinnig, was denn nun weiter geschehen sollte. Aus Überraschung über das, was über mich hereingebrochen war. Ich trank viel mit ihnen. Und aß wenig dazu.

Dafür hörte ich alles.

Sie sahen natürlich meine Zerschlagenheit und die Kopfschmerzen voraus, unter denen ich, der ich hierblieb, zu leiden hätte. Während ich den Tschetschenen Tropfen um Tropfen Benzin, Kasten um Kasten Patronen herausrücken würde. Letztendlich würde ich mit den Tschitschen nicht zurechtkommen und getötet werden. Erledigt. Von diesen kleinen Hauptleuten und Majoren gibt es eine Unmenge. Da ist es nicht schade um einen. Selbst wenn ich am Leben bliebe, hätte ich mich schuldig gemacht, weil ich den Tschitschen immer mehr Waffen gegeben hätte. Auch wenn sie mir das Messer an die Kehle gesetzt hätten. Die Pistole in den Mund gesteckt.

»Wir lassen ihn da. Himmelfahrtskommando. Allein?«

Es ist unwichtig, wer von den Obersten dies zuerst sagte, weil der zweite ihm nur beipflichtete:

»Himmelfahrtskommando ist gu-ut!«

»Ob er es errät? Nein! Auf keinen Fall! In seiner Rübe wohnt überhaupt kein Gedanke. Ein echter Major! Aber wenn er sich doch etwas denken sollte, dann ist das keine Information mehr für uns ...«

»Das wird er nicht schaffen. Er wird gar nichts mehr schaffen. Denen, die hierbleiben, werden sie schnell den Garaus machen.«

So redeten sie. Die beiden Obersten, Firsow und Fjodorow, und ich, der Mann mit dem Himmelfahrtskommando, dem diese oder jene bald den Garaus machen würden, lag unter der hohen schönen Vortreppe ihres sauberen Stabshauses. Lag in meiner eigenen unerwarteten Kotze und hörte sie reden. Ich achtete damals meine Obersten noch zu hoch.

Ich achtete sie. Und schämte mich, dass ich mich so eilig betrunken hatte. Schlecht, schal betrunken. Sie sollten mich eine Weile, fünf bis zehn Minuten, nicht sehen, bis ich mich ausgekotzt hätte. Ich wollte mich in fünf bis zehn Minuten berappeln und den plötzlich schief hängenden Majorsschneid wieder gerade aufrichten.

Sie, die Obersten, hatten mich selbst zur Eile angespornt. Mich freundschaftlich ins Gebüsch getrieben: »Geh, Hauptmann, kotz dich aus. Aber nicht auf dem Übungsplatz!« – »Er ist schon Major, hast du das vergessen?!« – »Geh. Geh, Major.« – »Nicht auf dem Übungsplatz, Major. Sondern gleich ins Gebüsch. Kannst du noch Flieder von Heckenrosen unterscheiden? Nicht in den Flieder – schau, dass du in die Heckenrosen kommst!«

Schwer, wie ich war, ging ich hinaus. Der asphaltierte Übungsplatz erschien mir endlos, ich käme nicht bis ans Ende. Doch auch die Heckenrosen wuchsen fast am Horizont. So schien es mir. So würgte mich der Brechreiz. Ich würde es nicht schaffen. Und ich ging nicht in die Heckenrosen. Ich schlüpfte einfach unter die Vortreppe (wie einst in meiner Kindheit mein Vater), unter die hohe Vortreppe ihres Hauses, wo mich etwas Unerfindliches umstülpte, drehte, hochwarf und aus mir herausbrach. Das alles hatte ich nicht gegessen … nicht getrunken! Aber es flog und spritzte wie eine Fontäne aus mir heraus.

Dafür hörte ich es. Sie haben mich versetzt, Vater, zwischen zwei Gläschen Wodka. Örtlicher schlimmster Fusel, zu Wurst und Käse, dann gab's noch Räucherfisch … a-ah, davon war mir so übel. Vom importierten Fisch. Von diesem Räucherzeug. Sie haben mich ausgeliefert, Vater. Abgeschrieben, wie im Lager. Versetzt, beim Essen … und beim Trinken. Es war ihnen egal, dass ich meine Frau und meine damals noch kleine Tochter hinterlassen würde. Es war ihnen schnurz, dass ich mein Leben lebte, dass auch ich einmal (wie sie) ein kleiner Junge war, dass ich eine Mutter hatte, und dass du mir das Angeln beigebracht hast, und wie man eine Angelrute zurechtschneidet, wie man weich, aber schnell die Angelschnur herauszieht, wenn sie, durchs Wasser gleitend, die Finger verbrennt. Es war ihnen schnurzegal, Vater. Und ich lag unter der Vortreppe. Dein Dreh. Wie du.

Du erinnerst dich nicht, Vater. Aber ich erinnere mich. Du hast dich runtergebeugt und bist plötzlich blitzschnell unter die Vortreppe gekrochen. Als hättest du dort etwas zu tun. Das ist lange her. Nachdem du dort hineingeschlüpft bist, hast du ruhig und rechtschaffen gekotzt, damit dich die kleinen Jungen, die als ganze Horde hinter dir hergerannt waren, nicht sehen konnten. Damit sie dich nicht johlend verspotteten. Ich habe dich dort gesehen. Der scharfäugige kleine Junge hat dich gesehen, sie nicht. Du warst mucksmäuschenstill unter der Vortreppe, Vater. Gut versteckt. Ein echter, rechtschaffener Sowjetmensch. Schamhaft.

Viel später wurden Firsow und Fjodorow vor Gericht gestellt, weil sie die Lager im Stich gelassen hatten. Nein, nein. Nicht meinetwegen, versteht sich. Sondern *überhaupt* ... Irgendein hohes Tier hatte sich hinter ihnen versteckt, wie sie sich hinter mir hatten verstecken wollen. Aber sie bekamen trotzdem ihr Fett ab. Der Krieg ist eine gerechte Sache. Manchmal.

Als sie armselig und abgemagert vor Gericht standen, die Epauletten abgerissen – vielleicht fiel ihnen da ein, wie genüsslich sie gegessen und getrunken hatten, bevor sie aus Tschetschenien verduftet waren, wie gut sie es sich hatten gehen lassen, nachdem sie einen Mann – per Befehl! – zurückgelassen hatten, von dem mit Sicherheit Rechenschaft gefordert werden würde. Jetzt von diesen, dann von jenen ... Schnipp! Schnipp!

Und wären damals nicht diese hoch oben schallend schnippenden Finger gewesen, wie wäre der kleine Major dann am Leben geblieben, der verdammt war, wahlweise vor Gericht gestellt zu werden – entweder wegen der ausgeraubten Lager oder wegen Verrats und Unterstützung der Separatisten. Oder noch einfacher, erschossen zu werden von den schreienden Tschitschen dieser allerersten Welle. Woher waren sie damals herbeigeströmt? Mit Hasenscharte. Mit einem Ohr. Nur ganz selten einer ohne nervösen Tick. Für die meisten Menschen spielt es keine Rolle, ob dich ein schöner oder ein potthässlicher Mensch tötet. Doch aus Erfahrung weiß ich: Es ist doch angenehmer, wenn ein schöner Mensch die Knarre auf dich richtet. Irgendwie ruhiger.

Schließlich drangen sie gewaltsam ein. Rasten durch die Lagerhäuser und wirbelten um die Kisten mit den Kalaschnikows. Die dritte Welle. Es wäre das totale Finish, Ende gewesen. Sowohl für mich. Wie für die Lager. Und dass dieser Mann mit dem Schnauzbärtchen sie wenigstens zeitweise hatte bauen und leiten können, spricht zu seinen Gunsten. Der General, er machte seine Sache mit Verstand.

Ich wendete mich damals auch an ihn. Aus alter Erinnerung. Ich bin ja ein Lagermann, ein Nichts und befinde mich jetzt im Niemandsland. Hilf mir, Genosse General, deine blindwütigen Leute zu bändigen.

Die Antwort war kurz – ich kann nicht.

Und ebenso kurz erläuterte Dudajew:

»Ich bin selbst zufällig hier. Ich bin auch zufällig da. Glaub mir, Major. Führer zu werden, ist ein großer Zufall!«

Er verstand sich auf Untertreibung. Wie alle Menschen mit grenzenlosem Hochmut. Doch nach einer gewissen Zeit dachte ich – vielleicht hat der Mann doch die Wahrheit gesagt. Eine Wahrheit, die er kannte. Eine Wahrheit, derer er sich nicht schämte.

Die Welle satteln. Aber ohne Eile, und nicht raffen – darin besteht das ganze Talent eines Führers. Möglichst viele Sterne auf den Epauletten anhäufen, ansammeln, für sich einfordern, redlich und unredlich herausschinden, die Welle abwarten und ... und ... und sich nicht beeilen.

Er empfand feinfühlig den Schmerz seines erniedrigten und beleidigten Volkes (vor allem durch die Vertreibung aus seiner Heimat ... ganze Züge voll!). Er nahm sensibel die Augenblicke des Zorns wahr. Die Wendungen der Opposition. Die Augenblicke und die besonderen Wendungen, wenn man den Zorn beschwichtigen muss. Lenken! Daher kam auch seine besondere, respektvoll-spöttische Gefühlshaltung dem Feind gegenüber. Das klappte bei ihm großartig! RUSSEN NACH SIBIRIEN. Er bemerkte die Aufschriften und verbot sie, befahl sie zu verbessern. RUSSEN NACH HAUSE. Das prangte an den Mauern, auf den Stirnseiten der Fünfstöcker, auf den Zäunen. Auf den halb zerstörten öffentlichen Gebäuden.

Er verstand es, das Boot nach allen Regeln der Kunst aufzuschaukeln.

So ist es also möglich, dass auch Dudajew sie nicht laut hätte anschreien können. Durch die Lagerhäuser, durch das ganze Lagergelände rannten die Tschitschen wie Freigelassene. Schon jeder für sich. Wie Ameisen. Drangen ein. Schleppten raus. Meine beiden letzten Wachsoldaten entrissen ihnen die Kisten, doch sie an ihren Platz zu bringen, schafften sie nicht mehr. Aber wenigstens entreißen. Es waren noch Ladesoldaten da, aber auch die schwanden dahin. Desertierten ebenfalls! Nach Russland. Nichts wurde aufgeräumt. Kisten, wo sie gerade standen. Ich versuchte gar nicht mehr, nach der Inventarliste herauszufinden, wo was lag. Die Liste störte nur und verwirrte, so ein Sauhaufen war hier!

Etwas Undenkbares. Blindwütige! Bekloppte! Liefen im Lager hin und her. Und zitterten am ganzen Leib, sobald sie sich den Kisten mit Waffen näherten. Sie wurden geschüttelt. Sie hatten nichts mehr von jenen Tschetschenen (ihren Großvätern), die – stille, friedliche Menschen – zu ganzen Familien und Dörfern aus den Steppen Kasachstans nach Sibirien ausgesiedelt worden waren.

Meine beiden letzten Soldaten waren völlig verstummt, betäubt von der fremden Gewalt. Schwiegen. Ich war ebenfalls verstummt. Vor meinen Augen! Niemals und nirgends hat eine Frau einen Mann so angezogen, wie eine nagelneue, nach Schmieröl riechende, auf Lager liegende Kalaschnikow diese jungen Kerle anzog. Und die Panzerfaust! Das war ja ein Wunder! Das war Tanz und Trance! Man sollte es nicht glauben, aber ich sah, wie einer dieser Tollwütigen die Ecke einer Kiste streichelte und dann auch noch küsste, in der man durch einen Spalt zwischen den Brettern das »Rohr« eines Raketenwerfers RPG-26 erkennen konnte.

Jetzt kaufte ich mich mit ganzen Kisten frei. Maschinenpistolen, Patronen. Aber es waren immer noch sehr viele Waffen da. Das überfüllte Lager war wie eine schwangere Frau. Und eine Vorahnung, vergleichbar der einer Schwangeren, die den Geburtstermin überschritten hat, sagte mir, dass nun sehr bald Dudajew persönlich bei uns aufkreuzen würde. Und dort stünde. Am Eingang. Lächelnd. Es war kalt, sein Lächeln. Angespannt kalt. Es spannte einen mehr an, als diese blöden Drohungen der jungen Kerle, mir beide Ohren abzuschneiden, *der Reihe nach*. Mir den Kopf zu zerschmettern, *eingeklemmt in der Tür*. Die Technologie jeder Drohung war ernst gemeint, der darauffolgenden Schimpfkanonade im Gebirgsidiom nach zu schließen. Und so harmlos wirkten die eingestreuten russischen Kraftwörter.

Eine Kiste aus dem obersten Regal, die einem Tschitschen aus der Hand glitt, fiel drei Meter hinunter. Der Lärm war ohrenbetäubend. Die Tschetschenen und auch wir waren mit einem Schlag still, weil wir dachten, eine Granate sei explodiert oder würde gleich explodieren, eine nach der anderen. Eine weiße Staubwolke puderte uns ein. Es war Kalk. Nichts weiter! Nach dem Augenblick der Totenstille brach durchdringendes Freudengeschrei aus. Sie johlten, tanzten.

Diesen Kalkstaub spuckten wir noch tagelang aus. Nachts hatte man einen Kloß im Hals.

Jeden Tag konnten wir in die Luft fliegen. Ich blickte zu den Krähen hinauf, die gewöhnlich auf dem Lagerfirst saßen. Zu den Tauben. Könnten bei einer Explosion wenigstens die Vögel noch wegfliegen? Meine beiden mir verbliebenen Soldaten (einer von ihnen würde noch diese Nacht abhauen) fluchten düster. Ihre Augen waren aus den Höhlen gequollen. Auf der Stirn stand ihnen Angstschweiß, der nicht trocknete. Meine Worte konnten sie nicht mehr beruhigen.

Der einäugige Tschetschene, dieser zweifellos Bekloppte – er saß auf meinem Stuhl und schoss ab und zu, schoss Löcher ins Dach (schoss in die Höhe, einfach nur in die Höhe, keine Ahnung, warum). Im Vorbeigehen rief ich ihn an und erschreckte ihn: Wenn er zufällig auf die oberste Kiste mit dem Streifen schösse, in der die Granaten seien, wäre es aus mit uns. Mit uns beiden. Er und ich, wir würden uns augenblicklich zu Allah aufmachen. Genauso sagte ich: Wir fliegen zu Allah auf. Nur die Krähen und Tauben bleiben heil. Aber auch nicht alle Tauben, sondern nur die, die in diesem Augenblick in der Luft sind. Er lachte. Er lachte laut.

Und schwor, dass er mit vier gezielten Schüssen diese meine gefährliche Kiste öffnen könne. Die Ecken weghauen. Ohne auch nur eine Granate zu streifen und ohne Allah zu behelligen. Er schoss auf der Stelle zur Demonstration. Mir blieb fast das Herz stehen. Ein Besessener, noch dazu einäugig! Ohne Augenklappe. Ein verschrumpeltes, zugenähtes Loch anstelle des Auges. Er jagte die Kugel jedoch wirklich genau in die Ecke der Kiste. Und eine der Latten – das war das Kunststück – hob sich langsam von der linken Kante. Die Kiste wurde einen Spalt geöffnet. Das war ein Schuss! Mich beschlich sofort der absurde Gedanke, dass es vielleicht leichter sein könnte, mit einem Auge zu zielen und zu schießen. Man brauchte das andere nicht zusammenzukneifen.

Mein letzter Soldat wurde vergewaltigt. Ohne Aufstand. Im Gang der Dinge. Während sie irgendeine Kiste verlangten. Dieser Soldat war kränklich, voller Geschwüre. Jetzt, ich wusste es mit Bestimmtheit, würde auch er, der Letzte, flüchten. Weit weg. Nach Russland. Und sich dort tief eingraben.

Er war bedrückt, beklagte sich jedoch nicht. Blieb schweigsam. Dafür spritzte mir sogar eine nervöse Träne aus dem Auge, als ich es erfuhr. Ich erschrak seinetwegen. Ich war zu dieser Zeit sehr müde. Müde, der Kettenhund bei den Waffen zu sein. Bei den Kalaschnikows und Panzerfäusten. Es spielte keine Rolle mehr, wem sie gehörten.

»Serjoga! Serjoga! Ich bin's ...«, rief ich ihn mehrmals.

Ich fand ihn hinter den Lagerschuppen. Er rauchte. Ich setzte mich neben ihn. Er blickte mich an, sah, dass ich mürrisch und böse war. Zog die Schachtel heraus und reichte mir eine lausige Zigarette. »Wir werden uns durchschlagen, Major«, sagte er gedämpft. Und schluckte den Kloß im Hals hinunter. Er tröstete mich. Er hatte Mitgefühl mit mir. Und deutete mir an, dass auch ich Fersengeld geben sollte.

Er sagte nichts über die Vergewaltiger. Er bemühte sich, das Leben einfach zu sehen. Ja, ja, er hat ein schlichtes, argloses Herz. Und ich habe auch ein schlichtes, argloses Herz. Was haben wir davon? Was hatten er und ich anstelle der alles rettenden Wut, des Zorns?

ZEHNTES KAPITEL

Dudajew erschien bald darauf. Er kam in meine nicht mehr bewachten Lager. Natürlich überraschend. Er kam übrigens ebenfalls allein, hatte seine Wache im Auto gelassen. Er trat ein. Und schaute.

Er hatte genug Kampferfahrung, um die Waffen zu sehen, um sie zu taxieren, ohne einen Blick auf die Knarren zu werfen und am Schmieröl zu schnuppern. Profi! Er stand dort, wo ich ihn sehen konnte. Am Eingang zum ersten Lager. Erwartet. Und lächelte, doch sein Lächeln war offener, besser, als in meinen Erwartungen und Vorstellungen. Sein Lächeln war wärmer.

Er hatte keinen Zweifel. Er schaute nicht einmal auf das ausgebreitete Waffenmeer, schaute mich nicht an, sondern irgendwo hinauf – zum von Kugeln durchlöcherten Dach. Doch was die Waffen betraf, hatte er alles gesehen. Alles begriffen. Er nahm nichts. Rieb nur die Fingerspitzen. Finger an Finger. Unbemerkt. (Aber nicht für mich.)

»Du bist ein guter Mann, Schilin. Wir werden gut miteinander auskommen«, sagte er. »Und wie gut!«

Er holte weit mit der Hand aus. Gleichsam bis zum Horizont. Und klopfte mir zuletzt wohlmeinend und freundschaftlich auf die Schulter. Sogar herzlich. (Aber ohne Respekt. Immer noch ohne Respekt. Den man in seinem Fall sofort spürt, wenn er sich eingestellt hat.)

Warum sollte er nicht immer noch weiter abwarten, wenn die Macht von sich aus zu ihm kam? Dudajew hatte abgewartet. Aus dem überhitzten, turbulenten Meeting kam er (Führer der Masse) in den Sowjet. Strengen Schrittes. Er verstand sich drauf. Schnurrbart! Und ein beherrschtes Lächeln. Die Schnurrbartspitzen gingen plötzlich auseinander! Zerflossen. Zu einem harten und etwas raubgierigen Fletschen. Aber mit warmem Lächeln. Er machte niemandem Angst. Er unterhielt sich gerne mit seinen Kollegen, die noch keinen Fußtritt bekommen hatten und noch nicht verjagt worden waren. Er brachte neue Ideen aufs Tapet. Schlug vor. Unter anderem.

Da ich in ihm den Mann der Macht spürte, redete ich bei jenem Besuch im Lager mit ihm. Erlag seinem warmen Lächeln (und bereute es später nicht). Ich war damals zum Schweiger geworden. Und plötzlich brach die Kränkung aus mir heraus, und ich sagte Dudajew, dass man mich hier verraten habe. Alle hätten mich verraten. Die getürmten Obersten. Diejenigen, die an meiner Seite waren. Und sogar mein Freund. Mein bester Freund.

Dudajew nickte: »Dein Kostyjew. Ich weiß. Erinnere mich. Ist nach Piter abgehauen.« Er verstand mich auf Anhieb.

Ich beklagte mich keineswegs, schlug nur einen höheren Ton an. Ich wusste (noch aus sowjetischen Besprechungen), dass Dudajew hehre Worte liebte. Der Kaukasus begünstigt dies. Ein Verräter ist schwarz. Ein Freund ist weiß, weißer geht es nicht.

Dudajew wurde ernst:

»Freunde verraten einen, Major. Die besten! Gerade die Freunde verraten einen …«

Der General kam ins Reden. Er geriet in leichte Erregung. Und rieb leicht die Finger aneinander. Seine Worte klangen. Obwohl er im Grunde immer wieder das Gleiche über die besten Freunde sagte. Die uns verraten. Warum?

Weil alle anderen uns *ausliefern*. Bekannte *liefern aus*. Kameraden *liefern aus*. Mitarbeiter *liefern aus*. Und wenn du dich an ihnen geschnitten hast, an allen anderen, dann bedeutet das nichts, es ist die Norm. Wenn gute Bekannte, Kameraden und alle anderen eine Gemeinheit begehen, dann sind das einfach nur Menschen wie alle. Es hat wenig zu bedeuten. Es bedeutet nichts. Im Kaukasus gibt es das Gleichnis vom Wolf und vom falben Pferd ...

Dudajew dozierte nicht und belehrte nicht, er erzählte leichthin und mit Vergnügen das Gleichnis der Bergbewohner. Dabei blickte er sich im Lager um, musterte die Kisten. Ich begriff plötzlich, dass er sich hier genauso verhielt wie alle anderen. Die Waffen erregten ihn.

Ein Mann zog ein verletztes Wolfsjunges auf, in der Annahme, es würde sein Hund werden. Das Wölflein wurde natürlich ein Wolf und lief in den Wald davon. Als der Mann ihn eines Tages im Wald traf, sagte er vorwurfsvoll: »Du Verräter«, worauf der erwachsene Wolf erwiderte: »Belaste mich nicht mit einem fremden Namen. Ich bin einfach ein Wolf. Ich war nicht dein Freund.«

»Ich war nicht dein Freund«, fuhr der Wolf fort. »Aber dein falbes Pferd, das dein Freund war, und das du so geliebt hast. Das du besser gefüttert und getränkt hast als dich selbst. Das du aus Mitleid nicht kastriert hast. Das dich jeden Morgen mit seinem Wiehern geweckt hat. Und das dich gestern vergessen und sich einer jungen Stute angehängt hat, das auf dem Pfad in die Berge weggegangen ist ... wo unsere Wälder sind ... und wo ich ihm gestern die Gurgel durchgebissen habe, das ist der Verräter.«

Aber das war kein Gleichnis über uns. Was man auch sagen mag, die Häuser haben Kostyjew und ich wunderbar hingekriegt. Pfuschten sie zusammen, und mit einem Mal waren sie da! Es hatte geklappt! Vielleicht war die Handvoll Häuser wirklich wie ein kleiner Schwarm von Vögeln, die ihre Flügel zum Flug gespannt hatten. *Kranichhäuser*, war das die Möglichkeit! Kostyjew, zwar ein Petersburger, schnalzte damals mit der Zunge:

»Hauptmann. Das sind mal Häuser geworden!«

Und ich, der ich damals Hauptmann der Ingenieurtruppen war, antwortete:

»Wie die Zeit, so die Häuser.«

Kurz war jene Zeit. Den Stein hatte ich ausgewählt. Für die Gebirgssonne. Damit er schimmerte. Damit die hohen Häuser eine schimmernde, silbrige Farbe bekämen. Alle vier Häuser waren hoch und schmal. Fast Türme. Gleich würden sie zu den Bergen auffliegen.

Jetzt sind sie allesamt Ruinen. Wenn ich gelegentlich an den Zerstörungen dort vorbeifahre, gehe ich für einen Augenblick mit dem Tempo runter. Spähe hinüber.

Schnelligkeit ist ein bemerkenswerter tschetschenischer Wesenszug. Er bezaubert einen! Gleich nach seiner Geschichte vom redlichen Wolf und verräterischen Pferd begab sich Dudajew entschlossen ins Innere des Lagers. Nachdem er mich mit dem schmackhaften Gleichnis gefüttert hatte. Schaltete unterwegs die Lampen ein. Eine nach der anderen. Er war in Uniform. Trug schön die Generalsepauletten neben mir her. Und vorwärts, vorwärts! Ohne sich umzublicken, ob ich ihm folgte, ob ich reagierte.

Den Schnurrbart in die Breite ziehend, lächelte er – aus der Garage würde er die Schützenpanzer nehmen, das sei klar ... beide Panzer, mehr waren nicht da ... einen Lastwagen voller Maschinenpistolen und ... ein bisschen Proviant in Konserven. Wo sei denn das Benzin gelagert? Im Übrigen brauche er noch kein Benzin. Na, schön, etwas Diesel ... Patronen ... Diesel in Reserve – In den Bergen eine Reserve zu haben, sei nicht schlecht!

Ich schwieg. Klar, ich war ein Niemand. Damals wurde man wegen Aufmuckens auf der Stelle erschossen. Alle erprobten Soldaten lebten betäubt von Angst. Waren am Montag nicht sicher, dass sie den Mittwoch noch erleben würden. Ich war genauso. Ich rief immer noch jeden Morgen bei der Führung an, erbat aber keine Wache mehr und keine Hilfe, sondern einfach Leben – sie mögen mich bitteschön abziehen. Damit ich das Recht hätte, nach Russland abzuhauen. Still und unauffällig, wie mein vergewaltigter Wachsoldat. Er hatte mir nur gesagt: »Wir werden uns durchschlagen, Major ...« und war verschwunden. Der letzte Soldat.

Dudajew nahm sich, so viel er wollte und so viel er konnte. Paradegeneralsuniform. Die Uniform legalisiert. Wo die Uniform ist, ist auch das Recht. Aber doch nicht in dem Maße, um meine Lager auszuräumen. Immerhin waren es verschiedene Behörden.

Aber was kann ich tun! Wer bin ich?! Was bin ich?! Ob ein Oberstleutnant auf mein Lager zugreift oder ein General, ein Russe oder ein Tschetschene – es macht alles keinen Unterschied, weil ich ein Niemand bin und im nächsten Augenblick wegen eines zusätzlichen Fasses Benzin erschossen werde. Das ist jetzt das Recht. Das ist die Uniform.

Im Grunde legte mir Dudajew mit der Räumung meiner Lager nahe, Leine zu ziehen. Legte es mir human nahe. Deckte mich noch dazu bis zu einem gewissen Grad mit seinem Generalswort und seiner Generalsimmunität.

Er schonte mich. Er hätte mir auch gar nichts zu sagen brauchen. Normalerweise sperrte Dudajew Intendanten, Kommandanten, Lagerleiter und anderen Dreck einfach ins Rote Zimmer, zusammen mit Lenins Büste (damit der sich nicht langweilte), und nahm alles, was er brauchte, wortlos.

Die vier Lagerhäuser ging er auch hier schweigend ab. Erst danach sprach er, aber nicht über Waffen. Über mich.

»Ich schätze dich, Major. Ich werde an dich denken.«

Ich schwieg.

»Du bist doch kein Feldsoldat.«

»Nein.«

»Warum möchtest du dir keine kleine Datscha bauen, Major? Den Dienst quittieren. Ganz weggehen. Eine Datscha ist gut für einen Major a. D.«

Er wiederholte den Satz mit der Betonung auf dem Wort *sehr*:

»Eine Datscha ist *sehr* gut für einen Major a. D.«

Er gab mir die Idee ein.

»An einem großen Fluss, wie wär's?«

»Was?« Ich wunderte mich mit Verzögerung.

»Warum möchtest du dir dort, am Fluss, nicht etwas bauen. Ihr habt doch dort jede Menge Platz. Und wie schön es da ist! Am Ufer irgendeines großen russischen Flusses, nicht wahr?«

Er liebte es wohl, einen eindrucksvoll auf den richtigen Gedanken zu bringen. Und der Augenblick war günstig. Alles, was er aus dem Lager wollte, hatte er schon erspäht.

Seine halbe Kolonne, die er mit meinen Schützenpanzern vervollständigen wollte (und die damit zur vollen Kolonne würde), hatte er rechtzeitig kommen lassen. Sie stand schon da, den Mund aufgerissen, also die rückwärtige Kastenwand abgeklappt. Die Heckklappen waren schon offen, als wir noch über echte Freundschaft redeten. Als er mich mit dem Pferd und dem Wolf behämmerte. Und die Lagertore auch schon offen standen. Nehmen-wegtragen.

Seine Leute schwappten ohne Signal aus den Fahrzeugen. Dudajew schaute nur aus dem Tor heraus. Sie liefen hierhin und dorthin wie Ameisen. Im Nu hatten sie alles rausgeschafft – im Nu alles eingeladen. Auch die Panzerfahrzeuge krochen hinaus. Dudajew signalisierte seinen Leuten wieder etwas, wieder ohne Worte. Die Hand ausgestreckt. Und zwei Finger aneinandergelegt.

Als Dudajew zu mir zurückkam, wurde er strenger – sagte, er wolle sich verabschieden. Und Major Schilin solle keinen Aufstand machen. Und er rede mit Major Schilin überhaupt nur, weil er den Major von früher her achte.

»Nur deshalb, weil du die *Kranichhäuser* gebaut hast, verstanden?«

Der Schnurrbart lächelte fein, und als Zugabe erteilte er mir einen großzügigen Generalsrat! Schreib! Dies und das hat General Dudajew genommen. Dies und das. Hier und dort. Verstanden? Wenn du diese Aufzeichnungen machst, werden dir unsere Leute den Kopf abschneiden, aber doch nicht gleich. Sie werden ihn dir nach einer Woche, vielleicht auch erst nach zwei Wochen abschneiden. Du wirst also Zeit haben, um zu verschwinden. Schonfrist. Verstanden?«

Raub mit einem Lächeln. Mit Schnurrbart. Dein Liebling, Vater, er war beeindruckend. Nichts dagegen zu sagen.

Die Kolonne, durch meine Panzertechnik schwerfälliger geworden, wendete langsam. Etwas krampfte mir das Herz zusammen. Ein undeutliches Gefühl. Ich war verärgert – gekränkt, oder?

Am Anfang war es sicher der normale Geiz, der alles im Lager festhalten will. Ja, ja, die Gier. Um diese Knarren, diese Panzerfäuste, diese Panzerfahrzeuge tat es mir plötzlich tierisch leid. Um die Patronenkisten. So leid, als hätte man mir aus meiner Kindheit die Keksschachteln gestohlen, war das die Möglichkeit! Die Farbe Khaki wurde mir schmerzhaft vertraut. Die Farbe schrie. Die verletzte Eidechsenfarbe. Die Sonne stand fahl am Himmel, um so bereitwilliger versteckte sich die Farbe Khaki vor ihren Strahlen. Dudajews gesamte Kolonne versteckte sich gern vor der Sonne. Immer weiter, von ganz allein ... war plötzlich verschwunden! So eine Farbe ist das! Seltsam, Vater, aber wahr: Ich liebte diese Tarnfarbe.

Duda hatte sich geöffnet. Na, der Mensch hatte sich geöffnet. Er war doch unruhig gewesen, solange er die Waffen noch nicht hatte. Seine Seele hatte gesungen. Waffen sind ein Narkotikum. Der Bergmensch hatte sich geöffnet! Ohne sich zu genieren, schon Sieger, hatte Dudajew mit der geübten Bewegung des erprobten Kämpen seine Kartentasche geöffnet. Ebenfalls khakifarben. War nachdenklich geworden. Plötzlich schrie er mich an: »Geh zum Hangar. Schreib deine Schützenpanzer um. Alle großen Knarren«, schrie er, während er sich tief über die Kartentasche beugte. Daran festklebte.

Mhm ... Hier ... Dann so ... Dudajew legte sich den Weg ins Gebirge zurecht. Generalsdenken! *Hier kommen wir durch ...*

Mhm ... Hier sind wir um sechs ... Also hier, mhm ... Um sieben Uhr dreißig ...

Ich stand dabei, ging nicht weg. Hielt mich weiter bei ihm auf. Stand stumpfsinnig neben ihm. Er, der General, der Herr der Berge und Schluchten, fuhr mit dem Stift über die Karte – zog die für ihn schnellste Route Schali-Wedeno. Und ich suchte nach den Lagerschlüsseln. Um die ausgeplünderten Lager abzuschließen. Musterte die Schlüssel durch. Klirrte dabei. Ich war ja ein Niemand für ihn. Für Dudajew erfüllte ich ein noch größeres Himmelfahrtskommando als für die Obersten Firsow und Fjodorow, die mich hier zurückgelassen hatten. Der Mann war so gut wie tot. Demnächst wäre er ein Leichnam, jetzt stand er allerdings noch auf seinen Beinen und stank noch nicht.

Dudajew herrschte mich an:

»He. Nicht mit den Schlüsseln klimpern!«

Und überlegte laut über der Karte:

»Aha. Um sieben Uhr dreißig ... werden wir genau hier sein.«

Dudajew schaute sich einen Augenblick nach mir um – der Typ mit dem Himmelfahrtskommando klimperte schon wieder mit den Schlüsseln. Aber ich begann ja wirklich schon zu stinken, dünstete meinen nervösen Schweiß aus. Sogar aus der Entfernung musste er ihn riechen. So etwas war mir noch nie passiert. Aber auch diesen verzweifelten Gedanken hatte ich noch nie gehabt.

Einen Gedanken. Und was für einen!

Der Schweiß brach mir aus allen Poren. Und Duda schaute sich nach mir um. Hatte sich von der khakifarbenen Kartentasche gelöst. Natürlich war der General zu sehr mit der Route auf der Karte beschäftigt. Mit den Zickzacklinien der Wege und Kreuzwege. So dass er, nachdem er sich umgeschaut hatte, seinen erstaunten Generalsblick nur einen Moment auf mir ruhen ließ: Da steht der Mann mit dem Himmelfahrtskommando, lebt noch, stinkt aber schon wie die Pest ... seltsam!

»Geh, geh«, sagte er freundlich. Wollte keinen Gestank. Hütete sich, den Todgeweihten strenger anzuschreien – der Mann war schließlich kein alter Kämpe, der Mann würde sich ganz real in die Hose machen.

In meinen Ohren aber schnippte es. Im Gehörgang des linken Ohrs. Schnipp! Schnipp! Doch schon heller und klingender. Und schon viel höher über meinem Ohr. So dass ich später gerne glauben mochte, dieser Laut sei vom Himmel gekommen. Dort schnippten irgendjemands riesige Finger. Dort entstand mein marktwirtschaftliches Geschick, mein *Es,* das Kolja Gussarzew Talent genannt hatte, als er mir schmeicheln wollte.

Ich verstand plötzlich meinen Schweiß. Den Geruch nach Schweiß. Nach meinem Schweiß! So also musste man mit Dudajew umgehen. Mehr noch, ich verstand mich nicht nur auf Dudajew, sondern durchschaute mit einem Mal die vielen, vielen, die ins gleiche Horn stießen ... so also musste man *mit ihnen* umgehen. Unabhängig von ihren Gesichtern ... Titeln ... Nationalitäten. Das Schnippen kam vom Himmel. Göttliche Eingebung.

Die Kolonne war weg. Dudajew im ersten Auto. Beim geringsten Anlass könnte er noch ins Gebüsch hinausspringen. Bei einem Angriff aus der Luft. Gut gedacht. Profi! Würde seine Uniform ein bisschen zerkratzen. Die Nase. Also ging ich, der ich nun schon konkret an die ihn deckenden Büsche und seine zerkratzte Nase dachte, zur Lagerfunkstation.

Ging mit steinernem, langsamem Schritt. *So musste man mit ihnen umgehen.* (Ich verging aber fast vor Hitze. Glühte. Wangen und Ohren, das ganze Gesicht brannte.) Fand den Quittungszettel mit dem Nachnamen, den der Oberstleutnant im Ledermantel dagelassen hatte. Der Korianderblätter kauende Wassiljok.

Wassiljok in Chankala fanden die Regimentsnachrichtenleute über Funk in einer Minute für mich. Bekannter Mann! Jetzt kaute er nicht, sprach dafür mit unheimlicher Bassstimme. Wichtig. Holte ebenfalls, wie ich verstand, die Kartentasche hervor. Ich berichtete ihm knapp. Vom Raub. Und vom Schnauzbart. Und von der Route Schali-Wedeno kurz und exakt. Von der ganzen

Eidechsenkolonne mit der so liebevoll zusammengestellten Ladung in der Farbe Khaki.

Wassiljok versprach nichts, sondern gab einfach das Signal *Ende der Verbindung*. Und sobald die Verbindung abgebrochen war, entfernte ich mich weit von allem, was mich umgab.

Mir wurde kalt, bis zum Frösteln kalt. Ich wurde zu Eis. Kein Blutstropfen Wärme. Ich weiß noch, ich war mit einem Mal kraftlos – nach diesem meinem ersten Schritt. Die Kolonne mit meinem Lagergut befand sich noch auf dem Weg. Die Kolonne wirbelte noch Staub hinter sich auf. Fuhr noch nicht auf dem letzten Tropfen. Sie waren noch nicht weit. Jetzt, um kurz nach sechs, waren sie nah. Aber ich wusste ja im Voraus. Ich wusste, wo sie um sieben Uhr dreißig wären. Wo und in welcher Form.

In Breiform.

Da tadelte mich Gott *dieses Breis wegen* und gebot mir Einhalt. *Du sollst nicht kämpfen* ... Gott gab mir einen dritten Weg ein.

Genug Blut vergossen, Major Schilin. Du bist kein Krieger und kein Rächer. Du bist normaler redlicher Scheißdreck. Und obwohl du ein Niemand und Nichts bist, Majörchen Schilin, wirst du nicht sofort in dem schon begonnenen, nicht vorhersagbaren blutigen Chaos untergehen. *Verkaufe*. Anders überlebst du nicht.

Biete an und verkaufe. Mit *Dudaleuten* geht es nur so. Und keine Scham. Das ist deine Mission!

Dudajew kam angerast. Ohne Uniform. Im zivilen Jackett. Wie er unterwegs gekleidet war, so kam er angerast.

Aber was für ein Gespür! Bei dem Luftangriff brauchte er nicht ins Gebüsch zu springen und sich Uniform, Nase und Stirn zerkratzen zu lassen. Es zeigte sich, dass er nicht mit der in meinen Lagern aufgefüllten Kolonne ins Gebirge gefahren war, er hatte sie verlassen ... und gut daran getan. Er war sofort zu einem anderen Termin aufgebrochen. Hatte aber umkehren müssen.

Weil von der Kolonne, die er alleingelassen hatte, schon um

sieben Uhr fünfundzwanzig nur noch Staub übrig war. Um sieben Uhr dreißig fuhren seine Krieger, die das geraubte Gut begleitet hatten, schon zum Himmel auf – alle auf einmal. Um sieben Uhr fünfunddreißig wurden sie dort wohl schon empfangen. In Kämmerchen untergebracht … … auf Betten. Die Huris warteten schon, bereit, sie zu liebkosen. Übrigens, einen Teil der Soldaten dieser Kolonne hatte Dudajew vor dem Tod bewahrt. Sie hatten sich selbst gerettet! Beim Anblick (und beim Dröhnen) der Hubschrauber aus Wassiljoks Einheit flüchteten die Tschetschenen sehr professionell ins Gebüsch. Na, klar, sie hatten ja beim Militär gedient. Es in der Grundausbildung gelernt. Einst.

Dudajew, obwohl ohne Epauletten, obwohl umgezogen, im Jackett, hatte die Situation und sich im Griff. Er kannte damals keine Niederlagen. Er sagte mir recht ruhig, dass er mit seinen Soldaten zu meinen Lagern wiederkommen würde. Und sich wieder Waffen nähme. Heute noch! Genauso viel. Schützenpanzer. Und Panzerfäuste. Und selbstredend auch Kalaschnikows. Patronen.

Er überlegte laut und entschied dann, sich nicht mit Kleinkram abzugeben:

»Ich werde alles nehmen.«

Erst dann fragte er, mir in die Augen sehend:

»Wer hätte mich verraten können?« Er blickte mich so sonderbar, so bohrend an.

Und kannte wohl die Antwort. Mochte es aber nicht glauben. Dass dieser Todgeweihte so rasch, so blitzartig die Situation richtig eingeschätzt hatte. Dieser nutzlose, übelriechende, nach ehrlichem Schweiß stinkende, von allen im Stich gelassene kleine Major? Der? Dieser Lagerscheißdreck?!

Doch! Doch schaute mich Dudajew dabei zum ersten Mal (in all den Jahren) mit echter Hochachtung an.

Ich zuckte die Achseln:

»Nur Freunde verraten. Sie haben es selbst gesagt. Nur die besten, treuesten Freunde verraten.«

Er schaute mich immer noch an. Unverwandt.

»Alle anderen liefern aus«, fuhr ich fort. »Bescheißen einfach, und das ist normal. Was ist daran verwunderlich?! Menschen sind eben Menschen. Sie haben es selbst gesagt.«

Ich bin zwar nicht dein Freund. Wenn sogar ich, der Todgeweihte, so etwas angerichtet habe, dann gehöre ich doch zu den anderen. Ich gehöre nicht zu den Freunden. Und folglich bin ich kein Verräter. Was ist daran verwunderlich?!

Er zog seine Brieftasche heraus und warf mir leichthin tausend Dollar auf den Tisch. Hunderter um Hunderter.

»Nicht schlecht, was?«

Doch auch bei dieser königlichen Handbewegung, mit der er mir schon das Geld gab, mit der er schon von mir kaufte, konnte er nicht vollständig glauben, dass die Zerreibung seiner Kolonne auf der Straße (um sieben Uhr dreißig Ortszeit) mit mir zusammenhing. Na, er konnte es nicht glauben! Dass dieser Dreck ... dieser kleine Major. Vielleicht gab es jemand Ernstzunehmenden hinter seinem Rücken? Ja, ja, jemand Ernstzunehmenden.

Sonst hätte er, Dudajew, die Pistole gezogen. Wenn er es vollständig geglaubt hätte. Er hätte mich in einer Zornesaufwallung erschossen. Aber er schoss nicht und zog nicht einmal die Pistole, sondern holte ein Bündel grüner Scheine heraus. Und fragte auch noch: Nicht schlecht, was?

Ich sagte:

»Nicht schlecht. Wenn die Hälfte der Kolonne das Gebirge erreicht. Im Gebirge ist ja auch die Hälfte der Kolonne nicht schlecht.«

Vorerst sei das der halbe Preis.

Und aufs Neue holte Dudajew – wieder keine Sekunde mir glaubend – einen weiteren Tausender aus seiner Brieftasche und legte ihn auf den ersten. Legte ihn quer darauf. Um nicht zählen zu müssen. Für die zweite Hälfte der Kolonne. So lagen sie kreuzweise auf dem Tisch. Meine ersten Tausender.

Dann kamen sie, seine Leute. Luden alles ein. Ließen nicht einmal eine halbe Kiste Patronen da. Keine Knarre. Fuhren die Schützenpanzer aus dem Tor, alle bis zum letzten. Es waren noch zwei da. Drei Lastautos. Zwei Jeeps. Das ergab wieder eine Kolonne. Sie nahmen alles und gingen.

Ich stand im offenen Tor des leer geplünderten Lagers. Die Kolonne wirbelte Staub auf. Die Tschetschenen zogen ab. Das Tor blieb weiterhin offen. Ich hatte nichts und niemanden mehr. Weder Ladesoldaten noch Wachsoldaten.

Ich hatte nur ein offenes Tor.

Dort, am Tor, standen wir – Dudajew und ich. Standen in aller Ruhe dort. Und schwiegen. Als hätten wir alles geregelt und nähmen nun für immer Abschied.

Da, in diesem Augenblick, bekam er einen Anruf. Er holte das Handy heraus. (Die Tschetschenen hatten vor uns Handys. Aber damals hatte überhaupt noch niemand eines.) Einfach ein Wunder. Dieses Notizbüchlein. Ohne Kabel, ohne Antenne! Wie eine Tafel Schokolade. Und so fließend verbreitete das Schokoladennotizbuch seine Klingeltöne – melodisch, wie Welpenwinseln. Dudajew – schlagartig wichtig, den Schnurrbart streng gespannt – hielt das Telefon ans Ohr und sagte knapp zu irgendjemandem:

»Wir sind draußen.«

Und steckte das Notizbuch ins Futteral.

Möglicherweise hatte der General den Eindruck, dass ich zu wenig Emotionen zeigte. Zu wenig Begeisterung. Mit einem herablassenden Blick gab er mir ein, was ich jetzt zu fühlen hätte – da hast du was Tolles gesehen! Diese Art von Verbindung wird man jetzt im Gebirge haben – du hast Null Ahnung, Major. Du kannst dir nicht einmal vorstellen, was dieses Wunder für den Krieg in den Bergen bedeutet!

Ich schnalzte für alle Fälle wie ein Bergbewohner begeistert mit der Zunge. Tolle Sache.

Duda sagte:

»Das ist jetzt mein bester Freund. Der wird mich nicht verraten.«

Ich hatte eine Ahnung. Sagte automatisch:

»Das werden wir noch sehen, Genosse General.«

Manchmal erzähle ich meinem Vater (in Gedanken) von meinem phantastischen (jedoch realen) Waffenverkauf. Und dass nicht irgendjemand, sondern Dudajew die Hebamme meines Talents gewesen war. (Ohne sich dessen bewusst zu werden.) Mein Vater hätte mit Wonne zugehört. Wahrscheinlich. Dem alten Schluckspecht hätte es geschmeichelt!

Wie geht es ihm, dem Vater, dort in Kowylsk? Ich schließe die Augen. Sehe ihn, wie er zwischen den Fünfstöckern hindurch zum Lädchen geht. Mit welch leichtem Gang!

Mein erster Waffendeal blieb auch mein einziger. Ich war gleichsam über mich selbst erschüttert. Ich erstarrte. Und verkaufte nie mehr eine Knarre. Möglicherweise machen die Soziologen eine Beobachtung. Möglicherweise war ich nicht der Einzige in jenen Tagen, der mit einem Sprung die Metamorphose zum Händler zu schaffen versuchte. Ich weiß es nicht! Ich war wie ein Schmetterling, der sich gerade aus dem Kokon befreit hatte. Der Schmetterling unternahm seinen ersten Flug. Seine erste Schleife. Und stellte sich tot. Und saß. Machte Mimikry in kräutergrünen Farben. Die seinen Flügelchen ähnlich sind.

Und auch die Umstände kehrten sich von mir ab. Krieg! Grosny im Feuer. Mal schlich die Zeit, mal beschleunigte sie sich unglaublich. In die aufrührerische Stadt drangen von zwei Seiten die Landesoldaten Babitschews und Rochlins ein. Und diese »Zange« ist das Einzige, was sich mir damals fest eingeprägt hat.

Natürlich verhärtet einen ein Krieg, der zum Bürgerkrieg wird. Man verstand nichts mehr. Als kämpfender unkriegerischer Mensch fand ich für mich (zur inneren Anwendung) doch eine

Erklärung für den Krieg. Sie ist einfach: *Der Krieg an sich ist absurd. Solange er nicht zu Ende ist.*

Nein, nein, so ist es richtiger: *Der Krieg ist absurd, solange es keinen Sieger gibt.* Solange es keinen Sieger gibt, stell dir keine Fragen. Warum? Und wie? Und wer ist schuld? Und wer hat in der Prügelei zuerst zugeschlagen? Kinderstreitigkeiten!

Sobald sich der Sieger herausstellt, finden sich auch gleich (oder allmählich) verständliche Gründe, unvermeidliche Folgen. Die Ereignisse stehen der Größe nach auf. Der Sieger stellt alles und alle an ihren (seinen) Platz. Die Logik des Siegers stellt sich ein. Und eine andere Logik haben wir, die einfachen Leute, nicht.

Es war das Jahr 95. Logik gab es noch nicht. Grosny ist zerstört, platt gemacht. Häuserscherben. Verbrannte Panzerfahrzeuge. Rochlins Landesoldaten, die ein Haus nach dem anderen zerstören oder abbrennen, stoßen plötzlich auf eine verbrannte Zementfabrik und ein unverbranntes (!) Benzinlager. Ist das nicht absurd! Ein Lager, voll mit Benzinfässern, ist absolut heil geblieben. Ruhiges Benzinmeer. Und ringsum Feuer! Und menschenleere Lagerhäuser in einer Reihe. Von niemandem bewacht. Abgesehen von einem verrückten Major, der mit der Pistole in der Hand vor dem offenen Tor herumrennt und brüllt, dass er diese Fässer nicht hergeben wird. Er gibt kein Benzin her! Niemandem!

Nebenan brennen hier und dort Häuser, bersten Mauern, fliegen Dächer wie große Vögel in die Luft, Und der Major schreit, während er sein Benzinlager mit seiner Person verstellt:

»Meins! Meins!«

Ich war dieser durchgeknallte Major.

Die Soldaten fesselten mich. Und einer von ihnen, eine gute Seele, beruhigte meine wahnhafte Lagergier: »Wir werden sie in Obhut nehmen, Major. Keine Angst! Wir werden alle deine Fässer in Obhut nehmen …«

Man gab mir einen ganzen Monat Urlaub, und ich fuhr in mein heimatliches Kowylsk zu Frau und Tochter. Und natürlich auch zu meinem Vater. Vater brachte ich die ersten Anekdoten über Dudajew mit, und meiner Frau die beiden Dudajewschen Tausender – Dollars. Die ich mir bewahrt hatte, trotz meiner heftigen Durchgeknalltheit in jenen Tagen (die ich einsam am Lagertor verbracht hatte). Vielleicht hatte ich sie ja dank meiner Durchgeknalltheit bewahrt. In der normalen gefleckten Jacke. In der normalen Brusttasche.

Zu Hause erzählte ich meiner Frau vom Rat des Tschetschenen, an einem großen ungenannten Fluss eine Datscha zu bauen. Erzählte es ihr nachts. Im Bett. In einer Liebespause. Dudajew war es, der damals schon intuitiv gewusst hatte, dass der aus Tschetschenien entfleuchte Major seinen Fluss, an dem er leben wollte, besser nicht laut nennen sollte. Für alle Fälle. Damals, im Bett, fanden meine Frau und ich, dass dies ein guter Gedanke sei. Ein interessanter Gedanke, Sascha, *beflügelnd*! Den hatte also der General!

»General der Luftwaffe«, bestätigte ich.

Doch erst ein Jahr später, als in Tschetschenien eine Art Frieden gemacht worden war, waren meine Frau und ich reif für den Entschluss. Und ohne zu zögern, schon in meinem nächsten Urlaub, wählte ich den großen Fluss aus. Und fuhr schnell hin, um mir ein Fleckchen daran auszugucken. Doch den Bau beginnen musste meine Frau allein. Ich wurde zurückbeordert.

Es gab keinen Urlaub. Die Befriedung in Tschetschenien, das spürten alle, war instabil. Ich wurde nach Mosdok verlegt, um Häuser neben dem Tschkalow-Flughafen zu bauen. Häuser und Kasernen. Der Tschkalow-Flughafen wurde jetzt sehr stark angeflogen.

Auf der Landebahn rollte bald hier, bald dort ein Flugzeug an und startete. Pfeifen, dröhnende Motoren. Ich war auf der Baustelle eines Wohnheims, und plötzlich ... eine bekannte Stimme.

Rief mich, unklar, aus welcher Richtung. Wegen des Flugzeuglärms. Ich drehte den Kopf. Suchte. Und plötzlich – ach! Kostyjew! Er stand da und lächelte! Er, der Petersburger, war auch auf die Baustelle beim hiesigen Flughafen verlegt worden. Der Friede war zurück – die Baustellen waren zurück. Offenbar wurden wir in irgendeinem Befehlshaberpapier (oder in einem Befehlshaberkopf) noch zu zweit geführt, lebten wir noch als Paar – *Schilin und Kostyjew, Ingenieure.*

Wir umarmten uns. Keinerlei Kränkung bei mir, natürlich. Er war halt damals abgereist! Na, und? Zudem erklärte mir Kostyjew nun alles. Man habe ihn mitten in der Nacht aus dem Bett geholt – entweder du fährst jetzt in dein Piter, oder du kommst überhaupt nicht mehr raus! Er habe dann noch in der Nacht gepackt und einen gewissen Ismailow gebeten, es mir zu sagen. Habe eine Nachricht geschrieben! Und darauf in Großbuchstaben: MAJOR SCHILIN. Doch Ismailow, daran erinnerte ich mich auch, verschwand damals. Er soll getötet worden sein.

Kostyjew konnte mir alles leicht und verständlich erklären. Petersburger Schule. Und auch ich hegte keinen Groll mehr. Die Zeit zerstreute alles. Es war keine Zeit für Kränkungen. Wer sich wo befand. Wer wen verlor. Wer in Tschetschenien lebte, rechnete nicht mehr ab. Krieg!

Unsere Freundschaft lebte gleich vom ersten Tag an wieder auf. Als hätten wir uns nie getrennt. Zu zweit bauen, das klappte bei Kostyjew und mir. Wir erinnerten uns natürlich auch an die *Kranichhäuser*. Wir hätten gerne einen Blick auf sie geworfen, ob sie noch heil wären. Hinfahren war unmöglich. Grosny gehörte nicht uns. Dafür entstand die romantische Idee, dorthin zu fliegen (beim Wein, natürlich! In Mosdok bekam man ganz normal Wein! Hervorragende Versorgung!). Wir wollten einen Piloten überreden. Und den Stadtrand überfliegen.

Abschießen würde man uns nicht. Dudajews Flugzeugpark war praktisch Null. Die richtige Höhe gewinnen. Drüberfliegen.

Eine halbe Minute wäre ausreichend. Das Fernglas in der Hand. Kostyjew und ich wollten nur mal einen Blick drauf werfen!

»Ob wir sie von oben erkennen? Unsere Schönen?!«

»Na klar!«

Wir stießen an.

Wir sollten in Mosdok das nächste Haus bauen, drei Geschosse, für das immer weiter wachsende Flughafenpersonal. Das Haus war mit zwei Seitengebäuden geplant – da hatte ich plötzlich einen hochfliegenden Ingenieureinfall. Er war ziemlich ambitioniert.

Ich wollte das Haus wie ein Flugzeug entwerfen. Zur ewigen Erinnerung an unsere hiesige Zusammenarbeit. Die beiden Nebengebäude wären die beiden Flügel. Na, und die Nase: Ein stumpfer (kleiner) Vorsprung in der Mitte des Hauses. In Form von Erkern der vorspringenden Wohnungen. Der Erker im zweiten Stock würde aussehen wie das Cockpit eines Flugzeugs. Das wär's doch?!

»Das wär's doch?«, fragte ich mich selbst.

Der Gedanke kam mir spät in der Nacht. Ich hatte mich schon schlafen gelegt. Hatte mich mindestens schon eine Stunde im Bett gewälzt. Konnte nicht schlafen. Ich zerquetschte mir die eine Seite. Dann die andere. Dann stand ich auf, zog mich an und ging in tiefer Nacht zu Kostyjew.

Er hatte sein Quartier nicht weit von mir, bei einer alten Frau.

Ja, ja, ich nahm auch noch Wein mit. Zu einem guten Gespräch. Zwei Flaschen. In Mosdok kam man hervorragend an Wein! Kostyjew galt in unserem Gespann als der Hauptplaner. Und wenn das Haus so ausgefallen werden sollte, musste ich Kostyjew überzeugen. Überreden. Möglichst beim Wein.

Ich flitzte also die Treppe hinauf, in jeder Hand eine Flasche – in der rechten und in der linken. Die Flaschen (wie mir noch alles in Erinnerung ist!) waren abendlich kühl, nicht klebrig.

Auf mein leicht nervöses (begeistertes!) Klopfen öffnete die Alte die Tür. Und sagte, ihr Mieter, mein Freund Kostyjew, sei nach Piter abgereist. Es kratzte mich im Hals. Die Alte sprach den Namen der Stadt sorgfältig aus – nach Sankt Petersburg. Vor einer Stunde. Ja, für immer. Mit Gepäck.

Schon am nächsten Morgen wurde bekannt, dass der still schwelende Krieg aufs Neue aufgeflammt war. Der zweite Tschetschenienkrieg.

Kaum waren Grosny und seine Vorstädte im Kampf genommen, zog man mich von der Baustelle ab, steckte mich wieder ins Lager. Die Lager? Nicht nach Grosny, dort gab es keine funktionierenden Lager ... sondern nach Chankala. Wo ich ziemlich schnell mein Benzin-Business aufzog. Es ergab sich von ganz allein.

Doch am ersten Tag ging ich äußerst missmutig durch das mir anvertraute Lager in Chankala. Das Lager war Schrott, kein Vergleich zu meinen Lagern in Grosny. Erstens war es nicht geeignet für die Aufbewahrung von Benzin und Diesel. (Und eben mit Benzin und Diesel war das Lager vollgestellt.) Die Lagerhäuser hatten keine Vorrichtung für das Rein- und Rausrollen der Fässer. (Die Rampen der Lagerhäuser hatten nicht die gleiche Höhe wie die Ladeflächen der Lastwagen.) Die Gabelstapler quietschten, knarrten und gingen stündlich kaputt. Bei der geringsten Störung musste von Hand be- und entladen werden. Steinzeit! Aber ich hatte keine Wahl. Krieg!

Die Befüllung der Tankwagen war auch schlecht. Aber dafür Fässer. Die Fässer! Sie waren es, die mich anspornten. Plötzlich erkannte ich sie. (Oder glaubte sie zu erkennen.) Meine vertrauten Fässer. Man hatte sie tatsächlich aus dem Heizkessel Grosny herausgeholt. (Oder es schien mir so ...) Ich fuhr zusammen. Das waren meine Fässer. Mein Benzin! Das hatte ich ja Rochlins Landesoldaten zugeschrien.

Und keinerlei Waffen. Ein Segen. Nur Treibstoff und Schmieröl. Ich berührte die Fässer sogar. Diese schmutzigen Fässer flüsterten mir etwas zu. Und ich berührte sie. Liebevoll. An jenem ersten Tag, als ich hier eintraf.

Überall standen und lagen Fässer. Fässer allenthalben. Diesmal verstand ich die Einflüsterung.

Wenn ich einem geschäftstüchtigen Offizier oder einem in Wut geratenen Oberst (oder tschetschenischen Mittelsmann) im Klartext sagte – ja, ich *gebe* dir Diesel ... Benzin *gebe* ich dir auch ... Ich *gebe* dir Schmieröl. Wenig, aber ich *gebe* dir welches –, dann verstanden sie mich nicht. Sie hörten nicht auf mich. Weder der Geschäftemacher von uns, noch der interessierte tschetschenische Mittelsmann. Sie waren alle gleich. Krieg! Sie verlangten sofort mehr. Pochten auf ihr Recht. Drohten. Wollten noch mehr und noch mehr! Und steckten mir die Pistole, die sie plötzlich in der Hand hatten, ins Ohr.

Aber wenn ich zu ihnen sagte – ja, ich gebe dir Diesel, Benzin, noch etwas Zweites und Drittes, aber du musst zahlen. Wenn ich sagte, ich *verkaufe*. Dann stellte sich plötzlich heraus, dass sie mich verstanden und auf mich hörten. Alle. Sowohl die einen wie die anderen. Und auch die Dritten und Fünften. Ich *verkaufe* – und sie stimmten zu. Ja, ja, sie stritten, feilschten um Kopeken, verstanden jedoch. Sie drohten auch, setzten mir manches Mal in ihrer Wut die Pistole an den Kopf, in wie viele dieser Mündungen habe ich nicht schon geschaut! Dieser schwarzen und grauen Öffnungen! Aber dieser ganze Krawall ging um etwas anderes. Ging schon um den Preis.

Sie wüteten ja auch nicht. Ballerten nicht in die Decke. Nicht einmal die Tschetschenen. Die Ungestümsten. Einäugigen. Mit einem Tick im Nasenflügel. Sie wurden durchaus verständig. Und verstanden sehr gut, wenn ich zu ihnen sagte:

»Ich *verkaufe*. Alle fünf Fässer. Aber bezahle.«

Oder in Naturalien. Wenn ich laut Disposition dazu verpflichtet war:

»Du bekommst es. Bekommst alles. Ich *verkaufe*. Aber nur wenn jedes zehnte Fass mir gehört.«

Die Armee befand sich immer noch halb im Zerfall. Wäre Major Schilin nicht gewesen, dann stünden irgendwo Berge von Benzin- und Masutfässern und irgendwo anders gar keine. Wie bei den Kommunisten. Stagnation.

Ich nahm jedes zehnte Fass, aber nicht, weil ich der Herr über das Lager und ein Dieb war, sondern weil ich die Lieferung gewährleistete. Ja, ich verdiente Geld. Aber ich arbeitete auch hart. Und ich bekam meine Informationen. Ich hatte Informanten auf den Straßen, die mussten bezahlt werden. Der Krieg im Gebirge ist keine leichte Sache. Gelegentlich verkaufte ich den Tschitschen Benzin und Masut, aber dafür ließen die Feldkommandeure ab und zu die Kolonnen durch, in denen Saschiks Autos waren. Ich stellte wie niemand sonst sicher, dass der Treibstoff genau zu den Truppeneinheiten gelangte, zu denen er gelangen sollte. (Die tschetschenischen Straßen kundschaftete Ruslan aus, die unsrigen Kolja Gussarzew.) Und in schweren, schwersten Fällen (Straße nach Wedeno) fand ich persönlich Begleiter wie Chwor ... wie Kostomarow. Im Grunde habe ich den Preis für die *Treibstoffgarantie* eingeführt. Für die *Liefergarantie.* Ich und meinesgleichen.

Ich will nicht sagen, dass ich die Marktwirtschaft eingeführt hätte. Das ist lächerlich. Das ist unbescheiden. Aber ich und meinesgleichen haben unter Kriegsbedingungen den Preis als solchen eingeführt ... die Lieferung ... die Bezahlung mit Geld. Wir haben die Bezahlung in Naturalien (jedes zehnte Fass) parallel zu der in Geld eingeführt. Wir haben die Grundvoraussetzungen für marktwirtschaftliche Beziehungen geschaffen. Der Markt entstand natürlich von allein. Der Markt entsteht immer von selbst.

Einmal schwärzte mich jemand im Stab offen an. Man hatte mich denunziert. »Schilin«, wurde gesagt, »hat den Tschetschenen drei Fässer für den Transport ...« Und als Megadrohung erklang das Wort »Korruption«. Troschin war persönlich zugegen. Schumanow war persönlich zugegen. Und andere Mächtige.

Aber die Stabsoffiziere deckten mich. Sie brauchten mich. Da saßen keine dummen Leute. Die hatten immerhin die Militärakademie absolviert. Zunächst hielt Mamajew einen eindrucksvollen Vortrag. Damals wurde zum ersten Mal verlautbart, dass es im Krieg nichts Schlimmeres gebe als das Chaos, als den Zerfall der Armee, den wir gerade mit dem großen Löffel äßen. Korruption sei hundertmal besser als das Chaos. Korruption sei schon irgendwie Kultur …

»Bis zur Korruption müssen wir es erst noch bringen«, schloss Mamajew wirkungsvoll.

Aber die gespannte Pause hing wieder in der Luft. Die Stabsoffiziere schwiegen. Mamajew galt doch als Phrasendrescher.

Dann sprach Gussarzew beherzt – manchmal, das wissen wir alle, braucht man eine gesicherte Straße. Im Vorgebirge. Noch mehr im Gebirge. Man braucht die Straße, koste es, was es wolle.

Er redete nicht schlecht, doch wieder entstand eine Pause. Unser Kolja hatte eben nur einen sehr niedrigen Rang.

Nun räusperte sich Troschin und sagte mit seiner Bassstimme zum Abschluss:

»Na schön, spielt nicht die Unschuld vom Lande. Die Straße ist manchmal notwendiger als das Benzin. Betrachten wir einmal diese zwei … oder drei … oder wie viele Fässer es sein mögen! Betrachten wir sie nicht als Major Schilins Handel. Sondern als Bestechung der Feldkommandeure.« Alle entspannten sich erleichtert. Lachten. Werteten Troschins Worte fast wie Kutusows Weisheit und Bedächtigkeit. Unterdessen war ich nur um Haaresbreite einer Bestrafung entgangen.

Die Konkurrenten im »Treibstoff-Business« waren natürlich heftig versucht, mich loszuwerden. Die Intendanten von Rang. Mich zu beseitigen. Mich mit dem Ellbogen, mit dem spitzen Ellbogen vor das Militärgericht zu schubsen. Und wie eifersüchtig sie waren! Es standen ja zwei ganze Kesselwagen mit Benzin auf dem Bahnhof! Sie waren mit dem Güterzug aus Russland eingetroffen. Aber den Intendanten, auch wenn sie einen Rang hatten, füllte ich keinen Tropfen ab, nicht einmal einen Kanister voll.

Diesel verschlang ich noch schneller. (Die Tschetschenen brauchten es notwendiger. Für die Feldarbeit zum Beispiel.) Der Diesel verschwand extrem schnell, lange bevor meine Konkurrenten es bemerkten, schon bei der Anfahrt auf Grosny. Schon auf den Schienen. Mitsamt dem Kesselwagen. Sie bekamen ihn nicht einmal richtig zu Gesicht. War da was? Oder war es ein Trugbild. Für meine Konkurrenten und Zwischenhändler blieben nur Benzin- und Dieselflecken auf den Gleisen zurück, das war alles. Zwischen den Schienen. Regenbogenfarbige Flecken auf dunkler Erde. Wie ein verspäteter Vermerk in einem abgelaufenen Pass.

Die Desorganisation und der häufige Wechsel des Führungspersonals sind zwei Faktoren, die uns Marktleute auf Hochglanz polieren. Aber nicht alle.

Woher hätten sie, die Intendanten, von der göttlichen Eingebung wissen sollen, von jenem erstaunlichen Laut zu Beginn der Offenbarung. Schnipp! Schnipp! Diese kaputten, hysterischen Typen, die um ihre Epauletten, um einen weiteren Stern drauf bangten. Woher sollten sie von der überraschenden Parallele zwischen Benzin und Furchtlosigkeit wissen. Dudajew hatte mich gelehrt (ohne es selbst zu wissen), jemandem bei einem Deal in die Augen zu schauen. Er hatte mich ja nicht erschossen, hatte es nicht vermocht. Er hatte nur Finger an Finger gerieben. Obwohl die Finger schon nach der Pistole langten.

Dudajew kam um, sein eigenes Handy hatte ihn ausgeliefert, verraten. Sein bester Freund. Eben als echter Freund – auf plötzliche, gemeine Weise. Zudem blieb es selbst heil. Als eine föderale Rakete, die auf die Einflüsterung (den Impuls seines Handys) reagiert hatte, einschlug, flog alles in seinem Umkreis in die Luft. Eine Erdfontäne! Alles wurde in Stücke gerissen. Zerfiel. War nicht mehr zu flicken. Die Erde, Dudajews Jeep, sein Essen auf dem Tischtuch, das aufs Gras ausgebreitet war. Alles flog in die Luft. In einer Fontäne. Dudajew selbst wurde nicht zerrissen, sondern so heftig weggeschleudert, dass er getötet wurde. Und auch nicht mehr zu flicken war. Dafür blieb sein treuer Freund heil, obwohl er mitsamt der Erdfontäne bis zum Himmel flog. Der ehemals treue Freund.

Die Verwandten dachten mit keinem Gedanken an den kleinen Verräter. Im Gegenteil! In der Stunde des Begräbnisses legten sie dem Verstorbenen voller Hochachtung sein Handy ins Grab. Auch seine berühmte Feldmütze kam hinein. Die Waffe natürlich! Seine geliebte Kartentasche! Damit man sich erinnerte, wer der Herr über den khakifarbenen Raum war. Der Herr der Berge und Gebirgsstraßen. Und der tiefen Talschluchten mit ihren Hinterhalten.

Leider war er jedoch nicht ganz der Herr seines kleinen Grabes. Auf dem Grab war nichts. Es war ein Geheimnis. Auf dem Grab gab es weder einen Buchstaben noch ein Zeichen. Es war anonym, damit es nicht von Feinden gefunden würde. Man hatte ihn heimlich eingebuddelt. So heimlich, dass man irgendwann sein Grab verloren hatte. (Dieses Gerücht wurde in Umlauf gesetzt.)

Möglicherweise gab es zwei oder drei Menschen, die den Ort des Grabes kannten. Aber es war ja Krieg! Diese zwei oder drei waren vielleicht abwesend, waren irgendwo angefordert worden. Vielleicht aber auch getötet. Der Krieg rückte bald vor, bald wich er zurück. So schien niemand etwas über Dudajews Grab zu wissen. Aber plötzlich schlugen die Raketen wieder an einer bestimmten Stelle ein. Zwei Raketen, und beide lagen neben dem Grab.

Dudajews bester Freund lebte nämlich auch in der Erde weiter. Er piepste auch in der Erde. Auf Schwachstrom geschaltet, lebte er plötzlich auf. Eine besondere Tonerde. Sie wirkte wie statische Elektrizität. Schwache Klingeltöne, aber immerhin. Die Raketendetonationen wirbelten die Erde und alles, was darin war, wieder zu einer Fontäne auf. Wieder bis zum Himmel.

Aber seinem Handy passierte wieder nichts. Es war ein altmodisches Ding. Eins von den ersten. Nicht gerade umwerfend vom Design her. Bei der Explosion schlug es Purzelbäume, schlug aufs Gras auf – und piepste immer noch. Wieder aus eigener Kraft. Bis es endlich von allein krepierte. Bis es sich beruhigt hatte. Ein echter Freund rächt sich lange.

Ich trinke Tee. Die Wolken vor dem Fenster verblüffen mich durch ihr Weiß.

Unter diesen Wolken windet sich irgendwo weit weg die Straße. (Im Grunde nicht weit weg. Tschetschenien ist nicht groß.) Auf der Straße dort flitzt ein Jeep. Ein mir bekannter Jeep, und am Steuer sitzt der mir noch besser bekannte Kolja Gussarzew. Summt ein Liedchen. Hinter ihm auf dem Rücksitz sitzen meine beiden Spinner.

Oleg umklammert seine Knarre und mahlt mit dem Unterkiefer. Ach, wie zufrieden er jetzt mit sich ist! *Sie sind der Fahne treu geblieben!*

Alik hat seine Maschinenpistole wohl auf den Knien. Bei jedem Holpern des Wagens schleudert er mit dem linken weinenden Auge eine Träne von sich weg. Ohne ihr nachzublicken. Bei jedem Holperstein. Bei jedem Hopser des Jeeps.

Ich warte auf den Anruf. Es muss kein Anruf kommen. Kolja Gussarzew ist auf der Hut. Wird er mich wohl anklingeln? Wird er sich dazu durchringen können? Man hat keine große Lust zu telefonieren, wenn man schon auf der Straße nach Wedeno ist.

Ganz zu Anfang meines »Benzin-Business« legten mich meine Zwischenhändlerkonkurrenten einmal rein. Genau das eine Mal. Und auch nicht für Geld. Das wäre ihnen zu schwach gewesen.

Petrow … nein, Petrjajew … nein, nein, Petruschin, Oberstleutnant. Hochrangiger Intendant. Schickte mir ein Mädchen mit Gefreitenbalken und mit ihr eine Bescheinigung für drei zusätzliche Fässer Benzin. Diese drei Fässer hatte er schon im Voraus bekommen.

»Und schick sie morgen zurück …«, erlaubte er mir am Telefon, mit einem Lächeln in der Stimme.

Obwohl ich es erwartet hatte, betrachtete ich die lebendige Bezahlung jetzt mit einiger Verwirrung. Eine blonde Gefreite. Kaum hatte ich sie angeblickt, wurde mir ganz schwummerig. Ich war baff. Noch nie hatte ich hier so ein Weib gesehen. Leibhaftig. Zwei Schritte vor mir.

Doch allzu rasch schrillte ein neuer Anruf – schon von oben. Schon mit einem Befehl! Ich solle die Verbindungsfrau sofort zu General Korobeinikow schicken. Nein, bis zum nächsten Morgen könne er nicht warten. Heute noch, vor dem Mittagessen. Und halte sie nicht zurück, Major! Die Verbindungsfrau hat wichtige Papiere bei sich …

Man legte auf. Na klar! Na klar hatte sie wichtige Papiere bei sich. Diese Beine. Diese Augen.

Wir beide befanden uns gerade auf meiner Mondlichtung. Durch den Weißdorn vom Krieg getrennt. Und auch von der ganzen lärmenden Welt. Sicher getrennt. Als das Telefon klingelte. Ich war gerade dabei, mich aufzuplustern. Mich aufzuspielen. Zeigte ihr dieses Wunder – meine Lichtung. Die Böschung zu dem kleinen Bach. Die Wiese mit allerlei Gräsern. Ansichten. Alles meins und alles einzigartig.

Sie schwieg. Schwieg mit einem leisen Lächeln der Zustimmung: »Was für ein Sommer!«, sagte sie plötzlich. Ich berührte ihre Brüste. Sie waren klein. Das Mädchen blieb ruhig. Sie atmete nicht einmal stärker. Räusperte sich nur plötzlich bedeutungsvoll. Weil dieser Anruf schon stattgefunden hatte. Weil diese Brüste nicht mehr mein waren. Und nicht ihre … Und überhaupt waren hier keine Brüste.

Die Brüste waren schon bei General Korobeinikow. Dem Starken. Kahlkopf. Der Kognak direkt aus der Flasche trank. Dazu noch ein tiefer Bass. Um Fähnriche zu Tode zu erschrecken.

Die Gefreite fuhr sofort ab. Und ich blieb ganz allein mit der Schönheit meiner privaten und einzigartigen Lichtung zurück. Ging auf und ab. Das Bächlein gluckerte ganz leise. Die Lichtung duftete.

FOREVER ... Kramarenko kam hereingerannt, ganz geschäftig, aber glücklich. Man hatte den Gabelstapler gebracht.

»Alexander Sergejitsch! Wir haben sie ausgequetscht.«

»Sie«, das war die Technikbasis des Stabs.

Kramarenko setzte sich nicht, war schon wieder auf dem Sprung:

»Ich komme wegen der Ersatzteile. Die Jungs von der Basis bescheißen uns, Alexander Sergejitsch. Man muss ein wachsames Auge haben!«

»Nun mal langsam!«

»Nein. Unmöglich. Was ich denke – ich werde sie um mehr Ersatzteile bitten. Sie mit Bitten belagern. Und mit diesem Vorrat machen wir sie dann verrückt, reparieren auch noch unseren kaputten. In einem Aufwasch!«

»Na, dann los.«

»Könnte ich sie vielleicht ein bisschen mit unserem Diesel schmieren? Das kommt uns am Ende viel billiger, Genosse Major.«

Mir stand nicht der Sinn nach Kramarenko. Aber er hat recht – zwei Gabelstapler waren besser als zwei Soldaten mit chronisch ausgerenkten Schultern.

Kilai ist ein ziemlich unscheinbarer Punkt an dieser Straße, davor befindet sich ein Lieblingsort für Hinterhalte. Ab Serschen-Jurt ist die ganze Straße nach Wedeno brandgefährlich. Doch im vorigen Jahr (und auch in diesem) gab es meistens hinter Kilai einen Hinterhalt. Kolja Gussarzew, der gerne mal mit einem englischen Wort prahlte, hatte diesen unscheinbaren Ort *Forever* genannt. Der neue Name klang zärtlich und weiblich. Und beunruhigte leicht durch etwas Unklares! (Vielleicht durch die schön versteckte Gefahr. Man wurde durch den harmonischen Klang getäuscht.)

Er war jedoch brauchbar.

Auf dem summenden, vibrierenden Handy sehe ich, dass Gussarzew anruft. Aha!

Etwa eine halbe Minute lang schweigt er. Auch so ein Scherz der Stabsoffiziere. Atmet nur ins Telefon. Schweigend. Endlich gibt er Laut, aber nicht mit Worten, sondern mit Gesang. Plötzlich höre ich, wie er ein wenig ausgelassen singt:

»Für immer, für immer, für i-immer …«

Sie hatten also *Forever* glücklich passiert.

»Gut gemacht!«, sage ich.

»Wir geben uns Mühe!«

Ich werfe das verschwitzte Handy in die andere Hand. Dabei schaue ich es respektvoll an, sogar begeistert. Wie erleichtert es doch das Leben, das piepsende, klingelnde Ding. Wunder des Kriegs!

»Und wie geht's unseren Spinnern?«

»Alles normal. Sie sitzen hinten drin.« Gussarzew senkt seine Stimme fast bis zum Flüsterton. »Dösen. Arm in Arm mit ihrer geliebten Knarre.«

Na endlich! Ich bin plötzlich aufgeregt. Ich mache mir plötzlich klar, dass nicht nur das Handy Respekt verdient, sondern auch Kolja selbst. Zugleich fällt mir natürlich auch ein, wie streng ich vor drei Tagen zu ihm war. (In jenem offenen Gespräch beim Wodka. Oder ist es schon vier Tage her?)

»Kolja … ich möchte dir … ich danke dir wegen der Jungs.«

»Schon gut, Sascha.«

Er sagte das so einfach:

»Schon gut, Sascha.«

Danach hörte ich seine Stimme nicht mehr. Nie mehr.

ELFTES KAPITEL

Die Nachricht kam per Funk. Die tschetschenischen Kämpfer hatten in der Mokroje-Schlucht eine föderale Kolonne abgefackelt. Weder unser Benzin noch unser Diesel war dabei. Doch diese kleine Kolonne hatten wir des Öfteren erfolgreich in Anspruch genommen und jetzt verloren. Schon beim Eintreten schimpft Ruslan los und hat ganz vergessen, dass er in seiner Sprache schimpft. Er funkelt mich auch noch mit seinen Augen an! Aber auch auf Tschetschenisch ist mir alles klar. Misserfolg versteht man in jeder Sprache. Was haben wir auch für ein Pech!

Wir besprechen den Fall.

Ich bin doppelt alarmiert. Auf derselben Straße, zeitlich etwas später, sind Kolja Gussarzew und die beiden Jungs gefahren. Und nach *Forever* ist kein Anruf mehr von ihm gekommen.

Nun fragt auch Ruslan, der sich etwas beruhigt und auf einen Hocker gesetzt hat:

»Kein Anruf von Kolja?«

»Nein.«

Die Nachrichten kommen weiter herein. Aber unkoordiniert.

In der Mokroje-Schlucht hatte Berg-Achmet einen Hinterhalt gelegt und die Kolonne abgefackelt. Nach Bergbewohner-Begriffen ist er eher grausam und rachsüchtig als geschickt in praktischen Dingen. (Im Unterschied zu Achmet aus Gudermes …) Trotzdem zielte der Hinterhalt auf Besitzergreifung! Das gekaperte föderale Benzin wollte Achmet wahrscheinlich irgendjemandem verkaufen.

Berg-Achmet und sein Bruder. Die waren es. Doch dann stellte sich heraus, dass sie unmittelbar danach von einer Gruppe der Unsrigen angegriffen wurden. Es kam zum Gefecht. So wurde es über Funk gesagt – Gefecht. Was war das für eine Gruppe? Die Gruppe von Leutnant Korschazki? Wer ist das denn? Wie kam der dort hin?

Die Informationen stammen vor allem von zwei Kämpfern Achmets, die aus der Mokroje-Schlucht geflohen sind. Die sich schon unter ihren Leuten befinden. Sie haben von dem Hinterhalt und dem Gefecht berichtet. Doch warum flohen diese beiden getrennt, jeder für sich, wenn die tschetschenischen Kämpfer die Kolonne abgefackelt und gesiegt hatten? Wenn der Hinterhalt geglückt war? Über diese Geflüchteten wird noch geschwiegen. Dafür erzählen beide Kämpfer gern (und glaubwürdig) von unserer Gruppe und einem schießenden Blinden, der Achmets Bruder verwundet habe. Aha! Achmets Bruder ist verwundet! Keine schlechte Nachricht.

Erst allmählich beginnt das Gefecht Gestalt anzunehmen. Doch seine Logik ist noch lange nicht zu erkennen. Weil es keinen Sieger gibt.

Man muss warten. Solange es keinen Sieger gibt, ist jedes Gefecht absurd. Ruslan sieht das nicht so, aber für mich ist es so klar wie zweimal zwei. Sobald sich ein Sieger bestimmen lässt, fügt sich ein bewaffneter Zusammenstoß leicht in die Kette von Ursachen und Folgen ein.

Und wieder Einzelheiten. Diesmal schon durch die Einzelheiten von unseren Leuten, die überlebt haben.

In unmittelbarer Nähe und sogar in Sichtweite der Mokroje-Schlucht war vorsorglich ein Stützpunkt eingerichtet worden. Die Gruppe langweilte sich und schoss zum Zeitvertreib auf leere Flaschen. Just an der Straße Schali-Wedeno. Sie langweilte sich schon lange.

Diese Gruppe unter dem Kommando von Leutnant Korschazki hatte im Übrigen einen Zusammenstoß mit einem Aufklärungstrupp der Tschetschenen. Zudem erfolgreich! Man konnte dies für einen vorbereitenden Sieg halten. Drei Verwundete bei uns. Zwei Tote bei den Tschetschenen. Macht fünf frei gewordene Kalaschnikows. Schade, dass der Hüne Schora verwundet wurde. (Riesenjungs werden von den Kugeln schnell gefunden.) Die Verwundeten, einschließlich Schora, konnten mit einer Gegenkolonne von uns nach Grosny gebracht werden. So dass man keine Verwundeten, aber zusätzliche Maschinenpistolen hatte. Und das Gefühl eines leichten Sieges. Nicht gerade wenig!

Einem der Soldaten fiel ein, dass er im nächsten Dorf Hühner gesehen hatte. Den Sieg musste man doch begießen. Selbstgebrannter Wodka und Hühner! In dem tschetschenischen Dorf tauschten Korschazkis Soldaten gegen die fünf Maschinenpistolen alles ein, was sie zum Essen und Trinken brauchten.

Sie beschlossen, den Erfolg zu feiern, und stellten eine Wache auf. Setzten sich im Kreis. Und nur einer der Soldaten mit Spitznamen Mudilo Muchin schoss auf die Flaschen. Und wenn schon! Er schoss halt gern.

Zwischen Muchins schnellen Schüssen fiel ein ganz leiser und offenbar ferner Schuss. Ein kurzer Knall. Paff! Leutnant Korschazki war auf der Stelle tot. Wenn es ein Scharfschütze war, wo saß er? Alles blieb still. Sie warteten. Natürlich ein Scharfschütze. Zur Antwort schossen sie auf die Büsche. Dann befahl der Sergeant mit dem Doppelnamen Borsoi-Babkin, der das Kommando übernommen hatte, die Gruppe solle näher zur Mokroje-Schlucht vorrücken.

Aus den Gesprächen mit dem kleinen Leutnant (dieser Korschazki war ein schmächtiges Kerlchen) wusste der Sergeant, dass die Schlucht in diesen Tagen das Wichtigste war. Man musste sie decken! Eine Kolonne würde durchfahren! Deshalb musste sich der Stützpunkt der Gruppe in Bereitschaft halten.

Sergeant Borsoi-Babkin machte über Funk Meldung und führte die Gruppe zur Schlucht, aber nicht auf der Straße, wo man sie hätte bemerken können. Und wo sich ihnen einfach ein Scharfschütze hätte anheften können (der auf der Straße hinter ihnen hergeschlichen wäre und einen nach dem anderen abgeknallt hätte). Borsoi führte die Jungs richtig – um den Wald herum. Und der Soldat Kolessow, von klein auf Jäger, der so scharfe Sinne wie ein Tier hatte, war vorausgeschickt worden. Er ging und ging, die Taiganüstern blähend. Erschnüffelte den Weg.

Sie kamen an. Gingen aber wieder nicht in die Schlucht hinein. Alles richtig.

Und erst hier erlaubte Sergeant Borsoi-Babkin, den erfolgreichen Kampf von gestern zu feiern. Und zugleich des Kommandeurs zu gedenken. Sie hatten ihn mitgenommen. Der tote Korschazki war schwer geworden. Er war keine Feder. Im Leben normalerweise schmächtig und klein, war der Leutnant hinsichtlich des Alkohols wutgeladen und streng gewesen. Hart. Aber jetzt störte er nicht. Und sie hatten Selbstgebrannten. Und dazu noch das Gefühl des leichten Sieges!

Ein neuer Ort ist für die Soldaten wie ein neuer Planet. Das Besäufnis gelang hier perfekt. Sie wurden schläfrig. Hätten sich gern sofort ins Gras plumpsen lassen, doch der Wodka reizte schon den Darm. Der Wodka war schlecht, fürchterlich. Fürchterlich war auch der Durchfall. Sie hatten alle Dünnschiss. Und standen die ganze Zeit vor der schwierigen Wahl – ins Gras fallen und schlafen? Oder ins Gebüsch rennen und die Hosen runterlassen? Soldat Kolessow, von klein auf Jäger und scharfsinnig wie ein Tier, stöhnte. Selbst sein sibirischer Magen streikte. Sergeant Borsoi-Babkin, der die Gruppe befehligte, saß wieder einmal im Gebüsch und wunderte sich ebenfalls:

»Es ist doch schon alles draußen. Was kann denn jetzt noch drin sein?«

Endlich schlief die Gruppe ein.

Berg-Achmet (im Unterschied zu Achmet aus Gudermes) war nicht nur mutig und findig, sondern auch umsichtig.

Und deshalb erschien es absurd, dass Achmets Tschetschenen, die in der Mokroje-Schlucht einen Hinterhalt angelegt hatten, die von Sergeant Borsoi befehligte, halb schlafende Gruppe nicht bemerkt haben und sogar daran vorbeimarschiert sein sollten. Im Grunde bezogen die Tschitschen neben der föderalen Gruppe Stellung, auf derselben Seite der Schlucht. Direkt nebenan. Seite an Seite.

Als die Kolonne, wie erwartet, in die Schlucht einfuhr, ging die Mine sofort wie vorbereitet hoch – unter dem Boden des ersten Schützenpanzers. Rauch wälzte sich darüber. Die Begleitsoldaten sprangen von der Panzerung ab, direkt unter die MPi-Salven. Die Feuer speienden Mündungen der tschetschenischen Kalaschnikows ragten aus den nahen Büschen. Wenn man loben will, nennt man einen solchen Hinterhalt klassisch.

Die Kolonne war klein – und nicht besonders bewaffnet. Sie wurde innerhalb einer halben Stunde zerschlagen, sogar etwas eher. Dabei schonte der findige Berg-Achmet die Lastwagen mit dem Diesel. Es waren zwei, und beide ließ er nicht bei der Zerstörung abfackeln. Geschäftssinn.

Die Gruppe des Sergeanten, von der Schießerei im Gebüsch aufgewacht (zu sich gekommen), befand sich ganz in der Nähe, kaum drei Schritte weit von der Schlacht entfernt. Doch was tun, wenn die Tschitschen im Gebüsch nicht zu sehen sind? Die Tschitschen hatten sich entlang der ganzen Straße aufgestellt. Sergeant Borsoi-Babkin wusste nicht, wie er den zerstreuten Gegner angreifen sollte. Wer war wo?! Die Kolonne war vernichtet, und die Tschitschen versetzten schon hier und dort den Verwundeten den Todesstoß und wühlten in ihren Taschen. Der Kampf war vorbei! Gleich würden die Tschitschen abziehen. Doch sich gänzlich heraushalten konnte der Sergeant auch nicht. Deshalb rückte er mit der ganzen Gruppe vor und nahm auf die Schnelle nur ein großkalibriges Maschinengewehr mit.

Doch auch das Maschinengewehr mitzunehmen, befahl er

nur, weil der Soldat Muchin es tragen würde, den der Sergeant nicht mochte und grundsätzlich nur *Mudilo* (Blödmann) nannte. Spitzname. Wie bequem! Im Übrigen hielt Borsoi-Babkin alle seine Soldaten für unterbelichtet und nannte sie, wie es ihm einfiel. Der Einfachheit halber, nicht um sie zu kränken. Borsoi selbst nahm ein unter dem Lauf angebrachtes Gewehrgranatgerät mit. Daraufhin befahl er den Soldaten, ohne lange nachzudenken, den Angriff. Aus dem Gebüsch heraus auf den Feind. Er vergaß nicht, noch einmal zu schreien: »Muchin! Mudilo! Du nimmst das MG!« Dann brüllte er schon: »Hur-r-raa!«

Die Gruppe brüllte: »Hur-r-raa!«, doch ohne Wirkung. Sie wurden von Feuer empfangen. Mussten sich sofort hinwerfen. Doch auch im Liegen wurden sie vernichtet. Die Soldaten hatten sich zu sehr ausgesetzt. Um sich zu verstecken, war es zu spät. Betrunken, wie sie waren, rieben sie sich die Augen. Die Tschitschen dagegen waren frisch und im höchsten Maße aufgepeitscht. Hatten ein bisschen geraucht. Einen Joint, nicht mehr. Vor dem Kampf!

»Mudilo!«, brüllte Borsoi-Babkin schon im Kugelhagel. »Versteck dich hinter der Kiefer! Scheiß drauf, dass sie brennt! Versteck dich hinter ihr, schlepp das MG dorthin!«

Muchin war stämmig und zupackend, er schleppte das großkalibrige MG mühelos – hätte noch mehr schleppen können. Schade, er wollte die ganze Zeit nur schlafen.

Die Kiefer wurde zum Hauptkampfplatz. Die Kiefer lag riesenhaft da. Die Kiefer brannte prasselnd an ihrer Spitze.

»Mudilo! Hörst du mich?! Sieh zu, dass du nicht einschläfst!«

Der Sergeant legte sich neben Muchin, stieß dem Soldaten ab und zu die Faust auf die verschlafene Backe. Muchin machte das Maschinengewehr klar. Auf dem morschen Baumstumpf. Los! Was trödelst du?!

Als Erster sprang ein Tschetschene unter der umgestürzten Kiefer hervor. Soldat Kolessow, scharfsinnig wie ein Tier und von klein auf Jäger, hatte sich unter derselben Kiefer versteckt und sprang ihm entgegen – der Tschetschene und er entluden aus nächster Nähe die Kalaschnikows aufeinander. Wer als Erster starb, ist unklar. Laut der Fama stiegen die Seelen der beiden Kämpfer gemeinsam zum Himmel auf. Nebeneinander. Sie hätten sich an den Händen halten können. Die Seele des scharfsinnigen Kolessow und die des Tschetschenen. Während sie verschiedenen Göttern entgegenflogen, waren sie noch nahe beieinander. Die (himmlischen) Pfade hatten sich noch nicht weit getrennt.

Sergeant Borsoi-Babkin warf sein ausgedientes Gewehrgranatgerät fort und beschimpfte den einschlafenden Muchin. Stieß ihn vom Maschinengewehr weg und presste sich selbst dagegen. Gleich würde er es ihnen zeigen! Los jetzt! Doch der Sergeant kam nicht dazu. Genau in diesem Augenblick warf einer der Tschetschenen erfolgreich eine Granate. Gerade in diesem Moment! Die Granate explodierte. Der Sergeant und Muchin, beide bohrten ihre Köpfe neben dem MG in die Erde. Kugeln pfiffen noch dazu über sie hin. Die Kleider der beiden begannen zu qualmen. Hatten Feuer gefangen. Die Flammenzünglein tanzten auf ihren Kampfanzügen.

Das Gefecht war vorbei.

Die schlaf- und wodkatrunkenen Soldaten konnten keinen Widerstand leisten. Schossen blind drauflos. Die Tschetschenen, die sich Mut angeraucht hatten, machten ihnen den Garaus. Taten es mit vollem Siegeseifer – sie hatten ja gerade erst die Kolonne vernichtet! Und jetzt fiel auch noch die ganze Gruppe. Alle vierzehn Soldaten plus Sergeant Borsoi-Babkin.

Die Tschetschenen hatten nur zwei Tote. Und zwei Verwundete.

Die Ausgelassenheit der Sieger! Sie hatten alle umgelegt. Suchten in den Taschen der Soldaten. Nahmen ein Messer, wenn es schön war. Zur bequemeren Besichtigung wurde der Leichnam mit der Stiefelspitze umgedreht. Mit einem leichten Stoß. Über den kalten, lang schon erstarrten Leichnam Korschazkis beugte sich ein junger Tschitsche, und nachdem er die Offiziersepauletten erblickt hatte, schnitt er sie ihm ab und ein Ohr dazu.

Schief auf dem steilen Hang liegend, fuhr ein Schiguli heran. Hinter ihm ein Lastwagen.

Da trafen schon die Käufer ein, die Berg-Achmet bereits über sein Handy zum Schlachtfeld bestellt hatte. Achmet, der den Diesel während des Gefechts nicht hatte in Brand stecken lassen, befahl nun, überall das Feuer zu löschen. Damit es im Umkreis von zehn Metern von der Beute weder brannte noch Funken stoben. Man musste auf der Hut sein! Zwei Lastwagen mit Sprit!

Der Deal um den Diesel war jedoch nicht einfach, Achmet vertraute die Unterhandlung seinem Bruder an:

»Doku! Bring du die Sache zu Ende.«

Achmet selbst begab sich zu Fuß zum Eingang der Schlucht. Noch ein Deal! Achmet hatte dort ein Treffen mit einem föderalen Offizier ausgemacht, um Geld abzudrücken, die schon erhaltenen Stiefel zu bezahlen. Gleichzeitig. Wenn er, Achmet, schon mal von den Bergen heruntergekommen war.

Der Deal mit den Stiefeln hatte nichts mit dem Gefecht zu tun, nicht das Geringste – war einfach ein Geschäft. Einfach Business. Achmet, kann man sagen, hatte den ganzen Trupp für den Winter mit Schuhwerk ausgestattet. Findig.

Doku, Achmets Bruder, war zwar verwundet, schraubte aber in diesem Augenblick den Preis für die Kriegsbeute in die Höhe:

»Entweder du kaufst jetzt den Diesel. Oder ich stecke das ganze gekaperte Zeug in Brand. Kann es ja nicht einfach auf der Straße lassen.«

Der Käufer warf ihm Wucherei vor:

»Doku! Du hast ja auch so die ganze Kolonne genommen.«

»Was für eine Kolonne! Einen Dreck! Dieser Diesel ist mir so was von egal!«

»Dann gib ihn mir doch.«

»Umsonst? Lieber fackle ich ihn ab.«

»Aber vielleicht ist das Saschiks Diesel?«

Achmets Bruder, ganz euphorisch – der heutige Sieger, kann man sagen, wurde wütend:

»Schon wieder! Wann wird er sich endlich überfressen haben, euer Sa-aschik!«

»Wenn der Diesel von Saschik ist, wirst du dich bald dafür verantworten müssen.«

»Liegen dir jetzt die Russen am Herzen?«

»Du liegst mir am Herzen.«

»Dein Saschik kann mich mal.«

Beide wussten, dass vom gekaperten Diesel kein Tropfen Major Schilin gehörte. (Von mir war nichts dabei – weder Diesel noch Benzin.) Sie feilschten einfach. Schacherer! Der eine trieb den Preis rauf, der andere runter, das war alles.

Die Tschitschen durchwühlten unterdessen die zerschlagene Kolonne nach Kleinigkeiten. Was weiter? Nach und nach scharten sich die Kämpfer um Achmets Bruder – um Doku, erwarteten vielleicht eine größere Aufteilung der Beute. Wussten schon, dass der Diesel gleich verkauft wäre, zudem teuer.

Kaum hatten die Käufer mit den Siegern den Handel abgeschlossen, begann die Hast. An den beiden verbrannten Schützenpanzern vorbeischrammend, zwängte sich der erste Lastwagen durch, um die Beute zu übernehmen. Um die Fässer aus dem zerschossenen föderalen Lastwagen auf den eigenen umzuladen.

Eine Schlucht ist nicht der geeignetste Platz zum Umladen. Der erste Lastwagen der Käufer, danach der zweite ... sie manövrierten gefährlich. Vor- und zurückfahrend, waren sie nun ganz nah an den auf das Geld wartenden Tschitschen und an jener halb verbrannten Kiefer. Da kam plötzlich (vielleicht durch den Motorenlärm) Mudilo Muchin zu sich. Bei der Explosion der Rakete hatte er sein Augenlicht verloren. Er war blind geworden. In seinem aufwallenden Zorn begriff es Muchin nicht. Er glaubte, verschlafen zu haben. Und in der Nacht aufgewacht zu sein.

Er dachte, das nächtliche Gefecht sei in vollem Gange und er sei eingeschlafen.

Er stieß den bereits toten Sergeanten weg und tastete sich an sein Maschinengewehr heran. Und begann auf die tschetschenischen Stimmen zu schießen. Ja, er hatte verschlafen. Ja, er war schuldig. Aber er kämpfte! Seine Augen brannten unerträglich. Muchin dachte, dieser verdammte Sergeant habe ihm Sprit ins Gesicht gespritzt. Oder sogar Jod. Das sähe ihm ähnlich! Der Sergeant war ein Idiot – und seine Witze bescheuert! Muchin hörte links von sich Tschetschenen sprechen und schoss schleunigst auch dorthin.

»U-uh, ihr Hunde! U-u-uh!«, brüllte er. Er wurde nicht gleich getötet. Das war es ja, niemand war auf eine neue Schießerei gefasst gewesen.

Die Kugeln eines modernen großkalibrigen Maschinengewehrs verwunden einen Menschen nicht, sondern zerreißen ihn. In Stücke. Und genauso reißen sie auch den Felsen daneben in Stücke. Muchin türmte, nur nach Gehör schießend, Leichen auf. Während er auf die Stimmen schoss.

Das war der überraschende Schlussakkord des Gefechts.

»U-u-uh!«, brüllte Muchin tief im schwarzen (ihm unverständlichen) Raum, der seine blinden Augen umgab.

Berg-Achmet, der weggegangen war, um seine kürzlich erhaltenen Stiefel zu bezahlen, war nicht in der Nähe. Doku aber, Achmets Bruder, der siegestrunken und lauter als alle anderen geschrien hatte, die Aufteilung sei gerecht, fiel als Erster den Kugeln zum Opfer. Dem unglücklichen Bruder spritzte als Erstem das Hirn heraus. Sein Kopf barst krachend. Er hatte nicht einmal mehr begriffen, woher geschossen wurde. Alles brüllte und schrie. Panik aus heiterem Himmel.

Die Lastwagen und der Schiguli mit den potentiellen Käufern des Diesels rasten sofort davon. Sie waren auf der Hut gewesen. Hatten die ganze Zeit eine Falle befürchtet (zum Beispiel von Seiten Achmets). Dafür verloren die tschetschenischen Kämpfer, die ohne Achmet erschlafft und zudem nun auch noch ohne Doku waren, den Kopf und schossen wahllos umher. Die Tschitschen durchschauten die Situation nicht sofort, erkannten nicht gleich, dass der MG-Schütze ausgeschaltet werden musste. Sie dachten, die Föderalen hätten Verstärkung bekommen. Sie stürzten erst einmal ins Gebüsch. Hingen an den Zweigen. Doch jetzt provozierte jeder Schrei, jedes Gebrüll, jedes Knacken eines Strauches den erblindeten Muchin zu einem neuen MG-Feuerstoß. Die Flucht gelang nicht. Die Kämpfer schrien, sie begriffen nicht, warum sie so ausweglos unter die Kugeln gerieten.

Abhauen! Sich einbuddeln. Ins Gebüsch.

Ruslan und ich im unfertigen Außenlager. Wir sitzen auf ausgebreiteten Zeitungen, auf schmutzigen Hockern und trinken neben der Baubude Tee. Dafür sind wir an der frischen Luft. Wir haben die Handys vor uns hingelegt (in Anschlag), besprechen die klar gewordenen Einzelheiten – und warten … warten … auf neue Einzelheiten.

Ich hatte es als Erster nicht mehr ausgehalten – war hierher auf die Baustelle gegangen. Gerannt. Die Tschetschenen wissen manchmal mehr. Ruslan kam nach mir.

Auf der ewigen Baustelle scheint die Zeit stehen geblieben zu sein. Dafür ist es hier still.

Ich mahle mit dem Unterkiefer.

»Die Mokroje-Schlucht. Das ist ziemlich weit weg von Serschen-Jurt«, präzisiert Ruslan. »Trotzdem ist sie vor Za-Wedeno. Ein gottverlassener Ort.«

»Ich weiß. Hinter *Forever*«, nicke ich.

»Ja.«

»Früher war es dort ruhig.«

»Ein Hinterhalt. Sie wussten von der Kolonne und haben gewartet. Aber das einzelne Fahrzeug haben sie durchgelassen, ohne sich zu zeigen.«

Mit diesen Worten wirft er mir (und sich) eine Krume Hoffnung hin. Die Kämpfer im Hinterhalt konnten Gussarzew und die Jungs durchgelassen haben, um nicht entdeckt zu werden.

Wir stellen uns beide die Karte vor, ohne sie in Händen zu halten. Die gewundene virtuelle Straße. Das Grün des Waldes. Die braunen Ausläufer der Schlucht. Es kam zu einem Gefecht, aber wie? Auf welche Weise?

Wir überlegen, rätseln, warum es keine Sicherung gegeben hatte. Ach ja! Dort gibt es ja Zugstützpunkte auf der Bergstraße. Ein Zugstützpunkt befindet sich genau einen Kilometer von Mokroje. Was war denn da los?! Warum kamen sie den Tschitschen nicht mit einer Attacke zuvor? Dort braucht man ja auch nicht viel zu kämpfen. Man hätte nur Krach machen müssen. Ein bisschen schießen. Und der Hinterhalt wäre von allein gescheitert!

Da kommt ein bestätigender Anruf aus Grosny. In der Mokroje-Schlucht. Verluste. Gut zwei Dutzend Gefallene. Eine halbe Kolonne. Nachschub von Munition und Treibstoff. Vier Lastwagen, zwei Schützenpanzer als Begleitung.

Es war nämlich so, dass wir diese kleine, von den Tschitschen in Mokroje abgefackelte Kolonne viele Male für den Nachschub von Diesel benutzt hatten. Wir haben sie selbst oft über den grünen Klee gelobt. Sogar damit geprahlt! Die Kolonne war schnell und bequem. Phantastische Beweglichkeit, fast wie bei Chwor. Und noch ein besonderes Plus für uns – als Köder für alle Fälle fuhren der Kolonne stets zwei Laster mit Diesel voraus. Die Tschitschen stecken den Diesel nie in Brand – kapern ihn lieber. Und auch die Munition. Selbst wenn es zum frontalen Zusammenstoß kommt. Ohne besondere Aufregung ändern die Tschitschen ihren Plan. Und auch fast ohne Opfer auf beiden Seiten. Die Tschitschen kapern die beiden ersten Lastwagen mit dem Diesel. Und ziehen ab.

Doch diesmal hat es statt eines Gentlemen's Agreement Blutvergießen gegeben ... ein Gemetzel. Einen echten Hinterhalt.

»Schade!«, wiederholt Ruslan düster.

Düster und ehrlich. Dass die Tschetschenen im Kampf gesiegt haben und nicht die Föderalen, kompensiert für ihn, den Tschetschenen, keinesfalls den Verlust dieser wendigen kleinen Kolonne und erst recht nicht den (möglichen) Tod von Kolja Gussarzew. Und haben die Tschitschen denn gesiegt? Nach den ersten Angaben – ja. Aber die ersten Angaben sind einseitig – und diese Angaben sind eben vonseiten der Tschitschen gekommen.

Vor allem Kolja. Wir denken hauptsächlich an ihn und reden ganz wenig über ihn – über Gussarzew – er ruft nicht an, es gibt keine Verbindung zu ihm. Die Kolonne haben wir schon verloren, Tatsache. Sie war so zuverlässig, so unaufdringlich. Unauffällig, klein, störte niemanden. Diese Kolonne strahlte Wärme aus. Sie hatte eine richtige Seele! Ich und Ruslan, wir beide wussten das. Um ein Lebewesen ist es immer schade.

Geführt wurde die Kolonne von Sergejew, niemandem besonders bekannt und ebenfalls niemanden störend. Und vom rothaarigen Leutnant Schukow, mit dem ich einmal Schach gespielt hatte. Was für klasse Fahrer! Einer wie der andere.

Das Wunder des Krieges, das Handy, schweigt. Von Zeit zu Zeit rufe ich selbst Gussarzew an. Keine Antwort. Keine Antwort, aber Freizeichen. Das ist schlecht.

Gussarzew und die Jungs waren etwa eine Stunde hinter der vernichteten kleinen Kolonne zurück. Doch er könnte aufgeholt haben. Und die Kolonne als Schutz benutzt haben. (Kolja Gussarzew könnte die Absicht gehabt haben, zusammen mit der Kolonne bis Wedeno durchzubrettern. Durchaus!) Und natürlich könnte er zusammen mit der Kolonne verbrannt sein. Schutz durch eine Kolonne ist ein zweischneidiges Schwert. Er könnte sich ihr angeschlossen haben, damit die Fahrt lustiger wäre. Er könnte sie sogar überholt haben. Wenn einer aus einer Schlucht in die nächste taucht! Dann ist es Kolja Gussarzew!

Aha! Die Nachricht, dass der FSB in Mokroje ist. Wenn die Flüge ausgewertet werden, wird die Straße blockiert. Alles ist dann für eine Weile gesperrt. Und weiter?

Wenn Gussarzew am Leben ist, wird er natürlich nicht warten, bis die Straße wieder frei ist. Unser Kolja wird wenden und zurück nach Hause fahren, nach Chankala. Unbeschwert! Und die Jungs? Die Jungs wollen natürlich nicht umkehren. Werden sich allein zu ihrer Heimateinheit durchschlagen …

Dieses »allein« beunruhigt mich auch. Zwei Traumatisierte auf einer Gebirgsstraße. Die Spinner hält man nicht auf. Vorwärts! Vorwärts!

Am besten wäre es, wenn Kolja Gussarzew zeitlich noch vor dem Hinterhalt und vor dem Gefecht in seinem »Jeep« hätte durchbrettern können. Aber dafür hätte er mächtig Gas geben müssen!

»Er kann die Kolonne nicht wesentlich überholt haben.«

Ruslan, der lange geschwiegen (aber synchron dasselbe gedacht) hat, schlägt aus Verdruss mit der Faust auf die Haltestange der im Bau befindlichen Treppe. Dann spuckt er in die Flucht der unfertigen Mauern, in die Leere des Betonfundaments. Ach, Kolja, Kolja!

Ein Anruf. Nachrichten von der Bahnstation. Es hat ein Gefecht gegeben. Der Zugstützpunkt war nicht umsonst dorthin gelegt worden. Die Soldaten des Stützpunkts griffen an, obwohl sie in der Minderzahl waren. Sie wurden geschlagen. Aber auch sie hätten ihre Spuren hinterlassen. Einer der Soldaten, schon blind (erblindet oder?), habe die Tschitschen mit dem Maschinengewehr begossen wie einen Brandherd mit einem Wasserstrahl. Habe sie reihenweise umgelegt. Wer hat das gesagt? Ein Soldat hat das gesagt, ein Traumatisierter, der sich im Gebüsch versteckt hat. Der war unter einen Baum gekrochen, unter die Wurzel, als die Tschitschen zwei Schritte nah waren.

»Und wie hat er das unter der Wurzel sehen können?«

»Wissen wir nicht. Er hat irgendwie überlebt!«

Man muss dazu sagen, dass die Informationen von der Eisenbahn immer zuverlässig sind. Man bringt dort alles in Erfahrung, hakt nach und ruft dann erst an. Die Eisenbahner riefen noch einmal an und bedankten sich. Ich hatte vor einer Woche das Benzin für sie an eine schwierige Adresse bringen lassen. Ihre zwei Dutzend Fässer hatte ich damals aus Intuition und Vorsicht ganz schnell abgeschickt.

Aha! Der FSB konnte zwei Tschitschen schnappen. Sie werden reden! Wir werden mehr Informationen bekommen.

Ruslan reicht mir eine Tasse Tee:

»Nichts über die Jungs?«

Ich zucke die Achseln – nichts. Bei denen habe ich keine Vorsicht walten lassen. Da hat mich meine Intuition im Stich gelassen – bei den Jungs. Und bei Kolja.

Ein Anruf für Ruslan.

»Roslik!«, schreit er, als er die Nummer erkannt hat.

Und gibt mir sein Handy.

Roslik kann aus irgendeinem Grund nicht ausführlich reden. Die ganze Information in aller Eile. Mit hastiger Stimme:

»Unsere (also die Tschetschenen, interne Information) haben mitgeteilt: Major Kussaizew ist tot. Ku-ssai-zew. Alexander Sergejitsch, hörst du mich? Aber wahrscheinlich ist das Gussarzew.«

Ich schweige. Bin stumm. *Kussaizew*, das ist Gussarzew. Genuschelter Name. Tschetschenische Verballhornung!

Kolja Gussarzew in Mokroje? Getötet? Das ist überraschend. Das ist absurd. Das ist irgendwie völlig abseitig. Jenseitig. (Aber wenn ich ehrlich bin, dann hatte ich immer nur das im Kopf.)

Ich frage Roslik leise – meine Stimme versagt mir, ich flüstere fast:

»Und die Jungs?«

»Wir wissen nichts, Alexander Sergejitsch. Nichts weiter.«

Auf unseren Handys kommen weiter Anrufe. Meine Informanten arbeiten! Rufen auch über Funk an. Es gibt immer mehr

Einzelheiten über das Gefecht in der Mokroje-Schlucht. Wieder über den Blinden, über sein Maschinengewehr. Aber nichts über Gussarzew und die Jungs.

Ich kehre in meine Lager zurück. Die Information könnte auf meinem dienstlichen Anrufbeantworter schmoren.

Kaum bin ich durchs Lagertor eingefahren, stürzen mehrere Leute zu mir her, die mich lange erwartet haben. Der Gefreite Snegir. Zusammen mit zwei Ladesoldaten. Sie umringen mich sofort und fragen mich alle einzeln aus. Die Spinner! Sind unsere Spinner tot? Unsere Spinner sollen getötet worden sein? In der Mokroje-Schlucht?

Sie haben schon etwas läuten hören.

»Man weiß nichts«, antworte ich.

Die Soldaten treten auf ein kaum wahrnehmbares Zeichen Snegirs hin zur Seite. Sie führen etwas im Schilde. Snegir steht da, tritt von einem Fuß auf den anderen.

»Was willst du?«

Nachdem der Gefreite eine Weile unschlüssig herumgedruckst hat, spricht er seinen Gedanken aus – sie, die Ladesoldaten, möchten ihrer gedenken. Diese Spinner seien ihnen wie ihre eigenen Kameraden gewesen. Nein, nein, die Soldaten bitten Major Schilin um nichts. Ein Soldat hat in einem Versteck etwas zu trinken gehortet. Eine Kleinigkeit! Aber die Soldaten würden gerne nicht heimlich ... nicht im Geheimen, sondern mit meiner Erlaubnis. Mit Major Schilins Erlaubnis. Alles ehrlich. Am Abend. Zum Laden am nächsten Morgen wären sie wieder glasklar. Das versprächen sie. Das garantiere er, Gefreiter Snegir.

Ich schnauze sie an:

»Ihr begrabt sie zu früh!«

Und schicke ihn weg. Na, ganz schön gerissen, die Männer. Eine militärische Totenfeier hat mir gerade noch gefehlt. Ein nächtliches Besäufnis!

Ich werde sie von Kramarenko kontrollieren lassen.

Ich spüre schon auf der Haut den verborgenen Schleichweg, auf dem die Information hereinkommt, *hereinkriecht.*

Ich habe etwas getrunken, aber wenig. Ich weiß, dass die Information noch nicht vollständig ist. Anrufe über Anrufe. Die in der Mokroje-Schlucht ausgelöschte und verbrannte Kolonne ist immer noch in aller Munde. Alle sagen immer wieder nur ... Mokroje ... in Mokroje ... Mokroje ...

Noch eine Nachricht. (Ich bin schon zu Bett gegangen ...) Im Gefecht dort, in der Mokroje-Schlucht, ist Berg-Achmet getötet worden. Oho! Der Feldkommandeur ist gefallen! Jetzt werden am nächsten Morgen die Anrufe mit neuer Kraft eintreffen – sich geradezu überstürzen! Jetzt kann man schon mit Gewissheit annehmen, dass das Gefecht ausgewogen abgelaufen ist. Und keiner wird befragt werden. Unentschieden!

Die Namensliste der Gefallenen wird immerzu aktualisiert. Ein weiterer verwundeter Soldat, der im Gebüsch ausgeharrt hat, berichtet, was er mit eigenen Augen gesehen hat. Nach seiner Auskunft beschließt Muchin die Liste unserer Gefallenen. Eben jener erblindete *Mudilo Muchin.*

Als die tschetschenischen Kämpfer schon ins Gebüsch eindrangen, die dort versteckten Verwundeten aufstöberten und erledigten. Als hier und dort ein Kontrollschuss fiel. Als die Verwundeten aus dem Haselnussgestrüpp herausgeschleppt wurden. (Büsche sind eine unsichere Sache. Büsche sind eine tückische Sache – man scheint einen erledigt zu haben, aber auf einmal hat er doch überlebt!) Also trägt man zuerst die Beute auf einen Haufen. Der richtige Zeitpunkt für die redliche Teilung des Gewinns. Erntezeit. Zu diesem Erntezeitpunkt kommt dort, bei der umgestürzten Riesenkiefer, einer zu sich – und streckt seinen Kopf unter dem qualmenden Baumstumpf hervor – ein versengter, erblindeter Soldat. Muchin.

Auch an ihm qualmt alles. Das Gesicht ist von Blut überströmt. Nur das Kinn ist weiß. Blendend weiß. Und da lebt das zu Beginn des Gefechts auf dem knorrigen Baumstumpf postierte

Maschinengewehr wieder auf. Der verwundete Muchin wahrscheinlich im Schock. Dazu noch erblindet. Tastet sich an das MG heran und beginnt zu schießen. Automatisch. Und zunächst sinnlos.

Unser überlebender Soldat, der im undurchdringlichen Gestrüpp ausgeharrt hat, berichtet, dass man schon an der Flugbahn der Kugel sehen konnte, dass Muchin betrunken oder blind war. Er feuerte im Kreis herum. Drehte den Lauf hierhin und dorthin. Auf die Baumwipfel. Zum Himmel. Doch durch Zufall traf er doch einen Tschetschenen, und der schrie zu seinem Unglück auf. Und da fing es an! Der Erblindete reagierte auf das Gebrüll, auf die unregelmäßigen Schüsse. Auf die Schreie. Auf die Stimmen. Noch ein Kämpfer heulte auf. Da begann Mudilo Muchin schon in die Richtung des Geheuls zu schießen. Traf. Und traf wieder. Die Kämpfer verschwanden im Gebüsch – vor den Kugeln, vor dem sich drehenden MG-Lauf. In eben jenes undurchdringliche Nusswäldchen. Und lenkten die Schüsse des Blinden mit ihren Schreien immer genauer. Na, er machte seinem Herzen Luft! Türmte Leichen auf! Gut zwei Dutzend Kämpfer nahm er in den Himmel mit.

Es bedurfte mehrerer Schüsse aus zwei oder drei Panzerfäusten aus verschiedenen Richtungen, um den wiedererwachten, versengten Soldaten endlich niederzubrennen.

So hinterließ der Soldat Mudilo Muchin zu guter Letzt (am Saum des Nusswaldgestrüpps) ein (für Krieger) erfreuliches Bild. Leichnam an Leichnam. Er glich die Verlustrechnung aus. Die Tschetschenen konnten ihre Leichen nicht wegschaffen, konnten ihre Verluste nicht verheimlichen. Die Arithmetik des Gefechts lag auf der Hand – die Lebenden hatten zu wenig Hände, um die Toten wegzutragen. Sie trugen nur die Verwundeten weg. Nicht alle.

Der heldenhafte Muchin (so schwirrte es über Funk) verhalf also zur Umbewertung des Gefechts. Noch gravierender half Muchin seinen hohen Kommandeuren. Darüber wurde immer wieder gesprochen, nun schon in privaten Telefongesprächen. Mit Begeisterung. Er rettete den ohnehin schon stark ramponierten Ruf zweier Obersten (eines Heeres- und eines Stabsoffiziers), die diese Passage durch die Mokroje-Schlucht geplant hatten und jetzt verantworteten. Das ist mal ein Prachtkerl!

Von Gussarzew und den beiden Jungs wusste der verwundete Soldat, der im Gebüsch überlebt hatte, nichts. Aus den Telefongesprächen ging auch nichts hervor.

Aber die Tschetschenen wussten – über ihre Kanäle – schon mehr. Sie hatten Gussarzews Jeep, in dem er die Jungs wegbrachte, auf der Straße gesehen. In den eintreffenden Informationen war nicht mehr vom komischen *Kussaizew* die Rede – sondern deutlich von *Gussarzew*. Man hatte ihn gesehen. Hatte seinen Jeep gesehen.

Und wie unsere Soldaten den toten Gussarzew aus dem Jeep holten – das hatten sie auch gesehen.

Ob Gussarzew die Jungs zu ihrer Heimateinheit hat bringen können, ist auch die Frage. Ist er auf dem Weg dorthin bei der Mokroje-Schlucht getötet worden? (Und folglich zusammen mit den Jungs?) Oder wurde er allein (im Jeep) auf dem Rückweg beschossen?

Noch ein überlebender Soldat nach dem Gemetzel in der Mokroje-Schlucht. Man hat ihn irgendwie gefunden. Im Kreuzfeuer hatte er sich in die Büsche verdrückt und auf den Boden geworfen. War einfach mit der Erde verwachsen. Wie ein Wurm. Die Tschitschen, die lachend die Verwundeten totschossen, gingen in nächster Nähe an ihm vorbei. Aber er hüstelte nicht. Hielt den Atem an.

Ja, er ist traumatisiert. Ja, er hat Abweichungen. (Aber er könnte auch schon früher traumatisiert worden sein. Er könnte einer meiner Jungs sein. Alik oder Oleg.)

Wieder ruft Roslik an. Er hat auch schon die Bestätigung vom Tod nicht Kussaizews, sondern Gussarzews gehört. Und spricht mir, der ich meinen Freund verloren habe, sein Beileid aus. Aber wenn Ruslan wie immer tadellos und teilnahmsvoll sein Mitgefühl zeigt, so explodiert Roslik gleichsam mit seinen Gefühlen. Er möchte Freundschaft! Der Platz ist frei geworden! Roslik, der nicht an meinem Business beteiligt ist und nach meiner Freundschaft lechzt, kann und will nicht verbergen, was unterschwellig in ihm arbeitet.

»Du brauchst jetzt einen Freund, Sascha. Unbedingt. Einen tschetschenischen Freund.«

Rosliks Worte sind rau, nicht sehr schön und nicht gerade angebracht. Aber aufrichtig, feurig! Der Telefonhörer ist ganz heiß geworden! Das raue, nicht sehr schöne Herz hämmert, klopft mir in den Hörer – dürstet nach echter Freundschaft unter Bergmenschen.

»Das muss nicht unbedingt ich sein, Sascha. Nicht unbedingt. Aber du brauchst einen Freund hier aus den Bergen, der dich auf Anhieb versteht!«

Er schreit fast. Dringt heftig in mich! Mir aber steht jene Straße vor Augen. Die Schlucht. Das Buschwerk entlang der Chaussee. Der Jeep. Und wie Kolja Gussarzew aus der vorderen Tür herausgezogen wird. Im Jeep erschossene Menschen habe ich schon öfter gesehen.

Und Kolja sieht nun genauso aus. Der Kopf hängt aufs Lenkrad herab. Wenn der Tod erst vor Kurzem eingetreten ist, schlenkert der Kopf eines Menschen noch, wenn man ihn aus dem Auto herausholt. Hin und her.

General Basanow ruft an. Er schimpft sofort los. Ohne sich zu erkundigen.

»Sie! Sie sind schuld, Major!«

Ich rechtfertige mich nicht. Und verstehe ihn vollkommen – habe ich mit Koljas Tod meine rechte Hand verloren, so hat der lesende General viel mehr verloren – ein Bein! Beide Beine! Weil es Gussarzew war, der dem General geholfen hat, sich durch

Tschetschenien zu bewegen (zumindest in Gedanken). Ausschließlich mit Kolja Gussarzews Beinen ist General Basanow herumgekommen, angefahren und abgefahren, ist durch Tschetschenien geeilt und hat sich wenigstens zum Schein um *Kontakte zur örtlichen Bevölkerung* gekümmert. Kolja hat es ihm ermöglicht, zu lesen und zu lesen. Muffige alte Seiten durchzublättern, wenn er sich in die zauberhafte Vergangenheit vertiefte. Und dabei die ganze Welt vergaß ...

»Sie sind schuld, Major. Ich gebe Ihnen die Schuld. Ihnen! Sie haben Kolja überredet, Ihre Traumatisierten wegzubringen.«

»Mich trifft Koljas Verlust nicht weniger als Sie, Genosse General.«

»Bitte keine Vergleiche!«

Basanow will noch etwas sagen, etwas Persönliches, etwas Schmerzhaftes, doch in seiner Kehle gluckst es. Er erstarrt. General Nix weint lautlos.

»Das ist der Krieg, Genosse General.«

Aber er knallt schon den Hörer auf.

Ich kann ihm gerade noch sagen:

»Es gibt noch eine geringe Hoffnung. Niemand hat bislang gesehen, wie Kolja getötet wurde.«

Ich rufe bei ihrer Heimateinheit an. Dort, wohin sie sich mit Glück allein durchgeschlagen haben könnten. Vielleicht aber auch mit Kolja zusammen. Ich habe ihnen eine zusätzliche Zeitreserve ausgerechnet. Angenommen, sie wären allein unterwegs. Würden sich bei Tag verstecken und nachts gehen. Ich gebe ihnen also noch zwei volle Tage für den Weg, dann rufe ich erneut an.

Zwei von *Ihren* Exsoldaten, sage ich. Die vor drei Monaten nach einem Gefecht von Ihrer Einheit getrennt worden sind. Sie haben bei mir gearbeitet. In Chankala im Benzinlager. Sind sie angekommen? Alabin und Jewski. Beide traumatisiert.

»Nein. Die haben wir nicht«, wurde mir geantwortet.

Dann eine Bitte: Wenn die Soldaten bei Ihnen ankommen, lassen Sie es mich wissen. Ich trage immerhin auch Verantwortung. Stets der Ihre, Major Schilin.

Major Schilin, den Leiter der Treibstofflager, vielmehr seinen Namen, kennt man auch dort. Man kennt ihn nicht sehr gut, hat aber den Namen gehört. Für alle Fälle teile ich mit, dass beide traumatisierten Soldaten bei mir nach besten Kräften gearbeitet hätten. Und zusätzlich lobe ich beide. Gebe ihnen ein gutes Zeugnis. Ein ausgezeichnetes Zeugnis! Aber meine Worte bleiben hängen. Ich spüre, wie leer diese Lobesworte in der Luft hängen. Man antwortet mir vage. Ja ... ja ... ja. Und was steht hinter diesem »Ja«? Nichts.

Ich habe niemandem etwas gesagt. Habe jemandem ins taube Ohr geflüstert.

Schritte. Zahlreich, aber leicht. Weich auftretend. Wie Kinderschritte. Ruslan und ich wechseln einen Blick. Wer kommt denn da noch?

Ruslan errät es als Erster:

»Die Alten. Gleich fängt das Gejammer an!«

So ist es. Graubärtige und arm gekleidete Bergbauern klettern einer nach dem anderen die Treppe zu unserer Baustelle herauf. Nicht mit Schritten, sondern Schrittchen! Leichte, magere Greise aus den Bergen! Ihr Dorf befindet sich neben der Mokroje-Schlucht. Sie kommen jetzt zu mir, um den Hinterhalt dort zu bedauern. Wieder ein Absurdum dieses Krieges! Warum zu mir? Weil sie gehört haben, dass dort im Gefecht viel von meinem Diesel vernichtet (oder gestohlen) worden ist.

Ach so! Es sind dieselben Greise, denen ich im vorigen Jahr mit Diesel geholfen habe, als ihre Traktoren herumstanden und verrosteten. Ich erkenne sie. Sie umringen Ruslan und mich und plärren alle auf einmal. Zuerst völlig verworren.

»Na, na, Väter«, sage ich. »Beruhigt euch ...«

»Saschik ... Sa-aschik!«, schreien sie, schon glücklich über meinen gelassenen Umgang mit ihnen. Glücklich, dass ich sie nicht anschnauze.

Einer von ihnen ist näher herangehüpft. Leicht wie eine Heuschrecke:

»Aslan Sergejitsch ... Saschik. Wir sind alte Männer. Unsere Beine sind schwach. Dürfen wir uns setzen? Erlaube es uns.«

Dabei schaut er in die Höhe, was ist denn da oben, auf dem unfertigen Bau? Nur das Blau des Himmels. Er hat wohl hinaufgeschaut, um Hilfe zu erbitten, denke ich. Der Alte hat wunderschöne Augen! Man fängt sich doch leichter Allahs Segen ein, wenn man das Blau unmittelbar über sich hat.

Sie nehmen im Halbkreis Platz auf harten, schmutzigen Hockern, die sie vorsorglich mitgenommen haben, alle fünf. Unter freiem Himmel, fünf alte Tschetschenen.

Ruslan geht beiseite. Heikle Unterhandlungen. Jetzt bin ich mit den Alten allein.

»Sa-aschik! Sa-aschik!«, näseln sie los, sobald Ruslan weg ist (er hat mir zum Abschied zugewinkt). »Sa-aschik! Möge deine Familie gesund bleiben! Mögest auch du ein leichtes Leben haben ...«

Ich unterbreche sie. Absurd, aber wenigstens in Maßen.

»Schon gut, schon gut, Väter. Worum geht es?«

»Sa-aschik! Sa-aschik!«

Greise aus zwei Dörfern. Aus den beiden Dörfern, die neben der Mokroje-Schlucht liegen, das ist der Kern ihres Besuchs. Sie hätten nichts damit zu tun. Sie seien nicht schuld an dem blutigen Hinterhalt, und man dürfe sich nicht an ihnen rächen und sie nicht bombardieren.

Dies ist ebenfalls eine absurde Note – immer gebe man ihnen die Schuld, ihnen, die nicht an dem verfluchten Krieg beteiligt seien. Ja, den Hinterhalt hätten Achmet und sein Bruder gelegt. Aber die Führer der Kämpfer könnten durchaus auch aus ihren Dörfern stammen. Jeder Junge könne sie gegen eine Handvoll Bonbons geführt haben. Und ihnen die Plätze für einen plötzlichen Hinterhalt und rasche Fluchtwege auf Ziegenpfaden gezeigt haben. Aber trotzdem, was hätten sie damit zu tun?! Sie, denen es vor allem darum gehe, zu mähen und zu graben?

»Sa-aschik!«

Natürlich bin ich kein Rächer. Natürlich wird sie morgen niemand bombardieren. Das wissen sie möglicherweise besser als ich. Aber für alle Fälle. Für alle Fälle sollte man Saschik anflehen. Ich bin für sie mit meinem Diesel allmächtig. Ich bin ein Halbgott. Und der Diesel ist mein Ambrosia.

Ihr ganzes Benehmen, ihr ganzes bescheidenes Dasein kenne ich seit Langem. Und wie bekannt mir ihr Lächeln ist! Und wie leicht ich diese wenigen, diese spärlichen Zähne in ihren Mündern erkenne. Schon gut, schon gut, Väter, wir werden Frieden suchen. Bin froh! Froh, Väter, euch alle bei guter Gesundheit zu sehen. Zwei von ihnen pressen die Hand aufs Herz. Im Sitzen. Und der Greis links außen ist vollends besorgt – kramt in den Taschen seines uralten sowjetischen Jacketts aus der Zeit des zweiten Fünfjahresplans – will irgendetwas herausholen. Irgendetwas für mich. Ein Gastgeschenk! Das weiß ich auch.

»Nicht wir, Sa-aschik. Wir wollten das nicht. Das waren nicht unsere Leute. Das ist Betrug, Saschik.«

Sie näselten im Chor. Das Lied der Berge. Sie heulten leicht auf. Nicht wir. Schwarze Leute haben getötet. Nicht unsere Leute. Nicht unsereins. Glaub uns, Saschik. Schick keine Hubschrauber, Saschik. Räch dich nicht für die Gefallenen. Schick uns Diesel. Wir sind immer mit dir ausgekommen.

Berg-Achmet ist schon im Himmel, schon bei den Huris. Aber die Alten schwören, sie würden herausfinden, wer Achmet und seinem Bruder geholfen habe, die Kolonne abzufackeln. Und es mir als Erstem sagen. Sie schlagen sich an die Brust. Ich soll ihnen glauben:

»Wir finden es raus. Wir teilen es dir mit. Saschik! Wir schicken dir seinen Kopf.«

Geheul. Das halb komische, halb tragische Gejammer geht

weiter. Wenn Frieden sei, würden sie mir ein Haus bauen. Noch eine Frau für mich finden. Sollst du deine russische haben und noch eine aus den Bergen. Wenn wir keine schöne finden, finden wir eine gute. Sie wird für dich Fleisch zubereiten! Und dann, Saschik! Gibt es vor allem dieses Gebet. Gegen Überfälle im Gebirge. Putschcha-putu-pututu. Ich soll es mir auf Tschetschenisch merken. Brauchst es nicht unbedingt zu verstehen, Saschik. Den Islam nicht unbedingt anzunehmen. Hauptsache, du wiederholst es. Damit sie dich nicht in den Bergen angreifen! Damit Feindeshand niemals deine sensiblen Ohren abschneidet. Putschcha-pututu-kurgam. Putschcha-putu-pututu.

Zwei wiegen die Köpfe, während sie meinen Namen im Singsang wiederholen. Endlich hat der besorgte Greis aufgehört, in der Tasche zu suchen. Hat es gefunden. Aus der abgeschabten Jackentasche zieht der Alte zwei Mandarinen heraus, erhebt sich und reicht sie mir – das ist unser Gastgeschenk, Sa-aschik.

Um den Alten nicht zu kränken, nehme ich sie. Der Alte ist glücklich. Auch die anderen lächeln glücklich, grinsen mit zahnlosem Mund. Aber ich mache geschickt eine ablenkende Bewegung. Blicke mich plötzlich um. Und als sich alle mit mir furchtsam umblicken, stecke ich dem Alten flink die Mandarinen in seine hundertjährige Tasche zurück.

Die wacklige Treppe kommt ein Tschetschene mittleren Alters heraufgerannt – ein Arbeiter mit dichtem Schnurrbart.

»Der Bauleiter!«, sagt er und erschreckt damit die Alten. Dann zu mir: »Bauleiter Roslik!«

Roslik verjagt gewöhnlich die Alten von der Baustelle.

Die Greise seufzen geräuschvoll und erschrocken auf: »Ach-ach-ach. Och-och-och«, und der Arbeiter öffnet ihnen die Tür zur Baubude. Dort gibt es eine andere Treppe hinunter. Wie ein geheimer Ein- und Ausgang. Dort kann man verschwinden, ohne dem schrecklichen Bauleiter zu begegnen. Erstaunlich, aber den kleinen hässlichen Roslik fürchten die Alten mehr als den stattlichen, starken Ruslan.

Der Arbeiter hat Humor. Er zwinkert mir zu und scheucht die Alten in die Baubude. Sagt dabei: »Schnell ... schnell. Bauleiter Ruslan-Roslik mag keine Unbefugten auf der Baustelle. Bauleiter Roslik frisst euch gleich auf. Bauleiter Roslik hat seit dem Morgen nichts gegessen.«

Ich mag alte Männer, russische, tschetschenische ... egal welche ... egal von welcher Seite! Greise sind nicht von Dauer. Greise sind ein verschwindendes Naturwunder.

Die Tür zur Baubude ist zu. Sie sind weg.

Ich begrüße Roslik mit Handschlag.

»Tag.«

»Wie geht's dir, Alexander Sergejitsch? Mein Beileid ...«

Aber neue Einzelheiten bringt Roslik nicht mit. Wir reden wieder über die Vernichtung der Kolonne in der Mokroje-Schlucht, worüber sonst? Wieder haben sie *euren* Mannen aufgelauert. Mitfühlend. Kolja Gussarzew bedauernd. Meinen Schmerz verstehend, vermag Roslik doch nicht restlos einen gewissen Triumph zu verbergen. Die Bergbewohner haben uns einen schweren Schlag versetzt. Wie ein Tor beim Fußball. Unsere *euren*! Triumph des Krieges.

Da er jedoch ein feinfühliger Mensch ist (Edelmut dem Feind gegenüber), wischt Roslik das noch nicht voll entwickelte Lächeln vom Gesicht.

»Verfluchter Krieg.«

»Richtig.« Ich nicke. »Und hast du, Roslik, was von *euren* Verlusten gehört?«

»Nein.«

Das habe ich mir gedacht. Er weiß noch nichts von Berg-Achmets Tod und dem seines Bruders. Von der letzten blinden Schießerei Mudilo Muchins.

Ich schweige rachsüchtig. Er wird es noch hören. Ich *fiebere* ja auch. Auch für die *eigenen* Mannen.

Aber diese Berechnungen (die umgekehrten Verlustrechnungen) berühren mein Verhältnis zu Roslik nicht. Sie haben nichts

Persönliches an sich. Wir schießen nicht aufeinander. Das waren nicht wir. Dort, in der Mokroje-Schlucht, haben andere andere getötet.

Und die Alten, die sich gerade beklagt und mir ins Ohr genäselt haben, haben hundertmal recht – sich zu rächen und ihr Dorf zu bombardieren, ist sinnlos. Sich an jedem konkreten Dorf zu rächen, ist sinnlos. Es gibt dort niemanden zu bestrafen. Die Kolonne haben andere abgefackelt. Immer die anderen.

Roslik geht, um unseren unfertigen Bau zu besichtigen. Er flucht im Gehen über die Langsamkeit der Arbeiten und berührt die Ecken. Feuchtigkeit! Die Mauern sind schon völlig ausgehärtet.

Wie sich herausstellt, sind die Alten, die sich in der Baubude versteckt haben, nicht gegangen. Sie sind dort aufgelebt. Die Stille hat sie belebt. Sie haben die Tür einen Spalt weit geöffnet. Winken mich zu sich her. Rufen flüsternd: »Saschik ... Saschik! Ist Bauleiter Roslik weg? Er soll weggehn ...«

Selbst jetzt, da sie vorsichtig den Kopf aus der Tür der Baubude herausstrecken, versuchen die Greise noch, Dank auszudrücken – ihren Dank für den Diesel vom Vorjahr zu sagen. Sie legen die Hand aufs Herz. Lächeln mich an. Und dieser besorgte Greis reicht mir wieder aus der Ferne – auf der flachen Hand – zwei matte Mandarinen. Die sind doch für dich. Das ist doch unser Gastgeschenk, Saschik!

Anfangs hatten die Tschetschenen (die Feldkommandeure) weit mehr (in der Türkei und Pakistan gekaufte) Handys, als unsere Offiziere. Ganz selten und durch Zufall lasen wir ihre Telefone auf bombardierten Pfaden auf. Aber mir gab Dudajews ungewöhnlicher Tod den richtigen Schachzug ein. Und ich reagierte. Ich war einer der Ersten, die Handys auf Vorrat kauften. Wer Informationen besitzt, beherrscht die Welt. Ich würde hinzufügen: *die Welt und den Krieg* ... auf den Straßen.

Ein Bauer wird für Diesel alles hergeben, um wenigstens

irgendwie seinen Traktor auf dem Feld beleben und die Erde umpflügen zu können. Der dörfliche Tschetschene ist genauso ein Bauer wie jeder andere. Ihm wird übel vom Blut, wenn er ein Jahr gekämpft hat. Zusammen mit dem Diesel bot ich so einem Bauern ein Handy an. Heimlich natürlich. Er brauchte Sprit, und ich brauchte dringend die Information, was auf der Straße und der Kreuzung geschah, die sich vor der Einfahrt zu seinem Dorf befand. Kreuzungen sind die Schachbrettfelder im Gebirgskrieg.

Anfangs staunte der Bauer. Der arme *Mähen-Graben* wusste nicht, wie er dieses kleine Dings mit Tasten essen sollte. Hatte Angst, es in die Bauernhand zu nehmen. Es würde ihm herausflutschen. War schon arg klein!

Manchmal glaube ich zu wissen, wie dieser faule Krieg, dieser seltsame Krieg enden wird. Er wird sich gänzlich in Provokation und Verrat auflösen. Sobald die Handys billiger werden, und darauf läuft es hinaus (krass und schnell läuft es darauf hinaus!), werden die Armeeangehörigen dieses Dreckszeug kaufen und an die Tschetschenen in den Dörfern verschenken. Sie werden den Bauern die Handys als Zugabe zu einem Eimer Diesel verteilen ... zu zwei Mähdrescherzahnrädern ... zu Traktorersatzteilen. Und die Bauern, die den Krieg satt haben, werden gerne jeden Fremden, jeden Feldkommandeur melden, der plötzlich von den Bergen zu ihnen ins Dorf herabkommt.

Wenigstens zwei oder drei von diesen *echten* Bauern werden sich mit Bestimmtheit im Dorf finden. Und dann werden sich unsere tapferen Generäle zeigen! Das Dorf wird nachts von einem doppelten Ring umschlossen. Die Zufahrtswege werden vermint. Besonders die Pfade aus dem Dorf hinaus. Und vorwärts – beginnt mit der Verteidigung!

Wann immer ein Bauer anruft, wird sein Dorf durchkämmt. Im Fernsehen wirkt das dann wie eine spannende Serie.

Ein Anruf auf dem Handy, schon liegen drei tschetschenische Kämpfer am Boden. Arm in Arm mit ihrer Knarre. Man wird den Toten noch die Arme auseinanderzerren, damit man ihre Gesichter erkennen kann. Heute drei. In der vorigen Woche vier. Und in der nächsten Woche nur einer, aber dafür ein Feldkommandeur.

Auf jeden Anruf.

Doch der erste Bauer hat mich nach Strich und Faden gequält. Dieser sympathische, lächelnde Dummkopf, dieser *Mähen-Graben* rief mich ununterbrochen an. Im Dorf husten alle. Salwdy hustet. Aslan hustet. Umar. Er zählte alle Hustenden auf. Eine Frau hat eine nicht explodierte Bombe gefunden.

Er fügte hinzu, dass er mich noch öfter anrufen könne. Wenn ich ihm ein weiteres Handy gäbe.

Mich interessieren die vorbeimarschierenden Trupps der Bergbewohner – sonst nichts. Ich erklärte es ihm hundertmal. Ist der Trupp mit Verwundeten abgezogen? Oder im Gegenteil – ist er von den Bergen abgestiegen und bereitet einen Hinterhalt vor? Er rief mich jedoch wegen Onkel Wischan an, der eine Kuh verkauft habe und nun in Mondnächten am zugesperrten Dorfladen anklopfe.

Er arbeitete, verbrauchte das ihm überlassene Handy in einer Woche. Schöner Zubläser! Schöner Informant! Und kam gleich wieder per Anhalter angebraust, wieder wegen Diesel.

»Warum bist du nur so blöd?«, fragte ich ihn. »Warum gießt du mir jeden Müll in die Ohren?«

Ich beschimpfe ihn, werfe ihm die gemeinsten Schimpfworte an den Kopf – ruf nicht wegen einer Lappalie an. Lenk mich nicht ab. Doch er blinzelt nur mit seinen schönen braunen Augen:

»Ich hab aber Lust drauf.«

Er hat Lust zu reden! Und seine Frau? Seine Kinder? Mit denen mag er nicht reden. Über nichts. Ein echter Bauer. Ein echter *Mähen-Graben.*

Ich gab ihm eine Ladestation. Erklärte ihm, wie es geht. Und befahl ihm streng, nur wegen Trupps und einzelnen Jeeps anzurufen. Vor allem aber wegen Lastwagen mit Männern drauf. Ich hämmerte ihm ein: Ein Jeep ist ein kleines Auto. Und wichtig ist, in welche Richtung er fährt – ins Gebirge oder nach Serschen-Jurt. Ruf nicht wegen jedem Quatsch an, sonst nehme ich dir das Handy wieder weg, und du kriegst von mir nicht mal mehr ein halbes Glas Diesel! Dumpfbacke! Dorftelefonierer!

Daraufhin teilte mir die Dumpfbacke schon am Abend eilig mit, dass die Nachbarin von Onkel Wischan ihre Ziege in den Bergen verloren habe.

Ich war so verdattert, dass ich fragte:

»Und den Bock hat sie nicht verloren?«

ZWÖLFTES KAPITEL

Am einfachsten war der Gedanke, dass die Tschitschen den Jeep beschossen, als Gussarzew und die Jungs an dem zufällig gewählten Tag in denselben Hinterhalt in derselben Schlucht geraten waren. Aber war es ein Zufall, dass er an diesem Tag fuhr? Heilige Mutter! Ich staunte laut.

Und vermutete sogleich etwas Komplizierteres: Kolja Gussarzew befand sich nicht zufällig in der Mokroje-Schlucht, sondern wegen eines Deals. Ich erinnerte mich sofort. Besann mich wieder darauf. Fast sofort! Der Uasik mit den Kalaschnikows. Die spielerischen Gespräche über den Verkauf von Waffen. Sein Eifer! Und wie Kolja mich beim Wodka aufstacheln wollte. Und wie mir Kolja sichtlich etwas verschwiegen hatte. Alles passte zusammen.

Ohne Anstrengung erinnerte ich mich nun an den tschetschenischen Mittelsmann, über den Kolja sich lustig gemacht hatte und dem er irgendetwas aufdrücken, also verkaufen wollte. Der Tschetschene verhandelte mal mit den Föderalen, dann lief er wieder in die Berge. Hin-und-Her. Und genau dieser ein wenig bekloppte Mittelsmann Hin-und-Her (ich wusste seinen Namen nicht mehr) war mit Berg-Achmet verwandt. Da haben wir's!

Und wenn Kolja Gussarzew über den Mittelsmann Kalaschnikows oder etwas anderes an den Clan von Berg-Achmet verkauft hatte, dann schuldete Berg-Achmet Kolja Geld. Und eine Geldschuld ist keine Lappalie. Achmet wusste eigenes und fremdes Geld wohl zu schätzen. Er bezahlte immer pünktlich, ohne Verzögerung. Folglich hatte Achmet über Handy mit Kolja ein Treffen verabredet. Er persönlich. Und mit Kolja eine ganz konkrete Zeit ausgemacht – *nach dem Hinterhalt.*

Die tschetschenischen Feldkommandeure haben eine eiserne Kriegspraxis – sie bezahlen einen Deal persönlich, geben das Geld aus einer Hand in die andere. Das verringert die Anzahl der Betrügereien. Der Krieg ist für uns alle eine gute Schule! Der Feldkommandeur steigt mit seinem hungrigen Trupp von den Bergen herab. Führt das Gefecht durch. Oder den Hinterhalt wie in der Mokroje-Schlucht. Und bezahlt zugleich, wenn er schon mal unten ist, diejenigen, denen er Geld schuldet.

Geld aus einer Hand in die andere. Ein Date! Alles war auf die Minute genau geplant. Weil Berg-Achmet nach dem gelungenen Hinterhalt abziehen musste. Wieder hinauf in die Berge. Und zwar sehr schnell! Sonst würden die Hubschrauber aus seinen Leuten Mus machen. Mus und Brei. Und um sie zu begraben, um sie irgendwie in Särge zu legen, müssten seine Jungs von den Bäumen gekratzt werden. Von den Eichen- und Ulmenstämmen.

So war das also: Kolja Gussarzew hatte gelebt und jetzt gab es Kolja Gussarzew nicht mehr. Er sparte nicht und bosselte nicht an seiner Zukunft, baute nicht wie ich. Er errichtete nichts bescheiden Kultiviertes, einschließlich Frau und Tochter, ein ruhiges Alter und ein Haus an einem großen russischen Fluss. Kolja Gussarzew verbriet sein ganzes Geld im Urlaub.

Er flog in seiner Urlaubszeit mit friedlichen Touristenflugzeugen, wechselte von einem Superferienort zum anderen. Im Süden. An den gelben Stränden. Mit teuren sonnengebräunten Mädchen. Und ihren gerissenen Zuhältern. Und unbedingt eine Spelunke, damit es heißer wäre. Richtig geil! Er prahlte mit der Spelunke – fürs Adrenalin! Er riskierte sein Leben gern in Tschetschenien, dafür spülte er danach dieses Risiko mit Sonne und Wein nach dem vollen Programm weg.

Er hatte, wie ich vermutete, Berg-Achmet hier, in Grosny, über einen kleinen Mittelsmann Waffen verkauft und war nach Mokroje gefahren, um von Achmet eine ganz und gar nicht kleine

Summe zu erhalten. Kolja bretterte flott in die Mokroje-Schlucht hinein, überzeugt, er fädle ein besonders großartiges Business ein. Er war voller Elan. Und hatte keine Ahnung von der soeben ausgelöschten Kolonne in der Mokroje-Schlucht. Woher hätte er es wissen sollen? Solche Sachen teilte Berg-Achmet nicht mit.

Der lautlos in den Hörer weinende General Basanow, er hatte mich auf den Gedanken gebracht. Mit Telefonschluchzern knauserte der General! Zermümmelte die männliche Träne im Schnurrbart. Aber trotzdem weinte er. Ich spürte, dass er weinte.

Und deshalb sagte ich ihm zum Trost, es gibt noch eine Hoffnung, Genosse General. Niemand hat gesehen, wie Kolja getötet wurde.

»Wie Berg-Achmet getötet wurde, hat auch niemand gesehen. Aber er wurde getötet«, gab Basanow mit weinerlicher, aber fester Generalsstimme von sich.

Da dachte ich an diesen möglichen Geschäftskontakt, ihr »Date«, schoss es mir durch den Kopf – Kolja und Berg-Achmet. Zusammen. Beide sind doch umgekommen!

Kolja glaubte wahrscheinlich, sein Einfall, die Jungs wegzubringen und zugleich (unterwegs) von Achmet das Geld einzusacken, sei ein trefflicher Einfall, eine kühne, verwegene Idee! Bei dem Treffen mit Berg-Achmets Tschetschenen könnten diese beiden, Oleg und Alik, durchaus als Leibwache von Major Gussarzew gelten. Spinner? Sei's drum! Je beknackter die Bodyguards aussehen, umso böser und zuverlässiger sind sie. Das versteht selbst der streitlustigste Tschetschene.

Knapp einen halben Tag fuhr Gussarzew Alik und Oleg im Auto. Im Jeep. Und den ganzen halben Tag lang verabredete er sich natürlich unterwegs telefonisch mit Achmet. Aus dem Jeep heraus. Nein, nein, Kolja Gussarzew hatte nicht vor, das Treffen zu verschieben. Immerhin ging es um Geld! Alles redlich. Die Schlucht war zu dieser Siegesstunde der Tschetschenen von Schreien und dem Echo der Schüsse erfüllt. Doch Gussarzew, der Wagemutige, bretterte genau dorthin … in die lockende fremde Schießerei … und umfuhr dabei übrigens die qualmende Brandstätte unserer bereits vernichteten Kolonne.

Wenn unsere Leute mit starker Verspätung zum Ort eines Gemetzels stürmen, sind sie gereizt angesichts der Menge der Gefallenen und den Überlebenden gegenüber schroff und streng. Besonders die FSBler. Wenn sie zu dem Ort eilen, wo die Kolonne abgefackelt worden ist, sind sie den Überlebenden gegenüber äußerst argwöhnisch. Den eigenen Leuten gegenüber. Sie würden dich gern anklagen. Wenn du dort warst und überlebt hast! Sogar einen Stabsmajor, der hier im Auto herumkurvt, könnten sie zwar nicht gleich festnehmen, aber doch verdächtigen. Und wenn dieser Major zwei Traumatisierte kutschiert, von denen einem das linke Auge tränt und der andere wie ein Bescheuerter wiederholt: »Wir sind der Fahne treu. Wir sind der Fahne treu!«, dann ist das natürlich verständlicher. Und glaubhafter. Der FSBler könnte natürlich auch jetzt ein wenig nachbohren (zum Beispiel, wieso tränt dem Burschen nur das linke Auge?).

So passte bei Kolja alles normal zusammen. Aber wie kam er ums Leben? Vielleicht reute die Tschetschenen bei dem Date das Geld, und sie brachen die Abmachung? Und er fuhr wütend auf? Im Prinzip war das möglich.

Kolja Gussarzew zu betrügen und ihn sofort zu erschießen, war jedoch nicht einfach. Kolja hatte trotz seiner Jugend einen ausgezeichneten Riecher für Menschen. Er war schon so oft über die tschetschenischen Straßen gebrettert! Bei einem Betrug hätte er den Tschitschen selbst als Erster erschossen. Er schoss fabelhaft. (Und ohne zu überlegen. Ein Feind weniger!) Sobald Berg-Achmet seine Hand nicht in die Tasche steckt, in der seine Zigaretten sind … lebt er keine Minute mehr!

Wenn es stimmt, dass der tote Kolja Gussarzew aus seinem eigenen Jeep herausgezogen wurde, dann war Kolja nicht ausgestiegen, hatte sich nicht unter die Kugel aus nächster Nähe begeben. Er verhandelte also im Auto über das Geld.

Und meine Spinner waren als Leibwächter ja gar nicht schlecht. Traumatisiert. Aber wer weiß das schon. Sie saßen hinter ihm. Die Knarre in der Hand. Beide auf der Hut. Zwei Mann mit Kalaschnikows waren zwei Mann mit Kalaschnikows.

Ich konnte mir leicht vorstellen, wie die Schießerei aus sechs, sieben Knarren plötzlich losging. Auf das temperamentvolle Feuer von Achmets Leibwächtern antworteten die Jungs wahrscheinlich sofort und einträchtig. Spinner schießen nicht minder temperamentvoll.

Was sich als Gussarzews Ware entpuppte, waren ganz und gar keine Waffen. Es waren Schuhe! Ich setzte vorsorglich Kramarenko ein, er fragte vorsichtig in den uns nahestehenden Lagern herum, und die Sache flog auf. Soldatenstiefel! Mitnichten Waffen. Nicht einmal Patronen!

Ein Seufzer der Erleichterung. Wenngleich verspätet. Einer meiner Informanten bestätigte den Deal. Gussarzew hatte den Tschitschen einen vollen Lastwagen mit faktisch abgeschriebenen Stiefeln hingefahren. (Wie meinen Uasik mit Maschinenpistolen.)

Unsere Soldaten zogen Springerstiefel vor, knöchelhohe Schnürschuhe. Vorzügliche Schuhe. Kaum einer wollte Stiefel mit Fußlappen! Also verkaufte Kolja Gussarzew nicht weiß Gott was. Er brachte einen ganzen Haufen alte, beschichtete Baumwolle zum Verkauf. Aber die Tschitschen in den Bergen und Schluchten brauchten gerade dieses Material. Mit Stiefeln gehen sie dort sicherer als mit Schuhen. Und sie sind auch wärmer, wenn man sie mit guten Fußlappen trägt.

Es war eine traurige Nachricht. Ich hatte ja gedacht, dieser Kolja Gussarzew habe nicht auf mich gehört, sich den Verkauf von Waffen aufgeladen und sei dabei draufgegangen. Er sei für seine Verwegenheit und Habgier bestraft worden. Aber dass Kolja Gussarzew wegen halb verrotteter Stiefel draufgegangen ist!

Es war so, er hatte auf mich gehört, mir geglaubt. Er hatte auf Major Schilin gehört. Wer sonst, wenn nicht ich, hatte ihm geraten, sich ein unstaubiges Business zuzulegen. Mit Baumaterial zum Beispiel. Wenn ihm die Kohle nicht reichte! Wenn ihm unsere zurückhaltenden Benzingeschäfte zu wenig waren und er so erpicht war auf einen Zuverdienst. Der Arme! Im Jenseits knirschte er jetzt mit den Zähnen. Er war gefahren, um das Geld für die stinkenden Stiefel abzuholen!

Ich staunte. Er war ja im Grunde ganz allein das Geld holen gefahren. Die Jungs zählten nicht. Man weiß doch, weiß doch genau, wie dumm es ist, Geld allein abzuholen! Er war doch ein geschickter, gescheiter Offizier. Nicht ohne Humor, nicht ohne Glanz – klug, aber strohdumm!

Und mir war bitter ums Herz.

Die Lieferung kam am Montag. Von der Eisenbahn. Alles sauber. Alles wie auf dem Lieferschein. Und ohne Diebstahl.

Diesel. *Fass an Fass. Zwei »Ural« voll. Nicht schlecht!*

Benzin. *Ein Tankwagen. Dafür voll, bis zum Anschlag.*

Flugbenzin. *Wie immer nur eine winzige Menge.*

Zähflüssiges Feinmechaniköl. *Ein halbes Fass. Für Orientierungsgeräte. Bestellungen aus den Truppeneinheiten werden erwartet.*

Am Montag kam die Lieferung, und schon am Dienstag schlich sich ein Tschetschene auf die Baustelle des Außenlagers. Rückte mir über Ruslan auf den Pelz. Wartete mucksmäuschenstill, bis ich käme und die wacklige Treppe des unfertigen Baus hinaufstiege. Wartete lange. Arbeitete sogar etwas auf unserer vor sich hindümpelnden Baustelle. Aus purer Lust. Warf Sand mit der Schaufel. Ich hatte das schon früher bemerkt: Stadtarbeit ist für einen Tschetschenen aus den Bergen interessant.

Der Tschetschene wusste schon von der Lieferung. Sie haben ihre eigenen Informanten.

Aber er stellte eine bescheidene Bitte. Ein bisschen Diesel.

Füll eine Kleinigkeit ab, Saschik. Selbst bezahlen könne er jedoch nicht. Und der Ort, wohin der Diesel geliefert werden müsste und wo ich, wie er sagte, gut bezahlt würde, war ziemlich weit weg. Man brauchte eine Kolonne. Im Gebirge kam man jetzt einfach nicht so ohne Weiteres durch.

»Aber könntest du nicht wenigstens zwei Autos durch die Berge bringen? Hast du dort deine Leute?«

Auch das konnte er nicht.

»Was kannst du denn überhaupt? Wieso bist du gekommen?«

Ich jagte ihn fort. Er war einer von denen, die auf Gerüchte hin kommen. Und natürlich hatte ihm Ruslan nichts versprochen.

Ich überlegte, wie die Lieferung organisiert werden müsste. Wie, an welchem Tag und mit welchen Autos ich den Treibstoff zu den Truppeneinheiten hinschaffen sollte, ist eine ewige Frage. Während ich dies und jenes erwog, schloss ich die Augen. Schlief ein. Und schlief fest, ohne zwischendurch aufzuwachen. Hatte nicht die geringste Vorahnung. Aber um fünf Uhr morgens begann Kutschum wie toll zu bellen. Toll, aber mit freudigem Erkennungswinseln. Dann rief der Wachposten an, der am Tor stand.

Der Wachposten nuschelte etwas in den Hörer, es war nicht zu verstehen. Verschlafen! Ich stand aus dem Bett auf.

Langsam, schleppend ging ich zum Tor und hörte Kutschums immer freudigeres Gewinsel.

Zuerst erblickte ich den Posten mit seiner verschlafen lächelnden Visage. Und dann sogleich die beiden.

Beide Jungs schauten besorgt drein.

Mir wurde warm ums Herz. Ich sagte ihnen nicht, dass ich sie schon begraben hätte. Im Krieg sagt man so etwas nicht. (Ein Vorzeichen.) Sie waren wieder lebendig geworden, dann sollten sie eben leben.

Gussarzew hatte sie also nur zur Mokroje-Schlucht gebracht, wo das Gefecht ablief. Und war selbst zum Date mit Berg-Achmet geeilt, wo er ums Leben kam.

»Was ist los? Habt ihr euch nicht zu euren Leuten durchgeschlagen?«, sagte-fragte ich spöttisch, zog sie sogar auf. Und lächelte.

Ich freute mich schon über sie. Freute mich sehr. Und wusste nicht, was mich erwartete.

Es erwartete mich eine äußerst widerliche, scheußliche Nachricht. Dort, bei dem Date mit Berg-Achmet, waren beide Jungs zugegen gewesen. Nicht nur zugegen. Nachdem einer der Jungs auf den Tschetschenen zu schießen begonnen hatte, kam es, dass er auch Major Gussarzew tötete. Aus Versehen. Es war Alik. Dieser Schlappschwanz. Der mit den Tränen in den Augen. Vielmehr in einem Auge. Im linken. Er schoss auf den Tschetschenen. Da war ein unheimlich aussehender Tschetschene, der Berg-Achmet hieß, und Alik erschrak.

Major Gussarzew aber war ganz dicht zu dem Tschetschenen hingegangen. Die Kugeln durchsiebten den Tschetschenen, dann ruckte die Kalaschnikow in Aliks Händen. Und die Kugeln flogen schräg.

Ich weiß noch, wie dringend ich einen Wodka wollte. Wenigstens einen Schluck!

Zum Glück hatte ich gleich von Anfang an die beiden armen Kerle zur gründlichen Befragung in mein Lagerbüro geführt. Ich setzte mich an den Tisch. Sie standen. Ab und zu trommelte ich mit den Fingern der linken Hand. Ich begann sie anzubrüllen. Der Wunsch nach ein, zwei Gläschen Wodka war bereits unerträglich.

Der Mord war unter aller Sau. Ich wusste nicht, was ich denken sollte. Ich brüllte nur. Nach dem versehentlichen Mord waren beide, Alik und Oleg, sofort geflüchtet. Weggerannt. Weil Alik den Tschetschenen, diesen Achmet, NICHT aus Versehen getötet hatte. Die Tschetschenen hätten sie in Stücke gerissen. Sie schossen auf sie. Aber sie beide stürzten schon in den Wald. Weg von der Mokroje-Schlucht. Sie rannten und rannten.

Mein Gebrüll erschütterte die Wände.

»Warum zum Teufel seid ihr hierhergekommen?! Wozu brauche ich euch? Ihr hättet in eure Einheit gehen sollen! Wenigstens kriechen! Hosenscheißer! Arschlöcher! Was mache ich denn jetzt mit euch?!«

Jetzt hätten sie ein Problem, verdammt noch mal! Schade um Gussarzew! Um Kolja! Wegen irgendwelcher abgeschriebener Stiefel tötet ihn ein Spinner! Wegen nichts und wieder nichts! Zufällig! Die Kugeln flogen einfach schräg. Die Vorahnung eines künftigen, noch größeren Unheils erschütterte mein Gehirn. Wie wollten sie sich jetzt herauswinden? Hatte man sie dort bemerkt? Sie sich eingeprägt? Der erste gefangene Tschetschene würde sie doch unsern Leuten beschreiben! Sie säßen in der Scheiße ... und ich mit ihnen! So lange habe sich Major Schilin mit ihnen abgegeben! Sie verwöhnt! Und warum? Aus welchem Grund?

Ich war einfach verpflichtet, sie der Kommandantur auszuliefern. Als Erster! Zu melden! Bevor andere es melden würden. Dieselben Tschitschen! Von denen werde doch einer in Gefangenschaft geraten! Und die Jungs verpfeifen! Arschlöcher! Was haben sie auch für Pech. Sind doch Kinder! Kranke Kinder!

Ich brüllte:

»Raus! Verschwindet! Wohin ihr wollt! Ich kenne euch nicht und will euch nicht kennen. Ich habe euch nie gesehen!«

Ich stampfte sogar mit dem Fuß auf.

Sie gingen. Beeilten sich irgendwie verzagt. Ohne die Gesichter zu heben.

Ich war wie betäubt. Warum waren sie zurückgekommen? Warum zu mir? Was ging mich das an! Traumatisierte gibt es im Krieg immer genug! Traumatisierte gab es immer und wird es immer geben. Ein Traumatisierter hat das Privileg, wen auch immer zu erschießen. Sollen sich doch diejenigen mit ihnen abgeben, die dafür bezahlt werden. Wo sind diese Scheißweißkittel? Ihr bescheuerten Ärzte! Das ist eure Sache! Das sind eure Jungs! So ist das! Und wo seid ihr, wenn man euch braucht? Holt sie euch. Weg mit ihnen. Ich will sie nicht kennen ...

Kramarenko stand plötzlich vor meinen vor Wut getrübten Augen:

»Genosse Major. Soll ich ihnen Tee geben? Was zu essen?«

Ihr könnt mich mal!

Aus irgendeinem Grund versuchte ich mich angestrengt an jenen verfluchten Augenblick zu erinnern. Ihn zurückzuholen. Den Augenblick, in dem mir dieser gute, humane Einfall gekommen war, die beiden zu ihren Leuten heimzuschicken. Den Augenblick, als ich mich mit ihnen eingelassen hatte.

»Gib ihnen was. Bevor die Leute aufwachen.«

Bevor Kramarenko zu den Jungs ging, holte er, ohne zu fragen, schweigend Wodka für mich aus dem Kühlschrank.

Ich betrachtete das Dutzend Wespen, die auf meinem Tisch herumwuselten. Die Natur der Dinge. Die Wespen krabbelten ruhig, stießen zusammen. Manche flogen furchtsam auf.

»Und du hast geschossen? Auf den Tschetschenen?«

»Jawohl.«

»Hast ihn getötet?«

»J-j-ja.«

»Und wie hast du den Major getroffen?«

»Die MPi … d-der Lauf ist leicht weggerutscht. Ich saß ja im Auto. Halbe Drehung … unbequem … ich ließ die Beine raushängen … die Wagentür war offen, aber sie schwang auf und zu. Störte mich …«

»Tür hin oder her, aber du hast doch gezielt? Wozu?«

»Major Gussarzew hatte es befohlen. Nimm uns beide aufs Korn. Damit es der Tschitsche sieht. Damit der Tschitsche nicht auf die Idee kommt, zu spaßen. So hat sich der Major ausgedrückt: Damit der Tschitsche die ganze Zeit die Kugel im Lauf *s-spürt* …«

Und der zweite, also Oleg, nickte:

»Ja, ja, so war es. Das hat Major Gussarzew gesagt. Damit der Tschitsche die Kugel spürt.«

Verworren, vom Hölzchen zum Stöckchen springend, berichteten sie doch irgendwie, woran sie sich erinnerten.

Im Grunde erzählte Alik. Und Oleg wiederholte ab und zu als Zeuge, pflichtete Alik bei. Bei jeder strengen Rückfrage meinerseits (und meinem Blick auf ihn) wäre Oleg am liebsten vom Stuhl aufgesprungen und hätte vor Major Schilin salutiert. Einmal gelang es ihm. Er stand stramm.

»Hör auf, rumzuhampeln. Setz dich!«

»Jawohl, Genosse Major.«

Dafür riss er nicht mehr in heiligem Schreck die Augen auf. Und schmetterte nichts von Fahnentreue. Oleg, merkte ich plötzlich, hatte sich leicht gebessert. Die Art seiner Konfusion hatte sich verändert. Unverständlich langes Schweigen. Aber mit einzelnen vernünftigen Sätzen.

Wenn Alik geredet hatte, wiederholte er:

»Ja, ja.«

Und der mit dem einen weinenden Auge, der versehentlich Kolja Gussarzew erschossen hatte, faselte seine Version. Er habe eine Sinnestäuschung gehabt, erklärte er hastig. *Lichtflecken von der Sonne!*

Das passiere ihm, Alik, manchmal. Er habe es Major Schilin schon erzählt. Die Angst sei wie eine gelbe Kugel. Genau vor seinen Augen. Und diese Kugel sei plötzlich zerborsten. Sonnensplitter, knallgelbe! – Sie stachen Alik in die Pupillen. Und der Tschetschene lächelte so schief und gefährlich. Und klopfte sich auf den Schenkel.

»Da hast du gedacht, gleich zieht er die Pistole.«

Ich holte beide aus der Kaserne, um sicher zu sein, dass sie schwiegen. Ich trennte sie von den Ladesoldaten, mit denen sie zusammen wohnten und Fässer rollten. Befreite sie von Be- und Entladearbeiten. Isolierte sie. Zur Sicherheit. Dass sie weder tags noch nachts ... Befahl Kramarenko, sie im Lagerhaus 8 unterzubringen. Wo unser Schreiber sein stilles Plätzchen hatte.

Und wo ich vor ganz kurzer Zeit meinen redseligen Vater untergebracht hatte. (Im Übrigen auch mit der Absicht, ihn still und unbemerkt zu halten. Na, damit er weniger Reden hielt …)

Kramarenko nickte – er werde den Befehl augenblicklich erfüllen. Und fragte: Und wohin mit Pak?

An Paks Stelle die beiden.

Sie würden sich jetzt mit Schreibarbeit befassen. Würden es schon schaffen. Für unsere Berichte und Standardantworten braucht man keinen Verstand. Wenn das Ergebnis nicht so sauber und penibel ausfällt wie bei Pak, sei's drum.

Kramarenko nickte wieder:

»Stimmt. Richtig. Pak hat sich richtige Hamsterbacken angefressen!«

Das Lagerhaus 8 ist, was seine Entfernung, was den *fehlenden Kontakt* angeht, ein trefflicher Ort. Der Schreiber Pak verpflegte sich mit Grütze und Armeekompott zum Nachtisch getrennt von den Soldaten. Und auch zeitlich nach ihnen. Wenn die Soldaten schon geordnet aus der Kantine hinausgeführt wurden. Mit Gesang!

Mit Gesang, in der Regel. Die Soldaten schlugen sich den Bauch so voll, dass sie, wenn sie sich vom Tisch und von ihren Schüsseln losgerissen hatten, im Gehen schliefen. Aber beim Hinausgehen trotzdem sangen. Sie schätzten das Lagerleben, in dem für sie alles mühsam und langweilig war, bis auf eins: Hier wurde nicht geschossen.

Das Lagerhaus 8 ist halb in den Boden hineingebaut, aber trocken. Die Jungs werden hier auch schlafen. Zwei Feldbetten aus der Kaserne. Der Tisch mit den Formularen gleich neben dem Eingang. Die Lampe gibt Licht. Hier wird sich das Paar gegenübersitzen und Formulare ausfüllen. Aus- und eintragen. Und schweigen, schweigen, schweigen! (Und auf Chwors Erscheinen mit seiner sicheren Kolonne warten.) Na, sollen sie sich ruhig ein bisschen langweilen.

»Aber gib acht – bürde Pak nicht zu viel auf. Dass er sich mit den Fässern nicht ruiniert. Er ist schwächlich.«

»Niemals. Da sei Gott vor!«

Kramarenko verstand seine Sache. Er beschützte die Soldaten. Er war am richtigen Platz.

»Pak wird später wieder zurückkehren. Wenn wir die Jungs wegschicken.«

»Verstanden, Genosse Major.«

Mit Kramarenko hatte ich nicht über Aliks Schuss auf Major Gussarzew geredet. Mit keinem Wort. Ich sagte nichts. Er fragte nicht. Nicht nötig. Stillschweigen.

Man musste auf der Hut sein. Eine schlimme Sache für die Jungs.

Ich werde sie selbst ausfragen. Voreingenommen. Und werde sie nicht decken, wenn der Mord aus primitivem Schützengrabenhass auf einen Offizier geschehen ist. Ich bin selbst Offizier. Und ich weiß, wie mancher Soldat, der die ganze Nacht durch den Straßenschlamm gewatet ist, mir am liebsten in den Rücken schießen würde.

Wie war das? Gussarzew steuerte ruhig den Wagen, die Jungs saßen mit den Kalaschnikows ruhig hinten drin. Doch als sie sich der Schlucht näherten, lenkte Major Gussarzew das Auto auf Schleichwege, machte Halsen. Bog plötzlich scharf ab. Fuhr die ganze Zeit zickzack, um weder auf die eigenen Leute noch auf die Tschitschen zu stoßen. Und je näher sie an die Schlucht herankamen, an den Ort, wo gerade die Kolonne vernichtet worden war, um so härter wurde seine Stimme. Um so gebieterischer schrie der Major:

»Gerade sitzen, Jungs! Nicht aus dem Fenster schauen. Nicht das Gesicht drehen. Die knallen dir eine Kugel rein, du Idiot!«

Das Gesicht nicht zum Straßenrand zu drehen, ist die übliche Praxis, wenn man im Jeep auf einer Niemandsstraße fährt. Damit man von der Seite nicht erkennt, wer zu welchem Zweck unterwegs ist. Damit nicht aus dem Gebüsch geschossen wird. Ein Feind? Oder kein Feind? Damit man nur den Kampfanzug sieht, wer und was aber unklar bleibt.

Durch die Schreie des Majors, durch seine unterschwellige Spannung sei Alik unruhig geworden. Und dann ging es los. Die Sonnenflecken tanzten. Die Lichtreflexe. Als hätte jemand ein Dutzend kleine Spiegel (runde Taschenspiegel, einen halben Handteller groß) Alik direkt auf die Augen gerichtet. Jemand. Wollte seine Pupillen treffen. Blendete ihn. Alik verzog das Gesicht, wendete sich ab. Und schaute wieder nach rechts und nach links.

»Wie oft soll ich es dir noch sagen!«, schrie Major Gussarzew schon verärgert. »Dreh die Fresse nicht zum Fenster. Na, was seid ihr für Blödmänner! Und wolltet auch noch bei der Aufklärung sein, was? Wolltet ihr das, Oleg?«

»Ja.«

»Das musst du doch wissen. Schau geradeaus, verdammt noch mal!« Und so weiter.

Gleichzeitig telefonierte der Major ab und zu mit jemandem. Er nannte den Tschetschenen nicht beim Namen. Er sagte einfach und direkt:

»Hallo. Ich bin's. Tschitsch, hörst du mich? Ich durchquere schon das Trockental.«

Und dann wieder:

»Tschitsch. Ich bin's. Was habt ihr da für eine Schießerei? Komm ans Ende der Schlucht. Am rechten Rand. Wo der Abhang ist. Warte auf mich. Keine Bange! Daneben ist doch eine Straße. Ein Feldweg. Auf diesem Feldweg werde ich kommen.«

Sie waren schon ganz nah. Hörten einzelne Schüsse. Wie man jetzt wusste, erledigten die Tschetschenen nach dem Gefecht schon die Verwundeten.

Und wieder ein Anruf. Das schrille Klingeln und Gussarzews Stimme reizten Alik auf. Und dazu noch diese Sonnenreflexe in den Augen. Und weil ununterbrochen am Telefon verhandelt wurde, beschlich Alik eine Vorahnung. Und diese Vorahnung war ein dickes *Bündel Scheine*. Nein, nein, Alik kann es nicht erklären.

Der Jeep holperte. Alik hatte keine Ahnung, wohin und zu welchem Zweck sie jetzt für fünf Minuten von der Hauptroute abfuhren. (So hatte es ihnen Major Gussarzew gesagt: Er hatte nichts erklärt. Sonst noch was! Hatte einfach gesagt: *Wir fahren für fünf Minuten ab*. Er machte nach Majorsart keine Umstände mit den Soldaten.) Alik aber schüttelte den Kopf, um die Sonnenflecken loszuwerden. Und schaute wieder nach rechts und links.

»Na, du bist mir ein Soldat! Schau gera-adeaus!«, schrie der Major und jagte den Wagen von einem Huckel zum nächsten.

Eins war beruhigend – neben ihm saß Oleschka wie versteinert. Er umklammerte seine Kalaschnikow nur fester, als er die nahen (näher kommenden) Schüsse hörte.

Oleschka wusste ebenfalls nicht, weshalb sie, statt zu ihrer Heimateinheit zu fahren, *für fünf Minuten* zu den Tschitschen abgebogen waren. Aber er war nicht nervös. Er war bereit. Seine Kontusion bewirkte jetzt, dass er (einst von seiner Einheit versprengt) jederzeit bereit war, seine Soldatenpflicht zu erfüllen. Bereit war zu sterben. Er wünschte es sich sogar. Er war sogar heiter. Er dachte an gar nichts.

Jetzt würde niemand mehr lachen, wenn er »Treu der Fahne!« schreien und den Tschitschen antworten würde. Feuer mit Feuer. Oleg spannte sich an, als er spürte, dass der Wagen bremste. So schleichend bremste. Bereit, anzuhalten. Sei's drum! Sollte er anhalten! Dann würden Alik und er endlich ihre Pflicht erfüllen.

Der Tschetschene saß am Abhang. An der Kante, auf einem Erdvorsprung, und ließ leicht die fleischigen, starken Beine baumeln. Major Gussarzew ging zu ihm. Major Gussarzew ging gemächlich. Er wirkte kleiner als der am Abhang sitzende Tschitsche. Er reichte dem Tschetschenen mit dem Kopf bis zur Brust. Aber wenn man sie aus dem Auto sah, wo Alik und Oleschka die

Kalaschnikows angelegt hatten, dann rückten der Major und der Tschitsche jetzt näher zusammen, wurden eins.

Beide, der Major und der Tschitsche, hatten am Telefon so lange miteinander geredet, dass es jetzt nichts mehr zu sagen gab.

Der Major, aus dem Jeep gesprungen, machte seine sechs oder sieben Schritte, um das Geld in Empfang zu nehmen. Aber er streckte nicht die Hand danach aus. Gib es mir! Er wartete, dass ihm der Tschetschene das Geld reichen würde. Aber auch der Tschetschene wartete, dass der Major als Erster die Hand nach dem Geld ausstrecken würde. Jeder wollte in dem Deal als Boss erscheinen. Und sich nicht erniedrigen. Gussarzew und der Tschitsche. Beide benahmen sich eindrucksvoll. Sie zögerten die Sekunde der Bezahlung eine halbe Minute hinaus. Und diese straff wie eine Saite gespannte und ihm unverständliche halbe Minute hielt der traumatisierte Soldat möglicherweise nicht aus.

Der Tschetschene zog das Bündel Geldscheine mit der rechten Hand aus der Tasche und legte es in die linke, machte die rechte wieder frei … klopfte sich mit der rechten einfach ab. Als würde er nach der Pistole greifen. Mit der Drohung, sie zu ziehen.

Das Ziel zu verfehlen, war unmöglich. Beide Geschäftspartner waren nur sieben bis acht Schritte vom Jeep entfernt. Als Alik schoss, tötete er sie mit einem Feuerstoß.

Zunächst jagten die Kugeln dem Tschetschenen bis zum Hals in die Brust. Dann drangen ein paar in den Kopf ein. Dann verrutschte der Lauf ein wenig. Alik verriss vor Schreck die Knarre. Die seitlich abgelenkten Kugeln aber trafen Major Gussarzew … seinen Kampfanzug.

Ein Loch im Rücken und ein Ohr abgerissen. Blutspritzer aus dem Ohr (aus der Schläfe?). So fiel Major Gussarzew mit dem Kopf auf den Tschetschenen, schlug auf seiner Brust auf, der Tschetschene aber blieb am Abhang weiter so sitzen, wie er gesessen hatte. Aber schon tot. Dabei klopfte sich der Tote noch kurz weiter auf den Schenkel, wo die Pistole war. Der Feuerstoß verstummte.

Die Schüsse ließen niemanden aufmerken. Schüsse fielen hier und dort – die Tschitschen erledigten die Verwundeten.

»Aber zwei Aufpasser waren doch ganz in der Nähe von Berg-Achmet. Seine Leibwächter! Warum haben sie nicht reagiert, Alik?«, fragte ich.

Er zuckte nur die Achseln.

Als der Jeep heranfuhr, waren diese beiden Tschitschen wahrscheinlich vorausgegangen, wollten sich näher an das ankommende Auto, den Major und die Jungs heranmachen. Doch der überaus erfahrene Achmet gebot seinen Leibwächtern mit einer Geste Einhalt. Der Kommandeur (so kann man vermuten) befahl ihnen, auf Distanz zu bleiben. Nicht heranzugehen. Er wollte vielleicht nicht, dass seine Leute erführen, was ihn die gekauften Stiefel gekostet hatten und wie viel Geld er dem föderalen Major dafür gab.

Außerdem waren die Tschetschenen wahrscheinlich aufgeregt. Gerade erst von den Bergen heruntergekommen. Gerade erst aus dem Gefecht. Wenn sie den Jeep so nahe vor sich gesehen hätten, hätten sie sich vielleicht nicht beherrschen und in einer wilden Aufwallung eine Schießerei anfangen können. Da blick dann einer durch! Deshalb hatte sie Achmet nicht mitgenommen. Berg-Achmet, der Feldkommandeur, wollte nicht, dass überall geredet würde, er hätte einen föderalen Schwarzhändler umgelegt. Er hätte ihm nicht das Geld gegeben und ihn getötet. Das Gerede wäre von Nachteil gewesen. Berg-Achmet, der Feldkommandeur, wollte Major Gussarzew nicht verlieren. Business.

Vielleicht hatte Achmet seinen Leibwächtern befohlen, sich etwas abseits zu halten und nur zuzuschauen. Vielleicht standen sie abseits. Und nach Aliks Feuerstoß standen sie immer noch dort. Sie sahen den Kopf und den Rücken ihres Kommandeurs, der immer noch saß. Er war tot, saß aber fest an seinem Abhang. Mit dem Rücken zu ihnen. Der Kommandeur schien seine Verhandlungen zu führen. Die Leibwächter dachten, alles sei in Ordnung.

Zudem lenkte sie das wieder neu aufgeflammte Gefecht in der Schlucht ab. Wieder eine Schießerei, und was für eine! Ein großkalibriges Maschinengewehr! Genau in diesen Minuten kamen die Tschetschenen, die hin- und herhetzend einer nach dem anderen fielen, zur Besinnung. Kamen irgendwie wieder zu sich und vernichteten jetzt das wiederaufgelebte Maschinengewehr von Mudilo Muchin.

»Ich wollte den Major nicht töten. Ein Versehen. Es ist halt so gekommen«, wiederholte Alik.

Ich zweifelte auch nicht, dass es ein Versehen war. Aber (das spürte ich schon) … nicht nur ein Versehen.

Von seinem Schnellschuss-Business mit den Stiefeln hatte Kolja mir wahrscheinlich nach dem geglückten Abschluss erzählen wollen. Er hätte mir wohl auch einen Anteil an dem stinkenden Zeug angeboten. *Dem Achmet muss man das Fell abziehen. Der Clan ist ziemlich reich, Sascha, aber vergesslich. Wenn ich nicht jetzt, wo die Erinnerung noch frisch ist, von ihnen das Geld für die Stiefel verlange, Sascha, werden sie später nur die Achseln zucken. Werden noch dazu schießen, damit ich sie nicht belästige. Ein komisches Gedächtnis haben die Bergbewohner!* Ich hörte seine Stimme, als wäre sie lebendig.

Die erklärende, energische Stimme des jungen Stabsoffiziers. Absolut lebendig. Ich hätte mich am liebsten umgeblickt. Als spreche Kolja zu mir, ganz nah. Ein wenig hinter mir. Hinter meinem Rücken.

Der schwere Tag war zu Ende. Schlafen.

Kramarenko hatte Pak aus dem Lagerhaus vertrieben und die Jungs dort untergebracht. Hatte ihnen Betten gegeben. Alles neu. Die Liegen entsprachen ihrer Größe, beidseits des Tisches.

Jeder hatte einen Nachttisch. Einen Vorleger unter den Füßen. In vielen Kasernen gab es das nicht. Flauschdecken, und für kühle Nächte wattierte Decken in Reserve.

Die Kissen schmuddelig? Ja, ja, Kramarenko hatte auch die Kissen ausgetauscht. Wer im Lager lebt, Genosse Major, braucht nicht ganz arm zu leben.

Trinkwasser im kleinen Behälter. Ihre Kalaschnikows im Zimmer des Diensthabenden. Mit dem Befehl, sie nicht herauszugeben. Selbstverständlich! Für alle Fälle hatte Kramarenko in ihren Rucksäcken gewühlt und die Patronen herausgeholt.

Schlafen.

Aber nein. Wieder Kramarenko – gerade sei ein Melder aus dem Stab angekommen. Disposition. Für mich persönlich. (Solche Mitteilungen wurden nicht am Telefon gemacht.) Ein kleiner, eng beschriebener Zettel. Für Major Schilin.

Truppenteil Nr. … – Benzin, Diesel. *Von diesem Truppenteil eine nochmalige Bestellung. Ein Hilfeschrei! Aber sie sind bei Wedeno. Jetzt kommt man dort einfach nicht hin.*

Truppenteil Nr. … – Die Hubschrauberpiloten. Flugbenzin. *Die können noch warten. Ich habe diese Gierschlünde schon zweimal beliefert. Die kriegen den Hals nicht voll. Wassiljok wartet inzwischen auch. Bei Wassiljok habe ich nur noch einen einzigen Flug gut.*

Truppenteil Nr. … Benzin. *Motorisierte Schützen der 96. Division. Hätte ich nicht dran gedacht, aber die Ziffern wandern. Wie im Lotto. Die liegen in Richtung Urus-Martan. Kein Problem. Die Kolonnen fahren oft dorthin.*

Truppenteil Nr. … *Aha! Das ist neu. Nicht vergessen! Schischmarews Jungs in den Bergen brauchen Panzerfäuste. Und unbedingt leichte Panzerfäuste RPG-27. Die hacken sogar die Panzerung durch. Aber wie liefern?*

Wem, was und wie viel. *Ich wusste schon im Voraus, was nicht klappen würde. Die Hubschrauberpiloten würden ihr Kerosin erbetteln. Die Pioniere würden sich beizeiten um neue Minen-*

suchgeräte kümmern – die hatte ich schon lange nicht mehr auf Lager.

Statt einer großen Kolonne zwei oder drei kleine. Während ich (in Gedanken) die Lieferschwierigkeiten gegeneinander abwog, schloss ich für einen Moment die Augen. Schlafen.

Aber nach den Jungs musste ich auf jeden Fall noch schauen. Fünf Minuten, schon wäre ich dort. Nächtliche Stille.

Lagerhaus 8. Treppenstufen. Alles in Ordnung. Ein Nachtlicht brannte. Die Jungs schliefen auf ihren Feldbetten. Oleg links. Kramarenko hatte ihm gesagt, er solle links schlafen. Dort befand sich kein Regalbrett mit Uniformen über dem Kopf. Gescheit, dachte ich lächelnd. Er würde sich nicht den Schädel einschlagen, wenn er aus dem Schlaf hochfuhr und seine Fahnentreue herausbrüllte. Die Regale bei uns sind aus Eiche.

Alik rechts. Ich stand da, musterte sein Gesicht. Der Tick war weg. Und die Hände des Burschen waren ruhig.

Wird er heil davonkommen? dachte ich. Mord an einem Offizier bleibt der Mord an einem Offizier. Unter allen Umständen. Der Bursche hing an einem zu dünnen Faden. An einem Haar.

»Da hast du's, Sohn«, sagte ich leise.

Das Wort war mir herausgerutscht. Ich hatte ihn plötzlich »Sohn« genannt – warum auch nicht? Ich bin über vierzig, beide Jungs könnten meine Söhne sein. Meine Frau und ich haben eine Tochter. Keine Jungs. Hat sich so ergeben.

Schade um Kolja! Der schlaue Tschetschene macht mit ihm ein Date neben der vernichteten Kolonne aus. Und Kolja stimmt zu! Fährt hin! Fährt im Grunde allein. Mutig ist unser Kolja schon. Und, zugegeben, es klappt alles. Das Geld hat er schon in der Hand! Was den Tschetschenen angeht, hat Kolja alles richtig gemacht. Aber es war kein Tschitsche, der ihn rein- und umgelegt hat. Rein- und umgelegt hat ihn der Zufall – ein bekloppter Soldat.

Der Soldat, der hier auf dem rechten Feldbett schläft. Ein Junge, der einen Dachschaden hat.

Viel später, erst nach Kolja Gussarzew, tat mir nun auch dieser Alik leid. Obwohl er mir nichts bedeutete. Der Junge tat mir unendlich leid. Er würde sich irgendwo verplappern. Der Bedauernswerte. Mord an einem Offizier. Er war schon jetzt bereit, zu gestehen und sich einsperren zu lassen.

Beide, Alik und Oleg, könnten nur in einem einzigen Fall Glück haben – wenn sie wieder in ihrer Heimateinheit wären. Dort, unter ihren Kameraden, war ihr Platz. Für beide! Wenn beide zurückkämen, würde es sicher gut gehen. Der eine Traumatisierte würde den anderen stützen. Das Geld des Tschetschenen? Ach, pfeif drauf! Es war doch egal, was sich ein Traumatisierter einbildete. Wenn sich dieser Alik unter seinen Kameraden, von Schuldgefühlen gequält, auch mal verplappern würde. Wenn er einen heftigen Anfall von Schuldgefühlen bekäme. Wenn er selbst gestehen würde, dann doch im Grunde nur, dass er einen zu langen Feuerstoß aus seiner Kalaschnikow abgegeben hatte. Von einem Traumi würde man nicht mehr wissen wollen. Man würde ihn vor die Entlassungskommission stellen. Mehr nicht. Und ab nach Hause!

Schurr-schurr! Schurr-schurr! Oleg schurrte. Schleuderte im Schlaf den Kopf. Ich umrundete den Tisch mit den Formularen. Betrachtete den Schlafenden. Noch ein Verkrüppelter. Ja, ja, wenn beide Traumatisierten zusammenblieben, wären sie geschützter. Das ist die Wahrheit des Krieges.

Das Mitleid blieb unnötig lange in mir stecken. Genug.

Ich trat näher an Oleg heran. Blieb stehen, wartete. Dann hielt ich den hin- und herwetzenden Kopf des Soldaten sanft fest. Hielt das Pendel an.

»Schlaf, Sohn«, sagte ich. »Schlaf.«

Oleg wurde tatsächlich still. Schlief. Dafür erwachte jetzt etwas in mir. Der lebendige warme Klumpen des Herzens zog und zappelte. Mein Herz. Ich spürte deutlich ein väterliches Gefühl. Und war mir durchaus bewusst, dass ich diesen Jungs morgen oder übermorgen helfen würde. So viel, wie nötig wäre.

Da verpasste mir der eine Sohn das volle Programm. Ohne die Augen zu öffnen. Oleg flüsterte etwas. Schmatzte im Schlaf.

Ich beugte mich leicht hinunter, um besser zu hören. Er sagte klar und deutlich zu mir, ohne zu erwachen:

»Ihr seid doch alle Scheiße.«

War das die Möglichkeit! Wie viel Kränkung und Wut geisterte doch durch den Schlaf eines traumatisierten Soldaten. Wurde verborgen gehalten unter seinem schmerzhaft stumpfen, undurchdringlichen Gesicht.

Ich lachte leise. Natürlich konnte sich der schlafende Oleg aus Versehen so drastisch geäußert haben ... aber ... aber nicht nur aus Versehen.

DREIZEHNTES KAPITEL

EIN STRAHL drang durch die Wolken, als Chworostinin anrief. Er rief persönlich an. Mit seiner beschwingten, jungenhaften Stimme. Unser trefflicher Kolonnenführer war also schon wieder auf den Beinen. Er besuchte bereits den Sportsaal im Krankenhaus.

»Warum hast du nicht früher angerufen?«

»Ich durfte nicht, Sascha.«

Ich fragte sogar zurück:

»Keine Information für die Tschetschenen?«

Er lachte.

Die Tschetschenen wussten es jedoch bereits. Mein Informant hatte mich am selben Tag angerufen und mir neben anderen Gerüchten, die bei den Kämpfern im Umlauf waren, die brandneue Nachricht berichtet, Chwor sei bald wieder fit. Chwor »kickt schon den Ball« morgens im Reha-Raum.

»Und wie ist dein Training?«

»Wie in einem kleinen teuren Fitnessclub.«

»Oho!«

Ich wusste nicht, was ich noch fragen sollte.

»Haben sie dir deine Kugel gezeigt?«

»Die Schwester hat sie in einer Schale gebracht.«

»Und die Kugel ist gerollt und hat geklingelt?«

Das war der allbekannte Satz, den irgendwann einmal ein Chefchirurg gesagt hatte. Chworostinin lachte…

Ich wusste nicht, wonach ich ihn noch fragen sollte – nach den Krankenschwestern? Nach dem Ball, den er kickte?

Ich hatte den heftigen Wunsch, ihn wiederzusehen. Aber es hatte mir irgendwie die Sprache verschlagen. *Freund*, dachte ich, *Freund …*

»Na, du wirst dich jetzt erholen. Eine Zeitlang. Prima! Und weiter?«

»Das werden wir sehen.«

»Gibt man dir keinen Urlaub wegen deiner Verwundung?«

»Nein.«

»Warum nicht?«

Er lachte.

Und noch ein Anruf. Meine liebe Frau teilte mir eine Neuigkeit mit – es sei ihr geglückt, billig Dachbalken zu kaufen.

»Keine morschen?«

»Der Bauleiter hat sie angeschaut. Und gelobt. Hat jede einzelne Schnittfläche beschnuppert.«

Wir haben einen pensionierten Ingenieur als Bauleiter. In der kleinen Stadt am großen Fluss hatte meine Frau nicht auf Anhieb einen gefunden. Hatte gesucht, wie ich sie angewiesen hatte. Vor allem erkundigte sie sich nach seiner Gesundheit. Nicht nur danach, wie viel Rubel er im Monat haben wollte. Schaute ihn sich genau an. Damit er nicht auf der Baustelle, die Hand auf dem Herzen, zusammenbrechen würde.

»Wenn es heiß ist. Wie wirkt die Hitze? Gib acht. Schon normale Hitze zeigt, wie das Herz eines alten Mannes arbeitet.«

»Er erträgt sie normal.«

»Und wie früh kommt er auf die Baustelle?«

»Wie eine Lerche!«

Ich lobte sie – gut gemacht! Mir wurde leichter ums Herz. Man freut sich sehr schnell, wenn man müde ist und die Nacht schon weit fortgeschritten.

Doch in derselben Woche *verlor* ich eine Straße. Eine passable Gebirgsstraße, die schon bezahlt war.

Nach zwei erfolgreichen Benzinlieferungen rechneten Ruslan und ich schon mit einem gewissen Susa. Ich hatte Susa im Voraus gutes Geld gegeben. Er schien zuverlässig zu sein. Der Lesgine Susa. Oder Halblesgine. Flink. Blitzschnelle Auffassung. Ich dachte, dass dieser flinke Susa, der (über Ruslan) Geld bekommen hatte, nun auf der für uns geöffneten Gebirgsstraße hin- und herflitzen und sie sichern würde.

Er würde den richtigen Mann im Auge behalten (und schmieren). Am ersten und auch am zweiten Tag befand sich Susa jedoch immer noch bei einem Mädchen in einem der nicht völlig zerstörten Fünfstöcker Grosnys.

Man klopfte mit dem verabredeten Zeichen an seine Tür, und sobald der halb nackte Susa den Kopf herausstreckte, bekam er eins auf die Rübe. Er hätte nicht sagen können, womit er geschlagen worden war. Er verlor das Bewusstsein. Als er, auf dem Boden liegend, wieder zu sich kam, stand über ihm, die Arme verschränkt, Byrajew der Kleine.

»Du bist doch in Gefangenschaft geraten!«, rief Susa mit schwacher Stimme aus.

»Mhm.«

»Aber du bist doch in Sibirien ...«

»Mhm.«

Byrajew der Kleine war, wie man sich erzählte, damals tatsächlich gerade erst aus einer Gefängnisarrestzelle in der sibirischen Stadt Kurgan ausgebrochen. Es war ihm endlich gelungen. Man hatte ihm geholfen, auszubrechen.

Er war aus dem Gefängnis nach Tschetschenien angefordert worden, um im Gebirge ein Ermittlungsexperiment durchzuführen, wo Byrajew früher mal jemanden getötet hatte. Das war ein ziemlich dummer Einfall. Die föderalen Beamten stellten sich jedoch als noch dümmer heraus und bewilligten die Verlegung! Der Gefangene Byrajew traf in seiner tschetschenischen Heimat ein. Der ganze Byrajew-Clan jubelte bei seinem Empfang. Es war geradezu ein Volksfest!

Die örtlichen Behörden teilten Byrajew mit, dass er vom ersten Augenblick seines Aufenthalts in Tschetschenien an frei sein werde. Und dass der Schiguli, mit dem man ihn am Bahnhof abgeholt habe, nun sein eigener Wagen sei. Als Zeichen der Entschuldigung. Als Zeichen der Kompensation des moralischen Schadens. Byrajew der Kleine fuhr schon ohne Bullenbewachung im Auto, und das Auto (sein Auto!) war über und über mit Blumen bedeckt. Er wurde schon von Weitem erkannt. Die Blumen hatten die Bewohner seines Heimatdorfes geworfen. Allerdings wiederum nicht ohne Mithilfe der örtlichen Behörden.

Jetzt kam Byrajew der Kleine, über dem niedergeschlagenen Susa stehend, endlich zur Sache:

»Du hast den Russen meine Straße geöffnet. Du warst schon ein Schuft und bist nun doppelt zum Schuft geworden. Weil du die Straße nicht einfach so verkauft hast, sondern unter meinem Namen ...«

Und noch ganze zwei Minuten (das ist lange!) zögerte Byrajew der Kleine, während er über dem niedergeklatschten und erniedrigten Feind stand, – er zögerte, weil er überlegte, was genau er jetzt machen sollte. Sich mit Susa und seinem Geld befassen? Oder mit dem Mädchen? Das Mädchen lag nackt hinter einem über eine Schnur gespannten Laken wie hinter einem Vorhang. Sie durfte sich nicht anziehen. Sie musste warten. Weil es bei Byrajew nach dem Kurganer Winter im Gefängnis schlecht um die Potenz bestellt war. Das Mädchen musste lange in Bereitschaft liegen.

Der arme Susa verheimlichte nichts und erzählte sofort, wo das von Major Schilin erhaltene Geld war. Er erzählte sogar, wo er die Reserven aus den vorigen Geschäften hatte. Er rückte alles heraus. Byrajew nahm auch Susas Handy, nicht aus Raffgier, sondern um die für das hiesige Leben notwendigen Nummern zur Hand (zum Finger!) zu haben. Byrajew, der noch ganz jung war, hatte schon Probleme mit seinem Gedächtnis. Nach dem harten, vierzig Grad kalten Kurganer Winter hatte er Schwierigkeiten, sich Namen zu merken.

Susa durfte sich anziehen und ins Auto einsteigen. Man sagte, er würde zu mir ins Lager gebracht werden, nach Chankala. Damit er dort Major Schilin alles persönlich erklären könne. Damit er sagte, wem die Straße nun gehöre. Damit er erzählte, dass er gelogen habe. Sollte er sich doch irgendwie herauswinden. Natürlich fuhr Byrajew der Kleine nicht selbst mit Susa nach Chankala. Byrajew stand auf der Fahndungsliste. Byrajew kannten die Föderalen zu gut.

Leute aus Byrajews Clan brachten Susa tatsächlich nach Chankala, doch unterwegs hatten sie ihn erschossen. Sie brachten ihn tatsächlich zu meinem Lager. Und warfen ihn – mitten in der Nacht – vors Tor, damit Alexander Sergejitsch, damit Saschik auch verstand, mit welchem Aas er sich da zufällig eingelassen hatte.

»Und noch dazu haben sie um uns herum plötzlich geschossen.«

»Wer?«

»Es wurde geschossen. Irgendwo in der Schlucht. Da habe ich plötzlich auch abgedrückt. Zuerst hatte ich bloß den Tschetschenen im Visier.«

»Wer hat geschossen?«

»Irgendwo in der N-nähe. Ein Maschinengewehr.«

Ich frage, Alik antwortet. Man kann die Kommandantur durchaus umgehen. Wie sich abzeichnet, war der Mord an Major Gussarzew zweifellos zufällig. Je mehr Einzelheiten ich erfahre. Und je genauer sie sind. Zudem hat der traumatisierte Junge, was man auch sagen mag, Berg-Achmet getötet. Hat den abgefeimten Feldkommandeur umgelegt. Der in der Schlucht ein blutiges Gemetzel veranstaltet hatte. Der gerissene Hund strahlte in dieser letzten Minute, da er sich schon als vollständiger Sieger fühlte, über das ganze Gesicht – leuchtete in seinem Kriegsglück und war unberechenbar. Ruhm berauscht!

Bei Erfolg sind sie alle unberechenbar. Krieger eben! Die Tschetschenen wie die Unsrigen. Achmet, der zugleich noch Stiefel für seine Kämpfer auf Vorrat gekauft hatte, frohlockte doppelt. Lächelnd klopfte er seinen Schenkel nach der Pistole ab. Schön. Als Kolja Gussarzew sich ihm näherte … Mafiamanieren. Achmet konnte jede Sekunde die Pistole ziehen … und zwar jede Sekunde, nicht Minute! Dieses vorsorgliche Klopfen kennen wir doch! Die Geste und auch das Lächeln!

Da war eben so eine Pause. Und genau dieses Klopfen nach der Pistole. Und Alik, aufgepeitscht und nervlich aufs Äußerste angespannt, begann *plötzlich* zu schießen, als *plötzlich* das Maschinengewehr des erblindeten Soldaten losratterte. Mudilo Muchin, wieder bei Sinnen, war es, der die Stille aufstörte. Er war es, der Alik erschreckte, Alik, der mit seiner auf den Tschitschen angelegten Knarre im Auto saß.

Es scheint alles klar zu sein. Aber bei einer Einzelheit (bei dem Bündel Geldscheine … genau!) werden Aliks qualvoll gestotterte Ausführungen weitschweifig, sein Soldatengeständnis kommt irgendwie schief heraus.

Alik besteht darauf, dass er sich nicht vor dem Tschitschen erschrocken habe. Und auch nicht vor den anderen Tschitschen (die in der Schlucht die Verwundeten erledigten). Er sei erschrocken, als Major Gussarzew aus dem Auto ausgestiegen sei und mit dem ihn erwartenden Tschetschenen gesprochen habe. Sie hätten einfach … sie hätten gelacht. Und Alik sei über das schief lächelnde Gesicht des Tschetschenen erschrocken. Über sein Lachen. Und sein Geld. Der Tschetschene habe Major Gussarzew Geld übergeben. Der Tschetschene habe nicht gelacht – er habe breit gegrinst. Und in Aliks Kopf hätten die Sonnensplitter noch wilder zu tanzen begonnen. Gelbe, spitze, scharfe Spritzer …

»Nicht schon wieder die Splitter!«, unterbreche ich ihn. Davon habe ich genug gehört.

»War es viel Geld?«

»Ein ganzes Bündel! Ja, ja!«

Aus seinem linken Auge rollt eine Riesenträne. Nur eine, aber was für eine! Es tut ihm leid um den getöteten Major. Aufrichtig leid. Während Alik erzählt und bedauert, beißt er sich auf die Lippen.

Der Zweite, Oleg, bestätigt sogleich seine Aussage:

»Ja, ja. So war es. Ein ganzes Bündel.«

Ich zucke die Achseln:

»Na und?«

»*Geld ... b-b-bündel ...*«

Alik wiederholt es in einem fort. Dabei glänzen seine Augen. Scharfe Augen. Er sitzt auf seinem Feldbett und zittert immer stärker. Er wird geradezu geschüttelt. Ich sehe alles.

Ich sehe auch, wie starr Oleg dasitzt, als Kontrast zu Alik. Er sitzt kerzengerade da. Als sei er auch in sitzender Position seiner besonderen Pflicht botmäßig.

Eigentlich bin ich ins Lagerhaus gegangen, um nachzusehen, wie sie sich eingerichtet haben. Habe einfach so hereingeschaut.

Ich sage:

»Na, ja, das Geld. Na, ja, ein ganzes Bündel. Na, und? Ein Tschetschene in Grosny hat Major Gussarzew Geld geschuldet. Ein Tschetschene, der FÜR uns ist. Hörst du, Alik – FÜR uns. Und die Schuld beglichen hat sein Verwandter, der GEGEN uns ist ...«

Schon einigermaßen gereizt erkläre ich Alik:

»Man hat Major Gussarzew schlicht und einfach nur Geld übergeben. Eine Schuld zurückgezahlt. Bei den Tschetschenen ist das einfacher. Du bist für die – und ich bin für die anderen! Aber Geld ist nun mal Geld. Und eine Geldschuld muss man begleichen.«

Alik seufzt und erzählt wieder. Stotternd. V-v-versucht, mir wieder und wieder etwas zu erklären. Was?

Berg-Achmet saß am Abhang und ließ die Beine baumeln. Mit dem Bündel Hundertrubelscheine schlug er sich aufs Knie. Major Gussarzew war gerade aus dem Auto gesprungen und ging schon langsam zu dem Tschetschenen hin.

Eben! Das Geld in der Hand des Tschitschen. Und beide waren überhaupt nicht nervös. (Sie verstanden Alik nicht!) Sowohl der Tschitsche, der auf dem Erdvorsprung saß. Wie auch Major Gussarzew, der so lange, so absichtlich langsam zu dem Tschitschen hinging.

Alik wurde immer gereizter. Das Bündel Scheine! Das schmutzige, gemeine Bündel, er sah es von Weitem. Es schnitt ihm in die Augen! Die Sonnenkringel der Sinnestäuschung tanzten schon wieder. Gelbe! Aufdringliche F-f-flecken!

Aliks Augen sträubten sich gegen das Bündel Geldscheine in der Hand des Tschetschenen. Alik konnte seinen Blick nicht davon lösen. Er erschrak über das dicke Bündel. Er hasste es.

Dann ging irgendwo in der Nähe (unter dem Stamm der umgestürzten Kiefer heraus, vom morschen Stumpf aus) das überschwere Maschinengewehr los. Gewaltig. Stark. Das MG störte die Stille auf. Es war still gewesen, mit nur wenigen Schüssen. Und das MG ratterte los. Es forderte ihn auf. Und Alik antwortete auf die Aufforderung. Geräusche! Diese herrlichen Geräusche! Ein Soldat erhielt vom anderen gleichsam das Zeichen, abzudrücken.

Aus Alik, aus dem Soldaten Jewski, quillt ein weiterer Grund für das Geschehnis heraus. Ein dunkler Grund, parallel zum Zufall. Der Soldat Jewski versucht (zusammen mit Major Schilin, der ihm hilft), diesen unklaren Grund für sein Schießen zu erraten.

Er, der Soldat Jewski, habe doch dieses Bündel Scheine mit *Hass* (Alik betont dieses Wort), mit *Hass* und mit *Angst* angeschaut.

Oleg versteht nicht, worüber wir, Alik und ich, jetzt reden. Oleg starrt auf einen Punkt in einer fernen Ecke.

»Warum hat dich das Geld erschreckt, Alik? Der Tschetschene hat seine Schuld beglichen. Für Benzin. Für Stiefel. Für Diesel, zum Beispiel. Du weißt doch selbst, hast selbst gesagt, die Fahrer von uns, sogar die Panzerfahrer, füllen den Tschetschenen manchmal gegen Geld einen halben Tank Diesel ein! Na und!«

Ich frage, aber Alik schweigt. Den Jungen anzuschauen, tut weh. So zerknirscht!

»Hat dich der Tschetschene erschreckt? Oder das Geld?«

Er schweigt. Nein, mein Freund. Wenn schon schweigen, dann hättest du gleich schweigen müssen, von der ersten Minute an. Den Mund verschließen. Einen Offizier töten – davon erzählen – und dann verstört und verlegen verstummen. Armer Junge. Armer Spinner.

Wir schweigen. Und wie vernehmlich die Fässer poltern. Die Ladesoldaten schuften. Im fünften Lagerhaus ist heute Großeinsatz. Wumm! Wumm! Wumm! Ein Getöse, als ob sich die Fässer nach den beiden Traumis sehnten. Als ob sie sie riefen!

Aber ich habe den Jungs (zur Sicherheit, dass sie schweigen) verboten, das Lagerhaus 8 zu verlassen. Auch nur hinauszuschauen! Auch nur den Kopf hinauszustrecken! Sie sind jetzt Schreiber. Zwei unbegabte, aber fleißige Dummköpfe anstelle des einen genialen Pak.

Soldat Jewski, also Alik, hatte mit eigenen Augen (zufällig, auf dem Weg, auf staubiger Straße) gesehen, wie der Kommandeur der benachbarten Kompanie (beide Kompanien waren zunächst gemeinsam ausgerückt) Geld erhielt. Aus einer Hand in die andere. Vor aller Augen. Er lachte auch. Der Tschetschene, der das Geld übergeben hatte, verdrückte sich sofort, ging weg … verschwand! Doch er hinterließ eine Spur. Die benachbarte Kompanie war unterwegs, um den Tschetschenen eine Brücke wiederaufzubauen, und geriet *nicht* in den Hinterhalt. Aliks Kompanie dagegen geriet in den Hinterhalt, in dem sein

Kamerad Masajew getötet wurde. Aliks und Olegs Kamerad spielte Gitarre. Nicht nur Masajew fiel, noch drei andere fielen.

Die Soldaten redeten damals allerlei. Aber er, Jewski, wollte das Gerede damals nicht g-g-glauben. Er stritt mit ihnen. D-d-damals stotterte er noch nicht. Na, normales Soldatengequatsche darüber, wie viel Verkäufliches und Verkäufliche es in diesem Krieg gebe. Es kam dem Bataillonskommandeur zu Ohren. Der erteilte einen strengen Verweis. Schrie!

Ein anderes Mal, als Soldat Jewski auf der starken Panzerung des Schützenpanzers saß, beobachtete er von oben, wie ein Tschetschene Geld übergab, ja, ja, unser Tschetschene, der Kolonnenführer (loyal und vollständig auf unserer Seite). Dieser Tschetschene übergab einem anderen Tschetschenen ein B-b-bündel Scheine. Und der verschwand wiederum sofort! Verduftete! Natürlich, auch der konnte eine Schuld beglichen haben. Es musste nicht unbedingt eine dunkle Sache sein. Aber Alik wollte damals zum ersten Mal mit seiner MPi auf beide feuern. Beherrschte sich! Schade!

Weil wiederum er eine Spur hinterließ. Am nächsten Tag (nach der Übergabe dieses Geldes) wurde Aliks Kompanie in einen völlig unnötigen Hinterhalt gelegt. Es gab niemand, auf den man hätte warten müssen. Man hatte sie getäuscht und gezwungen, umsonst zu warten. Sie lagen dort platt auf dem Boden. Und froren wie die Schneider! Sie bekamen nichts Warmes zu essen! Sie hielten sich dort eine Woche versteckt, und die Kälte dauerte an. Feuer machen war verboten!

Der dritte Fall. Als der Tschitsche mit Geld an der Brücke auftauchte. Stand plötzlich da wie aus dem Boden geschossen! Danach war ein Kampfsatz verschwunden. Die Kompanie hatte keinen Vorrat an Patronen! Und wieder Soldatengerede über den Verkauf. Er, Jewski, aber wollte einfach nicht g-g-glauben, dass der Kommandeur ein Sch-schurke war …

»Ruhig, Soldat«, sage ich.

»Ich b-bin ruhig, G-genosse Major.«

Aber er ist nicht ruhig. Ganz schnell, so schnell es sein Stottern erlaubt, erzählt er mir. Beeilt sich! Ein Fall nach dem anderen. Bei einem raschen Blickwechsel werden Aliks Augen stechend und plötzlich weiß – fast weiß. Weißer Augapfel …

Das ist schon wie eine M-manie, Genosse Major. Alle Fiaskos in Gefechten, alle Hinterhalte, Explosionen, Vorstöße auf Minenfelder und missglückten Attacken verbinden sich in seinem Kopf unverzüglich mit Verkäuflichkeit. Und dann noch dieses B-b-bündel Scheine. Es macht ihm selbst Angst, es ist wie eine Krankheit. Sobald ein Tschitsche ein Bündel Scheine in der Hand hat … entsteht etwas in Aliks Kopf. Dieser Sonnenball. Gelb. Der Ball birst. Splitter.

»Ich weiß«, stoppe ich ihn. »Weiß alles über die Sonnenflecken.«

Ich bin kein Psychiater, lange graben kann und will ich nicht. Ich werde ihn nicht einmal nach dieser Geschossexplosion befragen, die ihn traumatisiert hat (oder war dort auch ein Hinterhalt bezahlt worden?). Nach der Granate, die Alik und Oleg betäubt (und drei weitere getötet) hat. Ich will nicht alle seine Verdächtigungen wissen. Es lohnt sich nicht. Ich will nicht in das dunkle Wasser seiner Angst eintauchen. In seinen vielleicht sogar berechtigten Halbwahnsinn. Ich bin ein gewöhnlicher Major. Ich will Hoffnung haben. Ich will hoffen, dass in seinem Jungenhirn doch noch ein heller, reiner Raum geblieben ist.

Und ich glaube ihm nicht, als er von einer Phobie anfängt.

»V-v-vielleicht … eine Phobie«, schlägt er vor. Aber unsicher. Gleichsam tastend.

Beide waren nach dem zweiten Studienjahr zur Armee eingezogen worden, am Ende des zweiten Jahres. So dass sie schon allerlei Wörter kennen. Mehr als ich. So etwas ist mir bei Studenten-Soldaten schon begegnet. Sie verstehen sich auf komplizierte Ausdrücke.

Ich habe ihm nicht geglaubt und glaube ihm nicht. All das flüstert ihnen (denke ich) ihr Schuldgefühl ein. Alik dieses – Oleg jenes. Ihre ganze Klugscheißerei läuft darauf hinaus, nicht mich, nicht Major Schilin zu täuschen. Sondern sich selbst. Um sich in keinem Fall äußerst einfache Dinge einzugestehen. Zum Beispiel:

a) den Schreck
b) den ungeschickten Schuss.

Traumatisierte, Verwundete, Betäubte. Sie beschuldigen sich selbst auf komplizierte Weise, suchen aber zugleich im Umkreis Schuldige. Das ist das Unglück. Und wie soll Alik mit dieser ganzen Last leben? Er wird auch seinen Oleschka anstecken. Und mitzerren. In den saugenden Trichter seines Unglücks. Ihn ausliefern? Aber sie werden ihn ja nicht behandeln. Sie werden ihn sofort und auf die Schnelle verhören. Und sofort, ohne verzögerndes Militärgericht, wegen des Feuerstoßes auf Major Gussarzew verurteilen.

Ich kann natürlich mit mir allein auch klugscheißerisch Wörter hin- und herdrehen: *Phobie ... Narbe in der Psyche ... fixe Verratsidee ...* und dergleichen.

Oder – *Bündel zerfledderter, schmutziger Geldscheine ... aus einer Hand in die andere ...*

Oder weiter – *fremder Bergbewohner, unbekannt ... wie aus dem Erdboden geschossen ...*

Und ganz einfach – *die Hände des Bergbewohners ...*

Diese fixen visuellen Bilder haben schon etwas in seinem Gehirn organisiert, geformt. Und diese Bilder drängt sich unser lieber Alik nun schon selbst auf. Vergrößert sie. Der Ursprung aber ist zweifellos das Soldatengerede untereinander – darüber, dass alles gekauft und verkauft ist. Alles an die Tschitschen, alles gegen Geld. *Dort* (ein halber Tank Diesel) abgefüllt. *Dort* (eine Gruppe) verraten.

Ich bin kein Psychiater. Aber ich vermute, dass auch die Psychiater, wenn sie ehrlich sind, wissen, wie wenig sie wissen. Und wie dunkel das Geheimnis einer erschütterten, gebrochenen Psyche ist.

»Es gibt ja nicht wenig loyale Tschetschenen auf den Straßen oder unseren Schützenpanzern. So ein Tschetschene könnte plötzlich auch Geld aus seiner Tasche herausholen. Ein Bündel. Und jemandem geben. Was dann? Wirst du dann schießen?«

»Nein.«

»Woran liegt es dann?«

»Ich beherrsche mich. Kann mich abwenden.«

Hauptsache, vor den Augen erscheint kein gelber Ball. Und zerbirst nicht in Splitter.

So schnell wie möglich ab mit ihnen in ihre Heimateinheit. Einfach Soldaten! Versprengte Soldaten. Nach Schema F vorgehen. Dann werden alle Papiere, Erklärungen und Bescheinigungen für die Kommission dort ausgefertigt und geschrieben, in ihrer Heimateinheit, wo es nach Soldaten mieft. Mit miefenden Soldaten rechnen alle Amtsstuben der Welt.

Sie versprechen beide, über Major Gussarzew zu schweigen.

Ich schenke den Jungs reinen Wein ein. Beide sind krank. Beide sind Dummköpfe und Spinner. Beide sitzen in der Klemme, wenn sie nicht eisern den Mund halten! Sie sind beide zu offen und treuherzig. Zu offen für die Befragung. Es wird wohl kaum einer auf die Idee kommen, sie auf eine Traumatisierung hin zu prüfen. Da kannst du reden und schwören, dass es ein Versehen war. Und dass im Hirn irgendwelche gelben Splitter explodiert sind! Sie werden voreingenommen befragt werden. Man wird sie noch als Gussarzews Komplizen bei dem Deal bezeichnen. Unfreiwillig, aber Komplizen. Wem, wenn nicht diesen armen Teufeln, könnte man zugleich auch die verkauften Stiefel anhängen. Irgendein Übereifriger würde sicher eine Anklage verfassen wollen. Ganz bestimmt.

Ich ziehe das Fazit.

Erstens – über die Mokroje-Schlucht schweigen.

Zweitens – ich werde sie so schnell wie möglich wegschicken. Werde mich bemühen. Aber zuvor sollen sie mir von ihrer Heimateinheit erzählen. Von ihrem Kommandeur Tschumitschew. Was ist Tschumitschew? Hauptmann? Major?

Ich denke noch (insgeheim), ob ich sie vielleicht doch ausliefern sollte. Wie es sich gehört. Als nach einem Gefecht Traumatisierte. Als Verirrte. Nein, nein, Major Schilin wird die Jungs nicht ausliefern. Major Schilin wird sie raushauen. (Ich denke noch, *was geht mich das alles an*? Nichts. So schickt uns Gott eben die Idioten … kranke … unglückliche. Um unsere Seele auf Läuse hin zu untersuchen.)

»Ich werde euch zu eurem Tschumitschew schicken«, lächele ich, während ich vom Stuhl aufstehe.

Und wiederhole wieder das Wichtigste:

»Aber wenn ihr hier, oder unterwegs auch nur einen Mucks zu irgendjemandem sagt … auch nur einen Piepser … auch nur eine Bemerkung – ein Wort über Major Gussarzew … werden sie euch festsetzen. Und eure Einheit, eure Kameraden, nach denen ihr euch so sehnt … alles werdet ihr im Nu verlieren.«

Und füge hinzu. Lache schon, damit sie es sich besser einprägen:

»Was ist, wenn ihr euch verplappert? Wozu sollte ich mich dann anstrengen und euch wegschicken? Dann geht doch gleich und macht ein Geständnis. Auf die Kommandantur. Hier … mit einem Schuldbekenntnis. Hier und jetzt, dass wäre das Beste. Es würde eine Haftminderung geben. Und eure Haft wäre kürzer.«

Ich erklärte es ihnen nach Strich und Faden.

PHOBIE. Ich schärfte Alik ein, dass er, wo und wie immer sie beide einer Befragung unterzogen würden (zum Beispiel von der Entlassungskommission), natürlich über seine Sonnen- oder Mondsplitter reden könnte. Über die Sonnenflecken! Dass sie ihm direkt in die Augen stechen! Aber das Wort *Phobie* dürfe er niemals aussprechen.

Etwas anderes wäre es, wenn die Ärzte selbst sagten, dass es *nach einer Phobie aussähe … erschütterte Psyche, vielleicht eine*

Phobie. Die sollten das sagen. Die Ärzte! Aber leg ihnen das Wort nicht in den Mund, Alik. Man darf ihnen nichts vorsagen. Das macht dich gleich zum Arsch. Im Krieg mag man keine Klugscheißer. Im Krieg glaubt man nicht an Phobien, dass du's weißt. Ich glaube auch nicht dran.

»Sie g-g-glauben nicht dran?«

»Nein.«

Obwohl ich schon von Phobien gehört habe. Im Lazarett in Grosny, wo ich nach meiner Verwundung nachbehandelt wurde. Der Psychiater dort. Sympathischer Kerl. Er war aus Moskau geholt worden und zauberte eine ganze Woche lang an einem wichtigen Oberst herum. Konnte ihm leider nicht helfen. Dafür lenkte er uns, die Bettnachbarn, nicht schlecht von unseren Wehwehchen ab. Der Arzt besuchte uns im Krankenzimmer. Vielleicht aus einem besonderen Grund. Entspannte sich ... mit grausamen Scherzen.

Was haben wir uns da nicht alles anhören müssen! Das Menschengeschlecht habe eine Unmenge Phobien. Hunderte. Eine schöner als die andere. Der Psychiater erzählte ernsthaft davon, aber mit schiefem Lächeln. Und kicherte ab und zu. Manche Phobien seien einfach unvorstellbar! Ich hörte mit offenem Mund zu. Versuchte, es mir vorzustellen, und konnte es nicht. Ein gewisser Oberstleutnant N. hatte (nach seiner Verwundung) Angst, in den Wald zu gehen, weil er dort auf eine Kiefer klettern würde. Warum er das täte, war unklar ... grundlos. Aber er würde bestimmt hinaufklettern! Die Phobie hieß *Furcht vor hoher Kiefer*. Das ist noch gar nichts. Das sind Lachnummern! Und die Furcht *vor dem eigenen Kragen*? Ein Soldat glaubte, er werde *von hinten* erwürgt, *mit zwei Händen*. Und die Furcht vor denen, die *mit den Fingern knacken*? Aber auch das sind noch Blümchen. Wie wär's, wenn man sich *die Angst vor einer guten Nachricht* zulegte?

»Die Lachnummern«, kicherte der Moskauer Psychiater, »enden jedoch manchmal damit, dass sich der Soldat aus dem Fenster stürzt. Oder erschießt.«

Der Psychiater nannte, soweit ich mich erinnere, noch die *Furcht vor großen, sich glatt anfühlenden Scheinen.* Das kommt dem B-b-bündel schon näher. Doch ich wollte nicht tiefer eindringen.

Nacht. Man müsste schlafen, aber ich wälze mich immerzu. Ich sehe dieses dicke Bündel Scheine. Das der Berg-Tschitsche dem Offizier reicht. Das Bündel in der Hand zwinkert auch mir zu. Ein Zeichen von oben.

Was ist das denn für ein Ding, unsere Psyche. Und was für ein Ding ist unser Krieg, denke ich, wenn eine Phobie bei uns ein fettes Bündel Scheine ist, wenn es aber nicht die Pelmeni sind, die ein Soldat im Winter in einem kleinen selbstgenähten Rucksäckchen mitgebracht hat. Er hatte den Rucksack bei strengem Frost am Straßenrand aufgelesen. Im Schnee. Und noch eine Damenhandtasche. Die hatte er nicht aufgemacht, hatte Angst vor einer Minimine.

Rucksäckchen und Handtasche brachte er den Jungs mit. Leerte beides auf den Tisch aus. Delektieren wir uns am alten Kutscheressen im Ural und in Sibirien. Es waren Ohren! Verschiedene Größen! Abgeschnittene Ohren, keine Pelmeni! Und was kam dann? Es ist bezeichnend, was dann kam. Angst? Eine Phobie? Nichts dergleichen. Die Soldaten wieherten vor Lachen.

Ich hörte, wie herzhaft sie lachten. Der Oberstleutnant, und hinter ihm ich, wir gingen gerade vorbei. Der Oberstleutnant blieb sogar kurz stehen, hoffte wohl, mitlachen zu können. Er sagte zu den Soldaten:

»Erzählt ihn uns. Wenn es ein Witz ist.«

Seinem Kombat Tschumitschew kann Alik schon einiges erklären. Er braucht nicht allzu viel zu verheimlichen. Er habe auf den Tschetschenen geschossen. Mehr weiß ich nicht mehr.

»Alik, du bist also sicher, dass dich der Kombat aufnehmen und verstehen wird.«

»Der? Na klar!«

Vielleicht ist der Kombat mit dem Namen Tschumitschew wirklich ein richtig guter Mann. Soldaten irren sich selten.

Alik lächelt übers ganze Gesicht. Dann spreizt er den Daumen ab:

»Der – das ist ein Kombat!«

Auch Oleg spreizt den Daumen ab – ja!

Ich denke mir: Geb's Gott. Kombat Tschumitschew würde ich natürlich auch anrufen. Unmittelbar vor ihrer Abfahrt. Sobald ich sie mit Gewissheit Chwors Kolonne mitgegeben hätte. Zwei von euch sind versprengt worden, Kombat, während eines Gefechts. Erinnern Sie sich an die beiden?

Nun ja, ja. Eine Kontusion, Kombat, du wirst es sofort selbst sehen. Nach der Niederlage von damals. Und wenn Kombat Tschumitschew nicht dumm ist, dann wird er beide ohne überflüssige Befragungen aufnehmen. Und ohne Komplikationen aus der Armee entlassen.

Selbstverständlich werde ich bestätigen, dass sie die ganze Zeit als Ladesoldaten bei mir gearbeitet haben.

Ich werde ihren trefflichen Kombat jedoch nicht zu früh anrufen. Ich will nicht allzu sehr vorgreifen. Ich weiß ja, welche Spannung jeder Anruf aus Chankala erzeugt. Wie alarmiert plötzlich der kampferprobte Kombat durch den Anruf wäre.

Er würde plötzlich sagen:

»Sollen sich die Jungs in der Kommandantur melden. Und dann erst zu mir kommen.«

Die Kommandantur ist ein dunkler Wald,
Der Soldat verschwindet darin bald.

So singen sie, wenn sie geordnet zum Mittagessen marschieren, so grölen sie. Humor.

Berg-Achmet – seinen Leichnam in den nächstgelegenen Kühlhäusern aufstöbern.

Ich brauche jedoch hundertprozentige Gewissheit bei der

Identifizierung Achmets. Weil die Übernahme von einer Hand in die andere von seinem Sohn durchgeführt wird. Sie haben 1500 Dollar versprochen.

Die Journalistin. Versuchen, sie zu befreien, freizukaufen.

Die Tschitschen haben eine der besten Journalistinnen geschnappt. Die sich stark für sie ins Zeug gelegt hat. Die mutig die Föderalen für ihre Methode der Kriegsführung kritisiert hat. Ihr Name ist im Ausland bekannt. Schreibt mit spitzer Feder und hat viele Artikel verfasst! Hat Auszeichnungen bekommen! Und sitzt jetzt in irgendeiner stinkenden Grube.

Der Anfangspreis ist schon festgelegt. Für die Journalistin und ihre Rückkehr haben die Föderalen fünfzigtausend Dollar ausgesetzt. Ruslan und ich könnten Erfolg haben.

Wir haben den Fall besprochen. Ruslan und ich, wir investieren zehn Stück (jeder fünftausend Dollar). In die Suche. In Verhandlungen. In die Bestechung der Bergkämpfer. Wir haben keine Zeit verloren. Ruslan hat sich sofort darangemacht, Leute aus seinem Clan auszukundschaften. Und ich habe meine »Benzin-und-Diesel«-Informanten in Kenntnis gesetzt. Alle, die ich mit Handys, sprich mit einem Nebenverdienst, ausgestattet habe.

Wenn wir das Honorar zu gleichen Teilen zersägen, bekommt jeder fünfundzwanzig Stück. Eine echt einträgliche Sache. Gerade jetzt, wo es bei uns mit der Lieferung von Sprit hakt. Der Himmel ist spendabel geworden. Es gibt dort doch noch Güte.

Ich könnte an einen psychischen Knacks, an eine Phobie und ähnlich kompliziertes Zeug denken, wenn Oleg und Alik in einem Sindan, einer tschetschenischen Grube gesessen hätten. Ein Soldat, der wie durch ein Wunder dieser Grube entronnen ist, könnte wirklich ausrasten, wenn er noch einmal einen Tschetschenen mit einem Bündel Scheine sieht. Ich bin solchen Leuten begegnet. Die wären bereit gewesen, auch ohne Sonnenflecken zu schießen!

Aber die Jungs haben nichts von einer Grube gesagt. Keinen

Ton. Vielleicht haben sie sich geschämt? Eine Grube ist aber einfach. Normal. Männerhände werden in einem Bergdorf dringend gebraucht.

Männer in Gruben, »Sklaven«, gab und gibt es immer im Leben der hoch oben lebenden Bergbewohner. Aus traumatisierten oder verwundeten Soldaten »Sklaven« zu machen, ist jedoch schon eine Praxis des modernen Krieges. Es ist ein glücklicher Fund im Krieg. Der Krieg bekommt plötzlich noch einen weiteren, überraschenden Sinn. (Für die Bauern. Die keine anderen Arbeitskräfte haben, die so billig sind.) Die Bergbewohner haben das schnell kapiert.

Einmal habe auch ich ein Bündel Scheine v-v-voller Hass angeschaut.

Wir fuhren damals Kolonne nach einem Gefecht. Wir wurden schon, wenn auch verspätet, von Hubschraubern gedeckt. Langsam fuhren wir durch ein tschetschenisches Dorf. Die Bauern kamen schon zur Straße gelaufen. Sie wussten von dem Gefecht und spähten nach Verwundeten für sich aus.

Die Kolonne schlich nun ganz langsam, um Wasser nachzufüllen und Brot zu kaufen. Neben den Panzerfahrzeugen erschienen sofort alte Weißköpfe. Sie sputeten sich, um einander zu überholen, wieselten an der Straße entlang und schrien freundlich:

»He, Kommandeur. Tag, mein Lieber. Hast du einen kranken Soldaten? Lass ihn mir da. Wir werden ihn gesund pflegen!«

Die Kolonne kroch vorwärts. Die Alten standen da, den Kopf respektvoll gesenkt. Und hielten die rechte Hand auf der linken Brustseite. Auf dem Herzen.

Sie schrien:

»Ist ein kranker Soldat dabei? Lass ihn da, wir pflegen ihn gesund.«

Die Augen der Offiziere (auch meine Augen) glitten über die alten Männer, ohne bei einem zu verweilen. Ohne sie zu bemerken. Wenn man den Blick aber festhielt, bemerkte man plötzlich, dass der Alte seine Hand nicht auf dem Herzen liegen hatte, sondern auf seiner Brusttasche. Und dass er Geld darin hatte. Abgegriffene, fast schwarze, vielleicht sogar falsche Scheine, wovon der Bauer selbst nichts ahnte. Aber es war doch Geld. Er zeigte das Geld. Er brauchte arbeitende Hände. Sommerliche Erntezeit! Zum Verrücktwerden! So viel Arbeit!

Der tschetschenische Bauer wird den Verwundeten nicht den Kämpfern ausliefern. Er wird den Verwundeten wirklich gesund pflegen, ihm zu essen und zu trinken geben. Und sobald der Verwundete ein wenig zu Kräften gekommen ist, wird ihn der Bauer arbeiten lassen. Der Soldat muss Brot und Pflege abarbeiten. Ein Brückchen reparieren. Das Dach erneuern. Im Gemüsegarten graben. Ein Bauer hat jede Menge Arbeit. Er denkt gar nicht dran, den genesenen Soldaten zu entlassen.

Oft ist ein Soldat neben seiner Verwundung auch noch traumatisiert. Das Dorf aber liegt so hoch und abgelegen in den Bergen, dass es der traumatisierte Soldat nicht aus eigener Kraft weg schafft. Er versucht zu fliehen, aber nach ein oder zwei Hungertagen kehrt er zurück. Einen Traumatisierten braucht man nicht in der Grube zu halten. Er wird nicht weglaufen. Er ist auf natürliche Weise trübsinnig. Er arbeitet. Fünf Jahre. Zehn Jahre. Das ganze Leben. Zu jedem anstehenden Fest hierzulande bekommt er ein wenig Wodka.

Er trinkt und brüllt die alten Lieder. Brüllt durch das ganze Dorf. Die Alten bleiben stehen, um zuzuhören, und einer der Alten schnalzt mit der Zunge und sagt respektvoll:

»Pust – Soll er doch.«

Und der zweite Alte kratzt sich am Scheitel und stimmt zu:

»Pust.«

Dieses schöne russische Wort haben die alten Männer als eins der ersten gehört und gelernt.

Damals noch ein Neuling, dachte ich hasserfüllt, dies sei das schmutzigste Geld dieses Krieges. Eingesetzt, um einen Traumatisierten oder Verwundeten zu kaufen. Ich war damals noch ein unerfahrener Krieger.

Unsere Kolonne nahm wieder, heftig Staub aufwirbelnd, Fahrt auf. Ein alter Bauer wedelte nun schon unverhohlen mit einem Haufen schmutziger, zerknitterter Scheine. Mit einem B-b-bündel, wie Soldat Jewski sagen würde.

VIERZEHNTES KAPITEL

Na, ja, ein Tschitsche eben. Er hieß einfach Selimchan, ohne Nachnamen. Ein kleiner Feldkommandeur in der Umgebung des Bergdorfs Gusyk. Ein Niemand. Er hatte einfach an einer Kreuzung Glück gehabt. Als er, in den Bergen frisch ausgeschlafen, mit seinem Trupp auf die Jagd ging. Und die Journalistin kidnappte. Da war ihm ein Vogel ins Netz geflogen!

Selimchan und seine Leute wussten nichts von ihr und hatten nie etwas von ihr gehört. Die berühmte Journalistin und Menschenrechtlerin, sie war einfach eine Beute. Eine zufällige junge Moskauerin, auf der großen Straße entführt. Eine Frau! Diesel zu kapern, war ihm nicht geglückt, so wurde eben sie gekapert. Zufall. Selimchans Ware. Sie kannten sie überhaupt nicht, obwohl sie schon einen großen Namen hatte. Sie verteidigte die Tschetschenen. Sie pries die Tapferkeit der Feldkommandeure. Sie verbreitete ihren Ruhm, wie sie selbst treffend bemerkt hatte. Jeder große Kommandeur wollte in ihrer Reportage erwähnt werden. Sie hätte im Notfall an Bassajew persönlich appellieren können, da sie zwei Interviews mit ihm geführt hatte, die das offizielle Moskau zur Weißglut gebracht hatten.

Selimchan, ihr zufälliger Besitzer (wie ich rasch durch Untergrundinformation erfahren hatte), gab die gekidnappten Menschen billig heraus. Noch konnte man sie also wie gewohnt freikaufen. Man musste sich jedoch beeilen. Mittelsmänner und Zwischenhändler regten sich schon. Die Journalistin war berühmt, ihr Preis konnte in die Höhe schnellen.

Relevanter als andere war für mich der Zwischenhändler Magoma, Aser genannt, ein in Grosny bekannter Schnurrbartträger, zur Hälfte Aserbaidschaner. Ich hatte schon bei einer früheren Auslösung mit ihm gearbeitet. Jetzt war die zweite Hälfte seines Blutes wichtiger, die tschetschenische, die ihn mit dem einflussreichen Doku verwandtschaftlich verband … ein sehr entfernter Verwandter, aber immerhin! Dieser Doku, eine Autorität in seinem Bezirk, hatte schon direkten Kontakt zu Feldkommandeur Selimchan aufgenommen.

Besser ging's nicht! Aser würde Doku aufspüren, und Doku Selimchan.

Der Zwischenhändler Aser war berühmt dafür, dass seine Pistole bei Verhandlungen immer reichlich geölt war und aus seiner linken Tasche kräftig nach Öl stank. Aser glaubte, dies sei der Geruch des Erfolgs. (So reichlich Schmieröl wirkte möglicherweise direkt auf den Subkortex ein und suggerierte beim Handel einen zusätzlichen Aspekt.) Über seine Pistole wurde gewitzelt. Ob Aser nicht auch noch Schmieröl weiterverkaufte? Außer den Gefangenen? Wirklich nicht?!

Aser war wegen des scherzhaften Tons nicht beleidigt, sondern trat eindrucksvoll und sicher auf. In den Bergen ist das wichtig.

Ein guter Anfang. Der schnurrbärtige Aserbaidschaner hatte als Erster den Ort herausgefunden, sich zusammengereimt, wo die gefangene Journalistin versteckt gehalten wurde. Eine entlegene Gebirgsgegend. Gusyk. Das Dorf Gusyk ist nicht arm, hat genug zu essen. Kommandeur Selimchan könnte seine Beute, nachdem er sie geschnappt hatte, bei sich im Haus halten. Oder bei Gefahr in der Grube. Irgendwo in seiner Nähe.

Wir gingen parallel vor. Ruslans Leute brachen sofort nach Gusyk auf. Vier Männer aus seinem Clan. Natürlich alle bewaffnet. Nicht für den Krieg, sondern für die Suche. Aber im Ernstfall natürlich bereit zum Nahkampf.

Ich suchte – über Aser – nach einer Möglichkeit des Freikaufs.

Ruslan suchte – über seine vier Männer – nach einer Möglichkeit, sie gewaltsam zu rauben und mitzunehmen. Vorzugsweise ohne Blutvergießen.

In entsprechender Nähe zu der Gegend, in der Selimchan König war, hatten meine Informanten Fotos von der Journalistin ausgehändigt bekommen. Schöne Frau! Schwarzes, glänzendes Haar. Gute Augen. Und nicht mager. Die Kaukasier mögen keine Mageren. Ich selbst hatte ihnen die Fotos gegeben. Damit beim Freikauf keine blöden Irrtümer passierten. Vielleicht würden sie etwas hören oder sehen. Sie waren einfach auch ein Stimulans. Ist doch nett, eine schöne Frau in der Brusttasche zu haben. Ich gab jedem zwei, drei Stück. Damit er sie einem, den man bei der Sache brauchte, zeigen und sogar schenken könnte. Ich reagierte unverzüglich. Und es stimmt nicht, dass Ruslan und ich zu spät kamen.

Natürlich schwieg ich mich über ihre Berühmtheit, ihren Namen, aus. Kein Wort darüber, auf keinen Fall. Je leiser, desto sicherer. Und desto billiger. Keinen Lärm machen. Sich nicht empören! Nicht den Fall zu einem Ereignis aufblasen. Sie war einfach eine Gefangene. Einfach eine Frau. Na, selbst wenn man sie dort einmal vergewaltigte. Oder schlecht verpflegte. So was kommt vor. Krieg.

Bald teilte Aser mit, Selimchan zeige sie bereits Mittelsmännern. Wir kannten die Details. Sie war schlecht gekleidet, schmutzig. Ihr schönes, dichtes, dunkles Haar wirkte wie eine Hexenmähne. Sie hatte eine kranke Lippe. Hielt den Mund halb geöffnet. Damit sie schneller heilte. So kam es, dass sie mit den Zähnen fletschte. Wegen der Kälte im Keller zitterte sie ständig. Selimchan stieg zu ihr in das verborgene Souterrainzimmer hinunter. Stieg zwei, drei Stufen hinunter, nur um hineinzuschauen … einen kurzen Blick hineinzuwerfen … und sie dem Mittelsmann zu zeigen. Nach Selimchan stieg der Zwischenhändler die Treppe hinunter, um zu schauen. Ebenfalls zwei, drei Stufen.

Der Feldkommandeur erwartete, wie üblich, einen möglichst

interessanten, reichen Käufer. Aber vielleicht hatte Selimchan, wie schlicht er auch war, bereits das Gefühl, dass der Preis steigen könnte. Man darf die Intuition nicht unterschätzen. Vielleicht las Selimchan Zeitung. Wenigstens manchmal, wenn er sich schnell sein Frühstück holte. Wenn er die übliche Speise des Bergbewohners aus einem Stück Zeitung auswickelte – Käse und Fladenbrot.

Dieselben Fotos der Journalistin, die ich verteilt hatte (und übrigens auch andere … verschiedene), prangten in den Zeitungen. Geld ist schmutzig, aber ein sehr gut greifendes Instrument. Das Geld arbeitete schon. Ich verfolgte es mit Spannung. Anfangs hätten Ruslan und ich die Frau für zehntausend Dollar freikaufen können. Wir hatten uns real auf zehntausend eingestellt. Nur nicht den Preis in die Höhe treiben. Nur alles still und leise regeln.

Zudem hatte Aser operativ das Dorf Gusyk erreicht – man kann sagen, unser Schnurrbart traf dort als Erster ein. Allerdings landete er nicht auf Anhieb beim einflussreichen Doku. Aser wurde in Dokus Haus einfach nicht eingelassen. Er konnte Dokus Haus sehen, aber mehr nicht. Er konnte es auf den Dorfgassen nach Herzenslust umrunden.

Dokus tschetschenische Leibwächter witzelten, spotteten sogar über Aser. Wenn Tschitschen zu dritt oder viert lachen, ist das kein gutes Zeichen. »Mit Pistole kommst du nicht zu unserem Doku rein«, sagten die Leibwächter, Aser zog die Pistole heraus und gab sie ab, doch die Tschitschen (es waren mit Sicherheit drei oder vier) meckerten, Aser umwehe trotzdem eine verdächtige Duftwolke nach Pistolenöl. »Das ist nur der Geruch! Ich schwör's, nur der Geruch!« Aber sie glaubten ihm nicht.

»Irgendwo im Schuh hast du eine kleine Pistole versteckt. Oder an den Eiern aufgehängt.«

»Dann sucht doch, sucht!«, schrie unser ungeduldiger Schnurrbart.

Die Tschitschen lachten jedoch – du bist zu schlau, Aser. Du bringst auch auf dem Rücken eine Pistole rein. Die steht raus wie ein drittes Schulterblatt. Nein, nein, wir können unseren Doku nicht riskieren, unseren lieben Verwandten.« – »Aber er ist auch mein Verwandter!« – »Wirklich?« – »Ich schwör's!« – »Davon wissen wir nichts! Vielleicht morgen. Vielleicht solltest du dich waschen, Aser. Wenn du ein Verwandter bist. Nur nicht mit Teerseife.« Der erfahrene Aser, umringt von diesen Jungs, brauste nicht auf. Aser beherrschte sich. Aser Magoma kann man keinen Vorwurf machen.

Aser lockerte den Griff nicht und glaubte nicht, dass die Sache ins Stocken geraten sei. Sie war eben so. Zog sich hin!

»Kein Sturm, Saschik, sondern Belagerung«, rief er mich an. »Saschik, hör auf, dich zu sorgen. Aser Magoma legt niemanden rein. Noch einen kleinen Schritt. Die letzten kleinen Schritte! Aser Magoma wird über diese jungen Tschetschenen mit ihren falschen Augen drübersteigen. Aser Magoma wird den einflussreichen Doku schon bald besuchen. Nur noch kleine Schritte. Dort wird dann auch Selimchan von selbst auftauchen!«

Diese kleinen Schritte gelangen Aser jedoch nicht, ich half, sie zu bewerkstelligen. Gerade fuhr ein Versorgungsgroßhändler nach Moskau. Auf meine Bitte hin ging er zur tschetschenischen Landsmannschaft und führte ein Gespräch mit ihnen. In einem guten, teuren Restaurant. Bis die Stühle hochgestellt wurden, redete der Versorger mit den richtigen Leuten – mit Leuten, die gestern noch hier, in Tschetschenien, waren und jetzt in Moskau saßen. (Und wie mein Aser immer noch leicht nach Pistolenöl rochen.)

Diese Leute verbanden Aser von Moskau aus geradewegs aus dem Restaurant telefonisch mit Doku – halfen uns in fünf Minuten.

»Du bist doch mein Verwandter! Warum bist du denn nicht direkt zu mir gekommen! Angehörige tun so was nicht!«, schimpfte Doku sanft, als er den schnurrbärtigen Aser schon am nächsten Tag bei sich zu Hause mit einer Umarmung begrüßte.

Parallel zu Aser machten sich Ruslans Leute, vier Mann, ebenfalls ans Werk. Sie waren schon in der Gegend von Gusyk. Waren schon vor Ort. Noch einen Satz, und da wäre sie, die Journalistin! Sie leckten sich schon die trockenen Lippen beim Gedanken an die kommende Entführung und den großen Reibach. Sie wussten schon von dem Souterrainzimmer. Von ihrem wunderschönen schwarzen Haar. Sie war jetzt dort. Ihre Jugend und ihr Preis waren dort. Ihre journalistischen Tagebücher. Ihre bescheidenen Klamotten. Der ganze Klump war dort. Bei Selimchan.

Aber der wachsame Selimchan wohnte jetzt natürlich nicht in Gusyk. Sondern in der Nähe. An einem ungenannten Ort. Ruslans Leute wussten, dass er sich mit der Journalistin und seiner Wache in einem ganz kleinen Dorf versteckt hielt – nur wo genau?

Man spürte schon die Präsenz von anderen. Nicht nur wir haben Grips. Auch andere stöberten in der Gegend von Gusyk herum, bemüht, uns aus dem Weg zu gehen … einander nicht zu behindern. Keine Zusammenstöße. Einfach dem Konkurrenten zuvorkommen.

»Die anderen müssen abhauen! Keine anderen, keine Konkurrenten!«, befahl Ruslan seinem Mann am Telefon. »Was fällt denen ein! Schakale!«

Sein Mann entschuldigte sich. Ich hör dich schlecht, Ruslan. Lärm und Störungen, Ruslan. Da schrie Ruslan wütend:

»Mach ihnen Angst. Und zwar gehörig! Und dann kauf sie!«

Ruslan selbst lag mit Durchfall im Bett. Der Magen! Er hatte sich in irgendeiner Stehkneipe vergiftet. In Grosny. Er hatte dort etwas Leckeres gegessen und lag nun mit Durchfall flach. Der Mann, der meiner Erinnerung nach dreimal verwundet war und den schlimmsten Schmerz auf seinen Beinen ertragen hatte, konnte jetzt seinen verstimmten Magen nicht ertragen. Ruslan, bleich und zermartert, verließ kaum das Bett.

Unterdessen wurden wir schon nervös, wenn wir die Zeitungen lasen. Die Anzahl der Fotos von der Journalistin nahm sichtbar zu – und unsichtbar kletterte der Preis für ihren Freikauf.

Ruslan schwor, dass er, wenn er seine warme Hand (er fieberte) auf die Seite der Zeitung legte, schon die von ihr ausgehenden heißen Ströme des Handels spürte. Seine warme Hand verbrenne sich schon an der Zeitung. Er rief mich oft an. Wir besprachen den in die Höhe kletternden Preis. Ich spürte, wie er wuchs. Wir erhöhten den Einsatz. Wir gingen schon über unser Limit hinaus. Wir waren bereit, (gemeinsam) zwanzig- bis dreißigtausend zu investieren und, sagen wir, achtzigtausend zu bekommen … mit Glück auch hunderttausend!

Doku, der seinen entfernten Verwandten bei sich empfangen hatte, sagte wichtige Worte:

»Du wirst mir bei verschiedenen Dingen helfen, Aser. Wir werden uns näher kennenlernen. Wenn man vertrauter miteinander ist, spricht man sich leichter ab. Willst du Zchany werden?«

Endlich!. In einer der fünfzig Sprachen Dagestans bedeutet Zchany enge Verwandtschaft, sehr naher Verwandter. Und wenn zchany ein Verb ist, wird es im Deutschen mit einander näherkommen übersetzt. Und noch genauer mit einander lieb gewinnen. Ein schwieriges, nuancenreiches Bergwort. Unser Aser war auch als Psychologe erfahren. Er spürte in diesem Wort einen Schub – einen Durchbruch, könnte man sagen!

Jetzt hatte er wirklich nur noch ein paar kleine Schritte vor sich.

»Willst du zchany werden?«, fragte Doku noch einmal.

»Natürlich. Ich werde glücklich sein.«

Die Bergbewohner küssten sich.

Die gewaltsame Suche ging ebenfalls vorwärts. Die vier Jungs von uns (von Ruslan) hatten sich in zwei »Zweier« aufgeteilt und erkundeten methodisch die kleinen Ortschaften in nächster Nähe von Gusyk. In einem entlegenen Dorf gibt es in der Regel einen bewachten und höchst gepflegten Sindan. Eine tiefe Grube, perfekt ausgehoben, bei Gelegenheit können die Dorfbewohner damit angeben. Eine echte Sindan-Grube! Die übrigen Sindane sind wenig verlässliche, halb eingestürzte Erdkeller. Dort gibt es nichts zu suchen.

Der erste und der zweite »Zweier« verübten nächtliche Überfälle, vorläufig ohne Lärm, ohne Schießerei.

Alle vier waren erfahren. Nachdem sie den Wächter bestochen hatten (oder gefesselt, aber ohne Blutvergießen, damit es hernach keine ernsthafte Verfolgung gab), schrien Ruslans Kämpfer in die Grube – fragten, ins Schwarze spähend. Auf Russisch natürlich. Lenkten den Lichtstrahl in die schwarzen Ecken der Grube, an dem vom grellen Licht geblendeten Gefangenen vorbei, an seinem verschissenen Eimer vorbei. Manchmal waren zwei Gefangene in einer Grube. Sie leuchteten mit der Taschenlampe und schrien: »Wer bist du? Wie heißt du?« – »Sergej ... Pjotr«, wurde als Antwort gerufen. Und der »Zweier« zog sofort ab. Alles ohne Blutvergießen.

In manchen Gruben verstellten sich die Gefangenen, wenn sie gerochen hatten, dass eine konkrete Person gesucht wurde. Versuchten, den Irrtum für sich auszunutzen. Sollen sie retten. Sollen sie wenigstens mich retten! Die Gefangenen brüllten alle Namen nacheinander aus der Grube. In der Hoffnung, zufällig den richtigen, gesuchten Namen zu erraten. Wenn man ihn nur erriete, dann zögen sie einen raus! »Ich bin Mischka. Ich bin Gena. Ich bin Alexej« – Namen, Dutzende von Namen, flogen dem schon abziehenden »Zweier« hinterher, den nicht der Name interessierte. Sondern die Stimme. Ihr Timbre. Die Stimme musste weiblich sein, nur das.

Die Gegend um Gusyk hatte sich beruhigt. Aber Feldkommandeur Selimchan hielt seine zum Verkauf bestimmten Gefangenen eben in den kleinen Orten, eben in diesen klasse Gruben. Oder war er so auf der Hut? Und zeigte seine »Ware« nicht mehr? Das wäre schlecht und nicht schlecht. Das könnte bedeuten, dass unsere Vier ganze Arbeit geleistet hatten und ganz dicht an der Gefangenen dran waren. Dass sie schon irgendwo ganz in der Nähe war. Möglicherweise nebenan.

Ihre Pläne wurden jedoch wieder durchkreuzt. Feldkommandeur Selimchan sei, wie die Hirten sagten, die nicht lügen konnten, mit den Gefangenen hinter der Doppelspitze, hinter der kleinen Gebirgskette neben dem Dorf verschwunden. Über den Pass rüber.

Der vom Durchfall überwältigte Ruslan bekam auch noch eine Lungenentzündung. Das Fieber schnellte hoch. Ans Bett gefesselt, phantasierte er ab und zu. Er selbst würde an einem Tag den Pfad über den Pass ausfindig machen. Er würde selbst zum Treffen mit dem teuren (immer teurer werdenden) Selimchan ausziehen.

Ruslans und mein Geld schmolz allmählich dahin. Obwohl wir es keineswegs verschwendeten.

»Irgendwas stimmt da nicht, Sascha. Irgendwas stimmt nicht«, sagte Ruslan immer öfter zu mir.

Selimchan aber befand sich jenseits des Passes. Er war weg. Selimchan war plötzlich zu erfahren. Oder einer, der zu erfahren war, sagte ihm einen Zug nach dem anderen ein. In der richtigen Richtung. Im richtigen Augenblick.

Dafür sah Aser unseren einflussreichen Doku schließlich von Angesicht zu Angesicht. Saß neben ihm beim Tee nach dem Mittagessen. Und half ihm als Verwandter. Um zchany zu werden.

Insbesondere half Aser, einen Handel mit der föderalen Seite durchzuführen. Ein sturzbetrunkener föderaler Oberst im schlichten Kampfanzug saß mit ihnen an diesem Teetisch und redete auf Doku ein, er solle beschädigte Panzer kaufen.

Aser kannte sich aus und gab zu bedenken, es sei wichtig, zu prüfen, ob die Panzer erst kürzlich getroffen worden seien und die Elektronik darin noch nicht gestohlen worden sei. Damit man keinen Schrott ...

»Wer hat die Panzer vor wie langer Zeit angeschossen?«

»Ihr habt sie doch selbst angeschossen. Wer denn sonst!« Der Oberst breitete die Arme aus.

»Sind sie stark beschädigt?«

»Nein. Ihr seid doch keine reguläre Armee. Ihr seid doch Scheiße. Deshalb habt ihr sie auch nur ganz leicht beschädigt. Die Reparatur ist nicht schlimm. Wir wissen nicht, wie wir diese Panzer loswerden sollen. Das stimmt. Deshalb verkaufe ich sie billig.«

Betrunken war er, betrieb den Handel aber richtig. Und verlangte mitnichten einen geringen Preis. Nur eins war schade: Während sie handelten, tranken sie weiter, und das war wohl Asers einzige Schwachstelle. Doku selbst – kein Problem. Obwohl er im Dorf eine Autorität war, obwohl er Tschetschene war, sprach Doku dem Wodka reichlich zu. Nur seine Augen wurden rot und listig, aber betrunken wurde er nicht. Vom föderalen Oberst ganz zu schweigen. Der russische Offizier schluckte Wodka wie Wasser.

Aser brachte die Sache zu Ende, half, den nicht einfachen Handel abzuschließen, ging jedoch mit schwerem Kopf schlafen. Stieg mühevoll das Dorftreppchen hinunter. Glitt auf weichen Beinen hinab. Im Hof blendete ein nagelneues Auto seine Augen. Aser fluchte. Einen schicken Wagen hatte Doku. Sein Fahrer war ein blutjunger Tschitsche mit den schwermütigen Augen eines Junkies. Dieser Nichtstuer fuhr nur Auto, war aber schon zchany.

Am nächsten Tag stand wieder etwas an – schon am frühen Morgen brachte Doku Aser mit zwei stinkwütenden Neffen zusammen, echt bescheuerten Burschen, die einen winzigen Gemüsegarten nicht teilen konnten. Abends im Dunkeln schossen die Neffen aufeinander.

Aser vermaß das Land, teilte es in zwei Hälften und zog eine strenge Grenzfurche – alles schnell. Alles sorgfältig.

»Du bist mit mir verwandt. Bist fast zchany«, sagte Doku, umarmte Aser und küsste ihn auf den Mund.

Dokus zahlreiche Angehörigen küssten ihn ebenfalls mit großer Wonne. Alle unrasiert, alle mit Zweiwochenbart. Auch die beiden bescheuerten Neffen, die er getrennt hatte, standen vom Tisch auf und küssten Aser. Auch auf den Mund. Aser zuckte bereits die Wange, sobald er einen zchany mit gespitzten Lippen sah. Schweine!, dachte Aser. Sabberschweine!

Doch was half es! Hier ahmten alle Doku nach. Und Doku, führender Kopf und Ältester, küsste alle auf den Mund. Nur den föderalen Oberst zu küssen, dazu konnte sich der borstige Doku nicht entschließen. Wollte es aber. Aser beobachtete, wie gepeinigt Doku schwankte.

Presse ... Radio ... TV ... Für viele Bergbewohner, die sich in dem flauen Krieg schon langweilten, waren die Nachrichten über die gestohlene berühmte Journalistin ein echtes Ereignis. Ach, wie klug jetzt über die Kämpfer gesprochen wurde. Wie verwegen und gefährlich die Bergbewohner seien! Wie teuer (und wie spürbar) ihre Kühnheit sei! Schön, so etwas über sich zu lesen! Und der Freikauf der Gefangenen! Und ihre geheimen Verlegungen von einem Keller und Sindan zum anderen! Das Geheimnisvolle trieb den Preis hoch. Ganz wie in Ururgroßvaters fernen, ungestümen Zeiten.

Diejenigen, die nicht so viel Geld investieren konnten, mussten sich mit dem Deal sputen. Beeilen. Leute wie Ruslan und ich. Wie unser Aser und unsere »Zweier«. Wir waren noch im Spiel. Aber wie lange noch?

Uns erboste weniger der entgleitende Sindan, vielmehr brachten uns ihre Kollegen auf. Diese Journaille. Mit ihrem Geschrei schäumten sie den Preis buchstäblich auf. Sie begriffen anscheinend nicht, in welches Spiel sie da hineingezogen wurden. Sie lärmten, schrien und schlugen sich gegen die Brust. Doch sie begriffen es, begriffen alles sehr gut, und ihr vorgeblicher Zeitungspapierzorn war im Grunde hohl und gemein – war nur ein Schleier! Sie verschlimmerten ihr Grubenleben und erschwerten nur ihren Freikauf. Scheißkerle! Der Preis stieg. Ruslans Leute verfehlten das Ziel um eine halbe Stunde. Eine Lawine war abgegangen. Und der übervolle Bach hatte das Brückchen weggeschwemmt. Ruslans »Zweier« verlor für die Überquerung des Bachs diese dreißig oder vierzig Minuten. Als sie sich an den Sindan herangepirscht hatten, war er leer. Dort war niemand mehr. Nur Luft, aber die Luft war warm. Menschliche Wärme war noch drin.

Vor einer halben Stunde – Einer halben Stunde! – habe man den Gefangenen, das Gesicht mit weißem Mull verhüllt, weggebracht. Das war sie! Sie seien sicher, dass sie es war! Wohin gebracht? Geld und Drohungen brachten die Hirten zum Reden. Der Gefangene (oder die Gefangene) sei weggebracht worden, nicht zum Verkauf, nicht in Richtung Grosny, sondern entgegengesetzt – noch weiter ins Gebirge. Um die Beschattung zu verwirren und abzuschütteln. Ja, es war eine Frau. Die Journalistin, seine spektakuläre Hauptbeute jener Tage, hatte Selimchan zusammen mit ein paar anderen wertvollen Gefangenen auf die andere Seite der kleinen Gebirgskette geschafft. Über den Pass.

Die Presse- und Fernsehleute, diese scharfäugigen Burschen, erspähen von Weitem jedes Zuckerstück, das der andere erhalten hat. Neid! (Korporative Freundschaft-Eifersucht) Die Journalistin war zu rasch mit ihren Reportagen berühmt geworden (bei uns und im Ausland), mit ihren unerschrockenen Besuchen in der Höhle von Bassajews Kämpfern. Junges Ding. Und schon lauter Preise!

Nun sollten alle erfahren, wo sie jetzt war, und was man mit ihr dort, in der Höhle, gemacht hatte. Wahrscheinlich! Wie könnte es ohne das gehen! Eine Frau in Gefangenschaft! Eine Frau im Saft und keine Pikanterien?! Erst, wenn sie befreit wird! Vorläufig soll sie am Lagerfeuer des Feldkommandeurs sitzen! Die

Mücken füttern. Und auch den Feldkommandeur füttern. Dann sehen wir mal, ob ihr die Europäer oder Amerikaner einen Preis für diesen Ausflug ins Herz der Befreiungsbewegung verleihen werden! Womit wird sie für den Sindan belohnt werden? Im Kino würden diese pikanten Sindane der Gefangenen vielleicht Ruhm eintragen. Aber hier ist kein Kino. Nach dem Sindan hat die Frau zuviel verloren.

Die Staatsmacht übte sich in Stillschweigen. Sie brauchte weder etwas zu tun noch zu sagen. Nur zu warten. Mit jedem Tag ihres Grubendaseins verwandelte sich die widerborstige und unabhängige Journalistin in einen Skandal, in einen großen Fleck – in einen Schandfleck dieses ganzen Krieges. Die Staatsmacht wird ihn von sich abwischen. Leicht! Für die kriegführende Staatsmacht ist es nicht der erste Fleck. Aber die Tschitschen … die Tschitschen werden ihn nicht abwaschen können.

Doch den Tschitschen kam das In-die-Höhe-Schrauben ihres Namens und ihres Preises einstweilen noch sehr gelegen. Sie hatten Erfahrung – je höher geschraubt wurde, desto lauter klingelte es. Und dieses Klingeln wurde immer weiter verstärkt. Zu einem unvergleichlichen Geldklingeln. Selbst in den Dörfern wusste man von dem steigenden Preis.

So ist es nur verständlich, dass die vier Kämpfer, die sich auf den Pass versteift hatten, ungeduldig auf ein Signal warteten. Wie wär's mit einem Eilmarsch? In einem Tag?! Natürlich vergingen sie vor Ungeduld. Spähten die Gebirgspfade aus. Aus Langeweile fielen unsere Jungs über manch einen Hirten her und fragten ihn nun schon sinnlos, einfach aus Trägheit, über die Journalistin mit dem rabenschwarzen Haar aus. Den verängstigten Hirten ließen sie dann wieder laufen. Nachdem sie ihm ein wenig Sauermilch weggetrunken und etwas Fladenbrot weggegessen hatten.

Ja, wir steckten fest. Wir verloren Zeit. Aber es schien doch nur so, als würde Aser, dieser geschickte Profimittelsmann, dieser hartnäckige Verhandler, immer nur ins Leere greifen und einfach nicht den richtigen Wind in die Segel bekommen. Es schien nur so, als würde unsere schlagkräftige Vierermannschaft aus irgendeinem Grund jedes Mal zu spät kommen und in bereits leere Sindane schauen. (Sie hätten sich beeilen sollen. Hätten mit der Taschenlampe die dunkle, stinkende Grube ausleuchten sollen! Eine Stunde ... eine halbe Stunde früher!)

Es schien doch nur so, als seien die Hirten und Führer halsstarrig. Als sei die Lawine abgegangen und als habe der Bach ausgerechnet unseren Pfad und unser Brückchen mitgerissen. Äußerlich ja. Von außen gesehen war es so. Aber diese fatale äußerliche Pechsträhne erfuhren ja nicht nur wir, sondern alle, die so klein waren wie wir. Das ganze Kleinzeug wurde ausgebremst. Alle, die die Journalistin suchten. Darunter auch Ruslan und ich. Hühnerbeine, aus der Bahn!

In die Lösegeldangelegenheit hatte sich das echte, große Geld eingeschaltet.

Das junge Paar, das sich noch auf der Hochzeit in die Haare geraten war, begütigen und versöhnen.

»Geh der Sache auf den Grund, Aser. Untersuche den Fall. Aber beeil dich nicht mit der Lösung. Du bist fast ein richtiger zchany«, versicherte ihm Doku beruhigend.

Die Braut und ihre Anhänger wollten für die Versöhnung nur einen neuen Schleier – nicht diesen geschändeten, nach der Prügelei geflickten Schleier, sondern einen neuen. Der Bräutigam zeterte auch etwas von wegen des Schleiers und bestand darauf, ihn selbst zu sehen. Er wurde gebracht. Der Schleier wurde eingehend gemustert, man maß die Löcher aus, indem man die Finger hineinsteckte. Zwei Fingerbreit! Nein, drei Finger? Die Unschuld des Schleiers war wie die Unschuld der Braut. Es fehlte nicht viel, und es wäre zu einer neuen Prügelei gekommen. Aser, der Profi, der Mann für den Freikauf von Gefangenen, wollte ablehnen. Diese Schlichtungen seien nicht seine Sache.

Aber Doku hielt ihn jedes Mal am Ärmel fest und wiederholte leise und eindringlich:

»Du bist schon fast zchany.«

Den Schleier hatte man unterdessen zum Himmel hochgehoben und betrachtete die Löcher gegen das Licht. Und wieder Gezeter!

Doku flüsterte Aser zu, er, der Friedensstifter, habe ein Riesenschwein, weil er den Anfang des Streits nicht kenne. Kein guter Anfang! Weil schon die Brautwerbung einen seltsamen Hintergrund gehabt habe. Es sei wie ein Zeichen gewesen: Der Enterich, der dem Hof der Braut gehöre, habe die Hühner bestiegen, die dem Bräutigam gehören.

»Hast du so was schon gehört?«, fragte Doku. »Unsere Hühner sind verrückt geworden. Unersättlicher Vogel, was?«

Beim nächsten Tee fragte Aser Doku geradeheraus nach dem Feldkommandeur Selimchan – wir sollten uns endlich treffen. Mach uns miteinander bekannt. Und durch die Blume fragte er auch nach der versteckten Journalistin. Aber Doku schüttelte den Kopf – zu früh, zu früh! Doku sprach wieder von der geplatzten Hochzeit. Vom Schleier. Wie wichtig es sei, die Angelegenheit zu klären und das junge Paar zu versöhnen. Und faselte wieder vom Enterich.

Ruslan befahl den beiden »Zweiern«, den Pass zu überqueren. Sich jenseits des Passes sofort zu trennen – zwei »Zweier« in zwei Richtungen. Nach rechts und links. Suchen! Jenseits des Passes gebe es nur wenige Dörfer. Nacheinander absuchen! Durchkämmen! Es gebe dort einen oder zwei Sindane! Schießt in die Luft und kämmt die Sindane durch!

Ruslan sagte mir – ja, Sascha, ein Risiko. Aber man muss es versuchen. Wir haben eine Chance. Es muss sie noch geben. Beide »Zweier« sind klasse. Alle vier werden schon nicht getötet werden.

Sie wurden jedoch getötet. Alle vier. Gleich hinter dem Pass.

Sucht nicht nach den Leichen (ließ man uns wissen!). Sie sind halt gescheitert, eure vier. Waren nicht schlecht, eure Kämpfer. Normal! Aber es hat ihnen nicht bis zum Himmel gelangt. Nicht bis zu den Sternen. Wenn man sie mit den Profis vergleicht, die das große Geld anheuern konnte. Anheuern und auf jedem Pfad postieren. Sogar auf den kleinen Pfaden. Den ganzen Kaukasus entlang.

Zusätzlich zu den vier Kämpfern hatte Ruslan auch noch seinen Neffen losgeschickt, einen dreizehnjährigen Jungen. Bedeutende Verstärkung! Ich warnte – lass die vier weiterziehen, lass die vier suchen und kämpfen, wie du willst, aber der Junge darf nicht mit. Lass ihn auf dem Pass.

»Soll der Junge auf dem Pass bleiben. Meinetwegen zur Verbindung.«

»Zu was für einer Verbindung?« Ruslan war nicht bei Laune.

»Wer weiß.«

Ruslan verlor diese vier. Fast hätte er auch seinen Neffen verloren. Zum Glück hatte er mir vertraut.

Durch Dritte ließ Ruslan Selimchan wissen, dass sie ja nicht einmal miteinander bekannt seien. Er, Ruslan, stehe mit Selimchan nicht auf Kriegsfuß. Habe es niemals getan. Er habe nur gewollt, dass Selimchan seine Ware zeige.

Der unerreichbare, ungreifbare, entschlüpfende Feldkommandeur Selimchan, den wir so inständig suchten und auskundschafteten, rief Ruslan plötzlich selbst an.

Ruslan wunderte sich nicht über den Anruf. Der Sucher und der Gesuchte bilden ein virtuelles Paar. Einen Bund. Besonders, wenn der gemeinsame verbindende Raum nicht groß ist. Tschetschenien ist ja im Grunde klein.

»Du wolltest die Ware sehen? Komm her, Ruslan. Die Ware wird zur Schau gestellt. Ohne Finten.«

Ruslan, der seine vier verloren hatte, fuhr auf. Beherrschte sich aber:

»Selimchan. Ich will mich nicht rächen. Aber ich möchte eine endgültige Absprache treffen.«

»Dort werden wir uns absprechen.«

Ruslan blieb zurückhaltend und vorsichtig:

»Wo dort? An welchem Ort?«

»Einen besseren Ort gibt es nicht.«

Selimchan nannte ihn nicht direkt, gab jedoch indirekt (für die abhörenden Föderalen nicht zu verstehen, aber für Ruslan durchaus klar) einen Hinweis darauf. Ließ ihn wissen, um welches tschetschenische Dorf es sich handelte. In dieses Dörfchen waren ehedem viele verwundete Tschitschen gebracht worden.

»Nach dem Gefecht, Ruslan, wo wir (Tschetschenen) unsere letzten beiden Panzer verloren haben. Das Dorf. Erinnerst du dich?«

»Und dort wird die Ware sein?«

»Du wirst sie sehen!« Selimchan lachte.

Ruslan spürte den Spott in seinen Worten. Aber auch die Wahrheit. Die harte, ehrliche Wahrheit. Die tschetschenische Wahrheit von besonderem Geschmack, die die Tschetschenen aus der Stimme des Feindes gut heraushören können.

Eine Stunde später war Ruslan schon unterwegs. Er raste in das angedeutete Dorf. Dörfchen. In seinem alten Schiguli. In bezähmter Wut gab Ruslan immer mehr Gas. Er hörte weiter die Stimme des Feindes. Er hörte und bewahrte (in sich) den fortdauernden feindlichen Spott in den Schnalzlauten seiner Sprache. Ruslan wollte nicht, dass sich der Spott auflöste. Er wollte zusammen mit dem Spott ankommen.

Ab und zu aufheulend, raste der Schiguli mit einer Auspuffwolke durch die Dorfstraße. Das angegebene Dorf war neutral und absolut zugänglich. Lag nicht ganz im Gebirge. Nicht gar so weit weg. »Meine Backen brannten! Es schüttelte mich! Aber die Hände am Lenkrad waren wie Eis. Ob du's glaubst oder nicht, Sascha, meine Hände waren ruhig«, erzählte mir Ruslan hinterher. »Und auf die Hände kommt es ja an.«

Er hatte einen regelrechten Schüttelfrost. Hatte sich noch nicht ganz von seiner Lungenentzündung erholt. Im Schüttelfrost bremste er zweimal ab. Und hustete laut ins Taschentuch.

Er war schon auf die Straße hinter Starye Atagi hinausgebrettert, als einer seiner Verwandten anrief, ganz benommen vom Abhören rund um die Uhr. Der Verwandte fragte, ob er weiterhin am Funkgerät Wache halten und auf Nachrichten über Selimchan warten solle, wenn Selimchan jetzt nicht mehr da sei. Wie nicht mehr da sei? So eben, er ist nicht mehr da, Ruslan. Überhaupt nicht mehr.

»Aber ich habe doch vor anderthalb Stunden noch mit ihm telefoniert.«

»Vor einer Stunde wurde er getötet, Ruslan. Die Bestätigung liegt schon vor.«

Der Verwandte sprach ein bedeutungsreiches tschetschenisches Wort aus, das annähernd mit zwei Worten übersetzt werden kann – Spuren verwischen. Im Spiel des großen Geldes war Selimchan schon zum Bauernopfer geworden.

Ein starker und supereinflussreicher Tschitsche hatte die Journalistin bereits erhalten. Und kontrollierte schon ihre Zukunft. Und verteidigte ihre Vergangenheit.

Mit quietschenden Rädern wendete Ruslan das Auto, bemerkte jedoch plötzlich, dass mehrere schicke Personenwagen auf seiner vorigen, soeben verlassenen Route fuhren. Zum selben Dörfchen. Teure Autos. Mit Bodyguards drin. Sowohl Föderale als auch einflussreiche Tschetschenen.

Ruslan wendete sein Auto wieder dem Dorf zu. Aha. Wohl Presseleute in den Autos. Aha! Sein Herz stockte, Journalisten! Journaille! Die wissen immer alles!

Als die Sache ernst wurde, verstand Ruslan schon selbst, was los war. Als er in das Dörfchen einfuhr. Zum Tor des großen Hauses mit zwei Flaggen auf dem Dach, der russischen und der grünen. Zu diesen geparkten ausländischen Limousinen mit undurchsichtigen dunklen Scheiben. Schlimmer ging's nicht! Die

Großen verstanden ihr Geschäft. Um den Preis jedoch maximal hochzuschrauben, damit er die Wolken und alle Grenzen überstieg, hatten diese Großen doch einen neuen und besonders effektiven Trick finden müssen. Und ihn gefunden.

Es war ein sehr alter Trick.

Im Haus, im größten Zimmer, war es dunkel, abgesehen von der weißen Leinwand und dem Funken sprühenden Lichtbündel, das der leise summende Filmprojektor ausstrahlte. Das Licht strömte auf die Leinwand. Zu sehen war eine Frau, die Journalistin. Nein, nicht nackt. Aber im Nachthemd. Das Hemd war an der linken Schulter tief eingerissen. Und wenn die Frau eine Kopfbewegung machte (offenbar war sie durch einen Anruf dazu provoziert worden), wenn sie sich umblickte, wurde in dem Riss des Hemdes ein großer Busen bloßgelegt. Ohne einen einzigen Ton. Alles äußerst einfach.

Der Film war kunstlos. Doch darin lag seine Wahrheit. Die Urheber hätten natürlich die Gewalttat filmen können. Den Akt selbst. Hatten aber innegehalten und nicht alles gesagt. So war es verführerischer! Die Frau wurde nicht vor unseren Augen vergewaltigt. Aber in ihrem matten Verhalten, in ihren seltsam verschlafenen Gesten, in ihren starren Augen lag das noch nicht abgeflaute Grauen über die vollzogene Gewalttat. Genau. Die Frau war zweifellos vergewaltigt worden. Vielleicht gestern. Vielleicht gerade eben. Vielleicht jeden Tag.

Am Filmprojektor stand Usman, ein Bursche aus Georgien. Autodidakt, er demonstrierte alles plastisch. Hatte seine besonderen Handbewegungen. Das Handgelenk knickte ab und spielte. Ohne die Stimme einzusetzen, wies Usman den Verspäteten und gerade erst ins Zimmer Eingetretenen ausdrucksstark an: – Weg da, Freund. Stell dich an die Wand! Verstell nicht die Leinwand! Verdeck nicht unsere Luxuslady!

Sprachlos standen die zwanzig oder dreißig Menschen da, die sich an den Wänden entlang drängelten, kein Laut. Die gerade erst Angekommenen reckten den Hals. Versuchten, mehr zu sehen, als es zu sehen gab. Die Menschen rührten sich kaum von der Stelle. Da stieß Usman einen kehligen Laut aus. Stellt euch doch an den Wänden auf. Sture Böcke! Macht doch Platz und steht nicht auf einem Haufen rum! He, Freund! Du hustest auch noch! Hast du dich erkältet? Dein Kopf stört die Zuschauer!

Ruslan bedauerte schon in der zweiten Minute, dass er hergekommen war. Der Frau auf der Leinwand war nicht zu helfen. Wozu das anschauen? Ruslan wusste manches über Usman. Der Film wurde immer wieder abgespielt. Die Augen der Frau waren trüb. Ruslan wendete sich hin und wieder ab, konnte ihrem Blick nicht begegnen. Diesen zwei todmüden, verweinten Augen.

Ruslan erblickte Tschurajew – der bekannte Journalist war erregt, er verschlang die Leinwand im Halbdunkel mit den Augen. Blitzte mit den weißen Augäpfeln. Plötzlich stürzte er zu den Kollegen an den Wänden:

»Was glaubst du? Wie rasch wird sie jetzt freigekauft?«

Tschurajew schrieb schlecht, frech. Dafür stand er der amtlichen Presse nahe. Die Tschitschen luden ihn als einen der Ersten zu Sensationen ein. Damit er den Behörden die richtigen Informationen steckte. Aus erster Hand. Einer, dem die Staatsmacht vertraute, musste selbst sehen, dass die Aufnahmen live gemacht waren. Dass es sich nicht um Fälschungen handelte. Keine Montage und keine nachgestellten Aufnahmen mit einem billigen Flittchen, das man dazu engagiert hatte.

Ein Teil der Journalisten war schon ins Freie gegangen. An die frische Luft. Hatten genug gesehen! Zivil gekleidet, die Kameras vor der Brust. Sie hatten gerade erfahren, dass den Presseleuten, sollte die Journalistin NICHT FREIGEKAUFT WERDEN, mehrere Kopien des heutigen Films geschenkt würden. Die sollten sie auf der ganzen Welt verbreiten. Den Film überall an die große Glocke hängen. In jede Hand eine Kopie!

Die Journalisten fieberten.

Sie diskutierten. Die Rückkehr der Menschenrechtlerin ins Leben. Der Preis! Auch mit dem Preis sollten sie sich jetzt sputen. Die öffentlich vergewaltigte Journalistin (Frau!) musste jetzt unbedingt freigekauft werden. Entweder von der Staatsmacht. Oder von den Reichen. Oder von der Staatsmacht unter dem Deckmantel der Reichen. Man würde sie nicht aufgeben. Sie nicht hierlassen. Im an der Schulter zerrissenen Nachthemd.

Wenn die Ware aber so ist, dass sie unbedingt gekauft wird, wird der Preis natürlich bis zum Äußersten hochgeschraubt. So kam es auch. Die Rechnung ging auf! Die Staatsmacht musste ran. Sie kochte, aber vor kalter Wut. Für die Staatsmacht war es schon die gewohnte bittersüße Situation. Na und? Da haben Sie, meine Herren Liberale, eine Lektion bekommen. Da haben Sie Ihre Tschitschen. Das sind die Leute, mit denen Sie Ihre Spiele und Ihren Ringelpiez machen.

Alle, welcher Couleur sie auch waren, verband doch ein besonderes Interesse. Alle. Bis auf ihre Mutter natürlich, die in einem kleinen Ort bei Kriwoi Rog lebte. Mittelschullehrerin. Die gerade in Rente gehen wollte.

Wie später in der Presse zu lesen war, wurden glatte zwei Millionen Grüne für die Journalistin hingelegt. Aber hätten nicht diese und jene Schweine den Preis in die Höhe getrieben, dann hätten Ruslan und ich das talentierte Weibsbild für zehn-, meinetwegen für zwanzigtausend ausgelöst. Und ohne Erniedrigungen. Jedenfalls öffentliche. Ruslan schwor, dass ihre gequälten Augen unerträglich gewesen seien.

Sie öffnete wahrscheinlich nur dann ihre Augen und blickte sich nur dann um, wenn sie angerufen wurde. Von hinten. Mit teilnahmsvoller Stimme. Sie blickte sich nach dem Klang um, nach dem Spritzer Güte in der Stimme, und sei er noch so klein. Aber von Güte keine Spur. Der Anruf diente nur dazu, dass sie das Gesicht der Kamera zuwandte. Damit ihre Erniedrigung auf dem millionenteuren Film festgehalten würde. Als Foto zur lange währenden Erinnerung. Es war wie eine Aufforderung zum Lächeln. Che-e-ese!

Sollte sie sich umblicken. Wieder und wieder wurde sie gefilmt … aus unterschiedlicher Perspektive. Und wieder und wieder dachte sie, jemand habe sie doch gerufen, bedauert. Durch den Schmerz über die Erniedrigung hindurch blickte sie sich mit winziger Hoffnung nach der Stimme um – wer weiß!

Der Akt selbst? Nein. Schläge? Nein. Auf der Leinwand war alles sauber. Nicht übertreiben, nicht zu dick auftragen. (Moskaus Zorn könnte vielleicht über die Ufer treten.) Nun ja. Traurige Augen. Aber es war ja Krieg! Und immerzu flimmerte es. Der Film wurde wiederholt, aber mit Variationen. Der Film war aus mehreren Stücken zusammengeschnitten. Es schien immer dasselbe gezeigt zu werden, aber nein!

Für eine Sekunde hakte der Film. Unachtsamkeit beim Schnitt. Sie flimmerte auf – nackt. Auf einem Tisch. Etwas zu üppiger weißer Körper. Zu weiß, um vorbeizuflimmern. Und zwei Männer. Mit nacktem Hintern, magerem Hintern, und halb heruntergelassener Hose, sie gehen zu ihr. Gewöhnliche Männer. Die im Leben wenig geschenkt bekommen haben. Sofort Schnitt. Wieder sitzt sie auf dem Bett. Wieder im Nachthemd. Wieder ihre Augen.

Die unglückliche Frau blickte plötzlich direkt in die Kamera. Blickte Ruslan in die Augen. Flehend. Dieser offen Mitleid heischende Blick und die so offen gezeigte Nacktheit hätten Ruslan beinahe überwältigt. Die flimmernde weibliche Nacktheit. Sein Kopf wurde benommen. In der Leiste zog es. Fast hätte ihn eine Schwäche übermannt.

Ruslan schluckte vor Scham den Kloß im Hals hinunter und ging rasch hinaus. Schnell zum Ausgang. Er schämte sich und fühlte zugleich heftiges Verlangen. Verfluchte Leinwand! Unterwegs stieß Ruslan im Dunkeln auf andere. Wie ging es denen? Es waren doch auch Männer.

Verblüffend! In den Augen der auf die Leinwand Starrenden –

Tschetschenen wie Moskauer Journalisten – in ihren Augen war nichts zu lesen, kein Verlangen, nicht einmal niedrige Begierde. Ruslan schob die glotzenden Männer auseinander. Nicht einmal hässliche Wollust angesichts der Schande dieser Frau. Nicht einmal normale Geilheit. Nichts. Leere. Was sind das für Menschen! Obwohl …

Obwohl in der gleichgültigen Leere ihrer Augen doch gierige Punkte … oder Kringel? … schwammen. Jemand hatte schon etwas über ein Lösegeld mit sechs Nullen verlauten lassen. Vertraute Kringel! Plötzlich erriet Ruslan, dass in ihren Augen kleine Nullen schwammen. Sechs kleine Nullen. Geld.

Ein gewisser Tschitsche hatte die Journalistin schon privatisiert und nach Moskau weiterverkauft. Doch auch Aser, Ruslan und ich, wir glaubten immer noch an unseren Erfolg.

Man muss zugeben, dass unsere Gedanken an die Rettung der Journalistin im Hinblick auf die Situation unangemessen leicht waren, federleicht! Im Kopf berauschte Schwerelosigkeit. Wenn wir keine Schuhe (und keine Füße) gehabt hätten, wären wir auf gleicher Höhe mit den Vögeln gesegelt. Mit den Gebirgsvögeln!

In dem fernen Bergdorf half unser Mittelsmann Aser Magoma immer noch Doku, die Verwandtschaftsbeziehungen der Bergbewohner zu entwirren. Noch ein klein wenig, und Aser wäre zchany!

Man lacht sich kaputt. Wenn man es von außen betrachtet. Und wir waren ja nicht die Einzigen. Ruslan und ich (und ein Dutzend andere wie wir) rannten immer noch zum Ziel. Wir beeilten uns immer noch! Und wir, die Kleinen, werden uns immer genauso beeilen. Wir werden uns drängeln, ernsthaft konkurrieren und uns ernsthaft anbrüllen. Rennen und rennen! Uns die Stirn einrennen und jenseits des Passes erstarren. Wie die Düpierten. Wie Idioten. Im Grunde komisch. Wenn man's von außen betrachtet.

Aber wenn man es von der dritten (glücklichen) Seite betrachtet, wozu brauchen Ruslan und ich eigentlich das große Geld? Brauchen wir nicht. Ich bin nicht habgierig. Und Ruslan ist auch nicht habgierig.

Ich werde irgendwie doch mit einem Gewinn aus dem Krieg zu meiner Frau und meiner halb erwachsenen Tochter heimkehren. Familie. Ein schönes Haus an einem ungenannten großen russischen Fluss. Haus und Grundstück. Mit Garten. Mit einem Hang zum Wasser. Und unten noch eine stille Bucht für das starke Motorboot.

»Wir sind Mittelklasse«, wird meine Frau mit ruhigem Behagen zu den Nachbarn sagen.

Chworostinin rief mich an, wie er versprochen hatte:

»Ich bin wieder auf dem Posten. Grüße dich.«

Na, endlich. Grüße dich, grüße dich, Sascha Chwor! Unser lang erwarteter Begleiter! Unser Held! Ich stellte mir vor, wie lebhaft auf einmal die Gespräche in den Stabskabinetten waren. Und bei den Wirtschaftsfunktionären. Die Tschitschen (sie hören die Telefongespräche wichtiger Krankenhauspatienten ab) hielten in diesem Augenblick, da sie Chwor hörten, wahrscheinlich auch den Atem an. Gerieten bei Wedeno unter Spannung.

Ich lachte, als ich seine Stimme vernahm. Ich lachte überraschend laut und froh zur Antwort.

»Also, Sascha. Du bist lebendig – was ist dein erster Wunsch?«, fragte ich.

»Eine Kolonne zu führen.«

»Bist du wahnsinnig!«

»Bist du mit deinem Benzin nicht wahnsinnig?«

Ich lachte:

»Aber ich bin's wenigstens für Geld. Für eine warme Zukunft. Na schön! Mal ernsthaft. Wir haben sehnsüchtig auf dich gewartet, du bist doch unser Held. So einer hat kein Privatleben!«

Jetzt lachte er:

»Aber, aber! Wir in den Lazaretten haben auch manches gehört. Die Leute sind begeistert! Überall Stagnation, Lähmung. Aber du hast deine Fässer doch mit Ach und Krach geliefert, Sascha.«

Ich verbesserte: »Mit Blut und Krach.«

Hier seufzten wir einträchtig. Och, ach, all unsere Verluste! Unsere Verwundungen! Immer zur Unzeit.

Dann hatte ich schon eine Bitte an ihn. Versteckte sie nicht in der Plauderei. Ich hätte eine Sorge – ich müsse zwei Traumatisierte wegschicken. Ja, ja, ihre Einheit steht bei Wedeno!

Ich sagte ihm noch die Nummer des Truppenteils (obwohl es noch zu früh dafür war) und lenkte das Gespräch auf ein anderes Thema:

»Wie geht es deinem Magneten?«

Ich meinte eine Krankenschwester, die Chwor unbedingt zur Genesung brauchte. Die ihn an sich zog. Und die ihn, wie üblich, bei sich behalten wollte. Die ihn (offen gesagt, ein seltener Mensch in Tschetschenien) nicht antrieb, auf seinen Posten zurückzukehren.

»Normal, Sascha.«

»Ein paar Tage werden sie dir noch Urlaub geben, denke ich.«

»Das denkt mein Magnet auch.«

»Gutes Kind, dein Magnet!«

Die einzige Form der Schmeichelei, die einem echten Helden genehm ist, besteht darin, ihn, den Verwundeten, ab und zu als Don Juan zu bezeichnen.

Und jetzt lenkte ich das Gespräch locker auf das vorige Thema:

»Sascha, es ist mir wichtig, diese beiden Jungs möglichst schnell wegzuschicken. Sehr wichtig! Die Tschitschen sind außer Rand und Band. Mit deiner ersten Kolonne Richtung Wedeno.«

»Wird gemacht. Was sind das für Jungs?«

»Jungs eben …«

Kriegsgefühle (Gefühle im Krieg, die man plötzlich bei sich entdeckt) sind einfach, aber nicht primitiv. Man muss die Jungs wegbringen, das ist alles. Ich konnte meine Beziehung zu ihnen nicht in raschen Worten definieren. Schwieg. »Sie liegen mir am Herzen« klang dumm. Wie sollte ich es sagen? »Beide sind traumatisiert«, wiederholte ich nur als Erklärung.

Und klopfte unsere Abmachung mit seinem Versprechen fest, beim nächsten Anruf konkret zu werden.

Ich konnte es mir auch selbst nicht erklären. Als ich dieses Gefühl in mir entdeckte. Als ich das Handy ausschaltete. Das Gefühl war heftiger, als Major Schilin es gerne gehabt hätte. Krieg! Betrachtet man es mit dem gesunden Menschenverstand, ja, spinne ich denn, mich so um zwei bekloppte Fremde zu sorgen? Was empfinde ich für sie? Vaterschaft? Nein. Zweitvaterschaft? Nein! Drittvaterschaft. Ich schraubte meine nicht vorhandene Verwandtschaft mit den Jungs immer weiter. Zchany?!, lachte ich.

Vielleicht kannte ich mich schlecht. Aber ich kannte den Krieg schon gut genug. Der Krieg ist voller Ersatzgefühle. Ohne geht es nicht. Und welche Basisinstinkte auch immer im Spiel sind, sie geben deiner Seele irgendein warmes Gefühl. Und das Gefühl entsteht plötzlich. Ob im Schützengraben oder woanders, ist unwichtig. Ein Freund ist aus irgendeinem Grund jener Mann, und nicht dieser. Und aus irgendeinem Grund hasst man den dicken Koch. Auch ein Gefühl. Der Koch hat die hiesigen Walnüsse mit der Faust geknackt. Die Platte hat gebebt. Ein Mordsschlag!

Gefühle, Halbgefühle und auch einfach nur seltsame Gefühlchen entstehen bald hier, bald dort wie lebendige Fünkchen – sie durchschlagen unsere tägliche Todesangst. Der Krieg ist eine gefühlsintensive Sache. Und jedes unklare Gefühl ist wie ein zugelaufenes Hündchen. Man sieht es, und schon wird einem wärmer ums Herz. Man muss doch etwas streicheln und hinterm Ohr kraulen, wenn man heiser und liebevoll zu ihm redet: »Ach, du Hund … du kleines Hündchen …« Mag er dann mit dem Schwanz wedeln, die Hände lecken oder sogar bei der Liebkosung pinkeln. Oder man gibt jemandem einen leichten Fußtritt. Wenigstens dem stumpfsinnigen, auf seinem Posten eingeschlafenen Soldaten (sie werden den Zug abstechen). Auch unheimlich, die Lust, ihm einen Tritt zu geben. Und auch angebracht, wie sich zeigt. Der Soldat wird einem vertrauter! Wenn man ihm einen Tritt gibt. Dann entschuldigt man sich bei ihm, raucht eine mit ihm zusammen. Gefühle entstehen blind. Gefühle im Krieg sind blind.

Und vielleicht erschüttern kurzsichtige Gefühle deshalb plötzlich so stark, so heftig unsere Seele (das für irgendjemanden aufgehobene Mitleid). Ich lachte! Na, was denn? Oleg und Alik werden zu ihrer Einheit heimfahren. Und ich, der ich jetzt so empfindsam bin, werde mir sofort etwas Neues zulegen. Wenigstens einen Hund, mit Sicherheit keinen Rassehund. Einen Hofterrier. Eine kleine Töle. Den werde ich auch in meine Obhut nehmen. Das blinde Gefühl will abgerufen werden.

Aber noch besser ein altes tschetschenisches Mütterchen. Arm. Abgebrannt. Warum denn nicht? Ich werde sie aufpäppeln. Sie bedauern. Und eines Tages werde ich sehen, wie sie neben dem Lager zu meinen Benzintanks geht ... nach links schaut ... nach rechts schaut ... und dann ein nagelneues Handy aus der Tasche ihres zerlumpten Rocks holt und irgendjemanden kurz anruft.

Ruslans Neffe, der nicht umgekommen war, hing immer noch am Pass herum. Er wartete auf seine vier, auf die beiden »Kampfzweier«. Ruslan hatte ihn schon angerufen und ihm ihren Tod mitgeteilt (den vermutlichen ... um ihn zu schonen). Doch der dreizehnjährige Junge gab seinen Posten nicht auf. Er übernachtete im hohen Gras. Der kleine Tschetschene weinte beim Einschlafen. Aber am nächsten Morgen wartete er wieder.

Sich in der Morgensonne wärmend, ging der Junge auf den Sattel des Passes hinaus. Er wartete auf die Rückkehr seiner Leute, wenigstens auf einen, und wäre er auch verwundet. Es waren echte Kämpfer! Der Junge war in sie verliebt! Vom Sattel aus konnte er ausgezeichnet hinunterschauen. Weit unten im grünen Laub, in einer Lücke im Grün, begann der Aufstieg. Dort zeigte sich manchmal eine Staubwolke, die das Herz des Jungen aufwühlte. Kam dort jemand?

Aber nein, da spielte nur der Wind mit dem Staub. Wirbelte ihn auf. Auf der an Höhe gewinnenden Straße. Die Staubwolke zerstreute sich zu leicht. Niemand. Der Akku im Handy des kleinen Tschetschenen (Geschenk von Onkel Ruslan) war längst leer. Der Junge wusste, dass das Handy nicht ging. Aber für alle Fälle flüsterte er in die Ecke des schwarzen Apparats wie in sein Ohr: »Niemand. Niemand da, Onkel.« Er nannte Onkel Ruslan nicht beim Namen. Das tat man nicht.

Nach seiner Meldung ließ der Junge das Handy in der Tasche verschwinden. Und spähte wieder hinunter, wo ein neues Staubwölkchen aufwirbelte.

Unser Aser schlichtete weiter: Der Streit hatte wirklich damit angefangen, dass der unersättliche Erpel, der zum Haus der Braut gehörte, gestohlen worden war (oder sich wahrscheinlich selbst irgendwohin verkrümelt hatte). Augenzeuge der Prügelei auf der Hochzeit war Doku persönlich. Und erst danach gab es diesen Zwist mit dem Schleier. Logik! Doch wie um den verschwundenen perversen Enterich zu toppen, verschwand gerade zu diesem Zeitpunkt ein reinrassiger Bock aus dem Haus des Bräutigams. Der konnte das nicht erklären, denn einen Bock versteckt man ja nicht lange. Wozu stehlen? Wenn der Bock früher oder später doch von seinem Besitzer an den abgesägten Hörnern erkannt wird. Den Hörnerstumpf kann man nicht fälschen!

Der Bräutigam selbst, dieser Milchbart, war jedoch auch nicht koscher – wie sich herausstellte, hätte er schon seit einem Jahr die Freundin der Braut heiraten sollen – ein ganz anderes, ein schielendes Mädchen, dessen Vater eine berühmte alte Decke gehörte (die fast sofort nach dem Enterich verschwunden war) …

ja, ja, sofort … na, auf einen oder zwei Tage kommt es doch nicht an.

»Bruder! Hilf mir. Ich kenne mich nicht mehr aus. Wie satt ich sie habe!«, klagte der einflussreiche Doku unserem Aser.

Denn der Bruder des schielenden Mädchens hatte nicht einmal seinen Tee trinken können. Der Bruder des Mädchens (das der Milchbart heiraten musste) war zu dem Zeitpunkt gerade von Bassajew einberufen worden, um ein, zwei Jahre gegen die Russen zu kämpfen. Er war auch sofort aufgebrochen, auf dem Pferd des Vaters weggeritten. Der Bruder hätte nicht gelogen. Er war ein ehrlicher junger Mann. Allerdings fing er unterwegs, aufgedreht vom bevorstehenden Krieg und leicht bedröhnt, eine Schießerei an. Blöder zchany! Und vor seiner Abreise erschoss er aus Versehen seinen Vetter, dem der zuvor gestohlene Bock eigentlich gehört hatte …

Alte Decke … Enterich … Bock … Abgesägte Hörner … Zchany … noch eine Decke!

Wieso unverständlich? Onkel Awsur litt doch: Wer hat ihn getötet? Wer hat den Vetter erschossen? Onkel Awsur war immer schussbereit. Als man ihm erklärte, dass einer von uns einen von uns erschossen hatte, war Onkel Awsur tief enttäuscht. Konnte es gar nicht fassen. Und wie nun Blut gegen Blut? Vielleicht ist noch jemand getötet worden? Nein? Nun, sollten wir dann nicht den Lesginen umbringen, der sich als Hirte bei uns verdingt hat? Nein, nicht weil man just bei dem Lesginen die alte Decke gesehen hat. Das ist eine andere alte Decke. Das ist doch Fakt. Wichtig ist, dass die Decke vor dem Bock verschwunden ist.

FÜNFZEHNTES KAPITEL

Natürlich wurden die alten Männer zu mir geschickt, wegen des getöteten Berg-Achmet. Und sie jammerten. Sa-aschik! Sa-aschik! Er ist doch einer von uns! Wir wollen ihn der Erde übergeben. Wozu Eis aus ihm machen, Sa-aschik?

Sie waren bereit, den gefrorenen Leichnam freizukaufen. Doch Berg-Achmet war nicht leicht zu finden. Im TV hatten ihn unsere Leute nicht zur Schau gestellt. Das bedeutete wahrscheinlich, dass die Kugeln des verrückten Alik Jewski Achmets Gesicht unkenntlich gemacht und einfach weggeblasen hatten. Kugeln können das.

Aber Geschäft ist Geschäft.

Ich rief das Kühlhaus an. Berg-Achmet, alias Achmet Udygow, wurde in der offiziellen Liste der berühmten Feldkommandeure zu meinem Glück nicht geführt. Trotzdem versicherte mir der Beamte des Kühlhauses, dass er ein großes Risiko einginge, wenn er die Leiche herausgäbe. Vielleicht entstünde ein Kult und es käme zu Schießereien und Opferdarbietungen am Grab dieses Achmet. Mit Wehgeschrei und Flüchen. Unmut des Volkes. Ein kleiner Aufstand nur, aber immerhin! Der Beamte starrte mich frech an.

Ich versicherte natürlich, Achmet sei nicht gar so schlecht gewesen, manchmal habe er sogar Mitleid gehabt. Großmut gezeigt. (Nach einem Gefecht.) Und überhaupt sei Achmet keine große Figur gewesen, obwohl ihn die örtlichen Tschetschenen manchmal Oberst genannt hätten. Ja, ja, sie haben ihn für einen Oberst gehalten! Um kleine Kolonnen abzufackeln, war er vielleicht auch Oberst. Für diese drei oder vier Berge und zwei Täler war er zweifellos Oberst. (Interner Dienstgrad.)

Schon am nächsten Tag, nachdem er sich über mich erkundigt hatte, ergab sich dieser Beamte und rief mich an – sie, die *Kühlhausbeamten*, bräuchten dringend Heizöl, jeden Brennstoff zur Beheizung. Sie seien unangenehm berührt, ja, beleidigt, dass Major Schilin nicht selbst auf die Idee gekommen sei.

»Ich hab verstanden. Und was macht unser Freund Achmet?«

»Geben wir heraus«, wurde mir knapp mitgeteilt. »Aber finden musst du ihn selbst.«

Ich werde ihn finden. Manche Merkmale kenne ich schon. Mit einer Schnittwunde an der linken Schulter liegt Berg-Achmet irgendwo im ewigen Eis. Langweilt sich. Verständlich, dass die Kühlhausleute seine Schnittwunde einfach nicht erkennen, nicht sehen können. (Sie sehen ganz allgemein nichts. Nur den Zahltag.) Also los, such ihn selbst. Dreh diese Erstarrten selbst von einer Seite auf die andere, Major. Diese *Eiskalten*.

Die alten Tschetschenen hatten zigmal gewarnt.

»Redlich, Alexander Sergejitsch. Nur ja redlich.«

»Wann habe ich jemals unredlich gehandelt?«

»Es geht nur ganz, ganz redlich. Der Sohn wird Achmet in Empfang nehmen. Der merkt sofort, wenn er's nicht ist.«

Ich stellte mir vor, wie ich dort vor Kälte erstarren würde, während ich in die richtigen toten Augen schaute. Selbstverständlich nichts Ungefähres! Der Sohn würde den Leichnam übernehmen. Der Sohn würde auch ohne die Schnittwunde erkennen, ob es sein Vater wäre oder nicht. Er würde neben mir stehen und ihn aufmerksam betrachten. Der Sohn müsse vorher jedoch gründlich abgesucht werden. Dürfe keine Pistole bei sich haben. Für alle Fälle. Selbst in die Stiefel müsse man hineinschauen.

Er war einfach Achmet, als er beschloss, einen Russen zu töten, und wenn er Glück hätte, zwei Russen. Danach würde er sofort in die Berge verschwinden. Er kannte ein fernes Dorf. Und niemand würde sagen, er sei ein Feigling. Er würde sich in den Bergen verstecken und selbst das Gerücht verbreiten, dass er getötet worden sei. Er wäre einfach nirgendwo. Den Pass würde er wegwerfen. Was, zum Teufel, brauchte er in den Bergen einen Pass.

Er überlegte, während er auf der Straße stand. Seine Seele wurde ruhig. Er knetete seine Mütze und schnäuzte sich. Damals dachte er mit keinem Gedanken daran, dass er schon nach einem halben Jahr Krieg einen Kriegernamen bekäme. Es wäre der Flug eines Bergadlers. Er würde Berg-Achmet werden. Und jetzt, als er von einem Soldaten Jewski getötet worden war und in einem unserer Kühlhäuser lag, stellte sich heraus, dass Berg-Achmet seinen Ruhm hatte. Den Ruhm von zwei, drei Bergen und zwei Tälern.

Als Alik seine eiligen, blinden Kugeln ausstreute, hatte er ihm den Schädel zerschmettert. Wahrscheinlich. Aber ich würde ihn finden. Und die Tschetschenen würden zahlen. Und diese Faulpelze, die Leutchen vom Kühlhaus, würde ich mit Heiz- und Dieselöl versorgen. Letzten Endes waren diese Gefrierfritzen prächtige, faule Burschen. Aber sie waren verfroren, schon arg verfroren. Sobald man aus der Hitze zu ihnen hereinkam – aus der normalen Tageshitze im Kaukasus –, stürzten sie sofort auf einen zu, um einen zu begrüßen. Und natürlich zu umarmen.

Sie nahmen einen in die Zange. Mindestens dreimal umarmten sie einen. Je öfter, desto besser! Eine Horde Verfrorener. Wenn der eine dich noch umarmte, kam schon der Nächste an. Nein, nein, sie waren normale Jungs. Aber Wärmevampire. Sie tanken, saugen kein Blut, sondern deine Wärme. Wie auch sonst? Sie sind hier ausgefroren, starr vor Kälte, und du schneist aus dem Sommertag herein. Durchwärmt! Strahlend! Besonders gern hatte diese Horde Verfrorener den Hauptmann Paschkin, einen Stabsoffizier, der wichtige Leichen überwachte. Er war dick und verströmte Hitze wie ein Ofen. Sie stürzten sich geradezu auf ihn. Streckten die Arme schon von Weitem zur Umarmung aus. Echte Vampire!

Kaum war Hauptmann Paschkin bei ihnen angekommen und wischte sich den heißen Schweiß mit seinem Taschentuch vom Hals, standen sie Schlange. Um ihn zu umarmen! Wieder und wieder fielen sie ihm um den Hals. Wie selbstvergessen. Paschkin war nicht mehr zu erkennen, wenn er sie verließ. Ich habe es selbst gesehen. Habe gesehen und gehört. Er klapperte mit den Zähnen. Blau vor Kälte.

Den Tod Achmet Udygows, alias Berg-Achmet, beantworteten die Tschetschenen mit dem Tod von General Basanow. Wie sie auf ihrer Funkwelle wisperten, bezahlten die Föderalen, *wie es sich gehört*. Sie bezahlten mit einem *General für einen Oberst. So würde es auch fürderhin sein. Das sollten sie wissen ...*

Ich konnte es nicht glauben. Hörte es, aber verstand es nicht! Hätte auch nur ein Tschetschene Basanows Tod gebraucht?! Keiner.

Wenn es noch eine verirrte Kugel gewesen wäre, aber nein! Und warum er? Wie konnte dieser lesende Niemand überhaupt umkommen? Endlich brachte Ruslan-Roslik die Tatsache vor: *Man hatte ihn ausgeliefert.*

Unwahrscheinlich. Einen eigenen Mann, wer immer es auch war, auszuliefern, galt nach Armeebegriffen als vollkommen abgeschmackt. Es kam vor, dass ein Unbekannter (von den Unsrigen) den Tschetschenen steckte, dass sich eine Kolonne bildete. Es kam vor, dass jemand die Jungs in die Klemme brachte, also die jungen Soldaten den Tschitschen ans Messer lieferte, indem er ihre erste Marschroute ausplauderte. Aber keinen konkreten Menschen. In meiner ganzen langen Zeit hier wurde nur Oberst Suszow ausgeliefert, der zwei tschetschenische Dörfer niedergebrannt hatte (man wollte ihn ausliefern ... soll es aber *nicht ganz geschafft* haben). Er hatte die Dörfer so wütend durchkämmt, dass er in die Lieder der Bergbewohner eingegangen war. Mutig, aber grausam – in seiner Wut erschoss Suszow, ohne zu prüfen. Beim ersten Verdacht. Sogar Bauern, die zum Markt nach Grosny fuhren. Im Lied wurde auch berichtet, wie lasterhaft sich der Bösewicht nach den Strafaktionen erholte. Er gönnte sich eine besondere Erholung. Dampfbad! Mit Bier und unschuldigen (Folklore!) Mädchen.

Dem Gerücht zufolge hatten die Alten ein halbes Jahr Geld für seinen Tod gesammelt. Aber ohne Erfolg. Suszow wurde in einer nebensächlichen kriminellen Auseinandersetzung erschossen. Fern von den Alten, die sich schon ihren Vergeltungsträumen hingegeben hatten.

Wie stolz von diesen Alten berichtet wurde! (Man sang sogar von ihnen in jenem langen, schwermütigen Lied, in dem Suszow gebrandmarkt wurde.) Die Alten hatten fast ihre halbe Rente beiseitegelegt. Jeder! In weißen Bündelchen brachten sie ihre mickrigen Scheine. Die Farbe Weiß ist die Farbe der heiligen Rache. Mit zitternder, knotiger Hand holte der Alte sein Bündelchen aus einer Geheimtasche in der Hose. Aus dem Geldsack, dort war es sicherer. Geradewegs aus dem stinkenden Hosenstall. Und legte sein weißes Bündelchen mit derselben zittrigen Greisenhand auf den Tisch, auf dem ein Foto von Suszow stand. Mit dem klaren, grausamen Blick. Ein kleines Foto. Handtellergroß.

Suszow war klar. Aber wozu musste man den netten Schwätzer Basanow ausliefern? Den Bücherwurm? Den in die Geschichte der Bergvölker Verliebten? Wozu brauchten die Tschetschenen seinen Tod? Wenn General Basanow Splitter der Geschichte hinzuerfand, dann doch immer zu ihren Gunsten!

Sei's drum! Wenn sich beim Volk wenig Geschichte erhalten hatte? Warum sollte man da nicht Vermutungen anstellen und manches Ruhmesblättchen hinzufügen? Irgendeinen Mythos mit leicht blutigem Beigeschmack. Wem war der Dichter ein Dorn im Auge? Der Alte las gern, las Bücher aus verschiedenen Zeiten. Und wie saftig er schmatzte, wenn er die Seiten durchblätterte!

Und auf Gussarzews Scherze hin, ob General Basanow nicht zu wohlwollend und heiter sei für den arglistigen, harten Gebirgskrieg, breitete der General nur resigniert die Arme aus:

»Mein lieber Kolja! Ein finsterer alter Mann ärgert die Tschetschenen mehr als ein heiterer und geschwätziger alter Mann!«

Schade. Der sympathische Alte starb *wegen null und nichts*!, sagte Ruslan-Roslik über ihn. Er verstand diesen Tod auch nicht. Roslik brachte zweimal am Tag Einzelheiten über den unsinnigen Tod des Generals. Unsinnig für mich, unsinnig für Roslik, aber nicht für den Krieg.

Roslik ließ zu dieser Zeit überall verlauten (bei Tschetschenen und Nichttschetschenen), dass nach Major Gussarzews Tod wahrscheinlich er, Roslik, mein Freund würde. Saschiks Freund. Bald werde er sein Freund. Na, wie der Bauleiter Ruslan.

Man hatte General Basanow aufgelauert, als er ohne seinen Gussarzew persönlich zu irgendeinem Truppenteil gefahren war. Um nachzusehen, wie und was … Er war nicht weit gefahren. Es war nah! Und auf durchaus ruhiger Straße, aber man liefert eben meistens auf ruhigen, vorhersagbaren Straßen aus – eine Auslieferung dort zu bestellen, ist leichter, einfacher! Es war ein General und ist nicht mehr.

Schade ist ein falsches Wort, für General Basanow unangebracht. Wenn man es über einen Haudegen sagt, dann ist es um den Haudegen schade. Marienkäfer aber können nicht fliegen. Aus irgendeinem Grund dachte ich unablässig an seine Bücher. Die beiden Bücherborde neben der angehefteten Tschetschenienkarte standen mir hartnäckig vor Augen. Braun. Selbstgemacht. Sicher von Fähnrich Gescha gebastelt. Die Bücher drängten sich dicht zusammen. Wie ging es ihnen? Was würde mit ihnen geschehen? Aus irgendeinem Grund wurde der Gedanke an die Bücher immer schmerzlicher. Um die Bücher war es *schade*.

Ich glaube nicht, dass der General gegen große Scheine ausgeliefert wurde. General Basanow war keine Berühmtheit. Im Unterschied zu den echten Kriegshelden. Bald schon bestätigte Roslik, die Tschitschen hätten Basanow für die schöne Herbstabrechnung gebraucht. Damit in einer der ersten Zeilen ein General auftauchte! Sie hatten einen General niedergemetzelt! Hatten gut gearbeitet, das sah man auf den ersten Blick!

General Basanow aber hatte in diesen Tagen wieder den Besuch seiner jungen Frau erwartet. Er war in Hochstimmung. Der alte Mann gab mächtig an. Trank ein wenig zu später Stunde.

Am Tag vor seinem Tod rief er mich an, lud mich zu sich ein:

»Demnächst werde ich dich zum Abendessen einladen, Sascha. Meine Frau kommt. Du kennst sie ja. Ein schönes Geschöpf. Jung! Sie kommt bestimmt!«

Sie kam nicht. Sie wollte es übrigens. Aber man ließ ihr gegenüber durchblicken – erst mit höflichen Stabsgrimassen, dann vollkommen durchsichtig –, dass es niemanden zu begraben gebe. Nichts, um genauer zu sein. Die junge Witwe druckste verlegen herum und fragte … na, aber … irgendetwas … wenigstens irgendetwas, die Mütze … die Uniform? Darauf antwortete man ihr, auch von der Uniform sei nichts mehr da. Na, einfach gar nichts.

Man hatte den Auftraggebern die Uhrzeit und die Route verraten. Die Abfahrtszeit des Generals und die Richtung, in die er fuhr. (Roslik hatte die Einzelheiten recherchiert.)

Eine Auslieferung ist eine Angelegenheit von zwei Seiten. Die Stimme auf der föderalen Seite hatte bei der Absprache noch (ein wenig erstaunt) gefragt: »Wozu braucht ihr den denn? Der ist doch ein Niemand. Er hat keine Bedeutung.« Für die Tschitschen war der unbedeutende Basanow jedoch genau der Richtige. Im Hochsommer wollten sie sich nicht so stark mit den Föderalen anlegen. Wollten keine total hysterischen Bomben-Gegenschläge.

Der Tschetschene hatte zweifellos im Kopf, dass das Wetter sommerlich schön war. Vom Himmel oben gesehen, liegen unsere irdischen Dinge im Sommer wie auf der flachen Hand. Alles ist so durchsichtig! Und dieser Horizont! Wenigstens eine »Suschka«, wenigstens die Hubschrauberpiloten würden gern zum Bombenabwurf starten. Na, jetzt gleich! So beharrten die Tschitschen bei der Absprache auf ihrem Wunsch: »Wissen wir, wissen wir! Er ist ein Armleuchter! Aber genau so einen brauchen wir!«

»Ausgerechnet B.?«

»Ja.«

»Na, schön. Schön. Überredet!«

»Wir brauchen ihn nur für die Abrechnung. Nur um zu filmen, wie er in die Luft fliegt. Mitsamt seinem Auto. Auf der bekannten Straße. Hauptsache, er ist General.«

Roslik erzählte, die Tschitschen hätten sich beim Sprengsatz verrechnet. Die Explosion war zu stark. General Basanow und sein Jeep flogen in die Luft, wie sie sollten, kamen aber in keiner guten Verfassung auf die Erde zurück. In zu kleinen Klümpchen. Als Staub! Sogar das Begleitfahrzeug wurde hochgeschleudert und fiel aufs Dach.

Außer Basanow saßen noch zwei Personen im Auto – ein Stabsschreiber am Steuer und ein Soldat auf dem Rücksitz. Der Schreiber war sofort tot, der Soldat schwer verwundet. Schon stürzten die Tschitschen, drei an der Zahl, aus ihrem Hinterhalt auf die Straße, um den Soldaten zu erledigen, doch da kam ein Schützenpanzer von uns, der etwas zurückgeblieben war. Die Tschitschen wurden auf der Straße niedergemacht. Offene Stelle, kein Strauch. Sie sprangen auseinander, aber es war schon eine sehr offene Stelle.

Der Schreiber lenkte, er fuhr mit Basanow, wahrscheinlich glücklich, dass er sich wenigstens für kurze Zeit von dem leidigen Stabsschreibtisch losgerissen hatte. Vom Computer! Ich kannte ihn. Ich sah ihn geradezu vor mir. Junger Kerl. Grinste fröhlich! Der Krieg ist eine fröhliche Angelegenheit! Manchmal.

Mir hatte es jedoch die Laune verhagelt. Basanow, zu Staub geworden. Weder sein Gürtel, noch seine Mütze ... Er war im Kosmos verschwunden. Ich trank auf den General. Aber es wirkte nicht. Ich rauchte sogar Gras. Nützte auch nichts. Bin es nicht gewohnt. Kotzte zweimal. Zuerst kam der ganze Imbiss raus. Gegen Morgen war alles draußen. Aber die Birne dröhnte fürchterlich. Und im Hinterkopf hallte es hohl.

Schon am frühen Morgen scheuchte mich Kramarenko hoch. Diesel sei eingetroffen! Ich müsse die Fässer zählen. Wenn man nicht aufpasste, würden die Lieferanten ein paar Fässer klauen und auf dem Rückweg selbst verkaufen. Den Unsrigen oder den Tschitschen. Das war ihnen egal.

Nachdem ich die Verteilerliste bekommen hatte, wollte ich eilends losfahren. Doch durch Zufall ging ich an seinem Büro vorbei. BASANOW. Die Tür war nicht versiegelt. Wurde nicht bewacht. Der General hatte auch nach seinem Tod keine Bedeutung.

Ich stieß gegen die Tür – sie ging auf. Im Büro war alles wie sonst. Bücherborde. Die einzige Wertsache des Verstorbenen. Was würde man mit ihnen machen? Schleunigst wegwerfen. Das war klar.

General Nix, der Tarngeneral, Basanow half irgendwie, wenn einer eine Einleitung für ein Referat schreiben musste. Na, über die Bergvölker ... über ihre Bräuche ... über halb vergessene Gottheiten. Die man verehren musste, selbst wenn man gegen sie kämpfte. Dieses ganze Wortgeklingel.

Auf dem Tisch stand eine Karaffe mit Wasser. Ja, was denn! Und sein Glas! Basanow trank gern zwischendurch Wasser.

Und da das Funkgerät. Von seiner Hand auf dieselbe Welle eingestellt. Ich knipste es nur ganz leicht an, schon erklangen in der Stille des erstorbenen Büros die bekannten Signale: »Assan will Blut ... Assan will Blut ... Assan will Blut« – und endlos so weiter.

Ich drohte dem Funkgerät mit dem Finger, als ich es ausschaltete. Und sagte zu ihrem bemoosten Assan:

»Wie viel Blut verträgst du, mein Lieber. Du hast doch schon was gekriegt. Reicht doch, oder?«

Sie hatten aufeinander aufgepasst, der unnütze General Basanow und der verwegene Kolja Gussarzew. Ohne Rangordnung. Gegenseitige Unterstützung, wie bei der Armee üblich, ohne alle Absprachen und Aufrechnungen, wer wem was schuldet.

Ich hatte immer geglaubt, General Basanow habe (ohne es selbst zu wissen) Kolja Gussarzew manches Mal in unserem Business gedeckt (und zugleich auch mich ... gelegentlich ...). Aber jetzt sah ich die Sache anders. Gussarzew war es, der Basanow zu Lebzeiten gedeckt hatte. Das musste ich mir eingestehen. Hätte Gussarzew noch gelebt, wäre auf Basanow kein Anschlag verübt worden, wäre er nicht ausgeliefert worden. Hätte man ihn nicht verraten! Der Major hatte einen unglaublich guten Riecher! Wie oft war er zu eilig gewesen, wie viele Fehler hatte er in seinem draufgängerischen Leben gemacht. Er hatte sich auf des Messers Schneide bewegt. Vor meinen Augen.

Basanow wäre am Leben geblieben, wenn Gussarzew bei ihm gewesen wäre. Wenn Gussarzew noch gelebt hätte.

Gussarzew war nicht bei ihm. Aber er lebte.

Wie? Auf welche Weise?! Das war mal was! Eine heiße Nachricht! Einer meiner Interessenten (Heizölschuldner) kam zu mir, um Zahlungsaufschub zu erbitten, und packte plötzlich aus. Quasi beiläufig. Ja, ja, Major Gussarzew liege schwer verwundet in einem der besten Krankenhäuser. Habe es geschafft, reinzukommen. Still und leise. Er liege in einem Einzelzimmer. Major Gussarzew werde dort in aller Stille behandelt und dementiere nicht das Gerücht von seinem Tod.

Mein Interessent trat von einem Bein aufs andere, war nervös. Versuchte nur selten, meinen Blick zu erhaschen. Er wusste, dass ich ihm seine Schuld nicht erlassen würde. Aber er hoffte, dass er für diese Nachricht noch einen weiteren Aufschub bekäme. Mir klopfte das Herz. Ich wusste nicht, wie ich mich beherrschen sollte. Kolja! Kolja! Weit weg von hier, aber am Leben! Schwer verwundet, aber am Leben!!! Ich trat plötzlich auch von einem Bein aufs andere (mein Schuldner und ich gingen an meinen Lagerhäusern vorbei). Scharrte mit dem Fuß. Tänzelte fast. Und fragte ihn natürlich sofort aus. Ob die Tatsache bewiesen sei?

Ja, sie sei bewiesen. Kolja Gussarzew, unser waghalsiger Stabsoffizier, lebe und befände sich in einem Einzelzimmer. Mit Obst! Mit der besten Pflege des Personals! Aber im Geheimen. Wie hatte er aus der Mokroje-Schlucht entkommen können? Wie war er ins Krankenhaus gelangt? Mehr wollte mein Interessent jedoch nicht sagen. Um keinen Preis. Und flehte mich an, bat mich, zu schweigen. Major Gussarzew nicht zu suchen und nirgendwo seinen Namen zu nennen. Er habe mir ohnehin schon zu viel erzählt.

Dennoch leierte ich nach ein paar Tagen, seine Abhängigkeit ausnutzend (von mir und meinen Lagern … Heizöl! Heizöl!) aufs Neue das Gespräch an, ich bestand darauf … biss mich an ihm fest wie eine Zecke. Ich fuhr selbst zu meinem Schuldner. Ich wollte es wissen. Ich konnte ihn doch ausfragen, auch ohne den Namen zu nennen. Gussarzew war nicht einfach irgendwer! Kolja war mir teuer! Zudem veränderte seine Auferstehung stark die Schuld und das Schicksal des armen Alik. Veränderte das Bild vom künftigen Leben meiner Spinner! Eben, das war doch ein Grund zur Freude! Ja, ja, ich würde schweigen.Ich würde meine Zunge verschlucken. Aber ich müsse es wissen. Warum versteckt sich Major Gussarzew?

Wie ich herausbekam, konnte Kolja ausschließlich aus eigener Kraft lebendig entkommen. Major Gussarzew eroberte sich ein Stück Leben, riss es für sich heraus. Vorläufig nur ein Stück! Nicht mehr. Weil mehrere Tschitschen (aus Achmets weitläufiger Verwandtschaft) schon hinter ihm her waren. Zwei, drei Kämpfer, aber sehr gefährliche. Diese zwei, drei Tschitschen waren sicher, dass der föderale Major Gussarzew ihren Feldkommandeur hereingelegt und umgebracht hatte. Er hatte den großen Achmet betrogen. Wie ein einfältiges Opfer. In seiner Gemeinheit hätte er als Erster geschossen, und Berg-Achmet schoss offenbar zurück. Er ballerte mehr Kugeln in Achmet, als Achmet in ihn. Deshalb starb der große Berg-Achmet, und der niederträchtige Major war nur verwundet.

Berg-Achmet wurde nicht im Gefecht getötet, sondern bei der Geldübergabe. Das werde niemandem, schon gar nicht den Föderalen, verziehen. Das Krankenhaus, wo Kolja lag, und wo ihn eine Moskauer Koryphäe operiert hatte, wurde sofort von Tschetschenen beschattet. Beobachtet und abgehört. Doch Gussarzew verhielt sich äußerst still. Der feinfühlige Kolja hatte natürlich alles begriffen. Wenn er könnte, hätte mich Kolja bestimmt angerufen. Aber er versteckte sich.

Von den Unsrigen interessierte sich niemand dafür, wie er, Major Gussarzew, in jenes Gefecht geraten sei. Was gab es da zu fragen! Von der Schlacht in der Mokroje-Schlucht wussten alle. Na klar!

»Wie hätte ich ausweichen können. Wie hätte ich einen Offizier mit diesem klingenden Namen nicht operieren können!«, rief die Moskauer Koryphäe, der Chirurg bei der Abreise aus. (Er hatte genau fünf Tage in der tschetschenischen Provinz gastiert.)

Kolja hatte mit seinem Nachnamen also großes Schwein gehabt. Es gibt Menschen, die verstehen sogar mit ihren Vorfahren zu wuchern. So erstand Gussarzew wieder auf. Nicht umsonst sagen die Tschetschenen: verwegen, also glückhaft.

Er hat aus Versehen verwundet – anstatt aus Versehen getötet. Oleg und Alik nahmen die Nachricht irgendwie zu ruhig auf. Ich erklärte ihnen geduldig alles aufs Neue. Dieses Geld, dieses dicke, schmutzige Bündel Scheine war von Kommandeur Achmet. War eine Geldschuld. Für alte und überhaupt schon ausgemusterte Armeestiefel. Einfach Business.

Die Tschitschen hatten der Kolonne aufgelauert und sie gekonnt vernichtet – das versteht sich von selbst. Und dass sie Gussarzew gerufen, am Telefon hergebeten hatten, um ihm schnell das Geld zu geben – das versteht sich auch von selbst. Das ist die Wahrheit dieses Krieges.

»Ich habe mich hundertmal davon überzeugt, Jungs. Dieser Krieg hat keine Regeln. Nicht einmal Gesetzmäßigkeiten, außer einem Gesetz aller Gesetze: Schuldest du Geld? Dann gib's zurück.«

Der Tschitsche beglich seine Schuld, Alik erschrak und tötete den Tschitschen. Dabei verwundete er aus Versehen Major Gussarzew.

»Du hast aus Versehen verwundet. Aber nicht aus Versehen getötet. Hörst du, Alik. Hörst du den Unterschied?«

Sie schwiegen. Beide schauten mich ungläubig an. Wie einen Zauberkünstler, der allzu leicht, allzu spielerisch die Lebenskarten austauschte. Vielleicht betrachteten sie mich auch als Lügner. Oder als raffinierten Schlaukopf, der sie als Schwachmaten bei sich hielt.

»Alik«, sagte ich. »Sei kein Idiot. So traumatisiert bist du auch wieder nicht. Du musst verstehen und weinen. Der Unterschied ist kolossal! Ja, ja, Alik, du musst wegen dieses Unterschieds weinen, schreien, die Tränen mit den Fäusten abwischen. Was noch? Brüllen! Heulen! Vor Freude hüpfen, springen! Du bist doch jung, verdammt noch mal!«

Er hatte begriffen. Ich bin sicher, dass er begriffen hatte. Doch er schwieg beklommen. Er konnte es einfach nicht glauben. Er glaubte es nicht. Er umfasste nur seinen Kopf. Presste die Hände auf die Schläfen. Senkte die Augen und schaute auf den Boden, auf die schlecht gewischten Dielenbretter.

Oleg wurde für einen Augenblick komplett verrückt. Er sprang vom Stuhl auf, schnellte hoch, richtete sich auf und schrie mit nervöser, aber fester Stimme etwas unsäglich Dummes:

»Es war ein Affekt, Genosse Major! Es war ein tschetschenischer Affekt!«

Und einen weiteren Tag, den ganzen folgenden Tag saugten beide vorsichtig, tropfenweise die wunderbare Information in sich auf: *Nicht getötet, sondern verwundet.* Sie konnten sie sich einfach nicht zu eigen machen, in sich aufnehmen. Meine Worte gingen scheinbar an ihnen vorbei.

»Na, wie geht's, Jungs?«, fragte ich schon am Abend, als ich nach der Arbeit zu ihnen ins Lagerhaus hereinschaute.

Sie gaben keine Antwort.

Doch dann, quasi aus Höflichkeit (in Wirklichkeit aber wohl aus Unglauben und Argwohn), fragte Oleschka, wie denn Major Gussarzew, der nicht getötet, sondern verwundet worden war, der in der Mokroje-Schlucht gefallen war – gleich nach dem versehentlichen Feuerstoß (beide hatten es gut gesehen) und der sozusagen auf den toten Tschetschenen gestürzt war – wie der sich hatte herausarbeiten können?

Sie glaubten es nicht.

Aber ich kannte ja selbst keine Details seiner Rettung. Und rief auf der Stelle – da ich die Wichtigkeit des Augenblicks und die Gelegenheit nutzen wollte – in Gegenwart der Jungs aus meinem Wohnbüro erneut den Interessenten an. Erkundigte mich nach Einzelheiten. Armseliger Schuldner, der er war, stellte er sich stur. Verweigerte die Auskunft. Ich wurde grob. Endlich begann er zu sprechen, natürlich ohne den aufgelebten Namen zu nennen. (Seine gedämpfte Stimme war aus dem Hörer für uns alle vernehmbar: Mückenlautstärke, aber immerhin.)

Dass die Jungs nun selbst alles hörten, war wohl gezielte Therapie. Ich wiederholte die Mückenlaute für sie, spitzte sie zu und verstärkte sie. Als ob ich schlecht hörte. Wort für Wort. Ich therapierte.

Die zaghaften Offenbarungen meines Schuldners (zusammen mit meinem Echo) gelangten also, wenn auch mit Rückschlag, in ihr junges ausgezeichnetes Gehör. Was hätte überzeugender sein können!

»Aber wenn unser Major (Gussarzew) unter den Kugeln zusammengebrochen ist – wie ging es dann mit ihm weiter?«

Ich fragte noch genauer:

»Wer? Wer hat ihm geholfen?«

Niemand. Der Gefallene stand auf. Nach einer Weile. Die Tschitschen hatte Aliks Feuerstoß nicht beunruhigt. Sie waren beschäftigt, suchten im Gebüsch nach verwundeten Föderalen. Schleiften sie heraus. Aber vor allem die Maschinengewehre! Genau in diesen Minuten setzte das Gemetzel ein, das der erblindete Muchin den Tschitschen bereitete. (Das letzte Gefecht des Soldaten Mudilo.)

Vom Feuer überrascht, stoben sie alle umher! Rannten, sprangen, tauchten im Gras ab. Buddelten sich in die Erde ein! Wenn sie es denn schweigend getan hätten! Ohne Geschrei! Wenn sie geschwiegen hätten, wären die Tschitschen wenigstens zur Hälfte am Leben geblieben! Muchin hatte keine Augen, es war finster um ihn, aber er hatte doch junge, vorzüglich hörende Ohren.

»Den Major«, hörte man die Mückenstimme meines Schuldners, »hatten zwei Kugeln getroffen. Vielleicht tschetschenische, vielleicht Muchins Kugeln. Das kann man nicht mehr feststellen! Das haben sie im Krankenhaus gesagt. Eine Kugel hat das Ohr gestreift. Die andere saß in der Schulter. Bei dieser verrückten Schießerei wurde zufällig auch Berg-Achmet getötet.«

Dass die Kugeln in beiden Fällen von Alik stammten, wusste man im Krankenhaus nicht – und mein Schuldner natürlich auch nicht.

Dafür wusste er, was weiter geschehen war – der gefallene Major (Gussarzew) kam nach einer Weile wieder zu sich, vielleicht nach einer halben Stunde, und hob doch den Kopf. Mühsam, aber er löste ihn von der Erde. Und auf allen Vieren, manchmal auch robbend, arbeitete er sich in einer halben Stunde (mindestens) an sein Auto heran.

»Vielleicht auch in einer ganzen Stunde«, sagte das Mückenstimmchen am Telefon.

»Und die Begleitsoldaten des Majors?«, fragte ich, ohne Alik und Oleschka beim Namen zu nennen.

»A-ah! Als sie sahen, dass der Major getötet worden war, flüchteten beide in den Wald. Beide rannten ins Gebüsch. Weil die Tschitschen schon da waren. Die Tschitschen kamen herbeigelaufen. Beide Soldaten rannten in den Wald, nahmen nicht einmal das Auto des Majors. Vielleicht konnten sie nicht fahren.

Der Major (Gussarzew) mit der Kugel in der Schulter, der wieder zu sich gekommen und zu seinem Auto gekrochen war (na, vielleicht in einer Stunde), kletterte irgendwie hinein, stieg selbstständig ein! Und fuhr los – und kam, mit einer Hand lenkend, bis zum Blockposten. Stell dir vor, Alexander Sergejitsch! Krass! Der Major verlor das Bewusstsein. Mehrere Male. Fuhr mit Autopilot. Landete aber nicht im Straßengraben. Konnte noch bremsen. Hatte Glück. Kämpfte um sein Leben, der Major!

Aber am Blockposten wurde er endgültig ohnmächtig. Drei Soldaten holten ihn heraus. Fürchteten, ihm etwas zu brechen – der Major war starr und steif. Er hatte sich ganz ausgestreckt und die Hände auf die Brust gelegt. Der Mund stand offen. Auf Schützenpanzern vorbeifahrende Soldaten stoppten mitten auf der Straße und schauten zu.

Die vorbeifahrenden Soldaten schrien auch noch – gaben Ratschläge, wie man den steif gewordenen Major aus dem Auto holen sollte. Klar, woher das Gerücht von seinem Tod stammt. Sie sahen, wie er als Leichnam aus seinem eigenen Jeep herausgezogen wurde. Diese Augenzeugen hatten *keinen* Zweifel, dass die Sache zu Ende war und der Major auf dieser Erde alles bekommen hatte, was er kriegen konnte. Und dass er für das nächste Sternchen schon zum Himmel abgeschwirrt war. Dort gibt es viele von diesen Fünfzacken. Ein ganzes Firmament voll.

Aus Versehen verwundet, statt aus Versehen getötet wirkte schließlich. Doch es wirkte irgendwie ausdrucksschwach. Ich sah zum Beispiel weder, dass sich der Tick in Aliks Gesicht verstärkte. Noch, dass der Tränenfluss aus seinem linken Auge stärker wurde.

Soldat Jewski redete mit sich selbst und probierte sogar, es laut auszusprechen. Aktivierte sich mit Lauten. Mit Wörtern. Konnte sich nicht vom Schuldgefühl befreien. Leicht stotternd fragte er zurück:

»Einen Of-fizier verwundet?«

»Ja.«

Trotzdem ging es ihm schlecht, war er niedergeschlagen.

Dafür sagte Oleg am nächsten Morgen, als ich zu Verhandlungen über die Verteilung von Flugbenzin eilte und unterwegs zu ihnen ins Lagerhaus hereinschaute, Alik gehe es besser. Alik gehe es gut. Gestern Nacht habe Alik wohl geschluchzt.

Das ist nicht einfach gut, das ist ausgezeichnet. Richtig! Du hast dich entspannt und geschluchzt. Gut gemacht! Ich klopfte Alik auf die Schulter – alles geht seinen Weg, Junge.

Beide saßen am Tisch und füllten Formulare aus.

»Ich a-arbeite, arbeite.« Alik hielt einen Augenblick inne. Und beugte sich wieder über das Papier.

Ich bin kein Arzt. Aber ich dachte, Alik müsste seinem Schuldgefühl selbst etwas entgegensetzen. Zum Beispiel seine Kindheit. Ich hatte irgendwo von heilsamen Kindheitserinnerungen gehört.

»Denk beim Einschlafen an etwas, Alik. Denk an etwas, das lange her ist.«

»Woran?«

»Na ja, ich weiß nicht … an deine Kindheit.«

Doch kaum hatte er begriffen, worauf ich hinauswollte, schüttelte Soldat Jewski den Kopf. Die Kindheit, nein, die Kindheit helfe ihm nicht.

Er sagte, dass dieser ganze herzige Quatsch schon in den ersten Kriegstagen futsch gegangen wäre. Die Kindheit wärmte Soldat Jewski nicht mehr. Nicht einmal für fünf Minuten wollte Soldat Jewski wieder in seine Kindheit zurück. Die Kindheit war etwas Zerbrechliches. Die Kindheit war wie ein Falter. War von allein zwischen den Fingern zerquetscht worden. Zu Schmiere. Verschmutzte nur die Finger.

Ich wollte Kolja Gussarzew im Mosdoker Krankenhaus besuchen und ihm irgendwie helfen. Ich bin Benzinmann. Ich vermag vieles in diesem Krieg. Aber ich traf ihn nicht mehr an.

Kolja hatte sich selbst, ohne Zeit zu verlieren, mit seiner Verwundung in ein fernes Lazarett bei Moskau verlegen lassen. Die Stabsführung hatte nichts dagegen gehabt. Die Stabsführung sagte dem verwundeten Major zu allen Punkten und fast im Chor – ja … ja … ja. Sie entscheiden sich schnell, wenn sie wissen, was sie wollen. Gussarzew war abgereist, und man wusste nicht einmal, ob mit dem Zug oder mit dem Flugzeug. So war alles gut. Kolja war einfach vor den rachsüchtigen Tschitschen, die glaubten, das Schwein von föderalem Major habe ihren Kommandeur verarscht (habe ihn getötet und sei mit dem Geld verschwunden), ins Moskauer Umland geflüchtet. So war ich also umsonst nach Mosdok gebrettert.

Kolja hatte sich richtig entschieden. Um das Krankenhaus strichen unbekannte Tschetschenen herum. Sogar ich bemerkte sie. Sie waren aufgescheucht worden, doch zu spät! Übrigens, selbst Tschetschenen mit gutem Gedächtnis würden den entschlüpften Major Gussarzew rasch vergessen. Sehr rasch! Sogar mit seinem so verwegenen Nachnamen! Der Krieg ist wie ein Sumpf. Alles geht unter.

Alles geht hier von allein unter, wird aufgesaugt und vergessen. Der Einzige, der sich wegen Koljas heimlicher Abreise gegrämt hätte, wäre Basanow gewesen. Der liebenswürdige, redselige, lesende General, der sich in diesem Krieg langweilte, hätte seinen

Gesprächspartner verloren. Der General wäre natürlich zum Flughafen gefahren und zum Flugzeug geeilt, um den Major zu verabschieden. Am Abend hätte er sich in seiner Einsamkeit einen Kognak genehmigt. Aber General Basanow war nicht mehr.

Hätte ihn die Rache der Tschitschen nicht verfolgt, dann wäre Gussarzew selbst hergekommen, hätte sich mit kaum verheilter Wunde zu meinen Lagern durchgeschlagen. Unverzüglich. Oder mich ins Lazarett gebeten. Und mir erzählt, dass er bei einem Treff mit Achmet leider unter verirrte Kugeln geraten war (er wusste ja nicht, dass Alik geschossen hatte … er hatte Alik den Rücken zugekehrt). Und dass er pleite sei. Und überhaupt sei es ein sicherer Deal gewesen! Ein Lastwagen voll mit Stiefeln! Du hattest recht, Sascha, ich habe verdammt Pech im Business. Du bist unser großer Glückspilz, Sascha! Ich dagegen bin gerade noch mal davongekommen!

Ich sah geradezu, wie Kolja jene gewundene Straße entlangfuhr. Ohne allzu vorsichtig zu sein. Obwohl in der Nähe, den sporadischen Schüssen nach zu schließen, ein Gefecht im Gang war. Kolja Gussarzew hatte keine Ahnung, dass sich hier, in der Mokroje-Schlucht, ein Hinterhalt befand. Hörte jedoch Schüsse. Gefahr? Egal! Er musste dieses Stiefelgeld einsacken.

Während er lenkte, schrie er Oleg und Alik zu:

»Keine Bange, Jungs! Wir holen uns das Geld von dem Tschitschen und brettern dann zu eurer Stammeinheit!«

Gussarzew nahm einen Schluck aus dem Flachmann. Er saugte den Wodka ein. Aber nur wenig! Der Wagen holperte. Gussarzew lenkte mit einer Hand. Der Flachmann klapperte auf den kräftigen jungen Zähnen! Kolja grinste. Seine Zähne hätten die Flasche zerknacken können. Ihr den nicht abgeschraubten Verschluss abbeißen können. Er wischte sich nicht einmal den Mund ab. Vom Kinn tropfte es. Er fing das Rinnsal mit der Unterlippe auf. Ein Schlänglein, dachte er über das Wodkarinnsal.

Den Jungs sollte man auch einen Schluck zur Ermutigung geben, aber das ist riskant. Spinner!

Schlucht-Ende. Das hat sich der Tschitsche gut ausgedacht. Niemand da! Kolja war überzeugt, dass der Deal geglückt war! Und der Tschitsche, der Feldkommandeur – da sitzt er schon! Berg-Achmet. Wartet. Aha!? Die Stiefel haben ihm also zugesagt!

Gussarzew sprang aus dem Auto. Das hatten die Jungs bestätigt. Ich konnte mir auch ohne ihren Bericht seinen leichten, federnden Sprung aus dem Wagen vorstellen. Und seine betont langsamen Schritte. Der Feldkommandeur saß am Abhang und ließ die Beine baumeln. Natürlich hörte Gussarzew die Schüsse in einiger Entfernung. Deshalb ging er ja auch geradewegs zu dem Tschetschenen hin. (Damit er den Scharfschützen entging. Vertrauen ist gut, Kontrolle ist besser. Der Tschetschene schirmte ihn mit seinem Rücken zuverlässig von der Schlucht ab. Mit dem starken, breiten Rücken des Feldkommandeurs.)

Gussarzew ging sich das Geld holen. Mit Würde. Der Wagemut flutete nur leicht Koljas Hirn. Mutig, aber nicht betrunken! Kolja fand sich wahrscheinlich selbst ganz toll und war von sich begeistert!

Aliks Feuerstoß war noch weit von ihm entfernt. Traf ihn erst in einer Minute!

Rote Hunderter. Geld. Zwischen dem Föderalen Kolja und dem Tschetschenen Achmet. Das Bündel Scheine auf halbem Weg – aus einer Hand in die andere. Sie hatten noch eine halbe Minute für den Deal.

Weil Alik schon auf das B-bündel in der Hand des Tschetschenen starrte. Und ihm die spitzen Sonnenflecken schon mit aller Macht in die Augen stachen.

Aber anfangen wird Muchin.

Noch eine halbe Minute.

Der verbrannte Soldat Muchin, Rächer der Kolonne, war gerade zu sich gekommen. (Er sah keine Sonnenstrahlen, Sonnenflecken. Er sah überhaupt kein Licht.) Zu sich gekommen, dachte der erblindete Muchin, es sei Nacht. Und als er die kehlige Feindessprache hörte, richtete er das Maschinengewehr im Dunkeln tappend auf die Stimmen.

Noch eine Viertelminute …

Oberst Grusdew. Verwundet. Liegt in irgendeinem entlegenen Dorf. Offenbar in Dagestan. Wie der verwundete Oberst dort hinkam, weiß man nicht. Die Dorfbewohner zeigen den Oberst nicht. Wollen das Geld im Voraus.

Das Kommando ist bereit, den Dorfbewohnern eine kleine Summe zu geben. Man verständigt sich. Bei diesem Deal bekomme ich natürlich nichts. Obwohl meine Informanten den Verwundeten gefunden haben. Ich habe ihn gefunden. Die Informanten, die ich bezahlt habe.

Selbstverständlich kann ich ohne ihre Almosen überleben. Leicht! Aber mich erstaunt, mit welcher Lust die Stabsoffiziere einander einschärfen – Major Schilin bekommt keine Kopeke. Major Schilin mäht ohnehin alles ab, was wächst.

Man hat den Eindruck, im Stab arbeiten Bettler … arme Teufel!

Diese armen Stabsoffiziere wiederholen freudig – der bekommt keinen Rubel, keine Kopeke. Aber (fügen sie hinzu) dafür fällt diesem Schilin vielleicht eine Auszeichnung zu. Wenn sie sonst nichts können, einen Orden können die Stabsleute allemal backen. Ja, ja, der Major! Warum auch nicht? Wir schlagen ihn vor!

Das versprachen sie – einen Orden für Major Schilin! Ich lachte. Ich lachte lange. Ich hatte zehnmal – mindestens – ohne Auszeichnung und völlig umsonst ins Antlitz des Todes geschaut, und zwar richtig. Ein Orden für die normale Kommunikation mit meinen Informanten! Aber so ist es nun mal. Krieg.

Dennoch kam ein Anruf von Kolja aus dem Krankenhaus bei Moskau. Ein typischer. Beherrschter. Wir nannten das: in den Hörer atmen. Ich verstand sofort. Und zweifelte keine Sekunde.

Ich schwieg ebenfalls ehrlich ins Telefon – was immer ich sagen würde, es würde ihm schaden. War gefährlich. Wie ausgefuchst ich mich auch zu erkennen gäbe – Tag, Kolja, gute Besserung! – diese Worte könnten doch abgehört, vielmehr von den Tschitschen belauscht werden. Klar, dass man mich jetzt etliche Tage beschatten könnte. Mich in erster Linie. Wer wusste denn nicht, dass Gussarzew und ich Schulter an Schulter gearbeitet hatten?

»Gut, Kolja …«, dachte ich. Fein, dass du angeläutet hast. Wir haben uns verabschiedet. Forever heißt Forever.

Berg-Achmet.

Der Sohn! Der Sohn! Die Tschitschen hatten mir mit seinem Sohn einen Schrecken eingejagt. Hatten die Augen aufgerissen! Dem Sohn kannst du nicht irgendeinen ähnlichen Leichnam unterjubeln. Der Sohn erkennt seinen Vater, Berg-Achmet, sofort. (»Den kannst du nicht reinlegen. Und wenn, dann gibt's einen Skandal, auch mit Schießerei, Saschik! Und das Geld! Das Geld wirst du zurückgeben müssen, Saschik!«)

Wie viel vorbeugendes Geschwätz! In Wirklichkeit entpuppte sich dieser schreckliche virtuelle Sohn als gewöhnliches Söhnchen, als Bub von zehn Jahren. Zappelig mit großen Augen.

Und er bettelte wie der allernormalste Junge hierzulande:

»Gib mir zu rauchen. Zigarr!«

Er funkelte listig mit den Augen.

»Onkel Major … Onkel Major …«

Den Leichnam des prominenten Tschitschen herauszukriegen, war gar nicht so schwierig gewesen. (Das Heizöl hatte ich den Kühlhausleuten geschickt.) Aber diesen Promi zu finden, war nicht einfach gewesen. Berg-Achmet war von den Bergen zu tief hinuntergestiegen. In ein großes städtisches Kühlhaus. Man musste suchen.

Sie wurden auch hier getrennt – die Föderalen und die Tschitschen. Aber es gab auch einen Gemeinschaftsblock mit dem trickreichen Namen *Völkerfreundschaft*. Die Unkenntlichen. Liegen nebeneinander. Erstarrt. Oder aufeinander. Eng umschlungen.

Ich musste in der Eiseskälte in den Blocks hin- und hergehen. Vorsichtig auftreten. Und zugleich ungelenke Aufzeichnungen studieren. In einem schweren, selbstgebastelten Buch blättern.

Kramarenko half mir. Ich suchte, und er korrigierte meine Suche am Handy. Er hatte schon früher mit tschetschenischen Hauptbüchern zu tun gehabt und klärte mich jetzt über die Beweglichkeit der Buchstaben auf. Der erste ist der beweglichste Buchstabe. Schwer für das russische Ohr. Mit einem Sprung, mit einem ausgetauschten Buchstaben zusammen wird der Leichnam in einen entfernten Kühlblock verlegt. Und dort auf ein schwer zugängliches Gestell, in eine eisige Ecke gepackt. Gesicht zur Wand. Zum Beispiel wäre Chasbulatow in der Liste selten unter »Ch« zu finden, er könnte auch Kasbulatow oder Gasbulatow sein, und manchmal auch einfach nur Bulatow. Dann finde ihn einer!

Bis zum Abend, fast bis Sonnenuntergang, fror ich dort drin. Musterte die Krieger. Wo war ihr Ruhm?! Wo waren ihre Banner und Lieder? Und wie kalt ging es ihnen hier zu guter Letzt durch Mark und Bein! Ihnen und mir zugleich. Im Hochsommer. Dabei hatte ich mich gewappnet. Die Wodkaflasche war leer, als ich herauskam. Ich hatte sie langsam, schluckweise ausgetrunken. Sie benebelte mich nicht einmal. Ein halber Liter. Wie in den Schnee gegossen.

Und diese Posen! Verdrehter Kopf. Gereckte Faust. Ein Daumen, zur ewigen Feige gefroren. Ein Bein spiralig gedreht neben dem anderen – wie war das zu verstehen? Entweder machte sich das Leben über den Tod lustig. Oder der Tod über die Grimassen des Lebens. Ein Leichnam zwinkerte mir sogar zu. Ja, ja! Die Arme hatte er gefroren und stolz verschränkt. Den Kopf hochmütig vorgestreckt. Und von meiner angeknipsten Suchlampe angestrahlt, reflektierte plötzlich sein linkes Auge. Zwinkerte.

Wir leben, wie wir können. Das Leben geht weiter. Hab keinen Schiss, Major!

Der kleine Junge kam in Begleitung zweier stämmiger Tschitschen. Der eine war Mussa, ein entfernter Bekannter von mir (über Ruslan), aber immerhin kannte ich ihn. Als Bekannter kam er natürlich ohne Kalaschnikow – danke. Aber eine Pistole hatte er schon irgendwo. Ich mochte nicht glauben, dass Mussa seine Pistole im Auto gelassen hatte. Der andere Tschitsche kam mir seltsam bekannt vor. Ich glaubte sein Gesicht zu erkennen. Aber irgendwie flüchtig. Oder er glich einem bekannten Mann, der zur Fahndung ausgeschrieben war. Der hatte bestimmt eine Pistole. Verschlossener Typ. Sehr nervös, weil er zu den Föderalen gekommen war. Natürlich hatte er sich mit Gras Mut angeraucht. Er hatte eine sehr schlechte Aussprache, dehnte die Vokale. Wenn so ein Bedröhnter gedehnt spricht, rutscht seine versteckte Wut noch tiefer, verschwindet ganz in dunkler Tiefe.

Mussa hatte sich kein Gras genehmigt. »Wenn man mit einer Kalaschnikow durchs Gebirge rennt, muss man fit sein«, sagte er. Er machte kein Hehl daraus, woher er gekommen war.

Der Leichenwagen mit dem Körper, den ich gefunden und schon ausgeliefert hatte, wurde nicht sofort herangefahren. Er fuhr noch einen ganzen Kreis, um hier und dort eine Markierung anzubringen, zwei undefinierbare Siegel. Er hat *drinnen* eine prima Kühlung, sagte der Bedienstete Wassili stolz über sein Transportmittel. Manchmal legt man dort den Wodka zum Kühlen hinein, in fünf Minuten ist er kalt. Und eine Träne rinnt an der Flasche herab. Eine helle Träne!

Sie hatten gerade eben die Heckklappe geöffnet. Das erste Knarren war gerade erklungen. Die Klappe quietschte noch. Aber der Junge war schon hineingesprungen. Ins Innere. Der Fahrer und der Sergeant fluchten beide vor Überraschung:

»Wo willst du hin? Verdammte Scheiße!«

Der Junge aber, es waren noch keine drei Sekunden vergangen, schrie schon heraus:

»Papa! Papa!«

Auf Russisch. Dann kam er aus dem Leichenwagen heraus und schrie seinen Leuten sogar eine Spur triumphierend auf Tschetschenisch zu:

»Nochtschi tschach-tschach-tschach!«, und noch etwas anderes.

Er hatte ihn erkannt.

Mussa flüsterte mir zu: »Hat ihn an der Hand erkannt. Scharfes Auge. Tschetschenisches Auge … waches Kerlchen!«

Sie holten den Leichnam langsam aus dem Wagen. Behutsam. Leichenbeschau. War das Berg-Achmet? Sie hatten den Kleinen ja nicht umsonst mitgenommen! Achmet war wirklich nur an der Hand zu erkennen. Weil er kein Gesicht mehr hatte. Es war vom Feuerstoß weggefegt worden. Zermatscht. Voller getrockneter Blutkrusten. Allerdings war die Nase seitlich abgeknickt und ragte doch noch eine Spur erkenntlich daraus hervor.

Der Junge streichelte die Hand. Hatte die Hand seines Vaters geöffnet. Und lachte. Mit weißen Zähnen: Er hat ihn gefunden, hatte seinen Papa gefunden! Und so schnell! War er nicht gut!

Und zur Aufmunterung wieder die Forderung an mich:

»Gib mir Zigarr. Mach schon!«

Wieder eine Zigarette für ihn. (Ich hatte ihm schon zwei gegeben.)

Den freigekauften Leichnam trugen Mussa und der zweite Tschetschene in ihren alten zerbeulten GAS. Um sich die Arbeit zu erleichtern, hatten sie den Wagen näher herangefahren. Doch der Leichenwagen war breit, und der GAS war schmal. Der Tschitsche aber war steifgefroren. Wie ein Stein. Sie hatten ihn aus dem Leichenwagen herausgeholt, aber wie ihn in den GAS hineinbringen?

Er hatte die Arme für den klapprigen Gasik zu weit ausgebreitet. Weit und herausfordernd hatte Berg-Achmet seine Arme ausgebreitet. Wie eine moderne Skulptur, wie DIE BÜRGER VON CALAIS zum Beispiel. Oder: DENKT AN UNS. So in der

Art. Hin und her, den linken Arm knickten sie ihm schließlich ab, er ging ins Auto. Aber der rechte Arm wollte einfach nicht hinein!

Selbst als sie ihn in den Gasik hineinzwängten, stand Achmets rechter Arm weiter ab. Aus dem Seitenfenster des Wagens! Man konnte ihn ja nicht brechen, den Arm!

Zum Glück hatte das Fenster auf dieser Seite des Autos keine Scheibe mehr. Sie war ausgeschlagen. Wie eigens dafür. Um Steifgefrorene zu transportieren. Damit der Leichnam auch hier den Arm stolz hinausstrecken konnte. Als ob mir Achmet zum letzten Mal drohen wollte. Vielleicht aber salutierte er auch einfach nur zum Abschied: VERGISS MICH NICHT, MAJOR. Freundschaftlich!

Der Wagen setzte sich in Bewegung. Fuhr langsam an, passte sich seiner toten Fracht an. Der Junge ging neben dem Auto her. Rauchte. Schritt neben der Hand seines Vaters aus, die aus dem Fenster ragte. Ba-a! Schaut doch mal! Der Junge steckte dem Vater seine brennende Zigarette in die tote Hand. Schob sie zwischen die starren, gefrorenen Finger. Steckte sich selbst eine zweite an. War das schlecht? Mit dem Papa zum Abschied eine zu rauchen?

Der Wagen schlich. Der Junge ging stolz nebenher. Lächelte. Er war doch irgendwie mit seinem Vater zusammen. Und der Vater rauchte. Die letzte Zigarette des Feldkommandeurs. Zum Abschied.

SECHZEHNTES KAPITEL

Wie meine Spinner, Oleg und Alik, vielmehr ihre nagelneuen Schuhe, unter den Hagel der Soldatenspucke geraten waren, weiß ich nicht. Wahrscheinlich waren Oleg und Alik einfach vorbeigegangen. Es traf sich so. Sie gingen an einer allen bekannten Aschenurne vorbei. Und prunkten wie absichtlich mit ihren Schuhen. Die Ladesoldaten hatten gerade Pause. Zigarettenpause. Sie saßen da und rauchten. Drückten ab und zu den Stummel im Ascher aus.

Na, und warum nicht auf die sauberen Schuhe spucken? Das war doch naheliegend! Aha! Sergeant Snegir, der die Spinner früher beschützt hatte, wandte sich jetzt von ihnen ab. Sogar im direkten Sinn. Darauf hatten die Soldaten nur gewartet. Das machte ihren dämlichen, kindischen Spaß nur verständlicher.

Sergeant Snegir hatte sich abgewandt und schaute irgendwohin, zur über dem Lager flatternden Fahne. Jetzt wohnten diese beiden Majorslieblinge im Lagerhaus, warum sollte er ihre Superschuhe auch nur einen Funken bedauern! Alles klar! Wie sollte man nicht auf einen Soldaten spucken, der nur Schreibarbeit machen musste! Auf einen Schreiberling! Der gestern selbst noch die schweren Fässer gerollt hatte!

Den Anfang bekam ich nicht mit. Ich ging etwas entfernt von dem Zwischenfall vorbei und telefonierte.

Gott sei Dank rannte der allgegenwärtige Kramarenko schon zum Ascher. Wie ein Habicht! Und begann schon im Anflug mit der Schlichtung. Wie er immer alles schafft! Meine Spinner, meine bespuckten Schreiberlinge, waren schon ein, zwei Minuten später auf und davon, Kramarenko aber beschimpfte, schalt meine Rotgesichter mit derben Flüchen. Ich mischte mich nicht ein. Sind doch auch arme Kerle. Sind auch meine Leute.

Snegir saß puterrot da. Und schwieg.

Es stellte sich heraus, dass er, der Sergeant, plötzlich hatte husten müssen und als Erster einen Rotz- und Spuckepfropfen im Mund gespeichert hatte. Und dann auf einen der beiden spuckte, die gerade vorbeigingen. Er sah nicht einmal, auf wen. Seine Augen schauten nicht. Und der Speichelpfropf war auch mickrig gewesen. Spuckte vor Müdigkeit.

Dafür sprangen seine halb toten Ladesoldaten von den Bänken auf und spuckten, was das Zeug hielt. Was tun, wenn die Kraft nur noch zum Spucken reicht. Auf die Sauberen! Auf die Lieblinge! Da sind sie, die fixen Kerle. Die sich von den Fässern erholen. Vom Entladen der schweren Kisten. Satt. Und glatt!

Die beiden Traumatisierten, Oleg und Alik, schützten sich mit den Armen. Drehten ihnen aber nicht den Rücken zu. Der Instinkt verbietet dem Soldaten, seinen Rücken darzubieten.

Die Ladesoldaten rückten ihnen näher und spuckten noch ein bisschen weiter auf die Majorslieblinge. Bereits hastig. Mit Fehltreffern. Und korrigierten mit einer Anstrengung des Rachens den Tiefschuss. Na, ziemlich schwache Leistung. Ganz mies.

Die Spinner zogen sich rückwärts gehend zurück, hauten ab. Drehten ihnen aber immer noch nicht den Rücken zu. Rannten nicht. Echte Soldaten.

Die derben Kraftausdrücke hatten jedoch Kramarenkos gerechte Seele nicht besänftigt, er zog auch noch die Pistole. Und schoss auf einen Sanddornbaum, in die Krone. Und schoss noch einmal, demonstrativ, löste einen Wasserfall gelber Beeren aus! In meinen Lagern ist das Privileg zu schießen ein großes Privileg.

Schon als er die Pistole zurückgesteckt hatte, schrie Kramarenko:

»Wieso macht ihr die fertig! Gemeines Pack! Die sind doch beide krank im Kopf! Sind doch Spinner! Einer klaut gleich eine

Kalaschnikow – und was dann? Ballert euch alle über den Haufen. Schießt euch alle zu Brei! Und wird euch dann noch beweinen! Euch bedauern! An jedem Grab wird er weinen!«

Er zeigte den Soldaten seine starke Faust:

»Ich werde euch was spucken!«

Natürlich hatten mich Snegir wie auch der schimpfende Kramarenko schon aus dem Augenwinkel bemerkt. Hatten gesehen, dass Major Schilin vorbeiging. Nicht ganz in der Nähe, aber doch im Radius meines Kommandeurszorns.

Die Soldaten wurden totenstill.

Meine Rotgesichter sah ich später wieder. Schon vor der Kantine. Sie bekamen ihre Hintern kaum hoch, lösten sich nur mit Mühe aus der Raucherecke. Gingen schleppend. Schneller gehen klappte nicht. Spucken hatte geklappt, aber nur aus ohnmächtiger Wut.

Sie gingen in die Kantine, mit vor Müdigkeit hängendem Kopf. Nicht einmal das Fressen rief sie.

Eisenfässer mit Diesel – zwei Lastwagen vom frühen Morgen an entladen! Bei dieser Arbeit wird man rasch verschlissen. Ein paar Wochen und ab ins Lazarett. Gesichter wie aufgeschnittene rote Rüben. Hier bleiben nur die mit einem starken Bauernherzen. Echte Kraftprotze! Das Herz bläht sich auf. Platzt aber nicht. Aber nach vierzig oder fünfzig Jahren werden sie sich an ihre Militärzeit erinnern – werden nachts stöhnen, ohne zu verstehen, welche Kröte da in ihre Brust eingedrungen ist und sich dort an ihrem Herzen festgesaugt hat.

Kramarenko ging hinter ihnen her, hinter den Halbtoten, und beschimpfte sie weiter.

»Ich werde euch was spucken! Nach dem Essen werdet ihr neben dem Ascher Erde fressen! Die Erde sauber machen! Eure Spuckpfropfen suchen, ihr Schweine!«

In diesem Augenblick hasste sie der ehrliche Kämpe:

»In der Horde seid ihr mutig. Aber nur in der Horde. Auflecken werdet ihr eure Spucke! Mit der Zunge! In der Horde fallt ihr über Schwache her, ihr Schakalenpack!«

Im gut getarnten Keller der tschetschenischen Kämpfer lagern ihre nagelneuen Waffen. In Kisten. Mit Stempeln. Woher kommen sie? A-ah! Da war auch noch Plastiksprengstoff. Noch dazu mit Fabrikstempel. *Sprengarbeiten, Stadt Omsk.* Wie kommt denn das hierher? Solider Hort. (Die Identifizierung anhand so eines Horts ist die Lieblingsbeschäftigung der FSBler.)

Vor der Abfahrt zum FSB hatte ich gefragt, ob ich ihnen meinen Kramarenko schicken könnte, der nicht schlechter (vielleicht sogar besser) als ich den Unterschied zwischen Fabrik- und Lagerbeständen wittert. Am ersten Buchstaben auf der Kiste errät er, was für die Ermittlung wichtig ist.

Doch in dem Waffenhort wühlten hartnäckige Leute herum.

»Nein, Major. Wir brauchen Sie. Und Ihre Verantwortlichkeit.«

Sie brauchten – sie wiederholten es in der dritten Person – Major Schilin. Persönlich.

Ich, Schilin, erwartete jedoch gerade eine planmäßige Revision meiner Lager.

»Wissen wir«, sagten sie.

Und fügten hinzu:

»Kommen Sie her. Wir bezahlen Sie als Sachverständigen. Als Sachverständigen erster Klasse.«

Ein Hort ist keine Müllgrube. Und zu tun gibt es dort überhaupt nur wenig. Wenn man sich nicht vom FSB gängeln lässt. (Die bei jeder Aushebung nicht abgeneigt sind, jemanden festzunehmen und ein Exempel zu statuieren.)

»Aber bloß nicht auf einen Haufen«, befahl ich. »Tragt sie einzeln auf die Zeltplane – Kiste für Kiste.«

Es wäre für mich einfacher gewesen, ihnen zu erklären, diese Waffen seien *dort* gestohlen worden. Oder wahrscheinlich *dort.* Weiterverkauft? Möglich. (Das müsst ihr klären!) Und diese Kalaschnikows – nein. Sind nicht gestohlen. Und nicht weiterverkauft. (Die tschetschenischen Kämpfer hatten die Kalaschnikows in unserer zerschlagenen Kolonne eingesammelt.) Woher ich das wisse? Na, über den Daumen gepeilt.

»Sind Sie sicher, Major?«

»Nein«, sage ich in solchen Fällen und dehne die Pause.

Es kommt vor, dass die Kontrolleure vom FSB von vornherein aufgebracht sind und am liebsten jedem die Schulterstücke abreißen würden. Wenn man ihnen, den Sauberen, nur unterkommt. Ich erinnerte mich an Kolja Gussarzew. Wohin hatte er sich verstiegen, der Waghals! In diesem Krieg heimlich verkaufte (oder heimlich versteckte) Waffen sind wie ein mehrstufiges Rätsel. Schuldig ist anscheinend nur einer. Aber er zieht viele nach sich. Und wer wen, ist nicht leicht festzustellen …

Indessen hingen jetzt die Schicksale irgendwelcher Leute von meiner raschen Expertise ab. Und die Kontrolleure trieben mich noch zur Eile an:

»Hier sind die nummerierten Kisten! Und hier die Stempel!«

Ich erklärte ihnen jedoch: Die Kisten sind altes Zeug. Die Zahl? Die Zahlen sind natürlich eingekerbt. Oder drübergekerbt. Die Kalaschnikows sind nur in zwei Kisten gepackt worden, und zwar auf die Schnelle. Die Übrigen sind einfach in ölgetränkten Ballen zusammengeworfen worden. Als wären sie gestern erst herausgeschleppt worden. Die Kämpfer verstecken die Waffen bis zu fünfmal neu. Dann findet mal ihren vorigen Hort!

Ich war äußerst vorsichtig. Unterschreibt man ein gezahntes Papier nicht richtig, schon hagelt es morgen ein Dutzend weiterer, eins unansehnlicher als das andere. Eins schlimmer als das andere. Wie ein Sturzbach! Sie lassen einen morgens nicht mal austrinken!

Aber für die Expertise zahlten sie wirklich gut.

Und darüber hinaus bekam ich eine wichtige Information. Bei der Ausbreitung der Waffen war der FS-Mann im Nachhinein gutmütiger geworden. Und wusste meine strikte Wahrheitsliebe zu schätzen. Dass ich niemanden hereingelegt hatte. Dass ich nirgendwo gehudelt hatte.

»Sei auf der Hut«, lächelte mir der junge FS-Mann zum Abschied zu. »Sei auf der Hut, Major! Dubrawkin wird zu dir kommen.«

Die planmäßige Revision der Lager (meiner Lager, jetzt wusste ich es) hatte sich Oberst Dubrawkin vorgenommen. Ein berühmter Krieger, der nicht mehr kämpfen durfte. Der jetzt überall Feinde und Verräter witterte. Ich lachte sogar. Sei auf der Hut, Schilin. Es war überhaupt nicht komisch, aber ich lachte. Wie absurd! Wie jeder Mensch doch in der Luft hängt! An einem Faden! Gerade erst war es Major Schilin gewesen, der Einfluss hatte! Gerade erst war das Schicksal anderer in meiner Hand gelegen, das Schicksal von Dritten, Vierten und Fünften. Halb ausgelöschte, jedoch noch lesbare Schicksale auf den Kisten mit Waffen und Plastiksprengstoff.

Kinderplastilin waren ihre Schicksale. Ich konnte die Stücke so und so kneten. Und jetzt, entschuldigen Sie bitte, kommt Dubrawkin zu mir. Und jetzt, entschuldigen Sie bitte, werde ich selbst zu Plastilin.

Ja, ja, ich fällte bei dem Hort kein Urteil. Doch das bedeutete nicht, dass ich selbst nicht vor Gericht käme. Krieg.

Dieser Dubrawkin brüstete sich gerne mit seinem besonderen Gedächtnis – er erinnerte sich an die kleinsten Einzelheiten (fanatisch), mit wem er wann, auf welcher Straße und wie genau er zusammengestoßen war. Erinnerte sich an alle. Hatte natürlich auch mich nicht vergessen. Ein echter Feind! Oberst Dubrawkin werde die Revision leiten, hatte mich der FS-Mann informiert. Dubrawkin komme zusammen mit zwei Nachschuboffizieren. (Fragt sich, mit wem! Vielleicht wären die Offiziere prinzipientreu? Wären ein Gegengewicht?) Aber mach dir nur keine zu großen Hoffnungen, Major Schilin.

Auf dem Rückweg von dem Waffenhort ein Anruf. Tschetschenen. Unsere Tschetschenen. Föderale. Sie wussten schon vom Fund des Waffenhorts und rechneten mit den beschlagnahmten Waffen. Nach Plan, klagten sie, würden ihnen erst in zwei Monaten Waffen geliefert.

»Wir sind bereit zu zahlen, Alexander Sergejitsch.«

Die föderalen Tschetschenen reden einen meistens mit Vor- und Vatersnamen an. Sagen nur selten »Saschik«.

»Nicht von mir, Männer. Waffen sind kein Diesel! Wendet euch an sie, an die Kontrolleure.«

»Ach! Ach!«, begann das bekannte Wehklagen der Bergbewohner. »Sind sie noch dort? Beim Hort?«

»Ja.«

»Ist ein FS-Mann dabei?«

»Ja, sicher.«

»Ach! Ach!«

Ihre Probleme. Sollen sie sich anstrengen. Sich den Hort bei der Kontrolle der FS-Leute unter den Nagel reißen! Dafür bestätigten sie mir die Information über die Revision meiner Lager und Dubrawkin. Sie wussten es schon! Die Tschetschenen wissen alles. Wie sie das nur immer rauskriegen!

Ich erkläre Soldat Jewski schon eine Stunde lang seine lediglich relative Schuld (nach militärischen Maßstäben) an dem, was geschehen ist.

Ich klage ihn nicht an, mache ihm keine Vorwürfe. Ich wasche ihm sein Gehirn.

»Ihr habt ein Jahr gekämpft, Jungs! – Du, Alik, warst doch auf einem Schützenpanzer im Gefecht? Wahrscheinlich warst du es. Und du, Oleg?«

»Ich auch.« Er nickt.

Beide sitzen neben dem Tisch mit den Formularen. Hinter Oleg türmt sich ein Haufen Feldblusen.

Sollten sie, die ein Jahr gekämpft hatten, denn nicht wissen, dass die Soldaten, die auf der Panzerung sitzen und unter Beschuss geraten, nicht ins Gras abspringen, wenn das Fahrzeug mit hohem Tempo fährt. Nein, sie erwidern das Feuer. Aus allen Knarren. Die einen ballern nach rechts, die anderen nach links. In die Büsche. Ins hohe Gras.

»Und du, Alik, hast natürlich bemerkt, dass deine Antwortkugeln beinahe auch den eigenen Kameraden gestreift hätten … der neben dir schießt. Kugeln. Eine Handbreit von ihm entfernt, zum Beispiel von seiner Schulter. Hast du das bemerkt?«

»Ja.«

»Und du, Oleg?«

»Ich auch.«

»Besonders, wenn dein Schützenpanzer plötzlich ausschert. Wenn dein Schützenpanzer oder auch Panzer plötzlich über einen Huckel springt. Wenn dein Panzer manövriert. Dann ruckelt deine Feuer speiende Kalaschnikow bei den Kehren auch von allein. Hast du das bemerkt?«

Oleschka nickt. Auch Alik nickt ohne Nachhilfe. (Gutes Zeichen.)

Ich komme auf Zufälle zu sprechen. Es habe schon Fälle gegeben, da habe die Kugel den eigenen Mann gestreift. Der neben einem auf dem Schützenpanzer saß. Habe ihn gestreift oder ihm gar die Schulter zerfetzt. Das Handgelenk zertrümmert.

»Und was dann? Werden wir Offiziere den Soldaten etwa irgendwo erwähnen? Anprangern? Der seinen Kameraden verwundet hat? Nein, Kinder. Das werden wir nicht tun, wir pfeifen drauf. Ja, ja, ja, Jungs. Wir sagen einfach: Wurde im Gefecht verwundet.«

Die sogenannte Schützengrabenwahrheit. Ich heuchle nicht. Ich breite nur bedauernd die Arme aus – sogar uns selbst gegenüber vereinfachen wir Offiziere die Sache und melden sie so. Wir streichen Überflüssiges aus. Wir löschen es im Gedächtnis. Alles klar?

Ich wasche ihnen nicht einfach nur das Gehirn, ich spüle es

auch durch. Bald werden sie abtransportiert. Vielleicht geraten sie plötzlich doch noch in eine Befragung durch Fremde.

Alik nickt, er versteht. Über sein Gesicht huscht jedoch schon wieder der nervöse Tick. Irgendetwas zuckt. Irgendetwas hindert ihn daran, endgültig zuzustimmen. Irgendetwas hindert seinen Feuerstoß daran, als (von mir eingeflüsterter) versehentlicher Zufall eingestuft zu werden.

»Du warst einfach zu schnell, Alik. Du hast einen Feuerstoß auf den Tschetschenen abgefeuert, und Major Gussarzew ist von selbst in die Schusslinie geraten. Das war ein Versehen, Alik. Das ist es – ein Versehen. Und keinen Mucks! Zu niemandem! Wir sagen einfach: Der Major wurde im Gefecht verwundet.«

Ich sehe: Der arme Junge möchte so sehr in diese verständliche, leicht erklärbare Situation geraten. Aber es klappt nicht. Das Gefecht hat ja stattgefunden. Der ehrliche Spinner scheint sich nicht selbst belügen zu können. Er brauche, sehen Sie, einen Kampf. Wenn es ein G-g-gefecht gewesen sein soll!

»N-nein. Es war kein G-gefecht«, er hält den Tick auf der linken Wange mit der Hand fest.

Vielleicht ist der Soldat so deprimiert über den »M-mord an einem Offizier«, dass ihm jetzt die »Verwundung eines Offiziers« zu wenig ist. Es ist ihm zu wenig! Dieser Hosenscheißer sucht eine größere Schuld für sich. Treibt sie hoch. Die Psyche eines Kapitulanten.

»Zuerst auf d-den Tschetschenen ...«

Soldat Jewski schaut mich mit letzter Verzweiflung an. Aber auch mit letzter Hoffnung, sich doch noch unter den *versehentlichen* Zufall retten zu können.

»Zuerst auf d-den Tschetschenen ... und d-dann auf das B-bündel ...«, stammelt er.

Doch das verstehe ich nun überhaupt nicht. Und akzeptiere es auch nicht. Quatsch! Irgendwo hakt es bei ihm. Er schielt wieder nach der Phobie! Was geht's mich an. Will mich der Traumatisierte wirklich überzeugen, dass seine Kugeln diesem übergebenen B-bündel Scheine folgten? Spinnerei. Quatsch! Ich kann mir so etwas gar nicht ernsthaft anhören. Meine Aufgabe ist es, ihm das Gehirn zu waschen. Und ihn zu seinen Leuten zu schicken.

»Quatsch!«

Das Schuldgefühl bedrückt den Jungen. Er habe zwar nicht getötet. Aber er habe doch auf den Offizier geschossen, sei also schuld.

»Quatsch. Das redest du dir ein.«

»Ich habe auf das B-bündel geschossen.«

Schon wieder? Ich würde ihm am liebsten eine reinhauen. Besonders reizt mich sein großartiger, aufdringlicher Gedanke (und hindert mich an seiner Umwertung), dass er auf den Tschetschenen wegen des Geldes in der Hand geschossen hat.

Oder rechtfertigt er sich auf diese Weise schlau?

»Was?! Was?! Na, Alik, noch mal! Du willst sagen, dass du auf das Bündel Scheine geschossen hast?

»J-ja«, sagt er, aber deutlich zögernd.

Den Quatsch muss man bekämpfen. Den Quatsch muss man ihm austreiben.

»Das ist lächerlich, Alik. Soldat Jewski, das ist zum Lachen! Los, antworte jetzt! Du bist doch nicht verrückt?«

»N-nein«, sagt er, aber wieder zögernd.

»Merk dir das, Soldat!«

Der arme Kerl versucht, das Komplizierte an jener Situation zu erklären, natürlich habe er nicht auf das Geld selbst geschossen … *die Hand mit dem Geld … die Hand eines fremden Menschen … der plötzlich aufgetauchte Tschetschene mit dem Geld.* Vielleicht ist die Phobie wirklich ein Psychogerinnsel, das Alik mit Worten nicht benennen und ausdrücken kann. Er vermag es nicht. Und ich, Major Schilin, vermag es erst recht nicht. Kann es nicht ausdrücken. Weil Major Schilin an derlei Unsinn nicht glaubt.

Mein Gedanke ist einfach: Willst du dich rechtfertigen, dann wirf keine Nebelkerze.

Und es ist auch Zeit, zu gehen, das Gespräch hat mich unnötig ermüdet.

»Du warst einfach in den Anblick dieses beschissenen Geldes versunken, Alik, das der Tschitsche Major Gussarzew gereicht hat! Du hast die offene Wagentür vergessen! Erinnerst du dich an die Tür?«

»J-ja.«

Na, also. Du hast selbst gesagt, dass die Jeeptür hin- und hergeschlackert ist. Dich gestört hat. Die Tür ist auf- und zugegangen. Die Tür hat den Lauf deiner Kalaschnikow touchiert. Nur ganz leicht. Aber das hat gereicht, dass deine Kugeln zum Major hin abgewichen sind.«

Soll er nachdenken.

Ich habe keine Zeit mehr, ich gehe.

Ihre Traumatisierung lässt, wie ich bemerke, nur ungern nach. Dafür verändert sie ihre Maske. Alik, zum Beispiel, tränt nicht mehr so stark aus dem linken Auge. Dafür hat sich sein Stottern ein wenig verstärkt.

Sie verlassen ihr Lagerhaus 8 praktisch nicht. Und zweifellos profitieren sie davon, dass sie keinen Kontakt zu den Soldaten haben.

Ich habe ihnen schon mitgeteilt, dass eine Kolonne unter Chworostinin nach Wedeno geplant ist. Mit dieser Kolonne würden sie beide mitfahren. Schon bald! Mit der ersten Kolonne. Die Jungs warten. Vergehen vor Ungeduld, wenn sie so manches Mal das Poltern der Fässer beim Beladen hören. (Ihre Geduld ist erschöpft.)

Ach, wie sehr beide auf die Rückkehr zu ihren Leuten warten. In ihre Stammeinheit zurückzukehren, ist für sie so, als würden sie in die Zeit vor ihrer Traumatisierung zurückkehren. Jenes Leben im Wehrdienst erscheint ihnen jetzt als glückliche Zeit, als glücklichste Zeit. Ist es die Möglichkeit, dass man sich so nach dem Soldatenalltag sehnen kann! Sie bitten mich, wollen unbedingt dorthin, flehen mich an. Sie sind wie von der Vergangenheit verzaubert. *Bringen Sie uns zu unseren Leuten zurück,* bringen Sie uns in jene Tage zurück!

Spinner. Echte Spinner!

Auf meiner Mondlichtung. Schon am Mittag zog es mich dorthin. Ich wollte mit meiner Frau sprechen. Aber wie laut war es am Tag!

Zuerst unser Lagerlärm, die Fässer. Es war, als würden sie ewig gerollt. Bu-bum. Bu-bum. Bu-bum. Nach und über den Fässern die Geräusche Chankalas. Dieser Lärm kam aus der Ferne, schien uns zu umfließen, kehrte aber als vielfaches Echo zu uns zurück. Von allen Seiten. Besonders von links, wo die Straße war und die vom Krieg getriebenen Autos dröhnten. Die Straße war auch voller Drang nach Kriegsruhm. Die Autos überschrien, überkreischten einander.

Danach erklangen sogleich ganz verschiedene, vermischte, unverständliche scharfe Laute. Als würden Pfosten eingeschlagen. Aber die Riesenpfosten wurden nicht in die Erde, sondern in den Himmel gerammt. Irgendwo ganz hoch hinauf. Bis in die Wolken. Chankala! Ich konnte mich nicht entschließen, zu Hause anzurufen. Saß einfach nur drei Minuten auf der Bank. Mitten am Tag.

Ich stehe früh auf. Beim ersten Geräusch, das ich im Schlaf vernehme. Die warmlaufenden Motoren der Lagerautos. Aber Eile ist trotzdem nicht geboten. Ich beginne den Morgen gern ein wenig träge, bringe mich erst allmählich auf Touren.

Die Anrufe sollten erst in einer halben Stunde einsetzen, aber nein! Sufjan ruft an. Die Tschetschenen stehen noch vor uns auf.

»Ich höre«, sage ich. »Ich höre aufmerksam zu.«

Das Wort »aufmerksam« ist für meinen Informanten Sufjan ein Zeichen. Das Wort bedeutet, dass sich das Handy in meiner Hand befindet (und nicht in einer fremden) und meine Stimme nicht imitiert ist. Es bedeutet, dass Major Schilin zuhört. Und dass damit im Leben alles stimmt.

Sufjan teilt mir mit, er habe in dem Waldstück nordwärts von seinem Dorf Rauch gesehen. Er habe Rauch gesehen. Rauchfahnen. Ungefähr dort, wo das Trockental sei. Vor der Kreuzung. Ein einzelnes Waldstück gebe es dort, und im Wald stiegen zwei oder auch drei morgendliche Rauchfahnen auf. Ein frühes Frühstück.

»Ich glaube, das sind unsere. Ich glaube, sie wollen eure umbringen, Assan Sergejitsch.«

»Was für Rauchfahnen?«

»Aromatische.« Er lacht.

Er schluckt die Spucke runter (ich höre es). Aromatische Rauchfahnen vom frühen Frühstück. Die Tschitschen sind von den Bergen heruntergestiegen. Die Tschitschen schlagen sich den Magen voll. Vor den Gefechten.

Da haben wir's! Sufjan fügt hinzu, die Tschitschen wüssten schon von der Kolonne nach Wedeno in den nächsten zwei, drei Tagen. Sie wüssten, dass der genesene Chwor die Kolonne führen würde. Dass ein hoher Offizier in der Kolonne wäre. Dass man frisch angekommene Auffüllung mitführe. In der Hauptsache junges Gemüse. Wenig Kontraktniks.

Ist eine Auffüllung in Grosny eingetroffen, dann beginnen die Tschitschen sie sofort zu beschatten ... zu beobachten. Beim Ausladen aus den Waggons. Bezahlte Geheiminformation vom Bahnhof.

»Hast du das über den Bahnhof selbst herausgefunden?«, frage ich Sufjan.

»Ja.«

Eine großartige Information, von unschätzbarem Wert! Sie wird jedoch ungenutzt bleiben. So ist es oft. Und man kann nicht einmal jemanden dafür beschimpfen. Wenn ich sofort dringend beim Stab anriefe ... beim operativen Kommando. *Und woher haben Sie die Information, Major? Sind Sie sicher, Major?* Den

Start der Hubschrauber müssen sie unbedingt mit dem hohen Kommando koordinieren. Dann reden sie von Panik. Haben Sie etwa Panik, Major Schilin? Ich könnte kotzen, wenn ich höre, dass sie *koordinieren* müssen. Sie sind zu faul, den Arsch zu heben und loszulegen, zu faul, zu rennen und zu hasten. Sie müssten ja den Befehl übernehmen. *Soll der Wald also sofort bombardiert werden? Brauchen wir sofort die Hubschrauber? Teilen Sie uns doch trotzdem mit, Major, woher Sie diese Angaben haben?*

Sie wedeln die Information weg wie Fliegen. Das Leben ist ja so schön, wenn es gelassen geht. Zudem wird Chworostinin die Kolonne führen. Wen sollten wir also fürchten?

Wie stehen Sie zum Stab, Major Schilin? Das werden sie schon mit Gift in der Stimme fragen. Um mir das Maul zu stopfen. Ich bin doch ein Niemand, ihr Arschlöcher. Niemand. Dafür habe ich, der kleine Niemand, Ohren und höre gut dieses gedehnte, fade, rostige, ekelhafte Quietschen bei der Beamtenkoordinierung …

Sie werden herumreden; bis die großartige Information durchgesickert und durchgeflossen ist, wird das Wasser schon ein Löchlein gefunden haben! Die Tschitschen werden den Hinterhalt verlegen. Und meinen Informanten schnappen. Und natürlich wird dann gefragt werden: Warum wurde der leere Wald bombardiert?

Eben! Aber wenn sich die Stabsräder plötzlich doch schneller drehen … noch schneller! … und immer noch schneller! … dann bedeutet das nur eins: dass die Jungs schon umgelegt worden sind, die Kolonne abgefackelt worden ist und sich der Scheißkoordinierungsmechanismus in die Gegenrichtung gedreht hat. Auf der Suche nach den Schuldigen.

Ich lobte Sufjan – gut gemacht!

Er lachte stolz:

»Das weiß ich selbst.«

Ursprünglich arbeitete Sufjan zwei … nein, drei volle Monate bei mir auf der Baustelle des Außenlagers. Aber die Bauleiter, Ruslan und Roslik, waren mit ihm unzufrieden. Als Arbeiter konnte niemand diesen Werktätigen brauchen. Aber als Mensch war er schlau und lustig. Sufjan drückte sich vor allem, und zwar sehr geschickt. Einmal nicht aufgepasst, schon saß er abseits. Seine Schaufel war irgendwo verschwunden. Er trug hin und wieder ein paar Ziegel. Schonte seine Wirbel. Kluger Bursche! Langlebig.

Dieser Schlaukopf lebte an einem für mich interessanten Knotenpunkt. Kaum hatte ich etwas über sein Dorf gehört, das an einer Wegkreuzung lag (fünf oder sechs Bergpfade trafen sich dort), holte ich Sufjan zu mir. Ließ ihn zu einem Gespräch kommen. Von der Baustelle, von der mühseligen Arbeit stellte ich ihn sofort frei, sicherte ihm aber seinen Lohn zu. Ich gab ihm ein Handy. Erklärte ihm, wie und was. Wo welche Tasten sind. Und entließ ihn – bleib zu Hause, mein Lieber. Arbeite dort. Das wird dir gefallen. Brauchst keine Ziegel mehr zu schleppen.

Von Zeit zu Zeit kam Sufjan zu mir, um sich den Lohn für seine intellektuelle Arbeit abzuholen. Eine bescheidene, aber sichere Summe. Er informierte mich über seine Landsleute ohne die geringsten Gewissensbisse. Mit ruhigem Lächeln! Er war ein ziemlich schöner Mann. Wenn er nach Grosny kam, um seine Rubel abzuholen, schaute er stets ein-, zweimal in den Spiegel neben unserer Kasse. Hielt sich dort einen Augenblick länger auf als nötig. Was er dort sah, ist schwer zu sagen. Sich. Natürlich sich. Er war schön, hatte noch dazu einen Silberblick. Klassetyp. Echter Schurke.

Nicht umsonst stiegen die Tschitschen so einmütig auf diesem Weg von den Bergen herunter. Auch Chwor schreckte sie nicht. Gleich im ersten Gefecht eine Kolonne mit frisch eingetroffener Auffüllung, großäugigen Jungs, abzufackeln, ist das Höchste für Nachwuchsfeldkommandeure. Meisterklasse. Ausbildung. Alles klar. Na, und ich? Werde ich meine Spinner mit der riskanten Kolonne fortschicken?

Doch ihre Abreise lässt sich nicht mehr aufschieben. Ist nicht mehr möglich. Ihre Nerven sind zu angespannt. Sie würden wieder weglaufen.

Ich denke über Aliks Leiden nach ... über diese wilden gelben Sonnensplitter. Diese Lichtsplitter fliegen ihm in die Augen, mitten in die Pupillen. Spitz und schmerzhaft.

Wenn ich mich nicht selbst betrügen will, laufen meine Zweifel auf Folgendes hinaus: Soll ich Wassiljok anrufen und ihn um Hilfe bitten? Oder nicht? Wassiljok deckt eine Benzinkolonne für mich nur in allerschwierigsten Fällen – mit außerplanmäßigen Flügen, von denen die Stabsoffiziere nicht immer wissen. Krieg!

Wassiljok deckt sie redlich und zuverlässig. Aber jeder Flug von ihm, und mehr noch der Flug seiner geflügelten Kameraden kostet mich eine Stange Geld. Vor allem aber habe ich beim heutigen Stand genau einen Flug vorausbezahlt. Und Kerosin auf Vorrat hat er auch nicht. Ein Flug! Wenn ich diesen Flug für die glotzäugigen Jungs der Auffüllung (plus meine Spinner) verbrauche, ist mein Benzin für die nächste Zeit auf den Straßen ungeschützt. Benzin, Diesel, Heizöl – alles nackt. Und ich selbst bin auch nackt.

Meinen Sprit in der Kolonne werden die Tschitschen selbstverständlich kaum abfackeln. Sie werden ihn kapern. Anschließend werde ich versuchen, zu erfahren, wohin und wem sie ihn gebracht haben. Aber dann fängt das Gerangel an, das widerliche Gefeilsche. Mit unklarem Ausgang. Und deshalb schwanke ich. Dieser eine Flug ist wie die letzte Patrone in der Pistole. Eine Patrone, die einen immer reut.

Der angekommenen Auffüllung ein herzliches Willkommen! Die Rekruten werden sofort kämpfen müssen. Die Frischlinge schießen ja auch eifrig. Das ist der Krieg. Schade, natürlich, aber ein Drittel der Jungs wird niedergemacht. Kopf an Kopf. Trockental ist ein tückischer Hinterhalt.

Ich musste eine Sekunde stehen bleiben, damit sich meine Augen gewöhnten. An das Lagerhaus – an die besondere Lagerdunkelheit. Aber nun sehe ich. Zahllose Regale bis unter die Decke. Schachteln. Eine Unmenge zerknitterter, angefressener Feldblusen. Zwei herabhängende Glühbirnen leuchten matt.

Am Tisch sitzt Alik und füllt Formulare aus. An die Stirnseite des Tisches hat sich Oleg hingehockt und tippt etwas mit einem Finger – auf einer alten Schreibmaschine.

»Arbeiten wir?«

Beide springen sofort auf. Stehen stramm. Ich befehle ihnen, sich wieder zu setzen.

»So spät am Abend sollte man sich ausruhen. Musik hören. Wo ist denn das kleine Radio?«

Oleg langt unter seine Beine und hebt das Radio hoch, stellt es auf den Tisch.

»Und was ist mit dem Feldbett? Warum ist es weggeschoben?«

Alik erklärt es. Stotternd. Kramarenko sei ihnen entgegengekommen und habe erlaubt, es ganz in die Ecke zu stellen. Es sei nämlich so, dass Oleg im Schlaf den K-kopf schüttele. G-gegen die Wand haut. Und so stark dagegenhaut, dass Alik aufwacht und lange nicht wieder einschlafen kann.

»Hier gibt's doch jede Menge Feldmützen. Oleg! Such dir die größte raus und setze sie vor dem Schlafengehen auf. Nimm eine auf Zuwachs. Mit Ohrenklappen. Damit sie den ganzen Kopf schützt. Verstanden?«

»Setzen, Soldaten! Esst ruhig weiter!«

In der Kantine. Mittagessen. Ich bin eingetreten und sehe sie am langen Tisch. Zwei. Die Tische drumherum sind schon leer. Hier und dort Teller. Brotrinde. (Die Ladesoldaten und das Wachpersonal haben schon früher gegessen. Sind schon weg. Machen schon ein Nickerchen. Sie haben eine halbe Stunde Pause.)

Ich setze mich zu den Jungs. Kaue trockene Brotrinde zur Gesellschaft. Und schärfe ihnen ein:

»Es war ein Gefecht, Soldat Jewski. Es war ein Gefecht, Alik, und man weiß nicht, ob es deine verirrte Kugel oder die von jemand anderem war, die Major Gussarzew getroffen hat. Hast du geschossen? Na ja, ja. Du hast geschossen. Aber andere haben auch geschossen, Alik. Es war ein Gefecht im Gang! Wessen Feuerstoß zuerst losging und wessen Kugeln stärker abwichen, weiß man jetzt nicht mehr. Ballistikexperten werden nicht ins Gefecht mitgenommen.«

Beide löffeln langsam die Kohlsuppe. Essen, ohne die Augen zu heben.

Das ist doch auch absurd! Ich weiß nicht einmal, ob sie noch am Leben sein werden, wenn ihre Kolonne morgen oder übermorgen von den heruntergestiegenen Tschitschen angegriffen worden ist. Noch weiß ich es nicht (ich habe mich ja noch nicht entschieden, was Wassiljok betrifft). Ich weiß es nicht, beschütze die Jungs aber vor einer bestimmten Zukunft, einer theoretisch möglichen Befragung.

»Ihr seid beide, wenn auch unfreiwillig, in ein Gefecht geraten. Du warst im Gefecht, Soldat Jewski. Und soll ich dir sagen, Soldat Jewski, wer Berg-Achmet getötet hat? Wer *in diesem Gefecht in der Mokroje-Schlucht* den Feldkommandeur umgelegt hat?«

Er, der mindestens vier Kugeln in Achmet gejagt hat, weiß es natürlich. Beide wissen es. Doch beide haben nicht das Gefühl, dass ihnen dafür viel erlassen würde.

»Soll ich's sagen?« Ich hake nach.

Er schüttelt den Kopf. Der Tick meldet sich schon in Soldat Jewskis Augenhöhlen. Nein. Sagen Sie's nicht, Major.

»Der Krieg ist es, Alik. Kapiert? Es war dein Gefecht.«

Ich probiere es doch – rufe Wassiljok an. Wahrscheinlich automatisch. Tippe auf die Tasten. Aber sein Handy ist ausgeschaltet. Der geflügelte Killer schläft. Pennt. Ist ja erst Morgen.

Ich gehe an den Lagerhäusern entlang.

Die Zweifel bedrängen mich mit frischer Kraft. Wenn mein

Benzin, mein Diesel in einen Hinterhalt geriete … was tun? Wassiljok würde nicht starten, um meinem Sprit zu helfen, wenn der Flug schon verbraucht wäre … »Saschik«, würde er sagen, »ich hab's doch wohl schon abgearbeitet!« Er würde bestimmt *wohl* sagen. Als ob er sich nicht genau erinnere. Aber er erinnert sich. Und ich erinnere mich. Wir erinnern uns beide an alles.

Natürlich ist er ein Kumpel, ein Kriegskumpel, und er könnte durchaus als Vorschuss auf die Zukunft starten und die Kolonne decken. Gut nachbarschaftlich. Könnte mir einen dringenden Hubschraubereinsatz borgen … vielleicht zwei … wie man zum Beispiel seinem Nachbarn hundert Grüne bis Montag borgt. Er könnte starten. Vielleicht aber auch nicht.

Die Gier kommt hoch. Ich spüre, wie die Kröte mir das Herz beklemmt. Und wie ich sie wegschleudere, verjage. Was sind wir Menschen komisch! Mich dauern die großäugigen Jungs der Auffüllung, aber genauso stark dauert mich mein künftiges Geld (mein künftiges Benzin und Diesel). Immer wieder käme eine Auffüllung in Grosny an, aber bei Wassiljok habe ich nur einen Flug gut!

Dieses Bedauern mit den Frischlingen belagert mich. Hundert Jungs in Kampfanzügen mit Kalaschnikows. Auf Schützenpanzern, auf Panzern. Rotznasen und Glotzaugen. Du darfst sie nicht bedauern, sage ich mir. Das ist der Krieg. Nicht bedauern, wiederhole ich. Das ist der Krieg. Sie sind zum Töten gekommen. Sie müssen töten. Und der Krieg muss auch sie töten.

Sie müssen töten, Major Schilin. Und sie werden töten. Schon morgen. Wenn sie in den Hinterhalt geraten sind und zurückschießen.

Aber da werden ja auch meine Spinner dabei sein?! Und wie wird es ihnen ergehen, diesen beiden?!

Der Krieg hat seine Ereigniskette. Seine Strömung. Und ich bin nur ein Mensch. Einer von …

Eine Welle von Fatalismus ereilt und überflutet mich. Hat

mich überflutet. Ich bin nicht mehr da. Komme, was wolle. Der Krieg ist wie Wasser. Er fließt und fließt. Ich bin niemand. Ich bin klein und nichtig.

Ich habe meine Fässer. Mein Benzin. Meine Lager.

Mit einer jähen Handbewegung lege ich die Schwere von mir ab. (Lege das Schweigen ab. Die Sünde des Schweigens.) Ich hole das Handy raus. Und begebe mich mit diesem kleinen Eisenteil etwas abseits vom großen Eisen – von diesem sperrigen Berg ausgeladener leerer Fässer. Und vom fortdauernden Gepolter. Dann wende ich mich auch noch ab. Um besser zu hören.

»Wassiljok.Ich bin's. Fliegst du heute nach Wedeno?«

»Soll ich?«

Da sage ich seufzend, bittend:

»Ja.«

»Man hat uns was gesteckt, Sascha. Man hat uns was gesteckt«, beginnt Wassiljok mit seinem leicht verschlafenen Bass. »Aber undeutlich. Zwei Hubschrauber scheinen dort nicht umsonst herumgekurvt zu sein.«

»Aha. Also war doch was!«

»Es war was, Sascha. Aber irgendwie unklar. Kein Wort über die Startzeit. Kein Wort über den Patrouillenflug. Eher ›nein‹ als ›ja‹. Haben Kaugummi gekaut. Aber ich hab's gern, wenn ein Kommando ein Kommando ist.«

Und wieder sage ich halb im Scherz seufzend – hier, mein lieber Wassiljok, ist ein Kommando. Sie bekommen es, Oberst ...

Wassiljok lacht. Ein gutes, zustimmendes Lachen.

Da werde ich konkret:

»Hinter Serschen-Jurt. Erinnerst du dich an die Vorgebirgskreuzung? Dort befindet sich ein Waldstück im Norden. Kein dichter Wald.

»Ich kenne den Wald. Räudig. Trockental.«

»Genau. Etwas nördlich davon sind laut meiner Information Tschitschen. Wassiljok. Hörst du? Aber du bist natürlich vor ihnen da! Jetzt gleich … Beeil dich, ja? Bevor die Tschitschen an der Straße entlang Stellung bezogen haben. Bevor sie sich dort in den Hinterhalt gelegt haben.«

»Klar.«

»Solange sie noch auf einem Haufen sind. Und das Frühstück beenden. Schlag richtig zu!«

»Wird gemacht.«

Ende.

Jetzt, da die Worte aus mir herausgesprudelt sind, tun sie mir schon leid – die Gier stürzt sich mit voller Wucht auf mich. Ein grimmiges Gefühl. Und wie die Kröte meinem Herzen zusetzt! Ich stöhne beinahe laut auf über den Verlust. Über den mehrfachen Verlust! Ich stöhne. Ich habe in einer Minute meine Ressource verloren. Schöner Businessman, verflucht noch mal.

Nun ja, ja, ja, nicht alles wird in Geld gemessen. Wissen wir. Aber die Ressource schon. Der geflügelte Wassiljok schuldet mir ja genau einen Flug. Wenn jetzt etwas mit meinem Benzin, mit meinem Sprit geschieht, wer hilft mir dann? Ich könnte laut schreien! Wer wird auf Pump starten und mir den beschissenen nördlichen Wald bombardieren? Niemand. Man wird auch noch feixen. Ich höre schon ihre impotenten näselnden Stabsstimmen: Den Flug müssen wir *ko-or-di-nieren*!

Aus irgendeinem Grund schäme ich mich. Ich habe die glotzäugigen Jungs bedauert! Ich schäme mich irgendwie. Sehe mich von außen. Major Schilin, vierzigjähriger kräftiger Mann, Herr über die Lager. Herr über den Krieg. Der hat eine Schwäche gezeigt. Und was für eine!

Doch was getan ist, ist getan. Ist ja keine schlechte Sache, die Glotzaugen (und zugleich meine beiden Spinner) zu beschützen. Man schützt ja auch Früchte vor dem Frost.

Ein im Stab gehörter blöder Versprecher fällt mir ein: »Die Erhaltung der Soldaten ist auch (!) eine kriegswichtige Ressource.«

Ich erinnere mich an einen lang zurückliegenden Herbst in einem Gebirgstal. In Georgien. Der Herbst ist wunderschön dort, im Süden. Ein wahres Wunder! Meine Frau und ich hatten für den Urlaub ein kleines Zimmer gemietet. Die Wirtin hatte einen Sohn – einen kranken Jungen namens Giwi. Schweigsames Kind. Klein. Bohrte immer lang in seinem Ohr. Er hatte schöne zarte Finger. Doch einmal fand er eine andere Beschäftigung für seine Hände.

Meine Frau und ich tranken ein Gläschen Wein. Dazu Käse. Saziwi. Ein bescheidenes Abendbrot. Wir plauderten. Kühle und sternklare Nacht.

Die Hauswirtin blickte sich ab und zu nach ihrem Sohn um. Giwi war plötzlich vom Tisch aufgestanden. Er sprach etwas Unverständliches. Meckerte freundlich. Wurde unruhig. Und ging, ja, rannte fast zu ihrem Schuppen – zu den Mandarinen in den Kisten. Wie sich herausstellte, hatte er den Wetterbericht gehört.

Er berührte die gelben Früchte mit den Händen. Oi-oi! Diese Mandarine würde in der Nacht bestimmt erfrieren! Er wickelte sie in ein Stück Zeitungspapier. Und noch eine! Sie taten ihm leid. Der schwachsinnige Junge betrachtete fürsorglich die Früchte und schnalzte dabei mit der Zunge:

»N-zy … N-zy … N-zy …

Zum Schutz bedeckte Giwi die Mandarinenkiste noch mit alten Decken. Und stopfte die Deckenränder unter die Früchte. Ich beobachtete sein Tun. Ich war nämlich hinter ihm hergegangen, um nachzusehen, was ihn so beunruhigte.

Der Schwachsinnige berührte die Früchte behutsam. Fasste sie kaum an. Flüsterte dazu noch hastige Worte. Flüsterte eine Bitte. An den Himmel. Ich hörte unverständliche Worte, aber zweifellos an den Himmel gerichtet. Süße Gebetszeilen.

Wassiljok, dieser großzügige, dieser echte Mensch, der ganz mit den Wolken, mit dem trunkenen Höhenwind vereint war.

Er führte zweifellos Buch über seine Wohltaten. Ich werde dir schon helfen. Aber der Schutzflug ist nicht umsonst!

Ich jedenfalls würde mich nicht wundern, wenn genau jetzt vom über mir dröhnenden Himmel (sie sind schnell!) ein Anruf des zum Einsatz eilenden Wassiljok käme:

»Sasch, hörst du mich? Damit habe ich doch meine Schuld abgearbeitet, oder?«

Aha, da sind sie schon … fliegen … sie sind gekommen, meine *Teuren*, sind gekommen!

Immer schwächer wird der Biss des niederträchtigen Gedankenrestes: Habe ich den Flug nicht übereilt verbraucht?

Na gut. Ist ja egal.

Sie fli-iegen! Zielgerichtet fliegen die Hubschrauber. Paarweise. Den ersten Flieger steuert natürlich Wassiljok. Ich erhasche den Augenblick, da er in Schräglage geht. Er zwinkert mir zu!

Aha! Noch ein Paar! Es könnte sein, dass ich jetzt schon Schulden habe. (Wenn die als getrennter Flug gezählt werden.)

Die Hubschrauber umfliegen Chankala mit Leichtigkeit. Reiten schon in einer Ziellinie. Mustergültig! Richtung Gebirge. Spektakulär und schnell! Ich beobachte sie. Sie verschwinden. Sind schon am Horizont.

Ich bleibe noch eine Weile stehen. Brauche nicht mehr zu denken. In einer Stunde wird mich Sufjan anrufen und mir erzählen, was die Hubschrauber mit dem Gegner machen, der es nicht geschafft hat, sich rechtzeitig zu zerstreuen. Man braucht nicht zu denken. Braucht überhaupt nicht zu denken. Der kleine Giwi hat die Mandarinen zugedeckt.

SIEBZEHNTES KAPITEL

Jeder saß auf seinem Feldbett, und beide sprangen auf, wie es sich gehört. Standen stramm. Als ich eintrat. (Als sie mich im Halbdunkel des Lagerhauses erkannten.) Ich ließ sie sich setzen.

Der eine rechts, der andere links – ich wählte ohne Umstände den Ort für das Gespräch. Ich setzte mich auf die Kante ihres Schreibtischs mit ihren Papieren. Setzte mich einfach mit halbem Hintern auf den Tisch. Ganz ungezwungen. Gab den Jungs die Stimmung vor. Ungeniert. Um sie beide zu sehen – und mit beiden zugleich zu sprechen.

Doch zuvor erblickte ich ihre bespuckten Schuhe. Vollgespien! Und schrie:

»Schuhe abwaschen!«

Sie rannten beinahe um die Wette zum Klo. Ich wartete auf sie.

Verkrümmte Psyche, beim einen wie beim anderen. Sie hatten ihre Schuhe nicht geputzt, verdammt noch mal! Beim Wasser gab es im Lagerhaus doch keine Engpässe. Das Klo war nebenan. Woran lag es also?!

Diese Menschen zu lieben, war schwer. Ich hatte genug von ihnen gesehen. Unsauberkeit ist die Wahrheit ihrer Erkrankung. Traumatisierte sind nicht weiß und flaumig. Im Lazarett, erinnere ich mich, gab eine strenge Pflegerin den Traumis einen Klaps, einem nach dem anderen und schimpfte: »Sich das dickste Würstchen nehmen, das kann er. Aber wenn er den Rotz aus der Nase auffangen soll, ist er krank!«

Nachdem sie sich gesäubert hatten, erlaubte ich ihnen, sich zu setzen.

»Jungs. Aufgepasst.«

Ich sprach ruhig:

»Uns steht eine Revision ins Lager. Eine Treibstoffrevision, euch betrifft sie nicht. Ihr solltet euch jedoch auf alle Fälle still halten. Nicht die Nase hinausstrecken.«

Ich präzisierte:

»Ihr solltet in diesen ein, zwei Tagen lieber nicht in die Kantine gehen. Ich werde euch das Essen bringen lassen.«

Sie schwiegen.

»Ein, zwei Tage«, wiederholte ich.

Und setzte sozusagen den Punkt:

»Ein, zwei Tage, dann schicke ich euch mit der Kolonne fort. Ist schon beschlossen.«

Man hörte vertraute Schritte die Stufen herunterpoltern. Immer im richtigen Augenblick. Kramarenko kam zu uns herein.

»Ich habe Sie gesucht, Genosse Major.«

»Hier bin ich. Wo sollte ich sonst sein. Hör zu, Kramarenko, ein, zwei Tage – wenn die Offiziere bei uns herumschnüffeln werden, sollten die Jungs hier essen. Im Lagerhaus. Damit sie möglichst wenig zu sehen sind.«

Kramarenko nickte – natürlich! Er wusste sehr wohl von meinen Kontroversen mit Dubrawkin.

Alik drehte wieder seine alte Leier. Stark stotternd:

»W-w-wann werden Sie uns denn in u-unsre Einheit schicken, Genosse M-major?«

»Ich habe doch gesagt, ein, zwei Tage. Major Chworostinin … habt ihr gehört? … ist aus dem Lazarett entlassen worden und wird bald selbst die Kolonne führen«, ermutigte ich sie.

Sie wussten es, ja! Und lächelten endlich. Aber sicher! Wer hätte nicht von dem unbesiegbaren Chwor gehört.

»Keine Bange, Jungs! Erst mal werde ich euch hier verpflegen«, sputete sich Kramarenko.

Warf ihnen auch was Positives zu.

»Stell ihnen einen Dienstsoldaten ab, Kramarenko. Er soll das Essen bringen.«

»Das mache ich selbst. Alexander Sergejitsch. Ich werde selbst mit den Näpfen hin- und herlaufen, kein Problem. Und es wird weniger geredet.

»Warum denn du selbst? Du hast mehr als genug zu tun.«

»Ich schaff das schon.«

Kramarenko rannte aus dem Lagerhaus. Sputete sich auf dem Weg hin und zurück. Brachte ihnen mustergültig das Abendessen.

Ermutigte sie auf seine Art. Esst, ihr Spinner, esst! Der Soldat isst, der Dienst geht weiter. Wovon wird der Soldat fett, essen und dann ab ins Bett. Kramarenko stellte das Tablett auf den Tisch und ging schnell hinaus. Murmelte dabei seine Sprüche.

Im Nu hatte Oleg die Näpfe verteilt. Zwei für Alik, zwei für sich. Löffel hier, Löffel dort. Ich war noch nicht draußen, sah ihr Lächeln. Und in den Näpfen sah ich Würstchen, alle gleich dick! Und Kompott, Kompott, die Freude des Soldaten, in der Thermoskanne. Kompott kann man auch warm essen! Wie man es eben mag. Es gibt viel Kompott. Einen richtigen Nachtisch!

Beide kauten, spachtelten, und ihr harmloses Soldatendasein beruhigte mich. Bei mir ist alles sauber, Genosse Oberst Dubrawkin. Da gibt's nichts auszusetzen. Mein Business ist bekannt. Ich verkaufe keine Waffen, Genosse Dubrawkin. Benzin? Aber Major Schilin ist schließlich der Benzinkönig. Das wissen alle. Den König stellt man nicht zur Rede. Dem König wirft man die Krone nicht vor.

Dubrawkin wütete beim Durchkämmen der Dörfer und legte einmal in der Eile ein tschetschenisches Dorf in Schutt und Asche. Greisinnen, Kinder. Greise ohne Füße. (Diese Falter fliegen immer als Erste ins Feuer.) Irgendwann kamen die Fakten dieser Aktion allzu klar zutage.

Aber Dubrawkin, der den schwarzen Rauch seiner Brandstätte schluckte, fluchte auch noch, Krieg sei eben Krieg. Stellte sich stur und bedauerte nichts, dafür kam er vor Gericht. Wurde schuldig gesprochen. Das Verfahren machte ziemlich viel Wind. Er wurde bei der Auszeichnung übergangen. Man wollte ihn schon aus der Armee ausschließen. Es war schon alles entschieden, jedoch ... Man brauchte doch richtige Haudegen. Und Dubrawkin verstand es, durch seine Kampfeslust Sympathie zu gewinnen. Man verurteilte ihn, sympathisierte aber heimlich mit ihm. Auch ich fand ihn eine Zeitlang gut.

Man beschnitt ihm nur seine Kompetenzen bei den Kampfhandlungen. Von nun an bekämpfte Oberst Dubrawkin den Waffendiebstahl innerhalb der Armee. Er durfte kein Gefecht mehr führen, und sein Regiment war nicht einmal zur Hälfte aufgefüllt worden. Mit dieser demonstrativ (und, zugegeben, unsinnig) beschnittenen Truppe streifte der verbitterte Oberst durch Tschetschenien.

Wenn sein Regiment statt drei nur noch ein Bataillon hatte, was war das für ein Regiment?! Er sollte sich eben nicht in einen Kampf einlassen können! Nur selbst verteidigen. Aber Dubrawkin ließ sich natürlich trotzdem darauf ein. Er vergaß die Revision. Vergaß seine unmittelbare Aufgabe. Dafür legte er sich bei der ersten Gelegenheit mit den Tschitschen an. Ohne auf irgendjemanden zu hören. Echter Psychopath! Er war überzeugt, Feinde und Verräter hätten ihn vom ehrlichen Krieg relegiert. Feinde waren überall. Jetzt wusste es Dubrawkin ganz genau.

Ich hatte mit ihm einen Zusammenstoß, als er unseren durchaus loyalen Tschetschenen das Benzin wegnahm. Das ich ihnen mühsam geliefert hatte. Er nahm es einfach weg. Und am Telefon rechtfertigte er sich nicht, sondern schrie: Du gehst mir schon lange auf den Sack, du Ratte! Du Wicht von Chef! Komm erst mal Pulver riechen! Er verkniff sich nur, zu schreien, ich sei ein Verräter. Das war in seiner Schimpfwörterkette das Allerletzte.

Ich gab dem kriegerischen Hysteriker dennoch einen Rat:

»Genosse Oberst, Sie sollten das Benzin besser zurückgeben. Das ist ein Fehler.«

Aber ich konnte nicht mehr sagen, warum es besser wäre.

»Wa-ass?!«

Ich konnte ihm nicht erklären, dass diese (unsere) Tschetschenen Bauern waren, einfache Bauern … und wenn man ihnen das Benzin (und damit ihre Beweglichkeit) wegnähme, dann liefen sie auseinander, heim in ihre Häuser. Sie könnten nicht wie die Bergtschitschen bei der Vorbereitung auf den Kampf dauerhaft an einer Stelle bleiben, trainieren, sich tarnen und ein Soldatendasein fristen. Sie müssten heim. Zu den Schafen. In den Gemüsegarten.

Ich konnte keine zwei Worte sagen, da brüllte er schon wieder:

»Was erlaubst du dir, du Intendantenratte?!«

Er dachte zu einfach von mir, hielt mich für einen Dieb. Einem Dieb Benzin wegzunehmen, war keine Sünde! So verstand er das Leben. So verstand er auch den Krieg. Und dass ich und meinesgleichen die Verteilung regelten, war für Oberst Dubrawkin absolut leeres Gerede.

Unterdessen lebte die Armee vom Markt, wenn sie schon nicht von der Disziplin leben konnte. Ohne den Markt, ohne den Warenwert eines jeden Fasses, würden die Einheiten den Treibstoff einander wie die Wölfe entreißen.

So triumphierte Dubrawkin zu früh. Ich telefonierte – und der Oberst bekam sofort einen harschen Anruf von oben. Gib das Benzin zurück, Dubrawkin! Er gab es zurück. Er gab es bis zum letzten Tropfen zurück. Aber was für eine Feindschaft hatte ich mir damit zugezogen! Welchen Widersacher hatte sich Major Schilin damit zugelegt!

Ich wäre vorsichtiger gewesen, wenn ich seine Psyche damals schon gekannt hätte. Letzten Endes hätte ich auf ein paar Tankwagen pfeifen können. Aber ich dachte, Dubrawkin hätte einfach nur in Eile gehandelt. Der glühende Krieger hätte einfach Dampf gemacht, Nerven gezeigt. Oder (was auch möglich wäre) er sei ein Offizier, der in jedem Business Gewinn zu machen suchte, seinen Anteil haben wollte. Mir war nicht klar, dass ich es mit einem Psychopathen zu tun hatte.

Aus dem Gefecht gezogen, störte Dubrawkin auch das Kommando. Durchkreuzte dessen Absichten. Mit seinem einzigen Bataillon! Tauchte auf, wo er nicht auftauchen sollte! Warf alle Pläne über den Haufen. Man muss jedoch zugeben, er machte auch den Bergtschetschenen das Leben sauer, die schon den trägen, lauen Krieg gewohnt waren. Zweimal hatte Dubrawkin sie überraschend und heftig verdroschen und gejubelt; erwartete eine Auszeichnung. Erwartete, dass er wenigstens seinen Orden, den er mal hatte, zurückbekam. Fehlanzeige. Da glaubte der blindwütige Oberst nun felsenfest, er könne tun, was er wolle. Überall seien Feinde.

»Alexander Sergejitsch.« Kramarenko bereitete sich schon auf die Revision vor. »Es wäre gut, den Koreaner Pak wieder an die Papiere zu lassen! Aber wohin mit den Jungs?«

Die Papiere sind tadellos, wenn sie von dem Koreaner durchgearbeitet worden sind. Blitzen vor Sauberkeit! Eine Augenweide! Selbst Dubrawkin würde sich bei der Kontrolle nicht beherrschen können und ein bewunderndes Ach ausstoßen.

»Na ja! Es wird schon glatt gehen!«

Wenn ich an den gegen mich persönlich gerichteten Groll Dubrawkins dachte, hatte ich Zweifel, dass der Oberst in meinen Papieren und Zetteln kramen würde. Das war nicht sein Stil. Er würde uns etwas reinwürgen, aber irgendetwas Abseitiges. Etwas wie AK-47, die nirgendwo berücksichtigt wären. Etwas grob Kriminelles. Ich kannte seine Bissigkeit. Jetzt besonders. Jetzt hatte sich die Situation für ihn ein wenig verbessert. Es ging das Gerücht um, dass der nach einer leichten Verwundung in den Stab zurückgekehrte General N. Oberst Dubrawkin fördere. Ein Krieger schätzt den anderen. Das ist normal!

Ruslan-Roslik ist gefallen, der so hartnäckig mein Freund sein wollte. Wir hatten eine Kolonne ohne Deckung auf eine kurze Fahrt geschickt. Vier Lastwagen, knapp mit Dieselfässern gefüllt – mehr nicht! Und ein Tankwagen, randvoll. Wenn sie gekapert würden, dann ohne Gefecht. Ich verabschiedete selbst die Kolonne. Dieser Tankwagen-Gänserich fuhr vorneweg. Er war auch so aufgeblasen wie ein richtiger Gänserich. Führte die kleineren Vögel hinter sich her.

Doch kaum war die Kolonne in die Nähe der Berge gelangt (sie waren gerade erst in Sichtweite!), da änderten drei tschetschenische Fahrer ihren Sinn und wollten nicht mehr den Föderalen dienen. Sie waren blutjung! Änderten schlagartig ihren Sinn, in einer Minute! Und sie wollten nicht einfach so zu Bassajew überlaufen, sondern mit Diesel! Mit dem vollen Tankwagen! Und holten natürlich als Erste die Knarren raus.

Aber die Fahrer, die nicht ins Gebirge wollten, schnappten sich auch ihre Knarren. Die Überläufer redeten eine geschlagene Stunde auf die Treuen ein, ihnen den Diesel zu überlassen. Aber nein! Sie beschimpften sich, schüttelten die Kalaschnikows! Zum Glück droschen die einen wie die anderen nicht aufeinander ein, sondern teilten. Die Überläufer nahmen zwei Lastautos und den Tankwagen mit, die Treuen handelten ihnen die beiden anderen Fahrzeuge ab und behielten sie für sich. Sie stritten nicht mehr. Das kriegt ihr – das kriegen wir. Und ab in verschiedene Richtungen. Sie schüttelten einander sogar die Hände.

Roslik war der Begleiter aus unseren Lagern und hätte ebenfalls zurückkehren sollen. Aber er hatte eine Idee! Während sich die Kolonne zweiteilte, rief mich Roslik auf dem Handy an. Er informierte mich, dass er mit den Tschetschenen, den Überläufern, mitfahren werde. Er wolle mitfahren, um herauszufinden, wo und bei wem genau der Diesel landen würde. Dann werde er zurückkommen und mir berichten … und dann würde ich, also Saschik, also Major Schilin, irgendwie meinen Anteil fordern! Oder etwa nicht?!

Es war gefährlich, aber Rosliks Stimme am Telefon klang voll. Er war wohl stolz darauf, dass er einen Ausweg aus dieser verzwickten Situation gefunden hatte. Irgendwie war er ja jetzt schon im Geschäft!

Die Hälfte der Lastautos mit dem Tankwagen an der Spitze bog ab und fuhr auf geradem Weg ins Gebirge. Roslik mit ihnen. Die Überläufer fuhren rasch und beflügelt auf der Bergstraße. Es hatte geklappt!

Doch sie freuten sich nur kurze Zeit. Am Himmel über ihnen stand schon ein Paar »Suschkas«.

Wenn Sprit ohne Begleitschutz ins Gebirge abzieht, um versteckt zu werden, brauchen die föderalen Flieger keinen Befehl. Nicht einmal einen Hinweis. Klarer Fall! Wozu Bassajew bedröhnen? Zudem ein Tankwagen! Sichtlich gestohlen. Auf ihn, los! Die »Su-25« greifen schnell an.

Die beiden Lastautos und der Tankwagen waren in gut zwei Minuten abgefackelt. Ein wahres Höllenfeuer. Die Temperatur einer explodierten Rakete vom Typ »Luft-Erde« ist an sich nicht sehr hoch. Dafür ist der Gasstrahl, der zwei, drei Sekunden nach der Explosion entsteht, extrem.

Ich sprang in meinen Jeep, schnappte Ruslan – wir rasten an den schwarzen Ort. Wir rasten sofort los, doch zu sehen war nichts mehr. Sogar die Lastwagen waren restlos verbrannt. Menschen konnte man schon gar nicht mehr einsammeln. An ihrer Stelle lagen undefinierbare verbrannte Teile wild durcheinander. Vielleicht Holz. Vielleicht Teile von Tieren. *Stummel,* sagen die Soldaten. Echte Kriegsstummel. Einer dieser Stummel wollte einmal Major Schilins Freund sein. Und ich konnte nicht erkennen, welcher.

Ich kannte mindestens ein halbes Hundert Gefallener, die ich gestern noch mit Handschlag begrüßt hatte. Denen ich in die Augen geschaut hatte. Der Tod im Krieg ist immer ein Scheusal, und alle seine Gedanken kreisen um dich. Doch dabei neckt dich der Tod vorsätzlich mit fremdem Tod. Du glaubst, er sei fremd.

Mit der Zeit war mein Schritt so leise geworden wie die Stille selbst. Ich hätte mit verbundenen Augen durch die Lager gehen können. Besonders die Stufen der Lagerhäuser rauf und runter. Der Schritt eines Lagerchefs.

Das Dämmerlicht der Lager sickert bei diesem Schritt aus allen Ecken in mich hinein – in meine Arterien, mein Herz ... mein Hirn ... meine Beinmuskeln. Das ist professionell. Ein Lagermensch muss die Mäuse hören, bevor die Mäuse ihn hören.

Ich konnte die Stimmen der Jungs leicht erkennen. Sie sprachen über den Gefreiten Snegir.

Dann unverständliches Bu-bu-bu.

Ich zögerte, ob ich zu ihnen hineingehen sollte. Nur um mich zu überzeugen, dass alles ruhig bei ihnen war. Dafür genügte es, zu lauschen. Vor der Tür stehend. Oder sollte ich vielleicht doch einen Blick hineinwerfen? Für eine Minute.

Ich wollte schon die Tür aufstoßen, da sprachen sie über mich. Aha!

»Er wartet auf die Kolonne.«

»Der wartet einen Scheißdreck.«

»Wir kommen nicht raus, solange uns der Major nicht hilft.«

»Er w-will uns n-nicht helfen. Warum? Ich weiß nicht. Mir wird schlecht, wenn mich dieser alte Idiot ›Sohn‹ nennt ...«

»Alter Idiot« traf mich, kränkte mich aber nicht.

Er mochte es nicht?! Ich lächelte nur. Kinder. Erwachsene Kinder reden eben so abfällig. Welcher Vater wäre für sie kein »alter Idiot«.

»Hier ist alles blöd. Sein Lagerhaus ist blöd! Und sein Löffel ist auch blöd!«

Alik war explodiert. Ich vernahm ein leises Klirren. Offenbar hatte er den Löffel in eine Ecke gefeuert. Hasserfüllt! Leichter Aluminiumlöffel. Soldatenfreundin.

»Macht uns Angst mit der Grube! Mit dem Sindan! Was weiß er denn von der Grube?! Wir sind ja hier auch seine Sklaven – sitzen in dieser stinkenden, finsteren Grube!«

Alik schrie Richtung Tür, als wüsste er, dass ich in der Nähe war.

Aber ich beherrschte mich. Möglicherweise waren es seine Sonnenflecken. Die seinen Augen keine Ruhe ließen. Kranker Junge.

Oleg beruhigte ihn, der war vernünftig:

»Sowie Chworostinin die Kolonne führt, werden wir gleich … wird uns der Major mitschicken. Der Major ist ein korrekter Mann.«

»Der verspricht das Blaue vom Himmel. Wie oft hat er uns schon geleimt. Morgen, morgen, ein, zwei Tage! Und wieder morgen!«

Oleschka wiederholte:

»Er ist ein korrekter Mann. Und er hat dein Geld genommen.«

»Na, und?«

»Er hat Familie. Also ist ihm Geld wichtig. Das Geld nimmt er nicht einfach so.«

Alik fauchte:

»Geld? Für den sind hundert Dollar doch kein Geld. Die schieben sich hier die Tausender rein! Die glauben, ein Soldat versteht einen Scheißdreck, denkt nur ans Fressen. Aber wir verstehen! Und wie wir verstehen! Ich weiß nicht mal, warum er meinen grünen Lappen genommen hat. Um sich den Hintern abzuwischen!«

Oleschka:

»Ich geb dir gleich Wasser …«

»Er hatte nichts, um sich den Hintern abzuwischen! Da hat er ihn genommen!«

Selbst vor der Tür hörte ich, wie er geschüttelt wurde. Das Feldbett ruckelte auf dem Linoleum. Und es war typisch, dass Alik kaum stotterte. Das Fieberschütteln des Körpers verschluckte das Schütteln der Sprache. Er hatte sich offenbar aufs Bett geworfen. Er wurde geschüttelt. Wie von Schüttelfrost.

Oleschka gab ihm Wasser. Aber Alik schlug nur mit den Zähnen gegen das Glas. Er hatte wohl das Wasser auf dem Bett verschüttet.

»Schimpf mich nicht wegen des Wassers. Meine Hand hat gezuckt …«

»Ich schimpfe nicht.«

»Ich d-denke, Oleschka. Warum habe ich so eine Schwäche in mir? Warum bin ich so blöd krank? Was bin ich für ein Soldat! Warum bin ich so ein Nichts geworden, und jeder Arsch lacht über mich?«

Oleg erinnerte sich offenbar, wie er selbst vor Kurzem stramm gestanden und beim Gedanken an den sich nähernden Offizier salutiert hatte.

»Und ich? Ich bin doch genauso.«

»Wenn ich aufwache, höre ich Stimmen, die mich befragen. Und dann noch dieses gelbe Zeug … dringt mir in Splittern … in die Augen.«

»Und ich? Beim geringsten Anlass habe ich von Pflicht und so weiter gebrüllt. Aber jetzt sind wir in Ordnung. Jetzt sind wir in besserer Verfassung.«

»Du hast mir nicht geantwortet?«

»Worauf habe ich nicht geantwortet?«

»Auf den Arsch. Warum der Arsch über mich lacht, wenn ich doch ein normaler Traumatisierter bin?«

»Weil sie Arschlöcher sind, Alik.«

»Ja? Wirklich?«

Alik lachte. Ein nervöses, aber leicht sich selbst beruhigendes Lachen. Er wurde wohl nicht mehr von innen heraus geschüttelt.

Sie schwiegen eine Weile.

Oleg sagte: »Ich koche mal einen Tee.«

»Mach das. Und dann reden wir von den Jungs. Von unseren.«

Ich wusste schon, dass sie sich dieses Spiel ausgedacht hatten. Ein Zeitvertreib am Ende des Tages, um die Nerven in der Langeweile des Lagerhauses zu entspannen.

»Und wie die Jungs auf uns warten und wie sie sich über uns freuen. Sie halten uns doch für tot. Oleschka! Du hast doch so ein gutes Gedächtnis. Los! Du weißt noch alles. Fang an!«

Oleschka kratzte sich nachdenklich die Nasenwurzel. (Ich glaubte diese erkennbare Soldatengeste zu sehen.)

»Mit wem?«

»Mit wem du willst? Wer hat unsere Schnarcher in der Kaserne kuriert?«

»Petrakow. Der schlich sich an den Schnarcher ran, aber nie mit seinem eigenen Kissen, der Witzbold, sondern mit dem eines anderen. Er presste es ihm aufs Gesicht ... und weg war er.«

»Nee. Nee. Petrakow war nicht cool. Aber Genka! Er klatschte in die Hände wie eine Kanonade. Und Sergeant Sutschok? Hast du dem seine Jokes nicht vergessen? Hosenscheißer, stillgestanden! Wer hat heute Nacht schlecht geschlafen? Ich wiederhole: WER ... HAT HEUTE ... NACHT ... SCHLECHT ... GESCHLAFEN? ... Du und du? Also hast du und du gestern zu wenig gearbeitet. Also heute – vorwärts!«

»Und Wassjok, weißt du noch? Vierzehn Nieser!«

Sie spielten ihr Spiel.

Es könnte sein, dass sie, zurück in ihrer Einheit, vielleicht gerade Wassjok nicht mehr sehen werden. Wie sollte man das wissen! Mit einer schlimmen Verwundung war ihr Wassjok vielleicht gefallen. Als die Tschitschen ihre Kolonne in der Schlucht vernichteten. Aber vielleicht war der coole Wassjok auch noch am Leben, und dann lag dort ihr Petrakow am Boden. Lag inmitten der abflauenden Schießerei und hatte den Mund aufgerissen. Wie ein Fisch.

Sollen sie spielen, dachte ich. Wassjok ist vielleicht wirklich noch am Leben. Lebt und erwartet sie in ihrer Stammeinheit. Und lacht, wenn er sie beide wiedersieht, ihr Wassjok. Und ruft sie plötzlich zu sich. Winkt sie zu sich her: Kommt her, Jungs! Macht ein ernstes Gesicht und beginnt mit seinen berühmten Niesern. EINS ...

Wassjok niest, und der ganze Soldatenhaufen hört zu, ganz still, wie ein einziges gemeinsames Ohr. Und beim soundsovielten Nieser stimmen sie lauthals ins Zählen ein ... ACHT ... NEUN ... Los, los! Wassjok scheint seinen Rekord schlagen zu wollen ... ZEHN ... Alle Soldaten brüllen schon im Chor ... ELF! ... ZWÖLF!

Ich hatte gar nicht gemerkt, wie ich wütend geworden war. Nicht auf sie, sondern auf mich selbst.

»Kramarenko!«

»Genosse Major?«

»Diese beiden schicken wir noch morgen weg. Mit Simins Kolonne.«

»Aber Simin fährt nur kurz über Serschen-Jurt hinaus. Das ist erst die halbe Strecke, Genosse Major.«

»Das sind zwei Drittel der Strecke. Und weiter können sie allein ... zu Fuß. Sie werden sich schon durchschlagen! Teil sie auf den Wagen mit dem Diesel ein, den wir den Leuten in Serschen-Jurt schulden. Sollen beide im Fahrerhaus mitfahren.«

»Jawohl.«

»Du wirst es ihnen morgen sagen. Direkt vor dem Aufsitzen. Weck sie. Und dann noch ... Na, klar! Vergiss nicht, diesem Jewski und diesem Alabin am Morgen ihre beschissenen Kalaschnikows zu geben!«

Diese beiden Einfaltspinsel waren mir doch schnurzegal. Was denn noch für Seelenqualen! In die Kolonne mit ihnen. Zum Fahrer ins Fahrerhaus. Und volle Fahrt voraus, Jungs. Na, bei einem Angriff werden sie getötet. Oder nach dem Angriff tot gemacht. Wenn die beiden Pech haben. Aber manchmal hat man ja auch Glück.

Diese Jüngelchen haben es so eilig, wieder in den Dienst zu treten. Dieser Jewski! Dafür wird ihm in einer tschetschenischen Grube die Sonne nicht mehr zusetzen. Weder gelbe noch orange Splitter. Dann wird der Junge endlich begreifen, wer Major

Schilin ist. Aber erst unten in der Grube. Die darf ruhig tief sein.

Ich war anscheinend in helle Wut geraten. Aber der Gedanke erkaltete nicht. Schon morgen schicke ich sie weg! Sie sind beide sowieso drauf und dran, abzuhauen. Besser, ich schicke sie selbst weg. Genau! Ich habe sie satt. Will sie loswerden. Diese Dummköpfe, verdammt noch mal!

Morgen bricht ja eine Kolonne auf, Simin wird sie führen. Ausgezeichnet. Bis Serschen-Jurt und weiter. Der ist natürlich kein Chwor. Ganz und gar nicht. Aber in diesem Augenblick tun sie mir nicht die Bohne leid. Es sind schon so viele getötet worden. Es wären eben zwei mehr.

Simin ist Durchschnitt, aber der ganze Krieg hängt ja an Durchschnittstypen! Die morgige Kolonne ist gerade recht. Klein und bescheiden bewacht. Ein Bonbon für den Hinterhalt. Auf der Panzerung werden übrigens OMON-Leute sitzen. Erfahrene. Also werden meine Jungs doch nicht ganz ungeschützt sein. Aber das kann mir Benzinmann doch egal sein! Was ist schon dabei? Sie kommen aus Chankala raus. Fahren über Serschen-Jurt hinaus. Und wie sie weiterkommen ist nicht mehr meine Sorge.

Ich erinnerte mich sehr gut an Simin, der bereit war, die Kolonne zu führen.

Er stand damals neben dem Tankwagen. Vor einem Monat. Und kein einziger Schützenpanzer. Nur ein einziger Panzer.

»Werdet ihr Deckung aus der Luft haben?«, fragte ich. Simin lachte nur:

»Tchüs, Sascha!«

Kleiner Hauptmann, bereit zu allem. Niedriger Rang! Echter Soldat. Der wusste, dass ihm, wenn er in einen Hinterhalt geriete, niemand helfen würde.

Der Mond lugte als schmaler Rand hinter der Wolke hervor. Leuchtete.

Ich war im Begriff, auf die Lichtung zu gehen und meine Frau anzurufen, ertappte mich jedoch dabei, dass ich nicht an mich und nicht an meine Lieben dachte, nicht an uns – Nicht an meine Tochter und an meine Frau, sondern an diese verrückten Jungs … in Simins unzuverlässiger Kolonne. Ich hatte Angst um sie. Ich wurde mir plötzlich mit Erstaunen bewusst, dass sich mein Herz in zwei Hälften geteilt hatte. War das die Möglichkeit! Ich dachte genauso viel an die Fremden wie an meine Lieben. »So nicht, Major«, schalt ich mich.

Vielleicht war es hier in Tschetschenien eine Notwendigkeit, dass man etwas Lebendiges nicht auf Entfernung, sondern in der Nähe bemitleiden wollte. Dass man es greifbar haben wollte. Sei's drum! Ich würde die Jungs wegschicken und mir ein Hündchen anschaffen.

Als ich jedoch an den Lagerhäusern vorbeiging, überlegte ich es mir wieder anders:

»Kramarenko«, rief ich ihn. »Weck die Jungs morgen nicht. Ich habe mich wegen morgen zu sehr ereifert – wegen Simins Kolonne.«

»Alles klar, Genosse Major.«

Ich war sauer auf sie. Aber nicht lange.

Endlich rief ich meine Frau an. Telefonierte einfach so. Ohne Grund. Wenn man mal vom Geld absah.

Ich guckte zum Mond und wählte die Nummer. Wie geht's euch so, wie kommt mein Frauchen mit dem Bau voran?

»Alles normal, Sascha. Wir haben Sehnsucht.«

Sie sagte, das erste Stockwerk sei vollständig hochgezogen. Die Mauern seien buchstäblich gewachsen. Und die Balken dufteten so frisch nach Holz! Die Veranda werde nun doch im Norden angebaut. Damit man Schatten habe. Na, ja – im Sommer ist dort Schatten.

»Und wie geht's mit der Schule?«

Ich fragte nach meiner Tochter.

»Sie lernt.«

Das hieß, unsere Tochter ging noch nicht auf eine andere Schule. Wir wollten aber eine gute Schule für sie. In diesem Städtchen, das an einem ungenannten großen Fluss lag, musste man die Schule penibel und sorgsam auswählen – die Schulen waren dort ziemlich schlecht.

Ich überlegte, wie ich ihr das mit dem Geld sagen sollte. Wie sollte ich ihr sagen, dass sich die Situation verbessert hatte und Chwor demnächst wieder im Einsatz sei. Und dass sich das nächste Häufchen Geld bei mir angesammelt, geballt habe. In ein paar Tagen würde ich es ihr schicken. Und sie könnte dann den Wirtschaftsblock weiterbauen.

Ich hatte mir noch nicht ausgedacht, wie ich beginnen sollte, damit ich nicht gleich mit der Tür ins Haus fiele. Nicht direkt über die Geldanweisung reden müsste. Aber meine Frau verstand ausgezeichnet, was ich meinte.

»Hab verstanden, Sascha.«

»Alles wird sich regeln.«

»Verstanden.«

»Werde einiges machen können.«

»Verstanden.«

»In den nächsten Tagen.«

Sie bestätigte. Wiederholte lächelnd:

»Ich habe alles-alles-alles verstanden.«

Nun gut. Ich beendete den Anruf.

Wir verstanden uns mit halben Worten. Die Handykommunikation ist ein Wunder. Wenn man sich mit halben Worten versteht.

Auf meiner mondscheinverschlafenen Lichtung war es still. Von Weißdorn umsäumt. Das war ein Fleckchen auf Erden! Ich saß noch eine Weile auf der Bank. Wenn man sich plötzlich so intensiv lebendig fühlt, so vollständig und hundertprozentig lebendig, möchte man danken … Aber wem?

Glückliche Augenblicke sind gefährlich. Und deshalb bildet

man sich (aus Vorsicht) manchmal eine Kugel ein. Sobald man sich absondert. Sobald man sich glücklich absondert, bildet man sich einen Scharfschützen ein! Und dass einen die Kugel des Scharfschützen gerade hier erwischt und nicht irgendwo sonst. Wusch! Na, noch nicht. Ich räusperte mich. Die OMA wird es nicht zulassen. Die OMA befasst sich nicht mit mir.

Dubrawkin überraschte mich schlau, hinterlistig – nicht in den Lagern, sondern auf der Baustelle – auf meinem im Bau befindlichen Außenlager. Na klar! Auf einer Baustelle gibt es immer Mängel. Dort waren gerade Tschetschenen zu mir gekommen, wir warteten auf Ruslan. Zum Glück waren diese Tschetschenen wirklich auf unserer Seite und loyal. Sie hatten ein Anliegen! Wollten Heizöl dazukaufen. Aber für Dubrawkin waren alle Tschetschenen Tschetschenen. Und Verkauf war immer Verkauf!

Dubrawkin überraschte uns mit zwei Autos. Er und vier weitere bewaffnete Männer stürmten über die Hintertreppe auf den unfertigen Bau. Die Tschetschenen und ich unterbrachen unser Gespräch. Was brach da über uns herein? Und wieso durch den Hintereingang?

Unter den Füßen der Anrennenden polterten die Holzstege.

Dubrawkins Stil. Kaum war er heraufgerannt, stürzte er sofort zu mir. Warf mir eine Beschuldigung an den Kopf:

»Jedes zehnte Fass! Jedes zehnte! Da hast du dich aber geschnitten, du Hund! Jetzt ist Schluss damit!«

Er gestikulierte und stieß mir den Finger in die Brust. Seine vier Männer hielten ihre Kalaschnikows schussbereit.

Jemand hatte ihm die Sache mit dem »zehnten« Fass gesteckt. Eingeflüstert. Die Sache mit meinem Anteil. Mit meinem Gewinn, wenn ich den Treibstoff zuverlässig und pünktlich lieferte. Dubrawkin aber reichte schon ein Gerücht! Ein Flüstern! Und beweisen brauchte man nichts mehr. Er war hergebrettert, um mich zu verhaften. Nach den Gesetzen des Krieges.

In solch einem Augenblick ist das Leben keinen Pfifferling

wert. Er schrie etwas von Tribunal, aber sie würden die Sache nicht vor Gericht bringen – ich würde das Gerichtsgebäude nicht einmal aus der Ferne sehen. Bei der kleinsten Komplikation auf der Straße träfe mich die Kugel. Sein Stil! Zunächst würde Dubrawkin die irgendwo im Grünen vormarschierten Tschitschen angreifen. Würde sich in ein Gefecht einlassen, und ich … ich würde im Zuge der Sache erschossen. Im Zuge des Gefechts. Wegen der Unmöglichkeit, rechtzeitig zu prüfen. Uch, wie er mich hasste.

Er, der Oberst, musste sich da etwas von so einem kleinen Major gefallen lassen. Von einem Benzinmann! Sogar die Generäle duldeten diesen Geschäftsmann Schilin, aber er, Oberst Dubrawkin, würde ihn nicht dulden! Die allererste Kugel! Und raus mit ihm auf die Straße … den nächtlichen Tieren zum Fraße. Alle ehrlichen Krieger vorwärts, vorwärts! Schlagt die Tschitschen!

Dubrawkin hatte es zu eilig. Er sah prächtig aus, in voller Oberstuniform, nicht im Kampfanzug. Er stürmte geradewegs los. Nahm alle ins Visier! Ergreifen. Fassen.

Die Tschetschenen hatten sich in einer Ecke zusammengedrängt und die Kalaschnikows angelegt. Na, diese Männer würden nicht einfach so ihr Leben hergeben. Obwohl sie loyal waren, glaubten sie keineswegs, dass die Razzia nur meinetwegen stattfand. Sie dachten an sich selbst. Ein Tschetschene klapperte mit den Zähnen. Wie das Schlagwerk einer Uhr. Der zweite Tschetschene zischte ihn an. Der erste schnappte ein. Dann klapperte er wieder mit den Zähnen.

Die verängstigten Tschetschenen wären imstande, plötzlich eine unnötige Schießerei zu veranstalten, und Dubrawkin erkannte dies sehr genau. Doch er, der Oberst in voller Montur, konnte nicht einfach passen.

Er demonstrierte, dass er nur eine kurze Revision der Baustelle durchführte. Als Bauprüfer! Er betrachtete flüchtig die wachsenden Mauern … den Müll … die Ziegelbrocken.

»Du baust?«, fragte er.

»Jawohl, Genosse Oberst.«

Ich antwortete, wie es sich gehörte.

»Und wer sind die?«, fragte er. »Wollten die zu dir? Weswegen?«

»Wegen Heizöl. Sie sind friedlich. Aus Grosny. Man muss sie doch für sich gewinnen. Politik, Sie wissen schon …«

Dubrawkin schaute auf ihre angelegten Knarren. Berührte eine davon mit der flachen Hand. Wusste nicht, woran er noch nörgeln sollte. Über die Kalaschnikows – kein Wort. Zuckte mit keiner Wimper. Tschetschenen sind eben Tschetschenen. Der Oberst wollte jetzt nicht einfach so brüllen. Er wahrte sein Gesicht.

Stand da.

»Gut«, sagte er. »Einen Tag darfst du noch leben, Major. Aber morgen oder übermorgen erwarte mich mit dem Haftbefehl.«

Und er fügte hinzu:

»Vielleicht wirst du dich ja erschießen, Major? Deine Ehre retten.«

Beim Gehen schaute er bedeutungsvoll. Er hatte alles gesagt. In seinen Augen war ich schon ein Leichnam. Morgen kämen sie und nähmen den Schacherer Schilin fest. Den Hehler Schilin. Sie kämen mit dem von General N unterschriebenen Haftbefehl. Mit einem ganzen Begleitzug.

Er ging. Auch seine Leute gingen. Polterten wieder die Hintertreppe hinunter – fuhren weg, wie sie hergefahren waren, in zwei Jeeps.

Einer der Tschetschenen stürzte zu mir her.

»Sa-aaschik. Sa-aaschik. Er wird dich plattmachen, Saschik.«

»Wird er nicht.«

»Töte ihn als Ersten, ich bitte dich bei Allah. Saschik! Beim einen Gott, wenn du willst, bitte ich dich.«

Aber ich bin Major Schilin, basta. Ich bin im Kaukasus.

Es überlief mich kalt – so war das also! Aus heiterem Himmel stand ich an der äußersten Kante. Nun, OMA, werde ich dir also noch einmal ins Gesicht schauen müssen.

»Niemand wird dich retten!«, schrie der Tschetschene.

Mich rettete der Zufall.

Am selben Tag verübte Dubrawkin eine Attacke – griff einen tschetschenischen Trupp an, der aus dem Gebirge heruntergekommen war. Weshalb? Einfach aus Ingrimm. Diese Tschitschen waren möglicherweise (bei Dubrawkin verknüpfte sich alles leicht!) auf ihren mageren Ärschen die Berge heruntergerutscht, um Autos für sich aufzutreiben. Und diesem Schacherer Schilin Benzin abzukaufen und zu tanken – Pustekuchen! Ihr werdet ihm nichts mehr abkaufen. Schilin ist schon so gut wie tot. Und euch Tschitschen werde ich es heute auch geben!

Dubrawkin war so gestrickt. Irgendetwas schien den Fanatiker anzutreiben. Als er mit seinem halben Regiment ein unkontrolliertes Waldstück durchfuhr, bemerkte er Tschetschenen. Sie stiegen den Berg herab. Und wie kompakt! Er hätte die Tschitschen unverzüglich der Führung melden müssen. Stattdessen lachte er nur meckernd, das Funkgerät sei eben ausgefallen. Ach, schlimm ist das, wenn das Funkgerät streikt! Dann griff er die Tschitschen frisch drauflos an.

Und blind drauflos, könnte man sagen. Weil die Kämpfer sehr zahlreich waren. Aber Dubrawkin konnte sich nicht zügeln. Seine linke Arschbacke zuckte wie immer vor einer heißen Sache. Er brannte darauf! Und man muss es dem Oberst lassen – er war ein Profi, er wusste, dass die Kämpfer im Hinterhalt gut waren. Beim Angriff waren sie gut! Hungrig, fröstelnd, in abgetragenen und stinkenden Kleidern träumen sie davon, selbst anzugreifen … und »Allah Akbar!« schreiend zu schießen, zu schlagen, zu zerstören, zu brandschatzen. Um so oder anders an Waffen zu kommen! An Proviant! Und Ruhm! Sie wären bei der Attacke großartig gewesen.

Nach dem schwierigen Abstieg und selbst Ziel eines Angriffs, konnten die hungrigen Kämpfer jedoch nicht standhalten. Und machten kehrt. Hetzten zurück in die Berge, um dort abzuwarten. Oder einen anderen Abstieg von den Bergen zu suchen – einen satteren und ruhigeren Abstieg.

Der Haudegen Dubrawkin nützte die Situation sofort aus. Wie könnte man sich so eine Bilderbuchchance auch entgehen lassen! Bergauf abzuziehen, war schwer. Nicht alle würden es schaffen. Dubrawkin teilte seine Mannen in zwei Trupps, jeder kleiner als ein halbes Bataillon. Jeweils fünfzig Soldaten, fast nichts. Er teilte sie und befahl ihnen, den Feind rechts und links rasch zu umgehen. Und den verspäteten Teil der absteigenden Tschetschenen abzuschneiden. Eine normale *Umgehung*, die in eine *Umfassung* überging! Klassisch.

Der schnelle Angriff erwies sich als erfolgreich. Schon eine Stunde später betrachtete Oberst Dubrawkin, schweigend eine Zigarette rauchend, die mit erhobenen Händen auf ihn zukommenden Tschetschenen. Die erste Partei. Anderthalb Dutzend. Anstatt wie üblich zu bellen: »Keine Gefangenen machen!«, inhalierte Dubrawkin wohlig den Zigarettenrauch. Er schwieg lieber. Und machte mit seiner gebieterischen Oberstenhand nur eine unklare ausholende Bewegung, eine Geste, die man deuten konnte als: »Die Gefangenen sollen näherkommen!« Und die Tschitschen kamen heran. Immer mit winzigen Trippelschritten und erhobenen Händen. Drei gingen voran.

Einem dieser Drei rutschte die Hose runter, bis auf die Schuhe. Bis auf die furchtbar schmutzigen Stiefel. Der Tschitsche trug eine lange, schmuddelige Unterhose, dafür am Gürtelriemen eine gepflegte, saubere und sogar elegant metallisch blinkende, nagelneue AK-74. (Eine Modifikation des 74er Modells.)

Niemand konnte so schnell handeln. Der Tschetschene riss sich die MPi vor die Brust und feuerte, fast ohne hinzuschauen. Hatte jedoch die Gruppe im Blick, in der Dubrawkin war. Er traf auch nur den Obersten, bevor er selbst umgelegt wurde. Traf ihn mit zwei oder drei Kugeln. In die Brust. Oberst Dubrawkin starb nicht sofort. Man legte ihn auf eine Trage und trug ihn fast im Laufschritt. Er phantasierte. Im Wahn schlug er sich mit den Feinden. Und knirschte mit den Zähnen wegen des Diesels, den Major Schilin irgendjemandem verkauft hatte. »Überall Feinde, Scheiße!«, schrie er.

Diese Tage waren nicht gut, um eine Kolonne Richtung Wedeno auf den Weg zu schicken, sie waren trüb, und in den Schluchten hing gefährlicher Nebel. Aber ich bin wie ein Barometer. Ich spürte den Tag.

Außer meinem Gespür hatte ich noch eine indirekte Information – mein Mann aus der Versorgungsbasis verplapperte sich plötzlich und sagte, zusammen mit der Auffüllung wolle ein hoher Dienstgrad (er wusste nicht genau, welcher) in die Gegend von Wedeno fahren. Dort waren schon lange keine hohen Dienstgrade mehr gewesen!

Mein Versorger konnte sich den Klatsch nicht verkneifen. Wenn nämlich ein hoher Dienstgrad, ein wichtiger Mann, mitkäme, wer sonst würde die Kolonne führen, wenn nicht Chwor. Und so trieben sie unseren Unbesiegbaren zur Eile an. Holten ihn aus dem warmen Bett zum Dienst zurück! Chwor soll über die Anforderung nicht begeistert gewesen sein! Nein, nein! Stell dir vor, keine Krankenschwester, sondern eine Ärztin. Sie hat eine kleine Wohnung in Grosny. Sein Ruhm wird immer größer. Der kriegt jetzt Ärztinnen. Eine Blondine, sehr attraktiv … leider mit Brille.

Wenn ein hoher Dienstgrad in der Kolonne mitführe, würden sie weder Benzin noch Diesel mitnehmen. Das war klar. Also abwarten.

Ich tippte blind auf die Tasten meines Handys, und – oh, Wunder – Chwor war sofort dran. Beschränkte sich aber auf kurze Sätze.

»Sascha, ich kann nicht über morgen sprechen. Mit den Jungs klappt alles. Du weißt ja, wie und wo.«

Und Ende. Aber das genügte mir völlig. *Morgen. Mit den Jungs klappt alles.* Er hatte alles gesagt.

Wie hieß, er würde die Kolonne selbst umstellen. *Wo* hieß, Chwor würde sie schon bei der Abfahrt umstellen, zum Zeitpunkt des Aufbruchs. Auf freiem Feld. Damit die Fahrzeuge (Panzer und Lastwagen) nicht zwischen den kleinen Häusern verdichtet seitlich aneinanderschrammten.

Aus einer normalen Kolonne würde Chwor durch das Umstellen der Fahrzeuge seine eigene machen ... eine *Kampfkolonne.* Chworostinins Know-how. Ich werde daraus nicht schlau. Ich erinnere mich nur, dass im Fall eines Angriffs in einer engen Schlucht *diese an der Spitze* so schnell wie möglich durchbrettern müssen, *jene am Schluss aber* einen Anlauf vortäuschen, sich dann plötzlich auseinanderziehen, die Kolonne verlängern, schießend ganz langsam fahren und die nächsten Büsche wie mit der Rasierklinge niedermähen.

Der Umbau der Kolonne würde am Morgen zehn Minuten beanspruchen. Na, meinetwegen sieben bis acht. Lang genug für mich. In diesen sieben bis acht Minuten würde ich meine Leute durchaus in die Kolonne einfügen können. (Mit Chwors Erlaubnis natürlich.) Ich könnte die Jungs zumindest auf einen Schützenpanzer draufquetschen, auf die Panzerung. Was wir schon öfter gemacht haben – mit Menschen und mit Fracht.

Chwor würde in aller Frühe mit der Kolonne aus Grosny aufbrechen. Und ich (und die Jungs) müssten noch früher aufstehen. Noch in der Dunkelheit.

Morgen.

Meiner Frau Geld schicken – das stand noch für heute an. In Grosny.

Unterdessen betrachtete ich die Generalstabskarte von Tschetschenien und überschlug den Weg meiner Traumis – den Weg der Kolonne, die meine Jungs möglichst direkt zu ihren Leuten bringen sollte.

Aus ihrer Einheit Nr. 12069 lag schon lange eine Anfrage-Bestellung nach Scharfschützenpatronen bei den Lagern vor. Leuchtsätze hätten sie (so sagten sie), aber die Scharfschützen langweilten sich. Wenn sie eine Kiste Scharfschützenpatronen bekämen, wäre das Leben weitaus lustiger!

So verknüpfte ich also nur ihren Wunsch und mein Interesse. Schlug zwei Fliegen mit einer Klappe. Ich geriet sogar leicht ins Schwitzen. Gut gedacht, Major!, lobte ich mich selbst.

Die Kolonne würde, sobald sie bei Wedeno ausgeladen worden wäre, (auf der Rückfahrt) einen kleinen Umweg machen. Einen kurzen Umweg von knapp zwanzig Kilometern – einen Katzensprung für Panzerfahrzeuge! – auf unbefestigter Straße. Sie würde an dieser schon lange darbenden Einheit Nr. 12069 vorbeifahren ... fast ohne anzuhalten ... na, für fünf Minuten ... na, sie würde einfach kurz stoppen ... fast im Fahren! ... die Kiste mit den lang erbetenen Scharfschützenpatronen abwerfen ... und noch als Bonus ... ein Präsent für die Einheit Nr. 12069 abliefern, in Gestalt von zwei ihrer eigenen spurlos verschwundenen Soldaten (gut, was?). Angekommen, da sind sie! Hurra! Hurra!

Und natürlich kämen dort beide vor die Kommission.

Vielleicht würde man sie sogar in der Einheit behalten. Soldaten werden gebraucht. Wenn Soldat Jewski sich einpinkeln, aber keine Träne vergießen würde – dann würde man ihn anbrüllen! Du willst dich von der Kommission beurteilen lassen, du Sau! Du stinkst doch allen! Dann würde auch ein Weißkittel seine Nase hineinstecken und Nervenzerrüttung wittern. Aber wenn er einfach nur Tränen vergießt? Nur aus dem linken Auge? Dann soll er sie abwischen. Was kratzen die unsere Tränen!

»Kramarenko!«

»Jawohl, Genosse Major!«

»Erinnerst du dich? Wir hatten doch mal im Lager eine Schachtel Patronen für Scharfschützen. Die stand irgendwo rum.«

»Die stand nicht rum, Alexander Sergejitsch. Sie beleidigen mich. Die Schachtel steht an ihrem Platz.«

Der Fünfstöcker, wo das Treffen stattfand, war widerwärtig. Neben den Ruinen von drei weiteren Fünfstöckern in Grosny, die ganz schrecklich aussahen. Aber mir stand nicht der Sinn nach Ästhetik. Es ging ums Geschäft! Ich suchte die Adresse auf, wo die dankbare Soldatenmutter auf mich wartete. Die Sache war für mich viel wichtiger als der abgefackelte Tankwagen und der erstarrte Berg-Achmet, der seinen Arm wie eine riesige Feige aus dem Auto rausstreckte.

Das Geld für Achmet hatte ich erhalten. Die Rechnung war aufgegangen. Den Arm konnte man nicht begradigen. (Achmets Arm würde auch in der Erde bleiben, wenn sie den Krieger einbuddeln würden.)

Vor einem halben Jahr hatte mich diese Frau, die Soldatenmutter namens Schenja, nicht bezahlen können. Aber ihr freigekaufter Sohn war nun schon daheim, schon bei ihr, das war die Hauptsache. Sie hätte mich jetzt einfach kippen können. Streichen. Aus dem Gedächtnis löschen. Ein Schwachmat mehr – der Himmel wird's ertragen! Aber sie war in ihre Heimat jenseits des Ural zurückgefahren und hatte diese ganzen gut sieben Monate Geld gesammelt, gespart und beiseitegelegt.

Der Sohn, der von den Tschitschen mit meiner Hilfe freigekauft worden war, lebte ja wirklich schon bei seiner Mutter, war schon ein halbes Jahr zu Hause, satt und im Warmen – was wollte man mehr?! Aber sie war gekommen. Brachte das Geld. Und sich selbst dazu.

»Sich selbst« war offenbar auch in die Bezahlung eingeschlossen, so dachte sie eben. Im Krieg hat man doch einen Heißhunger auf eine Frau, so dachte sie. Deshalb kam sie als frische, ja, blühende Frau – gerade erst vierzig geworden! Und nicht als abgerissene graue Maus, die sie hier (zum Teil mit Absicht) auf den schmutzigen tschetschenischen Straßen gewesen war. Sie wusste, dass sie jetzt gut aussah. Und beeilte sich. Noch vor dem Geld ... sich selbst zu geben. Sie glaubte, so sei es edler. »Geld ist Mist«, flüsterte sie mir, dem Mann, leise pathetisch zu. Mit strahlenden Augen. Aber natürlich leise, mit Rücksicht auf die Wände des Fünfstöckers. Damit sie auf der anderen Seite nicht gehört würde. Hinter einer fremden Wand könnte Geld etwas anderes bedeuten.

Major Schilin zog indes zunächst eben diesen »Mist« vor, also das Geld.

Ruhig und leicht verständlich erklärte ich ihr die Prosa des Krieges – hier, im Krieg, könne Major Schilin nichts mit dem Geld anfangen. Würde er getötet, wäre es futsch. So solle sie das Geld, die Bezahlung für den Sohn, lieber behalten. Die Soldatenmutter namens Schenja. Und diese Dreizehntausend – ich reichte ihr das Bündel – solle sie auch an sich nehmen. Major Schilin möchte, dass sie dieses Geld auf der Heimreise seiner Frau zukommen lasse. Alles zusammen fünfzehntausend, eine runde Summe, nicht wahr?! Sie solle sie auf der Sberbank überweisen. Ohne Provision. Direkt. Auf dieses Konto.

In Rubel umtauschen und meiner Frau überweisen. Wenn sie gefragt würde, woher das Geld komme – es sei ein Darlehen! Ein kleines Darlehen. Und keine weiteren Erklärungen. Was hätten sie da für Filialen in ihrem transuralen Städtchen? Funktionieren sie? Normal? Sehr gut. Ich ließ mir das Bündel Scheine nicht von ihr quittieren. Major Schilin machte das immer so. Keine einzige Soldatenmutter hatte mich jemals hintergangen. Das hatte es noch nie gegeben.

In dem Fünfstöcker in Grosny trafen wir uns jetzt, so viel ich verstand, bei einer bekloppten Oma. Die Oma hatte die Soldatenmutter selbstverständlich für eine gewisse Zeit hinauskomplimentiert. Wegen unseres Treffens. Die Oma hinauszukomplimentieren, war nicht einfach gewesen, in Grosny leben wenig Russen. Wohin hatte sie sie gebracht? Unwichtig.

In der kleinen Wohnung war alles aufgeräumt. Sauber. Blumen

auf dem Tisch. Zwar kein weißes, aber ein frisches buntes Tischtuch. Eine Flasche Wein. Und überhaupt etwas Vergessenes in der Luft. Etwas von Silvesterfeier. Obwohl es Sommer war. Ich verstand alles, natürlich. Die Soldatenmutter wollte sich bedanken, und deshalb sang ihre Seele, und das war es, was in der Luft schwebte. Das war es, was schon über der Schwelle hing. Wenn eine Frau sich selbst als Geschenk darbringt, verändert sie sich. Wird schön. Erhaben. Und du wirst es auch.

Nach dem ersten flüchtigen Kuss auf der Schwelle reckte sie sich wieder und wieder nach meinem Mund. Aber ich bremste sie feinfühlig und sagte:

»Ich sehe es. Du freust dich. Hast gewartet. Ich freue mich auch. Aber ich habe eine besondere Bitte. Ich möchte … dass du eins für mich tust.«

Sie atmete heiß. Lächelte. Und sagte – ganz Freigebigkeit:

»Mach ich. Mach ich. Alles, was du willst.«

Sie nahm mich an der Hand und führte mich zu dem einladend aufgedeckten Bett.

Ich verstand ihren Irrtum und hielt sie auf.

Ich sagte:

»Zuerst trotzdem das Geschäft. Sprich mir nach.«

Ich sagte mehrmals:

»Das Geld meiner Frau überweisen. Wenn du in Russland bist. Sofort.«

»*Das Geld deiner Frau überweisen. Wenn ich in Russland bin. Sofort!* Alles klar! Hab verstanden!«

Das einladend aufgedeckte Bett brauchte sie nötiger als ich. Nicht aus physiologischen Gründen, sondern wegen ihrer Schuld. Zu viele lange Überlegungen und Sorgen hatte sie in unseren heutigen Abend gesteckt. Ein halbes Jahr! Sie hatte sich vorbereitet. Sie war sicher, dass ich wartete und wollte.

Eine Frau denkt oft, dass man sie selbst mehr erwartet, als die von ihr gebrachten Güter. Als sie daheim Dollar für Dollar beiseitelegte, dachte sie so, hatte es so in Erinnerung.

Sie wusste, wie es abliefe. Die Oma raussetzen. Und die kleine Wohnung festlich herrichten. Und das Bett. Und Major Schilin auf der Schwelle empfangen – Mund auf Mund. In Gedanken hatte sie das alles schon getan. Hatte alles-alles-alles-alles getan, was dem Major in den Sinn käme. Hatte es bereits getan. Es lag schon hinter ihr. Schon in der Vergangenheit. Wenn sich also Major Schilin jetzt weigerte, wäre sie verstimmt, gekränkt. Schon allein die Servietten auf dem Tisch, blütenrein, strahlend weiß, würden mir die unverdiente Kränkung der Frau zuschreien. Und das Tischtuch! Und der Wein!

Hundert Jahre hatte ich keine Frau mehr. Im Bett berührte ich sie vorsichtig. So vorsichtig, dass es mir sogar glückte, mir vorzustellen, ich wäre mit meiner Frau zusammen. Ich schloss die Augen. Im Zwielicht ist das leicht. Auf einmal gelang es mir. Ich berührte ihre Brustwarzen mit den Fingern. Ich spielte mit dem Unsichtbaren. Dieses Spiel hinderte mich nicht an meinem männlichen Hauptpart. Die Brustwarzen fielen bald zusammen, bald wurden sie fest und prall. Und ich vergaß alles. Täuschte mich immer stärker. Sie sagte mir, ich dürfe sie ein wenig beißen. Leicht. Wenn ich wolle.

Das Klingeln des Telefons überrascht im Bett. Wenn man schon im Bett ist. Krieg! Nackt fuhr ich auf, steckte meine Hand jedoch erfolgreich in den Haufen meiner abgestreiften Kleider und fand es auf Anhieb. Das Handy, hier! Kramarenko.

Kramarenko sagte, die Schachtel mit den Scharfschützenpatronen stehe bereit. Alles in Ordnung. Die Jungs seien auch in Ordnung, hätten sich schlafen gelegt. Alles normal.

»Halten Sie sich nicht zu lange in Grosny auf. Alles kann man nicht schaffen. Sie müssen auch schlafen, Genosse Major.«

Ich war offenbar verändert nach dem Anruf. Erkaltet. Ich unterbrach mich selbst. Aber jetzt begann die Frau im Bett unruhig zu werden. Sie dachte, dass ich schon gehen wollte. Dass es ein Alarmanruf gewesen sei. Sie begann mir wortreich zu danken und mich zu verabschieden.

Es war etwas sonderbar. Sie warf sich auf mich. Nackt auf den Nackten. »Gott wird Sie belohnen! Für Ihre Sorge um uns! Um unsere Jungens!« Sie küsste mich stürmisch. Sie verschluckte sich an den Tränen. Ich wollte mich befreien. Entzog mich ihr. Drängte sie fast von mir weg. Eine Lawine von Zärtlichkeiten. Ich war betäubt. Ganz nass von ihren Tränen. Sogar leicht verwirrt. Und weil ich dachte, es sei ihr zu wenig (woran denkt ein Mann, der auf Autopilot geschaltet hat, in einem solchen Augenblick?), bemühte ich mich um einen guten Nachschlag zum Abschied, aber nein, nein! Sie schien meinen neuerlichen Anlauf nicht einmal zu bemerken.

»Gott wird Sie vor Feindeskugeln behüten. Unserer Tränen wegen. Unserer Jungens wegen!«, wiederholte sie hastig und erstickte beinahe beim Reden. Sie küsste mich und dankte. Sabberte mich zärtlich voll. Auf allen Seiten. Vergoss erneut Tränen. Wenn sie gekonnt hätte, hätte sie sich umgestülpt. Irgendwie unnormal, die Frau!

Sie stürzte herbei, um mir die Socken anzuziehen. Beugte sich hinunter. Und küsste die ganze Zeit meine Knie, meine Füße. Mit zitternden Händen reichte sie mir meine Kleider. Und schluchzte. Durch ihre Schluchzer, ihren Sabber und ihre heiligen Tränen hindurch schimmerte eine schwere, erschreckende weibliche Einfalt. Mutter.

Spät zurückgekehrt, ging ich gleich schlafen. Doch plötzlich drängte es mich, Abschied von ihnen zu nehmen. Morgen früh wäre keine Zeit mehr – da ginge alles schnell, schnell! Morgen würde sie der Krieg mitnehmen. Da wäre den Jungs nicht nach Abschiednehmen zumute, wenn sie beide auf dem Fleck treten und hüpfen würden, bevor sie auf den dröhnenden Schützenpanzer kletterten.

Wenigstens kurz nachsehen, wie Alik schnaufte. Wie Oleg den Kopf hin- und herschleuderte. Ich betrat das Lagerhaus ganz leise. Kleines Lagernachtlicht. Echte, nächtliche Stille. Erstarrte

Schatten. Schwarze Ecken. Alik schlief ohne Tränen, das sah ich sofort. Schlief selig. Seine Augen waren geschlossen, er hatte sein linkes Auge ausgetrocknet. Hatte er alles herausgeweint, der Arme?

Ich ließ meinen Blick über die Schuhe auf dem Boden wandern. Aha! Sie waren geputzt.

Das einzige Geräusch, das in dem still gewordenen Lagerhaus zu hören war, war das vertraute Schurr-schurr! Schurr-schurr! Der Kopf des Soldaten Alabin arbeitete nachts wie ein Automat. Hin-her. Ich trat näher heran. Stand mit gefrorenem Lächeln neben ihm. Bemerkte neben Olegs Stirn einen nassen Fleck. So sehr hatte sein Kopf geschleudert. Nass vom Schweiß!

So etwas vergisst man nicht. Zumindest bleibt das Geräusch in Erinnerung. Aber ich war ja hereingekommen, um mir etwas einzuprägen. Schurr-schurr! Schurr-schurr!

Ein warmes Gefühl breitete sich um mein Herz aus. Ich blieb noch eine Weile stehen. Dann hielt ich doch mit weicher Hand den schlagenden Kopf des Jungen fest. Hielt das Pendel an.

»Schlaf«, befahl ich ihm flüsternd. »Schlaf ruhig.«

Plötzlich dachte ich, dass ich jetzt keine Veränderung wollte. Ich wollte nicht, dass sich etwas änderte. Mehr noch, ich wollte, dass alles erstarrte. Dass die Zeit selbst die Position »Stillgestanden!« einnähme. Dann würden die kranken Jungs wirklich für immer bei mir bleiben, in meiner Nähe und in Sicherheit.

Komisch, aber jetzt erschrak ich bei dem Gedanken, dass sie wegfahren würden. Dass sie wegfahren und damit für immer verschwinden würden. Es ging nicht darum, dass sie getötet werden könnten. Sie würden nicht getötet. Ihre Leute würden sie schon irgendwie behüten und unterbringen. Aber für mich, für Major Schilin, würden beide verschwinden. Wegfahren. Irgendwie würden sie diesen Krieg beenden. Irgendwo weit weg würden sie erwachsen, dann alt werden. Und kahl. Aber für mich wären sie nicht mehr da. Sobald sie morgen mit der Kolonne weggefahren wären.

Sie sind schon weg. Wenn ich nachrechne, dann habe ich sie hier nur wenig gesehen, erstaunlich wenig – fünf, na, zehn Minuten am Tag. Alik wird nicht mehr da sein mit seinem ängstlichen Stottern. Und Oleg auch nicht. Ich habe sie schon verloren. Sie sind weg. Spurlos verschwunden. Dieses Scheißleben! Ich habe schon manchen nahen Menschen verloren. Sie sind verschwunden, wie unsere einfältigen Träume verschwinden. Sind unwiederbringlich verschwunden. Und nichts ist mehr da. In mir ist nichts.

Eines Tages werde auch ich für jemanden verschwinden. Werde genauso bitter gehen. Einfach weggehen. Mit einem letzten unsicheren Lachen. Und jemand wird vielleicht im letzten Augenblick sagen, sogar bitten: Geh nicht weg. Beweg dich nicht. Erstarre hier für immer.«

Und wird versuchen, mich am Arm zu packen. Am scheckigen Stoff meines Kampfanzugs.

ACHTZEHNTES KAPITEL

Ich lenke, und mein kleiner Jeep brettert über die nächtliche Straße. Tiefe Nacht! Die Scheinwerfer sind abgeblendet. Beide Traumis auf dem Rücksitz. Hüpfen auf den Unebenheiten der Straße in die Höhe. Jeder hält seine Kalaschnikow umschlungen. (Die Hoffnung! Endlich. Sie haben lange drauf gewartet.) Sie haben ihre Kalaschnikows wieder – als Pfand. Als Bestätigung, dass sie jetzt sicher auf dem Weg zu ihren Leuten sind.

Und wie gierig haben sie, kaum aufgewacht, ihre Knarren gepackt, die Kramarenko ihnen gebracht hat!

An den vertrauten Holperstellen erspüre ich, erkenne ich die Erde unter den Rädern. Höre es am Geräusch der Reifen. Mein Jeep kennt ebenfalls alles. Jede Holperstelle. Ein kurzes Stück noch fahre ich geradeaus. Am Steuer könnte ich dieses Fleckchen Erde mit geschlossenen Augen finden.

Da ist es! Hier wird Chwor die Kolonne zusammenrütteln. Meine Scheinwerfer haben die bekannte aufgefurchte Erde beleuchtet (beleuchten sie!). Spuren der Panzer, die hier manövriert – gedreht und gewendet – haben, um sich neu aufzustellen. Ich bremse. Die bekannte Stelle. Aha! Wir sind angekommen!

Die Scheinwerfer färben mit fahlem Licht den Ort, wo ich mich schließlich von meinen Traumis trennen werde. Die Verabschiedung ist bereits Formsache. Ich schweige. (Habe mich schon gestern von ihnen verabschiedet.)

Da wird der Jeep durchgerüttelt. Auf der letzten Straßenrille.

»Oleg!« Soldat Jewski schreit auf und stößt Alabin, der neben ihm sitzt, an. »Oleg!«

»Hm«, erwidert der, halb im Schlaf.

Ich höre, wie beide irgendwelchen aufgesparten Zwieback kauen. Beide dösen noch, knabbern aber. Respekt! Schon sind sie wieder Soldaten.

Wir warten. Ich weiß nicht, ob Chworostinin die Kolonne auf die Minute pünktlich aus Grosny herausgeführt hat. Wahrscheinlich hat er es. Aber jetzt kann man sich nicht mit ihm verständigen. Die Handys sind ausgeschaltet. Kein Informationsabfluss. Die heutige Kolonne aus Grosny ist herausragend. Top secret. Jemand fährt mit. Irgendein hohes Tier, das sich entschlossen hat (nach einer beträchtlichen Pause), einen Blick auf Wedeno zu werfen. Ein hoher Dienstgrad! Hoffentlich wird die Kolonne nicht unter Beschuss genommen.

Wir warten.

Die Kolonne müsste schon in fünf Minuten hier sein. Aber noch sind keine Lichter zu sehen. Wo? Wo sind die Lichter der Kolonne?, frage ich mich selbst. Während ich in die Dunkelheit spähe.

Leere. Dunkelheit. Ein Hubschrauber überfliegt uns. Noch einer.

Ich bin ausgestiegen, um mich umzuschauen. Die Jungs sind im Jeep geblieben. Sitzen schweigend drin.

Ich bin nicht beunruhigt. Es ist eine ganz normale Sache, die beiden Jungs auf einen Schützenpanzer zu setzen. Sollen sie da oben ihren ganzen Scheiß durchschütteln ... alles, was sie gestern und vorgestern gegessen haben. Alles, was so gut geschmeckt hat! Und sollen sie auf der steilen Panzerung zu ihrer Einheit brettern, ohne Tränen zu vergießen.

Ich gehe neben dem Wagen im Kreis herum. Ein Kreis endet niemals. Wenn man im Kreis geht, wartet es sich leichter.

Aber zum Teufel mit ihnen! Schon fünf Minuten Verspätung.

Zehn Minuten ...

Aha! Der Diensthabende im Stab nimmt sofort den Hörer ab, als ich anrufe. Aber die Stimme ist kalt. Ja, die Grosnier werden aufgehalten. Ja, sind schon aus der Stadt rausgefahren. Ja, sind nicht weit von Ihnen. Haben aber haltgemacht.

»Warum?«

Da wird sanft aufgelegt. Ende. Ich stehe im fahlen Scheinwerferlicht und tippe eine Nummer in mein Handy ein. Rufe an. Zuerst vergeblich den nächtlich ausgestorbenen Stab. Dann vergeblich Chworostinin in seiner Kolonne, die etwa einen Kilometer von mir entfernt stillsteht. Und aus irgendeinem Grund die Scheinwerfer ausgemacht hat.

Es gibt eine Regel: Wenn eine Kolonne aus irgendeinem Grund steht, dann verhalte du dich auch still. Niemanden belagern. Und warten.

Als ich mich nach dem Jeep umblicke, sehe ich, wie der alarmierte Alik (feinfühlig!) seinem Kumpel neben sich auf die Schulter haut – nicht schlafen, Oleg! Nicht schlafen!

Ich sollte mit ihnen reden, – ich gehe zum Jeep. Aber worüber? Erstaunlich! Im Grunde gibt es nichts, worüber ich mit ihnen reden könnte. Wir haben uns schon verabschiedet. Man könnte glauben, die Jungs wären schon abgefahren. Sie sind weg.

Sie sind weg, sind aber hier.

Ich telefoniere.

»Sie stehen seit etwa zehn Minuten. Die ganze Kolonne steht«, erwidert der Stabsmensch endlich. »Klären irgendetwas. Mehr kann ich nicht sagen, Major. Ja, ja, Chworostinin ist dort. Ohne Aufklärung der Lage fahren sie nirgendwohin – das ist klar.«

Ich versuche, etwas über die Kolonne zu erfahren. Ich muss im Bilde sein. Ich gebe dieser Kolonne zwei traumatisierte Soldaten mit.

»Wir kennen Sie, Major Schilin. Respektieren Sie. Alles in Ordnung. Aber wir haben doch auch unsere Befehle, nicht wahr?«

Die Stimme ist so sicher. Klar. Der Stabsoffizier hat kein einziges Mal geflucht. Chwor würde, wenn er auf sich allein gestellt wäre, die Kolonne natürlich vorwärtsbringen. Würde sie führen. Aber sie haben dort einen hohen Dienstgrad. Na ja. Chwor wird natürlich wütend sein. Ob sie die Kolonne umkehren lassen? Dann wäre die ganze Nacht umsonst für die Zusammenstellung draufgegangen, so was kommt schon mal vor!

Aber trotzdem. Irgendetwas ist den Grosniern zugestoßen. Ich weiß nicht ... Die Kolonne steht in der Dunkelheit und knurrt insgeheim? Mit ausgeschalteten Scheinwerfern. Und kein Befehl zur Umkehr. Warum?

Ich gehe mit großen Schritten neben dem Jeep umher, beschreibe Kreis um Kreis. Die Scheinwerfer sind unfassbar fahl! Bei jeder Runde gerate ich wieder in dieses fahle, schwache Licht. (Wahrscheinlich ist Major Schilin jetzt wie ein Nachtfalter, der um eine lang verlöschte Kerze herumschwirrt.)

Stimmen aus dem Jeep. Die linke Wagentür ist einen Spalt weit geöffnet. Satzfetzen.

»... Jetzt bald ...«

»... Warten und einholen ... Weiß ich selbst ...«

»... Schlaf doch! ...«

Ich gehe etwas näher heran. Um ihnen zuzuhören.

»...werden sich über uns freuen.«

»Und wie!«

»Wir sollten genau vor dem Mittagessen auftauchen, Alik. Die Jungs, die werden sich freuen.«

»Und brüllen: Los-los! In die Kantine! Haut rein!«

»Sie werden sich zu uns an den Tisch setzen ...«

»Und schreien: Noch zwei Portionen! Grütze! Kompott!«

Sie haben wenigstens eine Beschäftigung. Das Warten treibt sie in ihre Restkindheit. Wieder in ihr Spiel. Sie malen sich aus, wie sie dort empfangen werden. Von ihren Kumpels. In ihrer Stammeinheit.

Sei's drum. Vielleicht fällt ihnen so das Warten leichter.

Als sie merken, dass ich näher gekommen bin, verstummen die beiden Soldaten auf dem Rücksitz. Aufgestört erstarren sie. Die Knarren gegen die Brust gepresst. Dieses Ansichpressen der Kalaschnikow geschieht bei jungen Soldaten unwillkürlich, von ganz allein. Eine Reflexbewegung. Sie schmiegen sich an die Waffe wie an die Mutter.

Wohin wollen sie eigentlich so dringend? Es ist eben lustig, wieder Soldat zu werden!

Doch der leise Ärger, der in mir aufgestiegen ist, verfliegt im Nu. Ich sehe in der Ferne die Lichter der Kolonne. Sie haben sie eingeschaltet!

Da sind sie. Sie kommen näher. Die typischen Lichter der Panzerfahrzeuge. In einer strengen Linie auseinandergezogen. Aber Stopp! Keine Ahnung, warum. Die Fahrzeuge haben wieder angehalten – diesmal mit eingeschalteten Scheinwerfern, sichtbar.

Schon nah, einen halben Kilometer entfernt. Aber keine Bewegung. Sie haben abgebremst. Kommen nicht zu uns – zur verabredeten Stelle, wo die Kolonne umgebaut werden soll.

Und wieder Hubschrauber am dunklen Himmel.

Nur einen halben Kilometer weit weg, nicht mehr! Die Kolonne steht wieder. Was ist denn da los?

Wieder in Sorge tippe ich in mein Handy. Weder die Kolonne, noch der Stab antwortet. Niemand hebt ab. Kein Wort. Ich höre nur das Gerede im Jeep. Die beiden sind wieder beim Thema.

»Die Jungs werden ein Mitbringsel von uns haben wollen!«

»Nicht unbedingt.«

»Doch, doch! Hast du vergessen, Oleschka?! Wenn du von irgendwoher zurückkommst, dann stülp bitte die Taschen um. Und rück was raus, für alle!«

»Und woher nehmen wir die Flasche, wenn wir mit der Kolonne ankommen?«

»Das ist eben die Frage!«

Es ist unmerklich heller geworden, und mitsamt dem grauen, trüben Licht kommt die Aufregung von dort. Von Osten. Von jenem seitlichen Feldweg, der glatt in die Straße nach Grosny einmündet.

Das also ist der Grund. Sag bloß!

Auf dem Feldweg steht eine tschetschenische Kolonne und rührt sich nicht. Kaum zu sehen. Aber schon erkennbar. (Nein, keine Kampfkolonne. Kampfkolonnen, also Kolonnen mit Panzern, haben die Tschetschenen schon lange nicht mehr. Sie existieren gar nicht.)

Aber trotzdem sind das Tschetschenen.

Für die Hubschrauberpiloten (mit ihren Nachtsichtgeräten) wäre die mit Lichtern fahrende tschetschenische Kolonne weitaus verständlicher gewesen, als die seltsame Kolonne, die mitten in der Nacht angehalten hat. Und sich zudem mitten auf der Kreuzung mit ausgeschalteten Scheinwerfern unsichtbar macht! Noch dazu in der Nähe des verabredeten Treffpunkts, der für uns alle erst gestern festgelegt worden ist.

Deshalb Stopp! Die Hubschrauberpiloten haben es von oben gemeldet, und Chwors Kolonne aus Grosny hat sofort angehalten.

Doch etwas anderes ist unverständlich: Warum stehen die Tschetschenen auf der für alle einsehbaren, offenen Stelle still? Es ist kein Hinterhalt, so viel ist klar. Mit ausgeschaltetem Licht. Die Tschetschenen hätten ja in den Busch hineinfahren können. Wenn sie sich hätten verstecken wollen! Aber sie stehen einfach so da. Offen! Und genau diese Unlogik war es, die offenbar die zwar nicht ängstlichen, aber diensteifrigen Hubschrauberpiloten befremdet hatte.

Die Erfahrung. Das ist es! Die Erfahrung sagt es mir. Die Erfahrung sagt mir eine einfache, simple Antwort! Ich werde mir plötzlich raubgierig bewusst, dass ich jetzt erfahrener und beschlagener bin als Chworostinin und alle anderen.

Auch erfahrener als diejenigen, die in der Kolonne stehen. Und diejenigen, die in der Luft hängen. Das ist nämlich keine Kampfsituation. Das ist nämlich meins. Alles meins. Sie wissen es nicht, aber ich weiß es. Ich weiß es hundertprozentig. Lächerlich! Den Tschetschenen ist ganz einfach *das Benzin ausgegan-*

gen. Das Benzin ist ihnen ausgegangen, und sie können nicht weiterfahren. *Der König kennt sein Königreich.*

Die tschetschenische Kolonne ist wahrscheinlich vollgestopft mit alten Männern und Frauen und ihren Säcken und Taschen. Sie fahren immer irgendwohin. Zwei, drei Lastautos. Und in der Hauptsache uralte, klapprige Schigulis.

Ich habe übrigens dort, bei den Tschetschenen, so etwas wie einen Lichtblitz gesehen. Eine halbe Sekunde lang. Ein kurzes Aufblitzen.

»Genosse Major …«

So einen Lichtschimmer erblickt man, wenn man lange in die Finsternis späht.

»Genosse Major …«, Oleg streckt doch seinen Kopf aus dem Wagen heraus. »Geht alles in Ordnung? Warten wir?«

»Wir warten.«

Zehn Autos. Elf! Eine über Nacht stecken gebliebene, erstarrte tschetschenische Kolonne ohne Sprit. So sind sie. Wenn sie nach Grosny fahren, um zu verkaufen und zu kaufen, fürchten sie jeden, der ihnen entgegenkommt. Fürchten Kontrollen. Am meisten aber fürchten sie natürlich die Hubschrauber. Deshalb haben sie, nachts stecken geblieben, die Scheinwerfer ausgemacht. Sich über Nacht versteckt. Instinktiv. (Etwas Schlimmeres als den Himmel gibt es nicht. Selbst wenn man keine Schuld hat. Darin sind wir alle gleich. Wir sind alle Menschen und fürchten den Himmel. Selbst wenn er still ist. Selbst wenn es dein Himmel ist.)

Der Gedanke, wie die Situation zu deichseln wäre, ist mir schon gekommen. Schließlich habe ich Erfahrung! Aber der Gedanke kam zu schnell. (Also abwarten …) Und deshalb setze ich meine Reflexbewegung fort. Umrunde den Jeep mit den Jungs. Zertrample das Gras. Ich brauche eine Pause.

Ich brauchte eine Pause und ein Quäntchen Morgenlicht, damit mich die Tschetschenen erkennen könnten, wenn ich zu ihnen vorstieße. Wenn ich zu ihnen ginge. Ein klein wenig heller musste es sein. Darauf kam es jetzt an! Dass sie mich erblickten und, gebe Gott, erkannten.

Ich würde es tun. Major Schilin würde es tun.

Wenn ich ein riskantes Geschäft mache, tritt mein Ich in den Hintergrund. Ich sehe mich dann von außen. Nicht ich, sondern Major Schilin zertrampelte schon das Gras. Das Gras war hoch. Wuchs in Büscheln.

Zeit gewinnen. Major Schilins Hand tastete von allein nach dem Handy. (Ich nahm plötzlich das Handy. Mein Herz verspürte einen leichten Stoß.)

»Wieso schläfst du nicht, Liebes?«

Sie antwortete sofort hellwach:

»Bei uns ist Morgen. Schon sieben Uhr. Und außerdem habe ich schlecht geschlafen. Bin immer wieder aufgewacht. Und warum schläfst du nicht?«

Major Schilin lachte:

»Ich mache einen Deal.«

»Auch nachts?«

Der Major lachte wieder leicht auf:

»Business.«

Der Major beeilte sich:

»Du weißt. Ich sehe dich oft. Über alle möglichen Geschäftsunterlagen gebeugt. Die Lippen zusammengepresst. Strenges Gesicht. Ich sehe dich ganz verschieden.«

»Lass das«, unterbrach sie ihn. »Bitte nicht ... ich weine sonst gleich.«

»Schön. Schluss. Punkt. Aber dass ich dich im Profil sehe, darf ich schon sagen? Dass du am Tisch sitzt und irgendwohin schaust. Den Kopf leicht erhoben. Du schaust irgendwohin in die Ferne.«

Sie schluchzte auf:

»Ich schaue oft zum Fenster raus.«

Major Schilin lachte:

»Dann schau nicht zu oft raus.«

Ende. Jetzt war es Zeit für das Geschäft. Ich sprang flink in den Jeep und setzte ihn flink in Bewegung.

Über die Bodenrillen holpernd, rollte der Jeep auf die Straße hinaus.

Ich gab Gas, und jetzt sahen die Tschetschenen in der Kolonne, wie mein Jeep den offenen morgendlichen Raum durchquerte – geradewegs auf sie zufuhr. Das Auto kam mit Schwung und ohne die geringsten Zweifel auf sie zu. (Bei der Anfahrt auf Tschetschenen darf man nicht zögern.)

Dafür waren alle meine Bewegungen im Auto absichtlich verzögert. Emotionslos. Und zu beiden Soldaten (sie saßen hinten) sagte ich langsam und ruhig: »Jungs. Keinen Zappler machen. Ganz still bleiben. Wir fahren zu den Tschitschen. Die Knarren nicht zum Fenster raushalten.« (Während ich weiter Gas gab, betrachtete ich die Jungs im Rückspiegel.)

Die beiden sahen schon selbst, dass wir zur tschetschenischen Kolonne fuhren. Alik war blass geworden, der Arme. Aber Oleg blieb normal. Mahlte nur mit dem Kiefer.

In der tschetschenischen Kolonne vollzog sich eine Antwortbewegung. Sobald sie den auf sie zubrausenden Jeep gesehen hatten. Kleiner Umbau. Aus der Mitte der friedlichen tschetschenischen Kolonne rollte ein gar nicht friedlicher Lastwagen heraus. (Ganz langsam. Wenig Benzin.) Kaum vorne angekommen, setzte er sich an die Spitze der Kolonne.

Das war der übliche Schutz. Der Lastwagen wollte sich in seiner ganzen Pracht zeigen. Auf der Ladefläche standen, sich am Fahrerhaus festhaltend, demonstrativ drei bärtige Tschitschen. Mit Kalaschnikows.

Dazu war auf dem Dach des Fahrerhauses ein Maschinengewehr montiert. Sein Lauf zielte direkt auf den heranbretternden Jeep. Der Maschinengewehrlauf war wie ein Scheinwerfer. War gerichtet. Aber noch ohne Licht.

Da flammte das Licht auf. Versprühte Feuer. Eine Salve. Die Kugeln lockerten vor dem Jeep die Straße auf. Aber ich fuhr noch ein Stück weiter. (Auch wichtig. Nach den ersten Kugeln immer weiterfahren.)

Die Tschetschenen sahen, dass Major Schilin seinen Wagen etwa vierzig Meter vor ihrer Kolonne zum Stehen brachte. So anhielt, dass Major Schilin nicht weit zu ihrer Kolonne zu gehen hatte. Um sie nicht mit Warten zu ermüden. Major Schilin sagte noch einmal zu den Soldaten: »Jungs ... alles ist ruhig.« (Freude auf den Gesichtern), stieg aus dem Jeep aus und ging schon zu den Tschetschenen. (Ich ging allein auf der Straße. Zu Fuß. Allein auf der Straße – da empfindet man immer Weite.)

Natürlich die Pistole am Gürtel. Doch Major Schilin hatte keine Kalaschnikow, weder in der Hand noch über der Schulter. Die Tschetschenen sahen gut, dass sie fehlte, und konnten dieses Fehlen sogar aus der Entfernung richtig deuten.

Und nun – hatten sie mich erkannt. Aha! Einer der Bärtigen brüllte vom Lastwagen aus in ein rostiges Sprachrohr. Halb krächzte er, halb hustete er in die uralte heisere Tröte:

»Saschik? Assan Sergejitsch ... Bist du's?«

Ich winkte – ja, ich bin's! Ich bin es! Wer käme euch beschissenen Nachtschwärmern denn sonst zu Hilfe?! Wer käme sonst, um euch aus der Klemme zu helfen ... ohne Kalaschnikow.

Der Bärtige warf das Sprachrohr weg und sprang über die Bordwand des Lasters geradewegs auf die Erde. Mir entgegen. Sprang behände hinunter. Etwa dreißig Jahre alt. Er kannte Major Schilin. Aber Major Schilin erinnerte sich nicht an ihn.

Doch ich reichte dem Tschetschenen natürlich sofort die Hand. Nach einem kräftigen Händedruck sprudelten die Worte nur so aus ihm heraus. Ihre Kolonne sei zufällig hier! Blöde Situation! Ein Versehen! Ich schwör's! Wirst du mir glauben, Assan Sergejitsch, was für ein dummes Missgeschick passiert ist! Der Kolonne ist das Benzin ausgegangen. Kein Tropfen mehr. Auf halbem Weg hätte der Tankwagen von Zwischenhändlern kommen müssen. Der Tankwagen ist schon bezahlt! Redlich bezahlt! Und er ist immer noch nicht da! Wir sind gefahren, wie es ging.

Gekrochen. Haben das Benzin geteilt. Einander aus den Tanks eingefüllt. Und hier, als wir schon nach Grosny abgebogen sind, war endgültig Stopp!

»Schau mal, da, Assan Sergejitsch«, der Bärtige drehte sich um und deutete mit dem Finger, »Schau dir den an! Weide dich an ihm!«

Aus einem klapprigen Schiguli stieg ein ganz armselig wirkender Tschetschene aus. Einen Armseligeren gab es nicht auf Erden – ein Tschetschene, den man gelinkt hatte! Den man mit Benzin betrogen hatte. Armer Kerl.

Er hätte sterben mögen! Der Mittelsmann war weiß im Gesicht. Er schlotterte. Zudem war dieser Tschetschene ausgesprochen gut zivil gekleidet – in Nadelstreifenanzug mit Krawatte. Die Krawatte machte ihn vollends erbärmlich.

Er stand vor mir, vor Major Schilin. Und wagte nicht, mir die Hand hinzustrecken.

»Ich wusste es nicht. Ich bin kein Komplize. Ich schwör's, ich wusste es nicht. Man hat mich betrogen, Major … genauso gelinkt wie die ganze Kolonne.«

Der Bärtige und ich wechselten Blicke: Ja? Ja! Könnte stimmen.

Jeder weiß, dass der Hauptzwischenhändler ihnen hätte entgegenkommen müssen. Derjenige, der hier der Kolonne nun nicht entgegengekommen war, der kein Benzin gebracht hatte. Der sie gelinkt hatte, war ein Betrüger. Aber wo steckte er? Von dem war nichts mehr zu holen. Jedenfalls nicht heute.

Und von dieser betrogenen Zwischenhändlerlaus war schon gar nichts zu holen. Selbst wenn man ihm die Rübe absäbelte. Abschnitt. Selbst wenn man aus seiner Kehle alles in den Tank füllte, was aus ihm rausfloss. Mit seinem erbärmlichen dünnen Blut würden nicht einmal klapprige Schigulis, die an alles gewöhnt waren, anspringen.

»Wer sollte euch entgegenkommen?« fragte ich.

»Abusalim. Aus Urus-Martan.«

Ich schüttelte den Kopf. Der Name sagte mir nichts. Wer würde diesem Loser auch seinen richtigen Namen sagen.

Major Schilin und der Bärtige blickten einander noch einmal in die Augen. Na, was nun?! Ein weiterer bärtiger Sicherungsmann kam hinzu.

Ein Mordskerl! Ich erinnerte mich sofort an sein Gesicht. Na klar! Er war's! Brutaler Typ! War sogar mal zur Fahndung ausgeschrieben. Aber er war friedlicher, sanfter geworden. Jetzt war er nur zum Schutz dabei. Arbeitete nur mit seinem furchterregenden Aussehen. Die Kalaschnikow in seiner Pranke war wie ein Kinderspielzeug.

Der erste Bärtige wechselte mit diesem Mordskerl ebenfalls Blicke. Das Spiel begann.

Aus den lahmgelegten Autos stiegen unterdessen die alten Männer aus. Um die steifen Knochen zu erwärmen. Zu erfahren, was es Neues gab. Sie kamen herbei. Umringten uns. Und selbstverständlich, um den verehrten Major Schilin aus der Nähe zu betrachten.

Major Schilin indes beunruhigte dieses typische Gedränge mitten auf der Straße keineswegs. Nicht die Bohne! Der Major fühlte sich in diesem Durcheinander immer großartig. Erstens fand er in der Menge sofort und ohne Probleme ein bekanntes Gesicht. Major Schilin zog gleichsam ein altes Männchen aus dem Haufen. Klopfte ihm freundschaftlich auf die Schulter: Tag, Alter! Der Greis erinnerte sich auch wirklich an den Major. Lächelte zahnlos. Blökte etwas. Major Schilin lächelte ihn ebenfalls an. In einer feindlich gesonnenen Menge wirkte dieses Geschick, einen alten Tschetschenen herauszupicken und zu umarmen, jedes Mal wie ein Wunder. Ein freudiges Wunder. Und alle in der Runde lebten sogleich auf. Die Tschetschenen lieben Wagemut, der nach Blut riecht.

In den schrottreifen Schigulis wurden schon die quietschenden Fenster heruntergekurbelt. Frauen schauten heraus. Bergbäuerinnen! Das Kopftuch nach östlicher Art tief in die Stirn gezogen, schauten sie mit halbem Gesicht, aber sie schauten. Mit fast geschlossenen Augen. Aber neugierig. Frauen. Greise. Und auch Kinder. Die ab und zu einen schnellen Blick auf den Major warfen. Hier und dort wurde getuschelt, teilte man sich eine interessante Neuigkeit mit. Im Flüsterton: »Assan ...« – »Assan ...« – »Das ist Assan ...«

Ich bin hier der Major und einfach Alexander Sergejitsch, Saschik bin ich und nun schon Assan. Man könnte sagen, ich befinde mich auf dem Gipfel des kaukasischen Ruhms, oder? Dachte der Major. Eine Lappalie, natürlich, doch der Gedanke an diese Lappalie war Major Schilin angenehm. (Ich verhehle nicht, er war mir angenehm.)

Major Schilin zog nicht die Pistole, sondern das Handy aus der Tasche und lächelte dem Bärtigen zu. Und dem Hünen. (Der machte Drohgrimassen zur Seite.) Und ohne Geheimniskrämerei rief der Major offen Kramarenko an – mein Lieber, fahr einen Tankwagen zum Treffpunkt. Direkt zur tschetschenischen Kolonne. Du wirst sie sofort sehen.

»Und wo sind Sie, Genosse Major?«

»Ich? Ich bin schon dort.«

Ein Tankwagen steht im Lager immer gefüllt bereit, und Kramarenko versteht Major Schilin aufs halbe Wort. In den Tankwagen setzte er den schnell schaltenden Gefreiten Snegir. Für alle Fälle.

»Bin gleich da, Alexander Sergejitsch. Neben mir sitzt Snegir, in Ordnung?«

»Nein. Steig für alle Fälle in einen alten Jeep. Und halte Distanz zum Tankwagen. Sonst brennen sie den Tankwagen nieder und dich auch.«

Kramarenko lachte:

»Das werden sie nicht. Ich bin blitzschnell.«

Die Tschetschenen umringten mich dichter. Die alten Männer lächelten. Die Alten wollten, dass der Major jedem von ihnen auf die Schulter klopfte. Und am besten jeden umarmte. Ein blinder

Greis zwängte sich immer näher zu mir durch. Ganz schön aktiv! Er verdrehte die Augäpfel nach oben. Vielleicht dachte er, der Major befinde sich irgendwo hoch oben. Assan steige jetzt langsam vom Himmel herab. Steige herab und umarme den Alten mit den großen weißen Augäpfeln. Sie alle warteten still und bescheiden. Dafür zupfte ein hergelaufener Bengel Major Schilin mutig und frech am Ärmel. Und biss zugleich in einen großen Apfel. Und schaute den Major kampflustig an. Der Rotz, vielleicht auch die Spucke, hing dem Knirps am Kinn.

Doch am meisten süße Spucke hatte nun der Zwischenhändler im Gesicht. Er murmelte Major Schilin etwas Schmeichelhaftes zu. Und unendlich Dankbares. Er werde die Hilfe des Majors sein Leben lang nicht vergessen. Na, klar! Noch vor drei Minuten hatte der betrogene Zwischenhändler gedacht, für die nachts ohne Benzin verratene Kolonne würden sie ihm die Eier abreißen. Während er sich übereifrig schuldig bekannte und mir dankte, fiel er plötzlich in die tschetschenische Sprache und wieder in die russische. Und zog sich immerzu mit zitternden Händen die Krawatte zurecht.

Da sagte Major Schilin, was er gewöhnlich zu sagen pflegte:

»Fünfhundert Dollar. Einen halben Tausender.«

Sogleich schrien zwei oder drei Tschetschenen auf. Es war wie ein Schlag. Und allen voran lamentierte der erste Bärtige – woher solle man dieses Geld nehmen? Was sei denn das für ein Preis?

Aber das war der normale Aufschrei zu Beginn eines Handels.

Der Bärtige betrachtete Major Schilin nicht mehr als Freund. Augen wie Kohlen. Schwarz! Diese Augen sieht man nur bei einem Krieger. Und dabei hatten er und der Major gerade noch, vor einer Minute, vertrauliche Blicke gewechselt. Der Hüne mit der Kalaschnikow trat auch näher an den Major heran. Sprach noch nicht, knurrte aber gedämpft.

Alle waren in Bewegung geraten. Sogar der erbärmlich betrogene Zwischenhändler hatte die Spucke noch nicht eingesaugt und stammelte schon irgendetwas – woher solle man denn das Geld nehmen?

Den packte Major Schilin am Revers:

»Woher? Wie viel Grüne hast du denn in deiner Jacketttasche? Raus mit der Antwort … schnell! Sonst suchen wir dich ab!«

»Drei … Dreihundert. Aber Rubel.«

»Na, also! Dreihundert haben wir schon mal cash. Von der Kolonne zu elf Fahrzeugen sind dann lediglich zweihundert Dollar aufzubringen.

»Saschik, du Schuft!« Der Bärtige spuckte böse vor die Füße. Aber Schimpfen gehört ebenso zum Handeln.

»Wer ist denn auf der Straße stecken geblieben? Du oder ich? Dann nenn dich, Kommandeur, selbst einen Schuft. Das stimmt eher …« Major Schilin blickte ihn streng an.

Major Schilin gähnte leicht.

»Du bist noch jung, Kommandeur. Zweihundert Dollar von einer stecken gebliebenen Kolonne?! Frag, wen du willst! Mein Benzin hat 92 Oktan! Ist von bester Qualität! Das ist nicht euer selbstgepanschtes Zeug. Plus: Ihr braucht nirgendwohin zu fahren, nicht in der Schlange zu warten – wir befüllen euch selbst die Tanks, aus dem Nachschub! Ist das etwa nichts?«

Der Major handelte kalt. Der Major brauchte ihr mickriges Rubelkleingeld nicht, aber Assan brauchte es. Scheiß auf ihre Groschen. Aber würde der Major jetzt nicht Geld von ihnen nehmen, dann wären sie nicht nur erstaunt, sondern auch auf der Hut. Sie würden Assan nicht mehr achten und fürchten!

Wenn du auch nur zuckst, halten sie dir das Messer an die Kehle. Verpassen dir im Zorn einen Feuerstoß. (Ich würde jetzt schon dort liegen. Am Straßenrand. Im Gras. Die Alten stünden daneben und schauten zu, wie die menschlichen Augen glasig würden. Der Knirps würde seinen Apfel essen und zwischendurch dem toten Major seinen sauren Speichel auf die Brust spucken.)

Der Handel kam zustande. Der Bärtige nickte – gut, Saschik. Abgemacht. Friede.

Zwanzig Dollar pro Auto (und in einem Auto saßen fünf, manchmal auch sechs) als Bezahlung für die kollektive Weiterfahrkarte. Friede. Friede. Und die wunderbar feinfühligen tschetschenischen alten Männer lächelten und zeigten dem Major ihr rosiges Zahnfleisch.

Dafür rückte der Hüne mit der Kalaschnikow massiv gegen den Major vor! Weil er seinen Kontakt und Trumpf in dem Handel noch nicht ausgespielt hatte – die offene Todesdrohung. Der Kontakt geschah in Bauchhöhe. Der Lauf der Kalaschnikow stieß Major Schilin ins Zwerchfell. Kalt von der Nacht. Und der Tschitsche zeigte auch noch, die Knarre leicht drehend, zeigte dem Major seinen knotigen Finger am Abzug – schau her! Eine Sekunde!

»Ich bring dich um, du S-s-sau!«

Aber der Handel war beendet, und Major Schilin lachte:

»Du bringst mich nicht um.«

»Doch, ich bring dich um!«

»Du bringst mich nicht um, sondern gehst jetzt das Geld einsammeln. Persönlich.Von jedem. Auto um Auto, kapiert?«

Major Schilin nickte dem Oberbärtigen wieder zu – du verstehst schon, der armselige Zwischenhändler mit seiner verrutschten Krawatte spielt jetzt keine Rolle mehr. Dem Loser gibt jetzt niemand mehr in der Kolonne auch nur einen Rubel. Und dieser Hüne mit der Kalaschnikow hat die richtige Visage zum Geldeinsammeln.

Der Bärtige nickte – einverstanden.

Der Hüne aber kreischte mit Verzögerung gekränkt auf. So dass es einen kalt überlief. »Na? Na? Bring mich doch um, Tschitsche. Töte mich!« Der Major stemmte sich mit den Rippen gegen seine kalte Knarre. Und nicht Major Schilin, sondern der Tschitsche schwankte aus Furcht, er könnte jetzt plötzlich aus Versehen schießen. Die Kalaschnikow in seiner Pranke zitterte wie im Fieber.

Nun, schieß schon. Und was passiert dann, wenn du Sascha Assan tötest? Das passiert: Die Kolonne wird ohne Sprit stehen bleiben wie hingestellt. Wie auf offener Straße gekreuzigt. Am helllichten Tag.

»Geh Geld auftreiben. Du kannst mich nicht töten – treib das Geld auf!«

Und der Tschitsche ging. Wohin er sollte – zur Kolonne.

Der Major zwang ihn, von jedem Wagen wenigstens einen kleinen Obolus einzusammeln. Der Hüne, ein Fleischer, brauchte in der Vergangenheit nirgendwo um irgendetwas zu bitten (sein Name flößte auch den Tschetschenen Angst ein), doch Saschik Assan zwang ihn, mit ausgestreckter Hand zu gehen und Geld einzusammeln. Woher hatten die Alten grüne Scheine? Rubel, natürlich.

Zum Kurswert, natürlich, fügte Saschik hinzu und sagte gleich darauf, dass er die Hubschrauber anrufen werde. Er müsse ihnen doch Guten Morgen sagen. Ein Bluff, natürlich. Eine Verbindung zum Himmel hatte der Major heute nicht. Und der Tschitsche erriet sogar, dass es ein Bluff war. Er ging aber trotzdem. Und er ging nicht einfach, er lief, sputete sich – und galoppierte, den Straßenstaub aufwirbelnd, von einem Auto zum nächsten.

Alle wussten nun Bescheid. Allen war wohl ums Herz. Die Greise drückten Major Schilin die Hand und gingen zu ihren Leuten zurück. Jeder zu seinem Auto. Die Frauen in den Schigulis knoteten die Bündel auf. Oder suchten mit der Hand auf ihrer Brust. Holten Rubel raus. Der Tschetschenenhüne ließ den eingesammelten Packen beinahe fallen, die Kalaschnikow störte ihn, schlug gegen seinen Ellbogen. In der Hauptsache wurden Zehner gegeben. Man zählte mit. Eine Frau war bestellt worden, beim Geldeinsammeln zu helfen. Eine schöne Frau.

Beide Soldaten befanden sich höchstens vierzig bis fünfzig Meter vom Handel und vom vordersten Fahrzeug der tschetschenischen Kolonne entfernt. Sie saßen im Jeep. Oleg, aufmerksam geworden, presste ab und zu die Kalaschnikow an sich. Strich über den Stutzen. Er sah, wie der riesige Tschitsche Major Schilin die schwarze Knarre unter die Rippen stieß.

Dafür sah Alik jetzt nur wenig. Er überlegte begeistert, wie das Wiedersehen aussehen könnte. Seine Gedanken schwebten hoch oben:

»Und wie sich die Jungs freuen werden. Ein Mitbringsel könnte nur Gus von uns verlangen. Hörst du, Oleg! Aber Gus wurde getötet.«

»Weiß ich.«

»Als die Tschitschen unsere Kolonne angegriffen haben. Gleich am Anfang. Gus wurde als Erster getötet. Ich erinnere mich noch an den Sergeanten. Der Sergeant hatte uns gewarnt: Einen Gierschlund findet die Kugel im Gefecht am schnellsten.«

Oleg beobachtete durchs Fenster gespannt die tschetschenische Kolonne und den langen Handel. Er warf seinem Kumpel unwillig die Antwort hin:

»Der Sergeant wurde auch unter den Ersten getötet.«

»Aber der war auch ein kleiner Raffke. Oleg! Alle werden sich über uns freuen. Und wie! Und wie!« Alik erstickte fast an glücklichen Worten. »Wir brauchen was für alle. Für die Jungs. Irgendwas Geiles zu fressen und zu trinken. Oleg! Wir kaufen was, dass alle johlen, wenn sie uns sehen!«

Die braunäugigen Knirpse rissen einander den Schlauch aus den Händen. Sie waren hier und dort aus den Autos herausgehüpft. Kinderherzen spüren, wenn sich die Unruhe legt. Mit großem Vergnügen steckten sie den dünnen Einfüllstutzen am Schlauch in den Tank und beobachteten den Strahl des teuren Benzins. 92 Oktan! Auch sie wussten von der Qualität.

Der aus Chankala gekommene Tankwagen rollte nun demonstrativ langsam an der tschetschenischen Kolonne entlang. Von einem Wagen zum anderen. Snegirjow saß am Steuer. Kramarenko fuhr in einem alten Jeep parallel zum Tankwagen, aber nicht auf der Straße. Auf dem Gras. Hielt Abstand. Versteht seine Sache! Wer sonst, wenn nicht er!, dachte Major Schilin, der mit seinen Leuten in diesem Augenblick zufrieden war.

Und am zufriedensten war der Major, als er zu seinem Jeep zurückging. Na, klar! Er hatte den Knoten aufgelöst! Die Kolonne aus Grosny, die neben der Auffüllung mit Soldaten und Munition auch einen hohen Dienstgrad beförderte, konnte jetzt mutig hervortreten. Die Hubschrauberpiloten, die von oben alles sahen, hatten Chwor schon informiert, dass es sich um eine Lappalie handelte, eine zivile tschetschenische Kolonne sei stecken geblieben. Sie werde betankt. Major Schilin habe ihnen umgehend einen Tankwagen geschickt. Wenn sie getankt hätten, würden sich die Tschetschenen demnächst von der Straße machen. (Der hohe Dienstgrad könne auch beruhigt sein. Er würde noch eine Weile leben.)

Major Schilin ging energischen Schrittes, und die Erde unter seinen Füßen gab jetzt nach. Bei Erfolg federt die Erde unter uns, aber nachgiebig! Hinter dem Major rannte ein Tschetschene mit dem Geld her. Der Möchtegern-Zwischenhändler im feinen Jackett. Und wie er rannte! Mit verrutschter, auf der Schulter flatternder Krawatte. Der jubelte am meisten. Ein Packen Geld! Mit diesem Erfolg endete sein schmachvolles Fiasko!

Er trug das Geld, um es abzugeben – trug es in beiden Händen, sorgsam und feinfühlig, und mit einem Lächeln, als trüge er sein glückliches Herz, um es irgendjemandem einzupflanzen.

Als er zum Jeep kam, erblickte Major Schilin schon ihre Gesichter durch die Frontscheibe. Zwei bleiche Flecken. Aliks Gesicht war ganz weiß! Macht nichts, macht nichts. Er wird bald entlassen. Er mit Sicherheit. Und ab nach Hause. Die Mama wird ihn in Petersburg aufpäppeln.

Der tschetschenische Zwischenhändler holte den Major just am Jeep ein, sie stiegen zusammen ins Auto – Major Schilin setzte sich ans Steuer, der Tschetschene neben ihn. Auf dem Vordersitz! Der Tschetschene (mit Geld! Und auf dem Vordersitz!)

fühlte sich wieder als echter Zwischenhändler. Durchaus! Irgendwie hatten sie doch das Geschäft abgewickelt! Der Tschetschene schüttelte sogar das für den Major eingesammelte Geld, schüttelte es feierlich – hier ist es!

Während er sich freute und übers ganze Gesicht strahlte, gab Major Schilin Gas. Das Auto preschte nach langem Warten los. Der Major lächelte auch. Er blickte sich am Lenkrad nach den beiden auf dem Rücksitz um – na? Wie geht's euch, Jungs?

Und sah Aliks weißes Gesicht. Seine irren großen Augen. Was oder wer hatte den Jungen so erschreckt? Der armselige Tschitsche?

Und die angelegte Maschinenpistole. Gleich drauf der Feuerstoß. Major Schilin verstand nicht sofort.

Major Schilin verstand nicht sofort, hatte aber schon zwei Kugeln in der Seite – den Rest der Salve. Der Major saß halb umgewendet da. Zwei Kugeln auf einmal. Der Feuerstoß galt in der Hauptsache dem tschetschenischen Zwischenhändler. Vier, fünf Kugeln. Mindestens!

Der Jeep, der schon Tempo aufgenommen hatte, machte nach der Schießerei einen Schlenker nach rechts und flog in den Straßengraben.

Major Schilin hatte noch auf die Bremse treten können. Aber der Wagen rumpelte trotzdem schräg in den Trichter. Noch dazu auf einen Baumstumpf. Mit unheimlichem K-k-krachen. Die Motorhaube wurde zur Seite geklappt. Die rechte Tür schwang weit auf. Mit einem Höllenkrach. Der tote Zwischenhändler fiel aus dem abgekippten Auto. Er umklammerte immer noch das Bündel Scheine. Hatte immer noch nicht das Benzin bezahlt, der Arme.

Doch auch der Major blieb nicht weit hinter ihm zurück. Zwei Kugeln hatten genügt. Zum Schlachten. Allerdings fiel Major Schilin nicht aus dem Auto, eine Hand am Lenkrad. Major Schilin berührte seine auf der rechten Seite durchschossenen Rippen. Blut. Die Handfläche voller Blut. Ein großer Fleck. Und der Fleck lief rasch aus, sofort. Und erst da brüllte Major Schilin los, wutentbrannt:

»Du blöder Spinner! Bist du verrückt geworden! Du hast mich getötet, du Dummkopf, du geschorener! Wovor bist du so erschrocken?! Vor diesen beschissenen Scheinen? Ich ... euretwegen! ... Habe ich diese Kolonne flottgemacht ... ich ... ich ...«

Major Schilin rang nach Luft. Verstummte. Er musste seine Kräfte schonen. Gleich würde Kramarenko anrufen.

Beide Soldaten waren sprachlos. Stumm saßen sie auf dem Rücksitz. Der auch merklich schief stand. Beide hatten sich nicht einmal stark geprellt. Oleg hatte zu spät Aliks Kalaschnikow gepackt. Hielt nun den Lauf nach unten. Doch zu spät. Alik hatte schon geschossen.

Weiß im Gesicht, konnte Alik den Major immer nur anschauen. Mit weit aufgerissenen Augen.

Schilin aber wiederholte schon gedämpft, schon ohne Schelte. Schon still:

»Du Idiot. Du geschorener Idiot.«

Das Handy klingelte. Kramarenko. Der Tankwagen hatte also alles erledigt. Die mit bestem Benzin getränkte tschetschenische Kolonne hatte sich schon in Bewegung gesetzt, um die Straße für die Schützenpanzer aus Grosny frei zu machen.

Major Schilin hielt vorsichtig das klebrige Handy. Die Hand war voller Blut. Ganz leise sagte der Major:

»Komm schnell her. Ich bin angeschossen worden.«

Er schonte seine Kräfte. Der dunkle Fleck auf der rechten Seite hatte sich ausgebreitet. Kramarenko schrie in den Hörer. »Wie? Wie das denn? Wer?!«

Major Schilin überlegte kurz, die Jungs dauerten ihn.

»Kramarenko. Man hat uns beschossen ...«

»Wer?«

»Unwichtig. Im Fahren. Das Auto ist Schrott.«

Da ließ Major Schilin das Handy fallen. Es spielte keine Rolle mehr. Ließ es auf sein Knie fallen. Aber das Handy rutschte noch weiter. Rutschte auf den Boden. Spielte keine Rolle mehr. Schmerz in der Brust.

Jetzt nur warten.

Die Jungs saßen verstummt da. Verständlich. Schilin sah beide nur im Rückspiegel, den Kopf zu ihnen drehen, sich rühren konnte er vor Schmerz nicht.

Aha! Da kam der alte Jeep Staub aufwirbelnd angebraust. Hinter ihm noch ein PKW. Wer war das denn?

Kramarenko bremste, sprang aus dem Jeep. Sein Gesicht war verstört. Aber er verlor keine Sekunde Zeit. Seine Hände verrichteten alles Notwendige. Er holte Major Schilin vorsichtig aus dem zerstörten Wagen. Zog ihn heraus, konnte man sagen.

»Wieso sitzt ihr wie versteinert?«, schrie er die beiden Soldaten an. »Hat sich die Tür nicht verklemmt? Nein? Beide aussteigen und rein zu mir in den Jeep. Hinten rein!«

Er selbst fuhr fort, den Major behutsam aus dem verunstalteten Wagen zu ziehen. Streifte die Ecken nicht. Blieb nicht daran hängen. Nahm ihn auf die Arme. Und trug ihn zum alten Jeep.

Seine Umsicht wurde aufmerksam von den Tschetschenen beobachtet, die nach ihm mit dem eigenen Auto angekommen waren. Drei alte Männer und ein junger Fahrer. Sie schauten mit aufgerissenen Augen zu, wie Assan aus dem zerstörten Wagen geholt wurde. Was für eine breite, starke Brust Assan hatte, ganz voll Blut. Interessant! Erzählen, dass Assan verletzt war. Vielleicht getötet. Der Krieg ist eine interessante Sache. Eigentlich waren die Tschetschenen hergefahren, um ihren Zwischenhändler mitzunehmen, wenn er bezahlt hätte. Aber als sie sahen, dass er tot war, erstarrten sie. Sie wollten um keinen Preis in den Fall verwickelt werden.

Sie sahen, dass ihr Mittelsmann auf der Erde lag, aus dem Auto herausgefallen war. Sie sahen das Geld neben ihm. Das Geld lag auch auf der Erde. Doch die Alten wandten sich entschieden von dem Geld ab. Es war nicht mehr ihr Geld. Dieses Geld zu nehmen, würde den Major erzürnen. Der verwundete Assan war immer noch Assan.

Kramarenko platzierte Major Schilin neben sich auf dem Vordersitz.

»Alexander Sergejitsch, wir schaffen es! Alexander Sergejitsch! Halte durch. Du musst dich ans Leben klammern. Wunde ist Wunde, und du bist du – klammere dich daran! Halte dich!«

Er jagte den Jeep zum Treffpunkt. Zu dem Flecken Erde, zu dem schon Chwors Kolonne von Grosny aus unterwegs war.

»Mit den Jungs geht alles in Ordnung. Ich konnte alles regeln! Hör zu, Alexander Sergejitsch. Sie haben Platz an Bord sechs. Ich habe mit Chwor gesprochen, wie vereinbart. Mit Chworostinin.«

Kramarenko blickte sich eine Sekunde lang zu den Soldaten um:

»Hört ihr, Jungs? An Bord sechs. Euer Bord ist die Nummer sechs!«

Er lutschte die vom Schnurrbart tropfenden Tränen auf. Die Gedanken wirbelten ihm durch den Kopf. Er sah durchaus, was für eine Wunde es war. Nach Chankala konnte er den Major nicht mehr bringen. Aber in der Kolonne aus Grosny gab es einen Arzt. Die Kolonne war im Anmarsch. Da war sie. Chwor hatte immer einen guten Arzt in der Kolonne. Man müsste den Arzt aussteigen lassen und die Kolonne weiterschicken. Der Arzt würde die Wunde an Ort und Stelle untersuchen. Ob Chwor den Arzt hergeben würde? Das wird er. Sie sind ja Freunde.

»Alexander Sergejitsch, halt durch – denk an was. Du musst an irgendwas denken!«

Major Schilin dachte sehr leicht und hell an seine Frau, an seine Tochter. Aber die Wolke, die sich vor seine Augen geschoben hatte, war noch heller. Die große helle Wolke lockte ihn. Und es war klar, dass es Major Schilin dort, wo die Wolke war, noch leichter hätte. Er würde selbst in diese Wolke eingehen. Der Eingang war weich. Nur nicht herumzappeln.

»A-alik«, rief der Major stockend. »Das G-geld.«

Major Schilin wollte sagen, dass in der Tasche seines Kampfanzugs der Hundertdollarschein steckte. Eben jener. Er hatte ihn vor der Fahrt bereitgelegt. Sollte Alik ihn nehmen. Geld kann man unterwegs immer gebrauchen, hatte Aliks Mutter gesagt, als sie ihm diesen Hunderter in die Tasche gesteckt hatte.

Doch die Kraft, all das zu sagen, hatte Major Schilin nicht mehr. Er schaffte es nicht. Um es zu sagen, hätte er ganze Sätze bilden müssen. Ein Sterbender atmet aber nicht mehr so gleichmäßig.

»M-m ...« Major Schilin konnte sich bei aller Anstrengung nicht verständlich machen.

Soldat Jewski hatte sich bereits wieder gefasst.

»G-g-genosse Major ... A-alles klar. G-g-genosse Major ...«, murmelte Alik.

Major Schilin schloss die Augen. Die große helle Wolke lockte ihn mit frischer, sicherer Kraft. Ganz nah.

Die Kolonne aus Grosny war schon dabei, sich umzuformieren, als Kramarenkos Jeep an der bewussten Stelle ankam.

Kramarenko drückte aufs Tempo. Es ging um Minuten! Vor allem musste er jetzt die beiden Soldaten loswerden.

»Jungs! Los! Macht schnell! Alles Gute! Dort ist alles klar! Alles in Ordnung! Bord sechs! Die Sechs!«

Kramarenko schrie den beiden zu, die schon aus dem Jeep gesprungen waren und zur Kolonne rannten. Dabei tippte er auf die Tasten seines Handys. Wollte schleunigst erfahren, in welchem Fahrzeug der Arzt saß. Aber sein Anruf wurde nicht angenommen.

Kramarenko löste den Blick vom schweigenden Handy und sah, dass nichts mehr zu tun war. Alexander Sergejitschs Kopf hing herab. Auf seine eigene Schulter. Major Schilin war tot.

Kramarenko rückte ihm den Kopf zurecht. Und schaute jetzt aufs weite Feld. Und schaute auf die Straße, wo sich Chwors Kolonne voller Energie zum Marsch sammelte.

Kramarenko schloss die Tür des Jeeps. Um sich abzuschotten

und eine Weile mit Major Schilin allein zu sein. Und um die wärmer gewordene Morgenluft nicht an den Körper des Majors heranzulassen.

Er schloss auch die Fenster. Das Getöse der manövrierenden Fahrzeuge wurde sehr viel leiser. Fast lautlos. Es bestand keine Eile mehr.

Er sah, wie beide Soldaten, Oleg vorneweg, Alik hinter ihm, zuerst an der Kolonne entlangrannten. Die Kalaschnikows tanzten auf ihren Rücken herum. Die Soldaten auf den Schützenpanzern und Panzern riefen sie fröhlich zu sich herauf. Winkten ihnen zu. Los, los, kommt zu uns!

Aber Oleg und Alik sahen schon ihre Nummer sechs. Schrien hinauf. Man streckte ihnen von der Panzerung die Hände entgegen. Beiden zugleich. Mithilfe der kräftigen Hände flogen beide quasi auf das Panzerfahrzeug, auf die Panzerung – die Soldaten zu den Soldaten.

Die Fahrzeuge ruckten immer noch hin und her. Tanzten! Und nun brach die verdichtete Kolonne auf. Das Tempo wurde schneller. Fahrzeug hinter Fahrzeug. Auch Bord sechs ruckte an und fuhr los.

Kramarenko rappelte sich auf. »Was ist, Alexander Sergejitsch«, sagte er. »Wir wollen auch fahren. Ganz langsam, was?« Und Kramarenko wendete den Jeep.

Kramarenko lenkte matt. Er schluckte die Tränen hinunter. Er fuhr gemächlich und schaute unentwegt geradeaus. »Da drüben. Schau mal, Alexander Sergejitsch. Schau zum letzten Mal auf diese unsere Straße ...«

Der tote Major Schilin saß mit offenen Augen da. Die Straße rollte sich tatsächlich von allein unter den Rädern des Jeeps aus. »Schau dieses Wäldchen an. Diese von den Soldaten bepissten Berge. Schön?« Kramarenko unterhielt sich mit ihm. »Und wie schön. Aber null Sinn? Schau, Alexander Sergejitsch. Schau zum letzten Mal. Ich fahre langsam. Wir haben keine Eile.«

Ebenso langsam fuhr er am Jeep des Majors vorbei, der schräg lag und mit dem verunstalteten Kühler im Graben steckte. Kramarenko schien ihn nicht einmal zu bemerken.

Er schaute geradeaus, wo sich gleich der Blick auf Chankala öffnen musste.

Der von ihm unbemerkte Jeep aber blieb im Graben stecken. War dort erstarrt. Möglicherweise gekränkt. Er war ja auch mit Major Schilin gefahren. Im Kugelregen! Viele Male unter Beschuss! Und jetzt lag er hier verlassen am Straßenrand. Mit verbogener Schnauze!

Und dort im Graben lag auch der unglückselige Zwischenhändler. Mit Kugeln im Leib. Und einem Packen kleiner Scheine, die zum Teil zerstreut waren, zum Teil aber noch von seinen toten Händen umklammert wurden. Niemand nahm sie. Niemand wollte sie. Assans Geld.

Und dabei fuhr man nicht nur einmal und nicht nur zweimal daran vorbei. Hatte man tatsächlich Angst? Das Geld hatte sich nur leicht im Gras ausgebreitet. Bunte Scheine. Gut sichtbar. Später hieß es, dies sei ein besonderer, einmaliger Fall im ganzen tschetschenischen Krieg gewesen: Das herumliegende Geld sei drei Tage lang nicht aufgelesen worden. Drei Tage sind viel. Sehr viel.